民國新聞專題史研究叢書

方漢奇題

倪延年　主編

第6冊

民國時期的新聞學研究

徐新平、李秀雲　著

花木蘭文化事業有限公司

國家圖書館出版品預行編目資料

民國時期的新聞學研究／徐新平、李秀雲著 — 初版 — 新北市：
花木蘭文化事業有限公司，2020〔民 109〕
目 4+300 面；19×26 公分
（民國新聞專題史研究叢書；第 6 冊）
ISBN 978-986-518-123-9（精裝）
1. 新聞學 2. 中國
890.9208   109010126

ISBN-978-986-518-123-9

民國新聞專題史研究叢書
第 六 冊   ISBN：978-986-518-123-9

民國時期的新聞學研究

作　　者　徐新平、李秀雲
叢書主編　倪延年
出　　版　花木蘭文化事業有限公司
發 行 人　高小娟
總 編 輯　杜潔祥
副總編輯　楊嘉樂
編　　輯　許郁翎、張雅淋　美術編輯　陳逸婷
聯絡地址　235 新北市中和區中安街七二號十三樓
　　　　　電話：02-2923-1455／傳真：02-2923-1452
網　　址　http://www.huamulan.tw 信箱 hml810518@gmail.com
印　　刷　普羅文化出版廣告事業
初　　版　2020 年 9 月
全書字數　278346 字
定　　價　共 12 冊（精裝）新台幣 36,000 元

民國時期的新聞學研究

徐新平、李秀雲 著

此項研究得到國家社會科學基金重大項目
「中華民國新聞史」（編號：13&ZD154）資助

《中華民國新聞史》學術顧問委員會

主任委員

方漢奇　中國人民大學榮譽一級教授，中國新聞史學會創會會長，中國人民大學新聞學院教授，博士研究生導師。

執行主任委員

趙玉明　中國傳媒大學教授，博士生導師，中國新聞史學會第二任會長，北京廣播學院原副院長。

副主任委員

朱曉進　南京師範大學教授，博士生導師，副校長，中國民主促進會江蘇省主委，政協江蘇省副主席。

程曼麗　北京大學教授，博士生導師，中國新聞史學會會長，北京大學華文傳媒研究中心主任。

委員（按姓氏漢語拼音為序）

顧理平　南京師範大學教授，博士生導師，南京師範大學新聞與傳播學院院長。

黃　瑚　復旦大學教授，博士研究生導師，復旦大學新聞學院常務副院長，中國新聞史學會副會長。

李　彬　清華大學教授，博士研究生導師，清華大學新聞與傳播學院學術委員會主任。

劉光牛　新華通訊社高級編輯，新華社新聞研究所副所長。

劉　昶　中國傳媒大學教授，博士研究生導師，中國傳媒大學新聞傳播學部新聞學院院長。

馬振犢　中國第二歷史檔案館副館長，研究員，中國近現代史史料學會副會長。

倪　寧　中國人民大學教授，博士研究生導師，中國人民大學新聞學院執行院長。

秦國榮　南京師範大學教授，博士研究生導師，南京師範大學社會科學學術委員會秘書長，南京師範大學社會科學處處長。

吳廷俊（常設）華中科技大學二級教授，博士生導師，中國新聞史學會副會長，中國新聞史學會新聞教育史分會會長。

二〇一四年三月

《中華民國新聞史》編纂委員會

主任委員

吳廷俊　華中科技大學二級教授，博士研究生導師，中國新聞史學會副會長暨新聞教育史分會會長。項目常設顧問。

執行主任委員

倪延年　南京師範大學教授，博士研究生導師，中國新聞史學會特邀理事，南京師範大學民國新聞史研究所所長。主編《中華民國新聞史》（第1卷），協助主任委員完成項目研究組織協調工作。

副主任委員

張曉鋒　南京師範大學教授，博士研究生導師，中國新聞史學會常務理事，中國新聞史學會臺灣與東南亞華文新聞傳播史研究會副會長，南京師範大學新聞與傳播學院執行院長。協助主任委員完成項目組織協調工作。

委員（以姓氏漢語拼音為序）

艾紅紅　中國傳媒大學教授，博士研究生導師，中國新聞史學會常務理事，主編《中華民國新聞史》（第5卷），負責全書「民國時期的新聞廣播業」特約專題稿和《民國新聞專題史研究叢書·民國時期的新聞廣播業》分冊撰稿。

白潤生　中央民族大學教授，中國新聞史學會特邀理事，負責全書「民國時期的少數民族新聞業」特約專題稿和《民國新聞專題史研究叢書·民國時期的少數民族新聞業》分冊撰稿。

鄧紹根　中國人民大學教授，博士生導師，中國新聞史學會副秘書長。負責全書「民國時期的外國在華新聞業」特約專題稿和《民國新聞專題史研究叢書·民國時期的外國在華新聞業》分冊撰稿。

方曉紅　南京師範大學教授，博士研究生導師。負責全書「民國時期的新聞管理體制」特約專題稿和《民國新聞專題史研究叢書·民國時期的新聞管理體制》分冊撰稿。

郭必強　中國第二歷史檔案館研究室主任，研究員，中國近現代史史料學會常務理事、副秘書長。負責協助有關史料的查閱和審核工作。

韓叢耀　南京大學教授，博士研究生導師。負責全書「民國時期的圖像新聞業」特約專題稿和《民國新聞專題史研究叢書・民國時期的圖像新聞業》分冊撰稿。

何　村　渤海大學教授。協助首席專家完成相關工作。

李建新　上海大學教授，博士研究生導師，中國新聞史學會常務理事。負責全書「民國時期的新聞教育」特約專題稿和《民國新聞專題史研究叢書・民國時期的新聞教育》分冊撰稿。

李秀雲　天津師範大學教授，博士生導師，新聞傳播學院副院長，中國新聞史學會常務理事。參加全書「民國時期的新聞學研究」特約專題稿和《民國新聞專題史研究叢書・民國時期的新聞學研究》分冊撰稿。

劉　亞　南京政治學院教授，博士研究生導師。主編《中華民國新聞史》（第4卷），負責全書「民國時期的軍隊新聞業」特約專題稿和《民國新聞專題史研究叢書・民國時期的軍隊新聞業》分冊撰稿。

劉繼忠　南京師範大學副教授，博士。南京師範大學民國新聞史研究所副所長。主編《中華民國新聞史》（第3卷）。

徐新平　湖南師範大學教授，博士研究生導師，中國新聞史學會常務理事。負責全書「民國時期的新聞學研究」特約專題稿和《民國新聞專題史研究叢書・民國時期的新聞學研究》分冊撰稿。

萬京華　新華通訊社新聞研究所研究員，新聞史論研究室主任，中國新聞史學會常務理事。負責全書「民國時期的新聞通訊業」特約專題稿和《民國新聞專題史研究叢書・民國時期的新聞通訊業》分冊撰稿。

王潤澤　中國人民大學教授，博士研究生導師，新聞學院副院長，中國新聞史學會副會長兼會刊《新聞春秋》主編。主編《中華民國新聞史》（第2卷）。

張立勤　華南師範大學副教授，博士。負責全書「民國時期的新聞業經營」特約專題稿和《民國新聞專題史研究叢書・民國時期的新聞業經營》分冊撰稿。

二〇一八年十二月

《民國新聞專題史研究叢書》序

倪延年

國家社會科學基金重大項目 2013 年度（第二批）「中華民國新聞史」自 2013 年 11 月立項以來，項目組全體同仁歷經五年奮力拼搏，終於如期完成了研究任務，交出了自己的答卷。項目最終成果可分兩個部分：即 5 卷本的《中華民國新聞史》和由 10 個專題 12 個分冊組成的《民國新聞專題史研究叢書》。本序主要就「民國新聞專題史」研究的歷史進程、研究對象、研究組織及研究原則等涉及全套《叢書》的相關問題作一個概括性介紹。

一

從孫中山領導在南京創立中華民國臨時政府（俗稱民國南京臨時政府）的 1912 年元旦，到我們撰寫定稿「民國新聞專題史」各分冊的現在（2018 年底），兩個時間點相距一百多年。回顧這一百多年「民國新聞專題史」研究的歷史進程，真是讓人感慨萬千。這一百多年的歷史進程，從大的方面可以劃分為中華民國時期（38 年左右）和中華人民共和國時期（建國已近 70 年）兩個階段；每一階段又可分成兩個小的階段——這兩個大的階段和四個小的階段，正好構成了「民國新聞專題史」研究發展的完整歷程。

一、「中華民國時期」的 38 年可以日本發動全面侵華戰爭而製造的北平盧溝橋「七‧七事變」為節點劃分為兩個階段。

（一）從孫中山領導創建「中華民國」到「七‧七事變」爆發是中華民國時期「民國新聞專題史研究」的第一個階段。

民國成立近十年後，中國共產黨正式誕生並迅速走上國內政治舞臺。由

於社會主義蘇聯的牽線搭橋，以馬克思主義為指導思想的中國共產黨和孫中山重新解釋「三民主義」改組執行「聯俄、聯共、扶助農工」三大政策的中國國民黨，合作開展反帝反封建大革命運動，並一起發動了以打倒北洋軍閥、推翻北洋政府為目標的「北伐戰爭」。就在國共兩黨合作的北伐戰爭勢如破竹推進，共產黨領導組織的上海工人第三次武裝起義成功之後，國民黨右派勢力代表蔣介石、汪精衛等從 1927 年 4 月起先後製造了上海「四·一二政變」、「武漢七·一五政變」，依仗軍隊血腥鎮壓曾經共同反對北洋軍閥的合作夥伴共產黨人。嚴峻的政治環境迫使共產黨人要麼是轉入地下狀態堅持反對國民黨反動派的鬥爭，要麼是到國民黨鞭長莫及的偏遠山區開展武裝鬥爭。儘管共產黨誓言要推翻國民黨政府，但共產黨領導的工農紅軍不但弱小，且處於被國民黨軍隊追擊「圍剿」狀態，難以造成對國民黨統治的直接威脅。以蔣介石國民黨集團主導的「中華民國」獲得了一個相對穩定的發展時期，經濟、文化、教育及科學技術等得到較快發展。

　　或許因為人文社會科學研究需要一定時間積累，所以在 1937 年之前的中國學術界，傳統人文社會科學領域對當朝「中華民國」的研究似乎還沒有全面展開。但也有例外。中國學術界在 20 世紀 30 年代中期就出版了一批研究「中華民國」憲政、立法及政治生活等方面的專著。其中最早的是著名歷史學家和法學家吳宗慈所撰《中華民國憲法史》，該書對從 1913 年《天壇憲草》議定到 1923 年《中華民國憲法》正式公布的 10 年制憲歷程做了詳盡記錄，描繪了 1923 年《中華民國憲法》從起草到完成的全過程。後來又先後出版了潘樹藩的《中華民國憲法史》（上海商務印書館，1935 年版），謝振民編著、張知本校訂的《中華民國立法史》（正中書局 1937 年版），吳經熊、黃公覺的《中國制憲史》（上海商務印書館 1937 年版）及郭衛、林紀東的《中華民國憲法史料》等一些著作。儘管中國法史學界出版了多種中華民國「憲法史」或「立法史」著作，但筆者至今沒有發現當時新聞史學界出版名為《中華民國新聞史》的學術專著或「民國新聞專題史」方面的系列研究著作。或許是因為新聞史比憲法（立法）史距社會現實政治略遠了一些？或許是新聞史學界研究人才和學術積澱還沒具備出版《中華民國新聞史》的條件？或許是受「新聞無學」慣性思維影響，人們還沒關注到「民國新聞史」學術研究？或許是新聞學人關注點還是在新聞報刊採編發售等「實用」技術總結，而無暇關注相對「虛」一些的「民國新聞史」理論研究？或許是新聞史學界受數千

年「當代人不修當代史」文化傳統習慣制約和影響，認爲不應撰寫當朝「民國新聞史」等，筆者不得而知。儘管沒有明確答案，但可以肯定的是由於上述一種或數種因素的綜合作用，才出現這一階段尚未撰寫出版《中華民國新聞史》或「民國新聞專題史」系列專著的實際結果。

（二）從中華民族全面抗日戰爭爆發，到蔣介石指揮的國民黨軍隊在抗日戰爭勝利後的國共內戰中被共產黨領導的人民解放軍打敗並播遷到臺灣諸島爲中華民國時期的第二個階段。

日本軍隊在中國北平盧溝橋製造「七·七事變」，發動了對中國的全面武裝侵略。中華民族爲救民族於危亡奮起抵抗，進入以國共合作爲標誌的全民族抗日戰爭階段。歷經八年的全民族艱苦浴血奮戰，中國的抗日戰爭暨世界反法西斯戰爭取得了勝利。抗日戰爭勝利後的國共兩黨關於和平建國的談判因多種因素破裂，兩黨軍隊兵戎相見，最後是國民黨的「國民革命軍」被共產黨領導的「人民解放軍」徹底打敗，一路播遷到中國東南沿海的臺澎金馬諸島。這一階段仍然沒有發現《中華民國新聞史》及「民國新聞專題史」研究系列著作問世。

抗戰時期的「中華民國國民政府」是世界大多數國家承認的中國中央政府。國共合作抗日後，共產黨領導的中國工農紅軍陝北主力部隊改編爲「國民革命軍第八路軍」，南方各省的紅軍游擊隊改編爲「國民革命軍新編陸軍第四軍」。共產黨在江西瑞金創建的中華蘇維埃共和國臨時中央政府長征結束後落腳的「陝甘寧革命根據地」，此時也改稱中華民國「陝甘寧邊區」。由於中華民族在奪取抗日戰爭勝利的同時也爲世界反法西斯戰爭勝利做出了重要貢獻，中國的國際地位得到明顯提高，國際影響力迅速增強。在第二次世界大戰結束前由美國、英國和中國等同盟國設計新的世界秩序並成立聯合國時，國民黨主導的中華民國成爲聯合國的五個常任理事國之一。抗日戰爭勝利後，全國各民主黨派和民眾希望國共兩黨能夠實現孫中山先生「和平建國」遺願。但蔣介石國民黨集團及其主導的「中華民國」政府依仗在抗戰時期撤到大後方保存下來的軍隊和美國巨額軍事援助，在自認爲各項戰爭準備到位之時，撕毀了國共兩黨簽署的《雙十停戰協定》，1946 年 6 月 26 日向中原地區的中共部隊發起進攻，拉開了國共兩黨軍隊公開內戰的序幕。這場內戰一打數年，直到「中華民國」首都南京被人民解放軍「佔領」，中華人民共和國中央人民政府在北京宣告成立，並於 1949 年 10 月 1 日舉行了開國大典。抗

日戰爭前期，日本侵略軍依仗軍事優勢迅速向中國腹地推進，在佔領中國城鄉廣大地區的同時進行滅絕性的文化、文物、文獻及文人的掠奪。為了保存實力堅持長期抗戰，也為了保存數千年的文化遺產，中華民國政府在艱苦和匆忙的情況下，組織了大規模的「南遷」（從北方遷向南方）和「內遷」（從沿海遷向內地）。日本帝國主義侵略戰爭造成的巨大破壞和日本軍國主義的有組織掠奪及大規模遷移對文化、文物造成了難以估量的損失。大批年輕有為的學者作家投筆從戎與外敵血戰，大批學養深厚的專家學者失去了基本的研究條件，大批年輕學生因戰爭和逃難失去正常的求學機會，無數文獻史料由於搬遷損壞或被日本人搶掠不能為國人研究所用，包括新聞史研究在內的學術活動被迫停滯或中斷。在這種動盪和動亂的社會環境下，沒有《中華民國新聞史》和「民國新聞專題史」學術著作問世似乎也在情理之中。

二、中華人民共和國建國後的 70 年可以中共決定實行改革開放政策的十一屆三中全會召開為標誌劃分為兩個階段。

（一）從中華人民共和國中央人民政府在北京宣告成立到中共十一屆三中全會召開前的 30 年是中華人民共和國成立後的第一個階段。

在國共兩黨軍隊內戰中潰敗到臺灣的蔣介石國民黨集團，拒不承認「中華民國國民政府（總統府）」被共產黨領導的人民解放軍推翻（人民解放軍佔領了首都南京，解放了除臺澎金馬諸島以外的絕大部分國土）的現實，仍以「中華民國政府」的名義在臺澎金馬諸島施行統治。在聯合國大會 1971 年 10 月 25 日以壓倒多數通過阿爾及利亞等國提出的「關於恢復中華人民共和國在聯合國的一切合法權利，並立即將臺灣當局的代表從聯合國及其所屬機構中驅逐出去」的提案即「第 2758 號決議」前的相當長時間裏，國民黨臺灣當局在美國等西方國家的支持下用「中華民國」名義佔據中國在聯合國的常任理事國席位及合法權利。為了鞏固在臺灣地區實行的「一黨統治」，蔣家父子及國民黨集團在臺灣實施了長達 38 年的「戒嚴體制」。一方面是臺灣地區的新聞史學研究者身處「中華民國」社會氛圍中，二是當局實施「威權體制」統制和禁錮人們的思想，加上傳統的「當朝人不修當朝史」的史學傳統，因而臺灣地區不可能出現斷代史性質的「中華民國新聞史」，當然也就不可能出版「民國新聞專題史」研究方面的系列著作。臺灣地區新聞史學者如曾虛白、賴光臨、李瞻等人所著（主編）的《中國新聞（傳播）（事業）史》中關於「中

華民國時期新聞史」的有關內容則是作為「中國新聞史」的一個「時期」予以介紹，而不是作為中國歷史的一個「朝代」予以敘述。

中華人民共和國成立剛滿周歲就被迫進行抗美援朝戰爭，國民黨潰敗前潛伏的大批特務和不法地主資本家趁機興風作浪，在臺灣的國民黨當局高調宣稱要「光復大陸」並不時派遣武裝特務騷擾沿海地區；美國在侵略朝鮮的同時把第七艦隊開進臺灣海峽阻擋大陸解放臺灣，不斷在中國邊境地區和周邊國家製造局部戰爭和政治事件，企圖把人民中國扼殺在搖籃中；蘇聯的大國沙文主義做法和蘇聯共產黨在黨際關係上以「老子黨」自居的傲慢態度，使剛剛建國的新中國領導人為維護國家利益和民族尊嚴據理力爭，最後導致矛盾公開化和激烈化。共產黨領導的社會主義中國與美國等西方資本主義國家在意識形態方面勢不兩立，共產黨領導下實行社會主義制度的中國大陸與國民黨蔣介石（蔣經國）集團管治下實行資本主義制度的臺灣地區在軍事政治方面勢不兩立，社會主義陣營內部又因堅決反對蘇聯的霸權主義和蘇聯勢不兩立。階級敵人時刻虎視眈眈，新生政權時刻受到嚴重威脅。為此，共產黨在創建人民共和國後，通過鎮壓反革命、土地改革、三反五反、公私合營、知識分子改造、高校院系調整及專業改造等一系列政治和行政舉措，淡化和消除蔣介石國民黨集團在大陸統治時期的影響和痕跡，以鞏固共產黨和人民政權的執政基礎。「繃緊階級鬥爭這根弦」使一些人片面認為研究「中華民國時期」歷史是意在為蔣介石國民黨「樹碑立傳」、「鼓吹復辟」或「招魂」。在「階級鬥爭年年講、月月講、天天講」的社會氛圍中，人們對研究「中華民國時期新聞史」唯恐避之不及，生怕引火燒身，實際形成諸多學術禁區。在這種社會環境裏，中國大陸地區沒有出版《中華民國新聞史》及「民國新聞專題史」方面研究的系列著作也在情理之中。

（二）從中共十一屆三中全會召開到當前（二十一世紀前二十年左右），可暫且視為中華人民共和國成立後的第二個階段，這個階段還在繼續向前延伸。

中共十一屆三中全會後，中國大陸進入改革開放的「歷史新時期」，包括「民國新聞史研究」在內各方面的學術研究也隨之進入歷史新時期。由於數十年積壓下來的研究課題太多及思想解放的漸進性，直到 2007 年 8 月才在上海《新聞記者》（第 8 期）刊載的《研究民國新聞史的新資料——讀〈胡政之文集〉》（作者王詠梅）一文標題中出現「民國新聞史」這一名詞。儘管這僅

僅是一篇介紹《胡政之文集》的書評，但因其在文章標題中率先使用了「民國新聞史」這一學術概念，同時開始了民國新聞專題史研究（民國新聞史人物專題研究）的探索，因而在「民國新聞史」研究的歷程上具有特別的意義。2008 年 12 月，胡小平所著《民國新聞史》由青海人民出版社出版，這是 1949 年後大陸學者撰寫出版的學術著述中最早在書名中出現「民國新聞史」概念的專著。全書 27 萬字。包括「第一編　北洋時期新聞業的成長」、「第二編　國民政府時期的新聞業」、「第三編　抗戰時期的新聞業」、「第四編　內戰時期的新聞業」）等四編；每「編」設「章」。其中第一編 12 章，第二編 8 章，第三編 10 章，第四編 5 章。「章」下不分「節」，更沒「目」和「點」，全書正文除「章」標題外，以自然段方式一貫到底。附有「主要參考書目」，記載有 21 種圖書有關信息。2011 年 3 月 26 日在北京大學舉行「成舍我與民國新聞史」國際學術研討會是目前所知在中國大陸舉辦的第一個由中國大陸地區學術團體（中國新聞史學會）、臺灣地區學術團體（世新大學舍我紀念館）和美國相關學術團體（柏克萊加州大學東亞研究院）共同主辦，大陸地區高校新聞院系（北京大學新聞與傳播學院）和學術團體（北京大學新聞學研究會）協辦的民國時期重要新聞史人物「成舍我與民國新聞史」的專題學術活動，也是大陸新聞史學界舉辦的第一個由中外學術界人士參加的「民國新聞史」專題學術活動，是中國新聞史學會舉辦的以特定新聞史人物（成舍我）爲研究對象的專題學術活動，把「民國新聞專題史」研究向前推進了一大步。

自 2011 年 1 月 10 日《安徽大學學報：哲學社會科學版》第 1 期刊載《論民國新聞史研究的意義、體系和實施》（倪延年）一文後，大陸地區學術刊物不斷有研究「民國新聞史」的論文發表。儘管一些論文標題沒有出現「民國新聞史」，但研究對象、主題或內容都屬於「民國新聞史」研究，其中大部分屬於「民國新聞專題史研究」。2013 年 6 月 10 日，全國哲學社會科學規劃領導小組辦公室（簡稱全國社科規劃辦公室）宣布「中華民國新聞史研究」獲准立項爲當年度「重點項目」；同年 11 月全國社科規劃辦公室宣布由南京師範大學作爲責任單位，中國人民大學、中國傳媒大學和新華通訊社作爲合作單位，及全國 20 多個學術單位 40 多位專家學者組成團隊參加競標的「中華民國新聞史」中標立項爲 2013 年度國家社科基金重大項目（第二批）（編號 13&ZD154）。設計的項目成果包括由 10 個專題 12 個分冊組成的《民國新聞專題史研究叢書》，這似乎是大陸新聞史學界「民國新聞專題史」方面第一次

有計劃的系列研究。為了增強學術界對「民國新聞專題史」研究的關注和重視，中國新聞史學會和南京師範大學聯合主辦，南京師範大學新聞與傳播學院和南京師範大學民國新聞史研究所承辦的「再現歷史探尋規律：首屆民國新聞史研究高層學術論壇」2014 年 5 月在南京師範大學順利舉行。會議籌辦方在所有應徵的論文中評審出 42 篇出版了會議論文集《民國新聞史研究2014》，海峽對岸的新聞史學者跨過臺灣海峽來到南京參加這次學術盛會，並以大會報告向與會同行介紹研究成果；2015 年 11 月舉辦了第二屆民國新聞史高層論壇，評審出 48 篇出版了會議論文集《民國新聞史研究 2015》；2016 年11 月舉辦了第三屆民國新聞史高層論壇，評審出 40 篇出版了會議論文集《民國新聞史研究 2016》；2018 年 11 月舉辦了第四屆民國新聞史高層論壇，評選出 42 位學者在論壇進行論文演講交流——其中絕大部分是進行「民國新聞專題（人物、事件、媒介）史」研究的論文。我們相信，隨著思想解放不斷深入和研究隊伍的不斷擴大，「民國新聞史」專題研究肯定會繼續發展，並且肯定會發展得更快更好。

二

國家社會科學基金重大項目「中華民國新聞史」研究的總體問題是對在特定國際和國內社會環境下，民國時期新聞事業孕育、產生、發展和變化的歷史進程及其內在規律和經驗教訓進行學科的研究、歷史的總結和科學的評價。主要是探討這一階段新聞業發展變化的社會背景，思考新聞業發展對社會環境改變的作用，考察新聞業和社會變革的互動關係，再現民國時期新聞業發展和變化的歷史圖景，盡可能涵蓋完整的民國時期新聞業，包括新聞報刊業、新聞通訊業、新聞廣播業、少數民族新聞業、軍隊新聞業、圖像新聞業、外國在華新聞業以及新聞管理體制、新聞業經營、新聞教育、新聞學研究等諸多側面。

為充分發揮新聞史學界集中力量辦大事的優勢，提高研究成果的整體水平，項目組在設計了完成最終成果《中華民國新聞史》（5 卷本）研究撰稿任務的五個子課題的同時，設計了對「民國時期新聞史」進行專門研究 10 個特約專門課題即：「民國時期」的新聞廣播業、新聞通訊業、少數民族新聞業、軍隊新聞業、圖像新聞業、外國在華新聞業、新聞教育、新聞學研究、新聞管理體制和新聞業經營。之所以確定上述專題作為「民國新聞史」的特約研

究專題，主要考慮以下幾方面因素：首先是這些「特約專題」在「民國時期新聞業」中有比較豐富的研究內容即「有內容可以研究」，它們的存在和發展對「民國新聞業」發揮社會功能具有獨特的作用；其次是這些「特約專題」的深入系統研究對構建完整豐滿的「民國新聞史」體系具有重要作用即「應當重點研究」。這些「特約專題」的深入系統研究可使這些民國時期新聞業中的重要領域得以更充分反映，展現更爲客觀全面的民國新聞史體系；三是這些「特約專題」領域已出現具有較深厚學術積澱、豐富研究經驗、較高水平成果並得到學界公認的領頭人即「有人勝任研究」，既爲深入全面研究這些「特約專題」提供了人才支撐，也使實施這一系列工程成爲可能。鑒於中國大陸改革開放後已出版如《中國近代報刊史》和《中國現代報刊發展史》等專門研究民國時期新聞報刊的著作，且作爲「民國時期的新聞報刊」在設計爲 25 萬字左右的《民國新聞專題史研究叢書》分冊中難以充分展開；再如復旦大學黃瑚教授 1999 年 8 月就出版《中國近代新聞法制史論》，主體部分內容就是「民國時期的新聞法制」；2007 年 6 月馬光仁出版的《中國近代新聞法制史》也是主要研究「民國時期的新聞法制」，2007 年立項的國家社科基金重點項目「中國新聞法制通史研究」最終成果《中國新聞法制通史》（6 卷八冊）中設有「近代卷」，也是研究「民國時期的新聞法制」（且已在 2015 年出版）。因此本項目就沒有把民國時期的「新聞報刊業」和「新聞法制」設計爲特約研究專題進行專門研究。

在國家社科基金重大項目「中華民國新聞史」設計的成果體系中，《中華民國新聞史》（5 卷本）是把「民國時期新聞業」放在當時特定的政治、經濟、軍事、科技、文化、教育等諸因素構成的社會環境背景下，探討其孕育、發生、發展、變化的歷史進程、內在規律及經驗教訓，從縱向對民國時期新聞業的發展歷程進行研究，以探討「民國時期新聞業」在不同歷史階段的發展變化及其主要特點，旨在體現新聞業與社會同進互動的思想。由 10 個專題 12 個分冊組成的《民國新聞專題史研究叢書》則是向新聞史學界集中展現民國時期新聞史中此前少有學者深入系統研究的若干側面的專門發展歷史。其研究成果首先是作爲《中華民國新聞史》（5 卷本）的學術支撐，《民國新聞專題史研究叢書》的分冊課題都是「中華民國新聞史」項目的「特約研究課題」。課題負責人角色定位首先是「中華民國新聞史」項目「特約撰稿人」，其次是《民國新聞專題史研究叢書》分冊撰稿人。「特約研究課題」成果的內容精華

將以「特約專題稿」形式納入《中華民國新聞史》各卷，以提高《中華民國新聞史》（5 卷本）的整體水平。這些「特約研究課題」負責人都是在民國新聞史研究特定側面具有領先優勢的專家學者，他們在「中華民國新聞史」整體框架下對各自優勢領域進行深入的專題研究並撰成 20～25 萬字左右的獨立專著納入《民國新聞專題史研究叢書》統一出版，為讀者深入系統瞭解民國新聞史的重要側面提供可資閱讀的文本。

《民國新聞專題史研究叢書》各分冊從中觀的橫向層面展現民國新聞史若干側面的發展進程，《中華民國新聞史》（5 卷本）則在宏觀的縱向層面展現中華民國時期新聞事業的起源產生以及在不同階段中發展、變化的歷史進程。《民國新聞專題史研究叢書》各分冊著作者在完成分冊書稿後，把該「特約研究專題」的研究成果撰成規定篇幅的「特約專題稿」，成為 5 卷本《中華民國新聞史》內容的有機組成部分。之所以如此設計，目的是盡可能集中專家學者的集體智慧，提高國家社會科學基金重大項目成果《中華民國新聞史》（5 卷本）的整體水平，為達到高起點、高標準、高水平、權威性的設計目標提供保障。

三

為圓滿實現《民國新聞專題史研究叢書》的設計功能，項目組在全國新聞史學界範圍內選聘了一批具有深厚學術積澱、良好學術道德的專家學者，組成了《民國新聞專題史研究叢書》的強大著者團隊。他們（以姓名首字漢語拼音為序）是：

艾紅紅（《民國時期的新聞廣播業》著者）。女，博士，中國傳媒大學新聞學院教授，博士生導師，中國人民大學新聞學院博士後，兼任中國新聞史學會常務理事。已出版《中國廣播電視史初論》、《新時期電視新聞改革研究》、《〈新聞聯播〉研究》《中國宗教廣播史》及《中國民營廣播史》等著作 5 部；與他人合著《中國廣播電視史教程》、《中國廣播電視圖史》（副主編）等著作 7 部；在《國際新聞界》、《山東社會科學》等發表《從黨派「營地」到民眾「喉舌」：民主黨派報刊屬性與功能之變遷（1928～1949）》、《民國時期基督教廣播特色初探》、《中國廣播電視的歷史發展及其動因考察》等論文數十篇。參與完成國家社科基金課題 2 項，其中之一《中國廣播電視通史》獲教育部科研成果二等獎、吳玉章獎一等獎。參與完成國家廣電總局重點課題 1 項、教

育部人文社科重點研究基地重大課題 1 項。主持完成教育部人文社科項目「中國宗教廣播史研究」，參與教育部馬克思主義理論研究和建設工程第二批重點教材《中國新聞傳播史》編寫。

　　白潤生（《民國時期的少數民族新聞業》著者）。中央民族大學教授，兼任中國新聞史學會特邀理事、少數民族新聞傳播史研究委員會名譽會長、中國報協民族地區報業分會顧問。曾任中國高等教育學會新聞學與傳播學專業委員會第五屆理事會理事，教育部新聞學學科教學指導委員會第二屆委員，國家民委少數民族語言文字出版、翻譯專業高級職稱評定委員會委員。主持國家「十五」社科基金項目「少數民族語文的新聞事業研究」和北京市高等教育精品教材《中國少數民族新聞傳播史》項目。獨著（或第一作者）出版著作 15 部，五次獲省部級獎。《中國少數民族文字報刊史綱》1996 年獲北京市第四屆哲學社會科學優秀成果二等獎、1998 年獲教育部普通高等學校第二屆人文社會科學研究成果二等獎；《中國少數民族新聞傳播通史》2010 年獲國家民委第二屆人文社會科學成果獎著作類二等獎；2011 年獲北京高等教育精品教材；《當代中國少數民族新聞事業調查報告》獲教育部第六屆普通高等學校科學研究（人文社會科學）優秀成果三等獎。另外，2014 年出版的《守護好我們的精神家園——白凱文少數民族文化文選》獲 2016 年中國新聞史學會「新聞傳播學會獎第二屆組委會特別獎」。參與編撰的著作 14 部，任副主編的 3 部（其中有一部負責通稿）、任編委的 3 部，任特約撰稿人的 1 部、任第二作者的 1 部。發表 140 餘篇學術論文。其中《承載民族夢想：中國少數民族文字報刊的百年回望》譯成英文發表在《中國民族》（英文版）2017 年第 4 期上，這是我國學者第一次面向國外介紹中國少數民族文字報刊的歷史概況。這既象徵著白潤生治學「三十年如一日」的辛勤耕耘，更代表了一位學者在少數民族新聞傳播研究領域所能達到的學術高峰。自 1995 年開始《中國青年報》、中央人民廣播電臺、《人民日報》及《中國民族報》、《中國文化報》、人民網等國家級媒體先後發表《鬧中取冷白潤生》、《使歷史成為「歷史」——訪韜奮園丁獎獲得者白潤生》、《薪火不斷溫自升——記少數民族新聞學學者白潤生》等專訪 10 餘篇，是中國少數民族新聞史研究的開創者和帶頭人。其生平被收入《中國新聞年鑑》（1997 年版）「中國新聞界名人」專欄及《中國新聞界人物》等 20 多部辭書。

　　鄧紹根（《民國時期的外國在華新聞業》主編及主要著者）。博士，中國

人民大學新聞學院教授，博士生導師、中國人民大學馬克思主義新聞觀研究中心主任、中國新聞史學會聯席秘書長，長期從事中國新聞傳播史論研究，主持國家及省部級課題 10 餘項，參與重大課題 3 項；先後在《新聞與傳播研究》《國際新聞界》《現代傳播》《新聞大學》等新聞傳播學術刊物發表論文 100 餘篇，其中論文《論民國新聞界對國際新聞自由運動的響應及其影響和結局》（《新聞與傳播研究》2013 年第 9 期）榮獲「2012～2013 年廣東省哲學人文社會科學優秀成果論文類一等獎」；參與的教改項目《馬克思主義新聞觀指導下新聞人才培養「六結合」模式的創建與實踐》先後獲得「2017 年廣東省教學成果獎一等獎」和「2018 年國家級教學成果獎二等獎」；出版有《新聞學在北大》（增訂本）、《中國新聞學的篳路藍縷：北京大學新聞學研究會》《美國在華早期新聞傳播史 1827～1872》等學術書籍八部，其中《中國新聞學的篳路藍縷：北京大學新聞學研究會》（清華大學出版社 2015 年）獲得「第七屆吳玉章人文社會科學青年獎」。

　　方曉紅（《民國時期的新聞管理體制》主編兼主要作者）。女，復旦大學新聞學院博士後，南京師範大學新聞與傳播學院教授、博士生導師，曾任南京師範大學新聞與傳播學院院長兼任中國新聞史學會常務理事、教育部高等學校新聞學學科教學指導委員會委員、中國新聞教育學會理事、武漢大學媒介發展中心研究員、鄭州大學新聞傳播研究中心研究員、江蘇省新聞傳播學重點學科帶頭人。主要從事中國新聞史、大眾傳媒與農村研究。出版有《中國新聞史》、《報刊·市場·小說》、《大眾傳媒與農村》、《農村傳播學研究方法初探》等，獲江蘇省哲學社會科學優秀成果二等獎 1 項、三等獎 2 項。在《新聞與傳播研究》、《新聞大學》、《江蘇社會科學》等發表《抗日戰爭與解放戰爭時期中國報刊事業的特點》、《論梁啓超的報刊理論與小說理論之關係》等數十篇。主持完成國家社科基金項目 2 項、江蘇省社科基金項目 2 項，目前主持國家社科基金項目和江蘇省高校社科基金重點項目各 1 項。

　　韓叢耀（《民國時期的圖像新聞業》主編兼主要著者）。南京大學新聞傳播學院／歷史學院教授，博士生導師；中華圖像文化研究所所長，法國歐亞印象交流協會（ISASES）顧問。長期從事圖像史學與視覺傳播領域的研究與教學工作，在國內外發表專業學術論文 100 多篇，出版學術專著 20 餘部。代表性成果有《新聞攝影學》、《圖像傳播學》、《中國近代圖像新聞史》（6 卷）和《中國現代圖像新聞史》（10 卷）、《中華圖像文化史》（40 卷，主編）。獨

立主持國家級科研項目 6 項，國際科研項目 2 項，省部級科研項目 10 項。主持完成國家社科基金項目 2 項：「中國近代（1840～1919）圖像新聞出版史研究」（07BXW007）和「中國現代（1919～1949）圖像新聞傳播史研究」（11BXW005）。國家社科基金重大招標項目「中國新聞傳播技術史」（14ZDB129）首席專家；以色列 SIP 研究項目首席專家；澳門「澳門視覺形象傳播譜系研究」首席專家。曾兩次獲得中國攝影金像獎；國家級教學成果二等獎。學術研究成果獲第四屆中華優秀出版物圖書獎、第七屆高等學校科學研究優秀成果獎（人文社會科學）二等獎。

　　李建新（《民國時期的新聞教育》著者）。上海大學新聞傳播系教授、博士生導師、上海大學國際新聞傳播教育研究中心主任、《棋友》雜誌社副總編、《中國新聞傳播教育年鑒》編委會副主任委員、長三角象棋聯誼會常務副主席兼秘書長、上海大學象棋協會會長。中國新聞史學會常務理事，中國新聞史學會新聞傳播教育史研究委員會副會長。工學學士、哲學碩士、教育學博士、新聞傳播學博士後，美國密蘇里大學新聞學院訪問學者。曾任太原理工大學學報編輯部主任、執行主編，兼任《中國改革報‧新財富週刊》執行主編、《中國企業報‧新聞週刊》副主編等職。在新聞史、新聞理論、新聞業務等新聞學三個主要學科領域有突破性、首創性研究成果，《人民日報》記者以「新聞學研究的全能專家」為題進行過報導。學術成績被《人民日報》、新華社、《中國社會科學報》、《中國新聞出版報》、《文匯報》、《新華每日電訊》、人民網、光明網、新浪網等進行過報導。長期研究國內外新聞傳播教育，三次入選教育部新聞傳播教育研究的課題組；在新聞與哲學、新聞與社會、國家形象的塑造與傳播、中華文化的對外傳播、突發事件報導、文體報導、人物專訪、媒介戰略、新聞評論、企業媒介應對、媒介融合教育、新媒體環境下的新聞實務等方面均有獨到的研究成果。承擔國家社科基金重大子項目、重點及省部級項目多項；完成其他橫向課題 30 多項；發表學術論文 150 餘篇；獨立出版新聞傳播學專著 10 部，合作出版相關專著 9 部，在《人民日報》、《聖路易新聞報》等發表各類新聞類作品 300 多篇。獲得哲學人文社會科學省部級獎、全國優秀圖書獎、全國徵文比賽一等獎等 30 餘項。

　　李秀雲（《民國時期的新聞學研究》主要作者），女，歷史學博士，天津師範大學新聞傳播學院院長、教授、博士生導師、天津地方新聞史研究所所長，中國新聞史學會常務理事、中國新聞史學會地方新聞史研究委員會副會

長。天津市「131」創新型人才培養工程第一層次人選、天津市宣傳文化「五個一批」人才、天津市高等學校學科領軍人才、天津市高等學校創新團隊帶頭人。長期從事中國新聞學術史、中國新聞思想史研究。主持國家社科基金項目《以學刊爲中心的新聞學術思想史研究》、《中國當代新聞學研究範式的轉換》，教育部基金項目《中國當代新聞學術史》，天津社科基金項目《民國新聞學刊與新聞學術》、《〈大公報〉專刊研究》等 12 項。出版《中國新聞學術史（1834～1949）》（2004）、《中國現代新聞思想史》（2007）、《〈大公報〉專刊研究（1927～1937）》（2007）、《留學生與中國新聞學》（2009）、《中國當代新聞學研究範式的轉換》（2015）等五本專著，在《新聞大學》、《國際新聞界》等期刊發表《黃天鵬對中國新聞學術研究的貢獻》、《梁啓超輿論觀之演變及其成因》等論文 60 餘篇。專著《中國新聞學術史》獲天津市社會科學優秀成果獎三等獎（2008）。

劉亞（《民國時期的軍隊新聞業》著者）。原解放軍南京政治學院軍事新聞傳播系教授，博士研究生導師。1975 年 7 月畢業於復旦大學新聞系。1984 年 6 月參加軍隊新聞教育工作，致力於新聞史教學與研究。講授大專、本科、碩士和博士研究生不同學歷等級課程。作爲第四完成者的《深化軍事新聞教學改革，全面構建輿論戰課程教學體系》獲國家級教學成果二等獎、軍隊級教學成果一等獎。發表《中國軍事新聞事業的產生與發展》《新中國我軍新聞事業 50 年》《加強軍事新聞宣傳的發展戰略研究》《20 世紀中國軍事新聞學研究》等 30 多篇論文。出版與參與編撰 10 部論著與教材。參加 5 項國家社科基金課題研究，主持的國家「十一五」規劃課題《中國人民軍隊新聞史研究》以全優結項。

萬京華（《民國時期的新聞通訊業》主編兼主要作者），女，新華社新聞研究所新聞史研究室主任，高級編輯（研究員），中國新聞史學會常務理事，長期從事新聞史研究工作。參與《新華通訊社史》第一卷、《新華社 80 年輝煌歷程》、《新華社烈士傳》、《中國名記者》叢書等重點圖書編撰。在國內學術期刊發表《毛澤東與新中國的新聞事業》、《周恩來與新華社駐外記者》、《鄧小平與新聞工作》、《解放戰爭時期新華社軍隊分社的創建與發展》、《從紅中社到新華社》等論文 140 多篇。參與國家社科基金重大項目 1 項，國家出版基金重點項目 1 項，新華社國家高端智庫重大項目 1 項。《在敵後抗日根據地創建的新華分社及其歷史貢獻》獲中直工委紀念抗戰勝利 60 週年徵文二等

獎。參與編輯製作的十集電視紀錄片《新華社傳奇》獲第六屆「記錄·中國」三等獎。參與研究的 3 項成果先後獲新華社社級好稿、新華社社長總編輯獎等。

徐新平（《民國時期的新聞學研究》主編兼主要作者）。湖南師範大學新聞與傳播學院教授，博士生導師，傳媒倫理與法制研究所所長，兼任中國新聞史學會常務理事。先後主持完成國家社科基金項目「中國新聞倫理思想的演進」、「晚清時期新聞思想研究」，湖南省社科基金項目「新聞倫理學研究」、「中國近代新聞思想史」和「中國現代民營報人新聞思想研究」等，參與教育部人文社科研究基地重大項目「中國共產黨新聞思想史」的研究，遴選爲教育部馬克思主義理論研究和建設工程第二批重點教材《中國新聞傳播史》骨幹成員。已出版《維新派新聞思想研究》、《新聞倫理學新論》、《中國新聞倫理思想的演進》等專著，在《新聞與傳播研究》《新聞大學》等學術刊物發表《晚清時期中國對外新聞傳播思想》、《論維新派新聞自由觀》、《中國新聞人才觀的變遷》等新聞學論文 70 餘篇。有關論文被中國人民大學複印報刊資料《新聞與傳播》全文轉載。專著《維新派新聞思想研究》獲湖南省第 11 屆哲學社會科學優秀成果三等獎，參著《中國共產黨新聞思想史》獲第五屆吳玉章社會科學成果優秀獎。

張立勤（《民國時期的新聞業經營》著者）。女，華南師範大學新聞傳播系副教授，碩士生導師。武漢大學文學士，復旦大學媒介管理學博士。美國北卡羅來納大學教堂山分校訪問學者，南京師範大學民國新聞史研究所特約研究員。有過近十年的新聞從業經歷，曾任《南風窗》雜誌社記者，先後出版 3 部新聞紀實作品，在《中國青年報》、《南風窗》、《南方週末》等媒體發表了數十篇深度報導。2006 年至今從事新聞傳播教學與研究，對媒介經營管理、新聞史等領域有著持久的學術興趣。主持國家社科一般項目 1 項、國家社科重大項目子課題 1 項、省部級課題 2 項，已出版學術專著 2 部，曾在《國際新聞界》、《新聞大學》等核心期刊發表二十餘篇學術論文。

上述專家學者來自北京、上海、廣州、天津、長沙、杭州和南京等地 10 多個教學研究單位，其中既有德高望重的學術界前輩帶頭人如中央民族大學白潤生教授，又有一批「70 後」的朝氣蓬勃「新生代」學者，團隊主體則是從事新聞史教學研究數十年既有豐富經驗又有豐碩成果的「50 後」學者專家；他們中間既有來自國內著名高等學院的教授，也有國家通訊社研究單位的學

者；既有擅長研究新聞廣播史、新聞通訊業史、新聞經營史、新聞學術史及新聞管理史的專家，更有擅長研究新聞教育史、少數民族新聞史、軍隊新聞史、圖像新聞史及外國在華新聞史等方面的專家，整個團隊專長互補、信息共享、精誠合作、攜手同進，為特約專題研究順利推進及「特約專題稿」如期高質量完成和《民國新聞專題史研究叢書》分冊撰稿提供了堅實的保障。

四

在特約專題研究和《民國新聞專題史研究叢書》分冊撰稿過程中，特約專題負責人（分冊撰稿者）認真貫徹實事求是的思想路線，堅持尊重歷史存在、尊重文化傳統、尊重不同學派的原則；遵循歷史唯物主義和辯證唯物主義原則和方法，既看到「民國新聞史上的確發生、存在過不少與現代文明和民主法制不合拍的歷史事實」，也看到「民國新聞業在科學技術普及、進步力量努力、世界民主潮流推動以及新聞事業規律的共同發力下有了長足的發展」的客觀存在；努力探尋「民國新聞業」有關側面在近四十年中的發展規律，以「新聞」、「新聞人」、「新聞媒介」「新聞活動」及「新聞事業」為中心，突出「民國新聞史」的階段和時代特點，努力再現中國新聞業在「中華民國時期」近四十年間的發展概貌。以嚴肅認真和對國家負責的態度，敬業踏實進行項目研究。

作為國家社科基金重大項目「中華民國新聞史」特約研究專題負責人、《民國新聞專題史研究叢書》分冊撰稿者及項目首席專家，我們當然希望這套《民國新聞專題史研究叢書》能反映 21 世紀 20 年代新聞史學界「民國新聞專題史」研究和認識的整體水平，基本能滿足新聞史學工作者、新聞業務工作者及對這一段新聞史感興趣的讀者瞭解叢書所涉及民國時期新聞史不同側面較詳細歷史情況的需要。毋庸諱言，這套《民國新聞專題史研究叢書》肯定還有諸多不足和遺憾之處：首先是首席專家設計「特約研究專題」時考慮未必十分妥當，可能使一些更重要的民國新聞史「側面」沒有列入「特約研究專題」研究以致留下缺憾；二是各分冊由不同專家學者分頭執筆，各人表述習慣和行文風格不盡一致，整套叢書各分冊在行文及語言風格上難以完全統一；三是因為各位執筆者的社會閱歷、學術積澱、人文素養及研究重點等不盡相同，在某些問題的認識全面性、分析科學性及表述嚴密性等難免參差不齊，甚至有些評價不一定全面正確，有些觀點不一定十分妥當；四是受各種

條件限制，儘管各分冊著者都盡了最大的努力，但還是有些原始文獻和檔案資料未能充分利用，致使有些內容比較單薄，詳略不盡得當。我們衷心期待廣大讀者尤其是業內專家學者的批評和指正，以便在有機會再版或增訂時予以修改，使之不斷趨於完善。

二〇一八年十二月二十五日

目

次

第一章　晚清及南京臨時政府時期新聞學研究

　　蔡元培先生曾說：「凡學之起，常在其對象特別發展以後。……則我國新聞學之發起（昔之邸報與新聞性質不同），不過數十年，至今日而始有新聞學之端倪。」[1]就是說，任何學問都是先有實踐後有理論，理論是對實踐經驗的總結，新聞學自然也不例外。蔡元培認為，我國的新聞學研究直到 1919 年徐寶璜的《新聞學》問世才初現端倪。的確，徐寶璜的《新聞學》是我國第一本新聞理論著作，蔡元培將它視為中國新聞學術的開端，自然有一定的道理。但是，在中華民國建立之前，中國近代新聞事業已經經歷了晚清數十年的發展歷程，在數十年的實踐中，中國報業先賢們在新聞理論上進行了積極的思考與探索，形成了中國新聞史上最初的理論成果，奠定了中國新聞學研究的基礎。因此，研究民國時期的新聞學，不得不先回顧和總結中國近代報業的發展歷程和中國新聞理論的源頭。

第一節　中國近代報業的誕生與新聞理論的萌芽

　　眾所周知，中國近代報業之路是由外國人開啓的。戈公振說：「我國現代報紙之產生，均出自外人之手。」[2]晚清時期，歐美傳教士和商人來華辦報，將西方報紙的辦報模式傳入中國，從而開啓了中國近代報業的序幕。顧維鈞

1　蔡元培：《徐寶璜新聞學序》，《徐寶璜新聞學論集》，北京大學出版社，2008 年版，第 41 頁。
2　戈公振：《中國報學史》，湖南大學出版社，2014 年版，第 58 頁。

在邵飄萍《新聞學總論》的序言中說：「歐風東漸，新聞事業始萌芽於港滬，駸駸移於內地。」[1]戈公振說：「自基督教新教東來，米憐（William Milne）創《察世俗每月統記傳》，其內容有言論，有新聞之紀載，是爲我國有現代報紙之始。故稱之爲創始時期。在此時期內，報紙之目的，有傳教與經商之殊，其文字有華文與外文之別。」[2]歷代新聞學者都認爲，西方人在中國辦報促進了中國現代報紙的誕生，而現代報紙的誕生又爲中國新聞理論提供了客觀的物質基礎。

一、洋人報刊開啓中國近代報業之路

　　據統計，第一次鴉片戰爭前，外國傳教士創辦的中文報刊共有 6 種，分別是馬禮遜和米憐創辦的《察世俗每月統記傳》和 1823 年麥都思創辦的《特選撮要每月紀傳》，1828 年吉德創辦的《天下新聞》，1828 年士羅創辦的《依涇雜說》，1833 年郭士立創辦的《東西洋考每月統記傳》，1838 年麥都思等創辦的《各國消息》。其中最有影響的是英國傳教士創辦的《察世俗每月統記傳》和德籍傳教士創辦的《東西洋考每月統記傳》，而《東西洋考每月統記傳》又是第一家進入中國本土的由外國傳教士創辦的中文報刊。外國人在華創辦的宗教報刊以闡發基督教義爲根本要務，內容以介紹神理、人道、國俗、天文、地理爲主，很少有真正意義的新聞傳播。

　　鴉片戰爭前，來華辦報的外國人除了傳教士之外，還有商人和政客。與傳教士辦報以中國人爲傳播對象不同，他們創辦的外文報刊主要是給外國人看的。據統計，鴉片戰爭前在中國境內出版的外文報刊大約有 17 種。其中影響較大的有 1822 年 9 月在澳門出版的葡萄牙文週刊《蜜蜂華報》；1827年 11 月在廣州出版的英文報紙《廣州紀錄報》；1831 年 7 月在廣州出版的《中國差報與廣州鈔報》；1834 年 10 月在澳門出版的《澳門鈔報》；1835年 5 月在廣州出版的《中國叢報》；1835 年 9 月在廣州出版的英文週刊《廣州週報》等。這些外文報刊的受眾都是外國人。因此，其辦報目的主要是爲外商的商業利益服務的；其報導內容包括商業信息、政治評論和各地新聞等，比傳教士辦的報紙更符合近代報刊的要求；其宣傳立場，則完全站在西方帝國主義一邊，攻擊中國政府的對外政策和中國的行政官員，爲帝國主義

1　邵飄萍：《邵飄萍新聞學論集》，北京大學出版社，2008 年版，第 99 頁。
2　戈公振：《中國報學史》，湖南大學出版社，2014 年版，第 18 頁。

的侵華策略與行爲作辯護。1839 年，林則徐以欽差大臣的身份奉命到廣州禁煙時，爲了知己知彼而辦的譯文刊物《澳門新聞紙》，其中的內容就來自這些外文報刊。

1840 年 6 月，英帝國主義向中國發動了第一次鴉片戰爭，用炮艦打開了封建中國的大門，中國社會逐漸淪爲半封建半殖民地社會。1842 年 8 月，中國近代史上第一個不平等條約——中英《南京條約》簽訂，該條約強迫中國割地賠款，五口通商。1844 年簽訂的中美《望廈條約》和中法《黃埔條約》，允許美國人和法國人在通商口岸設立教堂。1846 年 2 月，道光皇帝批准取消對天主教的禁令。接著，基督教也順利的進入中國。這樣，西方傳教士在中國建教堂、開醫院、辦學校、設報館，就有了一定的依據與保障。鴉片戰爭後，從 19 世紀 40 年代到 80 年代的半個世紀中，外國人來華創辦的中外文報刊達 200 多種，形成了中國境內的外報網絡。

外國人在華創辦的報紙不僅數量上快速增加，而且在地域上先由海外和澳門遷移到香港，再由香港擴大到廣州、上海、漢口、寧波、煙台等中國中東部沿海城市。特別在內容上，這些由傳教士和商人創辦的報刊，大多數不再像《察世俗每月統記傳》那樣以闡發基督教義爲宗旨，而是在繼續介紹宗教知識和西方科學文化知識的同時，增加了時事新聞與時事評論。如《遐邇貫珍》的編輯說：「蓋欲從得事物之顛末而知其是非，非得識世事之變遷，而增其見聞。」[1]該報不僅注意刊載新聞，而且開始刊登廣告，開中文報紙刊載廣告之先河。《六合叢談》宣稱：「今予著《六合叢談》一書，亦欲通中外之情，載遠近之事，盡古今之變。見聞所逮，命筆誌之。月各一編，罔拘成例，務使蒼穹之大，若在指掌，瀛海之遙，如同衽席。」[2]按照這樣的思想認識，該報載有「泰西近事」「金領近事」「粵省近事」等中外新聞，有「進口貨單」「出口茶葉單」「銀票單」等商務信息，基本脫離了純宗教報刊的舊貌，初步具備了「新聞紙」的資格。

如果說宗教報刊在鴉片戰爭之後開始了舊貌變新顏的改革，那麼，新創辦的商業報刊則出現了全新的氣象。如 1861 年 11 月在上海創刊的中文商業報紙《上海新報》，1872 年英國商人美查在上海創辦的中文商業報紙《申報》，就是其中的代表。《上海新報》主要爲商業貿易服務，在「發刊啓」中宣稱：

1　轉引自曾憲明著：《中國百年報人之路》，遠方出版社，2003 年版，第 10 頁。
2　轉引自陳玉申著：《晚清報業史》，山東畫報出版社，2003 年版，第 14 頁。

「大凡商賈貿易，貴乎信息流通。本行印此新報，所有一切國政軍情，市俗利弊，生意價值，船貨往來，無所不載。」[1] 這份報紙刊載各類商業信息和商業廣告，新聞和言論集中在第二版。它創刊後的 10 年中，是上海唯一的中文報紙。1872 年 4 月，《申報》創辦後，《上海新報》在與《申報》的競爭中失敗，於 1872 年 12 月 31 日自動停刊。

《申報》是舊中國出版時間最長、影響最大的中文商業報紙。創辦人是英國商人美查。美查在中國經營絲、茶生意虧本後，接受中國買辦陳莘庚的建議，邀請英國友人伍華德、普萊亞、麥基洛合資辦報，每人出銀 400 兩，於 1872 年 4 月 30 日，在上海創辦了《申江申報》，簡稱《申報》。《申報》的辦報目的就是爲了賺錢，「本報之開館，余願直言不諱焉，原因謀業所開者爾。」[2] 這與過去所有外報都不同。過去的「宗教報刊重在宣傳，不在營利，常免費贈閱；以往商業報紙旨在利用報紙宣傳，爲主人所從事的商業貿易營利，主要不在報紙本身賺錢。」[3]

因此，《申報》從一開辦，就與其他報紙不同，表現了鮮明的個性特色：一是報紙編務工作全由華人主持，其內容更加適合中國讀者的口味。美查對讀者說：「本館雖西人開設，而秉筆者則華人，其報系中西人所共成者。」[4] 二是重視新聞採訪，使報紙成爲眞正的「新聞紙」。起初，《申報》的新聞主要來自其他報紙，隨後便建立了自己的訪員隊伍。至 1874 年 7 月，《申報》在上海、北京、南京、蘇州、杭州、武昌、漢口、寧波等地都聘定了訪員爲其提供當地的新聞，逐步實現了創辦時的設想：「凡國家之政治，風俗之變遷，中外交涉之要務，商賈貿易之利弊，與夫一切可驚、可愕、可喜之事，足以新人聽聞者，靡不畢載。」[5] 三是重視言論。以往的商業報紙只重視商業行情而忽視言論。《申報》從一開辦就重視言論，認爲言論有「繫乎國計民生」，「上關皇朝經濟之需，下知小民稼穡之苦。」[6] 因此，其言論內容非常廣泛，創刊第一個月就發表言論 72 篇。總體上看，《申報》的言論既有爲英帝國主義殖民政策做辯護的，也有鼓吹西方富強之術的，還有伸張社會正

---

1 轉引自陳玉申著：《晚清報業史》，山東畫報出版社，2003 年版，第 35 頁。
2 《本館作報本意》，《申報》，1875 年 10 月 11 日。
3 吳廷俊：《中國新聞史新修》，復旦大學出版社，2010 年版，第 43 頁。
4 《主客答問》，《申報》，1875 年 1 月 28 日。
5 《本館告白》，《申報》，1872 年 4 月 30 日。
6 《本館條例》，《申報》，1872 年 4 月 30 日。

義的。四是熱衷於社會新聞的報導，以吸引讀者的眼球。《申報》上載有許多奇聞怪事、里巷瑣談、男女豔情、鬼神怪異的新聞。這些新聞既有滿足讀者好奇心的作用，也存在格調低下的毛病。五是重視文藝稿件和廣告。《申報》創刊伊始，就向文人徵稿，許多舊式文人紛紛向報館投稿，或描寫豔情，或流連景物，彼此唱和，互吟風雅，在商業報刊中別具一格。《申報》創刊後幾天，就刊出《招刊告白引》，即刊載廣告的廣告。《申報》的廣告內容無所不包，來者不拒。在中國新聞傳播史上，《申報》是第一份形態完備的眞正意義的「新聞紙」。

　　從 1815 年 8 月第一家中文近代報刊《察世俗每月統記傳》的創辦，到 1872 年 4 月《申報》館的問世，在這將近 60 年的時間裏，幾乎所有的中文報刊都是外國人辦的。中國新聞史學界認爲，西方人創辦的報刊，在政治傾向上，多數是爲西方殖民主義侵略中國的總目標服務的，是西方列強侵略中國的組成部分。但是，這些外報將西方自然科學知識和人文社會科學知識介紹給中國，打開了長期封閉的中國人的眼界，增加了中國人的見識，客觀上促進了中國自然科學知識和社會科學知識水平的提高。從新聞事業發展角度看，外國人創辦的報紙，向中國人傳播了近代報刊的觀念和思想，輸入了新聞採編、排版印刷、經營管理等方面的辦報技能，吸收中國人參與辦報，爲國人自辦報刊培養了人才，提供了辦報經驗。如果不是外國人來華辦報，中國近代新聞事業也許還繼續停留在只反映皇帝活動和朝廷動態的「宮門鈔」時代。誠如戈公振所說：「若就近日之外報言之，幾一致爲其國家出力，鼓吹資本主義與帝國主義。關於外交問題，往往推波助瀾，爲害於我國實大。不過以第三者眼光觀之，外報於編輯、發行、印刷諸方面，均較中國報紙勝一籌，銷數不多而甚有勢力，著論紀事，均有素養，且無論規模大小，能繼續經營，漸趨穩固。是則中國報紙所宜效法者也。」[1]

二、國人從譯報到辦報的初步嘗試

　　中國人自辦近代報紙，經歷了由翻譯外報到自辦報紙的過程。1839 年，著名的民族英雄林則徐以欽差大臣的身份奉命到廣州查禁鴉片時，爲了知己知彼、瞭解敵情開展了譯書、譯報活動。他到達廣州後，很快組織人力翻譯《四洲志》《各國律例》和《華事夷言》等外文書籍，以便瞭解外國的地理、

1　戈公振：《中國報學史》，湖南大學出版社，2014 年版，第 97 頁。

制度、法律等等知識。與此同時,他還下令搜集外國人在廣州、澳門出版的各種報刊,精選外文翻譯人員進行翻譯,譯出的新聞報導和時事評論按時間順序裝訂成冊,命名爲《澳門新聞紙》。

《澳門新聞紙》現存六冊,時間從 1839 年 7 月 23 日始至 1840 年 11 月 7 日止,歷時一年零三個多月。其內容有政治、軍事和貿易等方面的時事報導和評論,尤其是林則徐抵廣州後所採取的禁煙措施、施行的政策所引起的各方面強烈的反應和外國人對中國的政治、軍事、經濟、文化特點的分析,佔了主要的篇幅。1840 年 10 月,林則徐被清廷革職,發配新疆,譯報工作在一個多月之後停止。

林則徐的譯報活動,「乃中國譯外國新聞紙之嚆矢。」[1]在中國近代歷史上,林則徐是官僚士紳中最早具有開放意識的人。他最早看到報紙在溝通內外情況方面的作用,最早利用西方人辦的報紙瞭解西方情況,這在中國新聞史上無疑是一個創舉。後來的許多學者,都把他的譯報活動看成是中國瞭解近代報紙的開端。康有爲說:「中國自古爲大一統國,環列皆小國,若緬甸,朝鮮,安南,琉球之類,吾皆鞭箠使之,其自大也久矣。……道光二十年,林文忠始譯洋報,爲講求外國情形之始。」[2]汪康年說:「海通以還,林文忠、魏默深先生,時譯西書西報以餉海內,於是吾國人始知各國有日報。」[3]梁啓超說:「林則徐乃創譯西報,實爲變法之萌芽。」[4]可見,林則徐利用外國人的報紙來開闊眼界的做法,被視爲變法維新的源頭和中國人辦報的先聲。

如果說林則徐、魏源的譯報活動及洪仁玕辦報建議與設想,開啓了中國近代報刊序幕的話,那麼,國人在漢口、上海和廣州等地的辦報活動,則標誌著中國近代報刊正式登上了社會生活的舞臺,是中國近代新聞事業在實踐上的開端。

戈公振在《中國報學史》中說:「我國人自辦之日報,開其先路者,實爲《昭文新報》。《循環日報》次之,《彙報》《新報》《廣報》又次之。」[5]王韜在

---

1 中國史學會主編:《鴉片戰爭·澳門新聞紙跋》Ⅱ,上海人民出版社,1955 年版,第 522 頁。
2 康有爲:《京師保國會第一集演說》,《康有爲政論集》,中華書局,1981 年版,第 237 頁。
3 汪康年:《京報發刊獻言》,《汪穰卿遺著》卷二。
4 梁啓超:《戊戌政變記》,《梁啓超全集》,北京出版社,1999 年版,第 191 頁。
5 戈公振:《中國報學史》,湖南大學出版社,2014 年版,第 103 頁。

《倡設新報小引》中也說：「我國民報之產生，當以同治十二年在漢口出版之《昭文新報》爲最早。」[1]《昭文新報》是華人獨資創刊、華人主持的第一家近代中文日報，1873 年 8 月 8 日由艾小梅創辦於漢口。該報實物至今未見，不知其詳情，但從比它早一年創辦的《申報》的報導中，大致可以知道它初創時的情形。這份報紙開始是每日出一期，因銷路不好，兩個月後，改爲每 5 日出一期，裝訂成書，向讀者發行。其內容「則奇聞軼事居多，間有詩詞雜作」。但因當時社會大眾文盲居多、商業落後、交通不便等原因，報館經營困難，不到一年就停刊了。

1874 年 6 月 16 日，容閎在上海發起創辦了另一份報紙——《彙報》。容閎是中國最早的留美學生，廣東香山人。1871 年他被任命爲赴美留學副監督員，負責留美學生的接洽安排等具體事務，爲中國最早的出國留學事業做出了卓越的貢獻。他發起創辦《彙報》時，正負責留美幼童的選送和管理工作，基本沒有參與報紙的具體事務。報務的實際主持者是廣東人鄺其照，主筆爲管才叔。

《彙報》每日出 2 張 8 頁。新聞占 4 頁，行情、船期、廣告占 4 頁。《彙報》的股東大多是容閎的廣東同鄉，股東們因懼怕文字惹禍，特意聘請了英國人葛理擔任主筆。該報在創刊時即宣稱：「本局爲中華日報，自宜求有益於中華之事而言之。故有裨於中國者，無不直陳，而不必爲西人諱。」其愛國之情溢於言表。報紙重視論說，每隔一天發 1 篇評論，闡釋富國強民的主張，報紙也因此爲官府所不滿，有的股東由懼怕而退股。同年 9 月 1 日改名爲《彙報》，繼續出版。1875 年 7 月 16 日，又改名爲《益報》，主筆爲朱連生。但是，改名後的《益報》與以前的《彙報》相比，內容質量上不進反退，12 月 3 日，朱連生在報上刊登離職聲明，報紙便停刊了。

1876 年 11 月 23 日，又一家新的報紙——《新報》在上海創刊。該報名義上是上海各商幫出面集股興辦的，但實際上由上海道臺馮焌光所操控。起初採用中英文並排的形式出版，以吸引在華的外國讀者，但因外國讀者太少，第二年就取消的英文。該報以發表官方新聞爲主，外省和外國的新聞多於本埠新聞，經貿報導比較多。華人評價它是「官場新報」，洋人說它是「道臺的喉舌」。1882 年，新任道臺不願參與這家報紙的事務，《新報》於 4 月 12 日停刊。

1　載 1874 年 2 月 5 日《循環日報》。

廣州作爲第一個開埠的通商口岸，在中國近代新聞事業發展史上有著重要的地位。1884 年 4 月 18 日，廣州第一家大型中文日報《述報》創刊，這是我國最早出版的一份石印日報。該報每日出 4 頁一份，「第一二頁述中外要緊事。第三頁譯錄西國一切圖式書籍。第四頁，各行告白及貨物行情，輪船出入日期。」[1] 相對於之前出版的國人自辦報刊，這份報紙報導內容偏重於嚴肅重大時事新聞、政治事件和國際關係述評，較少刊載廣州及其他省的社會新聞，是一份著眼於全國的嚴肅報紙。在形式上圖文並茂，每期都有紀實性圖畫，與文字新聞相配合，使報紙顯得生動活潑。在印刷上，首家採用石印。承印《述報》的印刷所是廣州的海墨樓石印書局。這家印刷機構當時已經採用了彩色石印法，使《述報》在印刷質量上超過了以前的報紙。在廣告經營上，該報拿出四頁報紙中的一頁來刊登廣告，可見《述報》館主人對廣告經營的重視。這在近代第一批國人自辦報刊中也是首屈一指的。

1886 年 6 月 24 日，廣州第二家中文日報《廣報》問世，創辦人是鄺其照。該報的內容除轉載京報外，有新聞、論說、詩歌等。據《七十二行商報紀念刊》記載：《廣報》初辦之時，聲稱不涉及政治。1891 年因刊登某大員被參的奏摺，觸犯了兩廣總督李小泉，被以「辯言亂政」及「妄談時事，淆亂是非，膽大妄爲」的罪名查封。[2] 這可能是中國近代民族資產階級報刊被當權者查封的第一例。不久後，鄺其照等人於同年將報館搬往沙面租界，改名爲《中西日報》，由英商出面經營。1900 年，因發表義和團戰勝八國聯軍的消息，得罪英法帝國主義。他們迫使廣東當局查封該報。不得已該報同年冬又改名爲《越嶠紀聞》，但因發行受到限制而被迫停刊。

19 世紀 70～80 年代，國人在漢口、上海和廣州等地所辦的報刊，雖然數量不多，每一家報紙存在的時間都不長，其影響力也不算大。但是，這些報紙的出現，不僅打破了外報在華的壟斷地位，而且標誌著中國近代新聞事業邁出了實際性一步。

在近代國人創辦的第一批民營報刊中，存在時間最長，影響最大的是王韜在香港創辦的《循環日報》。這份報紙自 1874 年 2 月 4 日創刊後，一直延續到民國三十年（1941 年）年底因日本入侵香港而停刊。1945 年香港光復後，

1　《述報緣起》，載《述報》甲申年卷一，第 2 頁。
2　方漢奇主編：《中國新聞事業通史》第 1 卷，1992 年版，第 484～485 頁。

《循環日報》以原名復刊，1947 年又停刊，1959 年再度復刊，但不久停刊，再未出版。[1]王韜主持了《循環日報》最初 10 年（1874～1884）的筆政，為這份「中國人自辦成功的最早中文日報」[2]做出了突出的貢獻。

　　《循環日報》是中國報刊史上第一份完全由「華人出資，華人操權」的中文日報，也是早期資產階級改良派宣傳其政治主張的輿論陣地。其宗旨是「強中以攘外，諏遠以師長」。就是說，《循環日報》的創辦，就是幫助中國人學習西方先進的科技文化，使中國日益強大，以抵禦西方列強的欺侮和侵略。王韜在主持《循環日報》的筆政和報刊政論的寫作中，首創了報刊政論文體，以改良主義思想家的身份開創了中國新聞事業「文人論政」的先河。

三、早期維新人士新聞理論初探

　　中國近代新聞事業是從外報的傳入開始的。洋人報刊不僅開闊了當時中國知識分子的眼界，而且讓部分國人開始思考報刊的性質、作用、功能、職責以及與政府、社會、民眾的關係等理論問題，中國新聞理論也由此萌芽。

　　最早認識外報作用並利用它為我所用的是近代著名的民族英雄林則徐。1839 年，時任湖廣總督的清朝官員林則徐受命赴廣東禁煙，為了知己知彼、瞭解敵情，組織人員翻譯當時在澳門出版的外文報刊《蜜蜂華報》《廣東週報》和《廣東紀錄報》等報紙，並將譯出的新聞報導和時事評論按順序裝訂，將其命名為《澳門新聞紙》。可以說，林則徐「開眼看世界」的方式肇始於他的譯報活動。1841 年他在給靖逆將軍奕山的信中談了自己對外報的看法：

> 澳門地方，華夷雜處，各國夷人所聚，聞見較多。尤須密派精幹穩實之人，暗中坐探，則夷情虛實，自可先得。又有夷人刊印之新聞紙，每七日一禮拜後，即行刷出，係將廣東事傳至該國，並將該國事傳至廣東，彼此互相知照，即內地之塘報也。彼本不與華人閱看，華人不識夷字，亦即不看。近年顧有翻譯之人，因而輾轉購得新聞紙，密為譯出。其中所得夷情，實為不少。制馭

1　蕭永宏：《王韜與循環日報》，學習出版社，2015 年版，第 1 頁。
2　卓南生：《中國近代報業發展史 1815～1874》增訂版，中國社會科學出版社，2002 年版，第 179 頁。

準備之方，多由此出。雖近時期有僞託，然虛實可以印證，不妨
兼聽並觀也。[1]

林則徐說他翻譯外文報刊的主要目的是爲了瞭解「夷情虛實」「彼此互相
知照」，從而更好地制定禦敵和制敵之策。可見，林則徐對譯報作用的認識，
尚停留在軍事用途上，與老百姓並沒有什麼關係。但是，他的譯報活動及其
對外報的看法，在當時國人還不瞭解和不重視報紙的時代，具有開創性貢獻。
他提出的對待外報的態度：不可不信，又不可全信，外報中頗多妄語，虛實
雜陳，讀者在閱報時需要「兼聽並觀」，識別眞假，爲我所用。這對如何利用
外報和讀者提高新聞的識別能力無疑有一定的幫助。

同時期的著名學者和思想家魏源，受林則徐所託，在林則徐被革職離開
廣州後，繼續將譯好的資料進行彙編，並增加新的材料編成《海國圖志》。魏
源在《海國圖志》中傳承和發展了林則徐的新聞思想。他同林則徐一樣，認
識到了譯報對於國人開眼看世界的重要性，認爲要想抵制外夷，必先瞭解外
夷各方面的情況，而瞭解情況的最佳途徑便是設立驛館，翻譯外夷書報。魏
源與林則徐不同的是，對外報有了更多的認識，認爲報紙不僅對國民有一定
的教化作用，而且在國家政治生活中也能發揮重要影響，並期望著中國也能
學習西方國家「刊印逐日新聞紙以論國政」。

從林則徐和魏源的譯報活動中不難看出，他們的報刊活動還只是停留在
利用外報獲取信息爲己所用的層面上，但是，從他們的有關言論中可知，他
們已經意識到近代報紙的功能完全不同於傳統的「邸報」，初步認識到了報紙
在傳播信息、影響風氣和輔助政治等方面的作用；雖然他們對近代報刊的性
質和特點的認識還比較膚淺，也沒有明確提出自己創辦近代報刊的主張，但
標誌著中國人開始認識到了近代報紙在傳播信息方面的重要作用。康有爲曾
經評價說：「中國自古爲大一統國，其自大也久矣。……道光二十年，林文忠
始譯洋報，爲講求外國新聞之始。」錢基博在《近三百年湖南學風》也說，
魏源的《海國圖志》是「國人談瀛海故實者之開山。」可見，他們利用洋報
瞭解外部世界和開闊眼界的做法，邁開了國人開始重視報紙的腳步，成了中
日甲午戰爭之後國人紛紛辦報的先聲。

---

1 林則徐：《答奕將軍防禦粵省六條》，《魏源全集》，嶽麓書社，2004 年版，第 1931
頁。

圖 1-1　魏源《海國圖志》

　　在中國新聞史上最早對新聞事業進行理論思考與總結的是太平天國晚期
第二號領袖人物洪仁玕。洪仁玕（1822～1864 年），號吉甫，廣東花縣人，太
平天國領袖洪秀全族弟。1851 年，震驚中外的太平天國農民起義爆發，洪仁
玕並未加入起義隊伍，仍在廣東清遠地區教私塾。1852 年，洪仁玕在追隨洪
秀全途中被清兵逮捕，逃脫後輾轉來到此時已是英國殖民地的香港。他在香
港居住了六年，對資本主義有了較多的瞭解與認識。1859 年洪仁玕從香港來
到天京，任太平天國第二號人物——幹王。爲了挽救岌岌可危的太平政權和
在中國發展資本主義，他向天王洪秀全進呈了一份改革的新方案——《資政
新篇》，並在其中提出了自己對近代新聞事業的認識與看法：

　　　　所謂以法法之者，其事大關世道人心，如綱常倫紀，教養大典，
　　則宜立法以爲準焉。是以下有所趨，庶不限於僻矣。然其不限於僻

而登於道者，必又教法兼行，如設書信館以通各省郡縣市鎮公文；設新聞館以收民心公議及各省郡縣貨價低昂、事勢常變。上覽之得以資治術，士覽之得以識變通，農商覽之得以通有無。昭法律，別善惡，勵廉恥，表忠孝，皆藉以行其教也。教行則法著，法著則知恩，於以民相勸誡，才德日生，風俗日厚矣。

新聞館以報時事常變、物價低昂。只需實寫，勿著一字浮文。

興各省新聞官，其官有職無權，性品誠實不阿者，官職不受眾官節制，亦不節制眾官，即賞罪亦不准眾官褒貶。專收十八省及萬方新聞篇有招牌圖記者，以資聖鑒。則奸者股票存誠，忠者清心可表。於是一念之善，一念之惡，難逃人心公議矣。人豈有不善，世豈有不平哉。[1]

從以上材料中可知，洪仁玕的新聞理論觀點主要有：第一，報刊的作用與功能是「上覽之得以資治術」。他認為報刊可以為國家政治服務，設立報館可以幫助政府更好的管理國家事務，有利於政權穩定。第二，報刊具有溝通上下、傳播信息的功能，可通「民心公議」「貨價低昂」「事勢常變」，還有社會教化的功能，可以「昭法律，別善惡，勵廉恥，表忠孝」，從而使社會「才德日生，風俗日厚」。第三，新聞是一種特殊的文體，寫作上必須真實，力戒浮誇。他認為報人在撰寫新聞時，「只須實寫，勿著一字浮文」，對偽造新聞者，必須予以懲罰。在不清楚新聞虛實時，需注明『有某人來說，未知是否，俟後報明』字樣。第四，報人要具備優良的品德。洪仁玕認為，各省新聞官是一個「有職無權」的角色，不受眾官節制，只對皇帝負責，具有相對的獨立性。但必須由品性剛直不阿、一心為國的人擔任。客觀地說，洪仁玕由於本人未曾創辦過報刊，其代表的立場是封建王權，因此，他對新聞業的認識只是初步的，談不上全面與深刻。但是，他在《資政新篇》中提出的觀點卻是我國新聞史上對新聞事業最早的理論思考，具有開創性意義。

第二次鴉片戰爭後，病入膏肓的清政府為了實現富國強兵，穩固統治，開展了轟轟烈烈的改良運動，史稱洋務運動。洋務派提出「師夷長技以自強」的口號，開始學習西方的先進文化與科技，大力興辦近代軍事工業和民用企業。隨著洋務運動不斷深入和發展，十九世紀六七十年代，一種新的政治力

---

1 洪仁玕：《資政新篇》，張之華主編：《中國新聞事業史文選》，中國人民大學出版社，1999 年版，第 5～6 頁。

量——中國民族資產階級得以產生並活躍於中國政治舞臺。以王韜、何啓、胡禮垣、陳熾、鄭觀應爲代表的早期資產階級維新派思想家爲實現自己的政治主張，以報刊爲輿論陣地，向封建守舊派發起猛烈進攻。

王韜（1828～1897 年），字蘭卿，江蘇蘇州人，是中國近代新聞史上的開山人物，被譽爲「中國新聞記者之父」。他不僅是中國近代報紙的開創者，而且也是中國新聞理論的奠基人。作爲中國最早辦報並取得巨大成功的報人，他對中國新聞學的貢獻主要體現在以下幾個方面：

一是最早撰寫新聞學論文闡述新聞理論問題。他在主持《循環日報》的過程中，不僅撰寫了大量政論時評，而且還寫了新聞學理論文章，如《論日報漸行於中土》《各省會城宜設新報館》《倡設日報小引》等。這些論文不僅是中國新聞史上最早的理論成果，而且開創了中國報人在實踐中注重理論思考與總結的優良傳統。

二是在新聞理論方面最早提出了自己獨立的見解。主要表現在三個方面：第一，對報刊的功能與作用進行了比較充分的論述，以引起朝廷和社會對新聞事業的重視。王韜認爲，報館的最大作用與好處就在於能快速及時地傳播信息，使上下相通，內外相通，防止因閉塞而產生的種種弊病，對內能提高行政管理的針對性與有效性，對外能知己知彼、把握外交工作主動權。「上下相通，民隱得以上達，君惠得以下逮。」第二，主張報刊評論要關注時事，直抒胸臆，淺顯易懂，不可深文曲折。他說他的《弢園文錄外編》收錄的文章，就是對當時時事的看法。在《弢園文錄外編·自序》中，他說：「文章所貴，在乎紀事述情，自抒胸臆，俾人人知其命意之所在而一如我懷之所欲吐，斯即佳文。至其工拙，亦末也。鄙人作文竊秉斯旨，往往下筆不能自休，若於古文辭之門徑則茫然未有所知，敢謝不敏。」[1]意思是說，寫文章的關鍵在於紀事也好、述情也好，都要寫自己的真情實感，讓讀者明白你的作文意圖，而不要過多地追求文字的雅俗和技巧的工拙。「自抒胸臆，俾人人知命意之所在」，既是王韜作文遵循的法則，也是《循環日報》言論的一大特色。王韜所寫的政論，無論是宣傳西法，還是倡導變革，無論是抨擊黑暗，還是臧否人物，他都能將自己的觀點主張、好惡愛憎清新生動地表達出來，給當時沉悶僵化的文壇注入了新的生機，給讀者以震聾發聵的影響。第三，對報人尤其是主筆提出了道德和業務的雙重要求。道德上對報人的要求是「其立論一秉

1　王韜：《弢園文錄外編自序》，《弢園文錄外編》，上海書店出版社，2002 年版，第 1 頁。

公平，其居心務期誠正。」[1]王韜認爲，新聞工作者只有具備這樣的品質，才會做到在新聞報導中「直陳其事」，防止「採訪失實、紀載多誇」的「通弊」；學識上的要求是「博古通今。」「古則通經術，諳史事；今則明經濟，嫻掌故，凡輿圖算術胥統於此。」[2]這是中國新聞史上最早關於記者資格與條件的論述，爲後來專職記者的道德修養和業務知識的儲備提供了積極的思想資源。

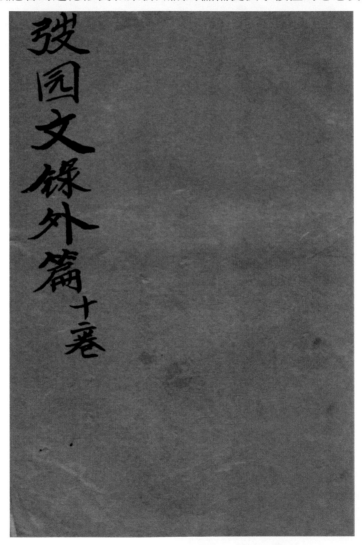

圖 1-2　王韜《弢園文錄外編》

1　王韜：《論日報漸行於中土》，《弢園文錄外編》，上海書店出版社，2002 年版，第171 頁。
2　王韜：《弢園尺牘‧上丁中丞書》。

何啓（1859～1914）、胡禮垣（1847～1916）都是接受過西式教育、生活和工作在香港的知識分子。胡禮垣還在王韜主持的《循環日報》做過短期的翻譯工作，受到王韜改良變法思想的影響。他們兩人都不是以報人的身份談論報紙，而是作爲中國早期維新思想家和愛國知識分子，從改革需要的角度論述報紙的。他們在《新政論議》中，對清政府只准洋人辦報而不准華人開設的做法提出了尖銳的批評，希望政府允許並鼓勵國人辦報，提出了「宏日報以廣言論」主張。與此同時，他們還首次提出了報館要敢於「直言」的期望。他說：

> 日報之設，爲利無窮，然必其主筆者、採訪者有放言之權、得直書己見，方於軍國、政事、風俗、人心有所裨益。若唯諾由人，浮沉從俗，遇官府曠職則隱而不言，曰：彼雖曠職，仍是官府也，以下訕上，不可爲也。持此一念，勢必至逢君惡、遇小民含冤，則忍而不發，曰：彼雖含冤，不過小民耳。貧不敵富，理豈不然。持此一念，勢必至失人心。曾亦思《春秋》之筆褒貶從心，南董之風斧鉞不懼乎？

> 蓋言必能直於日報，方爲稱職，言而不直於日報，則爲失職也。中國日報之設，蓋亦有年，而不能得其利益者，由秉筆之人不敢直言故也。[1]

何啓、胡禮垣把是否敢於「直言」作爲衡量記者「稱職」與「失職」的重要標準，不僅是對記者道德修養的期盼，也是針對當時媒介現實有感而發的。他們認爲，中國的日報已創辦多年，但是，給社會帶來的利益卻不多，就是因爲「秉筆之人不敢直言」，形成了一股「唯諾由人，浮沉從俗」的不良風氣。而要做到敢於直言，就要繼承中國歷史上史家優秀的道德傳統：「《春秋》之筆褒貶從心，南董之風斧鉞不懼」，敢於揭露官府曠職，敢於爲小民申冤。

在中國新聞史上，最早提出記者要具有「《春秋》之筆褒貶從心，南董之風斧鉞不懼」[2]的史家精神的是何啓、胡禮垣。就是說，新聞記者要培養史家那種忠於事實、敢於直言、爲維護眞實而不怕犧牲的精神。此後，歷代都有報人關注和闡釋這個命題，繼承和發揚了這一觀點，以至於「史家辦報」成

---

1 胡禮垣：《胡翼南先生全集・新政議論》，臺灣文海出版社，第478～479頁。
2 胡禮垣：《胡翼南先生全集・新政議論》，臺灣文海出版社，第478～479頁。

了中國新聞業重要的思想傳統。

鄭觀應（1842～1922）作為早期改良派的代表人物和具有強烈愛國情懷的儒商，出於改革弊政、富國強兵的需要，撰寫了《日報》上、下兩篇重要的新聞學論文。在《日報》中，鄭觀應論述了報紙的諸多作用，他說：「報館之設，其益甚多。約而舉之，有厥數事：各省水旱災區遠隔，不免置之膜視，無動於中。自報紙風傳，而災民流離困苦情形宛然心目。於是施衣捐賑，源源挹注，得保孑遺，此有功於救荒也；作奸犯科者明正典刑，報紙中歷歷詳述，見之者膽落氣沮，不敢恣意橫行，而反側漸平，閭閻安枕，有功於除暴也；士君子讀書立品，尤貴通達時務，卓為有用之才。自有日報，不逾戶庭而周知天下之事，一旦假我斧柯，不致毫無把握，有功於學業也。其餘有益於國計、民情、邊防、商務者，更仆數之未易終也。」[1]他所闡述的觀點，與王韜等人遙相呼應，共同構成了維新變法之前知識分子要求自主辦報的強烈呼聲。

與此同時，鄭觀應還就新聞法制和記者道德問題提出了自己的看法。他在1895年撰寫的《日報》上和《日報》下兩篇論文中，明確主張「我各省當道亦宜妥訂章程，設法保護，」禁止地方官對報館「恃勢恫喝，閉塞言路，偶摘細故，無端封禁」的行為。[2]他認為，制定報律是新聞業賴以正常運行與健康發展的根本保障，沒有法制的約束，官員就可以任意為難報館與報人。鄭觀應是中國新聞史上提出用法制來管理新聞業的第一人。在新聞道德方面，他提出秉筆直書應當成為記者的基本素養。「執筆者尤須毫無私曲，暗託者則婉謝之，納賄者則峻拒之，胸中不染一塵，惟澄觀天下之得失是非，自抒偉論。」[3]就是說，新聞工作者要具備公正廉潔的作風，做到一塵不染，保持獨立的人格，在自己的職業活動中不要以文謀私。新聞真實的最大障礙就是個人的私心。報館人員常常經不起「暗託者」情面的干擾和「納賄者」金錢的誘惑。所謂「毫無私曲」「不染一塵」，就是希望新聞工作者在金錢和利益面前要經得起考驗。

陳熾（1855～1900）是清朝政府官員中少有的戊戌變法的支持者，被譽為近代尋求富強之道的思想先驅。他在《庸書》和《續富國策》兩部著作中，

---

1 夏東元編：《鄭觀應集·日報上》，上海人民出版社，1982年版，第347～348頁。
2 夏東元編：《鄭觀應集·日報下》，上海人民出版社，1982年版，第351頁。
3 夏東元編：《鄭觀應集·日報下》，上海人民出版社，1982年版，第350頁。

分別撰寫了《報館》《暢行日報說》兩篇新聞學專論，這是我國新聞業早期重要的新聞理論文章。在這兩篇論文中，陳熾著重抨擊了清政府壓制國人辦報的愚蠢做法。他說：

> 惟各國報館雖多，均其國人自設……中國於己則禁之，於他國則聽之，偶肇兵端，難免不曲直混淆，熒惑視聽，甚非所以尊國體而絕亂原也。……論者輒以前此日報鄙夷中國，痛絕其事，並深惡其人，而不知桀犬吠堯，各為其主，國之利器，不可假人。

陳熾從兩個角度論證了「中國於己則禁之，於他國則聽之」的荒謬性和危害性。一是發生戰爭時，外國可以憑藉他的輿論工具——報紙來「曲直混淆，熒惑視聽」，而我們自己卻沒有媒介來正視聽、辨曲直，這對國家是非常不利的。二是從報紙的特性來看的，「桀犬吠堯，各為其主」。就是說，報紙的性質與「狗」相似，其所作所為，都是為主人服務的。關鍵問題在於：我們不能只允許外國人在中國養「狗」（辦報），而不允許自己養「狗」。在世界新聞史上，陳熾可能是最早把辦報比作養狗的。他提醒最高統治者：「國之利器，不可假人」。這在當時可謂振聾發聵、新人耳目。

此外，陳熾在論文中還特別強調了日報的功能，認為報紙的最大好處就在於：一可以服務於政治，二可以服務於商業。從政治方面說，主要體現在宣上德、達下情，消除君民之間的隔閡。從商業方面說，主要體現在通信息、開耳目，促進經濟的發展。這種認識，與早於陳熾 30 年的洪仁玕的看法，總體上並沒有太大的區別。他們都是從政治改革和發展資本主義經濟的角度來認識報紙之作用的。所不同的是，陳熾是用專文來論述日報的，比洪仁玕的《資政新篇》說得更為詳細和充分。另外，洪仁玕的思想隨著太平天國的迅速失敗，在現實生活中並沒有產生實際的影響，而陳熾的文章，不僅經過翁同龢的舉薦被光緒皇帝御覽，而且，因為他與康有為、梁啟超等維新派人士的交往密切，對維新派的新聞思想也產生了一定的影響。梁啟超曾說：「此君由西學入，氣魄絕倫，甚聰明，與之言，無不懸解，洵異才也。」難怪我們從維新派的言論中，常常可以看到陳熾思想的影子。

從以上的論述中可見，中國早期新聞理論的萌芽與創立與中國近代早期維新派思想家有著密切的關係。面對三千年未有之變局，面對政府官員的愚昧與麻木，面對現實社會變革的迫切需要，他們熱切的期望通過辦報服務於變法圖強的政治目標。因此，這個時期的新聞學研究呈現出以下幾個特點：

一是關注新聞理論的主體是具有維新變革思想的人士。他們無論是辦過報紙，還是沒有辦過報紙，由於共同政治目標的需要，都對「報館」表現出極大的熱情與關注，把辦報作爲政治變革的重要幫手。二是他們對清政府不熟悉、不重視報紙和不支持、不允許各級官府和民間辦報的行爲，表現出極大的不滿，在論文中進行了激烈的批判，目的是希望這種現狀能迅速的得到改善。三是論述的內容主要是報館的功能與作用以及報人的素質與品格。也就是說，他們討論的重點是要不要辦報的問題，而不是如何辦報的問題。因此，他們在論文中不厭其煩的闡述報紙的政治功能、經濟功能、信息傳播功能、文化教育功能等等，目的就是要改變政府和社會對近代報紙的認識與看法，讓人們眞正瞭解近代報紙的作用與價值，從而早日迎來中國近代報業繁榮的春天。

第二節　維新派報人對新聞學的認識與思考

中日甲午戰爭之後，中國面臨著更加嚴重的危機，強鄰環視，虎視眈眈。著名維新思想家嚴復形容當時的中國形勢是「如居火屋，如坐漏舟」。在這樣特殊的歷史時期，由早期維新思想家發展而來的一批新式知識分子，開始登上政治舞臺。他們不僅繼承和發揚了早期維新派變法圖強的思想，而且掀起了一場聲勢浩大、震驚朝野的戊戌變法運動，對中國現代化進程起到了重要的推動作用。維新派代表報人有康有爲、梁啓超、嚴復、汪康年、譚嗣同、唐才常、英斂之等。

他們在長期的新聞實踐中，根據變化了的社會形勢和自己的辦報實踐，從理論上對中國新聞事業進行了積極的總結與思考，從而積累和形成了中國新聞學第一批理論成果。這些理論成果既指導了當時的新聞業務工作，促進了晚清中國新聞事業的發展，也爲中國的新聞行業注重理論探索起到了示範作用。

一、報刊功能的進一步探索

與早期維新人士一樣，維新派在辦報過程中也把報刊功能作爲著力闡述的重點。因爲當時的社會，從上到下，對報紙的作用與功能都處於陌生和茫然的狀態。正如梁啓超在他的第一篇新聞學論文《報館有益於國事》中所說：社會不僅不重視報紙，「反視報館爲孟賊，目報章爲妖言」。要掃除這種懵懂

茫然、鄙薄輕視報章的社會風氣，非下大力氣闡釋和宣揚報刊的功能不可。
從總體看，維新派人士所認識並著重強調的報紙功能是：去塞求通的信息傳播功能，忠告和監督政府的政治功能，振興商務的經濟功能和開啟民智的教育功能。

維新派統帥康有為 1895 年 4 月在《上清帝第二書》即著名的「公車上書」中就提出了辦報紙以輔助「政教」的觀點。他說：

近開報館，名曰新聞，政俗備存，文學兼述。小之可以觀物價，
瑣之可以見土風。清議時存，等於鄉校，見聞日闢，可通時務。外
國農業、商學、天文、地質、教會、政律、格致、武備各有專門，
以為新報，尤足以開拓心思，發越聰明，與鐵路開通實相表裏。宜
縱民開設，並加獎勵，庶裨政教。[1]

這段文字一方面是介紹報館的好處，另一方面是向光緒皇帝建議：「宜縱民開設，並加獎勵」。同年 6 月 30 日，他在《上清帝第四書》中又一次建議光緒皇帝要「設報達聰」，認為「中國百弊，皆由蔽隔，解蔽之方，莫良於是。至外國新報，能言國政，今日要事，在知敵情，通使各國，著名佳報，咸宜購取。……俾百僚咸通識敵情，皇上可周知四海。」[2]他希望光緒皇帝不僅允許國民辦報，而且要廣泛訂閱外國的報紙，通過它來瞭解世界的情況。

康有為把變法維新的政治理想一方面寄託於光緒皇帝，希望自上而下進行一場政治改革，另一方面也寄希望於廣大士人的覺醒。因此，辦學會、辦報紙是他著力推行的舉措。在《奏改時務報為官報摺》一文中，康有為提出了著名的「四善說」：

臣竊考之，報館之益，蓋有四端，首列論說，指陳時事，常足
以匡政府所不逮，備朝廷之採擇，其善一也；臚陳各省利弊，民隱
得以上達，其善二也；翻譯萬國近事，借鑒敵情，其善三也；或每
日一出，或間日一出，或旬日一出，所載皆新政之事，其善四也。
故德相俾士麥之言曰：「與其日奏疏，不如閱報，奏疏多避忌而報皆
徵實也；與其閱書，不如閱報，書乃陳跡而報皆新事也。」此報館

1　康有為：《上清帝第二書》，湯志鈞編：《康有為政論集》，中華書局，1981 年版，
　　第 132 頁。
2　康有為：《上清帝第四書》，湯志鈞編：《康有為政論集》，中華書局，1981 年版，
　　第 158～159 頁。

與民智國運相關之大原也。[1]

康有爲在論述報紙的作用時，總是站在朝廷的角度看問題的，他著力考慮的是報紙對於政府和政治的影響，而報紙與民眾的關係，則論述得很少。這是康有爲認識新聞事業的一個明顯的特點，同時也是他的不足。康有爲認爲報紙的作用，一是匡政府所不逮，即通過撰寫論說和陳述時事，爲政府作參謀，備朝廷之採擇；二是臚陳各省利弊，民隱得以上達。即反映各地情況，利於朝廷瞭解下情；三是翻譯萬國近事，借鑒敵情，讓朝廷瞭解外國的情況；四是宣傳新政，即讓朝廷瞭解新政的推行情況。他反覆論述報紙的好處，尤其是與推行新政有著密切的關係，其用意就是希望朝廷重視報紙這一新生事物，在變法維新中充分利用好這一工具。

著名翻譯家嚴復在論述報紙功能的時候，特別強調利用報紙溝通內外信息的重要性與緊迫性，明確表示，《國聞報》將「以通外情爲要務」。他在《國聞報緣起》中向讀者告白：

> 《國聞報》何爲而設也？曰：將以求通焉耳。夫通之道有二，一曰通上下之情，一曰通中外之故。爲一國自立之國，則以通下情爲要義。塞其下情，則有利而不知興、有弊而不知去，若是者，國必弱。爲各國並立之國，則尤以通外情爲要務。昧於外情，則坐井而以爲天小，捫籥而以爲日圓，若是者國必危。[2]

這一段對報紙作用的論述，在總體上與王韜利用報紙通上下、通內外的觀點沒有太多的區別。但是，嚴復在文章中特別強調了日報在「通外情」方面的作用。他認爲「爲各國並立之國，則尤以通外情爲要務。」就是說在國門洞開、通商日頻的時代，中國已經不是獨來獨往、孤立生存的「自立之國」了，應從世界的格局來看待中國的事情，而在列國紛爭的時代，要想與其他國家並駕齊驅，就必須知曉外國情況。爲了論證辦報「尤以通外情爲急」的正確性，嚴復在文章中詳細列舉了「吾民不通外情之弊」。例如，把歐美傳教士的勸善書籍看成是收買人心，把他們的治病之藥看成是迷拐人口之藥，把他們的遊記和對地理的探索看成是偵探，把他們的測量儀器看成是魔術，甚至把他們正常的男女交往看成是淫亂，把他們貴賤身份不同的人坐在一起看

---

1 康有爲：《改奏時務報爲官報摺》，湯志鈞編：《康有爲政論集》，中華書局，1981年版，第 322 頁。
2 嚴復：《國聞報緣起》，王栻主編：《嚴復集》第二冊，中華書局，1986 年版，第 453頁。

成是野蠻。正因爲如此，「倉卒之間，毫毛之事，群然而嘩，激爲事變。數十年來，如鬧教案，殺遊士，不一而足。」[1]雖然嚴復把「鬧教案，殺遊士」的原因歸結爲中國民眾對外國情況和禮俗的不瞭解，有一些片面，但是，說中國人對歐美的政教風俗太陌生而產生了很多流弊，是有一定道理的。嚴復表示，《國聞報》將把「詳述外事」「廣譯各國之報」當作自己的主要任務。戈公振說：《國聞報》「首譯外論，次譯俄、英、法、德、美、日各報中之各國紀聞，乃北方報紙之最佳者」，[2]正說明了《國聞報》在「詳述外事」方面的特色。

梁啓超對報紙功能的認識，因時間的推移、知識的增長和思想的變化，前後發生了明顯的變化。戊戌變法時期，他認爲報紙的功能主要是開風氣、啓民智、通信息幾個方面。他在《論報館有益於國事》的開篇就指出：

> 覘國之強弱，則於其通塞而已。血脈不通則病，學術不通則漏。
> 道路不通，故秦越之視肥瘠，漠不相關；言語不通，故閩粵之與中
> 原，邈若異域。惟國亦然，上下不通，故無宣德達情之效，而舞文
> 之吏，因緣爲奸。內外不通，故無知己知彼之能，而守舊之儒，乃
> 鼓其舌。中國受侮數十年，坐此焉耳。」「去塞求通，厥道非一，而
> 報館其導端也。[3]

就是說，一個國家的強盛與衰弱，重要原因之一就在於是否上下相通，內外相通，通暢則強，閉塞則弱。通上下就是「宣德達情」，皇帝的恩德讓老百姓知道，老百姓的情況讓朝廷瞭解。通內外就是知己知彼，既瞭解外國的情況，也讓外國瞭解中國。而要達到上下內外相通，收到「宣德達情」「知己知彼」之功效，報紙是最有效的工具。梁啓超認爲，報紙之所以能夠醫愚開智，主要是因爲報上的消息和言論「有助於多識」。梁啓超舉例說：西方國家既有綜合性報紙，又有專業報，「有一學即有一報，其某學得一新義，即某報多一新聞」，「朝登一紙，夕布萬邦。是故任事者無閡隔蒙昧之憂，言學者得觀善濯磨之益。」「國家之保護報館，如鳥鬻子，士民之嗜閱報章，如蟻附膻」。因此，他得出結論說：「閱報愈多者，其人愈智」。梁啓超在其早期的新聞學文章中，多角度多側面地論述了報刊開風氣、啓民智、通信息的功能。

1　嚴復：《國聞報緣起》，王栻主編：《嚴復集》中華書局，1986年版，第454頁。
2　戈公振：《中國報學史》，上海古籍出版社，2003年版，第171頁。
3　梁啓超：《論報館有益於國事》，張品興主編：《梁啓超全集》，北京出版社，1999年版，第66頁。

　　戊戌變法失敗後，他流亡日本，更多地接觸了西方資產階級學說，思想識見「爲之一變」。這一時期的梁啓超對報紙的功能與職責提出了新的看法，認爲報紙的天職主要是監督政府和嚮導國民。1902 年，他在《敬告我同業諸君》一文中提出：「某以爲報館有兩大天職：一曰，對於政府而爲其監督者；二曰，對於國民而爲其嚮導者是也。」[1]他還論述了報紙爲什麼要監督政府和嚮導國民以及如何才能做到的問題。

　　《大公報》創始人英斂之在主持《大公報》最初的十年裏，撰寫了許多新聞學論文，如《大公報序》《說報》《講看報的好處》《告報館》《報關與學堂》等。在這些論文中，英斂之所論述的觀點許多是對梁啓超新聞思想的繼承和發揚，如報紙的兩大天職說，報館的開智醫愚說等。但是，他對新聞事業的性質提出了獨到的見解，最早提出了報紙雙重屬性的論點。1907 年 4 月 18 日，《大公報》發表的《郵便與報紙之關係》中明確提出：「夫報紙者，商業性質之事也。」1908 年，英斂之在《答問》中說：「夫報紙者，雖亦商務之一端，究非商家之孳孳爲利者比。監政府、導國民，本其天職之所在。」[2]1909 年，他在《報館與學堂》一文中又說：

> 　　報館開通風氣者也；學堂培育人才者也，皆擅通德之稱，負先覺之任，作人群楷模，爲社會嚮導，厥職顧不重哉！倘濫廁匪人，豈惟貽士林之羞，爲國家蠹，其流毒將有不可勝言者也。夫報館學堂，雖皆居於輔翼社會高尚地位，然其點有不同者，則報館本商業性質，學堂號義務熱心。此則貨利不妨明言，彼則名譽不容稍玷者也。[3]

　　在晚清報人中，明確提出報館具有商業性質和社會責任性質這一觀點的，並不多見。《大公報》作爲一家沒有政府和黨派支持的股份制民營報紙，在經營上必須自負盈虧，其商業性質是非常明確的。但是，英斂之卻認爲，報紙承擔的社會責任要高於商業經營。1905 年，《大公報》出版一千號的時候，英斂之撰寫了《大公報千號祝辭》，對過去辦報的經歷進行了回顧。發自內心的認爲，「大公報自出世，至今已一千號矣。自念區區苦心，始終堅持者，其宗旨在開風氣、牖民智，通上下之情，作四民之氣。其目的在救危亡、消禍

1　梁啓超：《敬告我同業諸君》，張品興主編：《梁啓超全集》，北京出版社，1999 年版，第 969 頁。
2　英斂之：《答問》，《也是集續編》，大公報館 1910 年刊行，第 34 頁。
3　英斂之：《報館與學堂》，《也是集續編》，大公報館 1910 年刊行，第 45 頁。

患，興利除弊，力圖富強。」[1]在 10 餘年的辦報歷程中，英斂之從不同的角度闡發了他對報館和報人天職與責任的認識，自始至終都在強調報紙對於社會應負的責任。我們認爲：以梁啓超、汪康年、英斂之爲代表的晚清報人，共同創造了中國最早的報館社會責任理論。

二、新聞自由的認識與追求

自由是相對於控制而言的。一般說來，媒體管理者往往希望記者能夠按照管理者的意圖從事新聞活動，而新聞從業者則希望能在自由寬鬆的環境下按照自己的意志從事新聞工作。但是，維新報人的新聞生涯全部是在清政府壓制言論自由的歷史條件下度過的。面對清政府嚴厲的輿論控制，他們不僅在行動上與統治者進行了激烈的抗爭，而且從理論上對言論自由進行了積極的探索，形成了中國最早的新聞自由理論。總體說來，維新報人對於這種源自西方資產階級學說，他們存在著兩種不同的認識：一種以康有爲、汪康年爲代表，既反對政府壓制言論自由，但同時又主張不宜多談新聞自由，對西方自由學說存在一定程度的誤解與焦慮；一種以梁啓超、英斂之爲代表，堅定不移地擁護新聞自由，把自由看成是人生的要具、文明的源頭。

1900 年 4 月 1 日，康有爲寫信給梁啓超，嚴厲批評梁啓超因受了西方自由學說的影響，在報刊上大談新聞自由的問題，並以老師的身份命令梁啓超不要在維新報刊上宣傳自由主義。梁啓超回信說：

> 來示於自由之義，深惡而痛絕之，而弟子始終不欲棄此義。竊以爲，於天地之公理與中國之事勢，皆非發明此義不爲功也。弟子之言自由者，非對於壓力而言之，而對於奴隸性而言之，壓力屬於施者，奴隸性屬於受者。（施者不足責亦不屑教誨，惟責教受者耳。）中國數千年之腐敗，其禍及於今日，推其大原，皆必自奴隸性來。不除此性，中國萬不能立於世界萬國之間。而自由云者，正使人自知其本性，而不受鉗制於他人。……要之，言自由者無他，不過使之得全其爲人之資格而已。質而論之，即不受三綱之壓制而已；不受古人之束縛而已。[2]

1　英斂之：《大公報千號祝辭》，《也是集》，第 45 頁。
2　梁啓超：《致康有爲》，張品興主編：《梁啓超全集》，北京出版社，1999 年版，第 5931～5932 頁。

　　儘管康有爲對自由之義「深惡而痛絕之」，下令禁止維新報刊宣傳自由主義，但梁啓超「始終不欲棄此義」，並堅定地認爲：「於天地之公理與中國之事勢，皆非發明此義不爲功」。他明確表示：「思想不自由，民智更無進步之望矣。先生謂弟子故爲立異，以避服從之義，實則不然也。……弟子意欲以抉破羅網，造出新思想自任。」[1]因此，他一生中都沒有放棄對言論自由的追求與宣揚，並自評是「酷愛自由，習以成性」。

　　如果說康有爲是站在最高統治者的立場上對言論自由採取禁止和抵制態度的話，那麼，汪康年面對極不自由的政治環境和當時自由主義思潮已在國內悄然興起的情況，則表現出極爲矛盾的心態：他一方面不滿政府封禁報館的做法；另一方面又對自由主義思潮的出現懷有某些擔心和誤解。他說：

　　　　近西人又有自由之說，於是，聞者不考西人自由之語何自而來，自由之界限以何爲起迄，而人人皆有自由二字存乎胸中。一如得臻此境，則吾人之幸福，乃至不可思議。至或者又以擴充其隨便不拘之見解，則視一切閑範人之事，皆在應破除之列。[2]

　　汪康年認爲，自由並不是一副靈丹妙藥，不可能人人有了自由的思想，就一定會步入幸福的生活。更何況，自由不是個人隨便行動，不受社會規範的約束，那種想破除一切規範，而後隨心所欲的想法，是沒有眞正瞭解西方的自由學說。言下之意，就是不要把西方「自由之說」的價值看得太高，不要把自由的結果看得太美好，對西方的自由思想要有條件地接受。他還認爲：「自由之說，乃一己私意也，與公義相見，則事窮而理屈。」[3]就是說，自由學說都是爲個人的私利服務的。因此，汪康年主張，一定要用法律來控制言論自由：「凡有法之國，其範圍一切，皆極嚴密，雖保護言論之自由，然若出於捏造誣指，則所以罰之者亦極屬……蓋必如是，而報館之言論不敢不正確。言論正確，則社會之對於報紙，不敢不尊重。是則取締之嚴，實所以重視之也。」[4]從理論上講，汪康年的觀點是正確的。國家的法律既保護言論自由，又控制言論自由，對於「捏造誣指」的不正確言

1　梁啓超：《致康有爲》，張品興主編：《梁啓超全集》，北京出版社，1999 年版，第5936 頁。
2　汪康年：《論吾國人之心理》（其二），《汪穰卿遺著》卷六。
3　汪康年：《汪穰卿先生筆記》，中華書局，2007 年版，第 331 頁。
4　汪康年：《敬告報館》（第二），《汪穰卿遺著》卷五。

論，各國法律都要給予嚴厲的懲罰。這樣，才能促進報紙從業人員社會責任意識的提高，報紙也會得到社會的尊重。表面上法律是在控制報紙，實則是保護報紙。

但是，汪康年沒有說明何種法律可以起到這樣的作用，也沒有提出用法律保護言論自由的觀點，他講得更多的是希望政府要用法律約束記者的不良行爲，而不是鼓勵言論自由。事實上，並不是所有的法律都能起到既控制報紙又保護報紙的作用的。如《字林西報》批評 1908 年 1 月清政府頒布的《大清報律》說：「中國新訂報律四十二條，其意非欲改良中國之新聞事業，乃欲鉗制主筆訪員之口耳。」[1]眞可謂是一針見血、切中要害之論。

與康有爲、汪康年的觀點不同，梁啓超撰寫了大量宣揚自由思想的論文，如《自由書》（1899 年），《十種德性相反相成議·自由與制裁》（1900 年），《清議報第一百冊祝辭並論報館之責任及本館之經歷》（1901 年）《新民說·論自由》（1902 年）等。在這些論文中，梁啓超論述了自由的內涵、意義與作用，堅持認爲：「思想自由、言論自由、出版自由。此三大自由者，其惟一切文明之母，而近世世界種種之現象，皆其子孫也。」[2]

梁啓超認爲，新聞自由主要體現在媒體與政府的關係上。他主張媒體與政府之間不應該是上下級關係，而是平起平坐的平等關係和監督與被監督的關係。1902 年，他在《敬告我同業諸君》中說：「報館者，非政府之臣屬，而與政府立於平等之地位者也。不寧惟是，政府受國民之委託，是國民之雇傭也，而報館則代表國民發公意以爲公言者也。」[3]正因爲如此，報館就要代表國民公意，「據言論出版兩自由，以龔行監督政府之天職。」[4]與此同時，政府要制定法律保護人民的自由。「蓋法律者，所以保護各人之自由，而不使互侵也。此自由之極則，亦法律之精意也。」[5]也就是說，新聞

1　殷莉：《中國第一部新聞法〈大清報律〉研究》，《新聞學論集》第 20 輯，經濟日報學報社，2008 年版，第 42 頁。

2　梁啓超：《清議報一百冊祝辭》，張品興主編：《梁啓超全集》，北京出版社，1999年版，第 476 頁。

3　梁啓超：《敬告我同業諸君》，張品興主編：《梁啓超全集》，北京出版社，1999 年版，第 970 頁。

4　梁啓超：《敬告我同業諸君》，張品興主編：《梁啓超全集》，北京出版社，1999 年版，第 969 頁。

5　梁啓超：《致康有爲》，張品興主編：《梁啓超全集》，北京出版社，1999 年版，第5932 頁。

自由主要體現在民眾的自由辦報、自由發表意見和對政府的監督上。政府的責任就是制定法律保護新聞自由。顯然，梁啓超的新聞自由觀來自於西方資產階級新聞自由理論，既有積極的思想啓蒙的意義，也有不切實際的空想成分。

隨著時間的推移，梁啓超在新聞實踐中也越來越清醒的認識到新聞自由的實現之難，在後期的論文中，進一步論述了新聞自由實現的條件與途徑。他認爲，從主觀方面說，報館要保持經濟獨立，不要依賴任何勢力的資助，以免被人支配與牽制，才可能保持獨立自由。從客觀方面說，要有良好的政治環境，政府要從法律上提供新聞自由的保障，不然，新聞自由就只是美好的一廂成願而已。梁啓超對新聞自由學說的探討在維新派報人中是最爲突出的，雖然他的自由理想如同政治理想一樣並沒有眞正實現，但是，他對西方言論出版自由學說的介紹以及對中國新聞自由的思考與呼喚，在中國言論自由學說史上具有重要的意義。

英斂之主持的《大公報》對新聞自由與國家法律之間的關係問題發表過許多論文進行討論，如《嚴設報律問題》（1902），《論中國定報律》（1903年），《聞定報律之感言》（1908年），《歡迎新報律》（1908年）等。這些論文的主要觀點是，清政府所制定的報律不是維護公眾言論自由的保障，而是鉗制言論自由的工具，其制定法律的動機與內容都不符合現代法制精神；報律應當清晰明瞭，便於執行，而不是含混迷糊，以致成爲當權者任意解釋和摧殘報館的利器；報律應當成爲輿論監督的後盾，而不是政府官員胡作非爲的保護傘。這些觀點對於提高人們對自由與法律關係的認識和對法律精神的理解，具有積極的作用。

三、新聞業務的理論總結

維新派報人是中國近代報業的開路先鋒和新聞業務的奠基人。在長期的辦報實踐中，他們對新聞業務進行了積極的探索與總結，並提出了許多眞知灼見，主要包括報章體例的設計與創新、言論寫作的理論總結、新聞特點的初步認識和新聞通俗化的實踐與推動等。

最早關注和探討「報章體例」問題的是梁啓超。1897年，他在《萃報敍》中分析國人不重視報紙的原因時說：「報章體例未善，率互相剿說，雜採讕語，荒唐悠謬，十而七八。一篇之中，可取者僅二三策。坐是方聞之士，薄報章

愈甚。」[1]所謂「報章體例」，按照他的解釋，就是指報紙內容與欄目的設計與安排。由於當時國人自辦中文報紙還處於初創時期，在欄目設計和內容安排上沒有現成的經驗，爲了解決這個問題，梁啓超主張學習西方大報如英國《泰晤士報》的經驗，在內容設計與編排上要不斷地改進與創新。

事實上，維新派報人辦報伊始，就比較注重報紙的個性與特色，避免因襲與雷同。即使是同一個人在不同時期所創辦的報紙，也追求自我超越與創新。如 1896 年《時務報》創刊時，汪康年、梁啓超等人爲報紙所設計的欄目不到 10 個，分別是：論說、恭錄諭旨、奏摺錄要、來稿摘登、京外近事、域外譯報、西電照譯等。其中「論說」和「域外譯報」是報紙的主要內容。而 1902 年創辦的《新民叢報》所設計的欄目達 25 個之多，內容上除了時事新聞外，還社會科學、自然科學、軍事、宗教、哲學等。同是維新報紙，《國聞報》在體例安排上與《時務報》相比，在重視社論的同時，比《時務報》更重視新聞，尤其是國際新聞報導在當時的報紙中最爲出色。而《湘報》欄目和內容比《時務報》《國聞報》更爲豐富，言論更爲尖銳、主張更爲激進。

爲了更好地完善報紙體例，1901 年，梁啓超在《清議報第一百冊祝辭並論報館之責任及本館之經歷》中提出了衡量報紙好壞的四條標準：「一曰宗旨定而高，二曰思想新而正，三曰材料富而當，四曰報事確而速。若是者良，反是者劣。」[2]所謂「宗旨定而高」，是說辦報的宗旨不僅要明確，而且要崇高。「思想新而正」，指報紙所介紹的思想應該是新鮮的，正確的，而不是陳舊的、錯誤的。「材料富而當」，「富」是豐富，「當」是精當。這是針對晚清時期報紙存在的內容貧乏而提出的主張。「報事確而速」，是指新聞的眞實性和時效性。「合此四端，則成一完全盡善之報。蓋其難哉，是以報章如牛毛，而良者如麟角。」[3]梁啓超指出，堅持這四條原則雖然很難，但也要堅持，否則，報紙內容質量就難以提高。因此，維新派報人在編輯業務中，根據辦報的宗旨、讀者的需要和變化的形勢，不斷調整內容，細分欄目，改進文風，充分表現了精益求精的辦報作風和勇於創新的專業精神。

---

1 梁啓超：《萃報敘》，張品興主編：《梁啓超全集》，北京出版社，1999 年版，第 130 頁。

2 梁啓超：《〈國風報〉敘例》，張品興主編：《梁啓超全集》，北京出版社，1999 年版，第 2213～2214 頁。

3 梁啓超：《清議報一百冊祝辭》，張品興主編：《梁啓超全集》，北京出版社，1999 年版，476 頁。

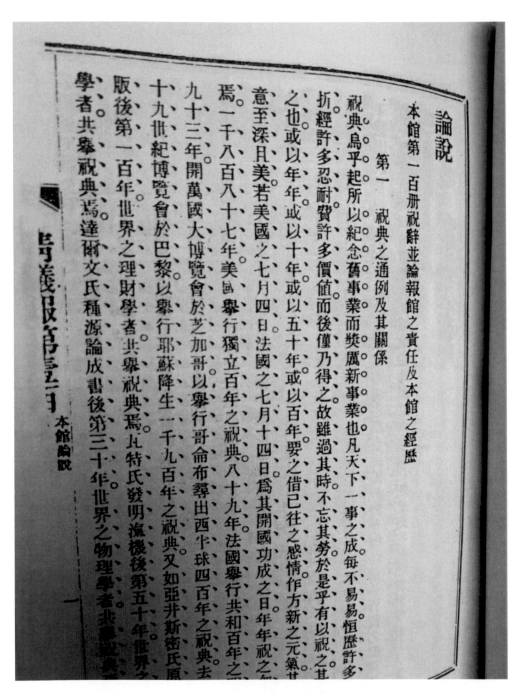

圖1-3 梁啓超《清議報第一百冊祝辭並論報館之責任及本館之經歷》

在評論寫作上，維新派報人懷著言論報國的理念，不僅撰寫了大量振聾發聵、啓人心智的評論，而且對評論寫作的理論進行了探索與總結。梁啓超

在言論業務上提出了四個主張：

第一，言論必須有一定的宗旨。1912 年，梁啓超在回顧自己辦報的經歷時說，他的立言宗旨是一貫的，「若夫立言之宗旨，則仍在濬腑民智，薰陶民德，發揚民力，務使養成共和法治國國民之資格。此則十八年來之初志，且將終身以之者也。」[1]就是說，他辦報立言的宗旨就是爲了民智、民德、民力的改造與提高。

第二，發表意見應該淋漓盡致、毫無隱蔽。他說：「至立言者，必思以其言易天下。不然，則言之奚爲者？故鄙人每一意見，輒欲淋漓盡致以發揮之，使無餘蘊。」[2]言論是闡述個人意見的，觀點不明確、不突出，就不能影響受眾。

第三，爲了一定的目的，可以發稍偏稍激的言論。他說：「報館者，救一時明一義者也。故某以爲業報館者，既認定一目的，則宜以極端議論出之，雖稍偏稍激焉不爲病。何也？吾偏激於此端，則同時必有人焉，偏激於彼端以矯我者，又必有人焉，執兩端之中以折衷我者。互相倚，互相糾，互相折衷，而眞理必出焉。……夫人之安於所習而駭於所罕聞，性也。故必變其所駭者而使之習焉，然後智力乃可以漸進。」[3]發偏激的言論的目的，不是爲了標新立異，而是爲了震動大眾的腦質，最終接受正確的思想觀念。

第四，言論寫作要遵循「公、要、周、適」四條原則和達到「四不」要求。四條原則即：「以公爲主，不偏拘一黨之意見」；「以要爲主。凡所討論，必一國一群之大問題」；「以周爲主。凡每日所出事實，其關於一國一群之大問題，爲國民者所當盾意者，必次論之」；「以適爲主。」[4]四不要求即：「凡論說及時評皆不拘黨見，不衍陳言，不炫學理，不作詼語。」[5]也就是說，言論不要存黨派偏見，不要蹈襲陳舊的觀點，不要炫耀高深的學理，不要說詼諧

1　梁啓超：《鄙人對於言論界之過去及將來》，《梁啓超全集》，北京出版社，1999 年版，第 2059 頁。

2　梁啓超：《答和事人》，張品興主編：《梁啓超全集》，北京出版社，1999 年版，第 976 頁。

3　梁啓超：《敬告我同業諸君》，張品興主編：《梁啓超全集》，北京出版社，1999 年版，第 970 頁。

4　轉引自單波著：《20 世紀中國新聞學與傳播學·應用新聞學卷》，復旦大學出版社，2001 年版，第 23 頁。

5　梁啓超：《〈國風報〉敘例》，張品興主編：《梁啓超全集》，北京出版社，1999 年版，第 2214 頁。

戲謔的話語。從正面來理解，就是言論寫作應該做到公正、新穎、通俗、嚴謹。這些觀點，不僅是梁啓超對於自己過去的超越，而且是對於言論寫作的理論昇華。[1]

自稱「以言論救人國」的汪康年，在言論寫作實踐中，也發表了很多有關言論寫作的獨特見解。他認為，一是言論要敢於批評政府的過失，鞭答酷吏豪強的惡行；二是言論寫作要有維護正義、堅持真理的勇氣；三是寫言論要具有愛國的立場；四是言論寫作要就事論事，措詞得當，做到事實、事理、是非與措詞的有機統一。

維新派報人對「新聞」這種體裁已有了一些初步的認識，在他們的話語中，往往將新聞與論說並提。嚴復在《國聞報章程》中說：「日報首本日電傳上諭，次登路透電報，次登本館主筆人論說，次登天津本地新聞。」顯然將新聞看做是區別於論說的文章體裁。在維新報人的論文中，很多時候「新聞」又表述為「紀事」。他們對「紀事」的認識和要求，其實就是對「新聞」而言的。

1904 年，梁啓超在《〈時報〉發刊例》中，最早提出了新聞報導的五字方針：「博」「速」「確」「直」「正」。這五個字，既是對報館報導新聞的要求，也是對新聞特點的概括。即新聞包括社會和自然界的各種事實，具有廣博的特點；新聞以新取勝，具有快速的特點；新聞以真實為生命，具有確切性特點；新聞必須客觀報導，具有質直的特點；新聞以公益為目標，具有正直的特點。1908 年 8 月 25 日，英斂之在《大公報》發表的《論新聞紙之勢力》一文中對新聞的特點提出了自己的觀點：「原英國新聞之特色有三：一曰真實；二曰正直；三曰公平。而且具有教訓的性質，故英人稱之為國民教化之大機關。」英斂之以英國的新聞為例，概括出新聞的三大特色：真實；正直；公平。他還加了一條，「教化」。

英斂之的觀點與梁啓超相比較，「確」與真實同義；「直」與公平同義；「正」與正直同義；不同的有「博」「速」「教化」。如果將梁啓超和英斂之的觀點合起來看，可見當時的報人認為新聞具有六個特點：真實；正直；公平；廣博；快速；教化。這幾點，顯然有些屬於新聞本身的內在規律，如真實、快速、廣博；有些屬於記者寫新聞時應遵循的法則，如公平、正直等。儘管他們沒有細分，但是，他們的觀點代表了維新派對新聞特點的認識。總體說來，維新派對新聞特點的認識，尚處於初級階段，雖然不夠全面和深刻，但開啓了

---

1 徐新平：《論梁啓超新聞業務思想》，載《湖南科技大學學報》，2009 年版，第 5 期。

後人繼續探索新聞理論的路徑。

維新派辦報時期，正是文言與白話交替使用而文言占主導地位的時期。維新派報人在報紙語言通俗化方面也做出了積極的探索與貢獻。1897 年出版的《演義白話報》就是在梁啓超的主持下創辦的。譚嗣同在主編的《湘報》中刊發了大量白話文，創文言報紙中刊載白話文的先例。英斂之 1902 年在《大公報》創刊的第一期就刊發白話文《戒纏足說》，以後每一期都發表白話文章，在讀者中產生了巨大的影響。維新報人不僅將新聞通俗化落實在辦報實踐上，而且對報刊通俗化問題也進行了理論探索，成了「五四」白話文運動的先導。特別是英斂之，在《講看報的好處》《敝帚千金序》等文章中肯定了白話文的意義與作用，認為白話報是開民智的最好的手段，因為只有用白話寫文章，稍微識字的人也能看得懂，不識字的人，叫人一念，也能聽得懂。他還要求白話文不僅僅是文字通俗讓人看得懂，而且內容上要積極健康對老百姓有好處。他總結說：「很多人誇讚這白話好，就是用意正大美善，句法淺近明白。」受眾接受和喜愛白話報，正是因為白話報內容的正大美善和句法的淺近明白兩個方面。

四、輿論學的初步探索

在維新派報人中，梁啓超是研究輿論理論的第一人。早在 1902 年寫的《敬告我同業諸君》中，他就說過：「輿論無形，而發揮之、代表之者，莫若報館。」[1]初步論述了報紙與輿論之間的關係，並提出了「報館者，摧陷專制之戈矛，防衛國民之甲胄」的響亮口號。到 1910 年，他在《輿論之母與輿論之僕》《國風報敘例》和《讀十月初三日上諭感言》等論文中，對輿論的定義、輿論的作用、輿論的種類和形成健全輿論的方法等問題，進行了全面深入的探討。

什麼是輿論？梁啓超說：「夫輿論者何？多數人意見之公表於外者也。是故，少數人所表意見，不成為輿論，雖多數人懷抱此意見而不公表之，仍不成為輿論。」[2]

這一定義，突出了輿論的三個要素，一是輿論的形態——「意見」，即輿論通常是以意見的形式表現出來。二是輿論的主體——「多數人」，即多數人的意見才稱為輿論，少數人或個別人的意見就不叫輿論。三是輿論的形式——

1　梁啓超：《敬告我同業諸君》，《梁啓超全集》，北京出版社，1999 年版，第 969 頁。
2　梁啓超：《讀十月初三日上諭感言》，《梁啓超全集》，北京出版社，1999 年版，第 2287 頁。

「公表於外」，即公開表達出來，潛藏在內心的意見和情緒，不叫輿論。這一定義與甘惜分主編的《新聞學大辭典》中「輿論」的定義相近：「輿論是社會或社會群體中，對近期發生的、爲人們普遍關心的某一爭議性的社會問題的共同意見。」梁啓超的定義，缺少了輿論的客體，即多數人對什麼事情的意見。近幾年來，中國的輿論學成了一門顯學。但是，在輿論學的發展史上，梁啓超應是中國輿論學的開山祖。

關於輿論的勢力與作用。梁啓超說：

> 凡政治必借輿論之擁護而始能成立。豈惟立憲政體，即專制政體亦有然。所異者，則專制政體之輿論，爲消極的服從，立憲政體之輿論，爲積極的發動而已。蓋自古未有輿論不爲積極的發動而能進其國於立憲者，而雖有淫威無等之專制政府，苟欲攖積極的輿論之鋒，未或不敗績失據。輿論者，天地間最大之勢力，未有能御者也。夫天下苟非正當之事理而適合於時勢者，必不能爲輿論之所歸，雖弄詭辯以鼓吹之一時風起水湧，不旋踵且將熄滅。若其即爲至當之事理而適合於時勢者，則雖少數人倡之，其始也聞之者或掩耳而走，及積以時日，則能使成爲天經地義而莫之敢犯。故輿論之爲物，起乎至微，而終乎不可禦者也。……輿論一成，則雖有雷霆萬鈞之威，亦斂莫敢發。[1]

梁啓超從輿論與政治的關係上論證了輿論的作用與威力。一方面政治的成功離不開輿論的擁護與支持；另一方面，輿論是摧陷專制的利器，它一旦形成，即使是淫威無比的專制政府也無法抵擋。1912 年，梁啓超在歸國後的演說辭《鄙人對於言論界之過去及將來》中說：「去秋武漢起義，不數月而國體丕變，成功之速殆爲中外古今所未有。南方尚稍繁戰爭，若北方，則更不勞一兵，不折一矢矣。問其何以能如是，則報館鼓吹之功最高。」梁啓超用辛亥革命成功的事實來印證他曾經說過的論點。實質上，說輿論有相當的威力和作用是正確的，但說辛亥革命的成功，報館鼓吹之功最高，未免言過其實。

輿論爲什麼可以對政治產生重要的影響呢？梁啓超以西方社會爲例給予了解釋。他說：「外國輿論所以能左右政局者，其國會爲輿論所左右，其政府

1　梁啓超：《讀十月初三日上諭感言》，《梁啓超全集》，北京出版社，1999 年版，第2287 頁。

為國會所左右，故其輿論直接左右國會，而間接左右政府。」「言論家建一政策，一旦成為輿論或採為黨議，自能變作法案之形式以現於國會議場，議決則施之有政。」[1]梁啓超說，西方社會裏輿論在政治生活中發揮作用的過程，是輿論左右國會，國會左右政府。這種情狀在中國是不存在的。

梁啓超還分析了輿論的種類。一類是健全輿論或稱積極輿論，另一類是不健康輿論或稱消極輿論。什麼是健全輿論？梁啓超說：「夫健全輿論云者，多數人之意思結合，而有統一性繼續性者也。非多數意思結合，不足以名輿論。非統一繼續，不足以名健全。」[2]所謂「統一繼續」，就是指輿論的一致性和持續性，眾說紛紜的意見不是輿論，稍縱即逝的意見，也不是輿論。而能夠統一和繼續的輿論，只有建立在多數人的利益基礎之上。「夫輿論者，非能以一二人而成立者也，必賴多人；而多人又非威劫勢脅以結集者也，而各憑其良知之所信者而發表之。多數人誠見其如是，誠欲其如是，然後，輿論乃生。」「夫天下苟非正當之事理而適於時勢者，必不能為輿論之所歸，雖詭辯以鼓吹之，一時風起水湧，不旋踵且將熄滅。若其既為至當之事理而適於時勢者，則雖以少數人倡之，其始也，聞者或皆掩耳而走，及積以時日，則能使成為天經地義而莫之敢犯。」[3]

由此可見，所謂健全輿論的要件，一是多數人的意見一致；二是這種意見能夠持續，而不是旋生旋滅；三是輿論對象是適於時勢的正當事理；四是形成的過程是先由少數人倡導，後變成大多數人的共同意見。

既然有兩種不同的輿論，那麼，報紙的責任就是要造成健全的積極的輿論。梁啓超說：「輿論之所自出，雖不一途，而報館，則其造之之機關之最有力者也。」[4]他認為，報館是代表輿論、製造輿論、發揮輿論最有力的機構，具有不可替代性，所以，其從業者就必須「盡報館之天職」造成積極的輿論。

如何造成積極健全之輿論呢？梁啓超還提出了「謹五本」「修八德」的具體要求與方法。所謂「五本」，是對製造輿論之人的五種素質要求。就是說，健全輿論如何才能發生呢？這需要製造輿論的人，具有五個方面的素質。一

1　梁啓超：《政治之基礎與言論家之指針》，《梁啓超全集》，北京出版社，1999 年版，第 2794～2795 頁。

2　梁啓超：《國風報敘例》，《梁啓超全集》，北京出版社，1999 年版，第 2212 頁。

3　梁啓超：《讀十月初三日上諭感言》，《梁啓超全集》，北京出版社，1999 年版，第 2287 頁。

4　梁啓超：《國風報敘例》，《梁啓超全集》，北京出版社，1999 年版，第 2212 頁。

是常識。就是人人應該知道的普通學識。二是眞誠。即對國家利益的眞誠。三是直道。就是堅持正確的輿論，須有堅強的道德操守作支撐。四是公心。即不以個人的好惡和黨派利益作爲判斷是非的標準。五是節制。不憑感情用事，不要過於偏激。[1]

梁啓超說，這五個方面，前三條是「成全之要素」，後兩者是「保健之要素」，不具備常識、眞誠和直道，產生不了輿論，不具備公心和節制，保持不了輿論。因此，他呼籲「造輿論之人，以此五者自勉而更以勉國人而已。」[2]

如果說「五本」是對造輿論之人應具的知識與道德的要求的話，那麼，「八德」則是指報館製造和引導健全輿論的規律和方法。「欲盡報館之天職者，當具八德」，就是說，想盡報館之天職，應當運用八種方法。有的文章將「八德」的「德」，理解爲八種道德，完全偏離了梁啓超的原意。殊不知，「德」字，除了「道德」的意思外，還有恩惠、感激、福利、規律、方法等含義。

這八種方法是：一曰忠告，是指對政府、對國民有「不軌於正道、不適於時勢」的言行，要及時提出忠告。二曰嚮導，是自己先要探清道路，然後爲政府和國民正確引路。三曰浸潤，是慢慢地、潛移默化地引導民眾，它與「煽動」的方法完全相反。四曰強聒，是一而再、再而三、不厭其煩地耐心說服與勸導。五曰見大，是指在紛繁複雜的事務與現象面前，要能夠抓住要害和根本。「君子務其大者遠者，必綱舉而目始張」。六曰主一，是指宗旨一定，鍥而不捨。做到「持義至堅，一以貫之，徹於終始。凡所論述，百變不離其宗」。七曰旁通，是傳播各種知識，增強民眾的識見，提高其判斷力。八曰下逮，是輿論引導要符合對象的實際需要與實際水平。[3]

梁啓超的新聞輿論觀，其內容比較豐富，在他之前，還沒有人這樣全面深入地探討過。從這個角度說，他對我國輿論學的貢獻是巨大的。但由於是初始的研究，其內容的廣度與理論深度都還有限，甚至有些論述並不嚴謹和科學。如「五本」與「八德」中的有些內容，就很難分清楚，「五本」中的「常識」與「八德」中的「旁通」就沒有明顯的區別。

---

1 梁啓超：《國風報敍例》，見張品興主編：《梁啓超全集》，北京出版社，1999 年版，第 2211～2212 頁。
2 梁啓超：《國風報敍例》，見張品興主編：《梁啓超全集》，北京出版社，1999 年版，第 2211～2212 頁。
3 梁啓超：《國風報敍例》，見張品興主編：《梁啓超全集》，北京出版社，1999 年版，第 2212～2213 頁。

五、人格與報格的倫理思考

　　維新派一開始辦報，就把報人的品格與報紙的報格緊密的聯繫起來，認為人格決定報格，報格反映人格。早期維新派報人王韜就說過：「天下事皆在乎得人而已，得其人則治，不得其人，則雖有良法美意，多敗於奉行故事人之手。」[1]而人才又以品德為先，對不同的人才應有不同的品德要求。作為報人，最重要的就是公平、誠實、正直，不然就難於擔當「直筆」之職責。王韜的觀點直接影響了後來的維新報人，梁啟超、汪康年、英斂之等人繼承和發揚了王韜的思想，他們在新聞學論文中常常把報人的品格作為探討的重要內容，並圍繞記者德性倫理的中心，提出了許多真知灼見。

　　維新派報人認為，作為對社會負有重大責任的記者，要贏得國民的信任與尊重，就必須「自保其名譽，自尊其資格，自重其價值。」在道德修養上，要著力培養與記者工作密切相關的道德品質：

　　一是公平正直的品德。所謂公平正直就是在新聞報導和新聞評論中，要出於公心，「不參毀譽之私」，站在客觀公正的立場上報導新聞和發表評論。早期維新人士何啟、胡禮垣在《曾論書後》就說過：「公者，無私之謂也；平者，無偏之謂也。公則明，明則以庶民之心為心，而君民無二心矣。平則順，順則以庶民之事為事，而君民無二事矣。」維新派報人繼承和發揚了王韜、何啟、胡禮垣的公平思想，對公平正直的品德，做了更多的闡釋和宣揚。梁啟超說：「無辟於其所好惡，然後天下之真是非乃可見。若懷挾黨派思想，而於黨以外之言論舉動，一切深文以排擠之。」那麼，天下公道就沒法維護了。[2]英斂之在《大公報》創刊號就向世人宣布：「忘記之為大，無私之謂公。」「本報斷不敢存自是之心，剛愎自用；亦不敢取流俗之說，顛倒是非。總期有益於國是民依，有裨於人心學術。」[3]可見，他們在辦報實踐中始終把公平正直作為修養的品質和行為的標準。

　　二是強烈的社會責任意識。維新派報人所辦的報紙都是私營報紙，與政府沒有直接的關係，從王韜創辦的《循環日報》到英斂之主持的《大公報》，都是如此。但是，難能可貴的是，他們在理論與實踐上，都十分明確地把社會責任放在首位，自覺地把商業利益服從於社會效益。梁啟超在《敬告我同

1　王韜：《論所談洋務終難坐言起行》，《弢園文新編》，三聯書店，1998年版，第350頁。
2　梁啟超：《〈國風報〉敘例》，《梁啟超全集》，北京出版社，1999年版，第2211頁。
3　英斂之：《大公報序》，《大公報》，1902年6月17日。

業諸君》中說：「有瞿然於吾儕之地位如此其居要，吾儕之責任如此其重大者，其尚以文字爲兒戲也？」「吾儕手無斧柯，所以報答國民者，惟恃此三寸之舌，七寸之管。雖然，既儼然自尸此重大之天職而不疑，當此中國存亡絕續之交，天下萬世之功罪，吾儕與居一焉，夫安得不商榷一所以自效之道，以相勸勉也。」[1]汪康年說：「既爲輿論之代表，則其一言一語，皆將爲社會所信仰。夫以社會所信仰，而不自保其名譽、自尊其資格、自重其價值，而信筆書之，率臆言之，人將不信仰我，烏乎可？」[2]英斂之在主持《大公報》過程中，更是明確表示，要把監督政府、嚮導國民作爲報紙的首要職責，至於報社賺多少錢則是次要的事情。毋庸置疑，維新派報人不僅是中國報刊社會責任理論的創立者，而且在新聞實踐中較好地貫徹了這一理論主張。

三是自覺維護新聞眞實。爲了防止新聞失實的通病，維新人士對新聞眞實的重要性和維護新聞眞實的方法，提出過許多觀點。汪康年聯繫具體的事例論述新聞眞實的重要，提出了「記事貴實」的主張。他認爲，新聞眞實是報紙的立身之本，如果登載失實，不僅誤導讀者，危害社會，而且報紙自身也因失去了公信力而威信掃地。「且報者，爲眾人耳目也，故記事貴實。今乃時時捏造實事以驚駭人，則爲社會害矣。」[3]又說：「吾意辦報諸君，宜各自約檢。凡記載一事，必先審其眞僞；即轉載他報，亦必擇其近情理者錄之，且注所從出。」[4]梁啓超把個人誠實的品德與新聞眞實聯繫起來，認爲記者心中有誠，才會筆下有眞。[5]

四是不畏彊禦的史家精神。維新派報人在提倡「據事直書」新聞寫作方法的同時，還特別提倡記者要有不畏彊禦的史家精神。梁啓超說：「欲以身救國者，不可不犧牲其性命，欲以言救國者，不可不犧牲其名譽。甘以一身爲萬矢的，曾不於悔，然後所志之事，乃庶有濟。」[6]汪康年說：「假發言論之權，以盡己之天職，抑亦無惡於天下與？……理所與者，必以言助之，雖百訾不餒；理所

1 梁啓超：《敬告我同業諸君》，張之華主編：《中國新聞事業史文選》，中國人民大學出版社，1999 年版，第 47、50 頁。
2 汪康年：《論川省爭路事》，《汪穰卿遺著》卷六。
3 汪康年：《汪穰卿遺著》卷七。
4 汪康年：《敬告報館》第三，《汪穰卿遺著》卷五。
5 梁啓超：《〈國風報〉敘例》，張品興主編：《梁啓超全集》，北京出版社，1999 年版，第 2211～2213 頁。
6 梁啓超：《敬告我同業諸君》，張之華主編：《中國新聞事業史文選》，中國人民大學出版社，1999 年版，第 49 頁。

否者，必以言阻之，雖強禦不避。」[1]維新派知識分子提倡記者要像史家那樣忠於事實，不虛美、不隱惡，完全客觀地記錄和描述歷史；還要像史家那樣為維護真實而不畏強權，捨生取義，殺身成仁。自梁啓超在《敬告我同業諸君》一文中提出記者要具備「史家精神」的命題之後，贊同者層出不窮，使這一思想得到不斷鞏固和深化，對新聞記者的職業道德修養產生了積極的影響。

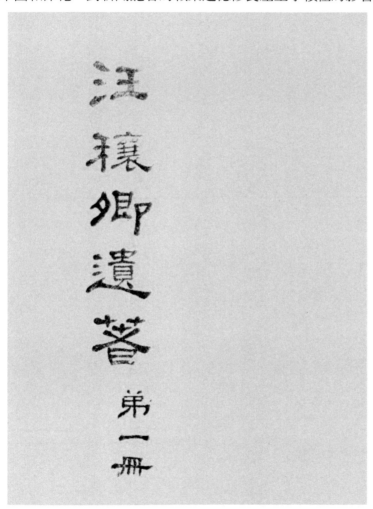

圖 1-4　汪康年《汪穰卿遺著》

　　五是自由獨立的道德。維新派報人生活在沒有自由的時代，他們明明知道「處專制政府之下而欲求報界有真正之言論，其勢必不易得」[2]，但他們從

1　汪康年：《京報發刊獻言》，《汪穰卿遺著》卷二。
2　《論今日報界之真相》，《大公報》，1909 年 2 月 25 日。

來沒有放棄對自由獨立的追求。在他們眼裏，自由獨立的道德是新聞記者最寶貴的品質之一。其核心內容是無所依傍，獨立自主，擯棄一切奴性的觀念與行為。梁啟超在這方面撰寫的文章最多，貢獻最大。他認為，普通百姓都不能柔媚無骨，放棄自尊，只知道服從，不知道自我，更何況是要履行「監督政府，嚮導國民」責任的記者呢！

　　總之，維新派報人基於對報紙重要地位與作用的認識，對記者的個體道德提出了多方面的要求。這些要求雖然不一定都適應現今變化了的新形勢，但是，他們重視和提倡記者道德的自我完善和加強品性修養的觀點，以及他們倡導的個體道德的部分內容，不會因為時間的久遠而過時，如記者的社會責任感和史家辦報精神，就值得當代記者作為德性修養的借鑒，值得我們不斷的繼承與發揚。[1]

第三節　革命派報人對新聞學的認識與思考

　　19 世紀末，資產階級維新派與革命派幾乎是同時登上中國政治舞臺的，但是，從辦報的時間上看，維新派捷足先登走在革命派的前面。維新派創辦第一張報紙《萬國公報》的時間是 1895 年，而革命派創辦第一張報紙《中國日報》的時間是 1900 年。雖然資產階級革遺著派辦報的時間晚於維新派 5 年，但其創辦報刊的數量、發展的速度和社會影響都後來居上，遠遠勝過維新派報紙。在新聞學研究方面也是如此。革命派統帥孫中山，著名宣傳家章太炎、鄭貫公、胡漢民、汪精衛、于右任等人在辦報過程中，注意了新聞學理論的探討與總結，發表了許多理論文章，使中國的新聞學研究呈現出不同於維新派的另一種景觀，也達到了一個新的高度。

一、黨報宣傳理論

　　資產階級革命派一登上歷史舞臺，就把民族主義和革命排滿作為自己的政治目標，他們創辦的報紙一開始就確立了為政黨服務的宗旨。因此，革命派報人在論述報刊功能與作用的時候，總是把政治功能放在首位，突出和強調報刊的宣傳作用。在中國新聞史上，雖然最早提出黨報理論的是維新派統帥康有為，他在 1898 年 4 月制定的《保皇會章程》中就提出了維新報刊要以宣傳「本會主義」為宗旨，要服從政黨性質的「保皇會」的統一指揮。1906

1　徐新平：《維新派新聞思想研究》，湖南人民出版社，2010 年版，第 160～184 頁。

年 10 月制定的《國民憲政會簡要章程》又強化了這些要求。但是，在晚清時期對黨報宣傳理論闡述得最為明確和充分的還是革命派領袖孫中山。

作為資產階級革命家，孫中山一生所追求的目標就是推翻清朝政府，按照三民主義和五權憲法的理想建立一個資產階級共和國。為了這個目的，他把建黨、起義和宣傳作為缺一不可的重要手段。尤其在宣傳理論上提出了一系列主張。

首先是對宣傳的理解。他說：「古人說『攻心為上，攻城為下』，宣傳便是攻心。」[1]「宣傳就是勸人。要勸世人都明白本黨主義，都來傾向本黨。」[2] 孫中山所說的「攻心」「勸人」，就是向大眾傳播「本黨主義」——三民主義，使人們心悅誠服地接受他們的政治主張。

其次，他認為宣傳的作用與軍隊同等重要。在總結辛亥革命成功的原因時，他說：「此次民國成立，輿論之勢力與軍隊之勢力相輔而行，故曾不數月，遂竟全功。」[3] 後來又說：「講起效力來，宣傳事業同軍人事業實在是一樣的大和一樣的重要。」[4] 這是孫中山對革命派在長期革命實踐中的經驗總結。他始終把武裝鬥爭和輿論宣傳視為革命成功相互依存的兩翼。

再次，他要求革命黨人必須重視宣傳，並重視報刊人才的挑選。1906 年 10 月 16 日，孫中山在《致張永福函》中說：「南洋各埠現下風氣初開，必要先覺之同志多用工夫，竭力鼓吹，不避勞苦，從此日進，不久必風氣可以大開，則助力者當有多人，而革命之事容易進行矣。」[5] 1910 年 2 月中旬，他在美國舊金山對同盟會員李是男和黃伯耀說：「今日海外同志的工作要點應該著眼於此，務必做到宣傳與籌款同時並重。」[6] 1910 年 7 月，他寫信給新加坡同盟會員黃甲元，囑咐他一定要選擇精幹人才主持《中興報》。他認為：「蓋《中興報》之缺點全在不得其人。今欲維持，若不物色得可靠之人，雖加萬金資

1 孫中山：《在上海中國國民黨改進大會的演說》，《孫中山全集》第七卷，中華書局，1981 年版，第 6 頁。
2 孫中山：《在廣州中國國民黨懇請大會的演說》，《孫中山全集》第八卷，中華書局，1981 年版，第 284 頁。
3 孫中山：《致武漢報界聯合會涵》，《孫中山全集》二卷，中華書局，1981 年版，第 336 頁。
4 孫中山：《在廣州國民黨講習所開學典禮的演說》，《孫中山全集》第十卷，中華書局，1981 年版，第 350 頁。
5 孫中山：《致張永福函》，《孫中山全集》第一卷，中華書局，1981 年版，第 295 頁。
6 孫中山：《與李是男黃伯耀的談話》，《孫中山全集》第一卷，中華書局，1981 年版，第 438 頁。

本，仍無濟於事；若有其人，雖三數千便可挽回危局矣。」[1]孫中山的宣傳思想既是革命派宣傳實踐的經驗總結，也是革命派宣傳工作的指南。

革命派報刊就是按照孫中山的觀點與要求從事宣傳報導的。1905 年 11 月，孫中山在爲《民報》撰寫的發刊詞中，第一次提出「三民主義」的政治主張，並宣稱，《民報》的創辦目的就是宣傳三民主義，使「理想輸灌於人心而化爲常識，則其去實行也近。」[2]就是說，《民報》就是要通過宣傳使革命派的政治理想深入人心，從而讓民眾自覺投入到革命鬥爭的洪流之中去。

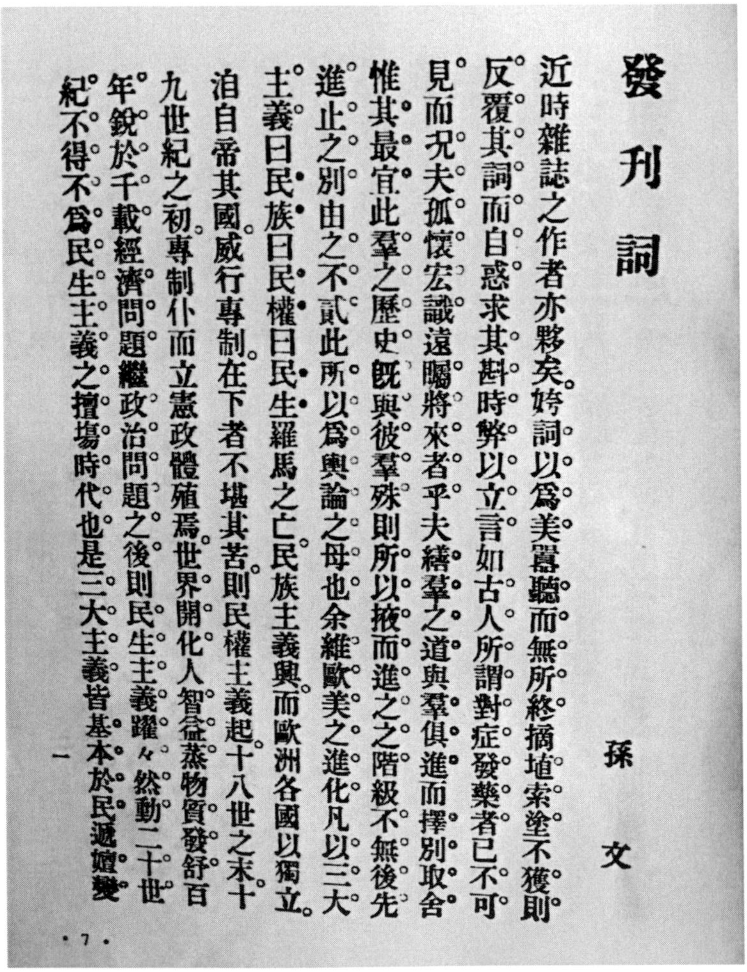
發刊詞

孫文

近時雜誌之作者亦夥矣。婞詞以爲美嚚聽而無所終摘埴索塗不獲則
反覆其詞而自惑求其斟時弊以立言如古人所謂對症發藥者已不可
見而况夫孤懷宏識遠矚將來者乎夫繕羣之道與羣俱進而擇別取舍
惟其最宜此羣之歷史既與彼羣殊則所以掖而進之之階級不無後先
進止之別由之不貳此所以爲輿論之母也余維歐美之進化凡以三大
主義曰民族曰民權曰民生羅馬之亡民族主義興而歐洲各國以獨立。
洎自帝其國威行專制在下者不堪其苦則民權主義起十八世之末十
九世紀之初專制仆而立憲政體殖焉世界開化人智益蒸物質發舒百
年銳於千載經濟問題繼政治問題之後則民生主義躍々然動二十世
紀不得不爲民生主義之擅場時代也是三大主義皆基本於民遞嬗變

・7・

圖 1-5　孫中山《〈民報〉發刊詞》

1　孫中山：《致黃甲元函》，《孫中山全集》第一卷，中華書局，1981 年版，第 472 頁。
2　孫中山：《〈民報〉發刊詞》，張之華主編：《中國新聞事業史文選》，中國人民大學出版社，1999 年版，第 120 頁。

1906 年，胡漢民、汪精衛在《民報》第三期上發表的《〈民報〉之六大主義》，是革命派一篇重要的新聞學論文。文章分析了革命的必要性和革命報刊的作用。文章說：「革命報之作，所以使人知革命也。蓋革命有秘密之舉動，而革命之主義則無當秘密者。非惟不當秘密而已，直當普遍之於社會，以斟灌其心理而造成輿論。」「爲知革命之必要，而有革命報；而革命報之作，又在使人有眞知識，而不徒挑撥其感情。故民報，革命報也，以使人眞知革命爲目的。」[1]文章旗幟鮮明地向社會宣告：《民報》就是革命報，就是要宣傳革命主義，即六大主義——傾覆現今之惡劣政府，建設共和政體，實行土地國有，維持世界之眞正平和，主張中國日本兩國之國民的聯合，希望世界列國贊成中國革新之事業。《民報》第九期刊登的《復報社廣告》公開提出：「本社同人痛祖國之已亡，憤異族之無狀，爰於去歲孟夏組織斯報，發揮民族主義，傳播革命思潮；爲國民之霜鐘，作魔王之露檄。」[2]

1908 年，章太炎在《〈漢幟〉發刊序》中說：「頃者漢族同志，實基於此義，創一報，以發揚大漢之國徽，推倒滿旗之色線，於是以《漢幟》定名。」[3]公開宣稱革命排滿是《漢幟》的主要目標。從 1900 年 1 月《中國日報》的創辦到辛亥革命之前，以孫中山爲首的革命派所創辦的報刊，無一不是革命派政治綱領的宣傳工具。與維新派的辦報目的「監督政府，嚮導國民」有所不同，他們的目標是「推翻政府，覺悟國民」。他們也沒有像維新派那樣不厭其煩地陳述報紙的多重作用與好處，祈望政府允許民眾辦報，而是直接宣稱，革命報刊是革命的重要組成部分，不管清政府允許不允許，革命派都會充分利用自己的輿論工具——報紙，與清政府進行堅決的鬥爭。

二、輿論觀

在革命派報人中，胡漢民最早對輿論的概念進行了界定。1909 年他在《近年中國革命報之發達》一文中說：「若夫輿論，則關於公共問題，自由發表，於社會有優勢之意見也。」他說，所謂「於社會有優勢的意見」，「則以比較而見，非比較於社會全體而得其過半數，乃比較於自由發表意見之各個人中

---

1 胡漢民、汪精衛：《〈民報〉之六大主義》，張之華主編：《中國新聞事業史文選》，中國人民大學出版社，1999 年版，第 59～60 頁。

2 《民報》（3），中華書局，2006 年版，第 1223 頁。

3 章太炎：《〈漢幟〉發刊序》，張之華主編：《中國新聞事業史文選》，中國人民大學出版社，1999 年版，第 122 頁。

而得其過半數，此政治學者所恆言。」[1]就是說，輿論的對象是「公共問題」，輿論的途徑是「自由發表」，輿論的形態是「意見」，輿論的主體是大多數人。這裡的大多數（即過半數）不是指社會全體中的大多數，而是指對這件事情發表了意見的人數中的大多數。這一觀點對於中國知識界進一步思考和探討輿論學具有積極的意義。

革命派報人對輿論的重要性有著充分的認識，並視之為革命鬥爭不可缺少的武器。孫中山在《民報》發刊詞中指出：「夫繕群之道，與群俱進，而擇別取捨，惟其最宜。此群之歷史既與彼群殊，則所以披而進之之階級，不無後先進止之別。由之不貳，此所以為輿論之母也。」[2]孫中山認為，引導輿論是少數先進分子的職責，利用報刊這一輿論工具來教育人民，引導人民，使人民覺悟，起來實行革命，就是革命派辦報的宗旨。《國民日日報》發刊詞也指出：「輿論者，造因之無上乘也，一切事業之母也。故將圖國民之事業，不可不造國民之輿論。……蓋輿論者，必具有轉移社會、左右世界之力者也。大凡一國家成立，當無不有一種無名之輿論，隱據於工規師諫之巔，而政治之發見，亦間受其影響。」[3]革命派報人共同認為，輿論具有偉大的力量，是「一切事業之母」，因此，報紙在製造輿論、反映輿論、引導輿論等方面，具有重要的責任。

胡漢民還對報紙和輿論的關係進行了論述：「報紙所以號為輿論之母，普通人民，以自動的而獨身其意見者，為少數，其受動的而採用他人之意見者，為多數。而報紙則往往於多數人民中，創發意見，有登高而呼，使萬山環應之慨，故對於變動之人民，有先導之稱。然必其於公共問題有正確之知識，及能為多數人民謀其禍福利害者，足以當之無愧。」[4]就是說，民眾的大多數只是被動地接受意見，主動闡明自己意見的很少，這就需要報紙站出來「登高而呼」「創發」意見，對民眾起到「先導」作用，進而引導民眾形成對公共問題的正確認識。因此，報紙是輿論之母。胡漢民的輿論觀雖然在一定程度

---

1 胡漢民：《近年中國革命報之發達》，楊光輝等編：《中國近代報刊發展概況》，新華出版社，1986年版，第15頁。
2 孫中山：《民報發刊詞》，張之華主編：《中國新聞事業史文選》，中國人民大學出版社，1999年版，第119頁。
3 戈公振：《中國報學史》，嶽麓書社，2011年版，第139頁。
4 胡漢民：《近年中國革命報之發達》，楊光輝等編：《中國近代報刊發展概況》，新華出版社，1986年版，第15頁。

上忽視了民眾在輿論形成過程中的作用，但他強調的報紙為「輿論之母」和積極發揮輿論引導作用的觀點是正確的。這也是資產階級革命派「先知先覺」思想在輿論觀中的反映。

三、言論自由與獨立

資產階級革命派報人大都有過留洋的經歷，對西方的思想自由、言論自由、出版自由的社會環境有過切身的感受。由於受到西方民主自由思想的薰染與影響。他們對西方的新聞自由和言論獨立有著熱切的嚮往。革命派從資產階級民權觀點出發，主張人民應該享有言論自由和獨立。

1904 年，孫中山在《中國問題的真解決──向美國人民的呼籲》一文中，對滿清統治中國 260 年間虐待人民所犯下的罪行進行了聲討，其中「他們壓制言論自由。」[1] 就是清政府犯下的重罪之一。又說「吾輩享韃虜政府毒虐已二百六十餘年，而其最慘酷重要者，則有十端」。他歷數清王朝十大罪狀，其中第六條就是「禁制吾人之言論自由。」[2] 他說自己發動革命的目的，就是要推翻專制統治，建立獨立、自由、民主的資產階級共和國。

章太炎作為革命派的宣傳主將，從主持《蘇報》《民報》筆政到創辦《大共和日報》（1912），一直把言論自由和人格獨立作為自己追求和奮鬥的目標。在《四惑論》和《國學概論》等文章中，他對自由的內涵、意義與實現途徑等問題做了深刻的論述。他認為，「自由平等的願望是人類所共有的。」自由主要體現在人與人及人與社會的關係中，不同的關係中，自由有不同的表現。在人與人之間，自由表現為對自我的權利的維護和對他人權利的尊重；在受到外力強迫時，自由表現為主體意志的自由選擇；在個人與群體的關係中，自由表現在個體身上，先有個體自由才有群體自由。

在長期的新聞活動中，章太炎以大無畏的革命家的氣概證明了記者維護新聞自由的決心與意志。無論是在國內的「蘇報案」中，還是在日本政府查封《民報》時，他始終高舉言論自由和獨立的旗幟，同清政府和日本政府進行堅決的鬥爭，用實際行動表現了革命派報人自由獨立的思想與精神。1908年 10 月，日本政府受清政府指使下令封禁《民報》。章太炎在日本地方法院

---

1 孫中山：《我的回憶──與倫敦〈濱海雜誌〉記者的談話》，《孫中山全集》第一卷，中國書局，1981 年版，第 556 頁。

2 孫中山：《支那問題真解》，《孫中山全集》第一卷，中國書局，1981 年版，第 245頁。

與裁判長進行了一場激烈的爭辯。他回憶說:「我語裁判長:言論自由、出版自由,文明國法律皆然,貴國亦然,我何罪?廳長無言。」[1]

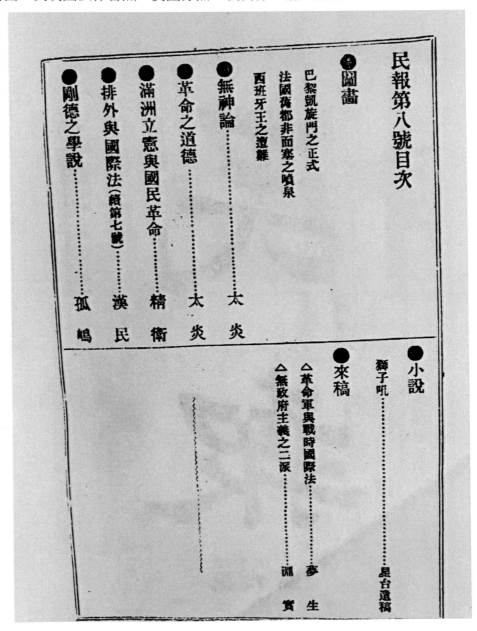

圖 1-6　刊載章太炎《革命之道德》一文《民報》第八號目次

1　章太炎:《章太炎先生答問》,見《章太炎政論選集》,中華書局,1977年版,第258頁。

于右任是革命派中辦報較晚卻影響巨大的著名宣傳家。他創辦的《民呼日報》《民吁日報》和《民立報》是革命派在辛亥革命前輿論宣傳的主陣地。1910 年 10 月，他在《民立報》發刊詞中對言論獨立進行了深刻的論述，他說：「是以有獨立之民族，始有獨立之國家，有獨立之國家，始能發生獨立言論。再推而言之，有獨立之言論，始產獨立之民族，有獨立之民族，始能衛其獨立之國家。言論也，民族也，國家也，相依為命，此傷則彼虧，彼傾則此不能獨立者也。」[1]于右任認為，言論獨立是國家、民族自由獨立的象徵，也是與國家獨立、民族獨立相互依存的條件。因此，他表示要竭盡全力，「並修吾先聖先賢聞人鉅子自立之學說，以提倡吾國民自立之精神；搜吾軍事實業，關地殖民，英雄豪傑之歷史，以培植吾國民獨立之思想。」[2]

四、新聞業務的理論總結

晚清時期的報刊，分別有商業性質的民營報刊、政黨性質的黨派報刊以及政府主辦的官報等，不同性質的報刊在業務上的要求是不同的。年輕的革命派宣傳家鄭貫公 1905 年撰寫的《拒約須急設機關日報議》，是革命派報人中較早的一篇關於政黨機關報的長篇論文。在這篇論文中，他對機關報的意義做了深刻的論述。他說：

> 報紙能宣布公理，激勵人心，何異政令告示？報紙能聲罪致討，以儆效尤，何異裁判定案？報紙能密查偵探，以顯其私，何異偵察暗差？報紙能布其證據，直斥其人，何異警察巡兵？報紙能與人辯誣訟冤，何異律師？報紙能筆戰舌爭，何異軍人？由是觀之，則報紙與社會之關係重要如此，其可不設？豈可不急設？[3]

在論述了機關報的特殊作用之後，他就如何才能辦好機關報報提出了十大原則，涉及採訪、寫作、編輯、校對、發行、廣告等方方面面。他說：「一是「報律不能不先認定也」。鄭貫公所說的「報律」不是指國家制定的法律法規，而是報社的辦報方針。二是「調查不能不周密也。」鄭貫公認為，新聞

1　于右任：《中國萬歲　民立萬歲》，《于右任辛亥文集》，復旦大學出版社，1986 年版，第 36 頁。

2　于右任：《中國萬歲　民立萬歲》，《于右任辛亥文集》，復旦大學出版社，1986 年版，第 36 頁。

3　鄭貫公：《拒約須急設機關日報議》，張之華主編：《中國新聞事業史文選》，中國人民大學出版社，1999 年版，第 51 頁。

調查是維護新聞眞實的前提，必須全面而詳盡。三是「翻譯不能不多聘。」多譯外國要聞及要論，這樣可以「觀其輿論，忖其方針，然後我之政策日巧，我之運動日精。」四是「謳歌戲本不能不多撰也。」「報紙爲開智之良劑，而謳歌戲本，爲開下流社會知識之聖藥。」他認爲，報紙應該面向普通民眾，要用群眾喜聞樂見的形式辦報才會受到他們的歡迎。五是「文字不能不淺白也。」六是「門類不能不清楚也。」編輯「要事」，要「分門別類」。七是「報費不可不廉也。」「考外國報紙，其價最廉。故銷流最廣，微中收利，又借告白費以相助，是以外國報社之林立，而報紙之風行也。」八是「校對不可不小心也」。九是「告白不可不選擇也」。告白即廣告，廣告同新聞報導一樣，也要堅持報社的宗旨。十是「圖畫不可不多刊也。」[1] 這十條辦報要求，反應了革命派報人對報紙業務的有了較爲全面的認識。

1907 年 4 月 2 日，于右任在《神州日報》發刊詞中對報紙的內容和作用進行了詳細的闡述。他認爲，報紙的內容和作用主要體現在：首先是「揮政客之雄辯，陳志士之危言。澡雪國魂，昭蘇群治，回易眾聽，紀鋼民極。」報紙是政客志士們用來宣傳政治主張和治國方略以及引導民眾的工具；其次是「國聞閭史，稗官雜事，抽毫而悉具，則陳一紙而汲眾流，莊言諧論，良規俊辯，授簡而並陳，則費寸陰而獲拱壁。山川自古，方策猶存。」[2] 報紙是用來刊載各種各樣信息和知識的，是爲民眾開闊眼界的窗口。于右任根據自己在報刊活動中的經驗，還進一步提出了報紙的四個天職：「報之天職，紀事一也。評事之得失，而發爲言論二也。默窺宇宙進行之大勢，而於冥冥之中，潛搜幽討，以成問題，而使萬象因應三也。監觀社會之善惡，標示良楷，更從其後而鞭之四也。」[3] 就是說，報紙的天職是報導新聞、刊載評論、促進社會發展和監督社會善惡。這與改良派報人提倡的監督政府、嚮導國民兩大天職說相比較又有了新的內涵，強調了報紙刊載事實信息和意見信息的天職。

革命派報人在新聞業務上還有一個突出貢獻，就是提倡報刊的論辯性和鬥爭性。1906 年 4 月，革命派報紙《民報》主動發起一場與保皇派《新民叢

---

1 鄭貫公：《拒約須急設機關日報議》，張之華主編：《中國新聞事業史文選》，中國人民大學出版社，1999 年版，第 52～55 頁。
2 于右任：《神州日報發刊詞》，《于右任辛亥文集》，復旦大學出版社，1986 年版，第 13～14 頁。
3 于右任：《社說——報紙之陳跡一》，《民呼民吁民立報選輯》，河南人民出版社，1982 年版，第 8～9 頁。

報》的大論戰。論戰歷時一年多時間，最終以革命派的勝利而結束。革命派政論家的文章各具風采：章太炎的政論氣勢雄偉、文辭淵雅、情感激越；汪精衛的政論條理明晰、說理縝密；胡漢民的政論言辭犀利、說理透徹；于右任的政論大膽率直，鋒芒畢露。革命派報人撰寫的政論文不僅使孫中山的三民主義思想日益深入人心，而且在文體革新上大大提高了駁論文的水平與質量。當然，革命派的政論也存在篇幅過長、繁瑣刻板和堅厲刻薄，甚至以侮辱、謾罵代替說理等不足。但是，正是革命派報人使中國報刊政論在晚清時期放出了異樣的光彩。

考察革命派報人的辦報經歷，其鬥爭性是始終如一的。他們以大無畏的革命精神與腐朽的清政府和腐敗官僚進行堅決的鬥爭，大膽揭露貪官污吏的惡行，屢屢觸犯權貴而遭受關押、流放，有的還慘遭殺害。但他們從來沒有灰心氣短、妥協屈服。1909 年 7 月，于右任在《民呼日報》發文說：「本報之發起為弔民伐罪也，故對病民之官吏口誅筆伐，毫不假借，而此輩病民之徒，生平之惡劣行為無人揭破，忽受意外之打擊，遂出現種種鬼哭神號之狀態。」在「病民之官吏」瘋狂的反撲面前，于右任堅決地表示：「實行監督之責任，寧使讓官場恨我，不欲使國民棄我也。」[1]「寧為玉碎，不為瓦全，寧為牢中之囚犯，不作誣善隱惡之記者。」[2]于右任的思想代表了革命派報人共同的辦報追求，這種精神在他們的道德精神層面和辦報業務之中，都有著充分的體現。

五、記者的角色定位與社會職責

關於記者的角色定位，清政府一直把記者看成是不入流的下等文人，甚至是「斯文敗類。」[3]但是，在革命派報人眼中，新聞記者卻是引領社會大眾的「先知先覺」。所謂「先知先覺」，並不是說記者先天就比別人高明，而是說記者比普通民眾和一些官員先覺悟起來。「先知先覺」的責任是要教育、啟發和引導後進。在孫中山的有關論述中，新聞記者同革命志士、教育家、學者一樣，都是「先知先覺」。1905 年 8 月 13 日，他在東京中國留學生歡迎大會的演說中說：「百姓無所知，要在志士的提倡；志士的思想高，則百姓的程

---

1 于右任：《想拿訪員者看》，《于右任辛亥文集》，復旦大學出版社，1986 年版，第 29 頁。
2 于右任：《寧為玉碎》，《于右任辛亥文集》，復旦大學出版社，1986 年版，第 30 頁。
3 戈公振：《中國報學史》，上海古籍出版社，2003 年版，第 169 頁。

度高。所以我們為志士的，總要擇地球上最文明的政治法律來救我們中國，最優等的人格來待我們四萬萬同胞。」[1]1905 年 11 月，他在《〈民報〉發刊詞》中又說：

> 羼我祖國，以最大之民族，聰明強力，超等絕倫，而沉夢不起，萬事墮壞；幸為風潮所激，醒其渴睡，旦夕之間，奮發振強，勵精不已，則半事倍功，良非誇嫚。惟夫一群之中，有少數最良之心理能策其群而進之，使最宜之治法適應於吾群，吾群之進步適應於世界，此先知先覺之天職，而吾《民報》所作為也。抑非常革新之學說，其理想灌於人心而化為常識，則其去實行也近。[2]

孫中山所說的「先知先覺之天職」就是記者的天職。對於「沉夢不醒，萬事墮壞」的民族，記者要擔負起將「其理想灌於人心而化為常識」的職責。他在後來的許多論文和演說中都明確地說：「報界為開通民智之先覺，諸君亦當引為己任，提倡之，鼓吹之。兄弟於諸君有無窮之希望焉。」[3]資產階級革命派對新聞記者社會角色的肯定，不僅有助於社會大眾對記者的尊重，而且有助於記者自身的專業自信與責任擔當。

革命派報人在辦報過程中，都自覺地將宣傳革命主張、提高民眾覺悟作為自己的職責。他們提倡宣傳本黨的政治綱領，將「理想灌於人心」的最終目的，是希望通過宣傳讓大眾理解並支持革命事業，從而實現革命派的政治理想。1906 年 10 月《雲南》雜誌在日本創刊，該刊在《〈雲南〉雜誌發刊詞》中說：報紙同人將把改良民眾的思想作為主要任務，積極宣傳國家思想、團結思想、公益思想、進取思想、冒險思想、尚武思想、實業思想、地方自治思想、男女平等思想。「同人等抱此宗旨，誓竭誠效死以輸入之、傳佈之、提倡之、鼓吹之。或正論，或旁擊，或演白話謀普及，或錄事實作實證。東鱗西爪，盡足勾稽；斷簡零篇，亦寓深意。激來太平洋上之潮，洗淨陳陳腦髓；豎起崑崙山巔之旂，招歸渺渺國魂。」[4]1908 年 1 月，吳玉章在《四川》發刊

---

1 孫中山：《在東京中國留學生歡迎大會的演說》，見《孫中山全集》第一卷，中華書局，1981 年版第 281 頁。
2 孫中山：《〈民報〉發刊詞》，張之華主編：《中國新聞事業史文選》，中國人民大學出版社，1999 年版，第 120 頁。
3 孫中山：《在北京報界歡迎會的演說》，《孫中山全集》，第二卷，中華書局，1981 年版，第 345 頁。
4 《〈雲南〉雜誌發刊詞》，張之華主編：《中國新聞事業史文選》，中國人民大學出版社，1999 年版，第 128 頁。

詞中說：「聾瞶者固危如累卵，不聾瞶者詎安如磐石。醒其茫昧，共扶艱險，匪吾儕責，究將誰焉？」[1]于右任在創辦《民立報》時，提出記者應該擔負起對國家對國民的責任，「一報之名譽，一報之價值，乃至一報之精神命脈，皆懸於諸君(即記者)之手」。在 1910 年 10 月《民立報》發刊詞中，他激情洋溢地說：

> 秋高馬肥，記者當整頓全神，以為國民效馳驅。使吾國民之義聲馳於列國，使吾國民之愁聲達於政府；使吾國民之親愛聲，相接相近於散漫之同胞，而團體日固；使吾國民之歎息聲，日消日減於恐慌之市面，而實業日昌。並修吾先聖先賢聞人鉅子自立之學說，以提倡吾國民自立之精神；搜吾軍事實業、闢地殖民、英雄豪傑獨立之歷史，以培植吾國民獨立之思想。重以世界之知識，世界之事業，世界之學理，以輔助吾國民進立於世界之眼光。此則記者之所深賴，而願為同胞盡力馳驅於無已者也。雖然，未已也。[2]

在這裡，于右任闡述了記者的多重職責，但最重要的是要通過各種內容的宣傳，培養國民的自立精神和獨立思想。與維新派報人相比較，革命派報人也宣稱自己要以開民智為己任，但是，兩者在開民智的內容上則迥然有別。

六、記者的道德人格修養

關於記者的道德人格問題，革命派報人與維新派報人一樣都十分重視。1903 年革命派報紙《國民日日報》在其發刊詞中說：在記者隊伍中有幾種不同的人，「有取媚權貴焉者；有求悅市人焉者；甚有混淆種界，折辱同胞焉者。」還有「願做彼公僕，為警鐘木鐸」的。[3]不同的人辦報的目的、傳播的內容與效果都不相同。1905 年 8 月，革命派宣傳家鄭貫公在香港《有所謂報》上發表的《拒約須急設機關日報議》中說：「欲言辦報，不得不先言記者，言記者又不得不先言其人格。」[4]把記者的道德人格看作是辦報的先決條件。這些觀

1　吳玉章：《四川發刊詞》，張之華主編，《中國新聞事業史文選》，中國人民大學出版社，1999 年版，第 122 頁。
2　于右任：《中國萬歲民立萬歲》，《于右任辛亥文集》，復旦大學出版社，1986 年版，第 36 頁。
3　《〈國民日日報〉發刊詞》，張之華主編，《中國新聞事業史文選》，中國人民大學出版社，1999 年版，第 109 頁。
4　鄭貫公：《拒約須急設機關日報議》，張之華主編，《中國新聞事業史文選》，中國人民大學出版社，1999 年版，第 52 頁。

點與維新派報人王韜、梁啓超、汪康年等人的看法基本相同。但是，在道德修養的內容上，革命派報人所提倡與重視的，與維新派報人有一定的差別。

孫中山在辛亥革命前就深深感到報業人才的重要性。1910 年 7 月革命派在南洋的重要報紙《興中報》因種種原因出現困難，孫中山認爲：「蓋《興中報》之缺點全在不得其人，今欲維持，若不物色得可靠之人，雖加萬金資本，仍無濟於事；若有其人雖三數千便可挽回危局矣。」[1]孫中山認爲，一家報紙的興衰與資本投入並不是正比例的關係，若得其人，錢少也可辦大事；不得其人，投入再多也無濟於事。爲了革命報刊的健康發展，他還常常親自安排和聘請優秀人才主持報紙的工作。1911 年 2 月，他從美國親自寫信給吳稚暉，聘請他去美國主持《少年中國報》，他在信中懇切地說：「《少年中國報》切欲延致先生爲之主筆，彼等想早已有信來請矣，而更託致書，必期先生之惠臨。弟思南、北、中美三地有華僑不下數十萬人，近皆思想初開，多歡迎革命之理者，若得先生之筆以發揮之，必可一華僑之志也。」[2]由此可見，孫中山對報刊宣傳工作和新聞人才的重視。

新聞記者作爲革命志士和先知先覺，除了知識才能的要求之外，在道德人格上也應該有特殊的要求。革命派報人所強調的記者道德修養最重要的內容是：

第一，要有一以貫之的理想追求，並爲政治理想的實現而不懈奮鬥。這是革命派報人與商辦辦民營報人最大的不同。孫中山領導的「興中會」「同盟會」都是政黨組織，具有明確的政治目標，從事報刊宣傳的革命黨人既是革命家，也是宣傳家。因此，他們在新聞活動中，總是圍繞著政治理想作宣傳。孫中山在《〈民報〉發刊詞》中說的「理想灌於人心」，就是他們對自己的要求。

第二，具有明確而強烈的社會責任意識。1903 年創辦的《國民日日報》說，記者作爲國民的代表，要以代表平民說話爲職志。「新聞學之與國民之關切爲何如，故記者既據最高之地位，代表國民，國民而亦即承認爲其代表者。一紙之出，可以收全國之觀聽；一議之發，可以挽全國之頹勢。」[3]女革命家秋瑾 1907 年在《中國女報發刊詞》中說：「具左右興論之勢力，擔監督國民

---

1 孫中山：《致黃甲元函》，《孫中山全集》第一卷，中國書局，1981 年版，第 510 頁。
2 孫中山：《致吳稚暉函》，《孫中山全集》第一卷，中國書局，1981 年版，第 472 頁。
3 《〈國民日日報〉發刊詞》，張之華主編，《中國新聞事業史文選》，中國人民大學出版社，1999 年版，第 108 頁。

之責任者，非報紙而何？吾今欲結二萬萬大團體於一致，通全國女界聲息於朝夕，為女界之總機關，使我女子生機活潑，精神奮飛，絕塵而奔，以更進於大光明世界。為醒獅之前驅，為文明之先導，為迷津筏，為暗室燈，使我中國女界中放一大光明燦爛之異彩，使全球人種，驚心奪目拍手而歡呼。」[1]

　　第三，要有重然諾、輕生死的道德品質。章太炎說：「道德者，不必甚深言之，但使確固堅厲，重然諾，輕生死，則可矣。」[2]又說：「所謂道德，豈必備三德六行哉，見利思義，見危受命，不侮鰥寡，不畏彊禦，則足以為共和之本根矣。」[3]就是說，道德不必說得太深奧，也不必提倡太多，只要真正做到講話算數、不畏強權、不怕犧牲就足夠了。章太炎把確固堅厲、重然諾、輕生死看作是新聞記者的核心道德，並希望將這一道德理念體現在「知恥」「厚重」「耿介」「必信」的道德行為之中。他的這一認識在晚清報人中是獨一無二的，他自己在「蘇報案」中剛強不屈的表現也正是這種道德觀念的體現。

第四節　南京臨時政府時期對新聞自由與法制的爭論

　　辛亥革命推翻了清王朝的統治，結束了中國兩千多年的封建專制制度，成立了中國歷史上第一個資產階級共和國政權。飽受封建專制壓迫的民族資產階級革命派終於迎來在全國範圍內實現政治理想的契機，他們制定了一系列推行資本主義的政策和法令。在新聞事業領域，孫中山不遺餘力地倡導言論出版自由，在他執政的短暫南京臨時政府時期，「認真接受報紙和輿論的監督，平易近人地接受記者的採訪，經常參加報界的會議，對報刊在民主革命中所起的重大作用給予了高度的評價，熱情鼓勵報刊在共和建設中發揮輿論監督與指導作用。」[4]南京臨時政府從建立到消亡，時間雖短，但卻是我國新聞事業短暫的「黃金時代」。

---

1 秋瑾：《〈中國女報〉發刊辭》，張之華主編，《中國新聞事業史文選》，中國人民大學出版社，1999 年版，第 121 頁。
2 章太炎：《革命之道德》，湯志鈞編：《章太炎政論選集》，中華書局，1977 年版，第 311 頁。
3 章太炎：《致伯中書一》，湯志鈞編：《章太炎政論選集》，中華書局，1977 年版，第 645 頁。
4 方漢奇：《中國新聞事業通史》（第一卷），中國人民大學出版社，2000 年版，第 1011 頁。

一、新聞事業的短暫繁榮

辛亥革命的勝利給中國資產階級帶來了前所未有的勝利喜悅,接下來的南京臨時政府,為了讓革命的理想變成現實,把中國建立成一個富強民主的資產階級共和國,以孫中山為首的革命派以西方資本主義國家政治制度為藍本,制定和推行了一系列具有資本主義色彩的政策法令及變革措施,在新聞事業方面也是如此。

言論自由是西方資產階級思想家所強調的一切自由中最重要的自由,是一切自由的根本。這也是中國資產階級革命派最早接受的西方政治學說之一。在這種思想的影響下,已經獲得勝利的資產階級革命派,把反對封建言禁、爭取言論出版自由放到了十分重要的位置。在廢除《大清印刷物專律》《報章應守規則》《大清報律》等限制出版自由的法令的同時,新成立的南京臨時政府在新頒布的具有資產階級共和國憲法性質的《中華民國臨時約法》中明確規定:「人民有言論、著作、刊行及集會、結社之自由」(第六條第四款)。

不僅中央政府如此,新成立的地方政權機關也把保護言論出版自由的條款寫入了頒布的法令或協定中。比如,《浙江軍政府臨時約法》第二章第五條規定:「人民得享有⋯⋯言論、著作、集會、結社之自由。」鄂州軍政府的《中華民國鄂州約法》第二章第六條規定:「人民自由言論、著作、刊行並集會結社。」四川大漢軍政府在和地方官紳共同簽署的《獨立協定》中明確規定:「巡警署不許干涉報館議論。」這些政策和法令在一定程度上鼓勵和保護了新聞事業的發展,規定了人民群眾言論出版自由的權利。

新聞自由體制的確立,結束了清朝專制政府對報界的束縛,給中國的新聞事業注入了一股新的活力。與此同時,政府對電報費、郵費的減免,使報館的經濟負擔有所減輕,報紙出版發行成本下降,也激發了人們辦報的熱情。熊少豪在《五十年來北京報紙之事略》中說:鼎革後,人民漸知報紙之用,各黨遂均以機關報為培植勢力之法。於是京中所有新舊各報幾及百數⋯⋯而內中多數報紙,既無機器以印刷,又無訪員之報告。斗室之間,即該報之全部機關;編輯、僕役各一人,即該報之全體職員。印刷者,託之印字局(以每日一千份計,每月之印刷費一張大約需一百五十元,兩張大約需二百元)。由此觀之,凡具數百元之資本,即可創設報館,無怪報紙日出日多也。[1]

---

1 轉引自轉引自趙建國著:《分解與重構:季清民初的報界團體》,三聯書店,2008年版,第128~129頁。

據戈公振《中國報學史》的記載，武昌起義後的半年內，全國的報紙由100多家猛增加到了500家，其銷售總數也達到了4200萬份，創歷史最高紀錄。全國各地都有新報刊問世，其中北京50家，上海40家，天津35家，廣州30家，浙江、四川各20多家，湖南11家，武漢9家……另據1912年北京政府內務部的報告，從2月12日清帝宣布退位到10月22日的8個月時間裏，在內務部註冊的北京報紙有89家。[1]1911年底至1912年底，短短一年時間裏，中國報界進入了一個漸短的「黃金時代」。

民國初年新聞事業的繁榮不僅表現在報紙數量的快速增長上，而且表現在報紙種類的逐漸增多，除了佔據主要地位的各個政黨當做宣傳工具的機關報刊之外，還有一些純商業性的報紙、研究社會科學和自然科學的學術性期刊以及爭取婦女參政的婦女報紙等，中國的新聞出版業呈現出多樣化的繁榮趨勢。這一時期新聞業的快速發展為北洋政府時期的新聞業總體上打下了良好基礎。

二、新聞自由與新聞法制的博弈

早在19世紀八九十年代，資產階級維新派和革命派對新聞自由與新聞法制問題都提出過獨到的見解，雖然各派的觀點不同，但對新聞自由和法制的理論探討都起到了積極的推動作用。如梁啓超認為，新聞自由的實現，必須依賴主客觀條件。從主觀上說，報館要想保證言論自由，就必須保持經濟獨立，不接受任何形式的津貼和資助；從客觀上來說，只有擁有良好的政府和健全的法制保駕護航，新聞自由才可能得以實現。章太炎認為，個體的獨立是群體賴以成立的基礎，群體是個體發揮作用的依託。因此，自由主要體現在個體身上，「個體為真，群體為幻」，如果過分強調群體自由而忽視個體自由，就等於毀滅了自由。這些觀點都是中國新聞自由理論重要的思想資源。

南京臨時政府時期，領導人孫中山對新聞自由是很重視的，儘管從辛亥革命勝利到袁世凱竊取革命果實只有短短數月時間，但是，南京臨時政府卻為新聞自由的實現做出了不懈努力，試圖建立一個自由的新聞管理機制。1912年3月，《中華民國臨時約法》頒布，它以根本大法形式肯定了公民的言論出版自由，從源頭上開放了新聞自由。與此同時，孫中山還應上海日報公會的

1　方漢奇主編：《中國新聞傳播史》，中國人民大學出版社，2002年版，第152～153頁。

請求,頒布《減免報界郵電費令》,以核減報界新聞郵電費來促進報業的發展。南京臨時政府在孫中山的領導下,始終倡導新聞自由,對清末新聞管理體制去粗取精,創建了以《中華民國臨時約法》為綱領,以中央和地方二級行政建制為依託,以《大清報律》為框架,以籌辦刊發官報為嚮導,以減免郵資等舉措為補充的新聞管理體制。[1]

但是,1912 年的 3 月 4 日南京臨時政府內務部頒布的《暫行報律》,在新聞界掀起了一場軒然大波,遭到新聞界的集體反對。《暫行報律》共三條:

第一,新聞、雜誌已出版及今後出版者,其發行及編輯人姓名,須向本部呈明註冊,或就近地方高級官廳呈明,咨部註冊。茲定自令到之日起,截至陽曆四月初一日止,在此期限內,其已出版之新聞、雜誌各社,須將本社發行及編輯員姓名呈明註冊;其以後出版者,須於發行前呈明註冊,否則不准其發行。

第二,流言煽惑,關於共和國體有破壞弊害者,除停止其出版者,其發行人、編輯人並坐以應得之罪。

第三,調查失實、污毀個人名譽者,被污毀人得要求其更正。要求更正而不履行時,經被污毀人提起訴訟時,得酌量科罰。[2]

《暫行報律》成為民國初年新聞自由與新聞法制激烈博弈的導火線。它的頒布,引起全國上下一片譁然。在報界眼中,南京臨時政府為新聞自由所做的努力在《暫行報律》這一「鉗制輿論」的新聞法律下前功盡棄。3 月 6 日,《申報》刊登了上海報界拒不接受《暫行報律》的電報。同日,《民立報》刊登了章太炎《論報律》一文。翌日,包括《大共和日報》《新聞報》在內的全國各大主流報刊共同刊登了章太炎《卻還內務部所訂報律議》的社論。章太炎在社論中筆鋒犀利地譴責了政府的行為,並表示誓死捍衛新聞自由,主張對報刊的出版發行,政府不應該運用法律來予以限制,而應該保障國民的言論出版自由。

在這場博弈中高舉新聞自由旗幟的章太炎不斷在各大主流報刊中發表自己的新聞自由觀點。他指出,報律的實質就是限制民主和輿論,「觀美、法諸國,無所謂報律者。只清諸吏,自知秕政宏多,遭人指謫,汲汲施行報律。」

---

1 高山冰:《妥協的自由:民國南京臨時政府新聞事業管理體制研究》,《現代傳播》,2016 年第 5 期,第 61~68 頁。
2 《民國暫行報律》,戈公振:《中國報學史》,湖南大學出版社,2014 年版,第 293 頁。

[1]政府制定報律的行為只能是「自處衛巫之地，衛諸公監謗」，[2]只有像清政府這樣昏聵無能的政府才會想到用報律來鉗制輿論，南京臨時政府此舉意欲傚仿清政府，最終只能落得「豈欲蹈惡政府之覆轍」[3]的下場。3月9日，孫中山下令取消《暫行報律》。這說明，在民國初年發生的新聞自由與新聞法制的博弈中，最後以代表新聞法制的南京臨時政府的妥協而告終。

　　眾所周知，自由與法律是相對應的概念。洛克曾說：「哪裏沒有法律，哪裏就沒有自由。」[4]馬克思也曾說過：「出版法就是出版自由在法律上的認可」，「沒有關於出版的立法就是從法律自由領域中取消出版自由。」[5]在民初的這場新聞自由與法制的博弈中，章太炎等人倡導的是一種絕對的新聞自由，他們認為只要政府制定報律，就無新聞自由可言。然而，《暫行報律》中對於散佈流言、新聞失實、詆毀名譽的懲罰實際上是對新聞真實性和公民名譽權的保障，對新聞自由的健康發展具有積極意義。

　　南京臨時政府的軟弱和妥協，雖然從表面上看建立了一個言論自由的現代國家，人人都有發言權，報紙無論大小都能行使監督政府的權利，記者成為真正的「無冕之王」。但實際上，新聞法制的缺位卻給南京臨時政府埋下了極大的隱患。過度的新聞自由帶來了諸多弊端，以致捏造事實的假新聞愈演愈烈。更為嚴重的是，新生的臨時政府在毫無約束的輿論壓力下風雨飄搖，帝國主義侵略者虎視眈眈，袁世凱等守舊勢力根深蒂固，即便是革命黨人內部，也是眾口不一。南京臨時政府新聞法制建設的失敗，固然與制定、頒布過於草率有關，但也從一個側面反映了新聞自由與新聞控制的問題，在當時無論是理論上還是實踐上都缺乏解決的現實條件與基礎。

1　章太炎：《卻還內務部所定報律議》，《大共和日報》，1912年8月7日。
2　章太炎：《卻還內務部所定報律議》，《大共和日報》，1912年8月7日。
3　章太炎：《卻還內務部所定報律議》，《大共和日報》，1912年8月7日。
4　洛克：《政府論》下篇，商務印書館，2005年版，第35頁。
5　《馬克思恩格斯全集》第一卷，人民出版社，1965年版，第71頁。

第二章　民國北京政府時期新聞學的發展（1912～1927）

　　1912 年，袁世凱陰謀篡權，在北京建立臨時政府，就任臨時大總統，這是民國北京政府的開端。從 1912 年到 1927 年，短短 15 年間，民國北京政府經歷了袁世凱、黎元洪、徐世昌等七次領導人的變更。政局的動盪使中國新聞事業飽經磨難，面臨重重挑戰，但政局變動也為新聞事業的發展提供了某些契機。在這 15 年的時間裏，隨著中國新聞事業的轉型發展和西方新聞理論的傳入以及中國新聞教育事業的誕生，新聞學研究正式登上學術的殿堂，新聞學者及報人在新聞理論研究上有了前所未有的新發展，取得了中國新聞學研究史上第一批豐碩成果。

第一節　中國新聞業的轉型與新聞學的建立

　　民國初年是中國新聞史發展的重要時期，歷來被稱為是「政論時代」向「新聞時代」的過渡時期，也是新聞時代的開創時期。新聞業的轉型，不僅促進了中國新聞事業的發展，也為新聞學的建立提供了客觀條件。

一、中國新聞事業的轉型

　　在晚清時期，無論是改良派報刊，還是革命派報刊，亦或是民辦報刊，都以刊發政論為主。當時衡量報紙影響力大小與報紙質量好壞以及記者水平的高低，都以政論的質量為標尺。因此，這個時期被稱為「政論時代」。進入民國之後，由於封建軍閥對言論的禁錮以及黨派之爭，評論逐漸淪為政黨互

相詆毀和攻擊的工具，政論的數量明顯減少，影響力也隨之下降。特別是袁世凱執政的 4 年裏，由於袁政府及地方官員任意摧殘報館，逮捕報人，媒介生存環境惡化，報界噤若寒蟬，政論幾近消失。正如《申報》當時評價的那樣：

> 前清之末，言放而亂；國黨之時，言橫而私。至於今日，恐懼相戒，莫敢為由衷之言談。或摭拾瑣屑，莫及深隱；或塗拊文句，故為詖惻。能文有識之士，至不欲危言正論以觸忌諱，則自放於諧談隱語，以自寫其意，不求人知，……全國報紙十有八九廢棄論說，塞以譯論及公布文件，將求如往日之橫放而時有正論者，渺不可得。[1]

由此可見，報紙言論衰落，生機全無，由「政論本位」轉向「新聞本位」，一定程度上是袁世凱政權限制言論自由、禁錮新聞輿論的政治氣候造成的。另外，社會動盪不安，政局不穩，驅使人們對變幻莫測的形勢予以必要的關注，使新聞報導受到人們前所未有的重視；加之這一時期業界與學界對報紙傳播信息功能認識的加深，有力地促進了報紙新聞報導業務水平的提高。因此，「新聞本位」就成了這個時期中國新聞事業的必然產物。邵飄萍在《新聞學總論》說：「自近年新聞紙愈亦進步以來，以新聞消息為本位之潮流，已日見其顯著，與曩時之以政論為本位者，趣味蓋完全不同。『新聞紙』之名詞，乃自是漸符其實。」[2]

「新聞紙」時代出現的主要標誌，一是在報紙的內容中，消息的比重加大，新聞的欄目增多。特別是政治、經濟、軍事、社會消息在報紙中所佔的比例大大增加；電訊增多，出現了外電、專電、通電等名目。1912 年 7 月 25 日創刊的《國民新聞》在出版預告中說：「非有精確之新聞，無以造正大之輿論；非有正大之輿論，無以扶初步之共和。」[3]十分明確的把新聞的採寫發布作為報紙的主要任務和新聞業務的基礎。《申報》為了增加新聞，採取了建立更多的通訊網絡和派駐北京特派員、海外訪員等措施，使報紙每天的專電就有 10～15 條，外電 15～25 條，譯電 15 條左右，還有不少迎合市民趣味的社

1 《報界某君上徐相國書》，《申報》，1914 年 5 月 12 日。
2 邵飄萍：《新聞學總論》，《邵飄萍新聞學論集》，北京大學出版社，2008 年版，第 131 頁。
3 胡太春：《中國近代新聞思想史》，山西人民出版社，1987 年版，第 225 頁。

會新聞。上海的《民國日報》還設有本報專電、共同通訊社電、東方通訊社電、西報譯電、地方新聞、本埠新聞等欄目，讓報導消息和通訊佔據了報紙的大部分版面。其他如《新聞報》《時事新報》《中華新報》各個大報也是如此。

　　二是新聞文體發生變化，消息、評論、通訊等文體成為了報紙的主體。晚清時期的報紙也有新聞，尤其是辛亥革命前後的報紙，新聞數量大增。但是，與民國時期比較起來，新聞依然屬於報紙的配角。民初以後，不僅消息在數量上佔據優勢，而且寫法上比過去更加注重事實本身的客觀描述和行文的清晰明瞭。特別是通訊文體的出現，有力地促進了新聞報導內容的增多和寫作技巧的進步，大大提高了新聞的可讀性和吸引力。

　　三是出現了一批以寫新聞見長的名記者。與晚清時期名記者就是政論家不同，轉型時期的新聞界，以記者為職業的人數大大增加，各個報館不惜花重金聘請特約記者和通訊員以爭奪稿源，為記者提供了發揮才能的舞臺。這一時期，先後出現了以報導新聞而聞名的新聞記者，如黃遠生、徐彬彬、劉少少、邵飄萍、林白水等。他們除了在政論上依然煥發著耀目的光彩之外，在新聞報導上更是成績斐然。其中的黃遠生、劉少少、徐彬彬還獲得了「新聞界三傑」的美譽。

　　四是對新聞報導地位的認識空前提高。徐寶璜在《新聞學》中提出報紙的 6 項職務中，第一項就是報導新聞。王拱璧在為任白濤《應用新聞學》寫序時指出，報紙的第一職能就是準確真實地把新聞事實告知讀者；在新聞與評論的關係上，新聞本身更為重要，評論的正確公正與否都必須以新聞事實為基礎和根據。邵飄萍說：「報紙之第一任務在報告讀者以最新而又最有興味、最有關係之各種消息，故構成報紙之最要原料厥惟新聞。」[1]他提出，報紙上所發表的評論都是在新聞事實的基礎上而加以闡發的，如果新聞不真實，那麼評論自然也難以做到公平公正。因此報紙價值的大小與新聞材料的真實、公正和時效有著密切的關係。另外，這個時期，中國的新聞界開始了與外國新聞同行的交往和交流，翻譯出版了外國的新聞學專著，如美國記者休曼的《實用新聞學》；出版了由國人撰寫的著作形式而非論文形式的第一批新聞學成果。

1　邵飄萍：《邵飄萍新聞學論集》，北京大學出版社，2008 年版，第 15 頁。

圖 2-1　徐寶璜《新聞學》

　　由此可見，這一時期，中國的新聞事業開始了由政論本位向新聞本位的轉型，但在轉型的過程中也面臨著許多新的問題，如有些報紙爲了競爭的需要而憑空臆造專電、通訊等虛假新聞；有些報紙爲了增加銷量而刻意迎合讀者的低級趣味，出現了一些誨淫誨盜的黃色新聞和獵奇炫異的黑幕新聞；還有些報人爲了經濟利益出賣報紙的良知，接受各種津貼、刊登虛假廣告、大搞有償新聞。這些問題的產生也促使新聞從業者和學者們進一步意識到提高新聞從業人員理論素養和道德素質、開展新聞教育、創立新聞學的緊迫性和必要性。

二、新聞教育的興起與新聞學的建立

　　新聞事業的發展必然會增加對新聞人才和新聞理論的需求，但從晚清至

民國初年，中國還沒有自己的新聞教育和真正意義的新聞學研究。最早提議中國應重視新聞教育的，是美國新聞教育的開創者——密蘇里大學新聞學院首任院長威廉博士。1914 年，威廉環遊世界各國考察新聞事業，於 3 月底到達北京，在與北京報界代表座談時，他提醒中國新聞界朋友：「於經驗之外，並設法辦理此項學校，以造就由學問中出之報界人才，與經驗相輔而行。」北京《新中國報》的汪怡安在致辭中說：「中國報界現均幼稚，新聞學校之舉辦，尤屬當務之急。今承友邦同業良友威廉博士之諄諄誨導，同人欽佩，無似感何可言。同人雖駑鈍，不敢不各盡綿薄，努力進行，以答謝雅意也。」[1] 這可以看做是中國人在美國友人的提醒下想辦新聞教育的開端。但是，真正將新聞教育付之於行動，還在 4 年之後。

　　1918 年 10 月 14 日，我國第一個新聞學術團體——北京大學新聞學研究會在北京大學成立。它的創辦標誌著我國新聞學研究進入由個體到團隊的新階段，也標誌我國新聞教育事業的開端。徐寶璜回憶說：「吾國新聞教育，實濫觴於民七北大所立之新聞學研究會。而飄萍先生於此會之設亦與有力。因蔡孑民校長與余初雖亦擬議及此，但無具體計劃。及飄萍先生來函催促，始聘余為斯會主任，並請飄萍先生及余分任演講。」[2] 該研究會以研究新聞學理論、交流新聞實踐經驗、促進我國新聞事業的發展為宗旨，出版了我國第一個新聞學業務刊物《新聞學刊》。該學會主要對學員進行半年和一年期的培訓，招收的學員面向所有對新聞學感興趣的人士，導師包括徐寶璜、邵飄萍等。講課的內容涉及到新聞組織、新聞採訪、編輯工作以及新聞倫理道德等方面。

　　自此以後，國內大學相繼創立了一些新聞學術團體和機構開展新聞教育和學術交流（見下表）。黃天鵬描述當時的情況為：「北京新聞學會成立，以研究新聞學術、發展新聞事業為宗旨，刊行《新聞學刊》，為我國破天荒唯一出版物，巋然為新聞運動之中心，匪特從事新聞者及有志新聞者所必讀，而一般人亦人手一編，其影響之大，收效之宏，為前此所未有，而新聞運動入一時代。各大學計劃中之新聞學系先後開辦，選修學生，頗形踴躍，各校稍有規模之設備。」[3] 當時，世界新聞界的著名人物《泰晤士報》老闆北岩，美國著名新聞教育家威廉等都相繼來到中國講學，傳播西方的新聞學理論，各

1　《太平洋東西兩岸之新聞家大歡宴》，《申報》，1914 年 4 月 3 日。
2　徐寶璜：《實際應用新聞學序》，《邵飄萍新聞學論集》，北京大學出版社，2008 年版，第 14 頁。
3　黃天鵬編：《新聞學名論集》，上海聯合書店，1929 年版，第 3～4 頁。

地開設的新聞學講座也日益增多，並且出現了赴海外專修新聞學的學者，可見新聞學在當時已開始受到人們的關注。

1921～1927 年中國主要新聞教育機構一覽表[1]

單位名稱	創辦時間	地點	負責人
聖約翰大學報學系	1921 年	上海	畢德生、武道
廈門大學報學科	1921 年	廈門	孫貴定
湖南自修大學新聞學科	1921 年	長沙	毛澤東
平民大學新聞系	1923 年	北京	徐寶璜
燕京大學新聞系	1924 年	北京	白瑞華、聶士芬
法政大學新聞系	1924 年	北京	邵飄萍
國際大學報學系	1924 年	北京	
南方大學新聞系新聞專修科	1925 年	上海	汪英賓
國民大學新聞系	1926 年	上海	戈公振

可以說，隨著北京大學新聞學研究會的成立以及國內各高校新聞教育的創辦，新聞從業者和學者們不僅注重從業務方面改進報紙，而且把目光轉移到了新聞理論研究上來，以期通過系統和科學的新聞理論研究促進我國新聞事業的健康發展。1926 年 6 月，王拱璧在為任白濤《應用新聞學》一書作序時對新聞學科發展提出了三點希望：第一，希望新聞學研究者要專注於新聞學的研究工作，從而擴大新聞學這個新興學科的影響，以啟發社會大眾對於這個學科的興趣；第二，希望從事新聞教育的學者把新聞學和別的傳統學科給予同樣的對待，希望拿出和發展理工科同等的精力和設備經費去辦新聞學科，只有這樣，才能促進我國新聞學的現代化發展；第三，希望新聞記者要把自己的職業當作是一種高尚的、有趣的、專業化的、永久的職業去對待，對現代的新聞學進行深入的研究。[2]

從 1917 年至 1927 年的 10 年時間裏，我國出版了第一批著作形式的新聞學成果。這是我國新聞學研究的重大突破，也標誌中國新聞學研究進入了第一個黃金時期。如 1917 年商務印書館出版的姚公鶴的《上海報業小史》，1918 年商務印書館出版的包笑天的《考察日本新聞紀略》，1919 年北京大學新聞研究會出版的徐寶璜的《新聞學大意》，後來改名為《新聞學》，1922 年杭州新

---

1 李建新：《中國新聞教育史論》，新華出版社，2003 年版，第 72～73 頁。
2 王拱璧：《寫在任著新聞學的上頭》，任白濤：《應用新聞學》，東亞圖書館，1937 年版，第 7～8 頁。

聞學社出版的任白濤的《應用新聞學》，1923 年北京京報館出版的邵飄萍的《實際應用新聞學》和 1924 年出版的《新聞學總論》，1925 年商務印書館出版的伍超的《新聞學大綱》，燕京大學新聞系出版的梁士純的《新聞學概論》，上海記者聯歡會出版的戈公振的《新聞撮要》，1927 年上海商務印書館出版的戈公振的《中國報學史》，世界書局出版的蔣國珍翻譯的《中國新聞發達史》等。從數量上看，雖然 10 年時間裏出版的著作總數只有 10 餘種，但標誌著中國特色新聞學的正式創立。

三、新聞學者的理論成果

民國北京政府時期出版的新聞學著作，開闢了我國新聞學研究從單篇論文、單個問題的探討向全面性、系統性和科學性方向發展，爲中國新聞學的繁榮發展奠定了良好的基礎，起到了導夫先路的領航作用與示範作用。特別在新聞學體系的建構和理論創新方面爲後人樹立了榜樣。

（一）新聞學理論體系的建構

眾所周知，新聞學有廣義新聞學與狹義新聞學之分。狹義新聞學就是指新聞理論，而廣義新聞學包括理論新聞學、歷史新聞學和實務新聞學。作爲新聞學研究，其命題內涵無疑是指廣義新聞學。民國北京政府時期的第一批新聞學著作，不僅在總體上體現了新聞學研究從一開始就關注著新聞事業的方方面面，而且在具體的研究範式與方法上，爲後來的新聞學研究提供了有益的參照。

首先，從研究的對象和範圍看，這一批研究成果涵蓋了新聞理論、新聞歷史和新聞實務的全部內容，爲後來的新聞學研究規劃了大致的格局。

徐寶璜的《新聞學》，伍超的《新聞學大綱》，戈公振的《新聞撮要》等都屬於理論新聞學研究專著。其中影響最大的是徐寶璜的《新聞學》。該書是中國第一本理論新聞學著作。蔡元培稱讚它「在我國新聞界實爲『破天荒』之作。」[1]徐寶璜也被認爲是中國新聞學理論研究的第一人。該書原名《新聞學大意》，是徐寶璜 1918 年爲北京大學新聞學研究會及政治系四年級學生開設的選修課講稿，最早在 1918 年 9～11 月《東方雜誌》上發表，後來經過多次修改，定名爲《新聞學》，於 1919 年 12 月出版。從此以後，我國新聞學研究才有了以「新聞學原理」「新聞學概論」爲名稱的理論研究。

---

1 蔡元培：《新聞學·蔡序》，《徐寶璜新聞學論集》，北京大學出版社，1988 年版，
　　第 41 頁。

　　在新聞實務方面有任白濤的《應用新聞學》和邵飄萍的《實際應用新聞學》，又名《新聞材料採集法》等。其中影響最大的是邵飄萍的《實際應用新聞學》。該書是我國第一本論述新聞採訪與寫作的學術專著，是邵飄萍以在北京大學新聞學研究會和平民大學新聞學授課講稿爲基礎，參考美國、日本學者的專著編寫而成。邵飄萍的《實際應用新聞學》和《新聞學總論》兩部著作，前一部偏重於新聞採訪業務又兼顧一般原理，後一部偏重於新聞學原理也旁及新聞業務。邵飄萍說：他的《實際應用新聞學》只是「新聞學最要之一部分，他日有暇，擬再說明編輯、營業兩方面之理論方法，俾學子得見新聞學之全璧。」[1]可見，因爲時間原因，他在這部書中並沒有對新聞業務進行全面的研究，重點研究的是新聞採訪的方法與技巧。

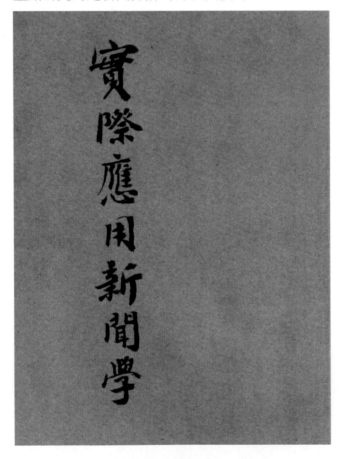

圖 2-2　邵飄萍《實際應用新聞學》

1　邵飄萍：《邵飄萍新聞學論集》，北京大學出版社，2008 年版，第 3 頁。

　　新聞史的研究分別出版了姚公鶴的《上海報業小史》，包笑天的《考察日本新聞紀略》，蔣國珍的《中國新聞發達史》和戈公振的《中國報學史》等。其中戈公振的《中國報學史》成就最高，影響最大。該書寫作於 1925～1926 年之間，1927 年 11 月由上海商務印書館出版。全書共 6 章，28 萬餘字，對唐宋時期官方「邸報」以來中國報業發展演變的歷史進行了全面梳理和論述。該書被譽爲中國新聞史研究的第一座豐碑。

　　其次，這些著作在內容安排和寫作方法法上，爲後來的新聞學研究提供了基本的範式，使中國新聞理論、新聞業務和新聞歷史的研究分別有了參照與突破的藍本。

　　我們以三部最有影響的著作爲例，看這些著作的內容安排與體例設計的特點。徐寶璜的《新聞學》共 14 章，各章的標題分別是：新聞學之性質與重要；新聞紙之職務；新聞之定義；新聞之精彩；新聞之價值；新聞之採集；新聞之編輯；新聞之題目；新聞之社論；新聞之廣告；新聞社之組織；新聞社之設備；新聞紙之銷路、通訊社之組織。從內容體例看，該書除探討新聞學的性質、新聞定義、新聞精彩、新聞價值等基礎理論外，還包括了新聞採集、新聞編輯、新聞題目、廣告和發行等許多業務問題，而且所佔的篇幅還不少。這說明，徐寶璜的《新聞學》並不是純粹的理論新聞學著作，涵蓋了新聞理論與業務等內容。這也反映了中國初創時期的新聞學研究，在理論、實務的分工上並不十分明確，是從廣義新聞學角度研究新聞學的。但是，《新聞學》的主要內容和最有價值的部分，還是新聞理論的研究，尤其是一些基本理論問題，如什麼是新聞，怎樣判斷新聞價值，如何做到新聞眞實、新聞記者的道德和業務修養、新聞和廣告倫理等等。這些問題在我國新聞史上第一次得到了全面深入的論述，爲記者的理論修養和業務實踐提供了正確的指導，也爲後來的新聞理論研究提供了有益的知識資源。

　　邵飄萍的《實際應用新聞學》，共 14 章，各章的內容是：外交記者之地位；外交記者之資格與準備；外交記者之外觀的注意；外交記者之工具與雜藝；訪問之類別與具體方法；訪問時之種種心得；外交記者之分類；探索新聞之具體方法；新聞價值測量之標準；新聞價值減少之原因；裸體新聞應記之項目；原稿之外觀的注意；原稿內容之注意點；餘白。該書的內容從總體上看是新聞採訪與新聞原理的結合。如記者的地位與資格，新聞價值的衡量與實現等當屬於新聞理論的範疇，但主要內容還是對採訪中各種方法與技巧

的陳述與闡釋。從該書的內容上可知，邵飄萍既沒有採用西方新聞業務著作的體例，也沒有形成自己的新聞實務知識體系，與徐寶璜的《新聞學》一樣，存在理論與實務雜糅的現象。

如果說徐寶璜的《新聞學》和邵飄萍的《實際應用新聞學》在內容安排和框架設計上分工還不夠明確的話，那麼，戈公振的《中國報學史》在歷史新聞學研究的體例上則是一本較爲成熟的著作。該書共 6 章，分別是：緒論；官報獨佔時期；外報創始時期；民報勃興時期；民國成立以後；報界之現狀。戈公振按照中國報刊發展的歷史線索，詳細考察了不同時期中國報刊事業的狀況與特點，對各個時期著名的報紙、報人、組織機構、報刊發行以及法律控制等情況進行了精要的敘述和評價，不僅爲中國新聞史研究提供了最早的書寫範式，而且確立了報學史的學科地位。但是，該書的核心內容是報史，而不是「報學」，因此，書名與內容並不完全相符。

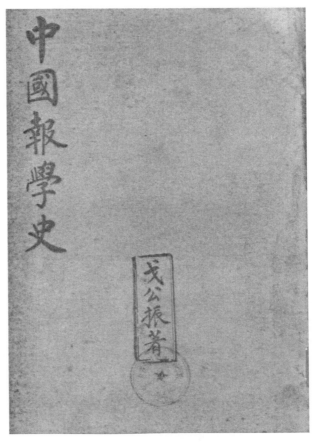

圖 2-3　戈公振《中國報學史》

（二）新聞學研究的理論創新

第一批新聞學著作不僅爲中國新聞學研究建構了初步的理論體系，而且在研究內容上實現了許多重大突破，解決了許多過去完全沒有涉及或者認識不清的理論問題，爲中國新聞學理論寶庫貢獻和積累了豐富的思想資源。其主要的理論創新體現在以下幾個方面。

1、新聞和報紙的定義

「新聞」是新聞學中的核心概念，是新聞學研究中必須解決的問題。這一時期的新聞學者綜合國外新聞學者的觀點，並結合自己的實踐經驗和理論思考，對這一概念進行了深入的分析和研究。

徐寶璜是中國新聞史上第一個給新聞下定義的人。他在《新聞學》中說：「新聞者，乃多數閱者所注意之最近事實也。」，同時，他通過四個遞進式的標題對新聞的定義進行了逐層的解釋：（一）新聞爲事實。（二）新聞爲最近事實。（三）新聞爲閱者所注意之最近事實。（四）新聞爲多數閱者所注意之最近事實。[1]這個定義圍繞「事實」這個核心要素進行了細緻的分析。其特點與價值體現在，首先是闡明了新聞本源的問題，即事實是新聞的源頭，沒有事實就沒有新聞，揭示了新聞事實是現實世界中的客觀存在而非虛構的特點。其次是明確了何種事實才有資格成爲新聞。大千世界每天發生的事實不可勝計，爲什麼有些事實可以成爲新聞，有些事實則湮沒無聞？徐寶璜認爲，其衡量的標準有3個：一是「最近」，即新聞事實具有時效性的特點，事實發生的時間和報導時間越近，就越具有報導價值；二是讀者關注，即讀者所注意的事情才是新聞報導的對象，如果讀者不感興趣的事情，就沒有報導的必要；三是多數讀者關注的事實。對最近發生的事實，關注的人數越多就越有報導價值，如果只是少數人感興趣的事實，則沒有資格成爲新聞報導的對象。徐寶璜觀點，總體看是比較正確的，尤其是關於新聞的本源和新聞的時效性特點深叩新聞的本質。但是，說新聞是多數人所關注的最近的事實，也缺乏表達的嚴謹性，因爲「新聞是事實」這個命題經不起仔細的推敲；另外，報導者是如何知道和判斷某一事實就是多數閱者所注意的，也存在主觀主義的毛病。

其他學者對「新聞」的解釋也大體和徐寶璜一致，只是強調的重點略有不同而已。邵飄萍認爲：「新聞者，最近時間內所發生認識一切關係於社會人生的興味實益之事物現象也，以關係者最多及認識時機最適爲其最高的價值

1　徐寶璜：《徐寶璜新聞學論集》，北京大學出版社，2008 年版，第 52～56 頁。

標準。」[1]這一定義也強調了新聞報導的對象是最近發生的「事物現象」，而且這些事物現象有助於人們認識社會人生，有時效性、趣味性和實益性的特點。但是，這一定義存在表達上冗長不精、晦澀難明的不足。

任白濤的《應用新聞學》和伍超的《新聞學大綱》都介紹了美國新聞學者給「新聞」下的幾個不同的定義，並認同美國威士幹遜州立大學新聞科教授德列亞氏在綜合各種意見之後給新聞下的定義：「以適當機敏之方法、寄興味於多數之人者，新聞也。而與最大多數讀者以最大興味者，最良之『新聞』也。」[2]德氏定義強調的是大多數讀者的最大「興味」。這個定義後來也被中國學者潘公展所引用。戈公振在《中國報學史》中介紹了美國學者布乃雅等人給新聞下的四種定義，並分析了幾個定義的異同。他認為，時宜性和趣味性是新聞固有的特質，布乃雅說的新聞是「使多數之人有興味而得時之一切事物也」這一定義最具有代表性。[3]可見邵飄萍、任白濤、戈公振等人都認為時效性和趣味性是新聞內在的特質。

總體來說，這一時期的新聞學者對新聞概念的闡釋，重點關注了四個核心要素：一是「事實」或「事物現象」，注意從新聞本源上探尋新聞的內涵與外延；二是「最近」，揭示了新聞事實的時效性特點；三是「興味」，體現了新聞事實的趣味性特點；四是「多數閱者」，反映了新聞事實的大眾化特點。應該說，這些要素與新聞固有的特質是相符合的。當然，這些定義只是中國新聞學初創時期的產物，難免存在一些不足。如徐寶璜把新聞等同於事實，邵飄萍在表達上冗長晦澀，任白濤和戈公振照搬西方人的概念等等。但是，這些探索無疑具有重要的理論價值和實踐價值，為後來的學者提供了思考與研究的基礎。

關於「報紙」的概念，戈公振在《中國報學史》中進行了較為詳細的論述。他對國內外學術界、新聞界、法律界對報紙所下的定義進行了詳細的考察與分析，並綜合了各種定義的要點，如「報紙為公眾而刊行；報紙發行有定期；報紙為機械的複製；報紙報告新聞；報紙揭載評論；報紙之內容為一般的；報紙之內容以時事為限；報紙之內容乃及於多方面的。」[4]他認為這些觀點，「或注意外觀，或注意內容，而成為一方面之見解，然於報紙之構成要

---

1 邵飄萍：《邵飄萍新聞學論集》，北京大學出版社，2008 年版，第 132 頁。
2 任白濤：《應用新聞學》，亞東圖書館，1937 年版，第 28 頁。
3 戈公振：《中國報學史》，湖南大學出版社，2014 年版，第 15 頁。
4 同上書，第 5 頁。

素，均甚重要」。因此，他對這些觀點進行了綜合整理，形成了一個他認為較為科學的定義：「報紙者，報告新聞，揭載評論，定期為公眾而刊行者也。」[1]這個定義從刊載內容和出版形式及發行對象上揭示了報紙的特性，但忽視了生產者，即組織機構這一要素。

2、新聞事業的角色定位：社會之公共機關

關於新聞事業的角色定位，晚清報人與民國時期的報人在認識上有一定的差異。以梁啓超為代表的維新派報人和以孫中山為代表的革命派報人都認為，報人是大眾的「精神導師」，是社會的「先知先覺者」，報紙和報人的角色定位與職責使命是監督政府和嚮導國民。因此，他們的報刊活動始終以國民導師自居，將開啓民智和思想啓蒙作為報紙的主要任務。

而接受過西方文化薰陶的新一代新聞學者徐寶璜、邵飄萍、任白濤等人則注重「讀者本位」，強調新聞事業是社會之公共機關，記者的社會角色主要是客觀報導新聞事實的「第三者」。任白濤和邵飄萍對此作了重點闡述。任白濤在《應用新聞學》的第一章第一節「新聞事業之特質」中就重點論述了新聞事業是「社會公共機關」的命題。他認為，「新聞事業特質之第一應述者，則社會之公共機關是已。」它與其他一些營利事業只計少數人的利益不同，應「以大多數人之利害榮辱為標準」，「主張則透明無色、態度則公平不偏，是為經營新聞業者常守之要則」。報紙的權威信用與遵守這一要則的程度密切相關，「尊重公共特質之報紙，其聲價自益高大；若個人或一部分人的色彩濃厚，不惟其事業難得健實的發展，且為社會所嫌棄。」[2]同時，任白濤還將「公眾」的概念擴展到全人類，認為報紙擁有「人類的」特質，要求新聞業者不僅要「維護一國家或一民族之福利，同時更須顧及全人類之福利。其凡足為吾人類福利之障礙者，皆當努力排除之。」[3]

邵飄萍的觀點與任白濤大致相同，他認為，「新聞紙之重大任務，既在對於人類間互相傳達其意志、感情、趣味、知識與夫一切利害有關之消息，故從事新聞事業者，認明此種事業之特質，第一當徹底覺悟新聞紙之為社會公共機關；根據事實與信奉真理，皆以社會公意為標準，非辦理新聞社之個人或團體所可因一己或少數人之感情、利害關係而任意左右之。」[4]他還希望對

1　同上書，第6頁。
2　任白濤：《應用新聞學》，亞東圖書館，1937年版，第5頁。
3　任白濤：《應用新聞學》，亞東圖書館，1937年版，第7頁。
4　邵飄萍：《邵飄萍新聞學論集》，北京大學出版社，2008年版，第104頁。

新聞事業這一特質,「不僅爲從事於新聞事業者所宜徹底覺悟,始終堅持,無使或失,且在社會方面,亦當使之人人瞭解。」[1]任白濤和邵飄萍的觀點來自於西方新聞理論,認爲新聞事業不能成爲黨派或個人的私器,而是社會大眾的公器。

新聞紙是社會公共機關的命題是否正確?學術界至今還存在不同的看法。有人贊同,也有人否定。我們認爲,媒介公共機關論或稱「社會公器論」只是社會及新聞人自身對新聞職業的一種期待和倫理理想而已。媒介只能在傳播某些信息的功能上可以充當社會公器和公眾的共享平臺,但在報導新聞和評論時事方面由於受到立場性和傾向性的影響,不可能成爲眞正意義上的「第三者」或者「公共機關」。在中外新聞史上也很難找到眞正做到「主張則透明無色、態度則公平不偏」的媒體。媒體報導新聞事實常常是有選擇性的,而選擇的依據必然會受制於一定的觀念、利益與立場。

3、報刊功能職責的新認識

晚清時期的報人對報紙功能和職責有過多方面的論述,他們從政治改革、思想啓蒙、監督社會和對外傳播等角度,分別論述了報紙去塞求通的信息傳播功能,監督政府的政治功能,開啓民智、嚮導國民的教育功能、溝通內外的國際交流功能等。民國北京政府時期新聞學者對報紙功能的認識,比晚清時期更加全面與深刻。

徐寶璜在《新聞學》中將報紙的功能和職責概括爲六個方面:「供給新聞,代表輿論,創造輿論,灌輸智識,提倡道德,振興商業。」[2]這一概括既是徐寶璜對以往人們認識的總結,也有徐寶璜個人的見解,是當時最爲全面的一種提法。其中有三種功能最爲同行所認可:

一是報導新聞的功能。徐寶璜說:「此六者之中,以供給新聞爲最要,能全盡六種職務而無愧者,故爲極完備之新聞紙。但能供給新聞,雖未兼盡其他職務者,仍不失爲新聞紙也。」[3]就是說,能在六個方面都做得很好的,就是最完備的報紙,但只要在「供給新聞」方面做得不錯,仍然配得上報紙的名稱。邵飄萍也認爲,「報紙之第一要務,在報告讀者以最新而又最有興味最有關係之各種消息,故構成報紙之最要原料厥惟新聞……報紙價值之有無大

---

1 邵飄萍:《邵飄萍新聞學論集》,北京大學出版社,2008 年版,第 105 頁。
2 徐寶璜:《徐寶璜新聞學論集》,北京大學出版社,2008 年版,第 48 頁。
3 徐寶璜:《徐寶璜新聞學論集》,北京大學出版社,2008 年版,第 155 頁。

小與新聞材料之敏捷豐富眞確與否有最密切之關係」。[1]任白濤也認爲,「報紙
上之必不可缺者『新聞』也。」[2]這一認識是對晚清以來關於報紙功能思想的
創新與超越。

二是教育功能,即灌輸知識的功能。任白濤認爲,「故報紙實爲廣義的社
會教育機關」,「則報紙者,又學問之文庫,常識之課本也。」[3]邵飄萍也說:「新
聞紙有最普遍的指導國民之效果,即教育的特質是也。」[4]他們共同認爲,報
紙的教育功能主要體現在向大眾傳播新思想、新學說和普及科技實用知識等
方面。

三是代表輿論的功能。徐寶璜解釋說,報紙代表輿論就是指「其編輯應
默察國民多數對於各重要事之輿論,取其正當者,著論立說,代爲發表也。
言其所欲言而又不善言者,言其所欲言而又不敢言者,斯無愧矣。若僅代表
一人或一黨之意思,則機關報耳,不足云代表輿論也。」[5]戈公振說:「報紙者,
表現一般國民之公共意志,而成立輿論者也。」[6]邵飄萍也說:「新聞事業之特
質,乃爲國民輿論之代表者。」由此可見,所謂代表輿論,就是報紙要代表
大多數國民說話,成爲大眾的喉舌,而不是爲少數人服務的工具。

4、新聞價值的判斷與選擇

自清末梁啓超提出「博」「速」「確」「直」「正」的新聞價值要素之後,
從事新聞事業的人一直沒有停止對這一問題的探索與思考。民國北京政府時
期的新聞學者在新聞價值的標準上,分別論述了重要性、時效性、接近性、
趣味性和顯著性等要素。

徐寶璜認爲:「新聞之價值者,即注意人數多寡與注意程度深淺之問題
也。重要之最近事實,自能引起較多人數與較深程度之注意,故爲價值較高
之新聞。」[7]這裡所說的就是新聞價值的重要性問題。徐寶璜認爲,衡量事實
重要與否的標準,在於影響人數的多少和影響程度的深淺。徐寶璜的觀點雖
然不夠全面(如事實影響的空間範圍大小和影響時間的長短也是衡量重要性

1　邵飄萍:《邵飄萍新聞學論集》,北京大學出版社,2008 年版,第 55 頁。
2　任白濤:《應用新聞學》,亞東圖書館,1937 年版,第 23 頁。
3　任白濤:《應用新聞學》,亞東圖書館,1937 年版,第 7 頁。
4　邵飄萍:《邵飄萍新聞學論集》,北京大學出版社,2008 年版,第 55 頁。
5　徐寶璜:《徐寶璜新聞學論集》,北京大學出版社,2008 年版,第 49 頁。
6　戈公振:《中國報學史》,北京大學出版社,2008 年版,第 45 頁。
7　徐寶璜:《徐寶璜新聞學論集》,北京大學出版社,2008 年版,第 62 頁。

的標準），但為新聞工作者在實踐中正確選擇新聞事實提供了有效的方法。

在新聞價值的時效性方面，徐寶璜作了這樣的論述：「新聞如鮮魚，登載稍遲其價值不失亦損……故今日登載，則為較有價值之新聞。遲至明日，則價值稍減矣……同一新聞，其價值每發生及登載相隔之時間為反比例。此相隔之時間愈短，則新聞之價值愈大，愈長則愈小也。」[1]徐寶璜把新聞比作鮮魚，越新鮮就越有價值。這是中國新聞史上第一次將新聞的時效性比作鮮魚，通俗易懂，令人過目不忘。邵飄萍說：「外交記者應知測定之第二個標準，必最新而又在最適當之時機者。」[2]他在時效性問題上，除了要求時間最快，還增加了「時機適當」的條件。

趣味性是衡量新聞價值的又一標準，有趣味的事情往往能夠滿足讀者的求異、求樂的心理需求。邵飄萍把多數人愛讀當做衡量新聞價值的第一個標準。他說：「所謂有價值之新聞，第一即在多數之人愛讀而已。」[3]因此，「外交記者之採取新聞材料，當以多數人感有興味者為第一標準。」[4]任白濤在《應用新聞學》中對新聞的「興味」問題做了詳細的考察辨析，認為能引起大多數人最大興味的事情，就是最有價值的新聞。

關於新聞的接近性，邵飄萍解釋為「距離之遠近的關係」。他說：「發生於本地及近處之事，比諸遠處者價值為大。」「蓋多數讀者皆以自己為中心，故此中心之周圍，愈近而感情愈切。則凡本地之事自較諸遠方者為注意。」[5]邵飄萍列舉了大量實例論證了自己的觀點，在同時期學者中，他對新聞的接近性標準論述得最為詳細。但他的論述並不全面，接近性除了時空距離的接近之外，還有利益和心理的接近。

任白濤在其著作中提到了新聞事實的顯著性問題，但他把「顯著性」放在趣味性之中加以論述。他說：「著名的興味」就是指「其中有名的人物、場所、及事物、讀者對之、亦甚有興味。」「新聞價值與其人物之地位高下成正比例。」[6]任白濤的論述所突出的重點，其實是事實的顯著性特質，而不是趣味性。讀者感興趣的事實不等於事實的趣味性。

1　徐寶璜：《徐寶璜新聞學論集》，北京大學出版社，2008 年版，第 62 頁。
2　邵飄萍：《邵飄萍新聞學論集》，北京大學出版社，2008 年版，第 64 頁。
3　邵飄萍：《邵飄萍新聞學論集》，北京大學出版社，2008 年版，第 62 頁。
4　邵飄萍：《邵飄萍新聞學論集》，北京大學出版社，2008 年版，第 63 頁。
5　邵飄萍：《邵飄萍新聞學論集》，北京大學出版社，2008 年版，第 65 頁。
6　任白濤：《應用新聞學》，亞東圖書館，1937 年版，第 33 頁。

當代新聞理論中公認的新聞價值標準是時效性、重要性、接近性、顯著性、趣味性。這些標準在徐寶璜、邵飄萍等人的著作中，並沒有得到集中和全面的闡釋，但綜合起來看，新聞價值的五要素說，在中國第一批新聞學著作中都已經涉及並得到一定的闡述。

5、新聞業務的理論探討

民國北京政府時期的新聞學者除了建構新聞理論體系之外，對「新聞怎麼做」的問題也進行了思考與總結。無論是徐寶璜的《新聞學》，邵飄萍的《實際應用新聞學》，還是任白濤的《應用新聞學》，都對新聞業務問題有所論述，如同新聞工作者的操作手冊，給了當時的新聞工作者較爲詳細和具體的指導。

在新聞採訪方面，學者們就新聞來源、採訪技巧等方面進行了細緻的闡述。徐寶璜在其《新聞學》中列了專章「新聞之採集」，討論了訪員的資格和各種新聞採集的方法。他認爲記者應當具有敏捷、勤勉、正確、知人性、有強健之記憶力、有至廣或至深之知識等方面的素質和能力；提出了記者採編新聞時應遵守十六條「金科玉律」。如「切勿視謠言爲事實」，「探訪重要之新聞，順每一引線而追究到底」，「不可因求速而致粗心或不正確」等等。[1]

邵飄萍在其著作中參照外國新聞學著作和自己的工作經驗，對採訪的具體方法進行了詳細的論述，從開介紹信到採訪前的準備，再到採訪中如何提問和筆記，都提出了具體的方法。他希望從事新聞工作的人要懂得新聞的價值、有觀察力、推理力、聯想力，要具備細密、機警、敏捷等素質和能力。

任白濤也對採訪前的準備和採訪中的做法及採訪後的處理進行了細緻的論述，還提出了「正式訪問」和「略式訪問」的概念。他認爲，新聞採訪應注意八項要則，分別是：對手之研究，質問之注意種種，鉛筆與簿冊，談話以外之材料，善察對手之顏，意外之線索，載否之預約，權作我之良友。[2]這些論述對記者的新聞採訪具有實際的參考價值。

在新聞編輯方面，徐寶璜提出了四方面的要求：即「翔實、明瞭、簡單、材料安排適當。」他認爲，編輯應做到「心地開放，毫無成見，所述者僅爲事實，僅爲使其意義明瞭之所有事實，以供閱者之判斷，或做事之標準。切不可因一己之私見，將事實顛倒附會或爲之增減，致失事之眞相。」[3]他主張，

1　徐寶璜：《徐寶璜新聞學論集》，北京大學出版社，2008 年版，第 74 頁。
2　任白濤：《應用新聞學》，亞東圖書館，1937 年版，第 45～53 頁。
3　徐寶璜：《徐寶璜新聞學論集》，北京大學出版社，2008 年版，第 82 頁。

編輯對新聞稿件應起到錦上添花的作用。

任白濤在著作中對編輯實務進行了專門的探討。他分別從「原稿之整理」「標題」「新聞材料之排列與組版」三個方面,結合實例詳細地介紹了一些具體做法。如在原稿整理方面,他認為編輯應做的工作主要是:「訂正事實之謬誤」「修正記事形式」「削除誹毀及廣告性質之文句」「活字之指定與標點」。在標題製作上,介紹了標題的種類及形式、側標題與本標題的關係、標題的文體等。徐寶璜、任白濤對編輯業務的探討,是立足於外國報紙編輯業務的借鑒和本國數十年來報紙編輯業務的總結基礎上形成的,非常具有現實操作性和指導性。但是隨著時代的發展和報業的進步,報紙編輯的職責已經不只是核定事實、修改文句、製作標題、排版組稿等任務了。作為「把關人「的編輯,更為重要的是在落實報刊宗旨、推動社會進步、促進改革發展、維護公平正義等方面發揮更大的作用,才符合現代編輯的要求。

在新聞評論方面,這一時期還沒有專門的著作,但在新聞理論和新聞實務的著作中有不少涉及新聞評論的內容。如徐寶璜《新聞學》的第九章「新聞紙之社論」討論的就是新聞評論寫作的問題。徐寶璜的主要觀點是:(一),新聞評論要建立在事實準確的基礎之上。如果對事實本身還沒有弄清楚就輕率地發表意見,那麼,這樣的意見就一定是指鹿為馬,經不起檢驗的。他說:「社論第一須以事實為材料,第二須以多數閱者所注意之事實為材料,第三須以最近之事實為材料。」[1]意思是說,不是任何事實都可以成為評論對象的,新聞評論的對象就是大多數人關注的最近之事實。對此,邵飄萍也有同樣的看法,他說:「對於新聞評論,則在解釋、敘述、批判,以各種新聞為議論之材料基礎。」[2] (二),新聞評論應有自己獨立的見解,對讀者有思想啓迪作用。他認為「每遇一事,先深思力索以考求之,設身處地以審度之。然後其所撰之文,方可望有獨到之見解,原原本本,侃侃而談,不僅一事之表。」(三),文字簡單明瞭。如果「文字艱深,難於速讀,則閱者自少。」「故撰述時,編輯應用最經濟之手段,以少數淺明之字,發表其充實之意見。」[3](四)報正大之宗旨。撰寫評論的人「應有潔白之胸懷,愛國之熱心,公平之性情,聽良心之驅使,作誠懇之文章,為眾請命,或示人以途,總以國利民福為歸。」[4]

---

1 徐寶璜:《徐寶璜新聞學論集》,北京大學出版社,2008 年版,第 98 頁。
2 邵飄萍:《邵飄萍新聞學論集》,北京大學出版社,2008 年版,第 210 頁。
3 徐寶璜:《徐寶璜新聞學論集》,北京大學出版社,2008 年版,第 99 頁。
4 同上書,第 100 頁。

任白濤在《應用新聞學》的第二章「文稿之實地製作」中也用了一節的篇幅論述了新聞評論的寫作。他首先肯定了「論說文」即新聞評論在報紙中的重要地位，提出了「論說者，報紙之靈魂也，報紙而無論說，直破殘軀殼之死體」的著名觀點。[1]認爲報紙的「論說之勢力，對內，可以支配群眾、監督政治。對外，可作國民外交之公牘。」[2]接著，他論述了「論說製作之要訣」，認爲新聞評論不同於專門研究的學術論文，首先要以「提供問題爲主旨」，「命意、措辭，尤貴清新平易」；其次是爲讀者提供新事實的材料和解釋材料，不作主觀判斷，不作抽象的空談；再次是寫作速度要快，在時間和篇幅上達到快速和精練的要求。

徐寶璜和任白濤在其著作中對新聞評論寫作理論和寫作方法的論述還比較簡單，但體現了當時的學者們對新聞評論這一特殊文體的重視。他們提出的意見和觀點對新聞評論寫作質量的提高具有積極的指導作用。

6、對報紙雙重性質的認識

關於報紙的性質問題，晚清時期的《大公報》和英斂之就明確提出報紙具有事業性和商業性雙重特點。1907 年 4 月 18 日，《大公報》發表的《郵便與報紙之關係》一文提出：「夫報紙者，商業性質之事也。」1908 年，英斂之在《答問》中又說：「夫報紙者，雖亦商務之一端，究非商家之孳孳爲利者比。監政府、導國民，本其天職之所在。」[3]這裡明確提出了報紙（新聞事業）具有雙重屬性，即事業性和商業性。

民國北京政府時期，新聞學者們對報紙的雙重性質論述得更爲全面和深刻。他們明確提出，新聞是商品，辦報是一種商業行爲。徐寶璜說：「新聞社之商業化，乃求其新聞紙發展之一種向上的進化也。」[4]邵飄萍認爲：「新聞紙亦是商品之一種，不僅紙是商品，即裏面的消息亦是商品。……商品從何而來？係由勞動力與資本換來的。新聞的消息，亦是花資本費精神得到的。故新聞的消息亦成商品。」[5]

在他們眼裏，報紙既然是商品，那麼按照商業模式經營報業就是合理合法的，只有經營管理做好了，有了一定的經濟實力，報業才能更好的發展。

1　任白濤：《應用新聞學》，亞東圖書館，1937 年版，第 73 頁。
2　任白濤：《應用新聞學》，亞東圖書館，1937 年版，第 73 頁。
3　英斂之：《也是集續編》，大公報館，1910 年刊行，北京圖書館複印件，第 34 頁。
4　徐寶璜：《徐寶璜新聞學論集》，北京大學出版社，2008 年版，第 153 頁。
5　邵飄萍：《邵飄萍新聞學論集》，北京大學出版社，2008 年版，第 222 頁。

正如戈公振所說：「即就報界自身言，亦知經濟獨立之重要，而積極改良營業方法。」[1]

但是，報業畢竟不是一般的工商企業，所從事的不是純粹的商品生產和商品交易。徐寶璜說：「新聞事業為神聖事業。新聞記者，對於社會負有重大之責任。」[2]因此，他們提出，報紙應當在注重商業化經營的同時，努力發揮為社會為國民服務的作用。徐寶璜提出：「報紙雖為社會之公器，應以社會之利益為利益，但究係私人獨立經營或集資經營之物，而非社會所公有，自亦不能無私之一面。以營業維持新聞紙之生命，乃至正當之辦法，亦凡百商業共有之義。所應注意者，即如何方能公私兼顧，復不能以私害公也。」[3]邵飄萍說：「若以理想言之，新聞社既為社會公共機關，非但不應有黨派色彩，且目的尤不應在於營利。」[4]「既不專以營業為目的，然後社會木鐸、國民機關之任務，乃得而完成，言論之尊嚴，乃得而認識。」[5]

由此可見，這一時期的新聞學者們不僅強調了新聞事業「公益性」和「營業性」的雙重特質，而且提出了以公益為目的、以營業為手段的主張，即用「利義兼顧」的方法解決公私矛盾。但是，正如邵飄萍所說，新聞人在這一矛盾中，也常常處於兩難的境地：「新聞事業之商業化，卻又有因只顧利益壓迫編輯記者之弊，以廣告之故而左右新聞，勢所不能免也。且資本之色彩日益濃厚，為精神勞動之記者，不能不仰資本主之鼻息，蓋所採之手段，決不能與其所持之理論相一致也。」[6]用今天的話來說，新聞事業常常面臨著社會效益與經濟效益的矛盾衝突，如何正確處理這一矛盾，一直是擺在記者面前必答的難題。

7、新聞倫理觀

晚清時期中國新聞倫理思想的突出特點是強調記者個體道德的培育和陶養，民國北京政府時期的新聞學者也強調記者個體道德的重要性，但其論述角度多是從新聞專業主義角度來探討的。例如，徐寶璜在闡述記者應守之道德的時候，總與新聞紙的六大職能聯繫起來。他說，因為記者「代表輿論」，

1 戈公振：《中國報學史》，湖南大學出版社，2014年版，第174頁。
2 徐寶璜：《徐寶璜新聞學論集》，北京大學出版社，2008年版，第151頁。
3 同上，第150頁。
4 邵飄萍：《邵飄萍新聞學論集》，北京大學出版社，2008年版，第136頁。
5 同上書，第202頁。
6 同上書，第137頁。

所以不得不「應有大無畏之精神，見義勇爲，寧犧牲一身以爲民請命，不願屈於威武而噤若寒蟬」。[1]因爲記者負有「灌輸知識」「補助教育」的責任，所以不得不「愼選材料」，做到「秉筆如董狐，褒貶如春秋，美刺如國風。對於合理之事，公益之舉，助之張目；不合理之事，自私自利之舉，抨擊無餘；人有善行，則儘量表彰之，使其受輿論之讚揚：人有惡行，亦振筆直書，如禹鼎鑄奸，魑魅魍魎，無或遁形，使其受輿論之制裁。」[2]

邵飄萍在《實際應用新聞學》中說：

> 外交記者發揮其社交之手腕，與各方重要人物相周旋，最易得一般社會之信仰，亦最易流於墮落而不自知而不及防，蓋因其握有莫大之權威，則種種利欲之誘惑環視於左右，稍有疏虞，一失足而成千古恨矣。故外交記者精神上之要素，以品性爲第一。[3]

邵飄萍提出記者「以品性爲第一」的觀點是建立在記者工作特性基礎之上的。記者因爲交際寬，要與各方重要人物相周旋；因爲握有莫大之權威，容易受利欲的誘惑，所以，不得不把品性放在最優先的位置。又如，他說：「報紙爲社會之教師，其感化力之大，殆過於電影、戲劇，凡有害社會風俗之事，不可作爲新聞而任意披露之。所謂有害社會風俗者，最當注意之點，爲穢褻與殘忍，淫書、淫畫、淫戲之禁止。」[4]他從報紙影響力和感化力角度論證了新聞道德的必要性，使讀者更清醒地認識到職業倫理在新聞職業活動中的重要作用。

肅清「有聞必錄」的餘毒。「有聞必錄」是晚清時期新聞界頗爲流行的一句口頭禪，在當時有很大的影響。許多記者在其新聞活動中動輒引用它爲自己的失實報導做辯護，以至於「有聞必錄」成了虛假新聞的擋箭牌和保護傘。直到「五四」時期中國新聞教育興起之後，「有聞必錄」的荒謬性才得到新聞學界的批判與糾正。徐寶璜在《新聞學》中評述說：

> 「報紙有聞必錄」，此吾國報紙之一極普通之口頭禪，且常引爲護身符者也。其實絕無意義。因若信一二人之傳說，而不詳加調查，證其確否，徑視爲事實而登載之，將致常登以訛傳訛之消息，且有時於不知不覺成爲他人播謠之機械，此亦爲以僞亂眞，又烏乎

1　徐寶璜：《徐寶璜新聞學論集》，北京大學出版社，2008 年版，第 149 頁。
2　徐寶璜：《徐寶璜新聞學論集》，北京大學出版社，2008 年版，第 149 頁。
3　邵飄萍：《邵飄萍新聞學論集》，北京大學出版社，2008 年版，第 18 頁。
4　邵飄萍：《邵飄萍新聞學論集》，北京大學出版社，2008 年版，第 69 頁。

可。即假定所聞者全爲事實,亦不能盡行登載,因事實之非新鮮或非閱者所注意者,仍無新聞之價值。若「必錄」新聞,則報紙之新聞,與街談巷議無別矣。況新聞紙之篇幅有限,又安能「必錄」新聞之全部耶?然吾國報紙,則恒引此不通之六字以爲護身符,對於所登之新聞,縱使錯誤,亦不負責任,因按「有聞必錄」之原則,本無調查所聞確否之必要也。甚有於此六字之下,爲達不正當之目的起見,登載消息,攻擊他人之私德,不留餘地者。此爲吾國新聞界幼稚之明證,亦一亟應糾正之事也。[1]

徐寶璜對「有聞必錄」的批判是較爲深刻的。他認爲,新聞界之所以把「有聞必錄」當作一條原則,就是爲了便於逃脫自己失實和傳謠的責任。殊不知,這不僅有背新聞眞實的原則,而且「有時於不知不覺成爲他人播謠之機械」。爲此,他進一步提出,新聞記者不能「有聞必錄」,而要「有問必查。」「渠所信者,乃爲『有問必查』,查其屬實,然後錄之。」[2]徐寶璜提出的「有問必查」的觀點不僅是對傳統的「有聞必錄」的否定,也是對新聞眞實實現途徑的深刻揭示。

邵飄萍在《實際應用新聞學》中說:「曩在北京大學及平民大學講演新聞之學,曾對於『有聞必錄』一語再三攻擊,願有志於新聞事業者,振起其責任心,凡事必力求實際眞相,以『探究事實不欺閱者』爲第一信條。此愚所不惜叮嚀反覆,冀學者能始終自尊其職務,庶可以引起社會信賴之心。」[3]邵飄萍從報業自身生存的高度批判了「有聞必錄」的錯誤與危害,提出了「以『探究事實不欺閱者』爲第一信條」的著名論點,標誌著中國的新聞界在新聞眞實性問題的認識上超越過往,達到了一個新的高度。經過徐寶璜、邵飄萍等人的批判,「有聞必錄」這一在我國新聞界流行和影響了數十年的錯誤觀念,在民國初年逐步退出了歷史舞臺。

強調記者應具有剛毅不屈的品格。所謂剛毅不屈的品格,就是能頂得住強權的壓力,能經得起金錢、財物、美色等種種外來的誘惑。此時的新聞學者們之所以要特別提倡「剛毅不屈精神」,是因爲當時的記者身處軍閥統治的鐵蹄之下,「常觸當局之忌怒,而有報館被封記者被殺之虞」。在政治黑暗的

1　徐寶璜:《徐寶璜新聞學論集》,北京大學出版社,2008 年版,第 52 頁。
2　徐寶璜:《徐寶璜新聞學論集》,北京大學出版社,2008 年版,第 153 頁。
3　邵飄萍:《邵飄萍新聞學論集》,北京大學出版社,2008 年版,第 16 頁。

時代，記者要想盡自己的天職，就必須具備敢於爲民請命的思想和不屈不撓的精神，不然就不可能代表輿論，反映民意。

邵飄萍說：「貧賤不能移，富貴不能淫，威武不能屈，泰山崩於前，麋鹿興於左而志不亂，此外交記者之訓練修養所最不可缺者。」[1]徐寶璜說：「惟報紙代表輿論，固博民眾之歡迎，亦常觸當局之忌怒，而有報館被封記者被殺之虞。此在我國猶然。……蓋當局壓迫報界之時，每爲輿論急待傾吐之日也。故偉大之記者，應有大無畏之精神，見義勇爲，寧犧牲一身爲民請命，不願屈於威武而噤若寒蟬。」[2]任白濤說：「新聞記者因其職務之尊嚴，地位之崇高，故當具富貴不淫、貧賤不移、威武不屈之精神。筆可焚而事實不可改，身可殺而良心不可奪。若此浩然精神所賴以培養而保持者，剛健之意志力也。」[3]

他們所提倡的這種「貧賤不移，富貴不移，威武不屈」的浩然正氣在任何歷史時期，都是記者所必具的品質。但遺憾的是，這一具有中國特色的、最能體現中國記者優良傳統的倫理精神，在當今各種新聞職業道德規範中都沒有明確的表述。

第二節　民營報人的新聞學研究

民國北京政府時期，中國的新聞業逐步形成了共產黨報刊、國民黨報刊和民營報刊三足鼎立的局面，而黨派色彩不甚鮮明的民營報刊是一個重要的方面軍。民營報紙雖然會受到當時國民政府的新聞政策和國共兩黨政治主張的影響，但是，相對於黨報報人來說，民營報人及新聞學者，在其新聞活動和新聞學研究中，少了一些政治因素的制約，多了些專業精神的影響。因此，他們的新聞學研究呈現出了不同於黨報理論的別樣風景。

一、報紙的性質與報人的職責

同徐寶璜等新聞學者一樣，民營報人也視報紙爲社會公器。1914 年 2 月，黃遠生接手編輯《庸言》時說：「吾曹不敢以此區區言論機關據爲私物，乃欲以此裒集內外之見聞，綜輯各種方面之意見及感想。凡一問題，必期與此問

1　邵飄萍：《邵飄萍新聞學論集》，北京大學出版社，2008 年版，第 18 頁。
2　徐寶璜：《徐寶璜新聞學論集》，北京大學出版社，2008 年版，第 147 頁。
3　任白濤：《應用新聞學》，亞東圖書館，1937 年版，第 15 頁。

題有關係之人，一一發抒其所信，以本報爲公同論辯之機關。」[1]黃遠生認爲，報刊並不是辦報者的個人「私物」，而是社會的「公同辯論之機關」。1920 年 7 月，胡政之在《大公報》上發表的《本報改造之旨趣》說：「報紙者天下之公器，非一人一黨所得而私。」[2]民國初年，各黨派爲了自身利益爭吵不休，互相攻擊，不惜製造假新聞進行人身攻擊。一些報紙和報人被政府或其他利益集團收買，成了被人利用的工具和傀儡。民營報人不屑於成爲黨派和利益集團的喉舌，因此特別強調報紙社會公器的職能。

關於報人的職責，民營報人有過不同的論述。黃遠生認爲，報紙應該「爲民生社會請命」。他說：「今日中國無平民，其能自稱平民，爭權利爭自由者，則貴族而已，農工商困苦無辜，供租稅以養國家者，所謂眞平民也，則奴隸而已。」[3]面對國民「呻吟憔悴、困苦流連」的現實，有些報紙和記者沒有表現出應有的關懷與同情。他痛斥那些不敢揭露社會黑幕、不爲民眾講話的報紙和報人，主張中國優秀的知識分子和報人應該「主持正論公理，以廓清腐穢，而養國家之元氣。」[4]

胡政之認爲：「新聞事業的天職有二：一在報導眞確公正之新聞，二在鑄造切實之輿論。而兩者相較，前者尤甚。蓋新聞不眞確，不公正，則穩健切實之輿論無所根據也。」[5]當時許多報紙因受黨派利益的驅使，對客觀事實任意歪曲，虛假新聞泛濫成災。胡政之指出：「以前的報紙，往往好帶政治上黨派色彩，近來的報紙，又大抵過於商業化，這都是不對的。本來堂堂正正爲一個政治團體宣傳政見原無不可，但是他那政見，必須與公理公益站在一條線上，方算合理，否則便是黨派私利的傳音機，不配作社會公器。報紙過於商業化，從銷數上講，一味企圖多賣，不免要迎合群眾心理，求所以引人注意之法，對社會忽視了忠實的責任，等於詐欺取財一樣。從廣告上講，一味推廣招徠，不免要逢迎資產階級，求所以維持顧主之道，忽視了言論公

1 黃遠生：《本報之新生命》，《遠生遺著》卷一，《民國叢書》第二編 99，上海書店，1990 年版，第 79 頁。
2 胡政之：《本報改造之旨趣》，《胡政之文集》下，王瑾胡玫編，天津人民出版社，2007 年版，第 1034 頁。
3 黃遠生：《平民之貴族奴隸之平民》，《遠生遺著》卷一，《民國叢書》第二編 99，上海書店，1990 年版，第 2～3 頁。
4 黃遠生：《少年中國之自白》，《遠生遺著》卷一，《民國叢書》第二編 99，上海書店，1990 年版，第 9 頁。
5 王瑾胡玫編：《胡政之文集》，天津人民出版社，2007 年版，第 1030 頁。

正的天職，等於受變相的津貼，甚至以虛僞之告白，幫同奸商壞人，欺騙公眾。」[1]在這裡，胡政之批評了當時我國新聞界存在的過於商業化和一些媒體淪爲黨派私利的傳音機的兩種流弊。他認爲，要袪除這兩種弊端，新聞工作者就「不應該專重營利，只圖賺錢；也不應該專供政治利用，要爲公理公益張目。」[2]

史量才曾回憶自己接辦《申報》時的想法說：「我慘淡經營《申報》多年，非爲私而是爲社會國家樹一較有權威之歷史言論機關，孳孳爲社會謀福利，盡國民之天職。」[3]他表示自己辦報並不是爲了個人謀利，而是爲了「盡國民之天職」「爲社會謀福利」。

二、新聞業務的創新與思考

民營報人在長期的辦報實踐中，比較注重新聞業務的理論探索與總結，爲中國近代報業業務的提高做出了一定的貢獻。

（一）開創了新聞通訊文體

民國成立之後，中國的政治形勢複雜多變，報紙的競爭也比較激烈，爲了滿足廣大讀者急切瞭解時局變化的需要和提高「新聞時代」報紙的競爭力，一種新的文體——通訊應運而生。黃遠生便是通訊這一文體的開創者。1912 年到 1915 年，黃遠生爲《時報》《申報》撰寫的「北京通訊」在當時產生了很大的影響。在《黃遠生遺著》中，新聞通訊有 156 篇，超過全書的三分之二，其中「北京通訊」119 篇，占他全部通訊的大部分。「遠生通訊」的文體創新和業務開拓，促進了中國新聞業務的發展。黃天鵬在《新聞文學概論》一書中評價說：「自黃遠生出，而新聞通信放一異彩……爲報界創一新局面。」[4]羅星評價說：「黃遠生以前，著名的新聞工作者都是政治家，從他開始，新聞的採訪與寫作業務受到重視，而『遠生通訊』更以其獨特的魅力爲報界創一新局面，如梁啓超之於議論也。」[5]總的來說，黃遠生的通訊有以下幾個特色：

---

1 同上書，第 1042 頁。
2 同上書，第 1041 頁。
3 傅國湧：《「報有報格」：史量才之死》，《書屋》，2003 年版，第 8 期。
4 黃天鵬：《新聞文學概論》，上海光華書局，1930 年版，都 30 頁。
5 羅星：《政治記者黃遠生》，《新聞大學》1983 年第一期。

　　一是報導的題材多為政界的重要人物和當時的重大事件，凸顯了通訊的時效性和顯著性特點，增強了報導的吸引力。如《政界內形記》《政界之風雲》《政界忽起忽伏之暗潮》《春雲初展之政局》《陰陽兩性之時局》等。當時的重要人物如袁世凱、唐紹儀、陸徵祥、熊希齡等人在他的作品中都有報導。當時的重大事件如大借款風波、河東案、張振武案等在他的作品中都有記載。宋雲彬回憶說：「當《申報》上刊出『北京通訊』的時候，立刻引起廣大讀者的注意和歡迎。那時候我只有十七八歲，但很喜歡研究時事，每天看《申報》。見有署名『遠生』的通訊，總先把它看完了，然後再看『專電』和『特約路透電』『公電』等等。」[1]由此可見，遠生通訊當時在讀者中的地位和影響。

　　二是遠生通訊在寫作上追求手法靈活，形式多樣，給人新鮮活潑的感受。黃遠生在寫作中注重文章結構的變化，時常運用多種文學表現手法，以增強通訊的可讀性。如形式有記述式、漫談式、書信式、日記式等等。文章結構也不拘一格，靈活多變，例如在《借款裏面之秘密》一文中，開頭的題解寫道：「前涵所陳借款云云，僅其表面之事實，至內外之裏面關係，請繼此述之。」[2]題解既交待了作者的寫作動機和目的，又使讀者很快地把握文章內容，增強了文章的吸引力。特別是 1915 年他為《申報》撰寫的「新聞日記」，在通訊題材和寫作方法上，都有了新的突破。1915 年 4 月 1 日，他在一篇「新聞日記」中說：「鄙人今謹與愛讀吾報者為一口約：自四月初五日起，暫以三個月為限，鄙人每日必登通訊一篇，全篇皆綴以日記體。是日有獨特之新聞則紀新聞，無新聞則取內外之新聞而評論之。至並評論與新聞而無之之時，則以吾自身為通訊之主人翁。吾所獲之感想，吾友朋之談話，乃至吾夙昔所記憶之零星瑣碎，皆一一筆之。又吾此後所謂新聞者，不必盡為朝章國故也。市井瑣細、街談巷議，皆一一作新聞觀。在此日報中實為創革。」[3]就是說，通訊的取材不限於朝章國故等大事，一般的市井瑣細、街談巷議等等均可以看做是新聞題材；用日記體寫記者的所見所聞、所思所感，也是報章體裁的創新。

1 宋雲彬：《宋雲彬雜文集》，三聯書店，1985 年版，第 456 頁。
2 黃遠生：《借款裏面之秘密》，王有力編：《黃遠生遺著》，臺灣中華書局，1938 年版，第 138 頁。
3 遠生：《新聞日記》，《申報》，1915 年 4 月 5 日。

三是語言表達上追求輕鬆幽默的筆調，為讀者喜聞樂見。包笑天回憶說：「用一種輕鬆而幽默的筆調寫出的通訊，頗為讀者所歡迎。大約每篇總要有兩三千字，過短覺得不足以過癮，過長則又覺得冗長無味，甚而至於畫蛇添足。我們收到了每篇北京通訊之後，都排列在專電後，各種新聞前。」[1]

作為記者的邵飄萍在通訊寫作上也是卓有成績的。他常常用第一人稱的手法寫自己的所見所聞和所思所感。其通訊短小精悍，夾敘夾議，不僅清楚地報導了事實，而且鮮明地表達自己的觀點。特別是善於運用諷刺的手法，對權貴們進行揶揄嘲諷，獲得了「清通簡要、雅善譏彈」的美譽。有人曾對黃遠生和邵飄萍進行了比較，認為他們各有優勢和特色：「飄萍之勤，蓋與遠生仲伯，而記憶之強，故當過之；文采縱稍遜於遠生，而內容之翔實，遠生猶或不逮。飄萍當閒談之際，機杼無窮，其言滔滔，羌無城府；一旦行其職務，則狀若木雞，而靜穆又如處女，批隙導窾，發問不多，使言者無所遁形，亦不能自已。」[2]就是說，他們的通訊作品在文采和內容上各有優勢。

（二）新聞評論的新突破

我們把民國北洋政府時期稱為「新聞時代」，並不是這個時期沒有評論，把晚清時期稱為「政論時代」，也不是那個時期的報紙沒有新聞，而是相比較而言，政論和新聞在兩個歷史時期的地位與影響不同而已。

如果說民國北京政府時期新聞評論在袁世凱執政時期有所萎縮的話，那麼在五四前後報刊的新聞評論則煥發出了炫目的光彩，是與戊戌變法前後的政論時評交相輝映的中國新聞評論發展史上第二個高潮。民營報人在新聞評論的寫作上主要表現出了三個特點。

一是強調新聞評論要建立在事實準確的基礎上，沒有新聞就沒有新聞評論。1917 年 1 月 3 日，胡政之在《大公報》發表的《本報之新希望》中說：「蓋新聞不真確，不公正，則穩健切實之輿論無所根據也。」[3]這一觀點與徐寶璜1919 年在《新聞學》中看法是一致。徐寶璜說：「社論第一須以事實為材料，第二須以多數閱者所注意之事實為材料，第三須以最新之事實為材料。」[4]客

1　包笑天：《釧影樓回憶錄》，大華出版社，1971 年版，第 348 頁。
2　邵飄萍：《實際應用新聞學》，北京大學出版社，1998 年版，第 6 頁。
3　王瑾、胡玫編：《胡政之文集》，天津人民出版社，2007 年版，第 1030 頁。
4　徐寶璜：《徐寶璜新聞學論集》，北京大學出版社，2008 年版，第 98 頁。

觀地看，民營報人往往沒有政府和政黨的背景，在行駛輿論監督時，一旦出現差錯就可能帶來比較大的麻煩。因此，他們特別強調：事實的準確是意見公正的前提，也是輿論監督的力量所在。

二是評論要敢於與腐敗官員和黑惡勢力作鬥爭。北洋政府時期，軍閥混戰，政局動盪，政府官員貪腐現象較爲嚴重。多數報館由於經濟的窘迫，不得不靠領取政府津貼，或接受黨派贊助，或投靠某系軍閥以維持自己的生計。在這樣的政治和媒介生態環境中，也有一些民營報人鼓一身硬氣、挺直了腰杆，不接受任何津貼，走獨立辦報的道路，敢於用「一支禿筆」與軍閥豪強作戰，如著名的獨立報人成舍我；也有既接受津貼又不願爲人當吹鼓手的記者，如被反動軍閥殺害的林白水。成舍我在 1919 年 5 月爲《益世報》寫的「安福與強盜」，林白水 1926 年 8 月寫的「官僚之運氣」，就是民營報人揭露官僚腐敗的代表作。特別是林白水在 1916 年創辦《公言報》時就說：「新聞記者應該說人話，不說鬼話；應該說眞話，不說假話！」[1]他認爲，說眞話首先體現在「奮其筆舌爲正義戰」上，[2]「於政府之過失，每不憚據事直書，竊以爲記者天職固應爾爾。」[3]自 1922 年 5 月創辦《社會日報》起，林白水幾乎成了揭露政府黑幕、抨擊權貴劣跡的新聞鬥士。

三是評論語言的尖銳犀利，大膽潑辣。以成舍我、林白水爲代表的民營報人在新聞評論語言上形成了尖銳犀利、大膽潑辣的新文風。他們的政論時評繼承了晚清資產階級革命派言論風格，愛憎分明，充滿了戰鬥性。但也存在不少侮辱謾罵性語言，特別是林白水的評論有許多尖利刻薄甚至侮辱謾罵的語言，在一定程度上影響了評論的理性力量和語言的美感與純潔。

三、新聞倫理精神的提倡

（一）記者的職業素養

民營報人中對記者的職業素養進行深刻闡述的是黃遠生，他除了主張獨立自尊和個人人格之外，還提出了「四能」記者的觀點，即「腦筋能想」「腿腳能奔走」「耳能聽」與「手能寫」。

---

1 轉引自徐百柯：《民國那些人》，中央編譯出版社，2007 年版，第 155 頁。
2 林白水：《本報一千號紀念》，《林白水文集》，第 727 頁。
3 林白水：《本報之三希望》，《林白水文集》，第 279 頁。

1、「腦筋能想」。黃遠生認為，「調查研究，有種種素養，是謂能想。」[1]就是說，記者在調查研究的過程中，不僅僅要善於思考問題，還要能體現出各種素養，如觀察能力、判斷能力、分析能力、思想能力等等，能根據所調查的材料以形成自己正確的觀點，絕不可浮光掠影、淺嘗切止，更不能盲從、盲信他人的觀點。

2、「腿腳能走」。黃遠生認為，「交遊肆應，能深知各方面勢力之所存，以時訪接，是為能奔走。」[2]黃遠生所說的「腿能奔走」，不只是腿要勤快的意思，還包括「深知各方面勢力之所在，以時訪接」。就是在新聞採訪活動中，要多瞭解被採訪對象的情況，廣交朋友，多掌握新聞線索，以保證採訪的順利進行。

3、「耳能聽」。黃遠生認為，「聞一知十，聞此知彼，由顯達隱，由旁得通，是謂能聽。」即採訪中不能只帶耳朵，還要帶腦子。「耳能聽」，絕不是錄音機的功能，而是分析家的本領。因為由此及彼、觸類旁通，能從事物的表象看到事物的本質，絕不只有耳朵可以解決問題的。如果沒有「聞一知十，聞此知彼，由顯達隱，由旁得通」的學識，耳朵再靈敏，傾聽的態度再認真，也不可能完成一個記者的責任與使命。因此，他強調記者的「耳能聽」，包括認真傾聽和善於聯想與思考兩層意思。尤其是聞此知彼、由表入裏的認識水平，對於記者來說，是至關重要的。

4、「手能寫」。黃遠生說：「刻畫敘述，不溢不漏。尊重彼此之人格，力守紳士之態度，是謂能寫。」[3]在黃遠生看來，記者的「手能寫」是指記述事實客觀真實，不誇大、不縮小，同時要尊重他人的人格。記者在寫作中的真本事，就是忠實於事實，忠於讀者，「不虛美，不隱惡」，讓客觀事實說話。黃遠生關於記者職業素養的論述，歷來受到人們的重視與稱讚，認為是關於記者資格的最早論述，至今尚有一定的教育意義。究其原因，在於以往有關新聞人才的看法，多重德性要求，而少業務素養；多為籠統說教，而少具體指導。黃遠生提倡的「四能」，正是從具體「做」的方面提供了記者由「德性」變為「德行」的有效途徑，蘊含的是新聞道德的內在要求與精髓。

---

1 黃遠生：《懺悔錄》，《遠生遺著》卷一，第102頁。
2 黃遠生：《懺悔錄》，《遠生遺著》卷一，第102頁。
3 黃遠生：《懺悔錄》，《遠生遺著》卷一，第102頁。

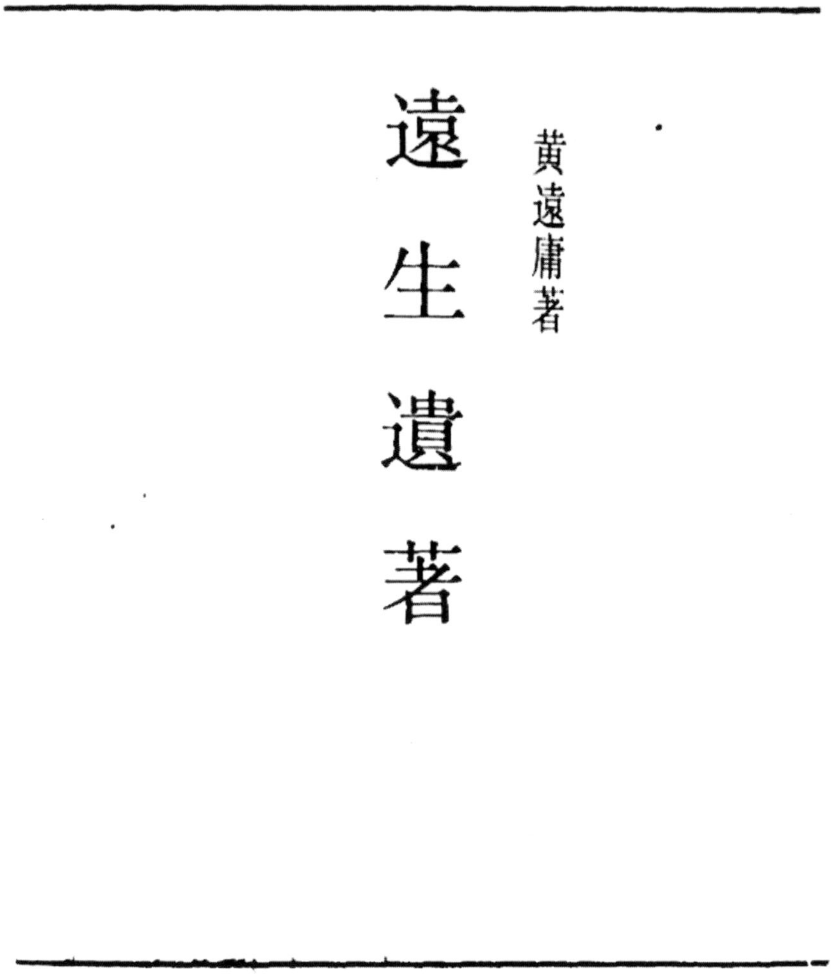

遠生遺著

黃遠庸著

圖 2-4　黃遠庸《遠生遺著》

　　胡政之要求新聞工作者需要不斷進步、不斷學習，如此，才能離「成功」
更近。「夫今之世界，一生存競爭之世界也，故不進步不得生存，不奮鬥不得
進步，進步者人生之眞價值，奮鬥者人生之大本能也。豈惟個人，即社會事
業亦曷莫不然。」[1]在這裡，胡政之既聯繫社會現實指出了新聞記者需要不斷
進步的原因在於生存競爭的需要，又指出了進步奮鬥是人生的價值和本能。
因此，爲了生存，爲了實現人生價值，新聞記者要在個人道德和學問的充實
上不斷求得進步。

1　王瑾、胡玫編：《胡政之文集》，天津人民出版社，2007 年版，第 1030 頁。

（二）要有自由獨立之精神

民國北京政府時期，一些報紙依附軍閥政府和政黨，靠拿津貼過日子；一些報紙為個人或利益集團吹捧，為了達到目的，極盡造謠之能事。針對新聞界這種道德敗壞的現象，胡政之和張季鸞、吳鼎昌在接辦新記《大公報》時，提出了著名的「不黨、不賣、不私、不盲」的社訓方針，其實質就是要求新聞工作者要具備獨立自由的精神。

1923 年，張季鸞在《新聞報三十年紀念祝辭》中就曾指出：「中國報界之淪落苦矣。自懷黨見，而擁護其黨者，品猶為上；其次依資本為轉移；最下者，朝秦暮楚，割售零賣，並無言論，遑言獨立，並無主張，遑言是非。」[1]吳鼎昌也認為「一般的報館辦不好，主要因為資本不足，濫拉政治關係，拿津貼，政局一有波動，報就垮了。」[2]他願意拿 5 萬元錢作本金，寧願賠光，也不拉政治關係，不收外股，堅定不移的要辦一份獨立不倚的報紙。

1923 年，汪漢溪在《新聞事業困難之原因》中寫道：「按辦報之第一難關，即經濟自立。……然經濟獨立，言之非艱，行之維艱。中國報紙各埠姑不論，即上海一埠，自通商互市以來，旋起旋仆，不下三四百家，惟其致敗之由，半由於黨派關係，立言偏私，不能示人以公，半由創辦之始股本不足……進退維谷之時，不得不仰給於外界，受人豢養，立言必多袒庇，甚至顛倒黑白，淆亂聽聞，閱者必致相率鄙棄，銷數自必日少，廣告刊費，更無收入，此辦報困難之一大原因也。……各國對於報紙，多方維護。而中國政府，郵電兩項，摧殘輿論，至於此極，良深浩歎，此辦報困難之又一原因也。各省軍閥專權，每假戒嚴之名，檢查郵電，對於訪員，威脅利誘，甚至借案誣陷，無惡不作。故報館延聘訪員人才，難若登天，有品學地位俱優，而見聞較廣者，咸不願擔任通訊……」。[3]汪漢溪總結了當時新聞事業困難的三條主要原因，一是報館經濟上很難獨立；二是中國政府和軍閥，摧殘輿論；三是新聞人才缺乏。這些原因使報館的生存面臨著極大的壓力。在這樣的媒介生態環境之下，史量才、汪漢溪、胡政之等民營報人始終堅守著自己的道德信條：不接受來自任何方面的津貼，以保持「無黨無偏」的獨立辦報精神。

1　徐雨編：《大公報人憶舊》，中國文史出版社，1991 年版，第 280 頁。

2　轉引自方漢奇等著《大公報百年史》，中國人民大學出版社，2004 年版，第 224 頁。

3　汪漢溪：《新聞事業困難之原因》，張之華主編：《中國新聞事業史文選》，中國人民大學出版社，1999 年版，第 178 頁。

（三）要有史家精神

關於新聞記者要有史家精神的觀點，最早是由陳熾、鄭觀應他們提出的，後來又得到梁啓超、章太炎等人的肯定與強化。民國北京政府時期的民營報人同樣認同和強調這一思想。胡政之在《國聞週報》發刊詞中，將新聞記者這門職業與古代史官進行了對比，認爲：「今之新聞記者，其職即古之史官，而盡職之難則遠逾於古昔。蓋古昔史家紀述以一代帝室之興亡爲中心，而今世界新聞家所造述則包羅萬象，自世界形勢之嬗遷，以迄社會人事之變動，靡不兼容並蓄。且古昔史家著述旨在紀往以規來，義微言精，常論定於千秋百祀之後。今之新聞則一紙風行，捷於影響，上自國際禍福，下至個人利害，往往隨記者述敘之一字一句而異其結果。夫職責之繁難如彼，勢力之偉大又如此，宜乎新聞家之無忝厥識者不數數觀也。」[1]

在這裡，胡政之認爲，新聞記者需要記載的內容比史家要寬泛，其工作難度要大於史官；新聞的即時快捷性決定了它的影響力要比史家著述大。雖然，胡政之對於新聞「上自國際禍福，下至個人利害，往往隨記者述敘之一字一句而異其結果」的影響力有所誇大，但其主要目的是爲了讓記者明白自身職責的重大。正因爲如此，新聞記者不僅需要具備才學識方面的修養，更需要有忠於事實、秉筆直書、不畏強權、獨立不撓、公正不阿的品質。

史量才也認爲「報紙同歷史紀錄一樣，是將歷史事件如實地記錄下來，傳諸後人」[2]，因此，記者要明確作爲歷史記錄者的責任。他說：「日報者，屬於史部，而更爲超出史部之刊物也。歷史記載往事，日報則與時推遷，非徒事記載而已也，又必評論之、剖析之，俾讀者懲前以毖後，擇益而相從。蓋歷史本爲人類進化之寫眞，此則寫眞之程度，且更超於陳史之上，而其所以紀載行跡，留範後人者，又與陳史相同。且陳史研究發揚之責，屬之後人；此則於紀載之際，即盡研究發揚之能事。故日報興而人類進化之記載愈易眞切矣。」[3]史量才將報紙眞實記錄歷史的職責置於優先的位置，認爲報紙的本質就是「史家之別裁，編年之一體」[4]，明確提出自己辦報的本意：「慨自十七

---

1 王瑾、胡玫編：《胡政之文集》，天津人民出版社，2007年版，第1036頁。

2 徐培汀：《中國新聞傳播學說史》，重慶出版社，1994年版，第237～238頁。

3 史量才：《申報六十週年年鑑之旨趣》，轉引自李雪：《爲社會保存一份信史——論史量才的史家理想》，《湖南社會科學》，2008年第4期。

4 黃炎培：《史量才先生之生平》，轉引自李雪：《爲社會保存一份信史——論史量才的史家理想》，《湖南社會科學》，2008年第4期。

年中兵爭俶擾，而國家文獻蕩然無存，一旦政治清明，朝失而求之於野，此箋箋報紙或將爲修史者所取材乎？」[1]

史量才認爲「日報負直系通史之任務」，報社全體同仁必須「以史自役」，要求記者要有史家的自覺意識，堅持「不虛美，不隱惡」的實錄精神，評論主公正，新聞重翔實，做到「主義不爲感情所衝動，事實不爲虛榮所轉移，力爭自存而不任自殺，充天地四大之力，能變化之而不能消磨之也。」[2]正因爲如此，史量才主持的《申報》對國內外大事和時局的變遷以及戰事災禍無所不予報導，如俄國「十月革命」，中國的「五四運動」和中國共產黨成立等別人不敢報導的事件，《申報》本著對歷史負責的態度，及時刊載。

胡政之、史量才等民營報人提出報人要具備史家精神，是對前人思想的繼承與發揚。1902 年，梁啓超在《敬告我同業諸君》一文中，明確提出報人「不可不有史家之精神」的倫理命題，引起了中國新聞學界對史家與記者之關係的重視與思考。自此以後，中國歷代報人不斷豐富了這一命題的理論內涵。

第三節　中國共產黨建黨初期的黨報理論

民國北京政府時期是中國共產黨誕生和發展的初期。在這一時期裏，共產黨員的人數、黨組織的力量還相對薄弱，共產黨創辦的報刊數量還不多，社會影響力也有限，但由於共產黨一直十分重視新聞宣傳工作，特別注重在實踐中總結經驗教訓和理論思考，因此，在不到十年的時間裏形成了初步的黨報理論。而且這些理論在相當長的時間裏影響和作用於中國共產黨的黨報新聞宣傳工作，奠定了中國共產黨新聞學理論的基礎，是無產階級新聞理論的源頭。

一、黨報的性質與作用

（一）報刊具有鮮明的階級性

共產黨人認爲，不同階級的報刊總是爲不同的階級利益服務的，具有鮮明的階級性。這與民營報人宣稱的「報紙乃社會之公器」的超階級觀點完全不同。

---

1 史量才：《本報發行兩萬號紀念》，轉引自李雪：《爲社會保存一份信史——論史量才的史家理想》，《湖南社會科學》，2008 年第 4 期。
2 傅國湧：《「報有報格」：史量才之死》，《書屋》，2003 年第 8 期。

陳獨秀指出：「資本家製造報館，報館製造輿論」是世界各國報紙的普遍現象。世界各國的報紙受資本家支配，從來只為資本家說話，不會幫貧民說話，只有無產階級辦的報紙才會反應普通民眾的呼聲與要求。《新青年》載文說：「輿論每每隨多數的或有力的報紙為轉移，試問世界各共和國底報紙，哪一家不受資本家支配？有幾家報紙肯幫多數的貧民說話？資本家製造報館，報館製造輿論，試問世界上哪一個共和國底（的）輿論不是如此。只有社會主義的政治和報紙，主張實際多數人的自由和幸福。」[1] 1924 年 9 月到 11 月，上海的革命報刊公開揭露資產階級報刊標榜的「報紙乃社會之公器」和「超階級」論調的欺騙性。《嚮導》和《中國工人》都明確指出，資產階級的報紙是「擁護他們階級利益與壓迫勞動階級的巧妙工具」，是「資產階級的御用品」。

中國共產黨無論在成立之前還是成立之後，在創辦的所有紅色報刊中，無不宣稱共產黨的報刊就是為無產階級和勞苦大眾服務的。例如，在成立之前的 1920 年 8 月由上海共產主義小組創辦、李漢俊主編的工人刊物《勞動界》，1920 年 10 月廣東共產主義小組創辦、梁冰弦、劉石心主編的工人刊物《勞動者》，1920 年 11 月北京共產主義小組創辦、鄧中夏、羅章龍主編的工人刊物《勞動音》，三個刊物之所以都以「勞動」命名，被稱為是「兄弟刊」，就是因為這些刊物都是站在工人階級的立場，反映工人的生活、要求和呼聲的。其中刊載的內容，不僅反映了工人牛馬般的生活，抨擊了資本主義的罪惡，而且分析和揭示了工人階級受壓迫、受剝削的根源，為工人階級爭取自由和解放指明了方向。李漢俊在《勞動界》發刊詞《為什麼要印這個報》中明確表示：「我們印這個報，就是要教我們中國工人曉得他們應該曉得他們的事情。我們中國工人曉得他們應該曉得他們的事情了，或者將來要苦得比現在好一點。」[2]

（二）黨報應具有鮮明的黨性

1921 年中國共產黨「一大」通過的《中國共產黨的第一個決議》第二部分「宣傳」中規定：「雜誌、日刊、書籍和小冊子須由中央執行委員會或臨時中央執行委員會經辦。」「無論中央或地方的出版物均應由黨員直接經辦和編

---

1 《國慶紀念底價值》，《新青年》，第 8 卷第 3 號。
2 郗衛東主編：《解放前珍貴紅色報刊發刊詞》，中央編譯出版社，2011 年版，第 32 頁。

輯。任何中央地方的出版物均不能刊登違背的方針、政策和決定的文章。」[1]這裡明確規定了黨報黨刊必須由黨員經辦和編輯，在內容上要與中央保持一致。

蔡和森提出，黨報在組織上應該接受中央委員會的指揮和領導，在內容上應該與黨中央的主張保持一致，不允許出現與黨的主義相矛盾的東西。他在與毛澤東的通信中就對黨報的創辦、管理及登載內容談了自己的設想，認為這種出版物，「須組織一個審查會。凡游移不定的論說及與主義矛盾的東西，皆不登載」；[2]「無論報紙、議院、團體以及各種運動，絕對受中央委員會的指揮和監督。」[3]

1926 年 9 月，中國共產黨成立中央報紙編輯委員會，由《嚮導》《新青年》《勞農》《黨報》《中國青年》《中國工人》《全國總工會機關報》《中國婦女》等報刊的主編組成，其職責是：每月至少開會一次，報告中央及各地黨報和黨主持的農、婦、青團體各種報刊的狀況，加以審查，並使各團體的機關報「能與黨有密切的關係，並能適當的運用策略」，「使中央對於各地方的各種出版物能有周到的指導意見。」[4]

共產黨歷來主張，新聞宣傳工作是黨的整個事業的重要組成部分，必須置於黨的統一領導之下，這是無產階級政黨對新聞宣傳的黨性要求。

（三）新聞宣傳的作用

1901 年 5 月，列寧在《從何著手？》一文中提出，「黨報不僅是集體的宣傳員和集體的鼓動員，而且是集體的組織者。」[5]共產黨始終遵行列寧這一重要新聞思想，重視發揮黨報在黨內，特別是對廣大群眾的思想政治教育和宣傳鼓動作用。蔡和森在主持《嚮導》工作時說：「用共產黨的政治觀念」在黨內、在工人群眾中，「打破了同志們的地方觀念，改變了非黨觀念」，在思想界，「亦產生了很大影響」；《嚮導》是統一我黨的思想工具和組織工具。」[6]

共產黨人還認為，新聞宣傳屬於社會上層建築意識形態領域，是與實際的社會主義運動「相輔而行的手段」，可以反作用於社會經濟基礎。陳獨秀認為，「言論宣傳雖然不能根本變更社會，但是，在社會的物質條件可能範圍內，

1　《中國共產黨新聞工作文件彙編》上卷，新華出版社，1980 年版，第 1 頁。
2　《蔡和森文集》上冊，湖南人民出版社，1980 年版，第 35 頁。
3　《蔡和森文集》上冊，湖南人民出版社，1980 年版，第 33 頁。
4　《中國共產黨新聞工作文件彙編》上卷，新華出版社，1980 年版，第 30 頁。
5　列寧：《從何著手》，《列寧全集》第 5 卷，人民出版社，1986 年版，第 8 頁。
6　《蔡和森的十二篇文章》，人民出版社，1983 年版，第 33 頁。

唯物史觀論者認為從事言論宣傳可以作用於社會，是推動社會進步的一種重要工具。」[1]

在建黨初期的 1923 年底之前，中國共產黨就創辦了一批分工明確的報刊，如《新青年》季刊是馬克思主義的研究宣傳機關；《前鋒》月刊是中國及世界的政治經濟的研究宣傳機關；《嚮導》週刊是國內外時事的批評宣傳機關；《黨報》（不定期）是黨內問題討論及發表正式的決議案及報告之機關；《青年工人》月刊是青年工人運動的機關；《中國青年》週刊是一般青年運動的機關；《團鐫》是團內問題及發表正式文件（決議案及報告）之機關。這些報刊在共產黨領導的民族革命運動中發揮了重要的作用。1925 年 1 月，中共中央在《對於宣傳工作之議決案》中，特別肯定了《嚮導》在黨的宣傳工作中的貢獻：「中國近幾年的民族革命運動受影響於我們黨的宣傳工作實巨。……我們黨的機關報《嚮導》竟得立在輿論的指導地位。」[2]

（四）黨報的宣傳任務

中國共產黨認為，黨的報刊的根本任務是宣傳黨的政治主張和路線方針以及教育鼓動民眾投身到革命的洪流中去。1922 年 1 月，由鄧中夏、劉仁靜主編的《先驅》在北京創刊，其發刊詞指出：「本刊的任務是努力喚醒國民的自覺，打破因襲、奴性、偷惰和依賴的習慣而代以反抗的創造精神，使將來的各種事業，都受著這種精神的支配而改變。我們的政治，以後就不至於這樣黑暗，我們達到的理想社會──共產主義的社會──的道路，也就容易得多了。」[3]同年 9 月，由蔡和森主編的中共中央機關報《嚮導》在發刊詞中說：言論、集會、結社、出版、宗教信仰「這幾項自由是我們的生活必需品，不是可有可無的奢侈品。……現在本刊同人依據以上全國真正的民意及政治經濟的事實所要求，謹以統一、和平、自由、獨立四個標語呼號於國民之前。」[4]1923 年 6 月，瞿秋白為《新青年》季刊撰寫的發刊詞《〈新青年〉之新宣言》中說：「真正的解放中國，終究是勞動階級的事業。所以《新青年》的職志，要與中國社會以正確的指導，要與中國平民以智識的武器。《新青年》乃不得不成為中國無產階級革命的羅針。」[5]

1 《陳獨秀文章選編》（中），三聯書店，1984 年版，第 379 頁。
2 《中國共產黨新聞工作文件彙編》上卷，新華出版社，1980 年版，第 18 頁。
3 同上書，下卷，第 2 頁。
4 同上書，下卷，第 4～5 頁。
5 張之華主編：《中國新聞事業史文選》，中國人民大學出版社，1999 年版，第 373 頁。

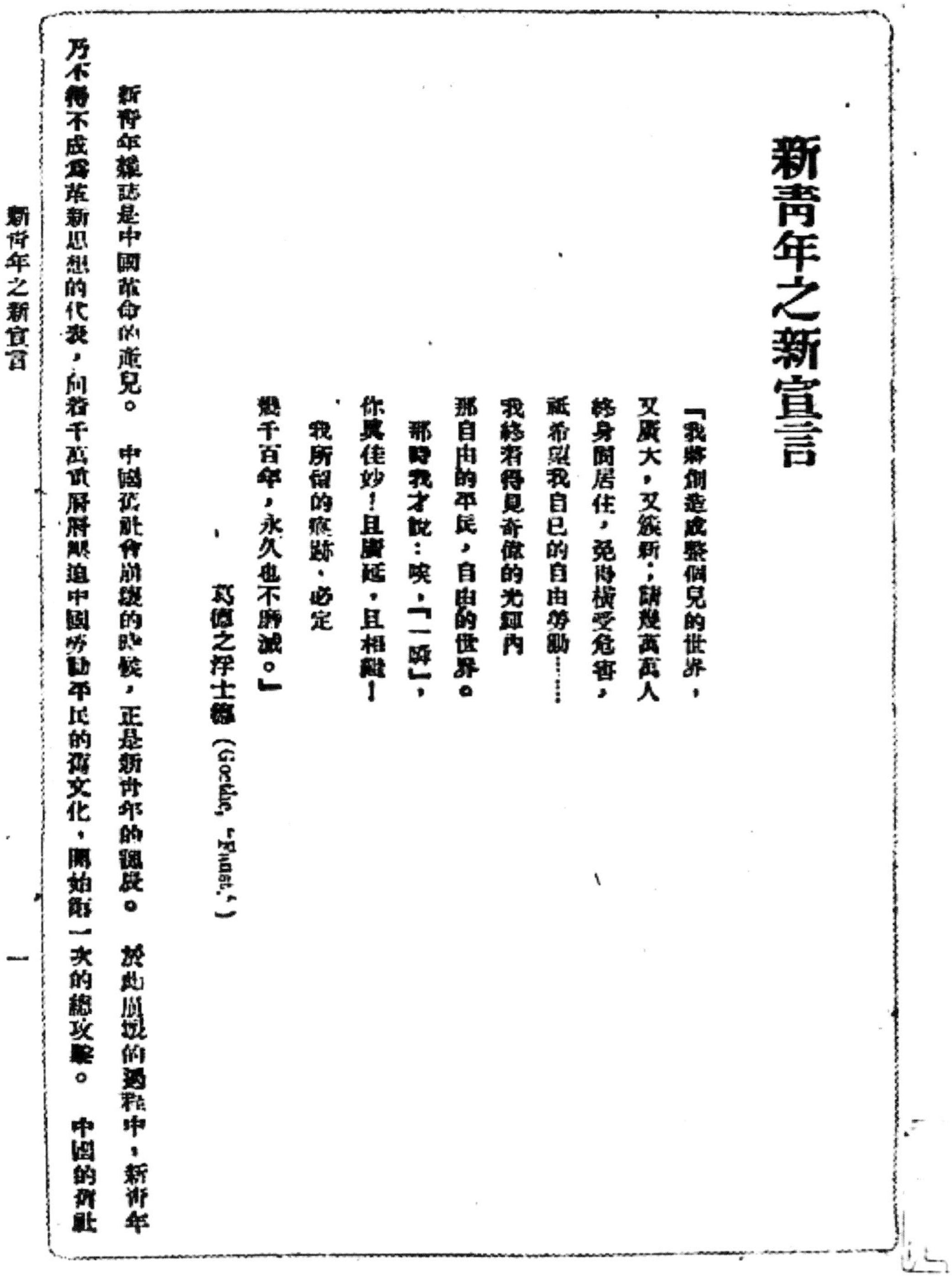

新青年之新宣言

「我將創造處整個兒的世界，
又廣大，又簇新，讓燦萬萬人
終身閒居住，免得橫受危害，
祇希望我自己的自由勞助……
我終若得見奇偉的光輝內
那自由的平民，自由的世界。
那時我才說：唉，「二呀」，
你真佳妙！且賡延，且相纏！
我所留的痕跡，必定
幾千百年，永久也不勝滅。」

— 葛德之浮士德（Goethe, "Faust."）

新青年雜誌是中國革命的產兒。 中國社會崩潰的時候，正是新世界的誕展。 於動亂渡的過程中，新青年
乃不得不成為革新思想的代表，向着千萬沉昏沉迷迷中國勞動平民的舊文化，開始第一次的總攻擊。 中國的新社

新青年之新宣言

圖 2-5 瞿秋白《新青年之新宣言》

　　1925 年 12 月，毛澤東在《政治週報發刊理由》中說：「爲什麼出版政治週報？爲了革命。爲了使中華民族得到解放，爲了實現人民的統治，爲了使人民得到經濟的幸福。」[1]惲代英說新聞宣傳的目的是使「一切被壓迫的人們都聯合起來」「一同改造世界」。革命報刊是黨「團結民眾的手段」，「我恨不能化身千萬到一切黑暗地方中間去，設法使全中國都革命化。」[2]他認爲共產黨最重要的工作在於：「宣傳一切民眾，使之爲自己利益奮鬥；組織一切民眾，使能爲自己利益奮鬥。」[3]

　　中國共產黨創辦的報刊另一個重要任務是用革命的宣傳反擊敵人的反革命宣傳。他們認爲，反擊帝國主義和階級敵人，除了槍炮武力之外，還應打好宣傳輿論戰。毛澤東說，《政治週報》的另一個任務責任是「向反革命宣傳反攻，以打破反革命宣傳。」由此可見，中國共產黨在土地革命戰爭時期所創辦的報刊都旗幟鮮明地提出了辦報的目的與任務，這些目標任務與民營報刊和其他黨派報刊完全不同。

　　綜觀中國共產黨早期的新聞實踐和有關論述可以看出，共產黨報刊的主要任務就是：傳播馬克思主義理論和先進思想，批評各種錯誤思想和主張，積極宣傳黨的反帝反軍閥的民主革命綱領和策略，肅清反動勢力的欺騙宣傳，反映社會和民眾的實際需要，報導國內外時事眞相。[4]

二、黨報業務的認識

（一）新聞宣傳須以事實爲基礎

　　陳獨秀說：「民眾所認識的是事實，所感覺的是切身問題……離開事實的主義，不會眞能使他們相信；反之，不兌現支票式的宣傳，會使他們發生反感。」[5]陳獨秀在黨報上發表的文章，從不空談主義，總以歷史或現實的事實爲依據，闡述其主張。李大釗指出：「新聞事業，是一種活的社會事業，」「新聞是現在新的、活的、社會狀況的寫眞。」[6]他還說，報紙最重要的任務「乃在盡力把日日發生的事實，迅速而且精確的報告出來，使讀報紙的人

1　同上書，第 13 頁。
2　《惲代英文集》（下），人民出版社，1984 年版，第 741～744 頁。
3　《惲代英文集》（下），人民出版社，1984 年版，第 764 頁。
4　鄭保衛：《中國共產黨新聞思想史》，福建人民出版社，2004 年版，第 29 頁。
5　《陳獨秀文章選編》（下），三聯書店，1984 年版，第 345 頁。
6　《北大新聞記者同志會成立》，北京《晨報》，1922 年 2 月 14 日第 3 版。

們，得些娛樂、教益與知識。」[1] 1924 年 6 月，他在《嚮導》第七十一期發表的《新聞的侵略》一文揭露了以路透社爲代表的外國通訊社對中國歪曲報導，尖銳地指出：「他們挾資本雄厚的優勢，在內地時時操縱新聞，傳播於己有利的消息，暴露華人之弱點，以圖引起國際共管；表彰外人在內地之言論及事業，以堅華人對西方人之崇拜。有時造謠惑眾，如此次硬污中山先生逝世，圖亂廣州時局。」[2] 這是中國新聞新聞史上最早揭露外國新聞媒體對中國造謠的文章之一，充分表達了李大釗對外國這種新聞的侵略的憤慨，要求政府「將那些造謠生事的、侮辱中國的外國新聞記者，驅逐出境，一個不留，才是正辦。」[3]

1925 年 12 月，毛澤東在《政治週報》發刊詞中提出，共產黨人反攻敵人的方法，「並不多用辯論，只是忠實地報告我們革命工作的事實。」[4] 他一連使用了 4 個「請看事實」的句子，既說明了事實的力量與重要，也表達了共產黨人的新聞宣傳思想。他宣稱《政治週報》十分之九是實際事實之敘述，只有十分之一是對於反革命派宣傳的辯論。

惲代英指出，《中國青年》等革命報刊宣傳效果顯著的原因：「因爲中國今天一般青年在實際生活上需要革命，因爲我們說的是眞話」。[5]

「用事實說話」是中國共產黨新聞宣傳理論中的一條重要原理。雖然這一理論命題的提出和完整闡釋，是胡喬木 1946 年 9 月 1 日發表於《解放日報》的論文《人人要學會寫新聞》，[6] 但是，在新聞宣傳中用事實說話的思想在共產黨成立之初的土地革命戰爭時期就已經逐步形成。

（三）黨報要發揮引導和指導作用

中國共產黨成立後創辦的第一份機關報取名爲《嚮導》，就反映了中國共產黨的辦報初心之一，是要引導人民群眾和引導中國革命。《嚮導》發刊詞說：當時的中國，因爲軍閥混戰而沒有統一與和平，因爲軍閥政府黑暗統治而沒有自由，因爲國際帝國主義的侵略而沒有獨立，在這樣的時局與形勢

1　《報與史》，北京《順天時報》，1923 年 8 月 30 日第 6 版。
2　鄭保衛：《中國共產黨新聞思想史》，福建人民出版社，2004 年版，第 124 頁。
3　《中國共產黨新聞工作文件彙編》下卷，新華出版社，1980 年版，第 125 頁。
4　同上書，第 14 頁。
5　《惲代英文集》（下），人民出版社，1984 年版，第 764 頁。
6　胡喬木在《人人要學會寫新聞》中說：「學寫新聞還教我們會用敘述事實來發表意見」。

下，共產黨的報刊不得不擔負起引導人民群眾爭取統一、和平、自由、獨立的重任。[1]

1923 年 10 月，中國社會主義青年團中央機關刊《中國青年》在上海創刊。該刊在發刊詞中明確表示，在黑暗腐敗的中國，青年是唯一的希望，因此，《中國青年》的任務就是：「要引導一般青年到活動的路上。要介紹一些活動的方法，亦要陳述一些活動所得的教訓。」「要引導一般青年到強健的路上。要介紹一些強健偉人的事蹟⋯⋯以洗刷青年苟且偷懶的惡弊。」「要引導一般青年到切實的路上。要介紹一些切實可供研究的參考材料。要幫助青年去得一些切近合用，然而在學校中不容易得著的知識。」[2]發刊詞的三個「引導」體現了《中國青年》的目的與宗旨。

1926 年 9 月，中國共產黨第三次中央擴大執行委員會議決案中《關於宣傳部工作議決案》要求：「中央通俗的機關報——《勞農》（或《農工》），亟需添設，先辦月刊，以後設法改為週刊。這一機關報應當給工農群眾讀者以關政治的指導，須能搜集全國工農狀況及其政治經濟鬥爭的消息，登載各地方的工農通訊。這種機關報的目的是使工農群眾能明瞭全國革命鬥爭狀況及意義，並充分表現實際的工農生活及鬥爭。」[3]由此可見，中國共產黨的黨報理論從來就強調黨報的引導和指導功能，而且根據不同的形勢和中心任務，對各種不同的報刊如何發揮引導和指導作用提出了具體的辦法與要求。

在中國新聞事業史上，自晚清以來，不同時期的報人在論述報刊功能與作用的時候，分別使用過「嚮導」「化導」「引導」「指導」等詞彙。這些語詞在不同的歷史語境下其含義是不同的，但也有共同的地方，就是無論是政黨報刊，還是民營報刊，都特別強調報刊的主體功能和作用。「嚮導」也好，「化導」也好，「引導」也好，「指導」也好，都是主體對客體所起的作用。這正反映了中國報刊理論的傳統與特色。在中國報人眼裏，報刊絕不只是提供各種事實信息的平臺，也是引導受眾最有力的工具，只是不同的媒介主體引導的內容與目的不同而已。

（四）重視讀者工作，密切聯繫群眾

《嚮導》《中國青年》等共產黨報刊，非常重視讀者工作，普遍都設有《讀

1　《中國共產黨新聞工作文件彙編》下卷，新華出版社，1980 年版，第 3～5 頁。
2　《中國共產黨新聞工作文件彙編》下卷，新華出版社，1980 年版，第 8～9 頁。
3　同上書，第 30 頁。

者論壇》《讀者之聲》《本報與讀者》等欄目。《嚮導》的《讀者之聲》欄目，
5 年刊出讀者信件 120 多件，及時反映讀者的聲音，一般都還附有記者的答覆
或附言。蔡和森撰寫的《敬告本報讀者》宣稱：《嚮導》是「中共政治機關報，
又是中國民眾的喉舌，是眞正代表中國民眾利益的報紙，是中國苦難同胞的
好友。」《中國青年》歡迎讀者搜集和投寄有關農民、工人等的生活狀況的各
項調查材料，讓讀者更多的瞭解到社會百姓的眞實情況。同時，這些報刊還
通過讀者意見或建議，不斷改進自己的工作，提高傳播效果。如《嚮導》接
受讀者建議，增加篇幅、充實內容，加印封面目錄，降低刊物售價，對錯誤，
公開勘誤、更正，得到了讀者的認同與信任。

　　中國共產黨報刊還通過加強讀者工作，密切黨與群眾的聯繫，喚起廣大
工農大眾團結奮鬥。《共產黨》月刊向勞動群眾表示：「我們現在四方奔走，
我們進牢獄，受官府和資本家的壓迫，我們依舊冒了險到你們中間來宣傳」，
「我們就是你們，我們是一夥兒。我們大聲疾呼，就是代你們大聲疾呼……
勞農們，起來啊！你們聽見我們的喊聲了麼？」[1]

　　北京《工人週刊》、上海《勞動週刊》也經常刊登工人團體、工人的來信、
消息和評論，甚至還組織引導工人罷工鬥爭，工人們把它們看作是自己的學
校和指導機關。

　　1925 年 1 月，中國共產黨第四次全國大會議決案中《關於宣傳工作之議
決案》指出：「本黨過去在職工運動中常因太偏重機關式的組織工作，竟使黨
的宣傳和階級教育未得深入群眾，以致基礎不牢，完全經不得摧殘。」因此，
中央要求：今後「在職工運動的宣傳工作，我們應切實瞭解其客觀所具的條
件，如不識字，識字不多，不善聽純粹理論的議論，注意目前切身的實際問
題，然後籌劃的方案不至於難於施行。」[2]

（四）新聞宣傳的文字要淺顯通俗

　　從國人自辦近代報刊開始，中國的報章文字經歷了由文言到白話的發展
歷程，經過五四新文化運動的洗禮，到 20 世紀 20 年代，中國的報刊文字已
由白話文所統治。但是，報刊的編輯記者都是自小接受文言教育和寫慣了文
言文的人，他們在新聞通俗化道路上難免步履蹣跚、跌跌撞撞。中國共產黨
辦報伊始，就把語言通俗化問題擺上了議事日程，要求黨報黨刊必須適應工

1　吉生：《告勞兵農》，《共產黨》月刊，第 4 號。
2　《中國共產黨新聞工作文件彙編》上卷，新華出版社，1980 年版，第 19、21 頁。

農大眾實際的文化水平，力求淺顯通俗。

1922 年中共中央在《教育宣傳問題議決案》中明確提出：「勞動群眾中，除上述的政治外交問題當以極淺近的口號宣傳外，並須特別注意以下幾項……已有的《工人週刊》及《勞動週報》當盡力推銷於工人及黨員之間。凡能與工人接觸之黨員當盡力運用《前鋒》《新青年》《嚮導》《社會科學講義》等之材料，使用口語，求其通俗化。」[1]這是中國共產黨文件中最早使用「通俗化」一詞，其內涵是指文字語言的口語化。中共中央在後來的文件中又反覆強調黨的報刊語言通俗化問題。如 1925 年 1 月《對於宣傳工作之議決案》中提出：「《嚮導》是本黨政策之指導機關，今後內容關於政策的解釋當力求詳細，文字當力求淺顯。」[2]可見，淺顯、通俗是中國共產黨黨報所提倡的語言風格。

在黨報實踐中，黨報工作者身體力行，將語言通俗化落實在具體的行文之中。例如，工人刊物《勞動界》《勞動音》《勞動者》《上海夥友》《中國工人》等報刊，其中的文章完全是口語化的，一般讀者都看得懂，不識字的人也聽得懂。如李漢俊在《勞動界》第一期的發刊詞中有這樣一段話：「工人在世界上是最苦的，無論是熱天，無論是冷天，天還沒有亮就扒起來，上的上工場裏去，到的到田裏去，做的做事情去。天黑了，大家都睡了覺，方才能夠休息。」[3]這裡的文字與口語幾乎一樣，其淺近通俗的程度可見一斑。惲代英在主編《中國青年》時，提出要避免用工農不懂的學生腔、外國話，要學習工農的思想，用工農的語言對工農大眾做宣傳。向警予在主編婦女報刊時，根據婦女讀者的文化程度，從她們本身所經歷的痛苦出發，用通俗易懂的語言分析、解釋革命的眞義，受到廣大讀者的歡迎和喜愛。

第四節　國民黨報人的新聞學研究

從 1912 年 8 月中國同盟會改組爲國民黨到 1927 年 4 月國民政府成立期間，中國國民黨在海內外先後創辦了大量黨報，其中最主要的有《民國日報》《建設》《民國雜誌》《星期評論》《中國國民黨週刊》等。由於這一時期的國

1　《中國共產黨新聞工作文件彙編》上冊，新華出版社，1980 年版，第 3 頁。
2　同上書，第 20 頁。
3　郜衛東主編：《解放前珍貴紅色報刊發刊詞》，中央編譯出版社，2011 年版，第 31頁。

民黨總體處於分化矛盾之中，內部充滿了爭鬥與不和，誠如于右任所描述的：「自數月中，黨派不同之報，竟成水火，失實之處，在所不免。然各有目的，亦無足奇。所最痛心者，同黨鬩牆爲可異耳。」[1]因此，這一時期，國民黨的新聞宣傳思想也比較複雜。本節只對孫中山以及受其領導和影響的國民黨報人對新聞學的認識進行簡略的分析。

一、對黨報功能的認識

國民黨早期的領導人大多是國民黨黨報的直接創辦者、主持者或主要撰稿人，對於黨報的功能，已有了較爲全面的認識。他們認爲黨報是爲政治服務的，是革命的重要輔助力量，同時可以指導民眾，領導輿論，監督政府，促進建設。

在服務政治方面，孫中山認爲，報紙的宣傳鼓吹爲辛亥革命的勝利發揮了重要的作用。他與報界談話中，多次強調了這一點。如 1914 年孫中山在對《民立報》的答詞中說：「此次革命事業，數十年間，屢起屢撲，而卒睹成與今日者，實報紙鼓吹之力。」[2]民國成立後，孫中山認爲建立民主政治的關鍵是保障人民參與政治的權力，「必須把政治上的主權，實在拿到人民手裏來。」[3]而要建設中國民主政治，必須加強對政府的監督，保證權力不濫用。「今共和告成，建設伊始，報界之力量較前日爲宏，而報界之責任較前日尤重。上而監督政府，下而開導人民，爲全國文明進化之導引線，故報界之力量日大，則國家之文明程度日高。」[4]戴季陶作爲國民黨的重要人物，對於報紙服務政治方面的作用也有同樣的觀點：「夫共和之成也，其功之半，即爲報紙鼓吹之力，則今後維持共和之責，端在吾輩。國家而因報紙之監督鼓吹以克底強盛也，爲吾輩天職之所應爲。」[5]

在指導民眾、引導輿論方面，孫中山要求國民黨黨報應廣泛宣傳「民族、

1　傅德華編：《于右任辛亥文集》，復旦大學出版社，1986 年版，第 236 頁。
2　中國社會科學院近代史研究所等合編：《孫中山全集》第二卷，中華書局，1986 年版，第 337 頁。
3　中國社會科學院近代史研究所等合編：《孫中山全集》第六卷，中華書局，1986 年版，第 3 頁。
4　中國社會科學院近代史研究所等合編：《孫中山全集》第二卷，中華書局，1986 年版，第 434 頁。
5　唐文權桑兵編：《戴季陶集 1909～1920》，華中師範大學出版社，1990 年版，第 339 頁。

民權、民生」的三民主義主張。針對當時國民民族意識不強的現狀，孫中山充分發揮了新聞宣傳的教育指導功能，喚起了國人對民族意識的重新審視。他十分明白地說「我們今天要恢復民族的地位，便先要恢復民族的精神」，這種「精神」也是恢復民族主義的方法即「能知和合群」。其中，「能知」就是要教育國人，喚起國人的警覺，這也是「恢復民族精神的首要之圖」。[1]

在促進國家建設方面，國民黨人認為新聞宣傳同樣是必不可少的手段。民國初年，孫中山曾對上海報界人士說到「革命成功，全仗報界鼓吹之力。今民國成立，尤賴報界有言責諸君，示政府以建設之方針，促國民一致之進行，而建設始可收美滿之效果。故當革命時代，報界鼓吹不可少，當建設時代，報界鼓吹更不可少，是以今日有言責諸君所荷之責任甚重。」[2]為此，1919年8月國民黨還專門創辦了《建設》雜誌，來宣揚建設理念，闡釋建設方法。在《〈建設〉雜誌發刊詞》中，孫中山號召新聞媒介「鼓勵建設之思潮，闡明建設之原理，冀廣傳吾黨建設之主義，成為國民之常識，使人人知建設為今日之需要，使人人知建設易行之事功」。他鼓勵新聞記者要盡宣傳之天職，使「萬眾一心以赴之」，從而實現「建設一世界最富強最快樂之國家為民所有、為民所治、為民所享」的目標。[3]

二、黨報宣傳的方法

關於宣傳方法的問題，孫中山在辛亥革命之後做過許多回顧與總結，並在不同場合的演講中反覆強調和論述。在他看來，宣傳工作最重要的方法，一是至誠。他認為，要使三民主義深入人心，宣傳的態度一定要達到「至誠」的要求。「至誠」是感化受眾的基礎，也是宣傳成功的必要條件。1924年6月29日，孫中山在廣州國民黨講習所開學典禮的演說中說：「我們宣傳主義，不特是要人知，並且要感化民眾，要他們心悅誠服。我們若果能感化民眾，民眾能夠心悅誠服，那才算是我們宣傳的結果，那才算是達到我們宣傳的目的。若是徒然知，而毫不被感化，便是毫無結果，沒有結果，便不是我們的目的。要感化人，那

---

1 中國社會科學院近代史研究所等合編：《孫中山全集》第九卷，中華書局，1986年版，第242頁。

2 中國社會科學院近代史研究所等合編：《孫中山全集》第二卷，中華書局，1986年版，第495頁。

3 中國社會科學院近代史研究所等合編：《孫中山全集》第五卷，中華書局，1986年版，第89～90頁。

才算是宣傳的目的。」[1]那麼，如何才能感化人呢？孫中山告誡國民黨員：

> 我們要感化人，最要緊的，就是誠。古人說：『至誠感神』。有『至誠』，就是學問少，口才拙，也能感動人。所以『至誠』有最大的力量。若是我們在宣傳的時候，沒有『至誠』的心思，便不能感化民眾。有『至誠』的心思，無論什麼人，都能夠感動。所以各位同志在講習所要學宣傳的方法，第一個條件，便要有誠心。誠心為革命來奮鬥，誠心為注意來宣傳。[2]

「誠」是中國傳統哲學中的一個重要概念，它既是人的一種品德，也是人對待外物的一種態度與方法。孫中山在「誠」字前面加上一個「至」字，凸顯誠的程度，反映了他對這一方法的充分肯定。因為宣傳者以至誠立心，就不怕接受者不心悅誠服，最終也自然會收到理想的效果。

二是有恒心。孫中山認為，「恒心」是宣傳工作的要訣之一。1923 年 12月，他在廣州對國民黨員的演說中告誡黨內同志：「諸君擔負宣傳的任務，應該有恒心，不可虎頭蛇尾，今日熱心奮鬥，明日便心灰意冷。因為要人心悅誠服，不是一朝一夕、一言一動能夠收效果的。必要把我們的主義，潛移默化，深入人心，那才算是有效果。我們要能夠收到這種效果，便非請諸君對於宣傳做繼續的工夫不可。如果不能繼續做去，便是不明白革命的道理。假若真明白了革命道理，便有恒心。因為革命是有目的的，要達到一定的目的，便不至中途廢止。」[3]

三是親近。國民黨人在新聞宣傳過程中特別強調關注受眾心理與感受，尊重和理解受眾的需求。孫中山多次強調，在新聞宣傳之前必須瞭解宣傳的對象，宣傳時要因人而異，針對不同的人應採取不同的方法。1923 年 12 月，他在廣州大本營對國民黨員說：「革命主義既以生人為最終之目的，故必須周知敵人之情形，尤須明瞭士農工商之狀況。……如遇農，則說之以解脫困苦的方法，則農必悅服。遇工、遇商、遇士各種人們亦然。」[4]孫中山還主張在

---

1 中國社會科學院近代史研究所等合編：《孫中山全集》第十卷，中華書局，1986 年版，第 350 頁。
2 中國社會科學院近代史研究所等合編：《孫中山全集》第十卷，中華書局，1986 年版，第 351 頁。
3 中國社會科學院近代史研究所等合編：《孫中山全集》第八卷，中華書局，1986 年版，第 568 頁。
4 中國社會科學院近代史研究所等合編：《孫中山全集》第八卷，中華書局，1986 年版，第 502 頁。

宣傳中語言要講究親切通俗，淺顯易懂。1924 年 4 月在廣東第一女子師範學校紀念會的演說中說：「就措詞而論，所說的話，應該親切有味，要選擇人人所知道的材料。」[1]這樣更容易喚起民眾的好感，贏得民眾的信任。

四是一致。民國初年，國民黨內部分化嚴重，出現了報刊相互詆毀、相互攻擊、「一家人說兩家話」的現象。孫中山對此極為憤怒，多次召集新聞界人士談話，1912 年 4 月至 5 月，短短兩個月時間內，孫中山就先後 9 次接見新聞界人士，反覆提出了「言論歸一」的主張。在對粵報記者的演說中，孫中山直言上海、廣東兩地報刊「言論不一」的情況已經十分嚴重，這種「不按公理，攻擊政府」的行為，導致了「人心惶惶，不能統一」。1912 年 4 月 27 日，他對粵報記者說：「報紙在專制時代，則利用攻擊，以政府非人民之政府；報紙在共和時代，則不利攻擊，以政府乃人民之政府也。政府之官吏乃政〔人〕民之公僕」「故今日報紙，必須改易其方針，人心乃能一致。」[2]他希望記者能夠秉持社會職責，堅定政治立場，不應譁眾取寵，濫用新聞輿論。1912 年 5 月，在廣州報界的歡迎會上，孫中山向新聞界人士提出了殷切的期望，他說「輿論為事實之母，報界諸君又為輿論之母，望諸君今日認定宗旨，造成健全一致之言論。」[3]

三、對新聞自由的理解

國民黨領袖孫中山是一個極具自由精神的政治家，他將民族、國家的自由作為一生追求的目標，用自己的奮鬥歷程告訴國人：自由等民權「不是天生出來的，是時勢和潮流所造出來。」[4]民國建立後，孫中山以臨時大總統的名義頒布了具有憲法性質的《中華民國臨時約法》。該法在第六章第六條明確規定：「人民有言論、著作、刊行及集會結社之自由」。這是中國人民的言論、出版、刊行等自由權利第一次以國家根本大法的形式確定下來，是新聞自由的標誌性成果。而發生在此時的「暫行報律」風波也充分展示了國民黨維護

1 中國社會科學院近代史研究所等合編：《孫中山全集》第十卷，中華書局，1986 年版，第 30 頁。
2 中國社會科學院近代史研究所等合編：《孫中山全集》第二卷，中華書局，1986 年版，第 348～349 頁。
3 中國社會科學院近代史研究所等合編：《孫中山全集》第二卷，中華書局，1986 年版，第 356 頁。
4 廣東中華民族促進會等合編：《孫中山文萃》下卷，廣州人民出版社，1996 年版，第 819 頁。

「新聞宣傳自由」的決心。1912 年 3 月 2 日，中華民國臨時政府內務部為了便於報刊管理，制定頒布了《暫行報律》。然而，此舉招致各大報館的齊聲反對，指責《暫行報律》的頒布不僅是對新聞自由的干涉，也是對立法獨立的褻瀆。孫中山接受了報界的意見，下令撤消《暫行報律》。1912 年 3 月 9 日，他在《令內務部取消暫行報律文》中明確指出：「案言論自由，各國憲法所重，善從惡改，古人以為常師，自非專制淫威，從無過事摧抑，該部所布暫行報律，雖出補偏救蔽之苦心，實昧先後緩急之要序，使議者疑滿清鉗制興論之惡政，復見於今，甚無謂也。又，民國一切法律，皆當由參議院議決宣布，乃為有效。」[1]

邵力子也多次對新聞自由的意義和必要性進行論述。他認為，自由是人們所渴望的一種精神境界，爭取自由是人類崇高而神聖的奮鬥目標：「夫自由之為物，得之至難，失之至易。縱覽今古，國亡種絕，淪於奴隸牛馬之悲境者，蓋不知其幾何族矣。」[2]他還把自由與國家、民族的命運結合起來。1919 年 7 月，淞滬警察廳發布《取締印刷所辦法》以鉗制進步新聞出版事業。邵力子即在 1919 年 7 月 12 日《民國日報》「時評」欄中發表《出版自由和立法權》，對之進行猛烈抨擊。他從淞滬警察廳沒有立法權的角度立論，認為淞滬警察廳的有關規定「把《約法》上的出版自由權完全剝奪，凡是愛護自由的人，當然不能承認。」[3]

戴季陶也曾在爭取新聞自由方面不遺餘力，如 1912 年 4 月他在《膽大妄為之袁世凱》一文中嚴厲斥責袁世凱對言論出版自由的踐踏：「報紙為興論之機關，言論為天賦之自由，千百志士，灑如汗熱血，所欲得者此其一也。而袁世凱竟敢以野蠻手段封禁《中華日報》，專制野蠻達極點矣。」[4]

四、新聞工作者應具的素養

新聞工作者的素養，包括政治素養，道德素養和業務素養等諸多方面。國民黨人對此均有過許多論述。1912 年 9 月，于右任在《答某君書》中說：「報

---

1 中國社會科學院近代史研究所等合編：《孫中山全集》第二卷，中華書局，1986 年版，第 199 頁。

2 傅學文編：《邵力子文集》（上），中華書局，1985 年版，第 135 頁。

3 傅學文編：《邵力子文集》（上），中華書局，1985 年版，第 237 頁。

4 唐文權、桑兵編：《戴季陶集 1909～1920》，華中師範大學出版社，1990 年版，第 339 頁

館立言，當有時代，此中作用全在新聞記者識力、學力。當放開時則放開，當收束時則收束，不迎合社會不可，不策進社會不可，不矯正社會亦不可。故記者之口，國民之手；記者之腦，國民之力。二者相應，乃克成功。」[1]這裡論述的就是記者的業務素養問題。

邵力子在《再評東蓀君的「又一教訓」》文中認爲：「新聞記者負有指導社會的天職，不但全國的情形應該處處留意，就是全世界的大勢也沒一處可以疏忽。所以新聞記者雖然坐在編輯室裏，而眼光直需注射到全世界的全部分。即使各種詳細的情形不能盡知，而大體總需瞭如指掌。」[2]他認爲，新聞記者要盡可能地掌握多個領域的知識，才能履行好自己的職責。

在職業道德素養方面，國民黨人論述得較多的是：獨立、公平、堅毅、忠實等品質。隨著社會的變革和新聞事業的快速發展，新聞工作者面臨的形勢越加複雜，受到的誘惑也越來越多。邵力子認爲，新聞從業人員在政局動盪的時局下必須保持清醒頭腦，正確認識自我：「我輿論界不可不自策勉，毋爲無恥之文人所利用，毋爲喪心之官僚所收買。」[3]「輿論的權威漸著，各方面也就都想利用輿論。在此時，言論界不可不發抒其獨立的意志。」[4]

戴季陶認爲記者有監督政府、指導國民的責任，務必要保持公正的立場。1912 年 4 月，他在《告北方報界》一文中說：「立於北京之有言論責者，正宜據實研究之，監督之，以糾正政府，指導國民，而噤若寒蟬，不出一公正語，於政府則附和之，於國民則攻擊之，是佐政府以行惡也。」[5]

孫中山鼓勵記者應當有「抱定眞理」「一往不渝」和爲了追求眞理而敢於「犧牲一切」的品格。1912 年 4 月 16 日，他在上海《民立報》對記者說：「此次革命事業，數十年間，屢起屢仆，而卒睹成於今日者，實報紙鼓吹之力。報紙所以能居鼓吹之地位者，因能以一種理想普及於人人心中。其初雖有不正當之輿論淆惑是非，而報館記者卒抱定眞理，一往不渝，並犧牲一切精神、地位、財產、名譽，使吾所抱之眞理屹不爲動，作中流之砥柱。久而久之，人人之心均傾向於此正確之眞理，雖有其他言論，亦與之同化。惟知報紙有

---

1 傅德華編：《于右任辛亥文集》，復旦大學出版社，1986 年版，第 241 頁。
2 傅學文編：《邵力子文集》（上），中華書局，1985 年版，第 176 頁。
3 傅學文編：《邵力子文集》（上），中華書局，1985 年版，第 62 頁。
4 傅學文編：《邵力子文集》（下），中華書局，1985 年版，第 799 頁。
5 唐文權、桑兵編：《戴季陶集 1909～1920》，華中師範大學出版社，1990 年版，第 363 頁。

此等力量，則此後建設，關於政見政論，仍當獨抱一眞理，出全力以赴之。」
[1]孫中山還將公道、公正看成是新聞宣傳者應具備的良好品德。對於個別新聞宣傳者摒棄公道、公正，故意混淆視聽，顚倒黑白的行爲，孫中山深惡痛絕，認爲這是新聞記者丟失新聞理想，忘卻新聞事精神的體現。他在爲伍超《新聞學大綱》所做序文中指出：「試觀各地所謂訪員者，或稱有聞必錄，徒爲風影之談；或竟閉門造車，肆作架空之語。及至眞相暴露，則又如風馬牛之不相及。於此，而欲求新聞記載之有價值，不亦南轅北轍乎？究其原，未明新聞事業之本旨而已！」[2]

　　1925 年 8 月，葉楚傖在《國聞週報》上發表的《爲國民黨請願於言論界》一文中提出：「新聞記者之惟一道德爲忠實。己所善者贊助之可也，己所不善者詰難駁斥之亦可也。然所贊助與駁斥，必根據於事實。」[3]葉楚傖認爲，事實是評論是否公正的基礎，所謂忠實，就是忠於事實，以忠厚爲懷，不可顚倒黑白，造謠惑眾。

第五節　國外新聞理論的傳入及其對中國的影響

　　中國雖然擁有世界上最古老的報紙，有久遠的新聞歷史，但近代報紙及其新聞理論卻是一種舶來品。中國新聞理論從萌芽到發展再到成熟，走過的每一步都與國外新聞理論有一定的關聯。清朝末年，內憂外患，「亂則思變」，有識之士試圖從國外找尋改變中國現狀的途徑，於是國外新聞理論得以傳入中國。國外新聞理論在中國的傳播主要是兩個時期，第一是清末「西學東漸」到五四新文化運動時期，其中對中國影響最大的是美國和日本的新聞理論；第二是五四新文化運動前後，主要是馬克思主義新聞理論的傳入。

一、西方新聞理論的傳入及其影響

　　我們通常說的西方新聞理論是按政治學概念來劃分的，從西方最早的集權主義新聞理論到自由主義新聞理論，西方的新聞理論如同其新聞事業一樣要早於中國。1815 年，第一張中文外報的誕生開啓了西方新聞理論在中國的

1　中國社會科學院近代史研究所等合編：《孫中山全集》第二卷，中華書局，1986 年版，第 337 頁。
2　白翎：《孫中山先生的一篇序文》，《新聞戰線》，1981 年第 11 期。
3　《葉楚傖文集》第一冊，臺北中央文物供應社，1987 年版，第 221 頁。

早期傳播，而國人眞正系統的瞭解西方新聞理論始於日本和美國新聞理論的傳入。

19 世紀 60 年代，日本在西方資本主義衝擊下，進行了一場全面西化的明治維新運動。這個政治革新運動使日本成爲亞洲第一個走上近代工業化道路的國家。明治維新後國力日盛的日本成爲中國政府和知識分子學習改革經驗的範本。在從日本間接引進西方新聞思想和新聞理論的過程中，有三類知識分子做出了積極貢獻。第一類是官派或自費去日本留學的讀書人，如吳玉章、任白濤、胡政之、張季鸞、戴季陶、黃遠生等；第二類是被迫政治流亡日本，在那裡接受教育或自學成才，並在迫害略有放鬆的情況下回國投入新聞工作的，如梁啓超、章炳麟、邵飄萍、于右任等；第三類是到日本打工謀生，逐漸成爲報刊活動家的學人，如鄭貫公等。他們利用日本較爲寬鬆的出版自由環境，學習日本報業經驗，瞭解西方新聞理念，並以各種方式將其帶入中國。[1]

除了中國知識分子前往日本學習新聞理論外，日本新聞學者松本君平也爲西方新聞理論在中國的傳播做出了巨大貢獻。20 世紀初，松本君平的專著《新聞學》被翻譯成中文得以出版。該著作以新聞事業爲主要論述對象，涵蓋範圍全面，包括新聞理論、新聞實務以及新聞史。作爲中國最早的國外新聞學譯著，松本君平的《新聞學》「至論新聞、發行之術，詳密周到，鉅細無遺。觀此乃可知古今大局與新聞記者之位置焉。」在我國乃至世界範圍內都引起了廣泛重視。「無論是資產階級改良派還是資產階級革命派，都一再引用書中的一些觀點來闡述自己的辦報思想。」[2]

除松本君平外，美國學者沃爾特・威廉推動了西方新聞理論在中國的傳播。沃爾特・威廉（1864～1935）是美國著名的新聞教育家，「近世新聞學之先驅。」[3]1908 年，美國密蘇里大學創辦新聞學院，他擔任首任院長，實現了新聞教育由作坊式教育向學院式教育的轉變。1930 年被公舉爲密蘇里大學校長。威廉在其新聞教育生涯中，還先後擔任過美國報紙編輯人協會主席，世界報界大會會長，是世界公認的新聞教育的開創者。他是中國人民的好朋友，從 1914 年到 1928 年期間，先後多次來華訪問，對中國的新聞教育事業和新

---

1 童兵：《東渡扶桑求學對中國新聞學發展的意義》，《新聞界》，2005 年第 6 期。
2 松本君平：《新聞學》，《新聞文存》，中國新聞出版社，1987 年版，第 153 頁。
3 《威廉博士之歷史》，《申報》，1921 年 12 月 10 日。

聞理論建設提供過有益的幫助。中國的新聞學者稱讚他是「吾人師表」「世人模範」，「與之交際者，莫不佩其人格與學識。」[1]他的夫人在他逝世後，於 1938 年 1 月起還擔任密蘇里大學派往中國燕京大學的客座教授。

　　1914 年，威廉博士環遊各國，考察新聞事業，於 4 月 1 日抵達北京。北京報界同仁爲他舉行了隆重的歡迎會。在這次訪華中，威廉通告北京報界，將在 1915 年召開第一屆世界報界大會，並邀請中國派代表參加，中國報界欣然接受了邀請。威廉首次來華，不僅提供了第一屆世界報界大會召開的信息和邀請，而且對中國的新聞教育和新聞工作提出了誠懇的建議。他希望中國的新聞業也像美國一樣，「於經驗之外，並設法辦理此項學校，以造就由學問中出之報界人才，與經驗相輔而行。就鄙人觀之，目下中國報界氣象頗好，當不難辦到。」中國的汪怡安在致辭中回應說：「中國報界現均幼稚，新聞學校之舉辦，尤屬當務之急，今承友邦同業良友威廉博士之諄諄誨導，同人欽佩，無似感何可言。同人雖駑鈍，不敢不各盡綿薄，努力進行，以答謝雅意也。」[2]這是中國人在威廉的影響之下，第一次想到「新聞學校之舉辦，尤屬當務之急」。

　　威廉在歡迎會的演說中，還對中國的新聞事業提出了很好的建議。他說：

　　　　中國現尚貧弱，正在欲由貧弱而進入富強之時代，所需於報界者至大且重。鄙人在美國開辦新聞大學，校有兩中國人入學，已經畢業，鄙人即勸之回國盡其天職。中國此刻報界，欲盡其天職，須認定以公衆之利益爲目的。……凡報界中人應加注意，報界貴有高尚之人格，並須知新聞事業爲事實的，而非理想的。故宜求實際，勿偏於理想也。

　　　　今日中國所最要者，爲恢復經濟，其道在興辦實業。苟報界諸君，於此特別注意，則今日報紙上之主張，明日即可印入四萬萬人之腦海矣。中國報紙新聞論說，恒偏重於政治一方面，而對於實業一方面則淡焉若忘。此種現象，足以養成全國人之官僚思想，豈國家之福乎？以後宜減政論，而趨重於計劃實業，以除此弊。否則，實業一端，將來無人過問，各種利權必致悉外人掌握矣。鄙人深望，

1　鮑振青：《威廉博士之一生》，《新聞學刊全集》，上海書店出版《民國叢書》第二編，
　　第 48 冊第 341 頁。
2　《北京報界之公宴》，《申報》，1914 年 4 月 3 日。

> 諸君於報紙上，日日著一有價值之論說，專爲實業問題之研究。風
> 聲所樹，於實業前途裨益甚大，數年而後可見富強之效。中國報界
> 值此難得之機會，負此重大之責任，鄙人且羨且妒。而今日能來此
> 與諸君共研究此偉大之事業，其榮幸爲何如乎！[1]

威廉的演講沒有半點虛華的客套，完全是推心置腹、情眞意切的忠告。他說報界貴有高尚的人格，宜求實際，是從報業的特性而言的；他批評「中國報紙新聞論說，恒偏重於政治一方面，而對於實業一方面則淡焉若忘。此種現象，足以養成全國人之官僚思想」，眞是一針見血、當頭棒喝。

1919 年 2 月，威廉在日本《東京廣告報》經理法蘭休的陪同下，再次來華訪問，考察中國的報業並邀請中國報界出席第二次世界報界大會。上海的《申報》和《民國日報》等報紙對威廉的訪問發過多篇報導。2 月 11 日，他參觀上海《申報》館後，稱讚《申報》「不獨可稱中國第一大報，即在世界大報中亦占一位置矣。」[2]到達北京後，受到北京報界聯合會的熱情歡迎。杜竹宣在歡迎會上說：「敝會同人得與威廉博士歡敘一堂，曷勝榮幸。敝國報界雖屬幼稚，不足與歐美報界並驅齊駕，惟對於世界平和及威總統國際聯盟之主張，望其有成功之心，不讓歐美報界。今日幸得與威廉博士交換意見，深望以此旨介紹萬國報界聯合會。」[3]威廉此次訪華，與上海北京的中國報人進行了廣泛的接觸，受到了熱忱的歡迎。

威廉的第三次訪華是在世界報界大會結束之後的 1921 年 12 月。對於威廉的到來，全國報界聯合會、北京萬國報界俱樂部、上海日報公會、上海新聞記者聯歡會、北京大學等組織和單位，都召開了歡迎會。威廉也興致勃勃的進行了多場演講。在北京大學，他發表了《世界的新聞學》的演講，說「中國是印刷術最先發明的國家，世界上若沒有印刷術，新聞學絕不能產出。所以我現在中國談新聞事業，好比似小兒女向他的母親報告他的經驗一般，是件很有趣的事情。」[4]他的演講辭被當時的報刊很快發表。中國的報紙對威廉本人和他的演講也進行了更多的介紹。如《申報》於 12 月 10 日發表了《威廉博士之歷史》，稱讚他爲「近世新聞學之先驅」。12 月 11 日的《申報》刊發了威廉手訂的「記者守則」。威廉在中國新聞界的影響，隨著他訪華次數的增

---

1 《北京報界歡迎美國新聞家紀事》，《申報》，1914 年 4 月 1 日。
2 《世界新聞協會會長參觀本報記》，《申報》，1919 年 2 月 11 日。
3 《紀京報界十五日之兩盛會》，《申報》，1919 年 2 月 19 日。
4 任白濤：《應用新聞學》，東亞圖書館，1937 年版，第 203 頁。

多，不斷的擴大，成了中國記者心目中「學問事業，人所共欽」[1]的外國學界名人。

威廉不僅是美國新聞教育的開山祖，而且是一位具有世界影響的新聞理論家和新聞倫理思想家。他在新聞教育中最早重視新聞道德教育，開創了新聞教育重學生思想品德培養的優良傳統。他親手制訂的《記者守則》是世界上最早成文的新聞職業道德規範，被譯成 50 多種文字，廣為流傳，在世界新聞史上具有重要的地位和深遠的影響。當時，留美學習新聞專業並回國從事新聞工作的人都受過他的思想的薰染，其新聞學說和道德思想深為中國報人推崇和接受。

1921 年 12 月，威廉來中國訪問時，在北京大學作了題為《世界的新聞學》專題演講，胡適替他作翻譯。威廉對新聞教育的重視和推崇推動了中國新聞教育的興起和新聞學科的建立。1927 年 1 月，北京新聞界人士在黃天鵬的倡議下成立了「北京新聞學會」，並出版了新聞學刊物《新聞學刊》。在這個刊物上，不僅有關於威廉生平事蹟的介紹，如鮑振青的《威廉博士之一生》，而且還有介紹威廉新聞學說的專文，如吳天放寫的《威廉論新聞學》。後一篇文章，精要地介紹了威廉在北京大學演講的內容，並說此文的目的就是因為國人自己經營新聞事業太落後，如果用威廉的觀點來「加以檢衡，則中國新聞界之當引為奇大之羞恥與歡悔者」，所以，作者要介紹威廉的新聞學說，「以資棒喝」。[2]

我們翻閱《新聞學刊》上的一些論文，不難發現，威廉的新聞觀點及其言論常常被學者們作為立論的依據。例如，王小隱在《新聞事業淺論》一文中說：「新聞記者亦應自知其地位之重要，修養其品德才能，同為文化上之宣力者。吾聞美國新聞學家威廉博士：『古人每稱有筆如刀，但此筆須在偉大人格之手』，其言殆謂倘非其人，則蒙其害者多矣」。[3]威廉這句話就是他在北京大學演講時說的。可見威廉的演講成了當時中國資產階級新聞學者樂於引用的經典名言。

「五四」以後，中國出版了第一批新聞學著作。它標誌新聞學作為一門獨立的學科在中國已開始步入學術的殿堂。當時出版的著作有徐寶璜的《新

1　《上海日報公會之宴會》，1921 年 12 月 14 日。
2　《民國叢書》第二編第 48 冊，上海書店出版，第 19 頁。
3　《民國叢書》第二編第 48 冊，上海書店出版，第 55 頁。

聞學》、邵飄萍的《實際應用新聞學》、任白濤的《應用新聞學》等。從這些著作中，我們明顯地可以看出威廉新聞學術思想的影子。這些著作的作者也自稱，他們的著作都是參考歐美學者的專門著作而寫成的。

　　然而，西方新聞理論產生和發展的社會條件與當時中國的社會條件截然不同，儘管以自由主義和專業主義號稱的西方新聞理論在當時半殖民地半封建的中國產生了巨大影響，對於長久以來受壓迫的中國人民來說象徵著對獨立人格的追求。但是，西方新聞理論中提出的很多問題顯然不符合中國的現實國情，如記者的第三者立場和獨立精神如何才能做到和保持？西方資本主義國家的報人在提倡這些新聞理論的時候，他們自己在具體的新聞實踐中是否能真正做到超政治超階級等等。這些問題，只有到了馬克思主義新聞理論傳入之後，才得到了科學的解釋。

二、馬克思主義新聞理論的傳入及其影響

　　馬克思主義新聞理論是指馬克思恩格斯列寧對於新聞現象和新聞傳播活動的總的看法。它是對世界無產階級新聞事業經驗的總結和對傳統新聞理論的繼承，是馬克思主義新聞思想與理論的高度概括。其核心是馬克思主義關於無產階級及其政黨新聞事業的工作性質、工作原則和工作規律的一系列基本觀點。[1]

　　作爲馬克思主義新聞理念的創立者和奠基人，馬克思和恩格斯對於新聞學的系統見解均來自於長期的無產階級報刊實踐。從 1848 年 6 月 1 日共同創辦世界上第一份馬克思主義日報的新《萊茵報》到 1883 年馬克思溘然長逝，在近半個世紀的時間裏，馬克思恩格斯創辦或主編過《人民報》等十餘家報刊，指導過國際工人協會機關報《工人辯護士報》和《共和國》等十餘家工人報刊，其中新《萊茵報》成爲各國無產階級政黨機關報學習的範本。通過長期的自我實踐的總結，馬克思恩格斯建立了較爲系統的馬克思主義新聞理論，其核心思想是：

　　第一，關於無產階級報刊的黨性原則。馬克思、恩格斯認爲，無產階級黨報必須爲無產階級服務，遵循以科學共產主義爲指導的黨的綱領。馬克思曾指出：「黨報首要的經常的任務就是闡述黨的政治綱領和策略原則，高舉黨

1　劉青、李川：《馬克思主義新聞觀的中國化理念構建》，《新聞愛好者》，2010 年第 4 期。

的旗幟前進」，恩格斯在《瑞士報刊》一文中更直截了當的表示：「在大國裏，報紙都反映自己黨派的觀點，它永遠也不會違反自己黨派的利益。」[1]第二，關於無產階級報刊的使命。馬克思、恩格斯認爲，報刊是社會的捍衛者，是針對當權者孜孜不倦的揭露者，是無處不在的耳目，是熱情維護自己自由的人民精神的千呼萬應的喉舌。恩格斯曾指出：「黨的報紙是『能夠以同等的武器同自己的敵人作鬥爭的第一個陣地』。」第三，關於無產階級報刊的作用。馬克思、恩格斯認爲，報刊要能夠使人民和人民的日刊發生不斷地、生動活潑的聯繫。列寧指出：「它不是爲飽食終日的貴婦人服務，不是爲百無聊賴、胖得發愁的『幾萬上等人』服務，而是爲千千萬萬勞動人民服務，爲這些國家的精華、國家的力量、國家的未來服務。」[2]

　　作爲繼承者和發揚者，列寧根據自己的辦報實踐和理論思考，豐富和發展了馬克思主義新聞理論。1900 年，列寧創辦了人生中的第一份報刊《火星報》，該報由列寧與俄國勞動解放社共同創辦，主要宣揚馬克思主義。1905 年，列寧創辦了第一家布爾什維克報紙《前進報》，同年又創辦了《無產者報》。從《火星報》開始，列寧在 24 年的辦報生涯中，由他創辦或主編的報紙超過 30 種。在學習和繼承馬克思主義新聞理論的基礎上，他根據俄國的現實國情豐富和完善了馬克思主義新聞理論。

　　列寧強調了黨對黨報的監督和絕對領導，黨報必須成爲政黨事業的一部分。他指出：「寫作事業應當成爲無產階級總的事業的一部分，成爲由全體工人階級的整個覺悟的先鋒隊所開動的一部巨大社會民主主義機器的『齒輪和螺絲釘』。」他認爲：「報紙不僅是集體的宣傳員和集體的鼓動員，而且是集體的組織者。」

　　當腐朽的俄國因爲馬克思主義的到來而煥發生機時，中國仍處在黑暗中盲目摸索的階段。十月革命的號角給久旱的中國送來了象徵新希望的馬克思、列寧主義，以陳獨秀、李大釗爲代表的中國先進知識分子扛起了馬列主義在中國傳播的大旗。《新青年》的出版揭開了馬克思主義新聞理論在中國傳播的新篇章，早期共產主義先進分子在全國各大城市組織學會專門研究馬克思主義以及如何用馬克思主義新聞理論來發展中國新聞事業。除此之外，共

1　蔣麗：《馬克思主義新聞理論中國化研究》，東北大學碩士學位論文，2008 年版。
2　轉引自蔣麗：《馬克思主義新聞理論中國化研究》，東北大學碩士學位論文，2008 年版。

產國際工作人員與中國具有共產主義思想的青年的雙向流動，也爲馬克思主義新聞理論在中國的傳播提供了契機。在這其中，瞿秋白、蔡和森、周恩來等人得以有機會系統學習馬克思、恩格斯、列寧等的辦報實踐和新聞思想，並參與了國際無產階級報刊宣傳活動，這是他們後來成爲中國無產階級新聞事業中流砥柱的重要原因之一。

五四運動後，無產階級登上政治舞臺，馬克思主義在中國得以廣泛傳播。在中國共產黨成立前後，一大批具有無產階級政黨性質的報刊得以出現，其中包括陳獨秀、李大釗 1918 年創辦的《每週評論》，1919 年毛澤東創辦的《湘江評論》，1920 年周恩來主編的《覺悟》，1920 年陳獨秀、李漢俊發起創辦的工人刊物《勞動界》，1922 年鄧中夏、劉仁靜主編的《先驅》，1922 年創辦的中共中央第一份機關報《嚮導》等。馬克思主義新聞理論的傳入是中國無產階級新聞事業誕生的必要條件，馬克思主義新聞理論是中國無產階級新聞事業發展壯大的指路明燈。

第三章 民國南京政府前期的新聞學研究（1928～1937）

民國南京政府前期，在國共兩黨兩極對峙中，國民黨報人、共產黨報人、民營報人、左翼報人出於不同的政治立場，從不同側面進行新聞學研究。國民黨報人充分認識宣傳的重要，積極強化黨化宣傳；共產黨人充分關注階級鬥爭尖銳化的現實，引入馬克思主義階級鬥爭學說與列寧的黨報理論，審視現實的新聞鬥爭實踐；民營報人以其職業化新聞實踐優勢，以新聞專業視角剖析新聞事業、新聞編輯、報業經營與管理等理論話題。左翼報人獨闢蹊徑，闡揚社會主義新聞學，倡導「集納」運動，積極進行新聞記者的自我檢討與批判，探尋中國新聞事業發展出路。這一時期的新聞學術研究，呈現出多元化而又相互貫通的特徵。

第一節 國民黨報人的新聞學研究

國民黨入主南京後，其執政黨身份得以確立。一方面，國民黨報人充分認識黨與新聞界關係問題之重要，將宣傳看作是黨報的根本職能，開始強化黨化宣傳；另一方面，國民黨報人對新聞的定義、新聞價值、新聞記者的角色與使命、新聞紙的性質與功能等基本新聞規律進行理論探索，並將言論自由看作國民的基本權利。這一時期，國民黨報人的新聞學研究呈現出黨報宣傳規律與基本新聞規律並重的特點。

一、黨報宣傳的內容與策略

1928 年 1 月，蔣介石回到南京國民黨中央重掌大權後，國民黨報人重視黨與新聞界的關係問題，正如日後葉楚傖所總結：「本黨與新聞界的關係太密切了，彼此相需相求的方面太多了。」[1]由此，國民黨中央宣傳部與各黨部，經常舉辦各類記者招待會，其核心內容就是教導新聞界如何宣傳黨義，加強黨化宣傳。

國民黨報人宣稱，黨報的根本職能是宣傳。「中國國民黨之目的，爲謀中國之解放，世界之平等，爲達到此目的，必須喚起民眾一致奮鬥，新聞界即民眾之警鐘。希望大家要以三民主義爲中心，與本黨一致努力，完成國民革命。」[2]黨義、國民革命、三民主義就是黨報宣傳的三大內容。

黨報宣傳的首要內容是黨義。1928 年 2 月 1 日，《中央日報》通過召開招待會，向社會公開宣稱：各報今後之目的「把本黨的政策和主義儘量輸入到民眾間去」，「站在全黨立場說話，絕不事無意義的個人攻訐」[3]。袁業裕代表《民國日報》發言時說：「鄙人代表民國日報。中央日報與民國日報俱是國民黨的報，我們所負的責任是要把黨義和政策向民眾去宣傳。」[4]黨報是黨組織的輿論喉舌，而不是個人攻訐的工具。同一天，《中央日報》制定了「擴大宣傳的計劃」：「本報爲發揚黨義研究建設計劃起見，決定陸續延請黨內思想先進和國內學者爲撰述委員會委員，請他們把研究心得和對時局意見隨時在本報發表，決議組織一編輯部，和黨的理論指導者得有更密切的聯絡。」[5]以宣傳黨義爲要義的宣傳工作，絕對接受黨的領導。朱家驊在記者座談會上提出：「促成健全黨部之成立，作指導政治與民眾的中心」；「輿論界應努力造成健全的輿論，以抵減一切反動宣傳，輿論界應在國民革命，在三民主義，與在民眾利益的立場上，絕對接受黨的指導。」[6]

宣傳的第二要義是國民革命。1928 年 1 月，蔣介石執掌大權後，下令繼

---

1 《以後努力的方向》，《中央日報》，1933 年 7 月 18 日第 2 版。
2 《濟南市黨部宣傳部召集各報記者談話會》，《中央日報》，1929 年 6 月 3 日第 2 張第 3 版。
3 《本社昨在外交大樓招待各界代表》，《中央日報》，1928 年 2 月 3 日第 2 張第 4 版。
4 《本社昨在外交大樓招待各界代表》，《中央日報》，1928 年 2 月 1 日第 2 張第 4 版。
5 《本報擴大宣傳之計劃》，《中央日報》，1928 年 2 月 1 日第 2 張第 4 版。
6 《粵指委會宣傳部召集新聞記者開座談會》，《中央日報》，1928 年 7 月 17 日第 2 張第 3 版。

續「北伐」。由此，國民革命成爲黨報的重要宣傳內容。有關國民革命的宣傳，蔣介石希望新聞界認清是非：「軍隊討伐爲不得已而爲之，若不討伐，國家何以得以統一，希望新聞界認清是非順逆，常有正確之批評，以正視聽。」「以失敗與勝利定是非，遂釀成無限致亂之由，是新聞界特別要注意的。」「至於有時對新聞上有限制之舉，是因各報自己是非不明，尤其對軍事消息有錯誤記載之故。國民政府，決不會故意壓迫輿論，我們所害怕的是國民袖手旁觀，沒有批評。」[1]

何應欽在論述《中央日報》的責任時強調：「行之非報，知之爲報。不僅教人注意革命的行動，猶叫人注意革命的起源理論、方法和建設，推其效用，一則啓不知不覺者之傾向革命，再則勉先知先覺者及後知後覺者之努力革命，三則阻錯知錯覺者之搗亂革命，但如何可以達此目的，以自知而知人，則宣傳之功，實爲必要。」[2]程天放提出，「造成革命環境首賴宣傳」：「總理領導革命四十餘年，以迄于今，革命尚未成功，其未成功之原因，則以革命障礙未能盡除，欲除革命障礙，必先造成革命環境，使全國人民對於三民主義及本黨政綱政策完全明瞭，自動起來要求三民主義之實現，則革命成功自易如反掌矣。」[3]

三民主義是黨報宣傳的第三大內容。何應欽提出，報紙要進一步宣傳三民主義，讓三民主義之名目及大綱，逐漸普遍於民間。因此，《中央日報》「宜作進一步之宣傳」，而不是「徒作浮泛之形容三民主義而已」，「進一步將三民主義之背景、理論及與各種主義之比較，與在科學中之關係及地位，一一加以闡述，並以各種現象和事實，演繹或歸納於三民主義之中，以期三民主義，早日實現」[4]。

國民黨報人對宣傳工作主動進行反思，揭示宣傳工作存在的缺點。1929年召開的「全國宣傳會議」上，《中央宣傳部報告》開篇指出，黨的宣傳存在缺陷。《中央日報》還刊載來稿剖析宣傳工作存在的問題。

其一，散漫和不統一。「本黨理論解釋之龐雜」，「上級黨部與下級黨部間缺少聯絡」[5]，造成宣傳工作的散漫不統一。

1　《中宣部昨招待新聞界》，《中央日報》，1929 年 12 月 31 日第 1 張第 1 版。
2　何應欽：《本報的責任》，《中央日報》，1928 年 2 月 1 日第 1 張第 4 版。
3　程天放：《造成革命環境首賴宣傳》，《中央週報》第 179 期，1931 年 11 月 9 日。
4　何應欽：《本報的責任》，《中央日報》，1928 年 2 月 1 日第 1 張第 4 版。
5　《中央宣傳部報告》，《中央日報》，1929 年 6 月 5 日第 1 張第 4 版。

其二，宣傳內容不知隨時間和空間而變革。「本黨之主義與政綱，其博大深湛，固已盡人皆知。而革命方略中，軍政訓政憲政三個時期之劃分，尤見⋯⋯全國統一之後之宣傳工作，仍未能首重於建設方面，以引起國人之注意與同情，而予本黨政府實施建設時之種種援助；甚且以過去對待軍閥政府之態度，轉而攻訐詆毀自己的中央，此種重在錯誤，將使民眾對黨發生不良之印象，而益增宣傳上之阻力，致宣傳之效果因而消滅者也。」[1]

其三，國內宣傳沒有實效，國際宣傳不能積極進行。由於經費不足，中央圖書館內容簡陋，黨部沒有自己的印刷所與書店，各印刷所代印技術又有限，加之交通阻隔，宣傳品寄達各地時已失時效。這樣，宣傳工作對內無法滿足「民眾與黨員之思想饑荒」[2]。國際宣傳的重要，盡人皆知。但中宣部只忙於零星應付工作，既沒有西文日報之刊行，也沒有西文通訊社機關之設置，「以言宣傳，殊感棘手」。至於海外黨部，本應負責海外宣傳之責，但「中央因經費困難，未能實以重要消息電達海外，而各帝國主義者新聞紙所披露之消息，反往往較我僑胞為迅速詳盡，則事實上之宣傳工作，亦難期收效」[3]。

其四，停留於貴族式宣傳。「過去我們的宣傳，可以說著重於小冊子，或傳單式的宣傳」，這種宣傳，是貴族式宣傳、階級式宣傳，與民眾不發生絲毫關係，「要知道瞭解冊子傳單宣傳的僅僅是少數的知識分子，那麼占中國大多數或是四分之三的農工，我們難道把他們置之於外嗎？這樣又何必革命。」[4]

其五，侷限於都市宣傳。「往昔本黨的宣傳可算是一部分的都市宣傳，所受的效益也是無幾。」如果再不改良，「恐怕大多數的民眾，將要忘去了本黨！我們要明白都市的民眾是比較認識或瞭解本黨主義的份子，這樣又何待我們去向他們宣傳本黨的主義呢？」[5]

國民黨人在反思宣傳工作存在問題的同時，也在探索宣傳工作未來的發展方向。

---

1 《中央宣傳部報告》，《中央日報》，1929 年 6 月 5 日第 1 張第 4 版。
2 《中央宣傳部報告》，《中央日報》，1929 年 6 月 5 日第 1 張第 4 版。
3 《中央宣傳部報告》，《中央日報》，1929 年 6 月 5 日第 1 張第 4 版。
4 史育民：《對於宣傳工作之意見》，《中央日報》，1929 年 8 月 23 日第 3 張第 3 版。
5 史育民：《對於宣傳工作之意見》，《中央日報》，1929 年 8 月 23 日第 3 張第 3 版。

　　其一，組織方面，密切各級宣傳部人員的聯繫。從部區黨部到縣市黨部，從省黨宣傳機關到中央宣傳部，必須與上級「發生密切之關係」。如此，「本黨的宣傳，方能統一完整，而能發生極大的力量」[1]。為了加強組織性，對於宣傳的具體方式，則應注意：宣傳工作同志，應保持純正的態度，絕對站在黨的立場上工作；省市宣傳部應當時時保持與中央及各下級宣傳部之間的聯絡，致使上下一致，以達到統一宣傳的目的；應該具有完整的宣傳計劃、一定的宣傳方針、先後適宜的步驟，同時應注意時間效率。每次舉行宣傳工作，務必借較少之努力，取得最大限度之效果；各下級宣傳部的工作，一方面應保持中央一貫之宣傳策略，同時還需適應環境，隨各地特殊情形，運用個別之方法；各下級宣傳部除了運用普通宣傳方法之外，應採用精密切實及能深入之方法，使地方文化機關充分接受本黨之領導指揮；每月工作報告，按時呈報上級。[2]

　　其二，黨的宣傳分步驟進行。根據「革命的建設程序」，可以劃分「本黨宣傳的步驟」。革命的建設分為「軍政時期」、「訓政時期」、「憲政時期」三個階段，黨的宣傳相應分為「破壞的宣傳」、「建設的宣傳」、「憲政的宣傳」三個步驟。破壞的宣傳是指「在某種社會制度之下，民眾們深感著政治現狀不良，急需改革，為求興奮或給予相當刺激起見，必須有破壞的宣傳，以引起大多數的民眾注意。」[3]破壞的宣傳有兩種：第一，對內的破壞宣傳，如「打倒軍閥」、「革命軍是為主義而奮鬥的」、「實現三民主義」等。第二，對外破壞宣傳，如「取消不平等條約」、「實行關稅自主」等。「建設的宣傳」是指「破壞之後，連帶急需解決的問題，當然是需要建設。宣傳工作，亦復如此，建設時期一到，自應著手於建設的宣傳，假使見不及此，那麼必定失去其宣傳功效，無待諱言。」[4]建設的宣傳是什麼呢？如「完成總理十萬里的鐵道計劃」、「建設革命的新都」、「督促政府發展交通事業」、「開闢新的航路」、「實行墾邊」、「移民西北」、「廣植森林」、「開採礦山」、「實行地方自治」等，既可引起民眾的注意，更能新鮮耳目，這樣去做，一定可以收事半功倍之效。「建設的宣傳」結束之後，自當注重「憲政的宣傳」。「憲政的宣傳」

1　《中央宣傳部報告》，《中央日報》，1929 年 6 月 5 日第 1 張第 4 版。
2　《過去各省市宣傳工作考核述要》，《中央日報》，1929 年 6 月 6 日第 2 張第 3 版。
3　史育民：《對於宣傳工作之意見》，《中央日報》，1929 年 8 月 23 日第 3 張第 3 版。
4　史育民：《對於宣傳工作之意見》，《中央日報》，1929 年 8 月 23 日第 3 張第 3 版。

包括「開始籌備選舉」、「召集國民會議」、「選舉賢能省長」、「選舉廉潔賢能的縣長」等等。

其三，加大經費投入。爲了解決宣傳品印刷、郵寄等經費不足問題，黨中央必須設法加大宣傳經費投入。[1]

其四，黨化與民眾化並重。「新聞事業是革命的宣傳機關，我們應在黨的立場上，對黨國時爲具體的建議，不爲利圖，不爲威屈」，這是「黨化」。同時，「新聞事業是指導社會的，我們應實行民眾化」。黨化與民眾化相比，「民眾化的色彩應該特別加重，尤其應該在選材上，文字上力求通俗，明白，正確，盡力指導民眾，同時使民眾得以接受指導而發展新聞事業，不致徒託空言。」[2]「我們既是爲大多數民眾謀解放，謀利益，那麼我們的宣傳自當注意到平民化藝術化戲劇化，我們知道一場煙火一曲山歌遠勝過小冊子傳單的宣傳。共產黨的宣傳，所以能夠引起人們注意的緣故，並非共產黨的黨徒有三頭六臂異能，完全是他們將宣傳藝術化平民化戲劇化了。」[3]爲了擴大宣傳對象，宣傳策略方面應注意：宣傳之對象當分門別類，對於某種之民眾，施以某類之宣傳，是爲宣傳對象之分類化；今後宣傳乃重在建設而不重在破壞，宣傳之對象，若非加以一番科學的分析，順應各種人之心理、習慣、思想、生活狀態等等而後發言，則必不足以撼動人心也；宣傳者之舉動笑貌，不失爲宣傳之有力工具；然語調口氣之得當，尤其使人心悅誠服之必要條件。若動輒居高臨下，少有不引起反感者也；隨時注意宣傳之結果，究其何種反應，當明辨其性質，而後對症下藥，再做第二次之宣傳；目標儘管一樣，每次宣傳之方法，需視前一次之反應如何，而每次更改。不然，反覆之宣傳，不僅不能使群眾對某種認識更加明瞭，反因刺激之過頻，致其麻木也；外交當局，若無強大民意爲後盾。每至進退失據，處此重大時機，各級黨部之工作，當劃出一部分精力，專事喚起民意以對外。時至今日，爲國人一致對外之秋，向外取攻勢者，實各級黨部義不容辭之責也。[4]

其五，宣傳要走向鄉間。宣傳的對象不僅僅是都市民眾，還有鄉村民眾。

1　《中央宣傳部報告》，《中央日報》，1929 年 6 月 5 日第 1 張第 4 版。

2　胡超吾：《對於首都新聞記者的希望》，《中央日報》，1929 年 3 月 3 日第 3 張第 2 版。

3　史育民：《對於宣傳工作之意見》，《中央日報》，1929 年 8 月 23 日第 3 張第 3 版。

4　宓汝卓：《今後宣傳應取之方針》，《中央日報》，1929 年 6 月 7 日第 1 張第 3 版。

「鄉村的民眾，現在是不是能夠認識，或瞭解本黨的主義呢？——盡人皆知，恐怕是未必！我們的主義僅僅是知識分子瞭解、認識，那麼力量能有幾何？功效能有幾何？」因此，我們今後當努力實現的，就是「宣傳到鄉村間去」[1]。

二、新聞的定義與新聞價值

　　國民黨報人對基礎新聞理論的研究，主要圍繞新聞的定義、新聞價值等問題而展開。

　　關於新聞的定義，潘公展指出：「最近發生的事實，能引起多數讀者的興味，能給予多數讀者以實益，方是新聞。」[2]對於新聞的定義，要從三個方面來把握：第一，最近發生的事實：「最近的事實，有時所爭不只日子，競爭鐘點先後，至於過去的事實，有時因與最近新聞發生的事實相關聯，也有重撰補登的價值。但究不能單獨披露，視爲新聞。」[3]時效性不是個絕對的時間概念。第二，引起多數讀者的興味：「單是最近事實還不能算新聞。有人說狗咬人算不得新聞，必須人咬狗才是新聞。這固然是故甚其詞，便要使新聞注重興味的意思是對的。」嚴格地說，新聞「多少可以引起他人的興味，但是必須注意『多數讀者』四個字。因爲一報的讀者才是一報的對象，報紙上的新聞都使多數讀者有興味，一定是很有價值的報紙。」[4]第三，給予多數讀者以實益：「新聞如果單講興味，也是太偏狹了。新聞究竟不是奇怪的故事，其所以吸引讀者的注意，不全恃乎興味的新聞，一方面是描寫事實的活動影戲片，一方面還帶一些教育工具的性質。故應同時使多數讀者多少獲得一些實益。」[5]潘公展提出的新聞的時效性、趣味性和實益性三個特點，當然也是切合新聞特點的，但是未能揭示新聞的本質屬性——即事實屬性，有變動事實才有新聞。

1　史育民：《對於宣傳工作之意見》，《中央日報》，1929 年 8 月 23 日第 3 張第 3 版。
2　潘公展：《新聞概說》，黃天鵬編：《新聞學名論集》，上海聯合書店，1930 年版。
3　潘公展：《新聞概說》，黃天鵬編：《新聞學名論集》，上海聯合書店，1930 年版。
4　潘公展：《新聞概說》，黃天鵬編：《新聞學名論集》，上海聯合書店，1930 年版。
5　潘公展：《新聞概說》，黃天鵬編：《新聞學名論集》，上海聯合書店，1930 年版。

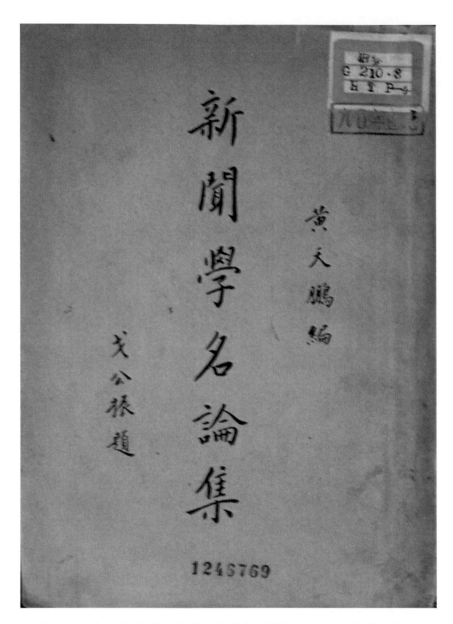

圖 3-1　黃天鵬編《新聞學名論集》（資料來源：天津圖書館）

　　關於新聞價值，潘公展強調，同一件新聞，它的價值卻各有不同。這就
是新聞價值判斷問題。「我們評判新聞價值的高下，所恃以為標準尺的就是注
意人數多少和注意程度的深淺。一件新聞吸收讀者注意的能力不同，就是它
價值的高下。」[1]具體而言，區別之點推考起來，有五個方面：第一，事的關

1　潘公展：《新聞概說》，黃天鵬編：《新聞學名論集》，上海聯合書店，1930 年版。

係：「能夠引起多數人比較深切的注意」的事情，價值就大。第二，人的關係：「同是一件事情，新聞的價值宜乎一樣了。但又因人而不同，大家只注意著名的人，故名人的事蹟，才和他人相同，但比較的有新聞價值。」第三，時間的關係：「以最近適當的時機發表新聞往往最有價值。」第四，地的關係：「同是一件有新聞價值的事情，但在各地的人看來，值價有高下的分別。」第五，文的關係：「同時同地的報紙登載關於同一個人所幹同一件事情的新聞，他們的價值，總是應該完全相同了。但是也不盡然，除非新聞稿件是由一個人或一個機關送出，而各報登載，又不更動，則新聞價值尚須看他的文字而分別高下。有的新聞結構可以引人入勝，興味增加，價值就高。反之，價值就低。」[1] 這裡所揭示的新聞價值的衡量標準，更為全面，是對新聞價值理論的有益探索。

三、新聞記者的角色與使命

國民黨人對新聞記者的角色與使命進行了理論探討：

第一，新聞記者是沒有成見的觀察者。潘公展認為，「現在是訪員的時代——新聞的時代，而不是意見的時代。我們所恃以影響於公眾的，是靠著貢獻事實；而搜集和貢獻，卻是訪員的工作。」[2] 一篇合於理想的新聞要「沒有入主出奴的偏見，精神實質兩方面全妥公平」，「完全用客觀的地位來敘述」，即「公平的態度」與「客觀的地位」。

所謂「公平的態度」是指「寫一篇新聞，應該常常記取不是寫給一部分與我嗜好相同的人談的。實在是寫給一切人讀的，不問種族階級、宗教、政黨等等的差別」[3]。日報差不多就是一個平民大學，不論什麼人都可從它那裡得到各種時事知識。一家日報的勢力越大，則該報的新聞記者所負的責任越重。記者寫的新聞必須簡單真爽，人人能懂，而尤其要公平。一個問題總有兩方面或多方面的議論，寫一篇新聞，只要敘明事實，也只能敘明事實，讓讀者各自去求得結論。敘述事實，求其詳盡，以能使人明白瞭解為度。「客觀的地位」是指新聞記者「須絕對超出於所寫新聞之外，不受新聞中間人物或事實的拘束，雖則他寫一篇新聞也不妨寄託他的個性與權威，但新聞和社論

1 潘公展：《新聞概說》，黃天鵬編：《新聞學名論集》，上海聯合書店，1930 年版。
2 潘公展：《新聞概說》，黃天鵬編：《新聞學名論集》，上海聯合書店，1930 年版。
3 潘公展：《新聞記者之觀點》，黃天鵬編：《新聞學名論集》，上海聯合書店，1930 年版。

中間嚴格的界限他總不應破除的。報紙的社論固然旨在發表記者的意見,天然不免帶有主觀性,但亦須於相當範圍內保持客觀的態度。至於新聞記事的製作,尤其要注意到此。間或有幾個印象派著名的記者,他所寫的新聞不免帶多少主觀的色彩,但此等主觀的見解係出於第三者的主觀,立於第三者地位,將一切人物活動一一攝影映演而徒勞加以說明,實際上仍無忌於客觀。」潘公展進而指出,新聞記者是一個報社的代理人,換言之,也就是社會公眾的代理人,因為社會公眾所以能知道每天發生的事情全恃報紙,而報紙所以能得到這些事情登載出來卻全恃新聞記者。「新聞記者應該是一個沒有成見而很機敏的觀察者,他記載新聞必須完全容納事實,一些不參加他自己個人的私好和意見,使得新聞染著色彩。至於對種種新聞批評,是社論的職責,與新聞的本身無關,應該絕對分而為二。如果新聞記者把他自己的好惡參入新聞的本身,那麼他對於報紙和社會公眾實在負了一種欺騙的責任,無異毀了新聞的信用。」[1]

第二,新聞記者是忠實的報導者。葉楚傖指出:「新聞記者之惟一道德為忠實,己所善者贊助之可也,己所不善者詰難駁斥之亦要也。然所贊助與駁斥,必根據於事實,就同一事實而批評之可也。造作事實以中傷之侮蔑之不可也。因傳聞偶然之語,錯載於前,糾正於後可也。明知其誤而更利用其誤不可也。」葉楚傖從記者「忠實」報導切入,呼籲輿論界不要懷有成見,要體會國民黨所作所為:「國民黨自改組以後,其第一使命,為『到民間去』,國民黨之視此為重要工作者,為民間,非為己也,為指導民間而來,非欲攫奪民間之任何事物去,將以促起人民覺悟,重使保障爭回其本身應有之利益,非誘致人民,使犧牲其利益以為國民黨之利益也。」「蓋國民黨之來,乃為民服役為民指導為民奮鬥而來,非為國民黨而來也。」「國民黨之所為,無論其在何地何時,中心一意義,所不敢須臾者,利他也,非以利己也。」「夫成敗可不計,是非不可不分,意見自由出入,公道不可不明,毀譽雖無定論,真誠不可不白。予望輿論界以忠厚為懷,一體會國民黨之所為。」[2]

國民黨報人賦予新聞記者以多重使命,具體如下:

第一,擁扶國家。蔣介石從國家統一的角度切入,賦予新聞記者重要使

---

1 潘公展:《新聞記者之觀點》,黃天鵬編:《新聞學名論集》,上海聯合書店,1930年版。
2 葉楚傖:《為國民黨請願於言論界》,黃天鵬編:《新聞學論文集》,上海光華書局,1930年版。

命。「政府對於言論界絕不壓迫，但輿論界要自省，本身職業以外，對於國家社會，尚負有甚大的使命，所以應絕對拋棄個人的主觀，絕對避免小心小量的伎巧，來攙扶這一個國家，渡到穩定的彼岸。對於國事，要完全站在國家民眾的地位上來批評，熱情和公心，沒有不能感動人的。切不要冷漫旁觀，也不可濫於破壞性的攻擊。」[1]新聞記者對於到手的信息，應仔細審辨，慎重抉擇。新聞記者若是以新奇等可喜，以爭先傳播爲競爭，結果必致落入圈套，成爲破壞國家的罪人。所以，「遇有重大消息到手，總希望大家細心考察他的來源，辨別他的性質，估量對於國家全局的影響，多方面證實以後，慎重的揭載才好」。總之，新聞記者「要領導國家，完成國家的統一。惟有國家統一，才是抵抗帝國主義最有效的武器。」反動派無時無刻不想分裂國家，新聞記者「要拿住定力，不爲他們所利用，也不可以一時的忽略，無形中助長了惡勢力。世界上無論何國，思想決不能絕對一致，但在擁護國家的一共同大原則下，總是委曲求全，舉國一致的」[2]。

第二，挽救國難。隨著國難日深，挽救國難成爲新聞記者要擔負起的時代使命。對此，國民黨報人多有論述。陳布雷號召記者發揚犧牲精神：「希望全國輿論界，在此嚴重時期，自認爲國家之忠僕，人民之諍友，在國家整個的永久的利害之上，不憚貢獻逆耳之忠言，豈勿只求順應當前興奮的心理，而忘卻持久苦鬥之必要。」「希望全國輿論界，確認在外患期中，人民鞭策政府是應當的，但絕不是指謫政府，非難政府，或恣爲辯難以窘倒政府爲決心。須知惟有人民幫助政府，而後政府始有力量，而後國家可以圖存。」「希望全國輿論界，喚醒國民確實認識此次吾人之挽救國難，爲極嚴重之工作，非有必死之心，不能有苟全之望。存不得一些僥倖之心，著不得一毫輕忽之念。」「希望全國輿論界在此時期，對於一般頹喪悲觀之心理加以注意，而予以補救，並特別發揚犧牲爲國之精神。」[3]爲了完成拯救國家的重任，新聞記者在報導中，必須有切實注意。陳布雷特別希望新聞記者在嚴重的局勢之下，注意下列各事：一、「對非常消息，非探尋十分確切，不輕予傳播，並負指示眞相，以定人心之責」。二、「望絕對慎重消息之記載」，「不確實消息，看似不

1　《新聞界之責任——蔣主席對記者之演詞》，《中央日報》，1929 年 7 月 12 日第 1 張第 3 版。

2　《新聞界之責任——蔣主席對記者之演詞》，《中央日報》，1929 年 7 月 12 日第 1 張第 3 版。

3　《中宣部昨招待新聞界》，《中央日報》，1931 年 10 月 2 日第 1 張第 4 版。

是重要，但足以引起不良影響。此時各報採用消息，應貴精確不貴繁多」。三、「吾人愛國，應有熱心，但心需熱而頭腦則時時保持冷靜。吾人當以國家民族利益，置於一切報館利益至上。」四、「願各報多登正面的鼓吹人民愛國救國之文字，而少登反面的冷嘲熱諷暴露政府社會弱點之文字」[1]。何應欽也提出，國難當前，新聞記者要以大局爲重：「至國難期間，吾人言論行動，尤需謹慎沉著。蓋愛國救國，重在實際努力，而叫囂漫罵及一切無意識之舉動，不特無益國家毫末，反恐增加國家人民不可計量之損失。」[2]邵元沖號召記者發揚民族精神。「中國在歷史上抵抗外侮，往往都不在物質方面的優勝，無論力量如何薄弱，事實上還是前仆後繼，憑民族至大至剛的勇氣，堅定個人自己的意志，來犧牲自己爲民族爭生存」。爲此，新聞記者要積極發揮我們民族的精神，把歷史上許多成仁取義的歷史文字，積極提倡，「使中國過去多少年已沈寂的民族精神，能夠恢復過來。這是中國民族生存復興的基礎。」[3]

第三，指導社會。馬君武認爲，新聞記者要擔負指導社會的重要使命。「新聞記者的地位，無論小學生，大學生，年紀老的小的，與夫何階級的人，都要受新聞記者的指導，因爲沒有人不看報。在一國裏頭，新聞記者實處很重要的地位，所以新聞記者，在中國的使命是很重大的……現在中國的報業，雖然遠趕不上外國報業的發展，然閱報的人，已經是一天多似一天了，我想，新聞記者雖是操著那無上的權威，但一國的政策，政府的行政方針，與夫一般國民應走的路，均要受他的指導。」[4]邵元沖強調，新聞記者是指導輿論，指導社會民眾很重要的力量。「如果引導得當，可以把社會民眾的思想、行動引導到有效的方面。如果指導錯誤，民眾得不到正確的指導，那麼民眾的行動方向，思想標準完全錯誤，對於國家的前途產生影響。」在國難當頭的情況下，新聞記者「要認識目前的狀況」，指導輿論，就是「要使一般人的思想集中在民族奮鬥的目標上，以民族的復興爲目標。」同時要認識自己「爲民眾服務的責任」，「使民眾的思想行動得到一個正確的路徑。」[5]新聞記者要使

---

1 《中宣部昨招待新聞界——陳布雷程天放分別報告國難中記者應注意之點》，1931年 10 月 11 日。

2 《何應欽昨招待新聞界》，《中央日報》，1932 年 2 月 4 日第 3 張第 1 版。

3 《國難嚴重中新聞界應負責任——中委邵元沖之演詞》，《中央夜報》第 181 號，1933年 3 月 22 日。

4 《馬君武演說新聞記者地位》，《中央日報》，1931 年 6 月 17 日第 2 張第 3 版。

5 《邵元沖在漢口市黨部講新聞界應有的認識與責任》，《中央日報》，1934 年 9 月 20日第 2 張第 2 版。

社會上的情緒由消極的轉變爲積極的，從而走上正軌。對於新聞消息是否發表，要考慮國家民族的危害。依據法律，新聞記者要自覺判斷新聞發表後對國家的利害關係。新聞記者在報導社會新聞時要充分考慮到對社會青年的影響。新聞記者對於社會上好的風俗習慣，要維持表彰；對於惡劣腐敗的行爲，要嚴厲糾正。新聞記者要盡自己的責任，要糾正社會消極、偏激、頹唐、浪漫的思想行爲，改革惡劣不正的風俗習慣，摒除誨淫誨盜的社會新聞，促進國家的社會事業。

　　第四，普遍宣傳。1931 年國民政府會議召開時，國民政府主席賴璉提出，「新聞記者，最大的任務是探訪消息，國民會議行將開幕，各位自當本記者天職，儘量宣傳。」「新聞界所負的責任更大，緣新聞傳播消息到民間去，使全國民眾，全世界人類，均能明瞭民國會議的進行情形，及其所負的使命。」[1]葉楚傖明確提出「普遍的宣傳新聞的原則」，宣傳「固宜力求其速，但我們要普遍的宣傳，不要單獨的發表」。同時還要「整個的宣傳」，「記者刺探消息時，往往獲得一鱗一爪，即急於發表，我們以後，要有整個性，不要斷片發表，減少宣傳的效力。」[2]國民黨報人所提倡的宣傳，自然是以國民黨的政策、路線、綱領爲核心內容，至於其宣傳目的是否正確，宣傳手段是否恰當，宣傳立場是否公正，並沒有給予正面回答。

四、新聞紙的性質、功能與發展方向

　　國民黨報人對新聞紙的性質問題，進行剖析：

　　第一，新聞紙是不須負責的權威之物。程滄波指出，報紙與普通印刷物的性質尚有不同：「傳播之廣狹，一也；影響之迅速，二也；讀者需要程度之高下，三也。」普通印刷物之傳佈，影響一部之民眾，報紙「則各種人民皆有一致之需要與興趣，故欲問題之足以引起迅疾之影響」，只能憑藉報紙。「報紙者，無微不包，無遠弗屆，無孔不入，無人不需之物也。近世富有權威之物，誠莫如報紙，然而報紙之性質，非僅威權可以盡之也，威權之外，尚有兩種特點焉，其一無強迫性，其二無責任性。報紙並不強制讀者購買報紙，披閱報紙，並信仰報紙。而讀者必自動購買披閱，亦自然發生信心。報紙除法律規定不能損害私人利益諸條例外，不負其他之法律責任。西方政治上之

1　《市宣傳部昨招待新聞記者誌盛》，《中央日報》，1931 年 4 月 30 日第 2 張第 4 版。
2　《市宣傳部昨招待新聞記者誌盛》，《中央日報》，1931 年 4 月 30 日第 2 張第 4 版。

格言曰，有權力者必負責任，有權力而不須負責任者，其惟報紙乎。辦報者所負之責任，非法律，更非威力，乃以公正之評論，與翔實之紀載，爲社會之前驅耳。」[1]

第二，新聞紙是超然的。陳布雷指出，新聞紙爲活的現代的歷史，不僅紀事，而且紀言。新聞紙所應紀之言，原則上言，應有四種標準：代表多數之言，有獨立存在價值之言，前人未發之言，影響時局或可能影響時局之言。「其言之爲純爲駁，爲善爲惡，爲巧爲拙，新聞紙所不暇問，亦不宜問也。故果爲代表多數之言，則此一多數者之集團，一旦由言而見之行，不論其爲美化時局，或惡化時局，新聞紙例當爲之書……言亦猶爾而發言者，大盛大之群體與實力，亦當爲之書……即使爲一二人或少數人之言，而其言或足以轉移目前之時局，或爲前此所未有，假令實現，能影響或改變將來之時局，新聞紙亦當爲之書。」[2]新聞紀言要以四種標準爲標準，而不被記載對象的勢力所左右。胡超吾則明確提出，新聞紙是「超然的，我們批評社會上的一切，應持旁觀的態度，絕對公正，絕對不可爲環境和事實所奴隸。」[3]

國民黨報人指出，新聞紙具有多重功能：

第一，襄助民治，訓練公民。程天放從「民治」出發，賦予新聞紙以重要的責任。新聞紙不僅是革命運動中的友軍，是推翻舊勢力之最有力的武器，在文化落後政治剛上軌道的國家中，尤其負有極重大的責任。這種國家民智不開，人民一方面缺乏政治的興趣，同時缺乏政治的知識，刺激興趣與灌輸知識，新聞紙本身就是最方便最良好的教育工具。新聞紙固然有許多效用，「但是誰也不能否認『襄助民治，訓練良好公民』爲我們需要新聞紙的主要原因」[4]。誰都知道中國人民向來只有個人的觀念、家族的觀念，而不知所謂國家所謂社會。今日我們要建立一個新的民治國家，要訓練人民行使政權，喚起廣大的死氣沉沉的民眾，使之認識國際環境，注意國內政治，關心社會問題，而同時有冷靜的腦筋與科學的素養，不待說這是當前的迫切要務，而一大部分的責任，自然是要新聞紙擔負起來。

---

1 程滄波：《報紙之使命》，黃天鵬編：《新聞學論文集》，上海光華書局，1930 年版。
2 陳布雷：《新聞紙之本質與任務》，《報學月刊》第 1 卷第 1 期，1929 年版。
3 胡超吾：《對於首都新聞記者的希望》，《中央日報》，1929 年 3 月 3 日第 3 張第 2 版。
4 程天放：《從襄助民治訓練良好公民談到中國的新聞紙》，管照微編：《新聞學論集》，上海復旦新聞學會，1933 年版。

圖 3-2　管照微編《新聞學論集》（資料來源：CADAL）

　　第二，推動民主政治之實現。程滄波主張，報紙要擔起推動民主政治的重要責任。西方大國民眾之所以能得到民主政治，「惟報紙之功能能爲成之」。

近世以來，西方報紙發達，公共討論之事「可藉報紙之力於最短時間內，廣布於各地，深入於萬民」，可以說，「無報紙無文明，無報紙人類難以生存」[1]。報紙在異國「已至發達後而謀改良之地步，報紙之讀者，亦已至監視而督責之程度」。在我國，報紙「方在萌蘗」。報紙若要完成使命，「前提之前提，應先自謀其充分之發達完美，報紙之讀者，亦僅可出其全力以贊助與提倡」。今日，「人民對於政治之冷淡，乃不可以不閱報；政治責任之不分明，乃不可以不閱報；社會經濟之阻滯，乃不可以不閱報；公眾治安之不鞏固，乃不可以不閱報；亦報業認識其使命，然後可以力圖其業之完善。讀報者認識報之使命，然後對報紙之監督贊助，可以益力。西方政諺曰，責任之前提為公開，公開者，報紙之責任也。今日中國之病態，全國之人不知其有責任，為其主因之一，提倡此種精神，惟事事求其公開，亦惟儘量擁護報紙與督責報紙而已。此中國報紙之使命，亦人民所應共負者也。」[2]報業發達，是民主政治的發展前提。

第三，新聞紙為社會耳目。葉楚傖強調，報紙登載不確消息，影響甚大，因為，「社會視報紙為耳目」。市面如有謠言，人民皆賴報紙，而證其虛實。因為「報紙關係甚大」，所以要感謝慎重記錄之報紙，使人民得其利益。「不慎重者，吾人恐人民蒙其影響，自不能不加以約束。且在政治上負責任者，全賴新聞材料定其計劃，如材料紛亂，消息不確，可使其受影響，無法用其聰明，甚至於不能負責，則全國皆蒙其害。」[3]新聞紙的記載，關係到全國人民的利害關係，必須慎重。

國民黨人對當時新聞紙存在的問題，也進行了分析與針砭：

第一，新聞紙製造社會罪惡。程滄波指出，報紙作為「天下威權功能最富之物，可以為善，亦可以為惡，為善之利，其福無窮，為惡之弊，其禍亦無窮，萬物皆然，報紙又安能自居例外。惟報紙自身無善惡之別，而所以致之善或惡者，辦報之人耳。」[4]報紙是可以為善也可以為惡的雙刃劍。報紙為惡不在報紙本身，而在報人。報人「為惡之源」有四個方面：黨派之利用，金錢之誘惑，報紙之商業化，因競爭兼併而其權入於少數人之手。「此四者，

---

1 程滄波：《報紙之使命》，黃天鵬編：《新聞學論文集》，上海光華書局，1930 年版。
2 程滄波：《報紙之使命》，黃天鵬編：《新聞學論文集》，上海光華書局，1930 年版。
3 《中宣部昨招待新聞界》，《中央日報》，1929 年 12 月 6 日第 1 張第 3 版。
4 程滄波：《報紙之使命》，黃天鵬編：《新聞學論文集》，上海光華書局，1930 年版。

今世各國碩儒所認爲報弊之所由來也，故今日從事報業之人，首須認識其事業之威權及尊嚴，不利用其威權以濟惡而用以爲善，勿爲罪惡作倀而爲人類文明竭忠盡智以盡其職，此報紙之使命，亦報業者之責也。」[1]報人要深知這四個根源，並引以爲戒，才能避免報紙爲惡的發生，這也是報人的職責。

　　邵力子將報紙稱作有形的輿論：輿論有廣義的、狹義的兩種。「廣義的輿論，是國民公意，不論在哪方面表現都是，也就是無形的輿論。狹義的輿論，就是現在的新聞界，各種雜誌報章都是，這可以算是有形的輿論。」[2]邵力子進而指出：「現在的報紙，也是社會罪惡生產之源之一。」中國的輿論界，常站在社會後面，或者和社會共鳴，以致社會上發生了許多罪惡。輿論界不負改良的責任，使社會失去了指導，這也是很可痛心的。報紙跟著社會，去迎合社會上的人的心理，果然營利要好得多。但這樣的報紙，還能盡多少責任呢？或者說，報紙好像一架照相機，無論什麼東西，好的壞的，大的小的，長的短的，統統要照進去，但這樣無邊無際的景致，這架照相機怎能盡行照入？就是這架照相機能夠照完天下的景致，但花了許多的錢照了許多無價值的景致——既然要盡照天下各景致，那麼，廁所呢？垃圾桶呢？都要照入，這豈不成了笑話？所以要照相終該選好的景致。在沒有照相以前，終該下番選擇的工夫，這大家所知道的。同理，報紙登載的文字，也該下一番選擇的工夫。選擇文字的標準又怎樣呢？社會上一般人歡喜看消閒的文字，那就做消閒文字嗎？社會上一般人歡喜復古，那就做鼓吹復古的文章嗎？這是不能的。報館的主筆，應當選擇那社會上應該需要的文章——這種需要，是正當的，爲社會上謀利益的需要；並不是社會上一般人喜歡的消閒文章的那種無謂的需要——並且該把糾正社會心理和改造各事的文章，常常發表。總之，輿論應當站在社會之前，選擇的標準，也以此爲準。輿論「應該站在社會之先，要糾正社會，指導社會，使社會日進文明，不要去迎合社會，使社會黑暗」[3]。

1　程滄波：《報紙之使命》，黃天鵬編：《新聞學論文集》，上海光華書局，1930 年版。
2　邵力子：《輿論與社會》，《報學月刊》第 1 卷第 3 期，1929 年版。
3　邵力子：《輿論與社會》，《報學月刊》第 1 卷第 3 期，1929 年版。

圖 3-3 《報學月刊》第 1 卷第 3 期（資料來源：國家圖書館）

戴季陶通過分析日本、法國新聞界的危機，向中國新聞界敲響警鐘。在日本，「記者明知謠言而硬造之，報紙明知謠言而硬登之，閱者明知謠言亦不得不隨喜之，報館為投時好起見，要是不登謠言，銷路便要大跌，這喚著報

紙上了弔，造惡淵藪。」而「巴黎報紙，眞是氣死人，國計民生，漠不相關，描寫不相干的事物，如某要人的一雙鞋子是某商店買的，如何漂亮，不惜筆墨，重要的話反棄而不取。」戴季陶呼籲：「我國社會記事，也將要有此危機了，趕緊要鎮住，懸崖勒馬。」[1]程天放明確指出，「報紙積極的製造了不少的社會罪惡」是中國報紙最大的缺點，也可以說是中國報紙的致命傷。[2]在文化落後的中國，凡是醜惡卑劣的故事，更足以投一般人之所好。如此一來，「凡是帶有迷信、欺騙、殘忍、悲慘、穢褻、刻薄性質的新聞，我們的記者都視爲招徠顧主的最好材料，有之惟恐不登，登之惟恐不盡。他們這樣的利用人類的弱點與醜惡心理，我眞不知天下多少罪惡，由此以成！」[3]葉楚傖認爲，現在的報紙多半以經理部爲中心，以追求經濟效益爲主要，甚至編輯部也隸屬於經理之下。許多報刊懷有投機主義，迎合社會心理，甚至引導流風末俗，使社會愈趨愈下。「這種經營方式或許對於報紙的營業有促進作用，但是無助於對社會產生積極的影響與指導，也不能代表民眾的言論。」[4]

　　第二，新聞紙看不到農民和工人的活動及實況。陶希聖以唯物史觀爲依據，批評報紙呈現的英雄史觀。現在每天出版的新聞紙都用最重要的地位來記載中央或地方政府要人的行動或公文件上的敘述，「最大毛病是新聞紙看不見農民和工人的活動及實況。」農民和工人的活動和實況，必須先通過官廳的公文書才有被新聞紙登載的可能。有關農民工人民眾的事實，第一次報告者大抵是官廳的人，或是無修養（只有傳統的修養）的知識分子。他們對於事實先有一種「倫理」觀察。事實經過這種「倫理」觀察以後，眞相全失。貧苦的民眾，物質生活與精神生活都在極低的限度以下，不值得那有傳統倫理觀念的人們一顧。他們沒有英雄的奇特行爲，沒有顯達的聲威，沒有尊貴的生活方法。傳統倫理對於他們是輕視賤視疑視忌視的。所以，假使有了記載，關於他們的記載最是有偏見的。「報館中的編輯接了這含有偏見的第一次報告以後再加以偏見的評量，則農民工人的生活能表現在讀報者眼前的也可

1　戴季陶：《新聞學之實際應用》，黃天鵬編：《新聞學論文集》，上海光華書局，1930年版。

2　程天放：《從襄助民治訓練良好公民談到中國的新聞紙》，管照微編：《新聞學論集》，上海復旦新聞學會，1933年版。

3　程天放：《從襄助民治訓練良好公民談到中國的新聞紙》，管照微編：《新聞學論集》，上海復旦新聞學會，1933年版。

4　《葉楚傖講演新聞事業》，《中央日報》，1933年3月4日第2張第3版。

知了。」要人的行動是社會中某種勢力所決定的。要人之所以「要」，是由於他們代表著某種社會勢力。「這種社會勢力是樹立在農民和工人肩背及脊骨之上的。勞苦民眾的黑暗面中無奇特尊貴的生活，是造成要人奇特尊貴行動的反射。民眾愈痛苦，則鎮壓民眾的行動愈奇特愈尊貴。民眾愈反抗，則要人的行動愈激越。新聞紙因為看輕了忌視了民眾的生活或活動，便每天每天的只是記載了社會矛盾的半面。到了幾百幾千年以後，黑暗面的零碎記載愈暗昧了，要人的行動愈顯露了。」由此，「人們以為歷史是英雄造成的。新聞紙與歷史著作只是容易成為英雄事略。」[1]

國民黨人對新聞紙的發展方向進行探索：

第一，新聞紙要兼顧營利與公益。陳布雷主張，「新聞紙不能純為營利的或純為公益的，健全之新聞紙，必兼具二者之性質。即一方面盡瘁力公益的任務之精神，輔助其營利目的之發展，正如車有兩輪，不可偏廢。準是以言，故新聞紙不能專為顧全其機關之存在與營利目的（如迎合群眾，吸引讀者，亦為營利目的之一），而犧牲其對於社會公眾之責任。同時社會任何方面亦不能望其絕飲棄食，絕對的公而忘私，乃至以危及機關生存亦不能顧恤相督責。蓋必有此機關而後有盡瘁公益之可能，亦必能自舉公益的任務而後始有機關生命之可保。」[2]葉楚傖提出，「辦理新聞事業者，一方面要發展新聞業，獲得經濟效益，另一方面要擔負起指導社會的責任，達到移風易俗的目的。」[3]

第二，新聞紙要成為民眾的新聞紙。陳布雷指出，報業的革新，需要「民眾們有讀報的習慣機會和能力」，為此，「應該努力於民眾識字運動的宣傳與實施」，「應該由社會教育機關，自治機關儘量地把報紙介紹到民眾中間去，使得有讀報能力的民眾，都養成讀報的習慣；使得沒有讀報能力的民眾，都有讀報的要求」[4]。因此，對於報紙的發展，要考慮如何使報紙成為民眾們能讀的報，應讀的報，而且讀了有益的報。為此，報紙要做到：文字應力求通俗淺顯，文人的積習，千萬不可有；內容應力求簡單扼要，一覽了然；報價應使得格外低廉——使報紙成為民眾們能讀的報紙；革除一切鬼、神、仙、

---

1 陶希聖：《社會的黑暗面與世界的決鬥場》，管照微編：《新聞學論集》，上海復旦新聞學會，1933 年版。

2 陳布雷：《新聞紙之本質與任務》，《報學月刊》第 1 卷第 1 期，1929 年版。

3 《葉楚傖講演新聞事業》，《中央日報》，1933 年 3 月 4 日第 2 張第 3 版。

4 陳布雷：《怎樣改良報紙和普及民眾的閱報機會》，李錦華、李仲誠編：《新聞言論集》，新啟明印務公司，1932 年版。

佛，怪誕不經，足以引起迷信的材料；革除一切雞蟲得失，派別糾紛，足以
鞏固封建思想的材料；革除一切以個人本位爲中心，類各要人起居注等足以
引起官僚思想的材料；革除一切冗長呆板類如機關公文及會場紀事無關民眾
的材料；革除一切風花雪月，誨盜詢淫，足以戕賊民族精神的材料；革除一
切與革命的主義及平等的原則相違反的材料；革除一切模糊影響，無可無不
可，足以造成民族暮氣的材料。程天放認爲，「要達到訓練良好公民的目的，
除了新聞紙方面的革新與改造以外，如何使讀者接受新聞的指導，也是當前
一個很大的問題。」中國人大部分沒有閱報的習慣。爲此，從學生入手，強
迫養成學生的閱報習慣。[1]葉楚傖提出報紙改良的具體途徑：報紙編輯不僅要
關注大事，更應關注小事，特別是小地方的小事。重視小地方的小事，不僅
能擴大銷量而且可以起到移風易俗的功效。新聞編輯要力求精細，使新聞標
題中含有批評之意；報紙刊登的新聞除重要新聞外應以「精幹」爲主，篇幅
力求短小；副刊文章不可刊登迎合閱讀者心理的污穢文字。編輯可將文藝作
品編輯於重要新聞之間，取消副刊，體現地域報紙特色。[2]

　　第三，下大力氣培養報學人才。對於新聞紙的革新，程天放指出：「首先
我們當然須從新聞紙本身做起而養成報學人才，自然是當務之急。」報學人
才，決不僅是知道些編輯取材經營等等技術方面的知識，而必須有科學的素
養，對於國內外各種環境各項問題有深切的認識；報學人才更不僅只是備具
了些必備的知識，富有指導民眾的力量，而且必須有卓立高尚的人格，爲民
眾奮鬥的決心，與堅忍不拔的意志。「能夠這樣，我們的新聞事業客觀方面之
改良，方才算是有軌道可循。」[3]

五、對言論自由的思考

　　國民黨報人強調，國民爲行使政權而爭言論自由。陶希聖指出，革命失
敗，社會趨於衰落。社會的生產力在重重桎梏之下，不能發展。而重重的桎
梏方吸盡生產民眾的膏血，日本帝國主義者的炮火就乘機佔領東省，征服東
南。然而寄生的廣大官僚組織，把一切化爲岩石，把一切化作死灰。自有外

1　程天放：《從襄助民治訓練良好公民談到中國的新聞紙》，管照微編：《新聞學論集》，
　　上海復旦新聞學會，1933 年版。
2　《葉楚傖講演新聞事業》，《中央日報》，1933 年 3 月 4 日第 2 張第 3 版。
3　程天放：《從襄助民治訓練良好公民談到中國的新聞紙》，管照微編：《新聞學論集》，
　　上海復旦新聞學會，1933 年版。

交史以來的最大的事件，仍不能使此龐大的組織發生靈敏的反應。爲此，我們爭言論出版的自由，爭集會結社的自由。一方面，「當局無須畏懼這自由。能給予國民以自由者，在如今的外戰局面之下，能得到國民的好感。反對國民有自由者，必遭逢各社會層的攻擊。」[1]另一方面，國民也不可輕視這自由。「國民在今日沒有行使政權的合法地方，與行使政權的合法手段。當外交嚴重之今日，國民所賴以監督政府者，只是言論。在言論發展的時候，政府的行動自受拘束。當言論被擊之後，國民有何把握免中國於喪權辱國的禍殃？」[2]國民中最大多數的勞動農工也必須爲這自由而爭。當九一八事件發生以後，他們除在十九路軍作戰的時候，忠勇從事慰勞與捐輸及種種扶助以外，他們好像沒有政治的意識。資產階級學者因此否認大多數國民的實力，以爲救國只須由少數學者議成一紙法律。這是錯誤的。「勞苦的民眾如今沒有言論結社的自由，他們何從表現他們政治的努力？」因此，應爲言論出版集會結社的自由而爭。有些學者以爲只要得到言論集會自由就好，並不用這自由去做什麼，這是不對的。「勞動者沒有集會自由，他們無力爲經濟的改善而爭，尤無力爲終局的解放而爭。勞動者要這自由，是有目的的。一般民眾也是這樣，在今日，一般民眾爭自由，是爲了行使政權的。所以爭取自由的同時，國民應當爭取行使政權的制度。」[3]國民不是爲了自己而爭自由，「爲行使政權而爭自由」，才是國民爭自由的目的，也是國民爭自由的保障。

國民黨報人認爲，言論自由是國家的民族的自由。胡漢民指出，「言論自由，是民主國家人民的基本權利，爲任何人所不能剝奪的。但是所謂自由必須在法律範圍以內，換言之，必須在國家民族的權利範圍以內。如果超越這個範圍，那是放任，不是自由。」胡漢民引用孫中山的言論進行論證：「我們的革命目的，是和歐洲的革命目的相反，歐洲從前因爲太沒有自由，所以革命要爭自由，我們是因爲自由太多，沒有團結沒有抵抗力，成一片散沙。」[4]因爲一盤散沙，所以我們受外國帝國主義者侵略。「這種危害國家民族利益的放任式的自由，中國過去，實在是太充分了，今日中國所要求的自由，不是這種放任式的自由，而是國家民族的自由。換句話說，我們自由的精神，要用

1　陶希聖：《爲什麼爭言論集會自由？》，《時代公論》第 2 號，1932 年 4 月 8 日。
2　陶希聖：《爲什麼爭言論集會自由？》，《時代公論》第 2 號，1932 年 4 月 8 日。
3　陶希聖：《爲什麼爭言論集會自由？》，《時代公論》第 2 號，1932 年 4 月 8 日。
4　《胡漢民演講談所謂言論自由》，《中央日報》，1930 年 11 月 20 日第 1 張第 3 版。

到爲國家民族爭自由的上面去，更要以不妨害國家民族之自由爲範圍。因爲只有國家民族，才是自由的源泉，捨國家民族的自由，而別尋所謂個人的自由，我們可以斷然地說，是一種重大的錯誤。事實是很明顯的，處於次殖民地的中國民族，帝國主義的侵略，已經剝奪了整個民族的自主權，在這種情形之下，試問我們個人，還有什麼自由可言？」[1]爲此，胡漢民希望中國輿論界眞能代表人民的意思，擔起指導政府監督政府的作用。「因爲從輿論的有利與否，可以看出一個民族的文野，而政府的本身，又是時時需要輿論的指導和監督的，不過同時期輿論界對於發表的言論，必須負荷政治的道德的責任。換言之，必須完全在國家民族的利益範圍以內。」[2]

第二節　共產黨報人的新聞學研究

　　民國南京國民政府前期，國共兩黨階級鬥爭尖銳。共產黨報人對新聞理論的探討，主要集中在兩個方面：一方面引入馬克思主義階級鬥爭學說，剖析新聞、報紙、輿論的階級屬性；另一方面，積極引入列寧的黨報理論，結合中國無產階級黨報實踐，闡釋以黨報建黨、黨報的組織作用、黨報群眾工作問題，奠定了中國無產階級黨報理論的基礎。

一、報紙的階級屬性

　　共產黨報人將馬克思主義階級鬥爭學說應用到有關新聞現象的研究與分析中。

　　第一，新聞是階級鬥爭的武器。

　　張友漁「是我國第一個用馬克思主義觀點系統研究新聞工作理論與實踐的新聞學者」[3]，他對新聞的階級屬性給予充分強調。20世紀30年代，張友漁率先運用馬克思主義階級理論全面審視新聞理論與實踐，強調新聞的階級屬性，提出新聞的本質是階級鬥爭的武器。「新聞是社會的一現象，是社會意識的一表現。所以說到新聞的性質和任務，也不外是以社會組織爲基礎，應社會實際的需要而產生的東西。人類社會，是採取著階級對立之形態的，人

1　《胡漢民演講談所謂言論自由（續）》，《中央日報》，1930年11月21日第1張第3版。
2　《胡漢民演講談所謂言論自由》，《中央日報》，1930年11月20日第1張第3版。
3　徐培汀，裘正義：《中國新聞傳播學說史》，重慶出版社，1994年版，第345頁。

類歷史，是演著階級鬥爭之進程的」[1]，而「社會本身既是階級鬥爭之社會，因而成為社會的一現象之新聞，也不能不是階級鬥爭之一表現，故所謂新聞，不外是階級對立的人類社會中之階級鬥爭的武器」。可見，他正是從新聞的社會屬性引申至其階級屬性，從而得出作為階級鬥爭工具的新聞本質論。張友漁更從新聞的起源和發達方面進一步論證這種新聞的階級本質論。他說：「階級對立，階級鬥爭，不是在人類中所內在的範疇，而是歷史的範疇。」[2]換言之，階級鬥爭是人類社會一定歷史階段的歷史現象，「在原始社會乃至將來的社會，都是沒有階級，沒有階級鬥爭的」，而「新聞的發生，成長和發達，是在階級社會裏；尤其所謂真正的新聞，即近代乃至現代的新聞，是發生，成長和發達於階級社會之最高階段即資本主義社會裏的，所以，不能不說新聞是階級鬥爭之武器」[3]。可見，正是因為發生發達於階級社會中，新聞才是階級鬥爭的工具。

張友漁將這種新聞的階級本質論應用到對報紙和輿論的多方面分析中，進一步闡釋報紙及新聞的階級性及其意識形態屬性。任何報紙及其經營者都要反映一定的階級立場，具有階級色彩，「任何報紙的背後，都站著支配它的某一階級。雖然有人說報紙是要創造超階級的批評或要求之模型的，但這不過限於和階級利害，沒有衝突的時候，如果牽涉到階級利害，報紙便不能不為它所屬的階級打算。而且經營報紙的人們，本身不能跳出階級關係之外，那麼，它所經營的報紙，自亦不能不在有意無意之中，顯示著階級的色彩」[4]。由於報紙及其經營者的階級性，報紙所登載的新聞自然也就滲透著階級意識和黨派意識，「報紙本身是階級社會中之一種階級鬥爭的武器，在它的背後，常站著一種階級的勢力，至少，也站著黨派的勢力；因而它所登載的消息，不能不滲透過這種階級意識和黨派意識的作用，隱蔽了或改變了它的真相」[5]。

---

1 張友漁：《新聞的性質和任務》，《新聞之理論與現象》，太原中外語文學會，1936年版，第1～2頁。

2 張友漁：《新聞的性質和任務》，《新聞之理論與現象》，太原中外語文學會，1936年版，第3頁。

3 張友漁：《新聞的性質和任務》，《新聞之理論與現象》，太原中外語文學會，1936年版，第5頁。

4 張友漁：《報紙與輿論之構成》，《新聞之理論與現象》，太原中外語文學會，1936年版，第20～21頁。

5 張友漁：《由消息的真偽談到天津益世報的失敗》，《新聞之理論與現象》，太原中外語文學會，1936年版，第100頁。

而新聞既然是階級鬥爭的工具，那麼就存在著統治階級的思想統治與被統治
階級的思想反抗之間的衝突，「新聞是階級鬥爭之武器，即支配階級對於被支
配階級，在暴力的統制之外，又借新聞，來實行一種思想的統制；同時，被
支配階級，也在暴力的反抗之外，常拿新聞來做一種反抗的工具」[1]。張友漁
更立足新聞的階級本質論對 20 世紀 20 年代流行的客觀主義新聞報導思想進
行了批評。他從報紙的階級屬性出發，指出任何報紙都是「機關報」，「報紙，
原爲政治鬥爭即階級鬥爭的武器，嚴格講起來，沒有一個報紙，不是『機關
報』」[2]。他進而強調所謂中立或超然的報紙是不存在的，「有人以爲報紙對於
政治，是中立的，超然的，不偏不黨的，其實不然，任何報紙，也脫不了政
治作用，也就是任何報紙對於政治不是中立的或超然的」[3]。正是在張友漁等
人大力引介倡導馬克思主義新聞觀念的努力下，一度流行的客觀主義報導思
想才逐步淡出中國的歷史舞臺[4]。

　　「九一八」事變以後，中國民族危機日益加深。面對民族危亡的殘酷現
實，張友漁賦予其新聞本質論以現實意義。「中國的報紙，雖然還沒有達到很
顯著地發揮其階級鬥爭的武器的性質之程度，但決不能說它不是階級鬥爭的
武器，因而從事新聞事業或準備從事新聞事業的人們，便也不得不抱著鬥爭
的精神。」強調新聞的階級鬥爭工具本性，以激勵中國人發揚鬥爭的精神，
這才是張友漁的最終目的所在。「報紙是政治上的一種統治工具，也即是統治
思想的工具。統制言論（即統制報紙）的本身無可反對，問題是統治階級的
自身，是否應該反對？以及統制言論的方法，是否妥善……辦報，只有兩條
路可走：（一）『御用』。幫助支配階級，統治被支配階級；（二）『反抗』。站
在被支配階級方面，反抗支配階級。若說到看報的話，千萬勿以爲報紙是公
正的東西，只應該認清那個是『御用』的，那個是『反抗』的。須知根本上
沒有中立或超然的報紙。」[5]張友漁論證新聞乃階級鬥爭工具的目的得以彰顯

1 張友漁：《論統制新聞》，《新聞之理論與現象》，太原中外語文學會，1936 年版，
　第 106 頁。
2 張友漁：《論「機關報」》，《新聞之理論與現象》，太原中外語文學會，1936 年版，
　第 33 頁。
3 張友漁：《政治與報紙》，《新聞之理論與現象》，太原中外語文學會，1936 年版，
　第 15 頁。
4 李秀雲：《客觀主義報導思想在中國的興衰》，《當代傳播》，2007 年第 1 期。
5 張友漁：《政治與報紙》，《新聞之理論與現象》，太原中外語文學會，1936 年版，
　第 17 頁。

——喚醒中國人民反抗侵略和壓迫的鬥爭精神。

第二，報紙是階級鬥爭的有力武器。

同樣引介和堅持馬克思主義階級理論，結合革命鬥爭實際來來闡釋報紙的階級性，是另一研究路向。《紅旗日報》在其發刊詞《我們的任務》中對報紙的階級屬性進行了明確表述：「在現在階級社會裏，報紙是一種階級鬥爭的工具。統治階級利用一切新聞報紙的機關，來散佈各種欺騙群眾的論調……中國工農群眾不僅在國民黨的暴力壓迫之下，並且一樣在他的新聞政策的封鎖之下。全國工農群眾在其偉大的政治鬥爭中，不僅要反對國民黨的政治壓迫，同樣要起來建立自己的革命報……本報是中國共產黨的機關報，同時在目前革命階段中必然要成為全國廣大工農群眾之反帝國主義與反國民黨的喉舌。」[1]張聞天將關注目光投向革命根據地的現實鬥爭。他首先介紹列寧十月革命後所寫的《論我們的報紙的性質》一文中的一段話，進而展開對於過渡時期報紙階級性的分析。列寧說，「在國有之後把那些還是那樣紛亂、衰落、胡鬧、偷懶的工廠，放到黑板上，這類工廠在那裡？沒有看到。但是實際上這類工廠是有的。如若不同資本主義傳統的保存者進行戰爭，那我們不能完成我們的責任。」[2]張聞天贊同列寧的觀點，並建議將其應用到中國的無產階級黨報實踐中：「列寧的這種批評，對於我們的報紙也是完全正確的。反對官僚主義必須把那些官僚主義者從他們的安樂窩裏拖到蘇維埃的輿論的前面。在全蘇區的群眾前面，具體的指出他們的一切罪惡，號召群眾起來同這些官僚主義者做鬥爭。只有這樣，才能打擊與消滅官僚主義，才能在活的具體的事實上來教育廣大的工農群眾。」[3]在根據地我們的蘇維埃機關內，蘇維埃國家企業內，也同樣存在列寧所說的「保持著舊時在地主資產階級統治下的傳統的傢伙」，而且不在少數，然而我們的報紙對此保持著沉默。我們必須糾正這種做法，更加嚴厲地強調報紙是階級鬥爭的有力武器：「我們的報紙是革命的報紙，是工農民主專政的報紙，是階級鬥爭的有力武器，我們對於一切損害革命利益，損害蘇維埃政權的官僚主義者，貪污腐化分子，浪費者，反革

1　《我們的任務》，《紅旗日報》，1930 年 8 月 10 日，中國社會科學院新聞研究所編：《中國共產黨新聞工作文件彙編》（下卷），新華出版社，1980 年版，第 21 頁。

2　洛甫（張聞天）：《關於我們的報紙》，中國社會科學院新聞研究所編：《中國共產黨新聞工作文件彙編》（下卷），新華出版社，1980 年版，第 179～180 頁。

3　洛甫（張聞天）：《關於我們的報紙》，《中國共產黨新聞工作文件彙編》（下卷），新華出版社，1980 年版，第 179 頁。

命異己分子，破壞國家生產的怠工工人等，必須給以最無情的揭發與打擊，使他們在蘇區工農勞苦群眾的面前受到唾罵、譏笑與污辱，使他們不能在蘇維埃政權下繼續生存下去，這樣來改善我們各方面的工作，來教育廣大群眾。」[1]概而言之，黨報要用「鋼的手腕」同「資本主義傳統的保存者」進行鬥爭。

由此可見，同樣引介和運用馬克思主義階級理論闡釋新聞的階級性，張友漁與張聞天的出發點與著重點卻有所不同。張友漁張揚馬克思主義的批判性，從理論上揭示新聞的階級和意識形態屬性，闡釋新聞作為階級鬥爭工具的本質；張聞天則強調馬克思主義的實踐性，從報紙在蘇維埃政權及生產建設中的作用出發，探討報紙作為階級鬥爭武器的本質。可見，馬克思主義的階級鬥爭學說在新聞學領域的應用，從一開始就呈現出理論與實踐、批判與建設相統一的特點。

二、無產階級黨報理論

1928 至 1937 年間，中國共產黨的報刊不時登載文章，或者引述或者通俗解釋列寧的黨報理論。列寧的黨報理論已被中國共產黨人普遍接受，並運用到中國無產階級黨報實踐當中。

第一，以黨報建黨，必須創辦全國的政治機關報。

列寧黨報思想的獨特貢獻在於「通過黨報建黨」，即在當時的俄國，「有意識地創辦一種全國性的機關報，集中黨最有才幹的人員，不僅傳播思想，而且通過報紙的代辦員系統，聯絡處於分散狀態的全國各個社會民主主義小組，最終在馬克思主義的思想基礎上重建黨」[2]。列寧的這一思想，在中國共產黨人那裡，得到廣泛傳播與充分認可。《紅旗》雜誌刊載社論《提高我們黨報的作用》指出，黨報是黨領導群眾進行鬥爭的有力武器。而為確保鬥爭的完成，必須建立全國的政治機關報：「無產階級的政治任務是非常偉大的，他必須動員全無產階級的力量，在同一個正確的政治認識之下，在同一個正確的策略路線之下，繼續不斷的長期的堅決的奮鬥，然後才能取得最後的勝利。為達到這一任務起見，無產階級的先鋒隊——共產黨，必須有全國範圍內的經常定期的政治機關報，有系統的對全國無產階級及廣大的勞苦群眾作廣大

---

1 洛甫（張聞天）：《關於我們的報紙》，《中國共產黨新聞工作文件彙編》（下卷），新華出版社，1980 年版，第 180～181 頁。
2 陳力丹：《馬克思主義新聞思想概論》，復旦大學出版社，2003 年版，第 143 頁。

的政治教育，深刻的解釋一切政治問題，戰勝統治階級的欺騙，指出正確的革命鬥爭的策略。不但要使群眾瞭解鬥爭的必要，並且要發動群眾有鬥爭的決心。不但要使群眾認識正確的策略方向，並且要使群眾在鬥爭中，依照正確的策略方向而前進。爲完成這一種任務，又必須有全國的機關報，因爲只有他才能根據每日的事變，說出群眾所要說所應該說的話，只有他才能根據於每一個鬥爭，鼓動群眾擴大鬥爭的決心，鼓動群眾在一個正確的道路上前進。」[1]

問友撰文闡明「全國政治機關報」的內涵：「第三時期「紅旗」的性質，我們確定了認清了列寧主義的立場，就是「全國政治機關報」，我們以前認識的都不十分正確的。什麼叫「全國政治機關報」呢？這裡包含著好幾層的意義：第一，他是全國的報紙，不像過去有一時期僅注意上海的問題；第二，他是政治報紙，一定要分析全國的政治事變，根據每日的事變指出全國革命之總的任務；第三，他是黨的機關報，應當代表無產階級政黨，對於全國革命運動的策略，給以具體的實際的指導。尤其重要的，黨報的指導與黨之通告上的指導並不是同樣的性質。通告是指導整個全國之全部的問題，是肯定一切鬥爭策略的原則。黨報上的指導必要著重於某一個具體的問題，某一個實際的鬥爭，很具體的給以詳細的各方面的解釋。僅只是談論黨的策略問題是不足的，一定著重於全國每個重要政治事變的分析，因爲這樣才能明瞭一切策略路線的出發點，才能解答許多群眾腦中所發生的問題。[2]

李立三撰寫《黨報》一文，闡明黨報的作用與任務是建黨：「黨報的作用就在闡明黨的綱領與政治路線，聚集廣泛的同一政治主張、擁護同一政治路線的份子，結合成爲統一的黨，以整齊的陣線，進行一致的鬥爭。因此黨報，是黨的生命的所寄託，沒有黨報，便不能有黨的存在。……黨報的任務，便要精密分析革命的環境，解釋黨的戰略與戰術，以統一全體黨員在一致的戰略之下活動，而且能活潑的，適當的運用戰術。如果黨報不能盡到這樣的任務，如果黨的組織與每個組織的份子不注意戰術的瞭解，那麼黨會成爲一種

---

1 《提高我們黨報的作用》，《紅旗》第 87 期，1930 年 3 月 26 日，中國社會科學院新聞研究所編：《中國共產黨新聞工作文件彙編》（下卷），新華出版社，1980 年版，第 34～35 頁。

2 問友：《過去一百期的「紅旗」》，《紅旗》，1930 年 5 月 10 日，中國社會科學院新聞研究所編：《中國共產黨新聞工作文件彙編》（下卷），新華出版社，1980 年版，第 135～136 頁。

原始的秘密結社，決不能有組織的，有計劃的，有策略的行動。」[1]把黨報建設成爲全國性的政治機關報，不僅關係到黨報自身的生存與發展，還關係到黨的生存，沒有黨報，便不能有黨的存在，這是以黨報建黨思想的最明確表述。

第二，黨報是集體的組織者。

1901年5月，列寧在《從何著手？》一文中提出，「黨報不僅是集體的宣傳員和集體的鼓動員，而且是集體的組織者。」[2]列寧的這段論述廣爲早期的中國共產黨人採納，成爲一句流行語。《紅旗》雜誌刊載社論《提高我們黨報的作用》，開篇就是「列寧論黨報的作用」：「黨報並不只是一個宣傳鼓動的中心，他同時是一個組織的中心。一個無產階級政黨的黨報，他必須深入於無產階級群眾中間。在他的宣傳與鼓動之下，自然可以擴大黨在無產階級群眾中政治影響，可以更加緊黨與群眾的聯繫，這就是一種偉大的組織作用。再加以供給黨報的材料，必須有經常的採訪，必須在各工廠、農村、兵營中，都有黨報的通訊員。爲了適當的分配報紙，必須有經常的發行交通網，他又必須與各個工廠、農村、兵營有密切的聯繫，以使黨報能很快的經常的傳到讀者手中。黨與群眾的關係，因爲黨報的作用而要更加鞏固與擴大，這就是偉大的組織作用。因此，列寧告訴我們，黨報不僅是集體的宣傳者與鼓動者，並且同樣是一種集體的組織者，這是非常重要的。」[3]李立三撰寫的《黨報》一文，同樣論述了黨報的作用：「無產階級政黨是無產階級革命的先鋒隊，因此他必須進行廣泛的宣傳鼓動的工作，以動員本階級以及廣泛的同盟軍（主要是農民）的極廣大群眾。所以黨報的第三個任務，就是要異常敏銳的抓住一切日常進行極廣泛的政治宣傳與鼓動。如果沒有這樣經常的宣傳鼓動工作，便無法動員廣大群眾在黨的政治口號之下行動起來！」[4]《紅旗》雜誌刊載《黨員對黨報的責任》一文，這樣論述黨報的作用：「列寧說：黨報不僅是一個集體宣傳者與鼓動者，而且是一個集體的組織者。從列寧這句話便可以

1　李立三：《黨報》，1930年5月10日，中國社會科學院新聞研究所編：《中國共產黨新聞工作文件彙編》（下卷），新華出版社，1980年版，第126頁。
2　列寧：《從何著手》，《列寧全集》第5卷，第8頁，人民出版社，1986年10月第2版。
3　《提高我們黨報的作用》，《紅旗》，1930年3月26日，中國社會科學院新聞研究所編：《中國共產黨新聞工作文件彙編》（下卷），新華出版社，1980年版，第34～35頁。
4　李立三：《黨報》，1930年5月10日，中國社會科學院新聞研究所編：《中國共產黨新聞工作文件彙編》（下卷），新華出版社，1980年版，第127頁。

知道黨報的作用是多麼偉大。我們的黨是無產階級的前鋒軍，黨報就是前鋒軍的旗號，是全黨的一座燈塔。我們每個黨員不但應當擁護我們的旗號，而且要使旗號的影響更加遠大，使這座燈塔更放光明，普照到廣大工農勞苦群眾中間去。」[1]李卓然在《怎樣建立健全的黨報》一文中指出：「關於黨報的重要作用，列寧曾經說過：『黨報可以而且應該成爲黨的思想上的領導者，系統發揮理論的眞理，策略的原則，一般組織上的思想上的各個時期內一般的任務。』又說：『黨報的作用，決不止於散佈思想，政治教育和吸收政治的聯盟者，黨報——不但是一個集體的宣傳者，集體的煽動者，還須是集體的組織者。』列寧這些名言，對於我們建立健全的黨報實具有實際的指導作用。」[2]李富春在《「紅中」百期的戰鬥紀念》一文中寫道：「『紅中』目前在組織者的責任上說還趕不上宣傳者的作用大，我以爲『紅中』今後不但要經過通訊員來擴大訂閱組織讀者，更要有系統的介紹各種群眾性組織（如突擊隊、耕田隊等）的作用和工作以及其經驗，在一定的黨的任務和蘇維埃具體的號召中，同時提出完成這些號召的方式和組織的方法！」[3]《紅色中華》在創刊百期的時候，博古指出：「《紅色中華》是蘇區千百萬群眾的喉舌，是我們一切群眾的集體宣傳者與組織者。熱望著『紅中』更提高它的集體宣傳者與組織者的作用；熱望著『紅中』更大的成爲在國內戰爭中鼓勵前進的喇叭，經濟戰線上的哨兵，保衛黨的總路線而鬥爭的衛士與爲著獨立自由的蘇維埃中華而奮鬥的戰士。」[4]鄧穎超指出：「『紅中』應成爲中共和蘇維埃中央的每一個戰鬥號召首先響應者，最積極努力的宣傳者與組織者！成爲全國革命運動的宣傳者與組織者！」[5]凱豐指出：「《紅色中華》是中華蘇維埃政府的一個機關報，

---

1 《黨員對黨報的責任》，《紅旗》，1930 年 5 月 10 日，中國社會科學院新聞研究所編：《中國共產黨新聞工作文件彙編》（下卷），新華出版社，1980 年版，第 131 頁。
2 李卓然：《怎樣建立健全的黨報》，《戰鬥》第 1 期，1931 年 7 月 1 日，中國社會科學院新聞研究所編：《中國共產黨新聞工作文件彙編》（下卷），新華出版社，1980 年版，第 146 頁。
3 李富春：《「紅中」百期的戰鬥紀念》，《紅色中華》，1933 年 8 月 10 日，中國社會科學院新聞研究所編：《中國共產黨新聞工作文件彙編》（下卷），新華出版社，1980 年版，第 153 頁。
4 博古：《願〈紅色中華〉成爲集體的宣傳者和組織者》，《中國共產黨新聞工作文件彙編》（下卷），新華出版社，1980 年版，第 155 頁。
5 鄧穎超：《把「紅中」活躍飛舞到全中國》，《紅色中華》，1933 年 8 月 10 日，中國社會科學院新聞研究所編：《中國共產黨新聞工作文件彙編》（下卷），新華出版社，1980 年版，第 158 頁。

他是爭取從民族危機與經濟浩劫，蘇維埃出路中的不僅是集體的宣傳者並且是集體的組織者。」[1]

圖 3-4　《紅色中華》第 100 期（資料來源：全國報刊索引資料庫）

---

1 凱豐：《給〈紅色中華〉百期紀念》，《紅色中華》，1933 年 8 月 10 日，中國社會科學院新聞研究所編：《中國共產黨新聞工作文件彙編》（下卷），新華出版社，1980年版，第 161 頁。

在強調黨報的宣傳與組織作用的過程中，中國共產黨報人強調，黨報的宣傳與組織作用不是空洞的口號，要結合具體工作貫徹落實下去。博古結合紅軍宣傳的實際，批評「我們的群眾報紙，對於紅軍的光榮與偉大的勝利沒有充分的加以宣傳和散播」，他號召通過各種出版品——報紙、傳單等，來進行一個擁護紅軍的運動，指出：「我們的報紙不僅要經常的廣大的傳播紅軍勝利的消息，而且要成為擁護紅軍運動的組織者。每一個紅軍的勝利消息應該與號召群眾擁護紅軍聯繫在一起。每一個群眾報應該在讀者中間進行『一個銅板的擁護紅軍募捐』，『動員工人加入紅軍』，及組織『紅軍之友』等等的活動。報紙不僅是宣傳者，它同時應該是組織者。」[1]張聞天也強調要具體落實黨報的宣傳與組織作用：「我們不但要使我們的報紙成為集體的宣傳者，而且也要它成為群眾運動的組織者。把列寧這句名言拿來一千零一遍的背誦，並不能在實際上真正轉變我們的工作。這裡同樣的需要堅持到底的布爾什維克的具體的實際工作。」[2]可見，列寧那句著名的話，即「報紙不僅是集體的宣傳員和集體的鼓動員，而且是集體的組織者」，在 20 世紀三十年代的中國流傳很廣，幾乎成了列寧的經典語錄。

第三，黨報群眾工作。

列寧的黨報群眾工作思想主要體現在有關黨報發行工作的論述中。列寧的這一思想被引介到中國，並得到進一步闡發。

讀黨報是黨報群眾工作的首要組成部分。李卓然指出：「讀黨報……是每個黨員實際工作中有機的組成部分而且是最重要政治任務之一，不要說，我不會做文章，沒有空做文章，更不要推諉，說讓會做文章的同志去做文章，因為這些只是你不積極參加黨報工作的藉口，使你消極地反對了黨報集體的領導作用。」[3]《紅旗》雜誌刊文強調：「讀黨報是每個黨員的權利，同時也是每個黨員的義務……黨員與黨的正確關係，乃是建立在黨員自覺的為黨工作上，黨報便是黨的活動的指針。所以，不讀黨報——其嚴重的政治意義與不繳納黨費一樣——，便無從執行黨員為黨工作的起碼條件，便使自己的政治

---

1 博古：《我們應該怎樣擁護紅軍的勝利》，《中國共產黨新聞工作文件彙編》（下卷），新華出版社，1980 年版，第 169 頁。

2 洛甫（張聞天）：《關於我們的報紙》，《中國共產黨新聞工作文件彙編》（下卷），新華出版社，1980 年版，第 184 頁。

3 李卓然：《怎樣建立健全的黨報》，《戰鬥》第 1 期，1931 年 7 月 1 日，中國社會科學院新聞研究所編：《中國共產黨新聞工作文件彙編》（下卷），新華出版社，1980 年版，第 147 頁。

生命，得不到黨的政治糧食的滋養。」[1]

　　發行黨報是黨報群眾工作另一重要組成部分。《紅旗》刊載社論《提高我們黨報的作用》指出：「我們看，列寧對於發行工作是如何的重視，他認為是準備暴動示威的『一半』。但是目前中國黨內，對於發行問題是完全普遍存在著非列寧主義的觀點。最大多數的同志，都只將發行工作看成『技術』工作，完全沒有從政治上，從黨與群眾的關係上，去重視這一工作。目前中國黨報在全國廣大群眾中不能起有力的領導作用，其中一個最根本的原因，就是沒有建立普遍全國的發行網。這種現象是不能允許的，尤其到中國革命繼續擴大發展的時候，擴大黨報的發行，成了一個非常迫切的急待解決的問題。同志們，讀者們，我們想很快的促進革命高潮嗎？！請你趕快起來擁護中國共產黨的黨報……儘量的擴大發行。[2]《紅旗》雜誌刊載《黨員對黨報的責任》一文又強調：「黨報的內容，無論如何豐富精彩，假使沒有很好的發行工作將黨報散佈到一般黨員以及群眾中間，則黨報的作用亦就等於失掉。因此，每個黨員必須認為推銷黨報，尤其幫助建立全國全省發行交通網，是自己的一種天職。」[3]

　　替黨報做文章也是黨報群眾工作的重要組成部分。張聞天從黨報與黨的領導工作的關係角度進行論述：「要做好我的領導工作，我必須把在實際工作所遇到的困難與問題和我在實際工作中所得到的經驗告訴人家。如若我用口頭上傳達，那我一天至多只能把我所要說的話傳給幾個人。我花的時間非常多，然而我得到的效果卻是非常之少。假使我把這一點同人家說話的時間花在寫文章中，那我的文章發表後，立刻可以傳達到全黨，給全黨的同志看到，使我的經驗能夠為全黨的同志所採納與應用，使我在實際工作中所得到的困難與問題引起全黨的注意與討論，使這些困難與問題能很快得到全黨同志集體的解決。這樣我方才能夠順利的執行我的領導責任。而黨報也就成了黨的領導的機關報……所以黨的工作的負責者……經常為黨報供給文章，是他的

1　《黨員對黨報的責任》，《紅旗》，1930 年 5 月 10 日，中國社會科學院新聞研究所編：《中國共產黨新聞工作文件彙編》（下卷），新華出版社，1980 年版，第 131～133 頁。

2　《提高我們黨報的作用》，《紅旗》第 87 期，1930 年 3 月 26 日，中國社會科學院新聞研究所編：《中國共產黨新聞工作文件彙編》（下卷），新華出版社，1980 年版，第 38 頁。

3　《黨員對黨報的責任》，《紅旗》，1930 年 5 月 10 日，中國社會科學院新聞研究所編：《中國共產黨新聞工作文件彙編》（下卷），新華出版社，1980 年版，第 132 頁。

實際工作的有機組成部分，是他必須盡的責任。」[1]《黨的生活》指出：「黨的生活」與其他刊物的區別，不僅在於他要討論黨的問題，而更在於他是一般黨員的喉舌。『黨的生活』的作者，絕不能只是幾個好說話的編輯，而要是自中央以至支部的同志。因此，『黨的生活』很希望一切同志都能向他投稿，我們將要儘量的刊登來件。[2]也就是說，黨的報刊必須由黨組織經辦並由黨員直接經辦，黨員同志有義務向黨的報刊供稿。

替黨報做文章，必須同時做好通訊員工作：「黨員對黨報的責任，具體說來，有下列幾點：第一，便是做黨報的通訊員，尤其是工廠農村中的通訊員。黨報的內容，要更能夠反映工農群眾的要求，要更能夠代表廣大勞苦群眾的呼聲，要更能指給勞苦群眾以鬥爭的出路，則黨報在群眾中的通訊網，是絕對而必需的工具。做這種通訊員正是每個黨員的責任……全黨的同志，應該自覺的做黨報的通訊員，使黨報更能起集體的宣傳鼓動與組織的作用。如果黨報內容不合於宣傳鼓動之用時，即使發行工作做得好——實際上也不會好——，也必然失去了黨報主要的作用。」[3]

總之，讀黨報，發行黨報，替黨報做文章，都每位黨員的責任，也是每位黨員的義務，正如李立三所強調：「黨報是要整個黨的組織來辦的，單只靠分配辦黨報的少數同志來做，不只是做不好，而且就失掉了黨報的意義！所以每個黨的組織以及每個黨員都有他對於黨報的嚴重的任務：第一讀黨報，第二發行黨報，第三替黨報做文章，特別是供給黨報以群眾鬥爭的實際情形和教訓。這決不是少數管理黨報工作的同志的任務，而是每個同志的任務，而且是比之納黨費，參加黨的會議，還更重要十倍的必須盡的義務。如果那一黨員不參加黨報的工作，便缺乏了他做黨員的主要條件……不讀黨報，決不會瞭解黨的政治路線；不發行黨報決不能使黨的政治影響深入廣大群眾去；不替黨報通信，便不能使黨報迅速的反映群眾的實際生活，綜合實際鬥爭的經驗。我們號召每個同志必須認識：讀黨報，發行黨報，替黨報做文章，

---

1 思美（張聞天）：《怎樣完成黨報的領導作用？》（報告），《中國共產黨新聞工作文件彙編》（下卷），新華出版社，1980 年版，第 141 頁。

2 《「黨的生活」的任務》，中國社會科學院新聞研究所編：《中國共產黨新聞工作文件彙編》（上卷），新華出版社，1980 年版，第 19 頁。

3 《黨員對黨報的責任》，《紅旗》，1930 年 5 月 10 日，中國社會科學院新聞研究所編：《中國共產黨新聞工作文件彙編》（下卷），新華出版社，1980 年版，第 131～132 頁。

通信，參加一切黨報工作，這是每個黨員必須盡的義務！」[1]

　　綜上可見，幫助黨報做好發行，是列寧提倡的做好黨報群眾工作的一個重要方面，中國共產黨報人將其拓展爲三個方面，即全體黨員在幫助做好發行工作的同時，還要讀黨報，替黨報做文章。通過這三項工作的開展，可以加強黨報對群眾的領導。這三項工作是要求全體黨員來參加的，因此，這三項工作的開展，同時也是實現黨組織辦黨報的有力途徑。這一思想，爲40年代延安時期中國共產黨黨報理論的形成，尤其是全黨辦報理論的提出，奠定了思想基礎。

第三節　民營報人的新聞學研究

　　民國南京政府前期，是民營報業發展的一個黃金期。民營報業的發展爲民營報人的新聞理論探討提供了實踐基礎。民營報人對新聞事業的公共性質、中國新聞事業的發展歷史、新聞編輯、報業經營與管理進行理論分析與探討。民營報人多以新聞爲第一職業，其新聞理論探討，呈現出鮮明的新聞專業精神與學術化特徵，也具有一定的理想主義色彩。

一、新聞事業的公共性與歷史分期

　　民營報人不約而同將關注目光聚焦於新聞事業的公共屬性問題。胡政之反覆強調新聞事業的公共性：「新聞事業應爲國家公器，新聞記者應爲社會服務。所以新聞事業不應該專重營利，只圖賺錢；也不應該專供政治利用，要爲公理公益張目。」[2]「報紙是文化的工具，乃天下之公器，非作報的人所可得而私，同時政府與國民對於報紙也應當盡力調護，使他能夠生存發達，無忝於文化工具的使命。」[3]戈公振指出，蘇俄不准私人辦報，只准團體辦報。「舉凡市民，農人等協會，俱可刊行報紙。這類報紙，雖未能完全代表公共的輿論，但能代表一部分的利益。」爲此，戈公振提出：「現在報紙最關重要的改進，就是將報紙由私人的機關，變爲公共的機關，實行報紙的公有化。」[4]成

1　李立三：《黨報》，1930年5月10日，中國社會科學院新聞研究所編：《中國共產黨新聞工作文件彙編》（下卷），新華出版社，1980年版，第126～127頁。
2　胡政之：《新聞記者最需要責任心》，《燕京校刊》，1932年4月29日。
3　胡政之：《作報與看報》，《國聞週報》第12卷第1期，1935年1月1日。
4　戈公振：《報紙的將來》，黃天鵬編：《新聞學演講集》，上海現代書局，1931年版。

舍我認為，「報紙是一種最重要的社會公器，他實在兼有公園、圖書館兩種不同的性質。一方面給人愉快，一方面給人知識。」[1]周孝庵指出，「報紙是一個公共機關，除登正確的新聞以外，更有『為民喉舌』評述時事的責任。」[2]

圖 3-5 《報學季刊》第 1 卷第 3 期（資料來源：大成老舊刊資料庫）

1 成舍我：《中國報紙之將來》，《新聞學研究》，燕京大學新聞學系，1932 年版。
2 周孝庵：《報紙的實益主義》，《復旦大學新聞學系紀念刊》，復旦大學新聞學會，1930 年版。

　　郭步陶系統論證新聞事業的公共性：「新聞紙的最大用處是傳佈或者批評人類中公同所注意的消息，這消息直接或間接和人類公共福利有密切關係的，所以新聞事業是人類公共事業的一種」[1]。新聞事業的公共性可以從四個層次來理解：第一，新聞事業非個人事業。以個人主義為宗旨辦的報紙，是以自私自利為大前提，並把報紙當作達到目的之工具，這樣的辦紙「萬難辦得好」，「就是果然有些進步，也只能算是他個人事業的進步，決不能算是新聞事業的進步」[2]。第二，新聞事業非經商事業。郭步陶認為，「報紙是可以販賣的一種物品，廣告也取相當代價，要說新聞事業，完全離開商業行為，當然是不可能的。但若要把新聞事業，和其他一切商業，一體辦理，即又未免有違新聞學原理。因為商業以能獲利為原則，新聞事業則認有利於公眾為原則」[3]。新聞事業與商業「天然的分界就是公和私的兩個字」，新聞事業在形式上、組織上雖然和商業有些相混，「然而精神的為公眾服務，要自有它特異的一點」[4]。第三，新聞事業非御用的事業。新聞事業的使命一是報告最新的事實，一是發表公正的言論，只要是做了御用的機關，無論記事或評論，都要聽命於人。因此，「凡是真正新聞事業，無論是官辦是民辦，都不能出以御用方式」[5]。第四，新聞事業乃最忠實的公眾事業。一個新聞，必定要關於大眾的才有價值，新聞的內容，必定大眾感覺有趣興的才為合格，新聞的形式必定大眾所認為美觀的才是真正的美觀。新聞紙中的評論，不能以自己的意思為意思，一定把大眾的意思為意思。就是有時大眾的意思，不能看得十分明白，也要準情度理，把大眾的利益放在前面，來發議論。「因為新聞事業乃大眾的事業，決不容參雜一些個人的意見。凡是記載一事件，必定要拿無態度的態度，去對照它。譬如高懸一明鏡，事件的形形色色，都依照它原來的態度一一照出，鏡子決沒有一毫態度添加在中間。對於事件而評判它的得失，也只把它的真相尋出，昭示於人們，決不用一毫主觀的成見，妄行武斷。譬如擺一秤在這裡，事件的分量多寡，都在秤星和秤錘上，自然表現出來，秤的本身並不能強自限定事件的分量。所以新聞事業不但是大眾的事業而且是最踏實的公眾事業。」[6]

1　郭步陶：《新聞事業和共同原則》，《報學季刊》第 1 卷第 3 期，1935 年 3 月 29 日。
2　郭步陶：《本國新聞事業》，申報新聞函授學校，1935 年版，第 4 頁。
3　郭步陶：《本國新聞事業》，申報新聞函授學校，1935 年版，第 16 頁。
4　郭步陶：《本國新聞事業》，申報新聞函授學校，1935 年版，第 17 頁。
5　郭步陶：《本國新聞事業》，申報新聞函授學校，1935 年版，第 20 頁。
6　郭步陶：《本國新聞事業》，申報新聞函授學校，1935 年版，第 22～23 頁。

圖 3-6　郭步陶（1879～1962）（資料來源：《復旦大學新聞學系紀念刊》1930 年 6 月）

　　民營報人關於中國新聞事業發展歷史分期的研究，富有特色。郭步陶將中國新聞事業分成官府的新聞事業與民眾的新聞事業兩類，對每一類新聞事業的發展過程進行了分析。

　　官府的新聞事業分成四個時期：原始時期、胚胎時期、形成時期、興盛時期。

　　第一，原始時期。在沒有書簡以前，口頭所說的話，往往都有新聞的性質。尤其是歌謠，流傳寬廣而久遠。歌謠的內容，要麼「都是帝王的言論，好像官報的上諭的樣子」，要麼「都是帝制時代君臣相互警戒，或勸勉的詞，和官報上的教令奏章等，頗覺有些相仿」。這些歌謠雖是民間的，「卻都是做君主的自己到鄉間所聽得來的，可以說是官報中採訪的第一次創行了。這一段時間，便是官府新聞事業的原始時期」[1]。

　　第二，胚胎時期。「伏羲畫卦，倉頡造字而後，朝廷上有了史官，於是左史記言，右史記事。記言的，好像報上的言論；記事的，好像報上的新聞。後來到了三代的時候，朝廷派了一些官員，分春秋二季，到民間去巡行。一面有警戒人們的意思，一面有訪問人民生活狀況的意思。這和現在的訪員出外採訪新聞，似乎沒有多大分別。又周朝時，民間的里巷歌謠甚多，平時由

1　郭步陶：《本國新聞事業》，申報新聞函授學校，1935 年版，第 26 頁。

官府派人出去採集，天子巡狩到來，就把它獻了上去，藉此可以觀看民風。現在《詩經》裏的十五國風，就是這類人們留下的成績。在國風各詩中，有描寫社會情狀的……有批評國家政治的……更能將當時民生疾苦，國政廢弛的情況，儘量寫出。這宗地方，和報紙為民眾服務的精神，又有什麼比不上？詩亡而後，各國都自有春秋，春秋是古時史書的通稱，這時史官的記事，都很慎重，不但聽見，而且要多人看見的事，才肯把它記下。比現在一般以『有聞必錄』四字為護身符的老槍記者還好得多。在那時做史官的，多很認真辦事，尤其是在國家有重大事故時，必拼命的批評。如齊太史對於崔杼的弒齊君，晉太史對於趙盾的弒晉君，都是把性命，和那時的威權者奮鬥，才把那當記的事，公開的記了下來。這種精神，真正是辦新聞事業的人們所萬不能少的。所以說官府的新聞事業，在這時期，已經結成了正當的胚胎了。」[1]

　　第三，形成時期。胚胎時期「雖然都有合於新聞事業的精神，但是那時還沒有紙筆，凡有記錄，多半是刻在竹簡或木簡上，很覺費事。而且是在史書上記著，留給後人看，並不一定在當時可以公布於大眾。所以只能說有新聞事業的意思，究竟不能算是有新聞事業的形體。後來到秦朝，蒙恬造了筆。到漢朝，蔡倫造了紙。到隋朝，才用雕版來印書。到了宋朝才發明膠泥的活版……這是中國新聞事業所用的工具，和努力發明的成績，經幾千年的順序，逐漸前進，始能日趨於近代式的真憑實據。決不是外國教士來到中國，我們才有新聞事業的工具；也決不是外國人在中國辦了報，我們才努力新聞事業的工作」[2]。這一時期，尤其值得注意的是邸報的發展。邸是諸侯在京城的官舍，而邸報是諸侯派的人，住在京邸，寄與諸侯的報告，或把諸侯的奏章轉呈到朝廷上的。這些報告，不過是諸侯或疆吏，對朝廷政治關心，個人謀求消息靈通而已。認為邸報是官報的濫觴，不僅僅因為諸侯或疆吏是官，更因為傳達消息是新聞事業的一個重要元素，而這些「報告」，都是「很迅速的」，和胚胎時期「僅僅記在史書上，是大不相同了」。需要注意的是，漢時的史書中，只有「邸」的記載，而沒有「邸報」的記載，「直到唐朝的集部中，才有說到的。不過那時的邸報，已經可以公開的供給大眾觀覽了。這是邸報的本身，已經由個人消息，進而為公眾消息。也就是邸報的功用，除很迅速的傳達消息外，又添了一種公布性，更加有合於新聞學的原則了。我們可以說：

1　郭步陶：《本國新聞事業》，申報新聞函授學校，1935 年版，第 27～28 頁。
2　郭步陶：《本國新聞事業》，申報新聞函授學校，1935 年版，第 30～31 頁。

中國的官府新聞事業，到唐朝已依著正當的形成途徑，向前邁進」[1]。手寫新聞何時演變到雕版新聞，雖然說不出具體的時間來，但到了唐朝，的確有一種新聞紙，是用雕版印成的，即「開元雜報」。雖然開元以後，也沒有多少雕版的新聞紙可以看見，「然而開元時候，既然有這樣記事體例，這樣刊本形式的新聞紙印行，我們總可以說：中國的官府新聞事業，到唐開元時，已經規模粗具了」[2]。

第四，興盛時期。到了清代，邸報的名字「消滅」，代之而起的是塘報和驛報。當時各省寄京城的文報，由兵部派員駐省管理，名叫提塘，這是取名「塘報」的原因。由京城發出的文報，沿途由驛站轉遞，以達到應投的省份，塘報的發送，也要通過驛站，所以把寄往京城或各省的一往一來的文報，都叫做驛報。塘報和驛報雖然都有「報」的名字，但在實際上，與現在的新聞紙差異很大。所以後來的官員中有請求恢復邸報的，有請辦官報的，但都沒有成為事實。直到維新運動開始後，《官書局報》、《官書局彙報》得以創辦，上海的《時務報》也改成了官報。清政府下詔預備立憲後，又創辦了《政治官報》。辛亥革命後，代替《內閣官報》的有《民國公報》、《臨時政府公報》、《軍政府公報》等，內容大半是命令公文條例一切章規，幾乎與宮門鈔、轅門鈔差不多。此外還有一些無形的官報，表面上看和民間所辦的報差不多，但是它們的記事與評論，總是對官場有所偏袒，因為它們的經費，是從官府拿來的，它的主要人物，是由官府指派而來的。所以它的精神，它的靈魂，總是專屬於官府。這類報紙很多，幾乎每一都市都有，而且不止一家。至於臨時或長年受官府津貼，替官府作留聲機的「準官報或半官報的」，更是多了。「我們就說中國官報的發達，今日已到極點，也未嘗不可。」[3]

民眾的新聞事業分為五個時期：發動時期、醞釀時期、形體漸備時期、漸次興盛時期、墮落時期。第一，發動時期。求知的欲望，是人人都有的。對於人們所要知的事物，予以供給，或加以監督和指導，就是新聞事業的惟一職責。在堯舜的時候，民眾的意思，多半從歌謠裏表示。重在人君的查訪，就是官報的事情；而重在歌唱的人們，就是民眾的新聞事業。當堯死的時候，民眾不謳歌堯的兒子，而謳歌舜，君主的位置，就由舜繼承下去。舜死的時

1　郭步陶：《本國新聞事業》，申報新聞函授學校，1935 年版，第 33～34 頁。
2　郭步陶：《本國新聞事業》，申報新聞函授學校，1935 年版，第 34～35 頁。
3　郭步陶：《本國新聞事業》，申報新聞函授學校，1935 年版，第 40 頁。

候，民眾不謳歌他的兒子而謳歌禹，禹因此繼承了君位。禹死的時候，民眾
謳歌禹的兒子，於是創立了家天下的制度。夏朝的天下，雖由民眾謳歌而來，
但他的子孫夏桀無道，民眾十分痛恨，民間流傳著詛咒桀的歌謠，夏朝四百
年的基業終於葬送在桀的手裏。周厲王「防民之口，甚於防川」，人們不敢明
言議論，但彼此怒目而視，以表示心裏的不滿，最終周厲王被民眾驅逐，逃
死於外。這些說明，民眾意旨不可輕侮，「也就是民眾報紙的精神，所最重要
的一點。不過他們所憑藉以發表民意的工具，只是歌謠，只是言詞，還沒有
見之於書面。所以不能即認為真正的新聞事業，而只能說是新聞事業的意旨
發動」[1]。第二，醞釀時期。春秋的時候，已經有由言語而進於書面的新聞事
業的產生，就是孔子刪訂的《詩經》和孔子所作的《春秋》。《詩經》的《國
風》，本來採自民間歌謠，因為採此歌謠的人是官府所派的史官，所以列入官
府新聞事業的一部分。但孔子刪定《詩經》的時候，只是一介平民，並沒有
受過官府的命令，孔子自定的標準是「思無邪」。在此是就編輯而言，而前者
是就採訪而言。《春秋》本是古時史書的通名，但是孔子所作的《春秋》又與
眾不同，孔子有個總綱是尊王，他對於一切「僭竊」都要加以抑制。《春秋》
的底本是魯史，而孔子的口誅筆伐，絕對與魯史是兩樣的。孔子雖曾作魯國
宰相，但是他作《春秋》時，已經回到平民身份，並不是以魯相的名義而修
改魯史。各國的《春秋》重在紀事，而孔子作《春秋》，重在褒貶，有報紙上
評論的意思。郭步陶還特別指出，在這一時期，中國平民中已有了「廣告術」，
這個人就是陳涉。秦始皇子孫的萬世基業，被他一呼而推倒；皇漢四百餘年
的天下，卻由他發難而造成，這與他的「廣告術」有關。陳涉的「廣告術」，
「說也可笑，在他自己，並不知道什麼是廣告術，就是讀史的人們，研究他
一生，也找不到他和人談廣告的事。只是他發難的前一夜，作了一件很新鮮
很惹人注目的事，就是一面叫人在廟中深夜作狐鳴，喊著『大楚興，陳勝王』
六個字；一面叫人買許多魚，用布寫這六個字，塞進魚腹內，再到市上去賣。
那時一方的人，夜間聽了人叫這六個字，午間買魚剖腹，又看見這六個字，
於是不約而同地都來擁護陳涉作王了。陳涉自己不用向人演說，也不叫人四
出運動，只是這樣一做，他的發難，便告成功。你看他這廣告術，高明不高
明」[2]。第三，形體漸備時期。郭步陶認為，漢朝司馬遷作《史記》，唐朝杜甫、

1　郭步陶：《本國新聞事業》，申報新聞函授學校，1935 年版，第 43 頁。
2　郭步陶：《本國新聞事業》，申報新聞函授學校，1935 年版，第 45 頁。

白居易作詩，都具有民眾新聞事業的意義。因爲《史記》是通史，是把唐虞以至漢初的歷朝史事集合起來，作爲有系統的敘述，是有合於近代新聞學中綜合編輯法的。司馬遷雖繼承父業，但大部分材料，得之於他的遊歷，這是合於採訪學的地方。杜甫的詩，多寫當時朝政和民間疾苦，都是當時的事實。白居易的詩，對於國家治亂、社會情況，多有專篇敘述，這與政治新聞、社會新聞有些相仿。司馬遷雖做過史官，杜甫雖做過工部的官，白居易雖做過江州司馬，但他們的作史作詩，完全是以平民資格而著述的。我們看《史記》裏面，失敗的項羽列入本紀，陳涉孔子列入世家，遊俠貨殖列入列傳，便可知道司馬遷的平民精神是很濃厚的。杜甫詩中有「少陵野老吞聲哭」之句，白居易的詩淺顯易解，即可以知道他們著作的平民化了。郭步陶指出，無論是史是詩，都可以說「已成一種形體」，不過是私人的著作，在當時不一定公之於大眾，和新聞事業的公布性、普遍性，不甚符合，只是含有新聞事業的意義。到了宋朝，因爲邸報傳佈消息非常緩慢，邸中辦事的人，想要先得消息，就不等定本成，私自先把消息傳出，往往假稱家信，從驛站發出。這和新聞定義的「新」字是很相合的。後來官府知道了，便把定本革去，想要免去這個弊病。但是偷漏消息的人，並不因爲革去定本而罷手。無論是詔旨、命令等機要事件，一經看見，便爭抄寫在小紙上，立即飛也似地報到四方去了。因爲紙小，便叫做「小報」。「小報」傳遞的消息，有的因中途改換等原因，會產生不符合事實的情況。官府惱恨小報走漏消息，或造謠生事，下令禁止。「這是民眾新聞事業，從意義而到具體的一個過程，也可算是一種進步的徵象了。」[1]元明兩朝，邸報中雖有一些民間的消息傳播，而辦邸報的人，都是官吏，民眾新聞事業自然發展不起來。到了清朝，邸報沒有了，代之而起的是京報。京報的內容雖然完全從內閣得來，但編印的人並不是官吏，發售的人也不是官吏，京報是民眾辦理的新聞事業而不是官辦的新聞事業。京報雖有編印人、發行人、報房，但和近代報館的組織，也相差不遠了，但人們「不過把報紙當作一種貨物，靠它賺些銀錢罷了。就內容來說，京報所載的，只是些諭旨奏摺，宮門抄等，並沒有評論和民間新發生的事件，除一般做官的人們外，民眾很少閱看的」[2]。所以京報也只是「形體漸備」的民眾的新聞事業。第四，漸次興盛時期。眞正的民眾報紙，到了清末同治光緒年間，

1　郭步陶：《本國新聞事業》，申報新聞函授學校，1935 年版，第 49 頁。
2　郭步陶：《本國新聞事業》，申報新聞函授學校，1935 年版，第 51 頁。

才真正產生。在此之前，外國人在中國已經辦了不少中文報紙，「但是我們只能認它是外人侵略中國的工具，決不能認它是中國民眾的報紙」。到了漢口《昭文新報》、香港的《循環日報》、上海的《彙報》、《新報》等產生，都是中國民眾新聞事業的正式創始，形式與精神，都與近代報紙不相上下了。但是國內風氣未開，看的人太少，大半開辦不久就停刊了。維新運動中，《中外紀聞》、《強學報》、《國聞報》、《時務報》的創辦，都能「鼓動一時人心」，可惜不久政變發生，「民眾新聞事業，方才開端，便受了這樣一個大打擊」。此後，以康有為、梁啓超為首的「君憲派」據《清議報》、《新民叢報》為陣地，以孫文為首的「民主派」據《民報》為陣地，雙方展開了論戰，兩派雖有時不免過於偏激，但都能精神飽滿，議論動人，為中國新聞事業最有精彩的一時期。第五，墮落時期。「辛亥革命成功，外人譏之為報紙革命，電報革命，話雖說得刻毒一點，實際上，多少地方的光復，是從報紙鼓吹，而弄假成真的，也是盡有的，報紙的興盛，到此而極，報紙的衰敗，也就從此而起。民國成立，民黨報紙的有力人物都去做官，所留存的多是二三等人物，精神自然要較前差池了。清室既倒，君憲派固為大勢所迫，不能不緘口結舌，民主派志得意滿，攻擊的目標已失，精神自必一天渙散一天。這都是民眾報紙，所以漸次墮落的原因。」[1]

　　應當指出，郭步陶關於中國新聞事業史分期的研究，具有以下值得肯定的地方：第一，其研究中揭示了人類傳播現象的演進過程。郭步陶所說的歌謠、伏羲畫卦、倉頡造字、蒙恬造筆、蔡倫造紙、《詩經》、《國風》、《春秋》、《史記》、白居易的詩歌、陳涉的「廣告術」、邸報、京報等，看似雜亂，實際上揭示了人類傳播現象的演化過程，即中國新聞傳播現象在漫長的歷史過程中先後經歷了「口頭傳播」、「文字傳播」、「印刷傳播」的形式轉變。雖然說郭步陶對人類傳播現象的研究是「誤打誤撞」式的，是把它們誤作「新聞事業」而加以研究的，但他畢竟在客觀上較為全面地研究了人類新聞傳播現象，這無疑具有一定的積極意義。第二，其研究對民辦新聞事業給予了充分關注。郭步陶將民辦新聞事業的創始追溯到19世紀70年代初的《昭文新報》、《循環日報》、《彙報》、《新報》，正確揭示了中國新聞事業發展特徵。還應當指出的是，郭步陶關於中國新聞事業史歷史分期的研究，也存在不足之處。他沒有從理論上將新聞傳播現象與新聞事業區別開來。新聞傳播現象，是伴

1　郭步陶：《本國新聞事業》，申報新聞函授學校，1935年版，第54頁。

隨著人類的產生而產生的,而新聞事業則是近代社會政治、經濟、文化綜合作用的產物。然而,郭步陶在對中國新聞事業史進行歷史分期的過程中,混淆了新聞傳播現象與新聞事業兩個不同概念,誤將新聞傳播現象等同於新聞事業。他所說的官府新聞事業中的「原始時期」、「胚胎時期」、「形成時期」,與民眾新聞事業中的「發動時期」、「醞釀時期」、「形體漸備時期」都是對中國歷史上新聞傳播現象演變規律的揭示。「兩類九期」論中,只有官府新聞事業的「興盛時期」與民眾新聞事業的「漸次興盛時期」與「墮落時期」是在研究中國新聞事業的發展過程,在這裡他分別探討了作為中國新聞事業之組成的官報與民報的產生情況。他誤將人類傳播現象的發展過程當作中國新聞事業發展的歷史過程來研究,最終妨礙了他對中國新聞事業發展歷史的正確的認知。

二、精益編輯與實益主義

民營報人對其專業化的豐富的新聞編輯實踐進行理論昇華,首先論述精益編輯理論。1928 年,周孝庵的《最新實驗新聞學》出版,其第二編是「新聞編輯法」。周孝庵多年擔任上海《時事新報》的編輯,也曾兼任復旦大學新聞系的新聞編輯教授,他在《最新實驗新聞學》中,對《時事新報》的精益編輯實踐進行了經驗總結。當中國報紙由「言論本位」進入到「新聞本位」這一新的歷史階段,新聞在報紙上的地位愈來愈高,新聞的採寫量也越來越大。電報已由每日不足百字,發展到每日四五千字以上;電報的排印由最初的二號鉛字,發展成為四號字;本埠新聞的排印,大多由三四號鉛字改用五號字或六號字[1]。在此情況下,我們必須注意,「『兵不在多而在精』,用兵然,編輯亦然」[2]。報紙的版面是有限的,在新聞的採寫量越來越大的情況下,不得不用「精」對其加以限制。這時,對新聞的編輯已不能再採取「來者不拒」、「多多益善」的方針,而是要想辦法沙裏淘金,以精益求精的方式來編輯。周孝庵強調,「『精編』應以新聞價值為標準,苟有價值,應詳為登載。否則,絕對不應刊載。現在吾國報界中頗有昧於此義者,致無價值之新聞,連編累牘,冗長可厭。其實新聞長短,應視價值而定,無甚價值者,應改為極短,

---

1　周孝庵:《新聞學上之精編之義》,黃天鵬編:《新聞學刊全集》,上海光華書局,1930
　　年版。
2　周孝庵:《最新實驗新聞學》,上海時事新報館,1928 年版,第 276 頁。

或予廢棄，使報紙上所刊載之新聞，均有刊載價值。」[1]精益編輯，是指編輯新聞時，不僅要重視「量」，更要重視「質」，要「質」「量」並重。爲此，對於越來越多的新聞要進行取捨，要進行增刪，而不能「有聞必錄」。「取捨」、「增刪」的標準是「新聞價值」。

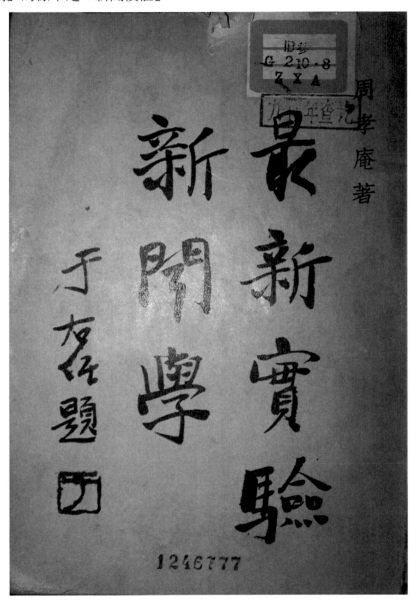

圖 3-7　周孝庵《最新實驗新聞學》（資料來源：天津市圖書館）

1　周孝庵：《最新實驗新聞學》，上海時事新報館，1928 年版，第 277 頁。

　　何謂新聞價值？「概括言之，則新聞價值似在『讀者人數多寡』之一點，讀者多，價值高，讀者少，價值低。」[1]如何通過編輯新聞而贏得更多的讀者呢？第一，在「本埠新聞」中設「簡報」，即一句話新聞。「簡報」中的新聞，大多不甚重要，對其進行大刀闊斧的刪節，以節省版面，用來刊登有價值的新聞。第二，合併相同事件之新聞。中國早期報紙的新聞報導，往往以「來稿地」為單位，如上海新聞、天津新聞等，這樣在報導過程中，常出現同一事件因「來稿地」不同而在同一時間重複報導的現象。在精益編輯方針下，打破「地域主義」，不再以「來稿地」為單位，而是以事件的「發生地」為單位。對於相同事件的新聞，立在同一標題之下進行報導，而不是加以「腰斬」，零零落落，分布在以地域來劃分的各個版面上。第三，簡化公文式新聞。公文式新聞包括公文及布告。中國早期報紙的新聞報導，往往對一件公事不加刪減就進行報導，滿紙可見一大堆官樣文章。在精益編輯原則下，除了對要人通電、對外宣言等極重要公文照樣刊登外，其他的都簡單化，提取公文中的事實，使其變成純粹之新聞。第四，精減會議新聞。隨著中國社會現代化進程的推進，社團組織越來越多，報紙的「開會記事」也越來越多。按照精益編輯原則，對於會議新聞的編輯，應遵循如下標準：少數人不重要之集會，不必刊載；除了有名的人物外，新聞中不必記錄到會者的姓名，只記錄到會的人數；只登載議決案，至於某人發言，某人附議，均可省略；討論的範圍僅侷限於一會而其性質又不甚重要者，與社會沒有直接關係者，不可詳加記載；重要的集會，討論的問題又與多數人有關係的，才可以詳細記載。第五，謹慎對待廣告新聞。刊載「類似廣告之新聞」，而「犧牲其他純粹之新聞，殊不值得」。遺憾的是，「吾國報紙則淫藥廣告，無日靡有。雖曰維持營生，不得不爾，抑知維持報紙營業而使群眾受害，於心安乎，即屬正當廣告而為之宣傳，所佔地位，亦不宜過多，僅可酌登其『事實』，若過甚其詞之字句，則期期以為不可」[2]。精益編輯原則要求，編輯帶有廣告性質的新聞時，應講求倫理原則。

　　郭步陶提出的「繁複的新聞」處理方法，其實也是精編新聞的一種方法。繁複的新聞，往往是頭緒繁多，情形重複的新聞。編輯的時候，一定要用十分的精神去辦理。換一句話說，就是要用最經濟、最精密、最活潑的方法來

1　周孝庵：《最新實驗新聞學》，上海時事新報館，1928 年版，第 164 頁。
2　周孝庵：《最新實驗新聞學》，上海時事新報館，1928 年版，第 289～290 頁。

編輯才算適合。具體而言，「就是先將全稿從頭看過一遍，枝葉的事情，累贅的詞句，隨手刪去，所存留的，都是本件事情的精華。次乃作一簡明綱要，排在全篇事實之前，次乃依天然的或論理的次第，把全篇的新聞，分作若干段，使閱報的人一看前幾行便可知道新聞的質量，如何重要，再一段一段的看去，便覺眉目清楚，一毫沒有難於分辨，或看去模糊影響的弊病，自然看報的人，沒有不歡迎的。這是對於重要新聞的一定辦法，也是精的編法的一種。」[1]

　　實益主義，也是民營報人大力提倡的一種編輯原則。周孝庵指出，報紙對於新聞，有兩種主義。一種是趣味主義，一種是實益主義。趣味主義偏重於新聞中「趣味成份」的多少，凡是趣味成份多的新聞，就認為是好新聞。「實益主義則就不然，報紙登載新聞的標準，完全拿多數人的實際利益做標準，凡是一種新聞，有害於社會或國家的利益的，那就沒有登載的餘地。」[2]新聞的實益主義有廣義與狹義之分，廣義的實益主義屬於社會或國家的利益，狹義的實益主義屬於團體或個人的利益。報紙注意到個人的利益，就是狹義的實益主義。報紙固然應該注意狹義的實益主義，但廣義的實益主義，尤其重要。「因為一個人或數個人的實益，屬於局部，而社會或國家的實益，則屬於多數人。」[3]報紙編輯應採納的是廣義的實益主義。遵循實益主義原則編輯一條新聞，應同時考慮四點：新聞價值（趣味是其中之一）、法律、社會風化、道德。「所應登載的新聞，必須為法律所許，道德所容，和社會風化無礙而有新聞價值的材料。」[4]報紙固然以「代表輿論，監督政府，發揚文化」為職志，但另一方面也須顧及到民眾的實際利益。新聞固以「趣味」為前提，但仍以不違反實益為原則，具體而言，包括四個方面：第一，新聞的文字方面，「亟須提倡通俗化，因為貴族化的古典或富麗文字，不容易使平民領略。」第二，關於社會新聞，「不是反對社會新聞的存在，但社會新聞中的強姦等有傷風化的新聞，卻應舉行一次『清潔』運動。」第三，「各報只有自己所做的『社評』，

1　郭步陶：《編輯與評論》，上海商務印書局，1933 年版，第 68 頁。
2　周孝庵：《報紙的實益主義》，《復旦大學新聞學系紀念刊》，復旦大學新聞學會，1930年版。
3　周孝庵：《報紙的實益主義》，《復旦大學新聞學系紀念刊》，復旦大學新聞學會，1930年版。
4　周孝庵：《報紙的實益主義》，《復旦大學新聞學系紀念刊》，復旦大學新聞學會，1930年版。

而對於民眾的意見，頗少發表的機會！今後似宜倣照西報的辦法，擴大『來函』一欄（如時事新報所辟的『致時事新報函』），除讀者更正的信以外，並容納他們申述意見或評述時事，除非違犯法律文件，一律公開，予以刊布！這也是報紙顧到民眾『實益』的一端！」[1]第四，報紙對於國際新聞特闢較多的地位，來儘量登載國際時事，因爲倘若只注意國內而漠視國際，「報紙有虧職責尚小，而影響到國家及民眾的實大」。總之，編輯好像自來水公司的濾水池，水中包含各種資料——有毒的，有清的，有濁的——須經過濾水池，加了一種消毒工作，然後毒的濁的變成了好水料，人民始可飲而無害！新聞像水一樣，編輯「也得加一種消毒工作，去渣滓，存精華，始可無害於讀者，爲讀者日常所必需的東西」[2]。

三、報業的企業化經營

20 世紀 20 年代末，中國民族資本工業出現了資本集中與壟斷，這種情況在報界也有所反映，一些報業資本家，如史量才、胡政之、汪漢溪等，分別引領《申報》、《大公報》、《新聞報》等向企業化方向推進。新聞實務界的這一變化，引起了民營報人的理論思考與探索。民營報人深入剖析報業企業化經營的必要性。

戈公振贊同新聞事業「企業化」[3]經營：「報紙之商業化，有兩點使我們可以注意：就是因器械的改良，原料的供給，工薪的增加，而經濟集中，更因經濟的集中，而人才亦集中了。所需的機械，要有豐富的原料，以及大量的工資，均有很大的資本不可。另一方面，要優秀的人才，就非出很大的代價辦不到……由這形勢看，報紙故不得不商業化，欲是不向商業化的路上去，報紙就無法使它的發展與存在。」[4]新聞事業的「商業化」，可以增強報紙的經濟實力，可以培養優秀的新聞人才，而這是報紙生存的前提。戈公振進而指出，「商業化」是中國新聞事業未來發展方向：「中國報紙之商業化，我們可

---

1 周孝庵：《報紙的實益主義》，《復旦大學新聞學系紀念刊》，復旦大學新聞學會，1930年版。
2 周孝庵：《報紙的實益主義》，《復旦大學新聞學系紀念刊》，復旦大學新聞學會，1930年版。
3 當時，人們對新聞事業的「企業化」經營方式有多種稱呼，諸如「營業化」、「商品化」、「商業化」和「產業化」等。
4 戈公振：《報業商業化之前途》，李錦華、李仲誠編：《新聞言論集》，廣州新啓明印務公司，1932 年版，第 152 頁。

以不必懷疑，也只有商業化是中國報紙的出路。」報紙的「商業化」能帶來一系列好處：「報紙商業化必然的是政治色彩日淡……商業化的結果，那些廣告家一定揀銷路最多者。只須出這一筆錢就行了，不必在所有的報下登廣告，銷路最多的報，就是資本最大的報。因為他們有人才，器械，所以能吸引多數讀者，有人以為這樣一來，大資本報的主人，就可以操縱輿論，不顧事實了。這也不會的，凡是看報的人，必有相當程度，他們可以監督報紙，這種大報的主人，決不肯失信仰於讀者，因為銷路一跌，廣告較少，也不能維持了。依據上述，報紙之商業化，的確是報紙進化的一條路徑。」[1]戈公振對政治勢力操縱輿論的現象深惡痛絕，認為報紙通過「企業化」經營的方式，可以增強自身經濟實力，就可以使報紙有效地抵制各種政治勢力的控制，從而實現新聞報導的政治自由。

　　謝六逸以世界新聞事業發展趨勢與特點為背景，倡導新聞事業的企業化經營。世界新聞事業的一個「共通現象」是新聞事業走上了「產業化」之路。從前的新聞，或將特殊消息供給少數的讀者，或者作為發表政論的機關，這種時代已經過去了。「現在是資本主義的時代，新聞受了經濟勢力的影響，它脫離政治的羈絆，變成一種產業，這是當然的發展。」[2]這種進步源於現代機械文明的發達掃除了新聞製作和發行方面的障礙。現在有專門的印刷新聞的紙張，有高速率的捲筒機，有電報電話，有飛行機，又有「無線電照相」和用無線電傳播新聞的方法；新聞製作方法的發達更是無止境；同時廣告也極其發達。這些原因，都足以使得新聞成為一種產業。在現代的文明國家，「『新聞』確為一種很大的企業」。在謝六逸那裡，新聞事業的「企業化」是世界新聞事業的「共通現象」，是無法迴避的一個現象。

　　錢伯涵、孫恩霖則從辦報目的切入，剖析新聞事業企業化經營的必要性。辦報的目的可以簡括宣傳與賺錢兩條路。但無論你辦報的目的是什麼，終究脫不了經濟的範圍。就是政黨所辦的報紙，它言論的犀利，新聞的正確，印刷的精良，銷路的廣闊，在在都靠經濟的力量作後盾。經濟的力量決不是靠政黨的支給，機關的津貼就能具備。一家報館，必須能自身經濟獨立，然後才能發出力量。有了力量，才能有精神有號召力，有領導民眾及左右輿論的

1　戈公振：《報業商業化之前途》，李錦華、李仲誠編：《新聞言論集》，廣州新啟明印務公司，1932 年版，第 154～155 頁。
2　謝六逸：《國外新聞事業》，申報新聞函授學校講義，1935 年版，第 1 頁。

權威。「以上所說，在某一已往的時期內，一定有一種人認爲是一種不經之談，或竟認爲是市儈的口吻。他們認定報紙是純粹的文化機關，或是借來作爲宣傳政見的工具，但不屑談到它的經濟存在或是什麼賺錢不賺錢的問題。在那些比較閉塞的地方，這種見解或仍有存在的，但是在現在開通的地方，這種見解已經被近代科學的進步，和營業的競爭驅除殆盡，而辦報的人和主筆先生們已經不能再抹煞營業政策的重要了。」[1]

圖 3-8　錢伯涵（？～？）（資料來源：全國報刊索引資料庫）

民營報人也看到了企業化經營的弊端，並進行剖析。胡政之反對「過分」的「商業化」。「報紙過於商業化，從銷數上講，一味企圖多賣，不免要迎合群眾心理，求所以引人注意之法，對社會忽視了忠實的責任，等於詐欺，取財一樣。從廣告上講，一味推廣招徠，不免要逢迎資產階級，求所以維持顧主之道，忽視了言論公正的天職，等於受變相的津貼，甚至以虛僞之告白，幫同奸商壞人，欺騙公眾」[2]。在此，新聞事業「商業化」問題不是「是」與「否」的問題，而是程度大小的問題。郭步陶認爲，「營業化」是「報紙精神上一個制命傷」：「中國報紙的墮落……有一最大的根本原因，就是報紙營業化。辦報是爲公眾服務，評論是代公眾說話，和普通集股款，買賣貨物，是不相同的。所以報館可封，記者可以入獄論罪，而一天尚有報紙可印，便不能不說公眾所要說的話……本來應該爲公眾說話的評論，而弄到好惡和公眾相反，還能成其爲報嗎？但是他的病根也不過在要靠報紙來賺錢，所以說得

1　錢伯涵、孫恩霖：《報館管理與組織》，申報新聞函授學校講義，1935 年版，第 1～2 頁。
2　胡政之：《我的理想中之新聞事業》，《新聞學研究》，1932 年版。

好聽一些，才叫他作報紙營業化。辦報的人，既有營業化的弱點，惡劣的環境乘之，便有種種利誘威嚇的事情，相逼而來。弄到後來，報館越退讓，環境越逼迫，遂成了現在一句有價值的話都不敢說的報紙。」[1]郭步陶認爲報紙的眞精神是「爲公眾服務」，若像做買賣一樣來經營報紙，報紙就會喪失爲公眾說話的權利，爲此反對「營業化」。成舍我則把企業化經營劃定在有限的範圍內。「未來的中國報紙，他應該受民眾和讀者的控制。他的主權，應該爲全體工作人員，無論知識勞動或筋肉勞動者所共有。他在營業方面雖然可以商業化，但編輯方面，卻應該絕對獨立，不受『商業化』任何絲毫的影響」[2]「資本與言論必須分開。在編輯方面，言論方針應該受社會和讀者的控制、指導，專以擁護民眾利益爲依歸。」[3]「因爲這種辦法，雖然不能容許新聞大王的存在，然尚可容許私人報紙的經營。而資本與言論分開，使報紙與社會合一。如此，則報紙的營業方面，盡可商業化，報紙的言論，卻並不因商業化而損害社會福利。此不但可以矯正現代資本主義制度下報紙的惡弊，而較報紙國有的辦法，亦實平妥易行。」[4]成舍我認爲報紙言論不能「商業化」，否則會「損害社會福利」。

第四節　左翼報人的新聞學研究

1931 年 3 月 16 日，《文藝新聞》在上海創刊，至 1932 年 6 月 20 日出版至第 60 號停刊。這個刊物成爲中國左翼作家聯盟的外圍刊物之一。袁殊是文藝新聞社的「代表人」，陳望道、謝六逸、黃天鵬、樊仲雲是「贊助人」[5]。1931 年 10 月 21 日，由《申報》、《時報》、《文藝新聞》的進步記者、民治新聞專科學校及復旦大學新聞系的部分師生組成的中國新聞學研究會成立，袁殊是重要的發起人之一。中國新聞學研究會是中國左翼新聞記者聯盟的前身。1932 年 3 月 20 日，中國左翼新聞記者聯盟在上海成立，中國新聞學研究會隨之停止活動。1934 年 1 月 7 日，中國左翼新聞記者聯盟創辦機關刊物《集納批判》週刊，很快被查封，只出版 4 期。1933 年夏，上海「記者座談會」成立。從

1　郭步陶：《編輯與評論》，上海商務印書館，1933 年版，第 157～158 頁。
2　成舍我：《中國報紙之將來》，《新聞學研究》，1932 年版。
3　成舍我：《中國報紙之將來》，《新聞學研究》，1932 年版。
4　成舍我：《中國報紙之將來》，《新聞學研究》，1932 年版。
5　《文藝新聞最初之出版》，《文藝新聞》第 1 號，1931 年 3 月 16 日。

1934 年 8 月 31 日起，上海「記者座談會」發行《記者座談》週刊，至 1936 年 5 月 7 日終刊。惲逸群、陸詒、劉祖澄負責編輯工作。

中國新聞學研究會、中國左翼新聞記者聯盟、上海「記者座談會」，分別以《文藝新聞》、《集納批判》、《記者座談》爲輿論陣地，以袁殊、惲逸群、陸詒等一批左翼報人爲中心，闡揚社會主義新聞學，倡導「集納」運動，注重新聞記者的自身批判與修養，探尋新聞事業發展出路，成爲民國南京政府前期新聞學研究的一個獨特群體。

一、社會主義新聞學

在討論創辦《文藝新聞》的過程中，袁殊曾在黃天鵬面前「大敢地攻擊今日辦報者的固步自封」，「說到寥寥的幾位新聞學者的暮氣」。黃天鵬就此感慨說：「我實在未老先衰有點暮氣了，總是站在資本主義下談改良報紙；劃一新時代作品的『現代新聞學』即社會主義新聞學，徹底的報紙革命，到現在沒有問世。近來簡直沒有發行的可能了。從這一點上袁殊便比我勇敢得多了。」[1] 可見，袁殊在創辦《文藝新聞》的時候，已經具有了倡導「社會主義新聞學」的追求。正因如此，《文藝新聞》創刊之初就公開宣稱：「新聞是爲大眾，屬於大眾的。文藝新聞即本著這個主旨，而爲工作的態度⋯⋯凡是屬於大眾的，爲大眾所需要的，有文藝的新聞價值的一切，皆爲文藝新聞工作的對象。文化的主人是大眾，文藝新聞的主人亦是大眾。」[2]

圖 3-9　黃天鵬（1905〜1982）（資料來源：全國報刊索引資料庫）

1　黃天鵬：《文藝新聞創刊閒話》，《文藝新聞》第 3 號，1931 年 3 月 30 日。
2　《文藝新聞最初之出版》，《文藝新聞》第 1 號，1931 年 3 月 16 日。

　　《中國新聞學研究會成立宣言》闡明研究會的創立動機：「對過去新聞學是不滿足，對現在的新聞事業是不信任；在沒有專門的集體的組織而發起本會，這就是我們誠摯的最初的動機。」《宣言》揭示中國新聞學研究會的立場：「新聞之發生，是依據於社會生活的需要；社會生活的整體致力新聞學之科學的技術的研究外，我們更將以全力致力於以社會主義爲根據的科學的新聞學之理論的闡揚……新聞之工作者：自研究而從業，亦必須以最大多數人之利弊爲依歸。我們認識這新聞學之研究的意義，我們要以對新聞之志願與堅決的信心，投於這一巨艱的偉大的前程。統一起中心的目標與意志，循著大的社會進化之征輪的蹤跡；建立新聞學的基礎，推進新聞學運動的開展；這就是我們今後的任務。」[1]中國新聞學研究會立志在實踐中踐履「社會主義的科學的新聞學」立場。

　　中國新聞學研究會制定有明確的研究綱領，規定了研究會的主要任務：「（一）關於原則之一者——清算過去新聞學一切書籍及各國各種記錄新聞事業的史冊，並不可忽略各國各記者或新聞家之著作與生平事蹟，由分析各個當時的政治形態及社會生活，而取得其結論，在各種新聞機關之組織形態，經營方式，記事之採訪的標準上取得研究的材料；（二）關於原則之二者——觀察目前的社會生活的諸般現象，在階級對立及其鬥爭日趨於銳化的鬥爭行動中，審識現代新聞的階級性，確定其存在的根據，並社會大眾需要的程度。」[2]中國新聞學研究會以「社會主義的科學的新聞學」立場，對現實的新聞事業領域的階級鬥爭給予充分關注。1931 年秋，上海《時事新報》辭退編輯部同人，中國新聞學研究會爲此發表宣言：「希望時事新報離職同人及現在各大報館工作的人員，認清我們的敵人——資本家，買辦階級，資本主義社會，一致地起來，施以體無完膚的總攻擊。因爲這才是我們光明的目的——言論自由，中國新聞事業的進步。其餘像妥協調和，是事實上辦不到的事，同時也是我們不屑幹的。本會同人，力量雖甚微弱，但對此攸關中國新聞事業前途的事變，自覺義不容辭，願爲打倒操縱報界的資本家的前鋒，深盼一切新聞界的工作人員，來和我們攜手前進，攫取光明前程！」[3]新聞的階級性，是社會主義新聞學的重要內容之一。

1　《中國新聞學研究會成立宣言》，《文藝新聞》第 33 號，1931 年 10 月 26 日。
2　《在這綱要指示下努力於新聞研究》，《文藝新聞》第 60 號，1932 年 6 月 20 日。
3　《新聞學研究會宣言勖時事新報被辭同人》，《文藝新聞》第 53 號，1931 年 11 月 9日。

二、「集納」運動

「新聞學」一詞在中國的出現，可以追溯到 20 世紀初。1901 年 12 月，梁啓超在《本館第一百冊祝辭並論報館之責任及本館之經歷》一文中提及，「日本松本君平氏著《新聞學》一書，其頌報館之功德也。」[1]1903 年 8 月，《〈民國日日報〉發刊詞》說，「新聞學之與國民之關切爲何如……」[2]。1905 年 8 月，鄭貫公在《拒約須急設機關日報議》一文中指出，「考日本自維新以來，改良教育，現東京政治學校之學課，必有新聞學一科……東京政治學校校長，松本君平氏，曾著《新聞學》一書問世」[3]。但三處文獻都沒有對「新聞學」進行界定與論述。1919 年，徐寶璜首次界定「新聞學」的內涵：「新聞學者，研究關於新聞紙之各問題而求得一解決之學也，故亦有人名之曰新聞紙學。」[4]20 世紀二三十年代，「新聞學」作爲「新聞紙學」的代名詞，普遍被新聞學界所接受。

中國新聞學研究會積極倡導「集納運動」，清理「新聞學」概念，爲中國「新聞學」正名。中國新聞學會的主要創辦人袁殊指出，「新聞學」的說法很不確切，應當使用「集納」這個名詞取代「新聞學」。袁殊曾這樣介紹「集納」一詞的誕生經過：「創立『集納』這個名詞，是三年前三數個當時自命爲新興集納主義者的青年，在談論國內報章雜誌情況時，一時的感觸所訂下來的。隨時便開始在一個小型的文化報導的新聞紙上應用起來。」當時，袁殊還曾向著名新聞學者謝六逸和任白濤徵求意見，他們都表示同意，「於是『集納學』便在無反對意見下，出現於中國學術界了」[5]。袁殊所說的新聞紙是指他領導創辦的《文藝新聞》。爲了推進「集納」運動，中國新聞學研究會特意在《文藝新聞》開設「集納」專版，討論和報導新興集納運動的一切問題和消息。1932 年 6 月 20 日，《文藝新聞》第 6 版設爲「集納版」，並闡述將「Journalism」譯成「集納」的兩點理由：「一、Journalism 的解釋，是：一切有關時間性的人類生活之動態的文字、圖書、照像等，使之經過印刷複製的過程，再廣遍地傳佈給大眾，使大眾在生活行爲上，受到活的教養，而反映於其生存的進

---

1 張之華主編：《中國新聞事業史文選》，中國人民大學出版社，2001 年版，第 37 頁。
2 張之華主編：《中國新聞事業史文選》，中國人民大學出版社，2001 年版，第 108 頁。
3 張之華主編：《中國新聞事業史文選》，中國人民大學出版社，2001 年版，第 51 頁。
4 徐寶璜：《新聞學》，《新中國》第 1 卷第 7 號，1919 年 11 月 15 日。
5 袁殊：《「集納」題解》，《記者道》，上海群力書店，1931 年版，第 85 頁。

取與努力。二、因此，這學問，就不僅是『新聞學』而矣；經營或編輯雜誌，或別種類此的書籍等，只要具備印刷、廣布、時效這三大原則的條件，就都是屬於此的。自然這其中最主要的仍是『新聞』。其次，新聞這名詞在中國，已經公開的成爲『謊騙造謠』的別號了，而中國到現在爲止的『新聞學』，又沒有一本是完全的眞實的 Journalism。因此，我們依於 Journalism 的眞實的解說，乃產生了『集納主義』與『集納運動』的新稱謂。過去，曾有人釋譯此字爲『拉雜主義』，這不但不正確，而且隱約的帶了些紳士之輕蔑態度！因爲，『集納』還必須要有精選與批判，這兩個內容的條件呢。」[1]

　　1933 年，袁殊專門撰寫《「集納」題解》一文。「集納」究竟是什麼呢？「就是『新聞學』的一個新的名稱。是從英語的『Journalism』的譯音和譯義而擬定的。通常我們把關於報紙之經營與製作，以及研究報紙之社會發生，與社會之存在與發展的根據；這類門的一切的理論與技術上的學問，總稱之爲『新聞學』，而於英語的注釋，則爲『Journalism』。」[2]袁殊指出，「新聞學」的說法很不確切。原因如下：第一，「新聞」與「消息」（News）是同義語，「以『新聞學』作爲代表，關於報紙上之一切的學術，似嫌狹隘。」當然，僅用「報學」二字，就更狹隘了。第二，Journal 一字，語源於拉丁語，原意是指爲每日、日記，後來成爲英文的 Journal，又爲賬冊、簿記、航海日錄、日記等意，後又變化爲日報或定期刊物的名稱。「現在法國的報紙，也多稱爲Journal。而關於報紙的學術，報紙業，雜誌等等，就統稱爲 Journalism。新聞記者及雜誌記者，則稱爲 Journalist。」其中最明顯的一點是，Journalism 一字，除了意指每日朝夕發行的日刊新聞紙以外，還包括著定期刊物，如三日刊、五日刊、週刊、月刊等等，所以，「如僅單純的用新聞學或報學，實在不夠作完全的說明」[3]。再看看屬於新聞紙類的日報及雜誌的內容，除了時間性的條件外，其次就是「集納性」的各種內容材料，必須經過搜集、編製以及類別歸納等過程。而內容的質別，也絕非是單純專一的。所以從前有人把 Journalism譯作「拉雜主義」，這在字面上講，未始不可，但在字義上講，Journalism 完全是「報導」的意義：「報者，將事物之全貌作正確的報告；道者，即在報告上負有對社會的倡導批判的任務。所謂倡導批判，是根據客觀事物的社會的

1　《集納正名》，《文藝新聞》第 60 號，1932 年 6 月 20 日。
2　袁殊：《「集納」題解》，《記者道》，上海群力書店，1931 年版，第 83～84 頁。
3　袁殊：《「集納」題解》，《記者道》，上海群力書店，1931 年版，第 84 頁。

需要,是有目的意識的,是在選擇與取捨的,而到集納的完成。至於『拉雜』,意如凌亂蓬蕪,瓦玉並陳,自失之於切當。」[1]可見,袁殊等人是因不滿意中國新聞學研究的現狀才放棄「新聞學」一詞的使用,而改稱「集納」。「集納」含有「精選」與「批判」的內涵,這是「集納」學所擔負起的社會責任。

1934 年 1 月,中國左翼新聞記者聯盟創辦機關刊物《集納批判》,1934 年 8 月,袁殊等新聞工作者創辦的上海「記者座談會」發行《記者座談》週刊,《記者座談》致力於「集納之理論與實際」的研究,以求「喚起一般集納學術研究的興趣並指出研究的途徑」[2],從而「中國新興集納運動」得到進一步推動[3]。在中國新聞學誕生之初,當更多的人以生吞活剝的方式全盤接受西學東來的「新聞學」時,袁殊對「新聞學」這一專有名詞進行深入剖析,體現了中國新聞學者的獨立思考與學術自覺。

三、新聞記者的自我建設

中國新聞學研究會具有較強的自我批判與反省意識。1932 年 5 月 30 日,該會在《文藝新聞》第 57 號上刊載《中國新聞學研究會之過去批判與今後企圖》一文,公開進行檢討:「自立會的消息宣言發出後,本身工作,始終甚少進展。」中國新聞學研究會幾經聚集,檢查「過去忽怠的工作及精神渙漫的錯誤」,總結如下:「(一)對現代新聞的理解及教養不夠;所以沒有充實的力量來擴大我們的影響於全國的從事新聞職業的和從事新聞研究的一般同志,使他們能在正確的號召之下集體的團結起來。(二)全國的新聞界,完全是在帝國主義、軍閥、官僚、洋買辦、資本家乃至口裏倡導著『民族』或『民主』的黨國等所扶御之下的;所以全國的記者們,也十之七八因此而為職業所奴隸了!不可諱言的,許多人之當記者、從事新聞事業,並不是立志『為新聞』——為新聞是最大多數群眾的——的;而是另有動機和目的。於是也就沒有自身職業的自覺,沒有進取探討研究的欲念;而馴順的作了那些為主人而狂吠、狂咬、狂奔於四處的狗卒的狗腿!根本沒有自動的踊躍的來要求團結和組織。這是客觀與主觀的兩大理由。」

上海記者座談會的創辦動機,決定了上海記者座談會具有更強烈的自我批

---

1 袁殊:《「集納」題解》,《記者道》,上海群力書店,1931 年版,第 85 頁。
2 袁殊:《〈座談〉休刊的話》,《記者道》,上海群力書店,1931 年版,第 39 頁。
3 袁殊:《〈座談〉休刊的話》,《記者道》,上海群力書店,1931 年版,第 38 頁。

判精神。《記者座談》創刊號載文描述上海記者座談會的緣起：「『記者座談』這組合的形成，是遠在數月之前。也無所謂誰是發起的主動者，不過有少數的朋友們，第一次相聚於一家俄菜館中，經一次懇摯的深談後，大家都認為此後每週應有繼續座談的必要。因為我們這般從事於新聞事業的青年，在日常的生活中，普遍地感到沉悶和饑渴……我們都是以新聞事業為終身志願的青年，同時自認對現階段新聞事業不感滿足，而深願為將來中國新聞事業邁進過程中的拓荒者！我們堅信非今後虛心地埋頭準備學識和技術上的增進，將來便不能完成新聞記者的新使命，不能肩荷起復興中國新聞事業的艱巨責任。為了要解決『沉悶』和『饑渴』這兩大問題，我們便聯合志同道合的一群，從事組織記者座談會。在這座談席上，我們可以天真爛漫的無話不談，同時也可以討論各種有關新聞事業本身的問題和理論，也可以交換各人的學識和意見。這組織裏，既沒有領袖，也沒有嚴格的章程，更毫無虛偽的儀式。」[1]袁殊曾明確描述《記者座談》的目的與立場：「企圖從學術和生活的自我教養中，在沉澱於半殖民地的黑暗的上海新聞從業的勞役裏，活躍起來，矢志積極的學習我們所不知道的，認識我們所未認清的，說我們所要說的話，並抨擊我們所要抨擊的人事。而我們的態度，萬分自好和忠厚，一面是醉心於智慧的發掘，一面卻也是頑強固執的不願同流合污。」[2]在這種精神指引下，《記者座談》對新聞記者的自身建設問題給予充分關注。《記者座談》站在「集納主義」的立場上，「從現實的分析和批判，來盡一些對『報人』的教育工作，供一般新聞從業員『他山攻錯』的幫助」[3]，以「新聞學理的探討」和「記者修養的策動」為兩義，涵養新聞從業者。

左翼報人賦予記者以重要責任與使命：

第一，新聞記者是社會文化導師。「報人是富有時代的使命，新聞之社會存在價值，是反映當前的現實的全般生活現象。自然，反映不是一面光亮的鏡子，必須是客觀的主觀指示反映出的諸般形態及其動向，來教養在時代動亂下面的群眾。真有效的工作，是要使人們透視過現實的醜惡，而自己去認識人類偉大的將來的光明前途，從而發生信賴與努力。」[4]「記者是社會文化的導師，是民眾輿論的先覺，是自由幸福創造者的前鋒」[5]。記者的時代使命

1　陸詒：《座談會的告白》，《大美晚報・記者座談》，1934年8月31日。
2　袁殊：《〈座談〉休刊的話》，《記者道》，上海群力書店，1931年版，第39頁。
3　《我們為什麼談風紀問題》，《大美晚報・記者座談》，1935年2月21日。
4　毛錐：《閒話採訪》，《大美晚報・記者座談》，1935年3月21日。
5　毛錐：《採訪應把握現實問題》，《大美晚報・記者座談》，1935年4月4日。

是把握現實的客觀問題，教育身處動亂的群眾，使他們在洞察現實的醜惡之後，生發努力向前的動力，懷抱對未來的憧憬。

第二，新聞記者負有「客觀敘述」的使命。新聞記者具有客觀、獨立地敘寫事實真相的責任。「假如一個記者，他以記載事實的責任完全委諸談者的本身，而卸卻本身所負『客觀敘述』的使命，故不論那發言者所撰的新聞稿或談話稿是否正確性，但記者卻已侮辱了他自己神聖的職能。」[1]一個編輯過度依賴外來書面新聞稿，不審查稿件的真實性而盲目採用，「這是百分之百的辱職」，一個外勤記者專抄取別人的書面稿件，「這是記者人格的墮落」，無異於記者的內在自殺。除不得已外，新聞編輯應儘量避免把書面新聞當作主題採用，「外勤記者應認為專採訪現成書面新聞為可恥，即偶有所得，亦應是新聞價值之最下者。」[2]

第三，新聞記者肩負國家民族大義。新聞記者肩負著「對社會對國家對民族的大責任」[3]，「該勇敢的自我批判來把握當前的問題——反封建，反帝國主義」。反帝反封建是「硬性」的問題。「在現階段的社會，每種事件即使是『軟性』的而其實離不開『硬性』的聯繫，新聞也是同樣的。」[4]即使是軟性的社會新聞，事件本身的實質內容同樣具有報導價值，可以由「軟性」的現實問題而聯繫到「硬性」的問題，「前進的報人，就得每事件均得展開由『軟性』到『硬性』之路。這不是過敏的感覺，而是應有的機警」[5]。在國內偏遠省份，邊疆問題日漸暴露，引起了外國人的關注，國人對此卻無動於衷。「新聞紙之職責，貴在勿躁勿矜，忠實地報告真實消息」[6]，作為新聞記者要首先舉目遠眺注意邊疆問題，「坐而言，起而行」到西北做些實際工作，腳踏實地地認識它，「不要專門從消極方面罵政府官吏，責社會不維持新聞記者人格的尊嚴；我們也須得要從積極方面替這危殆的祖國，千孔百瘡的社會，幹些偉大的貢獻。」[7]「一個國家民族需要有公正的輿論，輿論是國家民族的喉舌，輿論的使命是說明是非，凡與國家民族有利益的，輿論就說『是』，與國家民

1　羽中：《書面新聞的檢討》，《大美晚報・記者座談》，1935 年 8 月 8 日。
2　羽中：《書面新聞的檢討》，《大美晚報・記者座談》，1935 年 8 月 8 日。
3　《上周座談》，《大美晚報・記者座談》，1934 年 9 月 21 日。
4　毛錐：《採訪應把握現實問題》，《大美晚報・記者座談》，1935 年 4 月 4 日。
5　毛錐：《採訪應把握現實問題》，《大美晚報・記者座談》，1935 年 4 月 4 日。
6　《朝日新聞機訪華之前後》，《大美晚報・記者座談》，1935 年 3 月 28 日。
7　《聽了意新聞家奧蘭迪博士在太平洋聯會席上演講後》，《大美晚報・記者座談》，1935 年 3 月 7 日。

族有害的，輿論就說『非』，多數人都受了輿論的指導，輿論說是的，大家贊助他，擁護他，輿論說非的，大家反抗他，打倒他，而我們要知道這個是非，就全靠指導公正輿論的良好報紙，而國民對於民族意識國家觀念之培養，亦有賴於報紙。」[1]

第四，新聞記者是社會血液的輸送者。「如果社會沒有報紙，猶如一個人的血液停止了活動，生命就會發生危險，社會發生很大的恐慌。」[2]新聞紙是現代社會生命的血液，新聞記者則是血液的輸送者。為了向讀者提供更充裕、更營養的精神食糧，新聞界成立了記者公會、報業公會以及新聞學會、新聞研究會或新聞記者俱樂部等。雖然這些組織還不健全，不能發生具體的力量，成員中多數尚且是新聞界裏的後進，但他們「都把自己比做大機器裏的一隻小螺旋釘，而且始終沒有敢放棄過做小螺旋釘的責任」[3]。記者的職業態度是對社會群眾負完全責任，不是一個報社的附庸。

第五，新聞記者是飛遍精神世界的蜜蜂。「新聞紙是文化運動最健全最有力的一翼」[4]，使我們隨時知曉人事的變遷，幫助我們明辨是非，收穫知識。新聞不只是讀者的精神食糧，也是報館主筆的精神食糧。一位報館主筆說：「我們就像蜜蜂一般把我們的精神飛遍全世界，有可取的，則吮其精華，傷害我們的，我們便以毒刺向之」[5]。在新聞的取捨方面，儘量肅清消極性新聞，「低級趣味的、變態的淫邪應該慎重披露，但對社會之謀福利之事業與事件特別加以提倡」[6]，建立鼓勵向上的輿論。報紙出版人依其意旨，定出報紙應取何種態度的計劃大綱，他「對於社會，負有何者應登載，何者不應登載之責任，其地位與作戰時軍隊之主將，殊無二致」[7]。新聞記者亦必須自覺自己所處地位的重要，「儘量發表有關國內新興事業的新聞，鼓勵人家『苦幹』『硬幹』『實幹』的精神」[8]，營造良好的社會風尚。在一些地方報紙上，「看不到一個貪官污吏，但是事實上刷新吏治，確確實實是全國一致的要求，從這句話裏可以

1　方青儒：《怎樣選擇報紙》，《大美晚報・記者座談》，1935年9月5日。

2　《改善地方報紙的問題》，《大美晚報・記者座談》，1935年8月8日。

3　陸詒：《民族自救的烽火中我們應加緊自勵工作》，《大美晚報・記者座談》，1935年11月14日。

4　《新聞學雜鈔》，《大美晚報・記者座談》，1935年5月30日。

5　《閒話新聞學書報目錄》，《大美晚報・記者座談》，1935年2月7日。

6　《北平晨報社長陳博士訪問記》，《大美晚報・記者座談》，1935年2月7日。

7　海寧：《報紙出版人和新聞記者》，《大美晚報・記者座談》，1935年10月10日。

8　思曦：《我們的要求》，《大美晚報・記者座談》，1935年6月20日。

看出兩點：一，在某一種勢力所能控制的下面，對他完全沒有輿論的制裁；二，新聞的從業員可憐地變成了歌功頌德應聲蟲。」[1]「新聞紙的權威是隨著新聞價值而來」，新聞的價值減低，記者的價值隨之減低。記者之所以訪問要人，不是爲了乞憐權門，而是爲了身後數以千萬計的群眾。爲了維護自身的社會榮譽，記者要自發開展清掃運動，進行人格氣節的檢查，不爲一黨一社一己的私利而違背記者的使命。

關於記者的基本素養，左翼報人強調：

第一，生活職業與學術打成一片。新聞記者是新聞紙的主人，記者主觀修養的提升有利於新聞紙的改革。記者要「把生活職業與學術打成一片」，「使新聞記者們的生活集團化，職業與學術的配合的邁進」[2]。爲此，要加強專業化新聞人才的培養。在大學裏，曾被視爲無足輕重的新聞學開始設立獨立學系，以供大學生研習，這是新聞事業發展的必然結果。除了開辦新聞學教育，左翼報人主張開展「新聞學講座」，題目分三類：「（一）關於一般新聞問題之討論（二）關於新聞專門技術方面的討論（三）關於臨時發生之『新聞有關各問題』的研究與討論。」[3]主講者是經驗與理論兩有心得的人，講座採取公開的形式，目的在於提供研究新聞學術的機會，補救過去沒有機會受新聞教育訓練的現役記者，使他們獲得較有系統和實益的學識與能力。新聞從業者要虛懷接受先進的「集納人」正確的指導，在探討中找尋眞理，並互相策勵著實踐眞理。此外，「新聞記者應盡力於民眾學、公民學、以及社會學之研究，以養成所謂人類階級的理解以及誠實的愛好與同情。」[4]

第二，學理與經驗並重。左翼報人提倡將學理與經驗並重，新聞記者「不要效法在家中大做新聞學書籍而足不出戶的新聞學者，一味的輕視經驗，也不必像一部分新聞界前輩先生那樣一味的推崇經驗，而根本否認『新聞學』的存在。我們要承認可以應用於實際而又是經過了事實體驗寫出來『新聞學』，同時也不能否認一般前輩先生所留給我們的寶貴的經驗。」新聞記者對理論的學習與運用應當與時俱進，當下所通行的採訪技巧，並不能適應於將來，採訪時要結合具體情況活學活用，「應當時時虛心研求學問和經驗，努力

1　《我們爲什麼談風紀問題》，《大美晚報・記者座談》，1935 年 2 月 21 日。
2　《集納學術研究的發端》，《大美晚報・記者座談》，1934 年 9 月 21 日。
3　《關於「新聞學講座」的話》，《大美晚報・記者座談》，1935 年 9 月 5 日。
4　《美國集納人之教育》，《大美晚報・記者座談》，1934 年 11 月 2 日。

作充實自己的自修工夫，不能稍存自滿，而實行腦筋的閉關政策。」[1]。經驗
是新聞記者的一種職業要素，這就好比「唱戲」，「戲劇票友善於理論的批評，
設令票友登臺演藝，則票友的破綻，必更多于伶人，這即是缺乏經驗的一種
實例」[2]。新聞記者雖然有內勤與外勤之分，但是內勤記者不能整日埋頭伏案，
深居簡出，外勤記者的分工也不必過於教條。內勤記者不妨到外面學學，採
訪的體驗可以幫助記者認清社會的種種眞象，增進許多活的學問，減少「許
多因隔膜矛盾而產生的毛病」[3]。外勤記者對各色各樣的新聞都要跑，就政治
新聞與社會新聞的關係而言，「一件社會新聞有時能影響到政治方面，而一件
政治新聞裏，有時也含有社會新聞的因素」[4]。政治新聞記者盡可能和下層社
會多接觸，同時社會新聞記者不妨利用機會學寫政治外交新聞，增多各色人
物的社會關係。一言以蔽之，新聞記者平時要「對社會情形及全國政治外交
經濟的實際情形多下研究認識的工夫。」[5]

　　左翼報人針對記者風紀問題，進行深刻的自我檢討。左翼報人站在純集
納主義的立場上，指出，「在目前的中國新聞界，需要一種嚴正的『自我批判』」
[6]，於是他們一面致力於記者智慧的發掘，一面發起關於風紀問題的自我檢討。
「記者的風紀問題是屬於文化範圍以內就是所謂新聞報導這一方面」，「凡是
由個人私欲心理的出發，以卑劣的心機與行爲，假新聞紙或與新聞事業有關
種種部門作工具，而企圖達到物質上——金錢、女色、地盤，等等，和精神
上——報復、名譽等等，或間接地有所作用者」[7]，都是違反記者風紀的。

　　違反風紀的表現如下兩個方面：第一，黃色新聞報導。新聞從業者是時
代的解剖者，要以準確化的新聞取代過度興味化的新聞。黃色新聞以刺激讀
者的官能興味爲目標，宣揚淺薄的人道主義的正義感，對日常事件作著誇大
的報導，「製造出一種商品文化供給於社會大眾，刺激他們的神經，使他們對

1　陸詒：《提出幾點來自勉並獻給記者座談同人》，《大美晚報・記者座談》，1934 年
　　10 月 12 日。
2　楊半農：《說到職業的新聞記者》，《大美晚報・記者座談》，1935 年 8 月 22 日。
3　陸詒：《論內外勤工作的分野》，《大美晚報・記者座談》，1934 年 12 月 14 日。
4　陸詒：《採訪工作實踐中得到的一點意見》，《大美晚報・記者座談》，1935 年 12 月
　　5 日。
5　陸詒：《採訪工作實踐中得到的一點意見》，《大美晚報・記者座談》，1935 年 12 月
　　5 日。
6　《我們的回顧與前瞻》，《大美晚報・記者座談》，1935 年 8 月 22 日。
7　《漫談記者風紀問題》，《大美晚報・記者座談》，1935 年 2 月 21 日。

於生活不求理解與認識,陷於無自信的境遇」。黃色新聞「並不是忠實地爲讀者供給正確的新聞報導,而是以營業爲目標的,爲獲得讀者而製造流俗的報導,誇大,炫奇,驚險,尤其是猥褻的淫樂,反健康的,反生理的,造成變態的心理意識與生活」[1]。在報紙上除了色情的氣息外,還充溢著酒食欲。記者爲了獲得新聞來源,時常交際、應酬,「那兒的酒醇,那兒的菜鮮,那一家的侍役最殷勤,他們都是熟悉的『行家』」,一些不良記者在社會上「左右著所謂街談巷議的輿論,是非中生是非」[2]。有些報紙的第一版常有一種特別的廣告,即公述官員的恩德,象徵天下太平。然而,「許多德政之後幕是罪惡」,只是爲了「迎合有關階級之茶餘酒後的欣賞」[3],降低了記者的人格和新聞紙的信譽。第二,炒冷飯。左翼報人對記者照抄別人新聞稿件的現象進行批評。「『炒冷飯』簡直已成了我們一種口頭禪,他的解釋就是把過去已經記載過的消息,照抄或改頭換面的記述出來,這種『冷飯』式的新聞,差不多每天在每家的報紙上都可以看到——無論是本埠消息或外地電訊。」此外,少數記者因爲妒嫉別人而故意吹毛求疵,專門替人寫更正,「其實原稿的內容,大意並無甚出入,或竟全無錯誤,偏偏要代人更正」,其實不過是「重抄一下,而換一種更正的口吻」[4]。

左翼報人進而揭示風紀問題的成因及對策。「一個新聞記者是在社會各階層裏活動的人物,他是最容易向上的,但是也最容易沉淪的一個人。」[5]在混沌的政治環境和蕭條的經濟環境的雙重壓迫下,一些記者不堪繁重的任務和菲薄的待遇,受利欲心之驅使,輕者以姦淫兇殺之新聞,武俠誨淫之文字,迎投讀者嗜好,重者則利用傷人的危辭狺聽敲詐勒索,過著淫佚的私生活,或擅長於歌功頌德粉飾太平,將手中的筆作爲進身之階,與帝國主義、封建勢力狼狽爲奸,賣國求榮。物必自腐而後蟲生。左翼報人強調,「不得不追求社會上對從事新聞者『不快之怒』的原因,來努力廓清掃出它」[6]。記者風紀事件的發生,大致是由於下列幾個原因:「(一)新聞事業機構組織上的不健全;(二)記者本身缺乏『意志』『毅力』和『修養』;(三)整個社會環境的

---

1 蕭英:《Jazz 主義的流俗報導(上)》,《大美晚報・記者座談》,1934 年 12 月 7 日。
2 蕭英:《Jazz 主義的流俗報導(下)》,《大美晚報・記者座談》,1934 年 12 月 14 日。
3 《成都的報紙》,《大美晚報・記者座談》,1934 年 12 月 7 日。
4 翟怡承:《關於「炒冷飯」問題》,《大美晚報・記者座談》,1935 年 1 月 4 日。
5 《一個天才的記者》,《大美晚報・記者座談》,1936 年 1 月 2 日。
6 《我們爲什麼談風紀問題》,《大美晚報・記者座談》,1935 年 2 月 21 日。

不良。這三個主因，都有一貫聯繫的關係，由於這種種原因交織的結果，於是，記者的風紀問題便發生了。」[1]「新聞記者他之所以不顧風紀的得到了人家的賄賂，他的回報，不外乎是變更一件新聞的事實，淹沒了一件新聞的事實，或製造出一種相反事實。」[2]

為了「納新聞事業於正規，使他得到循正常途徑發展」[3]，為了改變一般人對記者「有事敲詐，無事造謠」的印象和「敬鬼神而遠之」的態度，記者應該強化風紀問題的貞操觀，而不要「一面洋裝著『仁義的』面像，一面卻預留餘地以待講條件。」[4]外來的諷罵雖足扼腕，而內在之腐蝕亦殊可恥，「新聞界便應該有如此的兩個鐵一般的座右銘：第一，反對趨炎附勢和吹牛拍馬，第二，暴露事實真相和啟發進步文化。」[5]新聞記者只有以「夫子自道之大勇」進行自我批判，「『大處著眼，小處著手』及『少大言而多條理有操守而無官氣』」[6]，才能使新聞記者之社會地位嚴正化。記者「首先要明瞭本身是完全處於服務社會和人群的，決不可拿新聞記者頭銜做達到陞官發財的梯階」，既要認清本身的責任和地位，還要有堅決的意志和純潔的操守，對於不良現象「都應該毫無隱諱地振筆直書，把它和盤托出，以供社會的公平判斷」，「絕不可因利誘脅迫而稍有改變」[7]。此外，記者要以刻苦勤勉的精神將新聞線索追究到底，直到消息完備為止。

四、新聞事業的發展出路

中國新聞事業的發展出路問題，是左翼報人理論探討的一個重點。發展地方報紙，是中國新聞事業發展的一個出路。發展地方報業具有重要意義：「一個國家的建成，他的基礎是建立在地方的，地方的一切事業不能上軌道，這個國家的基礎是在動搖著」[8]。地方事業是國家發展的基礎，而地方報業的發展又是地方新聞事業發展的基礎：「地方凡百社會事業的動員興建，步伐要齊一，思想能一致，只有賴於新聞紙來替他們傳佈介紹，才能有迅進的效果。」

1　《漫談記者風紀問題》，《大美晚報・記者座談》，1935 年 2 月 21 日。
2　半農：《新聞界風紀問題》，《大美晚報・記者座談》，1935 年 1 月 31 日。
3　《我們為什麼談風紀問題》，《大美晚報・記者座談》，1935 年 2 月 21 日。
4　郁飛：《風紀問題小諷刺》，《大美晚報・記者座談》，1935 年 2 月 7 日。
5　《一個座右銘》，《大美晚報・記者座談》，1934 年 11 月 9 日。
6　懷雲：《「記者節」的「大處著眼」》，《大美晚報・記者座談》，1935 年 9 月 12 日。
7　蘇德政：《怎樣尋求正軌》，《大美晚報・記者座談》，1934 年 9 月 28 日。
8　楊半農：《地方新聞紙》，《大美晚報・記者座談》，1935 年 1 月 18 日。

¹地方報紙「以報告本地新聞，發展本地方文化，促進本地方建設爲目的」，地方報紙負有「發展地方文化，促進地方建設，啓發地方民智的重大作用」²。「新聞紙在近代足已代表社會文化的水準。我們要開發邊區，要建設內地，我們就必需建立起邊區和內地的新聞事業。」³左翼報人預言：「現代新聞紙發展的趨勢，中央新聞沒落，代之以地方新聞的勃興。這是現實的客觀環境所造成的演變。」⁴爲此，要大力發展地方報業。

　　然而，中國地方報業發展現狀令人堪憂。中國大陸軍閥割據，地方新聞事業之不發達是無所深諱的事。以蚌埠爲例，「精神文明的一般文化上，那不能不說還是一片沙漠地」⁵。蚌埠的新聞紙，雖有現代新聞紙的形式，卻還保留了「邸報」的內容，混合著政治與商業的雙重色彩，悶沉而惡劣，毫無時效性可言。有的報人爲資本銅臭的氛圍所迷醉，將新聞事業的精神埋沒在「生意經」裏面。有的報人依賴官僚軍閥津貼，爲他們刊登義務廣告，墮落爲「文丐」，報紙隨之淪爲封建殘餘社會的裝飾品，多半只能送閱。地方報紙趨炎附勢的醜態在社論中表現尤爲突出，多數社論無視整個中國民族被帝國主義壓迫的嚴重性，反之，爲了自身狹小利益而迎合當地軍閥政客，歌功頌德。新聞版上充斥著造謠的假新聞，商業廣告有限，取而代之的是「聲明受冤」或「公告不平辯白」等啓事，副刊儼然成爲封建文化的紀念冊，「內容多半偏重文言乃至八股傳統的舊詩歌及邪說故事，毫無關於新興科學、文藝及常識之介紹」⁶。爲此，我們必須改善地方報紙。「改善地方報紙首先改正社會人士對地方報紙的觀念。」⁷因爲地方報紙的辦理「不得其人」，加之內容欠充實，所以一般人對它抱著不聞不問的心理，甚至是鄙視、厭惡的態度。地方政府黨部及知識分子都應負擔起改善地方報紙的責任，促進地方報紙的健全發展。如何改善地方報紙？

　　第一，建立社會權威。地方報紙與注重政治問題的國家報紙不同，地方報紙須適合一般人日常生活的要求，由報導政治轉向關注廣義的社會，「地方

1　楊半農：《地方新聞紙公營與私營論》，《大美晚報‧記者座談》，1935 年 2 月 7 日。
2　《改善地方報紙的問題》，《大美晚報‧記者座談》，1935 年 8 月 8 日。
3　《讀者意見》，《大美晚報‧記者座談》，1935 年 1 月 18 日。
4　卜少夫：《新聞紙在蚌埠》，《大美晚報‧記者座談》，1935 年 12 月 26 日。
5　卜少夫：《新聞紙在蚌埠》，《大美晚報‧記者座談》，1935 年 12 月 26 日。
6　柏常：《報紙與封建勢力》，《大美晚報‧記者座談》，1935 年 8 月 29 日。
7　《改善地方報紙的問題》，《大美晚報‧記者座談》，1935 年 8 月 8 日。

報紙拋棄了自己的立場去侈談政治，結果對於自己應盡的責任卻疏忽隔膜了」[1]。「擁有政治權威的報紙……它的銷數不一定是廣大。反之，擁有社會權威的報紙，它卻很能握有巨大的銷數。理由很簡單，因政治趣味之在民眾，能瞭解政治，參與政治，運用政治的人——尤其是中國——在數量上畢竟不多。對政治缺乏興趣的人，無論政治權威的報紙的評論怎樣有特異的見識；無論它的主張怎樣有把握的辦法，在它身上所收穫的效果卻是微之又微，甚於一點沒有。」[2]因此，務使地方報紙建立社會權威而非政治權威。「握有社會權威之報紙，設真能實地深入社會，透視社會，穩住社會，反映社會，自然它在群眾中發生力量，自然社會隨著他走。」[3]

　　第二，以大眾化為目標。地方報紙須以低廉的報費和通俗的文字，實現其大眾化的發展目標。地方報紙要以服務大眾為導向，增設服務部或服務版，將此作為「獲得多數讀者的歡信心的一個辦法，一種出路，同時也能給予讀者們許多的服務和幫助。」[4]地方報紙材料匱乏，因此地方報紙不適用「分欄編輯法」，其弊病是給人以空泛之感。儘管分欄編輯方法被都市中發行的大型國家性報紙普遍採用，但地方報紙常常陷於無稿可編的尷尬處境，在編輯過程由於濫竽充數，常有「牽強拉雜」之病發生。而且，地方報紙有時因編者疏忽，將同一性質新聞稿件同見於一欄中。此類事件雖屬細微，卻有損於報紙信譽。

　　第三，互助合作。地方報紙應創造更多的協作機會。從材料供給，消息傳達，到廣告發行，各方面都可以進行互助合作，這不僅能適應新聞各界的需要，給予新聞事業以實際的便利，還可使全省各縣的新聞事業得到均衡發展。此外，還有新聞記者的協作。「新聞記者是時代的社會文化人，所以他本身需要組合是比一般文化事業從業者更切需，這已是實踐於事實的情形了。」[5]新聞記者的組合大致可分為兩類：一種是所謂法定的組合機關，如記者公會；一種是偏重於學術研究和友情聯絡的共同組合，如新聞學會。

　　第四，以私營抑制公營。地方報紙的經營模式有公營和私營兩種，左翼報人主張地方報紙可接受地方人士的贊助，也可借助於地方公款。新聞事業

1　漢子：《怎樣辦地方報紙》，《大美晚報・記者座談》，1935 年 6 月 6 日。
2　漢子：《怎樣辦地方報紙》，《大美晚報・記者座談》，1935 年 6 月 6 日。
3　漢子：《怎樣辦地方報紙》，《大美晚報・記者座談》，1935 年 6 月 6 日。
4　楊半農：《地方報的出路問題》，大美晚報・記者座談，1935 年 11 月 14 日。
5　劉祖澄：《記者的組合問題》，《大美晚報・記者座談》，1935 年 8 月 1 日。

是一種具有宏大效力的教育工具，新聞事業就如同學校。既然可以拿公款辦學校，同樣可以用公款辦新聞事業，其用意與目的彼此相同。「各地方都應該確定新聞事業經費與發展計劃，由地方公正人士組織董事會，負監督管理的責任。」[1]但是，新聞紙若全部公營，必然被牢牢地攥在主持地方政治者手裏，假使他們心懷鬼胎，借報紙力量壓制民意，圖一己的利祿抹煞大眾幸福，就「不是以地方新聞紙來發展地方文化，是反以新聞紙扼止了人民的前進思想。結果，新聞紙變成了極可怕的怪物」[2]。所以，要公營與私營並行，並且以私營抑制公營。

第五，發展小型報紙。「我國新聞界，向來是在大報與小報二者並行發展的狀態中」[3]。為了適應新的環境，左翼報人提議創辦「小型報紙」。當社會經濟力較強，市面安定，生活有閒，大型報紙契合讀者的需要。但隨著生活資料的獲得日趨困難，讀者已不能有充分的時間閱讀冗長蕪繁的大型報紙，他們需要一種簡明的、低廉的、刺激的小型報紙。「所謂『小型報紙』是指新聞的報導，採取精編主義的。」[4]雖然有些報紙用四開紙印刷，但日出四五張，內容與大報無異，不屬於小型報紙。小型報紙在篇幅上具有伸縮性，克服大報重複登載、凌亂散漫的不足，予人以實際知識和有益身心的娛樂，以新聞和言論為報紙的使命，遵循新聞本位和知識本位。另外，小型報紙將就每日的新聞加以綜合的記述、詳盡的解釋，增加新聞與圖片，提高讀者趣味。「小型報紙的編製者，口號是呼為大眾化的」[5]，它兼顧了被大報因襲忽略的缺乏普通常識的大眾。「大眾化」不等於「大報化」。「大報化即所謂消息化」[6]，「小報大報化，那好比孩子學成人，不像樣」[7]。小型報是走向大眾的報。小型報紙的「質」，是由店員、學徒、工人、農民、小職員以及看不起大報但又認得幾個字的小市民組成的新讀者層的要求決定的。大眾化的小型報在文字使用方面，要丟掉古文的鐐銬和半新不舊的文言，做到口語化、適合大眾口味，避諱與時代生活極度失調的文字。非驢非馬的文字，無法把社會事態活潑深

1 《改善地方報紙的問題》，《大美晚報‧記者座談》，1935 年 8 月 8 日。
2 楊半農：《地方新聞紙公營與私營論》，《大美晚報‧記者座談》，1935 年 2 月 7 日。
3 文夫：《我國新聞界的一條新路》，《大美晚報‧記者座談》，1935 年 9 月 12 日。
4 《小型報紙的前途》，《大美晚報‧記者座談》，1935 年 6 月 27。
5 《關於小型報紙的話》，《大美晚報‧記者座談》，1935 年 9 月 26 日。
6 《關於小型報紙的話》，《大美晚報‧記者座談》，1935 年 9 月 26 日。
7 柳湜：《理想的小型報》，《大美晚報‧記者座談》，1936 年 1 月 13 日。

刻地表達出來，只能以濫調浮雕樣地敘述生活的表面現象。理想中的小型報紙在總的原則上，是一種報紙與雜誌的綜合，報導新聞時要注意系統的說明與細緻的解說，「注意新聞的『來龍去脈』，注意新聞的發展，暗示事態發展的本質」。小型報雖然雜誌化，但要「化」到不現痕跡，「不僅像雜誌一樣注意理論與現實的聯繫，還要更進一步利用活的新聞事件，更活潑的把理論融化在說明現象上，要做到一切都是說新聞，不是搬理論」[1]。在知識的灌輸上，切忌雜誌式的抽象的研究，不能帶有學究的氣氛。在文體方面，要放棄雜誌文字的腔調，也不能抄大報的口吻。

綜上所述，這一時期的國民黨繼續北伐與國共兩黨尖銳對峙，使國內階級鬥爭尖銳，社會現實在新聞學術研究中得到了較爲充分的呈現：爲維護國民黨的執政黨地位，國民黨報人積極響應號召，強化黨化宣傳，把宣傳視作黨報的根本職能，主動反思宣傳工作存在的問題並探尋解決的辦法；共產黨報人則積極引入馬克思主義階級鬥爭學說與列寧黨報理論，並應用到無產階級政黨報刊的鬥爭與宣傳實踐，強調報紙是階級鬥爭的工具，以黨報建黨，黨報具有重要的組織功能；左翼報人則獨闢蹊徑，以「社會主義的科學的新聞學」立場，對新聞事業領域的階級鬥爭給予關注。這一時期的新聞學術研究，具有高度的現實化特徵。

這一時期的學術研究，雖然有國民黨報人、共產黨報人、民營報人、左翼報人因政治立場不同而帶來的學術觀點的分野，但不同群體之間的學術觀點往往又有相通之處：國民黨報人主張新聞要給予多數讀者以「實益」；民營報人則提出「實益主義」編輯方針。國民黨報人提出新聞報導要堅守「客觀的地位」，新聞記者是沒有成見的觀察者，忠實的報導者，新聞紙是超然的；民營報人則提出新聞事業是國家公器，是公共的事業。共產黨報人用馬克思主義階級鬥爭學說解決現實的階級鬥爭問題；國民黨報人從唯物史觀出發，批評報紙呈現的英雄史觀。國民黨報人提出「宣傳到鄉間去」，宣傳要平民化；共產黨報人則提出黨報群眾工作思想；左翼報人則主張小型報也是大眾化的報紙。

這一時期的新聞學研究，都關注中國新聞事業發展問題：國民黨報人對新聞紙存在的問題進行了剖析；民營報人對企業化經營與管理進行充分的理

1　柳湜：《理想的小型報》，《大美晚報·記者座談》，1936 年 1 月 13 日。

論探討；左翼報人努力探索中國新聞事業的發展出路。這一時期的學術研究，也呈現出較爲鮮明的學術化特徵：國民黨報人對新聞的定義、新聞價值、新聞記者的角色、新聞紙性質的探討，民營報人對新聞事業性質及中國新聞事業發展歷史分期的研究，左翼報人對「集納」運動的提倡，都具有「爲學術而學術」的特徵。這一時期的學術研究，理論來源是多元的。國民黨報人與民營報人都引入了西方的客觀主義報導思想；國民黨報人與共產黨報人都引入了馬克思主義學說。民營報人關於編輯理論的探究，還引入了日本的實益主義新聞觀。

第四章　民國南京政府中期的新聞學研究（1937～1945）

　　民國南京政府中期，國難日深，拯救民族危亡成爲壓倒一切的時代主題。新聞界如何完成抗戰大業？國民黨報人、共產黨報人、民營報人、以中國青年新聞記者學會爲中心的左翼報人，圍繞時代話題從不同側面進行理論研究。國民黨報人對國民精神總動員與戰時宣傳、報人的天職、戰時新聞自由、報業經營與管理問題進行探討；共產黨報人系統闡述無產階級黨報理論，並論述新聞的定義、新聞採訪、新聞寫作、壁報編寫、新聞記者修養等問題；民營報人對言論自由、戰時宣傳、報紙的大眾化、戰時報業經營與管理問題進行闡發；左翼報人闡釋戰時新聞檢查、戰時宣傳、戰時記者的角色與使命、戰時報業經營與管理問題。各群體的理論闡釋雖各有側重，但都緊緊圍繞新聞抗戰這一時代主題而展開。此外，日僞報人出於不同的立場，對新聞、宣傳等問題進行別樣的理論探討。

第一節　國民黨報人的新聞學研究

　　全面抗戰爆發後，新聞抗戰成爲每位新聞人必須面臨的時代話題。國民黨以其執政黨之特殊身份，號召媒體擔起國民精神總動員與戰時輿論宣傳的重任。國民黨報人擁有較爲充分的話語權，有關國民精神總動員、戰時宣傳、報人天職、戰時新聞自由的理論探討，重在約束報人，建議報人以國家民族大義爲重。國民黨報人有關報業經營管理的探討，則呈現出較爲鮮明的專業特色。

一、國民精神總動員與戰時宣傳

1939 年，國民黨國防最高委員會頒布《國民精神總動員綱領》，被視爲抗戰期內全國上下共同努力之最高指導方針，這一綱領自然引起國民黨報人的高度重視。《中央日報》首先表示：「抗戰以來，國家民族雖已到了最嚴重的關頭，然大多數國民的醉生夢死的生活尙待改正，苟且偷生的習慣尙待革除，自私自利的企圖尙待打破，紛歧錯雜的思想尙待糾正，奮發蓬勃的朝氣尙待養成，犧牲奮鬥的精神尙待增進。所以，總裁最近宣布要大規模推行國民精神總動員。」[1]國民黨報人強調，新聞界是國民精神總動員的主體力量，新聞界應擔負國民精神總動員的重要任務。

馬星野指出，《國民精神總動員綱領》的頒布，意義重大：「此項綱領，已將多年來新聞界爭執不決之問題，加以總解決；已將政府多年來推行之新聞政策，作一最具體最明顯之宣布。」[2]自國民政府奠都南京以來，新聞界聚訟不決之問題爲「言論自由」與「言論統制」之爭。兩者各有利弊，而兩者各有其理論根據與實行的困難。「在政府方面，自出版法頒布以來，雖然有一貫之政策，但有時執法較嚴，有時則較爲寬懈，新聞政策始終未能貫徹，致新聞界一致努力之方針始終未能確定。」國民精神總動員綱領所揭示的「國家至上民族至上，軍事勝利第一及精神力量集中」三大原則，不僅解決了上述紛爭不已的問題，也爲新聞界指明了努力方向。「新聞界本身應該努力的方針，則精神總動員綱領中已給我們解答：即意志集中，力量集中。有了集中的意志與力量，才可以本著國家至上民族至上的信念，積極努力，使於抗戰之最後勝利建國之最後成功有所貢獻。」[3]精神總動員綱領對新聞界作出下列指示：「抗戰以來，全國思想與言論，在根本上雖已形成統一，而枝葉之紛歧，仍所在多有。若任其雜然並存，勢必導民志於分散，貽戰事於不利。必積極疏導，造成共同之國論：一、不違反國民革命最高原則之三民主義。二、不鼓吹超越民族之理想與損害國家絕對性之言論。三、不破壞軍政軍令及行政系統之統一。四、不利用抗戰形勢以達到國家民族利益以外之任何企圖。一切思想言論，悉以此爲準繩，有違斯義，則一體糾正，共同擯絕。合於此義，

---

1 《新聞界的精神動員》，《中央日報》，1939 年 3 月 4 日第 2 版。

2 馬星野：《國民精神動員與新聞界》，《新聞學季刊》第 1 卷第 1 期，1939 年 11 月 20 日。

3 馬星野：《中國新聞事業前途之觀察》，《時代精神》第 1 卷第 3 期，1939 年 10 月 10 日。

則多方獎進。」馬星野指出，「這是集中新聞界意志的正確原則。」[1]

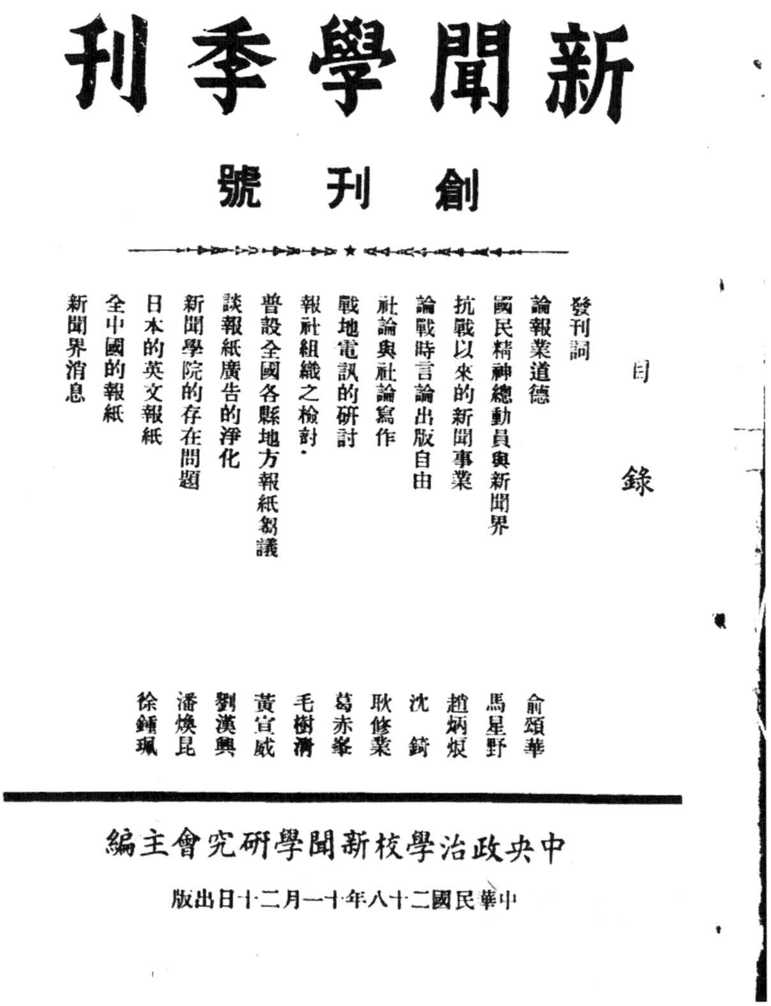
新聞學季刊

創刊號

目錄

發刊詞
論報業道德　俞頌華
國民精神總動員與新聞界　馬星野
抗戰以來的新聞事業　趙炳烺
論戰時言論出版自由　沈錡
社論與社論寫作　耿修業
戰地電訊的研討　葛赤峯
報社組織之檢討　毛樹清
普設全國各縣地方報紙芻議　黃宣威
談報紙廣告的淨化　劉漢興
新聞學院的存在問題　潘煥昆
日本的英文報紙　徐鍾珮
全中國的報紙
新聞界消息

中央政治學校新聞學研究會主編
中華民國二十八年十一月二十日出版

圖 4-1　《新聞學季刊》創刊號（資料來源：大成老舊刊資料庫）

馬星野強調，國民精神總動員綱領，實際上賦予新聞界以一種極重要之任務。一般而言，報紙具有重要的使命：「一則爲指導輿論，使人民向一定之方向進行，此即『宣傳與領導』之工作也。二則爲啓發民智，報告重要之時

1　馬星野：《中國新聞事業前途之觀察》，《時代精神》第 1 卷第 3 期，1939 年 10 月 10 日。

事，加以解釋，使記者不但知之而且知之徹底，更因知而能行，此即『訓練與改進』之工作也。三則爲人民之喉舌，爲社會之警犬，是是非非，善善惡惡，使善者得輿論之獎勉，惡者受輿論之制裁，此即『督促與規勉』工作也。四則爲對於一切問題，向政府向人民貢獻解決之辦法，成供給材料，以俾研究，或陳明利弊以供取捨之參考，此則『研究與推行』之工作也。欲報紙盡其對公眾之責任，非完成此四大任務不可，反之，欲此四大任務之完成，亦非假手於報紙不可也。」[1]對於上述重任，「惟有集新聞界全力始可完成之，就新聞界一方而言，可由此而面目一新，就全國所得影響而言，則精神總動員工作，得以貫徹。」如此，新聞界完成了精神總動員的重任，同時也很好地提升了了自己。

精神總動員的責任在新聞界，那新聞界該如何參加和協助國民精神總動員運動呢？馬星野認爲，新聞界必須改進不逮之處，必須認識到新聞界尙缺乏四種精神：第一，批評之精神。國民政府成立至今已有 28 年，但新聞界之批評精神，甚爲缺乏。要求新聞界有中心思想，目標一致，並非是要大家不思想，無目標。既有目標，必有是非之別，既有思想，必有眞僞優劣之判。「今日社會，尙在沉悶未起之狀況中也，今日政治，離理想標準，尙甚遼遠……報紙不指其缺點，不揭其違反抗戰需要之處，必使一誤再誤，一敗再敗，乃至於不可救藥……報紙不批評不監督不責備，更何貴爲報？」[2]第二，創造之精神。人云亦云，千篇一律，是今日新聞界最不好之現象。「吾人並非要求各報創造『主義』，創造『國策』，及創造與當前需要不符合之離奇論調。吾人所謂創造者，即以各種不同之方式，將共同的中心的思想表現出來，以各種不同之手段，以達到精神動員之共同目的也。」如今各報的新聞，幾乎完全採用中央社電稿，通訊與社評也大致相同，標題文字、新聞編法也互相模仿，「鮮有自出心裁者」。新聞界「以不同之材料，做法，而達於共同的『集中意志』與『集中力量』之結果，對於精神動員之效力，必較千篇一律者爲多。」[3]第三，領導之精神。「凡報紙對於所在地之社會，不能發生領導作用，則此報紙對於此地此社會，爲可

---

1 馬星野：《國民精神動員與新聞界》，《新聞學季刊》第 1 卷第 1 期，1939 年 11 月 20 日。

2 馬星野：《國民精神動員與新聞界》，《新聞學季刊》第 1 卷第 1 期，1939 年 11 月 20 日。

3 馬星野：《國民精神動員與新聞界》，《新聞學季刊》第 1 卷第 1 期，1939 年 11 月 20 日。

有可無。」在進行精神總動員工作時，對於市民的奢侈浪費、萎靡不振等現象，報紙應「領導而革除之」。[1]第四，平民化之精神。中國今日之報紙，受古代京報轅門抄的影響太深，其內容往往專為士大夫官僚階級而設，而非為大眾而存在。「今後報紙，欲負起推進國民精神總動員之重責，應在各方面力求其平民化，合平民之要求，合平民之知力，更合平民之興味。不然任何宣傳，任何運動，終限於上層階級⋯⋯不能使精神總動員，發生滿意效果。」[2]

潘公展強調，國家總動員的要義，是「貢獻能力」和「犧牲自由」。對於「總動員法對於出版界的統制」，意義很明顯，用不著加以解釋。新聞界應當關注的是在國家總動員中應負的責任，可以從消極與積極兩方面來看待。消極方面，「我們要更加注意到法令的限制，而切實遵守⋯⋯政府禁止某種消息，我們言論界就應當自己負責檢查，不要讓這消息在任何方式下刊載到報紙上去，縱然因此影響整個新聞界的內容，也要毫不顧惜」[3]。積極方面，新聞界對於國家總動員，要做到三點：（一）講明法令。「國家總動員之效力，是否能充分發揮，端賴國家總動員法之內容，是不是能為一般人所完全與徹底地瞭解」。報人為此要講明實施動員法的意義，使大家徹底明瞭動員法的內容和國民自身的責任。報人過去對於闡明法令，推進國家政策，已經盡了協助的責任。今後對總動員法的解釋與闡明，自應當仁不讓，加倍努力，做深入、普遍而經常不斷的宣揚。（二）積極推動本法令執行。檢討總動員法的內容，知道其重心是在經濟方面，如物資統制、資金統制、物價統制、勞力統制等。其內容的繁複，範圍的廣度，無所不包。正因如此，言論界應該以經常不斷的努力，盡督促與協助的責任。（三）積極更堅定地鞏固精神的堡壘。也就是糾正肅清一切紛歧錯雜的思想，使全國民的意志與力量能集中。首先看是否違反國民革命最高原則的三民主義，對於反三民主義的予以痛擊；其次是否「鼓吹超越民族的理想與損害國家絕對性之言論」。輿論界要以精神總動員中所指示的「國家至上民族至上」作為的共同目標，「凡是鼓吹個人利益、團體利益，或階級利益的種種思想和言論，重視小我利益，而忽視國家利益

---

1 馬星野：《國民精神動員與新聞界》，《新聞學季刊》第 1 卷第 1 期，1939 年 11 月 20 日。

2 馬星野：《國民精神動員與新聞界》，《新聞學季刊》第 1 卷第 1 期，1939 年 11 月 20 日。

3 潘公展：《報人對國家總動員之貢獻》，《新聞戰線》第 2 卷第 2、3 期合刊，1942 年 5 月 16 日。

的作風，都是與『國家至上』的原則想違背。凡是超越民族的理想，及在這民族生死存亡的鬥爭中，故意宣揚崇拜其他民族的英哲而忽視我們自己民族的哲學思想，或甚至企圖喜歡和強調世界主義，使人們不知不覺中遺忘了自己民族的地位，都是背叛『民族至上』的叛行。我們要知道這種思想和言論與漢奸敵寇的宣傳異曲同工，一定要徹底剷除。」[1]

圖 4-2　潘公展《報人對國家動員之貢獻》（資料來源：全國報刊索引資料庫）

1　潘公展：《報人對國家總動員之貢獻》，《新聞戰線》第 2 卷第 2、3 期合刊，1942 年 5 月 16 日。

　　國民黨中央宣傳部長葉楚傖在青年記者學會演講時強調：「在開始發動國民精神總動員的時候，力量最大的莫如新聞界和教育界。這兩種力量，有如左右兩翼，如能健全一致，努力起來，這個運動一定可以達到普遍和徹底的目的。尤其是新聞界，應該把這個運動維持到抗戰勝利，建國完成。」[1]新聞界是完成國民精神總動員的主體力量。若想發揮宣傳效用，必須明確宣傳的目的。「宣傳之目的，是在於解釋說明已成的事實，與夫指示發動，使一般人努力於創造某種預期的事實，而尤注意於糾正對方對於某種事實的誤解，曲解，或故意散放之謠言。以故宣傳本身之效用，在於引起積極的行動，而非只爲言論與觀念。而宣傳行動的本身，亦非獨立的而應與各方面的行動發生聯繫作用，即係使各方面的行動均能直接的，自然的，接受宣傳的指示，而成爲合於全部國策與民意的要求的行動，以完成宣傳的最高使命。反之以宣傳本身爲獨立行動，則容易發生宣傳自宣傳，事實自事實，而在『事實勝於雄辯』『空言無補實際』的原則之下，不僅使宣傳者無以取信於人，而且反足以因空言的宣傳而引起一般人的疑慮，得到反宣傳的結果。」[2]若想達到宣傳的效果，必須澄清錯誤的宣傳觀念。一般人多以爲凡是宣傳，其本身即具有虛僞性，多爲掩飾事實的眞相；甚至爲「危言聳聽」以淆惑一般人的心理，此爲「惡宣傳」與「反動宣傳」所引起之根本的錯誤觀念。「吾人應知關於主義與國策的宣傳，根本係發於至誠的信念，而不容有絲毫的懷疑，本於至誠信仰的精神，以爲宣傳行動，當然要以眞實打破虛僞，以事實證明謠言，以實現主義與國策，來糾正一切不合理的思想與行動，而最後的要求，是統一全國民的意志與能力完成革命的使命。」「宣傳以說明，轉變，引發，與創造合於國家民族所要求的事實而消滅相反的事實爲目的，不能影響於事實的宣傳，無論技術如何精巧，終必爲人揭破，根本失去宣傳之效能。而且往往因某種宣傳之失效，而累及於可以有效之宣傳。甚至於使其根據事實的宣傳，亦爲人所懷疑。」[3]發於至誠信念的國策宣傳，才是正確的宣傳，才是有效的宣傳。

　　國民黨報人積極探尋戰時宣傳應遵循的原則：其一，戰時宣傳要因時制

1　《新聞界的精神動員》，《中央日報》，1939 年 3 月 4 日第 2 版。
2　葉楚傖：《抗戰以來宣傳工作概觀》，《中央週刊》第 2 卷 1、2 期合刊，1939 年 7 月 7 日。
3　葉楚傖：《抗戰以來宣傳工作概觀》，《中央週刊》第 2 卷 1、2 期合刊，1939 年 7 月 7 日。

宜。潘公展認為，抗戰可分為第一期與第二期，而宣傳重心則經歷由抗戰到
建國的變化。在第一期抗戰中的宣傳，「對內是注重於統一意志，提高抗戰
信念，隨著戰事的進展，而促成全國總動員。對外是以全民族抗戰到底的堅
決意志，表示我民族求獨立生存的精神。更從國際間共同的利益以及人類的
同情心上，請求各友邦對我於精神之外，更為實力之援助，同時並請求國際
共同對倭實行經濟乃至武力的制裁，在此兩方面集中全國人之言論行動，運
用已成之事實，促成將來之趨勢。」[1]在第二期抗戰中，宣傳要點「由抗戰
而進於建國，由統一意志而進於集中力量，由主義的信仰與對領袖的服從，
各進而至於各人自願地貢獻其一切能力知識於國家民族。」換言之，在第一
期抗戰中，宣傳之中心為堅定對內對外之民族自信力，而在第二期中，「則
由此自信力以造成事實，更進而為全民族之精神之改造與道德之恢復。前者
是以共同目標，促成行動之統一，而後者則是於統一的行動中，恢復偉大的
民族精神，即以此精神支配一切抗戰建國之更高度的行動。」正因如此，在
第二期抗戰開始時，「最高領袖曾昭示國人謂：『政治重於軍事，後方重於前
方，宣傳重於作戰』，更頒布國民精神總動員綱領，此即為吾全國人民，今
後在抗戰建國的責任上，所應作的宣傳工作的根本方針。」[2]其二，戰時宣
傳要深入一般民眾。戰時宣傳的主要內容繁雜，主要包括戰爭性質、歷次民
眾的戰爭準備、當下民眾如何應付戰爭、全面準確的綱領、戰時心理糾正[3]
等。抗戰時期，如何做好宣傳？「宣傳首貴普及，尤須深入一般民眾」。[4]蔣
介石提出，「新聞記者應為國家意志所表現之喉舌，亦即為社會民眾賴以啓
迪之導師……今當全國努力抗戰之時，我新聞界為國奮鬥之責任重大，實不
亞於前線衝鋒陷陣之戰士。如何宣揚國策，統一國論，提振人心，統一邁進，
以達驅除敵寇，復興民族之目的，而完成三民主義國家之建設，實唯新聞界
之積極奮起是賴。」因此，要求新聞記者首先要「善盡普及宣傳之責任。」
「我國報紙銷行數量，較之並世各國，顯為落後，銷行區域，更有偏重都市

1 葉楚傖：《抗戰以來宣傳工作概觀》，《中央週刊》第 2 卷 1、2 期合刊，1939 年 7
月 7 日。
2 葉楚傖：《抗戰以來宣傳工作概觀》，《中央週刊》第 2 卷 1、2 期合刊，1939 年 7
月 7 日。
3 周厚鈞：《戰時宣傳問題》，《中央日報》，1937 年 11 月 18 日第 3 版。
4 中央宣傳部：《民國三十度黨政工作成績——推進宣傳》《中央日報》，1942 年 7 月
7 日第 6 版。

交通線之缺點。抗戰軍興，此弊漸顯改進，今後趨勢，爲地方報紙日漸推廣。
內地辦的凤稱困難，然正惟困難，更有待於努力。新進之新聞記者，宜以篳
路藍縷之精神，向困難最多而前途希望最大之內地，散播文化之種子，提高
人民之智識。」[1]戰時宣傳須普及到偏遠地區的一般民眾。其三，全軍全民
的訓練是戰時宣傳的保障。就宣傳工作而言，「組織與訓練是相輔相成的」，
「而訓練的對象不僅限於本黨黨員，尤須要訓導全國軍民，概言之，全軍全
民是本黨訓練的對象。」[2]

二、報人的天職

　　隨著國難日深，人們對國家民族利益給予深切關注，正如邵力子所總結：
「在過去的十年內，中國新聞界中有著一種共同的意向，就是所謂『民族至
上』的認識。自九一八以後，中國新聞界對於國難的看法，雖然不免有相異
之點，但其目的，總是求國難的排除與民族的自由生存。」[3]在民族危亡面前，
報人要擔負起什麼樣的職責與使命，成爲國民黨報人關注的一個重要理論話
題。

　　第一，報人要擔負提振民氣，建設心理國防的天職。蔣介石指出，當今
全國努力抗戰之時，我國新聞界爲國奮鬥之責任重大，實不亞於前線衝鋒陷
陣之戰士。「如何宣傳國策，統一國論，提振人心，一致邁進，以達驅除敵人
復興民族之目的，而完成三民主義國家之建設，實爲新聞界之積極奮起是賴。」
[4]在此種情形下，新聞記者要「善盡發揚民氣之責任。」「吾人今當努力抗戰，
同時又努力建國，必嚮導國人，共向忠勇奮發之正道。」[5]新聞記者要做到「善
盡宣揚國策之責任」，「一切言論記載，悉以促進我國民獨立自尊心，養成我

1　《今日新聞界之責任——蔣校長對新聞專修班首期學員畢業訓詞》，《新聞學季刊》
　　第 1 卷第 3 期，1940 年 10 月 20 日。
2　許煥章：《黨務工作與文化運動》，《中央日報》，1942 年 8 月 25 日第 4 版。
3　邵力子：《十年來的中國新聞事業》，《十年來的中國》，第 483 頁，轉引自章丹楓：
　　《近百年來中國報紙之發展及其趨勢》，上海開明書店，1942 年版，第 56 頁。
4　《今日新聞界之責任——蔣校長對新聞專修班首期學員畢業訓詞》，《新聞學季刊》
　　第 1 卷第 3 期，1940 年 10 月 20 日；《新聞紙的新途徑——蔣委長對中政校新聞專
　　修班訓詞》，《戰時記者》第 2 卷第 9 期，1940 年 5 月 1 日。
5　今日新聞界之責任——蔣校長對新聞專修班首期學員畢業訓詞》，《新聞學季刊》第
　　1 卷第 3 期，1940 年 10 月 20 日；《新聞紙的新途徑——蔣委長對中政校新聞專修
　　班訓詞》，《戰時記者》第 2 卷第 9 期，1940 年 5 月 1 日。

國民奮鬥向上爲旨歸，處處遵守抗戰建國綱領，時時不忘國家至上民族至上。」[1]《中央日報》反覆宣傳蔣介石的這一主張：「替民族爭獨立自由，替國家伸張正義，無愧於四千年來史官言官們以鮮血造成的珍貴傳統，無負於新聞界先進所創造的好榜樣」。「記者的責任在於宣揚三民主義，在於闡明國家政策，在於闡明政府的法令，在於駁斥敵姦邪說」[2]。「新聞記者之責任爲普及宣傳，宣揚國策，推進建設，發揚民氣」。「新聞記者不僅是國家社會之喉舌，抑且是國家社會神經系統……記者之責不僅報導新聞，亦在鼓吹輿論，激發輿情與反映輿情，以造成革命潮流，而爲國家社會之原動力。」[3]

潘公展明確提出建設心理國防之主張：「新聞紙每日報告消息評論時事，有千百萬人直接或間接從這上面形成他們對於國事的理解，以決定行動的方針，所以新聞界在今日救亡時期中，應該善自利用其機會，完全擔負起建立心理國防的責任來！」心理的國防怎麼建立起來呢？有兩點最值得注意：第一，我們的國民都應該有沉著堅韌埋頭苦幹的精神。凡事知己知彼分明利害，不虛矯不矜張，不盲從，不亂動。因此，新聞界首先要對時事有精深的研究，然後在報紙上面發表他們的眞知灼見，以指導一般國民。當此千鈞一髮之際，新聞界如果對於報紙上面的評論並不能根據深切的研究和精細的思考精神考察，因而影響一般國民的言論行動不能正確，這在救亡時期，他們已經辜負了建立心理國防的責任。「他們如果再是挾成見賭義氣，或本非爲國家的利害打算，而別有會心，那反而是唯恐國家不亂而促其亡，又當別亂了。」第二，在此救亡時期，報紙上面的評論紀事，尤其是副刊一樣的文字，都不可再有消滅志氣的氣味。「我們應當鼓起人類至大至剛之氣，養成一般國民到必要時期都有殺身成仁捨命取義的勇氣，新聞界必須負起責任，把報紙上一切足以渙散這種心理國防的毒氣一掃而空。」[4]

第二，報人要擔負弘揚三民主義，建設精神國防的天職。蔣介石提出，抗戰時期，新聞記者應當「認識新聞事業前途遠大，始終其事，盡忠職責，

1 今日新聞界之責任——蔣校長對新聞專修班首期學員畢業訓詞》，《新聞學季刊》第1卷第3期，1940年10月20日；《新聞紙的新途徑——蔣委長對中政校新聞專修班訓詞》，《戰時記者》第2卷第9期，1940年5月1日。

2 《記者節我們的自勉》，《中央日報》，1943年9月1日第2版。

3 《中國新聞學會第二屆年會昨晨開幕當日圓滿閉幕》，《中央日報》，1943年10月2日第2版。

4 潘公展：《非常時期的新聞界》，《新聞雜誌》第1卷第1期，1937年1月1日。

樹立三民主義的文化基礎」[1]。潘公展認爲，「發揚三民主義文化，建立精神國防」，是「全國報人共同努力之標的」。他希望中國報人「在積極方面，使全國人民，無論在思想上，行動上，精神上，都得到一個正確的指針，培養成爲三民主義建國的鬥士，而爲現代化的國民，同時從根本上建設『精神國防』，亦即『思想的國防』，以爲物質國防的基礎。」那麼，如何建設精神的國防？「必須發揚我們固有的民族道德，亦即發揚我們的民族魂。」三民主義的基本精神，就是總理講的「忠孝仁愛，信義和平」八德，就是「挽救國家，復興民族，建設民治、民有、民享的新中國」，「就是中華民族列祖列宗所遺傳的民族魂的結晶」。「今後抗建大業，既集重於報人之雙肩。則發揚三民主義，創造三民主義文化，在我報人，成爲唯一天職，義不容辭。」[2]陳立夫認爲，新聞事業發展「以建設三民主義文化爲標的。」「新聞事業之主要標的在於求民生之發展與文化之發揚」[3]。馬星野從孫中山的「民族主義」思想切入，剖析中國報業之理想。孫中山說：「中國人因爲失去了民族思想，所以外國的政治力經濟力，才能夠打破了我們」。「民族主義的目的是保持吾民族獨立的地位，發揚吾固有文化，且吸收世界文化而光大之」。馬星野結合中國新聞事業發展，對孫中山的論斷進行闡釋。在中國新聞界，如上海香港等處有許多報紙，盲目地學習英美黃色新聞紙，專門供公子哥兒有閒階級開心，「專門製造一種洋奴的心理，缺乏民族思想……更有一派報紙，其性質與買辦階級報紙不同，雖不鼓吹崇拜英美，但是鼓吹崇拜異國，鄙棄祖國，消滅民族意識。」馬星野進而指出，「總理對文化事業之理想，是發揚固有文化的吸收世界文化，這一方面不是養成洋奴心理之媚外主義的又不是抱殘守拙的排外主義。」馬星野強調，「根據這個教訓，我們可以認識到全國新聞界今後應走的路向，中國新聞事業比他國新聞事業應有之不同理想」。「三民主義社會的新聞事業之目標，不是爲資本家賺錢，不是爲統治階級說謊，而是爲著全社會中每個份子（國民），同全社會的整個生命（民族）服務，記載時事，領導輿論只是一個手段，解放民族建設文化才是目標。」[4]馬星野認爲，1936年4月國民黨

1　《怎樣做一個現代新聞記者──蔣校長對新聞專修班一二其學生畢業訓詞》，《新聞學季刊》第1卷第3期，1940年10月20日。
2　潘公展：《報人當前的天職》，《中國新聞學會年刊》第1期，1942年9月1日。
3　陳立夫：《新聞事業與文化建設》，《中國新聞學會年刊》第2期，1944年11月20日。
4　馬星野：《三民主義的新聞事業建設》，《青年中國季刊》創刊號，1939年9月30日。

中央中常會通過的「文化事業計劃綱要」已經把民族主義的文化理想，也可以說民族主義的新聞事業理想具體規定出來，「民族至上國家至上，這是中國新聞界的第一個指南針」[1]。

第三，報人還要爲民喉舌。國民黨報人主張，「黨報要爲黨發言，固以黨的視聽爲視聽」，「不忘爲黨喉舌」，同時，黨報不忘「爲民喉舌」，因此，「黨報即民報」[2]。因此，黨報記者就具有一項重要的使命，「爲民喉舌」。陳立夫則認爲，「新聞記者，爲民喉舌，即民眾發言之工具之意，其所言者，非一己之所欲言，尙代表大多數人之所欲言而言者也，言人民心中之所欲言，則爲民喉舌」[3]。蕭同茲則主張，「新聞記者有兩不可離，其一曰國家，其一曰民眾。新聞記者之職責，曰表達國策，曰宣揚民隱，而其最切要之點則啓導民眾，使瞭解國策，執行國策」[4]。馬星野聲稱，新聞記者「爲人民之喉舌，爲社會之警犬」[5]。報紙的兩大使命，第一是報導新聞，第二便是表達民意。什麼是新聞呢？「凡是在當地，在本國，在世界所發生的最新事情，同大多數的人民發生最重大關係的，便是新聞。報紙的任務是用客觀的筆，把這些事情記載下來，用最快的方法告訴大家。」什麼是民意呢？「便是對於這些重大事情大多數的意見。報紙的任務是指導人民，構成這些意見，再把這些意見，表達出來，作爲處理這些事件的標準。」[6]馬星野明確指出，民意的表達是民主政治的基礎。「記者憑其道德之勇氣，以公是公非爲立言紀事之標準，必提高社會之倫理觀念。」「報紙爲交換政見，批評政象之園地，爲民主政治不可或缺之要件。故欲政治之健全清明，新聞記者應負之責任實最重大。」[7]馬星野強調，新聞記者的天職是「供給正確的新聞和大公無私的意見」。「我們報紙不許離開了民眾，我們要表達他們的要求，做他們的喉舌。使痛苦人民的呼聲，爲舉國所共聞。我們要暴露一切剝削人民榨取人民的貪官污吏奸商流氓財閥的罪惡，我們要用輿論的力量，來撲滅毒害人民的惡勢力……統一民

1 馬星野：《三民主義的新聞事業建設》，《青年中國季刊》創刊號，1939 年 9 月 30 日。

2 《記者節我們的自勉》，《中央日報》，1943 年 9 月 1 日第 2 版。

3 陳立夫：《我對新聞事業之感想》，《中國新聞學會年刊》第 1 期，1942 年 9 月 1 日。

4 蕭同茲：《發刊詞》，《中國新聞學會年刊》第 1 期，1942 年 9 月 1 日。

5 馬星野：《國民精神總動員與新聞界》，《新聞學季刊》第 1 卷第 1 期，1939 年 11 月 20 日。

6 馬星野：《精神食糧問題》，《文風雜誌》第 1 卷第 1 期，1943 年 12 月 1 日。

7 馬星野：《青年與新聞事業》《中央日報》，1944 年 6 月 3 日第 3 版。

主，是建國的先決條件，只有在這兩個基石上，才能建立起民有民治民享的
高樓大屋，而新聞記者的筆又是這個基石穩固的最好保證。」[1]

三、對新聞自由的認識

民權主義是國民黨人探討新聞自由的理論基礎。馬星野指出，「因為民權
主義與民治主義及極權主義均有分別，所以理想的中國新聞事業之使命，亦
與他國有所不同。民權主義主要特色有四：（一）主張全民政治，不是階級專
政或財閥政治。（二）主張革命人權，不是天賦人權，凡是反革命者不許享受
民權。（三）主張權理分開，政府要有充分的治權，人民要有充分的政權。（四）
主張擴大自由之意義。注重團體尤其是國家之自由，不注重個己的自由；注
重個人對他人之義務，而不注重於爭個人之權利。」[2]由這四個特色，便可以
確定三民主義國家中報紙與政府及人民之關係：

第一，「據全民政治之意義，凡是鼓吹階級利益，少數人利益，及派別利
益的報紙，都要予以限制或者不許其存在。」[3]因此，少數人誤用言論自由與
出版自由，鼓動階級的種族的宗教的惡感者，均非民權主義所能保護。

第二，「據革命人權之意義，則凡是反革命的人，顯然不許其享有言論
自由與出版自由，換言之，創辦報紙，記載時事與批評時事，只有服膺革
命的人民才有此權利。」因此，凡是叛國叛黨亂臣賊子，都不能在民權主
義的社會中，藉口言論自由與出版自由，肆無所忌。為使反革命份子不至
於盜竊此項自由，所以任何人在出版報紙之先，要由國家審查其合格與否，
而頒給許可證。同時，在民權主義之下，反革命之言論與記載是不容許出
現的。

第三，「據全能分開之意義，則當政府行使其充分的治權的時候，報紙不
能作不負責之攻擊，當報紙領導人民，訓練人民行使其充分的政權的時候，
政府也不許對報紙作不必要之束縛。」[4]在政治範圍日趨廣泛，政治問題日趨

1　馬星野：《新時代與新報人——九一節對全國廣播詞》，《中央日報》，1944 年 9 月 2
　日第 3 版。
2　馬星野：《三民主義的新聞事業建設》，《青年中國季刊》創刊號，1939 年 9 月 30
　日。
3　馬星野：《三民主義的新聞事業建設》，《青年中國季刊》創刊號，1939 年 9 月 30
　日。
4　馬星野：《三民主義的新聞事業建設》，《青年中國季刊》創刊號，1939 年 9 月 30
　日。

複雜，政治伎倆日趨專門的現在，報紙倘有不負責任不正確不針對題目似是而非之言論與記載，最有妨於政府治權之行使。梁啓超新民叢報時代早已過去，以一個主筆上下古今，政治經濟無所不談，無談不成為權威意見，在今日已非可能，故不負責任的批評，全憑意氣的攻擊，都應該避免。反之，新聞紙之任務，一方面是把眾人之事，真真確確的報告給眾人，解釋給眾人。另一方面是把管理眾人之事的方針，明明白白的指示給眾人，領導著眾人去做。新聞事業的發展，為民權主義之最大保障，因此政府於報紙進行這種任務之時，不可作不必要之束縛，而礙及民權之發展。

第四，「根據團體自由重於個人自由，個人義務重於個人權利之意義，則當報紙的記載自由及批評自由與國家利益社會利益有衝突之時候，報紙要犧牲其自由；當報紙之記載權利與批評權利，侵入其他個人或團體之應有權利之時，報紙也應守著義務而犧牲其權利。」譬如，關於軍事外交及公共治安有關消息的披露，本在報紙自由範圍以內。然而，如果把軍事機要及外交秘密洩露出去，有利敵人而貽害於國家，或將有關治安的消息傳出使社會秩序發生動搖，在這種情形之下，報紙的利益就沒有國家社會的利益重大，此種披露自由，報紙應自動放棄，或者服從政府的檢查而不披露。「現行新聞檢查制度，雖然不是絕對沒有缺點，在理論上，是很有根據的。尤其在戰時，報紙利益應為國家需要而犧牲。」[1]其次，報紙的自由若與個人或其他團體的自由衝突，例如登載新聞，妨害個人名譽，或者披露社評傷及社團的信用，因而使他人受精神上物質上的損失。在這種情形之下，報紙需知有限度。

總之，「民權主義之特色，決定了中國新聞事業在政治上社會上所處特殊之地位及所負特殊之使命。英美的自由主義與德意的統制主義，我們均無所取。而且民權主義是民生主義（經濟上平等主義）的民權主義，所以言論自由不許資產階級或無產階級壟斷。民權主義又是民族主義（民族利益第一主義）的民權主義，所以為顧全民族利益與國家自由，報紙要犧牲其自由之一部分。」[2]

國民黨人倡導的新聞自由是有限的新聞自由：

第一，戰時新聞自由是不違反三民主義的自由。在戰爭的形勢之下，「應

---

1 馬星野：《三民主義的新聞事業建設》，《青年中國季刊》創刊號，1939 年 9 月 30 日。
2 馬星野：《三民主義的新聞事業建設》，《青年中國季刊》創刊號，1939 年 9 月 30 日。

在保持統一意志不違反三民主義最高原則及法令範圍之內充分保證言論出版集會結社自由。」現代國家的人們，沒有不主張言論出版自由的，尤其我們主持言論的人們，更沒有不主張言論出版自由的。「可是這種自由在平時固有它的範圍，在戰時更有它的限制。」「就抗戰的事實上說，我們既以國家至上為原則，更應該統一意志，統一行動，所以抗戰建國綱領第二十六條規定，在抗戰期間，於不違反三民主義最高原則及法令範圍內，對於言論出版集會結社，當與以合法之充分保障」。[1]

第二，戰時新聞自由是不洩露軍事機密的自由。「我們贊成容忍，但不能容忍那不能容忍他人的言論。我們擁護自由但也沒理由給中華民族的敵人以反對中國之自由。」在國際形勢非常微妙的期間，為了世界的大局，「我們的新聞記者許多極合理的評論或義憤，我們也不得不暫時予以保留。或者在敵人間諜多方活動之時，為了保持軍事上的機密，總是有新聞價值的報導，也無法不暫時加以保留。」[2]我們「反對可能造成軍事機密洩露以及政府外交困難的無限制的言論出版自由」。我們言論出版界，在今日有些還不免於幼稚，無庸諱言。例如，一二八上海抗戰時候，許多報紙把我們軍隊番號、據點，甚至於調動日期，儘量記載，欲博消息靈通的美名，而忘記軍事秘密的重要。此次抗戰，報紙記載已有飛躍的進步，然而有些地方，還難免有未盡善之處，這不獨令人懷疑於軍事的統一，並且可以授敵人以反宣傳的資料，增加政府外交之困難。所以在此情況之下，「我們固然反對無限制的言論出版自由，並且深深致憾於政府之未能實施關於這事的綱領」[3]。

第三，戰時新聞自由是服從國家利益大局的自由。「戰時輿論要服從國家利益大局，不要對輿論自由有過於不合時宜的訴求，戰爭期間報紙只需起到鼓舞民族信心，提振軍隊士氣之作用即可，不要過多涉及戰略問題的討論，否則將陷政府於兩難境地。」[4]現在是在民族國家生死存亡的關頭了，「全國軍民，不分年齡性別，不分省縣籍貫，都忍受了一切犧牲，在抵抗著日本帝國主義的瘋狂侵略。我們出版界在戰時犧牲一點言論自由，以增加抗敵的力量，當然是應該的，而且也是必要的。」[5]

1 《戰時之言論出版自由》，《中央日報》，1938 年 11 月 3 日第 2 版。
2 《論言論自由》，《中央日報》，1944 年 4 月 21 日第 2 版。
3 《戰時之言論出版自由》，《中央日報》，1938 年 11 月 3 日第 2 版。
4 陸鼎揆：《輿論與戰略》，《中央日報》，1937 年 10 月 21 日第 2 版。
5 沈錡：《戰時言論出版自由》，《新聞學季刊》創刊號，1939 年 11 月 20 日。

第四，戰時新聞自由是遵守國家法律的自由。「對於言論自由的保障，初非漫無邊際，而多採取一種間接的法律保障主義，以求適應國家民族當前的需要。」「政府應維護人民的一切自由，而知識分子與社會領袖，應領導同胞養成守法的習慣，並以法紀爲判別功過與善惡的準繩，勿使是非倒逆，功過混淆，以正視聽，以明國是。」[1]「出版自由絕非任何人在任何地點發表任何言論不受任何法律干涉。」[2]

第五，戰時新聞自由是實行事前審查制的自由。「權衡局勢，在戰爭情勢之下，贊成使用出版事前審查制。」[3]我們也知道目前的言論出版界，並非對於限制言論出版本身有所置疑，只是對於事前檢查和事後檢查還有些異議。我們考察各國法律對於言論出版的限制，有預防和追懲兩種制度。所謂預防，就是事前須受政府干預，事後須受法律制裁。所謂追懲，只是事後受法律制裁，而事前不受政府干預。「這兩種制度並沒有良窳之分，只有適應時間空間，認爲需要與否之別。現在紙料及其他印刷材料，皆缺來源，若取事後審查，萬一不合，取消出版，則書店蒙受巨大損失，何所取償，縱出版人資本雄厚，不計損失，衡之節約原則，實太浪費。不寧爲此，當全國抗戰，我們更宜愛護文化界人，若事前審查，政府已代撰著者負一部之責任，無事追懲，少處分一人，即國家團結多一分力量，這是權衡利害，我們贊成採取預防制的原故」[4]國民黨重慶軍事委員會戰時新聞檢查局副主任秘書孫義慈論述戰時新聞檢查的必要性：「或者以爲新聞檢查，是取消了人民言論的自由，我以爲不然。自由本來不是絕對的，除無政府主義者外，決不會有人否認此說。現在雖有人因爲政治上的目的，對於自由有所曲解，但是在任何國家的學者，都承認個人的自由，是應該有相當的規範，無論如何，決不能超越他對於國家社會應盡的義務……一般人聽到新聞檢查，就以爲它是取消人民言論自由而加以攻擊，不知自由不是一種沒有範圍的無限制權利，新聞檢查雖限制了一部分人民的言論，但是它爲了維護國家民族的利益，不得不如此。」[5]在抗戰的大形勢下，國家的生存成了壓倒一切的大問題。與其說新聞檢查制度取消了人

1　《梁部長韓超談言論自由與檢查制度》，《中央日報》，1943 年 11 月 25 日第 3 版。
2　《言論自由固甚必要但須自負法律責任》，《中央日報》，1944 年 5 月 26 日第 3 版。
3　《戰時之言論出版自由》，《中央日報》，1938 年 11 月 3 日第 2 版。
4　《戰時之言論出版自由》，《中央日報》，1938 年 11 月 3 日第 2 版。
5　孫義慈：《戰時新聞檢查之理論與實際》，重慶軍事委員會戰時新聞檢查局，1941年版，第 7～8 頁。

民的言論自由，毋寧說是「幫助新聞記者的自由言論」，「因爲新聞經過了檢查，可以使新聞記者不必顧慮到新聞和言論發表之後，是不是影響國家社會的利益，或雖經自己檢點，因偶然的疏忽，發表不妥的新聞和言論」[1]。

對於二戰後期在西方國家興起的世界新聞自由運動，國民黨報人進行理論回應。

第一，公開的自由競爭，是新聞自由的原則。1944 年 7 月，美國民主黨舉行全國代表大會，通過了施政綱領，其第七章第五條規定：「我們相信，所有的人都應有權利，按照一律的交通費用，不受政府或私人專利的干涉，書寫、送發、并發表新聞，這種權利，應以條約保護之。」馬星野將其稱作「國際新聞自由」運動，並認爲，國際新聞自由運動的眞義有三：用條約來廢除檢查制度，廢除新聞壟斷制度，廢除新聞歧視制度，而「檢查、壟斷、與歧視，是國際新聞自由的三大障礙」[2]。如何看待美國的這個建議？當時有種種擔憂：「（一）如果我們在國際條約上簽了字，保障中國的新聞來源完全自由，則在戰爭結束後，仍實行檢查制度，即爲違反國際法而引起國際的干涉，我們要受到國際輿論之指謫。（二）我們在目前情形之下，已飽嘗外籍記者報導不確的事實的苦痛，如果再讓他們獲得更多的自由，苦痛必更甚。（三）他們反對的是檢查制度而我們現行檢查制度是一向被視爲太嚴格的；他們反對的是壟斷制度，而我們現行的新聞發布制度，一向是被視爲政府壟斷性質的；他們主張電訊專業國際化，我們的電訊專業一向國營。如果我們接受這個建議，不是否定了自己的一切嗎？」馬星野認爲，這些顧慮都沒有必要。就現在來說，好像新聞自由與中國現行制度是互相衝突的，我們目前還維持檢查制度，但是這是過渡時期非常時期的現象，有理想的中國人，沒有不希望這種過渡期早日結束。抗戰勝利後一年內實施憲政，在憲政時期之中國新聞界，將沒有檢查，更沒有壟斷。「我們要在這新聞自由的潮流中，作切實之檢討，有深切之覺悟，與積極之準備。爲著祖國，也爲著世界，我們有加強我們自己新聞陣容的必要。因爲新聞自由的目的，是增加國際之瞭解，以達到國際之永久和平。瞭解是雙方的，不是單方的，不是只讓甲國能瞭解乙國，而乙國對甲國卻莫名其妙。新聞自由之原則，是公開的自由競爭，一切道路是開

1　孫義慈：《戰時新聞檢查之理論與實際》，重慶軍事委員會戰時新聞檢查局，1941年版，第 8 頁。

2　馬星野：《新聞自由與中國》，《中央週刊》第 6 卷第 45-46 期，1944 年 11 月 30 日。

闊的，只要你能利用，就能充分的應用這道路。」[1]馬星野堅信，戰爭結束以後，「新聞檢查制度當隨之壽終正寢。未來的中國，不僅是一個報業發達的國家，同時一定也是一個言論充分自由的國家。」[2]

第二，新聞自由是世界和平的保障。馬星野認為，「在國際政治中，新聞紙是最偉大力量之一，新聞紙可以招致國際和平，要今後世界永無戰爭，便要加強新聞紙的和平力量。」[3]具體包括：新聞自由可以肅清國與國間的惡意宣傳；新聞自由可以防止國與國間的秘密外交；新聞自由可以消除國與國間的誤會並造成四海一家的國際意識；新聞自由可以組織形成強有力的國際輿論，以此輿論力來制裁侵略，來抑制戰爭之企圖，來保障和平之永固。

第三，言論自由是中國的主流傳統。馬星野撰文論述我國古代四千年歷史中的言論自由傳統，宣稱，「政府控制蹂躪言論界之自由與獨立，是變態的現象」。「在唐代以前，沒有新聞紙存在的證據，但有其替代物。新聞紙等的作用就是明辨是非，是與大家切身利益有關的報導，是發表人民之公意。」而且，「古人對政府的批評和監督從詩歌也可見一斑」，譬如詩經《小雅》中對周幽王褒姒的諷刺詩歌等。馬星野強調，「言論自由並不是舶來品，而是融在中國人血液和思維中的東西，雖然中國歷史上出現了秦始皇、魏忠賢等限制人民言論自由的人物，但這並不能推翻中國言論自由的主流傳統。」[4]

第四，非依法律，不得限制言論自由。馬星野認為，言論自由的法律意義包括三個方面：「在發表言論以前不受事先的限制」；「在發表言論以後，只有法律可以處分言論家，不受任何法律以外的限制」；「這種法律應該不許使公共問題不得提付公共討論者。」[5]「言論自由既然不是無限制的，所以應該有法律為其範圍，言論自由是不許侵犯的，所以應該有憲法為之保障，保障與限制本來是一件事的兩方面。」我們現在主張開放言論，總要正確確定言論自由的界限與範圍，在範圍以內我們絕對不許任何干涉侵犯，在範圍以外，我們也不許越軌一步。為什麼要有界限呢？「因為第一，言論自由如果無限制的擴充，會侵犯到國家社會的安全與秩序，換言之，言論自由不許侵犯國

1 馬星野：《新聞自由與中國》，《中央週刊》第 6 卷第 45-46 期，1944 年 11 月 30 日。
2 馬星野：《抗戰七年來的新聞事業》，《文化先鋒》第 4 卷第 17 期，1945 年 1 月 21 日。
3 馬星野：《新聞自由與世界和平》，《中央日報》，1944 年 9 月 24 日第 2 版。
4 馬星野：《中國言論界的自由傳統》，《中央日報》，1945 年 3 月 31 日第 3 版。
5 馬星野：《用法律的觀點談新聞自由》，《文化先鋒》第 3 卷第 22 期，1944 年 7 月 1 日。

家自由。其次如果言論自由無限制的擴充，會侵犯到其他個人的自由，尤其是個人名譽的自由。」[1]國家自由要保障，名譽自由要保障，言論自由也要保障，要想各得其所，不能不有一個界限。馬星野強調，「人民有言論著作及出版自由，非依法律，不得限制之。這是五五憲草中引起討論最多的一條。凡限制人民自由或權利之法律以保障國家安全，避免緊急爲難，維持社會秩序，或增進公共利益所必要者爲限。」國家的自由，是我們所重視的，個人的自由是我們所珍愛的，他人的自由更是我們要尊重的。如果讓個人的言論自由，無限制的擴充，便不免牴觸到國家的自由。「出版法是爲著保障國家自由而維護正當言論的。誹謗法是爲維護個人名譽而維護正當言論的。這都是所謂限制言論自由的法律，事實上也必是保障正當言論之法律。」[2]

　　第五，新聞自由的目的是求眞。詹文滸指出，「美國新聞界代表來華訪問，在某次談話中坦白指出，片面宣傳的報紙，在本質上只是一種宣傳品，不能稱作報紙，亦不能與新聞自由並爲一談。」他強調，「我們認爲新聞自由的唯一目的在於求眞，唯有眞理方能達到解放人類的任務，唯獨說眞話重眞理的報紙方能取信讀者。」[3]

四、新聞事業要國營私營並舉

　　馬星野主張運用「民生主義」來研究中國新聞事業的組織與經營問題。「報紙是人類精神的食糧。文明國家的人民，沒有讀到當天的報紙，比沒有吃飯還要不舒服。本來民生問題，是包括一切生存需要的問題，精神上之生存需要，決不比物質上生存需要如衣食住行等爲不重要。所以報紙問題也可說是民生問題。」[4]綜觀報紙的組織與經營方式，不外三種：私人（商人）經營的、國家經營的、私人經營並受國家統制的。英美法是第一式，蘇聯是第二式，德國與意國是第三式。中國則是三種方式並存。中國應該採取那種方式，要看中國遇到的是哪種困難。在中國，報紙與其他工業品一樣，遇到生產不夠與分配不均兩種困難。爲此，可以根據「民生主義」的原則來解決。

1　馬星野：《用法律的觀點談新聞自由》，《文化先鋒》第 3 卷第 22 期，1944 年 7 月 1 日。

2　馬星野：《言論與誹謗》，《中央日報》，1944 年 2 月 6 日第 2 版。

3　詹文滸：《新報風的樹立》，《中央日報》，1945 年 4 月 16 日第 3 版。

4　馬星野：《三民主義的新聞事業建設》，《青年中國季刊》創刊號，1939 年 9 月 30 日。

「民生主義以生產工具國有爲最後理想，所以中國報業最後當然會走上純粹國營的道路上去。然而在目前情形下，民生主義對於一切產業，是主張下列三個辦法的：（一）發達國家資本，以謀生產技術之社會化。（二）節制私人資本以謀生產要具之社會化。（三）保護私人資本，以謀民族資本之發展。」[1]這三種辦法，完全可以應用於新聞事業。具體而言：（一）要發展國營的新聞事業，採取最新的科學方法，爲將來純國營新聞事業奠定基礎。（二）對於私營的新聞事業，凡是不合於需要及貽害國家民族及社會道德者要加以取締及撲滅。（三）對於善良的私營新聞紙，國家要設法予以保護，使其欣欣向榮，爲國營新聞事業之輔翼。這三種辦法同時進行，便可以解決中國報紙之分配與生產問題。

關於國營新聞事業之發展，過去雖未合我們之理想。現在確是循著合理的途徑向前邁進。中國國營報業有兩個系統，一是黨辦的報紙，直接間接受著中央宣傳部的管理。二是軍隊的報紙，有接受著軍事委員會政治部的管理。「這兩個國營新聞事業之系統，應該採用最新的科學方法配合著抗戰建國最迫切的需要，作有計劃有步驟之擴充。在這裏，蘇聯國營新聞事業，許多部分是值得我們思考的。蘇聯的黨報與政府機關報，在技術方面，差不多百分之百採用英美方法的，新聞之傳遞迅速，印刷之精美巨量，管理之嚴密與發行之有效率，都可以直追英美。然在精神方面，完全是本著應有主義的理想，不爲營利，不爲廣告，不迎合低級興趣，不登載無益國家社會之新聞。發展中國的國營新聞事業，中央還需要有更精密的計劃，更合理之分配更大量的生產，更嚴密的控制。」[2]

關於制裁不良的私營報業，《抗戰時期報社通訊社聲請登記及變更登記暫行辦法》、《取締不良小報暫行辦法》的性質是相同的。「在三民主義的社會裏，政府不但於人民身體健康要加保護，於人民心理健康，精神食糧之淨化更要負責。」[3]關於扶植良善的私營報業，是建設三民主義報業的過程中一件十分重要的工作。因爲在當前情形之下，一方面政府無力創辦許多國營報紙以代替私營報紙供給人民以精神食糧；一方面私營報紙已困難到無以自存的地步，尤其需要政府扶助。白紙之漲價，交通線之受阻，廣告之減少，銷路之

---

1 馬星野：《三民主義的新聞事業建設》，《青年中國季刊》創刊號，1939 年 9 月 30 日。
2 馬星野：《三民主義的新聞事業建設》，《青年中國季刊》創刊號，1939 年 9 月 30 日。
3 馬星野：《三民主義的新聞事業建設》，《青年中國季刊》創刊號，1939 年 9 月 30 日。

減低，都足以制私營新聞事業以死命。私營報業之困難甚多，歸納起來不外乎材料之供給，財源之開關，人材之來源，及稿件之供應等問題。就材料而論，海口被封鎖後，白紙價格激增二十三倍，非政府設法早籌大規模之造紙廠，則紙荒問題將無法解決，油墨機器之供給，亦需要政府設法的。就財源而論，報紙收入只有發行與廣告二項。自抗戰以來交通不便，發行困難，銷路不暢。內地商業不發達，廣告之來源甚窄。使政府能為報紙特設發行網，統籌支配，如蘇聯今日之制度，則推銷問題可以解決。「廣告事業若歸國營，或由政府委託一大廣告公司辦理如法國之哈瓦斯社，則報紙廣告收入必可增多，人材來源政府宜大規模地訓練新的報業人材，而由私營報業吸收，因訓練工作，決非各報之財力及人力所能勝任。稿件供應則中央社除供給現有新聞界，尚當力事擴充。社論供應，亦宜由黨報擴到全國各級，其他如照片之供給，軟性文字及有系統的解釋體文字之供給，均要開辦或擴充，使私營報紙，受政府之惠而內容更加充實，價值更能提高。凡此諸端，與中央政府扶植一段私營工廠，原則上並無二致。」[1]

程滄波認為，企業化經營是新聞事業發展的動力源泉。新時代的報紙，應該是機械化的報紙。不論印刷上的種種方面，該力求機械化，就是消息的傳遞，紙面新聞的充實裝潢，乃至記者記事論著，都應該儘量利用機械來充實。報紙的印刷、發行、編著都應該採用機械化，機械化要有經費和組織，唯在整個報業企業化之後，經費和組織的問題方始解決。「如果要望新時代中的報紙負起新時代的使命，必使新時代的報紙儘量企業化，報紙本身，必使成功一個獨立的生產的事業，然後報紙的機能，才能充分發揮。」「機械化要有經驗與組織，惟在整個報業企業化之後，經費與組織的問題方始解決。」程滄波將企業化經營看作是新聞事業發展的未來方向：「新聞事業在將來必然發達，新聞事業在將來也必然企業化，都是固定的趨勢。」[2]

第二節　共產黨報人的新聞學研究

在抗戰的大背景下，共產黨報人一方面進一步闡發無產階級黨報理論，形成較完整的理論體系；另一方面，探討新聞的定義、新聞真實、新聞採訪、

1　馬星野：《三民主義的新聞事業建設》，《青年中國季刊》創刊號，1939 年 9 月 30 日。
2　程滄波：《新時代的新聞記者》，《中央日報》，1940 年 4 月 1 日第 2 版。

新聞寫作、壁報編輯、新聞記者的基本素養等基礎新聞理論問題與新聞業務問題。宣傳規律與新聞規律並行發展。

一、無產階級黨報理論

黨性原則是無產階級黨報理論的核心內容。正如陳力丹指出的,列寧的新聞思想和宣傳思想主要表現爲黨報思想[1],而其黨報思想的核心概念就是黨報的黨性。衡量「黨性」的標準是「黨的綱領、黨章(組織經驗)和黨的策略原則。符合這些的言行是具有黨性的,不符合這些的言行是違背黨性的」[2]。抗戰時期,列寧的這一思想已經中國化。

對於黨報的黨性原則,博古和張聞天是進行分析的先行者。博古結合延安《解放日報》改版的實踐經驗,指出,所謂黨報的黨性原則,就是「按黨的立場,黨的觀點去分析問題,每一則新聞評論、編排都圍繞著它」。他還具體分析了黨性原則在黨報職能中的具體體現:「我們是黨的機關報,在工作上有很大的責任,作黨的喉舌,黨每天經過報紙向群眾講話,沒有別的工具能如報紙這樣更緊密的和群眾聯繫;另方面黨報又是黨的眼睛、耳朵,經過它瞭解下面的情形,應該說報紙比其他的線索更快更生動。黨報是黨的領導工作上重要一環——集中起來,堅持下去——我們兩方面都擔負:(一)我們收集,分析,批判,提出意見,供給黨採用;(二)黨決議了的事情,又要報紙宣傳下去。但也因爲它是黨的日常的耳目,如果報導不正確,會影響黨的政策。我們要成爲黨的喉舌,必須要貫徹黨性。」[3]張聞天同樣主張黨報必須堅持黨性原則,並提出具體要求。1941 年,張聞天起草《中宣部關於黨的宣傳鼓動工作提綱》。提綱提出宣傳鼓動工作的任務與範圍:「我們黨的宣傳鼓動工作的任務,是在宣傳黨的馬列主義的理論,黨的綱領主張,黨的戰略與策略,在思想意識上動員全民族與全國人民爲革命在一定階段內的徹底勝利而奮鬥。」[4]提綱還提出了宣傳鼓動的七條基本原則,而首要原則就是黨性原則,即「必須掌握黨的路線與黨的政策。這是決定宣傳鼓動工作成敗的中心關鍵。

1 陳力丹:《馬克思主義新聞思想概論》,復旦大學出版社,2003 年版,第 140 頁。
2 陳力丹:《馬克思主義新聞思想概論》,復旦大學出版社,2003 年版,第 168 頁。
3 博古:《黨報記者要注意些什麼問題》,《中國共產黨新聞工作文件彙編》(下卷),新華出版社,1980 年版,第 203 頁。
4 《中宣部關於黨的宣傳鼓動工作提綱》,《中國共產黨新聞工作文件彙編》(上卷),新華出版社,1980 年版,第 103 頁。

不根據黨的政策的宣傳鼓動是一定要鬧亂子的，而且一定是收不到效果的」[1]。

　　1942 年 3 月開始的延安新聞界整風運動，是一個持續進行的過程，直到 1945 年黨的第七次代表大會以後才基本結束。整風運動，確立了全黨辦報的方針，奠定了有中國特色的無產階級新聞理論的基礎。1942 年 4 月 1 日，《解放日報》改版社論《致讀者》指出，黨報若想成為「集體宣傳者集體鼓動者集體組織者」，必須做到：「第一，貫徹著堅強的黨性……不僅要在自己一切篇幅上，在每篇論文，每條通訊，每個消息……都能貫徹黨的觀點，黨的見解，而且更其重要的是報紙必須與整個黨的方針黨的政策黨的動向密切相聯，呼吸相通，是報紙應該成為實現黨的一切政策，一切號召的尖兵、倡導者。」「第二，密切地與群眾聯繫，反映群眾情緒、生活需求和要求。」「第三，洋溢著戰鬥性。黨報必須是為著黨的革命方針和路線而奮鬥的戰士。」「第四，響應黨的政府的號召，或者根據黨的方針倡導各種群眾運動，經常注視和指導運動的展開，具體的幫助各種群眾運動和工農大眾的鬥爭。黨報決不能是一個有聞必錄的消極的記載者，而應該是各種運動底積極的提倡者組織者。」[2]

　　《新華日報》在整風過程中也強調：「報紙的主要任務就是要宣傳黨的政策，貫徹黨的政策，反映黨的工作，反映群眾生活，要這樣做，才是名符其實的黨報，如果報紙只是或者以極大的篇幅為國內外通訊社登載消息，那麼這樣的報紙是黨性不強，不過為別人的通訊社充當義務的宣傳員而已，這樣的報紙是不能完成黨的任務的。如果各地黨報犯有這樣毛病，就須立即加以改正。」[3]「我們的黨報與普通報紙是不同的。它，除了與一般報紙一樣向讀者報導消息而外，還有更高的任務。這就是傳達、解釋中共黨的政策與主張，以辯證唯物論的立場，觀點和方法，分析國內外每一個事變，指出它的原因，指出它今後的趨向。在這裡，經常登載中央的決議與指示，登載領導同志的文章；而社論，專論和短評，都是從各面去闡揚黨的政策的。就是一條消息之登載；一個標題之褒貶，亦無不有其深刻的意義。黨刊呢？它是比較偏於理論性的，這是鍛鍊思想的工具。在黨報黨刊工作的同志，在能力上，當然

1　《中宣部關於黨的宣傳鼓動工作提綱》，《中國共產黨新聞工作文件彙編》（上卷），新華出版，1980 年版，第 105 頁。
2　張之華主編：《中國新聞事業史文選》，中國人民大學出版社，1999 年版，第 442～443 頁。
3　《怎樣辦黨報》，《新華日報》，1942 年 4 月 26 日第 2 版。

免不了有若干缺憾，但在中共中央領導之下，他們都是爲上述的任務而努力的。爲了增強自己對於政治的判斷能力與分析能力，爲了使自己不致在錯綜複雜的環境中惘然不知所措，不致迷途失道，對於黨報黨刊之研讀，是十分必要的。」[1]

共產黨報人強調，黨報是黨組織的輿論喉舌。在延安整風期間，黨報工作經驗得以總結，從而形成了以黨報工作政策、方法、原則、作風爲主要內容的無產階級黨報理論。而黨報是黨組織這個巨大集體的輿論喉舌，是中國無產階級黨報理論的思想核心。中國無產階級黨報理論是列寧新聞思想與中國革命新聞工作實踐的有機結合。報紙是集體的宣傳員、鼓動員和組織者是列寧新聞思想的核心論斷。這一思想影響了中國共產黨黨報基本模式與思想的確立。1942 年，列寧的新聞思想已經中國化，列寧所說的「集體」已經具體化爲黨的組織，正如《解放日報》社論指出的，「所謂集體宣傳者集體組織者，決不是指報館同人那樣的『集體』，而是指整個黨的組織而言的集體，黨經過報紙來宣傳，經過報紙來組織廣大人民進行各種活動。報紙是黨的喉舌，是這一個巨大集體的喉舌。在黨報工作的同志，只是整個黨的組織的一部分，一切要依照黨的意志辦事，一言一行，一字一句，都要顧到黨的影響。報館的同人應該知道，自己是掌握黨的新聞政策的人，自己在黨報上寫的每一句話，每一個字，選的消息和標的題目，直到排字和校對，都對全黨負了責任，如果自己的工作發生了疏忽或錯誤，那並不是僅僅有關於一個人或幾個人的問題，而是有關於整個黨的工作和影響的問題。」[2]報紙是黨組織的喉舌，黨報必須用黨的立場、觀點去分析問題，與整個黨的方針、政策、動向呼吸相通，否則就會危及黨的工作與利益。「既然報紙是『組織的喉舌』，就意味著黨報與黨的組織是互爲依託，甚至就是二而一的。這在四十年代的延安，就化了四個字——『全黨辦報』。」[3]「全黨辦報」要求「黨的領導機關要看重報紙，給報紙以宣傳方針，而且對於每一個新的重要的問題，都要隨時指導黨報如何進行宣傳。黨的領導機關與黨報的關係，也應當是很密切的，呼吸相關的，息息相通的。」[4]「全黨辦報」還要求「黨必須動員全黨來參加報紙的

1　滌新：《黨報與讀者》，《新華日報》，1942 年 11 月 14 日第 4 版。
2　《黨與黨報》，《解放日報》，1942 年 9 月 22 日第 1 版。
3　黃旦：《「耳目」與「喉舌」的歷史性變化：中國百年新聞思想主潮論》，《新聞記者》，1998 年第 10 期。
4　《黨與黨報》，《解放日報》，1942 年 9 月 22 日第 1 版。

工作」，「如果不這樣做，如果不動員全黨來辦報，其結果，黨報還是不能成為黨的報紙，而會多多少少成為報館同人的報紙。報紙辦不好，乃是全黨的損失，這種損失，不僅黨報的工作人員要負責任，而且每個黨員都要負責任的」[1]。可見，「全黨辦報」要從兩方面來理解，一是各級黨組織的高度重視，二是全體黨員的積極參與。這兩點是黨報能否成為黨組織輿論喉舌的關鍵所在。組織喉舌理論既是對列寧新聞思想的理論闡發，更是對中國黨報實踐的理論總結。1944 年 2 月，延安《解放日報》改版經歷了一年又十個月的實踐檢驗，中國黨報理論也經歷了一年又十個月的經驗積累：「這一年又十個月中間，我們的重要經驗，一言以蔽之，就是『全黨辦報』四個字。由於實行了這個方針，報紙的脈搏就能與黨的脈搏呼吸相關了，報紙就起了集體宣傳與集體組織者的作用。」[2]

　　對於如何辦好黨報，《解放日報》、《新華日報》進行了系列理論探討。第一，全黨辦報。要使各地的黨報成為真正的黨報，就必須加強編輯部的工作，各地高級黨的領導機關，必須親自注意報紙的編輯工作，要使黨報編輯部與黨的領導機關的政治生活聯成一氣，要把黨的政策，黨的工作，抗日戰爭，當地群眾運動和生活，經常在黨報上反映，並須登在顯著的重要的地位，要有與黨的生活與群眾生活密切相聯繫的通訊員或特約撰稿員，要規定黨政軍民各方面的負責人經常為黨報撰稿。第二，增強黨報的戰鬥性。黨報要成為戰鬥性的黨報，就要有適當的正確的自我批評，表揚工作中的優點，批評工作中的錯誤，經過報紙來指導各方面的工作。在黨報上可以允許各種不同的觀點的論爭，可以容許一切非黨人士站在善意的立場上對我們各方面工作的批評或非議的言論發表。另一方面，要有對於敵人的思想的批判。第三，黨報要通俗易懂。「各地黨報的文字，應力求通俗簡潔，不僅使一般幹部容易看懂，而且使稍有文化的群眾也可以看。」[3]通俗簡潔的標準，就是要使那些識字不多而稍有政治知識的人們聽了別人讀報後，也能夠懂得其意思。

二、新聞的定義與新聞真實性

　　共產黨報人對新聞的定義，進行理論探討。陸定一提出：「辯證唯物主義

1　《黨與黨報》，《解放日報》，1942 年 9 月 22 日第 1 版。
2　《本報創刊一千期》，《解放日報》，1944 年 2 月 16 日第 1 版。
3　《怎樣辦黨報——中共中央宣傳部為改造黨報的通知》，《新華日報》，1942 年 4 月
　　26 日第 2 版。

就是老老實實主義，這就是實事求是主義，就是科學的主義。除了無產階級
以外，別的階級，因爲他們自己的狹隘利益，對於事物的理解是不能夠徹底
老老實實的，或者是乾脆不老實的……新聞是什麼？對於這個問題，有兩種
解答。由於對於新聞本源理解不同，一種人對於新聞是什麼，作了唯物論的
解決，另一種人則作了唯心論的解決。唯物論者認爲，新聞的本源乃是物質
的東西，乃是事實，就是人類在與自然鬥爭中和在社會鬥爭中所發生的事實。
因此，新聞的定義，就是新近發生的事實的報導。新聞的本源是事實，新聞
是事實的報導，事實是第一性的，新聞是第二性的，事實在先，新聞（報導）
在後，這是唯物論者的觀點。因此，唯物主義的新聞工作者，必須尊重事實，
無論在採訪中，在編輯中，都要力求尊重客觀的事實……唯心論者對於新聞
的定義，認爲新聞是某種『性質』本身，新聞的本源乃是某種渺渺茫茫的東
西。這就是資產階級新聞理論中所謂『性質說』（Quality theory）。」[1]在此，
陸定一用辯證唯物主義觀點解決了新聞發生過程中「事實」與「新聞」的關
係問題。

　　鄧儀也指出，新聞是什麼，是一個重要的「思想問題」和「政治問題」。
「新聞同政治分不開，立場不同新聞觀點也必然會不同。無產階級不把新聞
的定義，侷限在技術的狹小圈子裏。資產階級的新聞記者說：『狗咬人不算新
聞，人咬狗便成了新聞。』他們認爲：『以適當機敏的方法，寄興味於多數之
人者，新聞也。而予最大多數讀者以最大興趣者，最良之新聞也。』上述的
新聞觀點，完全是故意抹煞新聞的政治性，模糊新聞的階級性。（廣義的包括
民族性）這是錯誤的不符合客觀眞理的新聞觀點。正確的新聞觀點——無產
階級的新聞觀點與此完全相反，它把新聞定義從技術的泥沼裏裏到政治的高
案，而且將技術與政治兩者統一起來。所以我們認爲：『新聞是群眾所未知、
欲知和應知而能啓發群眾鬥爭性的最新事件，能通過簡明有力的文字所表現
出來的社會政治鬥爭和對自然的鬥爭。』這樣的看法自然還不能說已經很完
全，但至少指出了新聞的時間性、空間性、政治性、教育性、戰鬥性和群眾
性。而這正是我們的黨報所需要的新聞。」[2]鄧儀同樣從政治功能角度界定了
新聞。

　　一方面，應當看到，以陸定一爲代表的共產黨報人，「先驗地預設唯物主

1　陸定一：《我們對於新聞學的基本觀點》，《解放日報》，1943 年 9 月 1 日第 4 版。
2　鄧儀：《新聞觀點和採訪路線》，《解放日報》，1943 年 4 月 8 日第 4 版。

義新聞觀與唯心主義新聞觀、無產階級新聞觀與資產階級新聞觀的對立，並以前者取代後者，貼『理論標籤』，排斥普遍新聞規律探討，形成非此即彼的兩極思維模式」[1]。陸定一在客觀層面理解「新聞」的同時，也將新聞理論研究侷限在意識形態領域。革命化的話語表述與意識形態化的理論思考，使其偏離學術理性。但另一方面，更應當注意，由於當時歷史與環境存在著侷限性，我們不能否認陸定一和鄧儀等共產黨報人對新聞規律的探索和對無產階級新聞理論建設的歷史貢獻。

　　共產黨報人強調新聞的眞實性問題。陸定一從階級立場出發，探討新聞的眞實性問題。「我們的新聞工作，既然尊重事實，那麼我們不但與專吃造謠飯的法西斯不同，而且同一般的資產階級新聞工作者不同。」資產階級的新聞理論，也講到怎樣求得新聞成爲事實的眞實報導問題，如強調每條新聞必須具有時間、地點、人名、事實的過程和與結果，即五要素，新聞中有了這五個要素，缺一不可才算是新聞。再如資產階級新聞學主張記者報導新聞時必須親自到發生事件的地點去踏看。「這些主張，我們認爲是對的，但我們同時要指出，要想求得新聞十分眞實，這是非常不夠的」。所謂新聞五要素，「還是形式的，這些形式是必要的，但如果以爲這便是一切，乃是大錯的。」這是因爲，報導一件具體事實的新聞，必須要有五要素，這是對的。但另一方面，有了這五素的新聞，未必一定眞實。新聞記者親自踏看也是對的，是一個很好的值得採用的方法，但是親自踏看也不能一定得到眞實的新聞。怎樣才能得到眞實的新聞呢？「只有爲人民服務的報紙，與人民有密切聯繫的報紙，才能得到眞實的新聞。」「這種報紙，不但有自己的專業的記者，而且，更重要的（再說一遍：更重要的！）是它有廣大的與人民血肉相聯的非專業的記者。它把這二者結合起來，結合的方法就是：一方面，發動組織和教育那廣大的與人民血肉相聯的非專業的記者，積極的爲報紙工作，向報紙報導他自己親身參與的事實，因爲他們親身參與這些事實，而且與人民血肉相聯，因此他們會報導眞實的新聞；另一方面，教育專業的記者，做人民的公僕，對於那廣大的與人民血肉相聯的人們，要做學生又做先生。做學生，就是說，要恭敬勤勞，向他們去請教事實的眞相，尊重他們用書面或口頭告訴你的事實眞相，以他們爲師來瞭解事實，來檢查新聞的眞實性；做先生，就是在技

1　單波：《論我國新聞學想像力的缺失及其成因》，《上海大學學報（社會科學版）》，2006 年第 6 期。

術上幫助他們，使他們用口頭或書面報告的事實，製成爲完全的新聞。」陸定一把這一主張上升爲「這條路線，這個方針」，進而從三個層面加以強調：「必須贊成把專業的新聞工作者與非專業的新聞工作者結合起來的路線」；「我們新聞工作者，必須時刻勉勵自己，做人民的公僕，應知我們既不耕田，又不做工，一切由人民供養，如果我們的工作，無益於人民，反而毒害人民，那就比蠹蟲還要可惡，比二流子還要卑劣」；「我們辦黨報的人，千萬要有群眾觀點，不要有『報閥』的觀點。群眾的力量是最偉大的，這對於辦報毫無例外。」[1]在此，陸定一是用群眾觀點與群眾路線來解決新聞的眞實性問題，從而在一定程度上否認了專業記者在新聞發生過程中所應起的作用。

1945 年，《解放日報》刊載社論《新聞必須完全眞實》，檢查已往的許多新聞後指出，自整風以來，向壁虛造的是找不到了，每條新聞都是實有其事的。但是我們還有毛病。第一，有些新聞還有「在分寸上誇大的毛病」。比如數字上的誇大、分寸上的誇大、文藝作品與新聞相混淆的報導、新聞實踐中運用聯想等等。第二，「我們還有一個毛病，就是對於我們的抗戰成績還宣傳得不夠。」這兩個毛病似乎是互相矛盾的，但實際上還是統一的。「這兩方面的毛病，都說明我們的新聞工作還不夠深入群眾，不夠深入運動。「雖然這種毛病只見之於個別的新聞、個別的標題，在幾千條新聞中只占極少數，可是這今天在我們說來，還算是主要的毛病，必須力求改革。」[2]可見，群眾路線和方法，是嘗試解決新聞眞實性的重要途徑。

三、新聞業務理論

《解放日報》、《新華日報》對新聞業務方面的實踐經驗不斷進行理論昇華，尤其是《解放日報》的《新聞通訊》專刊，成爲總結新聞業務經驗的重要園地。

關於新聞採訪，共產黨報人從基本概念的界定開始研究。「採訪兩字，應該像測字先生那樣拆開來講。而且做的時候，要雙管齊下的來做，才會有效。」「採」，是指平時搜集材料。日常閱讀書報雜誌，不要瀏覽一過，往書桌上一堆就算了。旁人也許可以這樣，一個有志於新聞工作者，卻不能如此，不論他是不是有「過目不忘」的天才。「採」，這項工作一定要笨做，持之以恆的

1　陸定一：《我們對於新聞學的基本觀點》，《解放日報》，1943 年 9 月 1 日第 4 版。
2　《新聞必須完全眞實》，《解放日報》，1945 年 3 月 23 日第 1 版。

來做，才會有效果。書報雜誌上一切有材料價值的東西，不是剪而貼之，就得筆而錄之。再如，平時與專家談話，朋友們隨便聊天，無意中也有精闢的語句，或極有價值的材料，假使你聽後興奮一陣就完事，那就糟糕透頂。勤筆勉思，在這種場合，最用得著。大眾的語彙，也要經常留意收集。語彙愈豐富，寫出的文章必然會生動活潑，不會再有八股氣。採的範圍很廣泛，採的愈多，愈久，自己在寫作時的受用，也就獲益愈大。「訪者，無非是指訪問一個人，或一個地方。此中別無秘訣，只要你肯在訪問之先，對於對方有充分的研究和理解，對於想解答的問題，有充分的準備。有困難時，能機動的想辦法去克服。」[1]如果採而不訪，整天坐在家中編造材料，不知一般讀者於此時此地想在報上理解一些怎樣迫切的問題，也不曉得外面政治空氣如何、行情如何。這種叫做「閉戶造車」。要不得！因為報紙不能離群而獨立，報人與社會上一切現實動態，不容有一刻的脫節。訪而不採，雖整天滿街飛跑，到處握手寒暄。但他寫出來的東西，不是人云亦云，便是毫無內容。「記者即學者，這口號果然不容易實現，但是記者一定要有常識，這是一個最起碼的條件。記者不是專家，並非恥辱，因為做新聞記者，也可成為新聞專家。但是如果在你的筆下，表現出記者缺乏常識，那便是最淒慘不過的事了！我所指的專，是建立於廣博智識上面的專，不是指看了一兩本書，而自稱為專的那些專家們，他們這種早熟的專法，恐怕還是狹，而不是專吧！如何使人家不說你缺乏常識？沒有旁的辦法，只有在你訪余之暇，多下採的苦工夫，多閱讀，多傾聽，多筆記而已。」[2]

　　關於新聞採訪的原則，共產黨報人進行探討：第一，靈活地接觸人。記者主要的工作是接觸人，和人談話。「但人是多種多樣的，沒有一個定型，於是乎與人接觸和談話上的問題就發生了。」記者採訪要機警、靈活，適當的時候可以隱瞞自己的身份。第二，問題要提的具體。提問時，「題目要提得具體，切實，不要弄得玄虛空洞」，「不要提得太大」。採訪前對某事或某人的問題「有很好的打算，到那裡靈活地提問」，以避免臨時隨便提出空洞或大得無從揣摸的題目，或者使談話陷於枯燥單調，或者令採訪對象無話可說。第三，正面問，反面提，側面探。若想問題問得好，事前一定要有準備。「記者問的，不一定是他所真正不知道的。主要的是把問題探問別人，因為除了採訪實際

1　陸詒：《談為報紙而寫作》，《新華日報》，1942 年 7 月 26 日第 4 版。
2　陸詒：《談為報紙而寫作》，《新華日報》，1942 年 7 月 26 日第 4 版。

材料之外，還要知道人們對問題的見解。」[1]採訪時不一定直截了當地提問題，還可以反面問，側面探，形式多樣。

　　共產黨報人認為，採訪路線就是群眾路線。鄧儀指出，「資們產階級新聞記者和無產階級新聞記者，在採訪路線上根本不同的方向，最主要的表現之一，就是上層路線與群眾路線。我的黨報記者和工農兵通訊員的採訪路線，當然是後者而不是前者。」[2]我們不需要描寫要人的起居住，也不需要黃色新聞和桃色新聞。「我們需要的是群眾路線，是政治第一，實事求是的採訪路線。」[3]因此，當我們進行採訪工作時，就不應只是坐在黨政領導機關或司令部裏，抄錄上級的決定、計劃、指示、命令，負責同志的談話，下級的工作報告。我們的採訪重心則應放到下層去，群眾中去。嚴格的說來，坐在上級機關將文件、談話改寫成新聞，遠不能算真正作了採訪工作。因為人家已經替你寫成文件了，照抄一遍，又何必一定是新聞記者或者通訊員才可以作呢！再者，要把紙上的決定變成實際的行動，還是一個群眾鬥爭的過程。「我們的新聞的政治性和戰鬥性，就正是從報導『群眾在怎樣為黨的政策決定的實現而奮鬥』所產生的。」[4]因此，我們的黨報特別需要「行動的新聞」和「群眾的新聞」，注意報導廣大群眾的活動。「我們的採訪路線應該是群眾路線」，「我們必須真正實行新聞下鄉！新聞入伍！一切革命的記者或通訊員，都要作為群眾的一份子，與工農兵親密地結合在一起，與黨政軍民的各種工作結合在一起，實際地參加鬥爭、改造現實、報導現實。只有這樣，才能創作群眾的戰鬥的新聞。」[5]

　　共產黨報人對新聞寫作提出了基本要求：

　　第一，要有新聞眼光。新聞眼光就是「要懂得讀者群眾對報紙的要求」[6]。有一些人寫通訊，寫得長篇累牘，甚至頭頭是道，可是因為不去理解讀者大眾的「此時此地」需要，所以依然不成其為好新聞。「此時」指新聞的時間性，這是頂重要的。報與報，記者與記者的業務競爭，最緊要的一仗，就是爭取一分鐘，一秒鐘的優先。「此地」是指新聞的空間性。因距離之遠近，事情之

1　伊明：《怎樣寫通訊》，《新華日報》，1939 年 12 月 5 日第 4 版。

2　鄧儀：《新聞觀點和採訪路線》，《解放日報》，1943 年 4 月 8 日第 4 版。

3　鄧儀：《新聞觀點和採訪路線》，《解放日報》，1943 年 4 月 8 日第 4 版。

4　鄧儀：《新聞觀點和採訪路線》，《解放日報》，1943 年 4 月 8 日第 4 版。

5　鄧儀：《新聞觀點和採訪路線》，《解放日報》，1943 年 4 月 8 日第 4 版。

6　陸詒：《談為報紙而寫作》，《新華日報》，1942 年 7 月 26 日第 4 版。

大小，社會影響的嚴重與淡漠，往往也是決定新聞之重要與否。許多人喜歡把身邊瑣事，看作是新聞，這也是主觀主義在作祟。初學寫作者最容易犯的毛病，是喜歡「大題小做」。其實，事無大小，只要有新聞價值就行。「大題小做」，往往使你作品內容貧乏，言之無物。「新聞作品之不同於論文者，在於其內容充滿著生動具體的事實，詳盡切實，沒有先入爲主的主觀論調。新聞作品之不同於一般報告文學者，在其內容除了必要的形容詞之外，寫來簡單扼要，不作美麗的詞藻堆砌。而對什麼地名、人名、時間的幾點幾分，必記錄得確確實實，不能以『數百餘人』『三時許』字樣，含糊其辭。」[1]不要相信任何公式，只要有實實在在的材料，提起筆來就寫，不拘泥於任何形式，甚至不必先擬定標題。但是有一個原則，即寧可以十分材料寫出六分或七分，卻切忌僅有六分的材料，而硬湊成十分。爲報紙而寫作的全部道理，就是「大處著眼，小處著手」。[2]

第二，短、新、具體。胡喬木指出，黨報宣傳要深入人心，「先深入那些編寫新聞通訊稿的同志們的心。這些同志是一家報館的臺柱，他們是天天在各方面影響人民的，他們的講義又短，又新，又具體（一定要具體，要充滿形象化的事實，不然報紙就變成論文集了），所以人民也最愛聽他們的課，最愛信他們的道理。」[3]

第三，技術服從政治。劉文怡強調，「寫新聞時，技術一定服從政治，新聞觀點一定要與政治觀點統一，這樣的認識，每一個革命的記者和通訊員，都是不會反對的；但當我們實際作的時候，便常會因強調把新聞寫生動，而忽略其在政治上的問題。」[4]

第四，群眾寫，寫群眾。1938年1月11日，《新華日報》創刊之日，明確提出：「我們有一個理想，就是做到讀者們都替本報寫文章，凡是看本報的人，都是替本報寫文章的人。」[5]1938年4月，社長潘梓年相繼發表文章《答覆讀者意見的一封公開信》、《本報讀者會的性質和工作》，提議《新華日報》建立讀者會，並強調《新華日報》要永久保持與人民的聯繫。《新華日報》提出，「記者要和民眾有密切的聯繫」：「我們現在寫文章，不是給人們作茶餘酒

1　陸詒：《談爲報紙而寫作》，《新華日報》，1942年7月26日第4版。
2　陸詒：《談爲報紙而寫作》，《新華日報》，1942年7月26日第4版。
3　喬木：《報紙是教科書》，《解放日報》，1943年1月26日第4版。
4　劉文怡：《新聞導語的做法》，《解放日報》，1943年3月5日第4版。
5　吳敏：《我們的信箱》，《新華日報》，1938年1月11日第4版。

後的消遣，不是裝起學者面孔，顯示自己深不可測。而是把每一個字，每一句話，作爲動員民眾，教育民眾的工具。我們所寫的東西，是給民眾看的。所以，就要處處求其適合於他們的需要。無論取材和技巧，都應以此爲標準。同時我們又是他們的喉舌，在某種範圍內，是他們的代表者。我們應當反應他們的情緒，反映他們的喜樂和悲傷。」[1]1942 年 4 月 1 日，《解放日報》改版社論明確指出：「密切地與群眾聯繫，反映群眾情緒、生活需求和要求，記載他們的可歌可泣的英勇奮鬥的事蹟，反映他們身受的苦難和慘痛，宣達他們的意見和呼聲。」[2]

通訊寫作，是共產黨報人重點研究的一個內容。抗戰時期，《解放日報》、《新華日報》對通訊寫作給予高度重視：「對於一個救亡的報紙或期刊，通訊是非常重要的。經過通訊，可以把各地救亡運動發展的狀況，救亡工作的經驗，傳佈出來，作爲全國救亡工作者的參考和借鏡。」[3]對於通訊寫作，有如下認識：

第一，通訊是新聞性的作品。「新聞性質的作品是有著它特殊的內容的，不是散文，不是小說」。但通訊和詩歌，散文，小說戲曲一樣，「是一個特有文藝形態，它有其特殊的性質和機能，所以在我們寫文時，應時刻記起這一篇文章的現實性及指導性，不要雕琢得富麗華美之至，內容卻十分貧乏。」一個讀者看通訊一類的稿件時，主要的不是在欣賞，「卻是想從那裡知道一點這事的具體情況與當時動態或是更幫助他來瞭解這件事。這就是這類文章的性質與機能。」[4]文字方面，「通訊和文藝作品，還不完全一樣，通訊只求其簡明通俗，用不著多的描寫，更不要發議論。通訊是實在樸素而直接的報導，空洞而和報導的主題沒有多大關係的描寫，就用不著多寫。通訊不是論文，就用不著發議論。可是，正因爲通訊要真實，就要寫什麼是什麼。」[5]通訊和新聞也不同。新聞著重的是快，是簡要，而通訊著重的是既快而又有系統；新聞是稍經調查證明確實就可以動筆寫作，而通訊必須就預定的中心，經過日常的觀察，博諮周訪，收集材料，辨別真偽，分別首次，編寫而成的比較系統的周全的東西。固然，一篇通訊與一篇純粹的新聞稿有其不同的地方，

1 吳敏：《記者今日的責任》，《新華日報》，1940 年 9 月 1 日第 4 版。
2 《致讀者》，《解放日報》，1941 年 4 月 1 日第 1 版。
3 《怎樣寫通訊》，《新華日報》，1938 年 3 月 9 日第 4 版。
4 伊明：《怎樣寫通訊》，《新華日報》，1939 年 12 月 5 日第 4 版。
5 漢夫：《多觀察多寫作》，《新華日報》，1944 年 1 月 23 日第 4 版。

但寫作新聞的五個「W」，也要引起注意。新聞和通訊二者也有相同的地方，「都是要眞實，都是要先考慮你是否站在大多數人民的一方面說話，都要決定一個報導的著重點或中心。」[1]

第二，通訊寫作要抓住中心，不說空話。通訊寫作，首先要解決收集材料問題。爲了收集材料，「要積極參加救亡運動，才能知道這個地方的救亡工作有些什麼中心問題，並且對這些問題有眞實的瞭解，充足的體驗，然後才能寫出好的通訊」[2]。通訊寫作首先要抓住一個中心。每一篇通訊都應當有一個中心思想，但要說明這個中心思想必須要有各方面的具體材料。在搜集材料的時候，除了不應該將重要的東西漏掉，但也得注意不可太蕪雜。通訊員應當像蜜蜂採蜜一樣，搜集有趣的事實，寶貴的思想、意見和提議，然後再加以整理。這樣使每個通訊，都有價值。寫作通訊時有一點特別要注意，「就是所定的主題的範圍不要太寬泛，要緊緊地抓住中心，不說空話，材料多的時候最好分幾次來寫。」[3]

第三，通訊寫作「要與老百姓接近」。一般記者大多喜向機關、指揮部、長官們那裡去找題材。我們不能否認，那裡自然也是新聞的來源，但僅僅是這樣還不夠，還應該進一步「求之於廣大的老百姓。」[4]

第四，通訊寫作要「從一般中找取特殊」。以敵人撤兵爲例，敵人撤兵是兵力不夠，是受不了我軍的攻擊，還是另有企圖？這些問題要由記者提出，自己解答。答案以每個記者對於敵人的瞭解程度以及自己的政治立場爲歸依。所以，選取題材不單是一個技術問題，也是對於時局瞭解的深度問題。不能掌握相關情況的人，「是無法從一般中找取特殊，甚至於遠有可能作出錯誤的結論也不一定」。「一個不會從一般中找取特殊性的人，他就沒有可能寫出生動有力的通訊，他就不能盡到一個新聞戰士的職責。」[5]

壁報編輯，是共產黨報人關注的一個重要內容。抗戰期間，作爲「教育和喚醒民眾的武器」的壁報，得到了充分發展。1939 年元旦期間，「壁報展覽大會」在重慶舉行。《新華日報》對壁報的編輯，進行較爲全面的研究。「壁報是這次神聖的民族解放戰爭中的一種新興宣傳工具，它是以布告的姿態，

1　伊明：《怎樣寫通訊》，《新華日報》，1939 年 12 月 5 日第 4 版。
2　《怎樣寫通訊》，《新華日報》，1938 年 3 月 9 日第 4 版。
3　吳之傑：《關於通訊的寫作問題》，《新華日報》，1939 年 11 月 18 日第 4 版。
4　高揚：《關於寫通訊的幾個問題》，《新華日報》，1940 年 12 月 6 日第 4 版。
5　高揚：《關於寫通訊的幾個問題》，《新華日報》，1940 年 12 月 6 日第 4 版。

出現於大眾面前，如果我們把全國各報館的報紙比做正規軍，那麼把壁報比做游擊隊也許是可以的。」[1]報紙原是一種具有戰鬥性的宣傳品，壁報自然不能例外，而且它正是在這個條件之下產生的。在一般人的心目中，往往把壁報看作戲院的廣告，商店的招紙，以為這是街頭的一種點綴品，是可有可無的，其實這種見解完全錯了，他們根本沒有認識清楚壁報的使命和特點。壁報在新聞的質量和內容的分類方面，「果然還不如大報那樣來的完備、周翔、廣泛、充實，但是大報的對象是社會各階層的人士，而壁報的對象只是一般看不懂大報和不容易看到大報的平民大眾，所以壁報的使命是代替大報向大眾報導時事，凡是大報的勞力所伸展不到的地方──偏僻的鄉間，都可由壁報起而代之。這和游擊隊幫助正規軍在敵後作戰，具有同樣的意義」[2]。

關於壁報的內容，共產黨報人指出，壁報「原是一種地方性的簡報，它的材料來源，除了國內外新聞可摘錄大報外，地方消息應登載值得報導的當地所發生的近事」[3]。壁報內容通俗、具體，我們摘錄新聞，不能一字不易抄幾條大報的新聞，甚至只抄幾個大報的標題就算完事，這會失卻編輯壁報的意義。我們必須撿幾條比較重要的新聞，譯成淺近的白話。如果遇有大眾所生疏的地名、人名或專門名詞，則須下一個簡要的注解。更有些新聞是有前因後果的（尤其是國外新聞），那麼也得作一個扼要的說明。還有術語和典故，也要竭力避免引用。評論和雜文，也應該用通俗的文字來寫。至於內容的分類，可分為：國內新聞、國外新聞、地方消息、談話、民眾園地等五欄。此外，每期有一幅以談話為題材的漫畫，和一些從報章雜誌上搜集得來的抗戰照片圖畫的剪貼。總之，「我們要使得一張壁報變成大眾的良友，非把它編得充實和活潑不可，所謂『麻雀雖小五臟俱全』，我們雖然不能編得像大報那樣的，適合社會各階層人士的需要，但至少也得讓壁報讀者看了滿意。」[4]壁報的內容要有系統，「要使這壁報能系統的灌輸戰時知識，每期得有一個中心點。在系統之下，對這一中心點，每期準備幾篇什麼樣的文章。自然，這決不是說抹殺了時間性。應該把每期的中心點可能地和時間性有機地配合起來。」壁報系統化的先決條件是壁報得有一個固定的張貼地點。壁報的讀者

1　知溫：《我怎樣編壁報》，《新華日報》，1940 年 9 月 11 日第 4 版。
2　知溫：《我怎樣編壁報》，《新華日報》，1940 年 9 月 11 日第 4 版。
3　知溫：《我怎樣編壁報》，《新華日報》，1940 年 9 月 11 日第 4 版。
4　知溫：《我怎樣編壁報》，《新華日報》，1940 年 9 月 11 日第 4 版。

是流動性的，但是在一個固定地方的周圍必然有著固定的群眾。這「就牽涉到壁報出版的整個組織了。在重慶的所有出版壁報的團體，在地區分布上需要有一個計劃。不然在交通要口顯著的地方，大家都願去出版一個壁報，於是三五個連貼在一起，別的地方卻一個也沒有⋯⋯這一點如得合理的解決。那麼內容上的系統化就可見到效果了。」[1]

關於壁報的編輯，則要注意美觀。「壁報的美，是由於全部紙面表現出統一、整齊，並不在於幾條圖案畫的花邊、美術字的標題。」[2]壁報畢竟是希望讀者來看文章，文章告訴他們戰時的一切知識。有些壁報的四周的框子佔了很大的地位，中間的「豆腐乾」上只有兩篇或三篇文章，這壁報實在太貧乏了。假如這樣，我們可以用大部分花在美術上的力量再出版一個漫畫壁報，那是更有益處的。版面的唯一條件是簡潔。這要先有一個精密的設計。哪一角，哪一條漏洞，我們安排上什麼樣的一則短文，一條口號或一幅照片，都需要有匠心的，我們不能匆匆的「趕」，或隨手在空白上補一塊什麼。壁報的標題和重要的字句，「全用顏色筆來寫，使讀者注意，字的大小和行的長短，也得有一個勻稱的分配，字不能寫得太潦草，行與行之間的距離，也不能太寬或太緊，一切都得顧到讀者閱讀時的便利。再有，全版文字最好都是直寫，不要橫寫，因為壁報讀者大都是沒有橫看的習慣。[3]

四、新聞記者的基本素養

共產黨報人強調，新聞記者首先要加強理論修養。反映事實，看來是很容易，實在卻也相當難。記者不能親自看見一切，有的事實，卻是經過他人之口道出的，這就需要考察和判斷。縱然記者看到了局部，還要保障其能正確的反應全局。以抓住中心來說，就尤其重要了。如何才能把握中心，正確報導和批判呢？「這完全在於記者的理論修養。記者若能有正確的充實的理論修養，一定能對自己的職務，勝任愉快，無愧於讀者。」「理論的修養，在於深刻的學習和把握科學的社會科學，馬列主義。」「記者能否稱職，能否不斷進步和發展，是和他能否不斷加深其理論研究不可分的。[4]

1　子灃：《關於編壁報》，《新華日報》，1939 年 1 月 18 日第 4 版。
2　子灃：《關於編壁報》，《新華日報》，1939 年 1 月 18 日第 4 版。
3　知溫：《我怎樣編壁報》，《新華日報》，1940 年 9 月 11 日第 4 版。
4　漢夫：《記者要努力理論學習》，《新華日報》，1939 年 9 月 1 日第 4 版。

　　新聞記者還要有能動性。「能動性就是善於根據客觀的具體情況，靈活變化，爭取主動，以求達到所要求的目的。然而在新聞記者說來，這僅是一方面，另外，他還要採取能動的去反映現實，而不是受動的去拍照現實。就是說，不但在採訪上要運用主觀的能動性，同樣，在寫作上也要運用主觀的能動性。」[1]新聞記者為什麼要有能動性呢？新聞記者是群眾中的積極活動分子，倘若做一個記者沒有能動性，那他就活動不起來，他一定不能接近群眾，也一定不能採集到群眾中間寶貴的實際材料。或者他只能在和平的環境裏打圈子，而不能應付緊急的事變；或者他只能客觀的報告現實，而不能主觀的能動的去批判現實。一個富有能動性的記者，可以免掉許多缺點，錯誤和困難。能動性不是單純技術上的問題，也不是單純的政治修養問題，而是政治修養與技術二者互相配合一致，密切聯繫，靈活運用的問題。這之中，不但含著宇宙觀，同時，也包含著方法論，有了正確的觀點，但沒有靈活的辯證的方法，是不行的。反之，有了靈活的辯證的方法而沒有正確的觀點，也是不行的，能動性就恰好表現在觀點與方法的統一上。具體包括三個方面：第一，肯鑽。肯鑽對一個新聞記者的採訪，也是非常重要的，必須「無孔不入」的鑽，想方設計的鑽；當你正面被拒絕的時候，你必須從側面鑽，從旁進攻，遇到「此路不通」的時候，你必須另闢門徑打入。但是，這個方法要用的巧妙，才能使拒絕你的人也會歡迎你，或者間接的達到目的。否則，鑽得不對，就可能碰到一鼻子灰，而毫無結果。第二，多問。新聞記者應該「好問」，要不恥下問，要不憚煩勞地問。不但不知道的必須問，就是知道的也應該問，不但要問，而且要問得到底，追本窮源，求得其實。第三，靈活。懂得辯證法並且能夠實際運用辯證法的人一定是靈活的。靈活不是變戲法，而是根據客觀的具體情況，靈活變化。記者首先要瞭解和估計客觀的變化，而後自己才能靈活。記者除了有高度的修養外，還要有敏感性、機動性，善於在不同的環境下，運用和創造新的方式，來應付環境，使自己不會被環境所拘束。總之，「做一個優秀的新聞記者，一定要有充分的能動性，才會鑽，會問，會變，只有肯鑽，多問，善變，才能夠應付自如，無往不適。」[2]也只有這樣，才能在任何環境下採訪到寶貴的別人所不能採訪到的新聞。

1　海稜：《新聞記者的能動性》，《新華日報》，1940 年 10 月 25 日第 4 版。
2　海稜：《新聞記者的能動性》，《新華日報》，1940 年 10 月 25 日第 4 版。

第三節 民營報人的新聞學研究

國難日深，民營報人自覺擔負起新聞抗戰的時代重任。民營報人從言論自由、戰時宣傳、報紙的大眾化、戰時報業經營管理四個方面進行理論探討，也從四個方面集中回答新聞抗戰的問題：言論自由是新聞抗戰「共同行動」的自由；報紙是紙彈，紙彈亦能殲敵，紙彈殲敵要遵循單純、統一、集中、普及的原則；報紙大眾化是新聞抗戰的迫切需要；新聞抗戰的特殊情形下，報業經營管理注意事業與營業並重，印報改用土紙，同時做好社會服務。民營報人的理論探討，緊緊圍繞新聞抗戰這一時代主題而展開。

一、關於言論自由的研究

抗戰時期，民營報人有關言論自由的認識基本達成一致：言論自由不是絕對的言論自由，言論自由必須受到種種限制。

第一，自由是「共同行動」的自由。任畢明曾指出，自由不是絕對的自由。大家要明白，所謂「自由」，並不是「自由浪漫主義」的自由，而是「共同行動」的自由。換言之，我們所求的是更大的自由，即民族自由的自由，而非個人的自由。在抗戰期間，最大的自由，是從「抗日第一」「民族利益」之下而產生的所謂自由，絕對不能超出這個範圍以外。[1]個人利益必須服從民族利益的需要，言論自由必須服從「抗戰第一」的大原則，因此必須接受戰時新聞檢查政策。面對民族危亡，「誰也不能反對『新聞事業是負有政治上的任務』」[2]。抗戰救國就是擺在新聞工作者面前的一個政治任務。我們此時不能破壞抗戰政策的限制而有言論自由。

第二，言論自由是不破壞抗戰言論的自由。胡政之認為，「人類之愛自由，差不多基於天性。但是假如人人都主張自由漫無限制，則公共生活的秩序且不能保，還有什麼進步可言？……在表面上看，法律雖是限制自由的，實際上法律確是保護自由的工具，因為自由是與責任相對待的，要能負責任，才能享有自由……所以凡是憲政國家的國民，一方面固然要愛自己的自由，同時也要尊重旁人的自由。再進一步講，就是以他自己的信念，以他自己的責任，來決定自己的言語和行為……所以社會上要普遍養成尊重自由的

---

1 任畢明：《戰時新聞學》，漢口光明書局，1938 年版，第 67 頁。
2 任畢明：《戰時新聞學》，漢口光明書局，1938 年版，第 28 頁。

風度，憲政才能達到盡善盡美的境地。」[1]在這裡，胡政之從憲政的高度，從法律和道德兩個角度闡述自由是有限的，自由是權利和義務的統一，不能因爲自己自由而妨礙他人的自由。中國報有沒有言論自由？胡政之明確回答：「有。因爲法律有保障。這幾年，國家在緊急狀態，但法律依然並不禁止批評一般政治。以《大公報》的討論說，我們在戰時首都，每天自由討論批評一切公眾有關的問題，從未受過官吏的干涉。不過要加一點說明。國民政府在戰時所禁止的言論，只有一種，就是破壞抗戰的言論。這一點，我們很贊同。因爲國家境遇，非常嚴重，不容社會思想感情的混亂。尤其不容有直接妨害軍事利益的思想之傳播。我們認爲這種禁止，是民族緊急自衛的當然措施。凡是負責的政府，一定這樣做；凡是愛國人民，一定同情這樣做。其次，統帥部現在行著新聞檢查，我們在檢查的範圍與方法上，有時與政府意見不同，但在原則上則認爲有檢查的必要。」[2]胡政之所說的言論自由，是認同國民黨新聞檢查的自由。他同時表示，相信這種戰時制度，在戰後一定可以廢止。

第三，言論自由不是「廣泛龐大」的空洞原則。1943 年 2 月 15 日，《新聞記者法》頒布。成舍我馬上撰文建議《新聞記者法》應速設法補救，補救內容恰恰有關記者的言論自由問題。在抗戰的特殊國情下，「中國新聞事業目前最切要的課題，不在新聞界本身需要何種廣泛龐大的『言論自由』，而在政府所欲施於新聞事業的管制能縝密合理、措置適宜。因此，我們並不反對政府在『爭取整個國家民族福利』的號召下，所頒行有關管制新聞事業之任何法令，但我們必須指出，此種法令至少具備三個要素：第一，確爲國家民族福利所必需；第二，培養中國新聞事業，爭取國家民族福利之戰鬥力，積極的扶助應重於消極的約束；第三，同性質之法令宜有其統一性，不可疏漏、重複、互相矛盾。」[3]而新頒布的《新聞記者法》，「卻明顯地缺乏積極扶助的意義」，並充滿了疏漏、重複和互相矛盾。成舍我認爲，這個法令的第一重大缺陷是它根本違棄了中央現行的《本黨新聞政策》。該政策第六項規定：對全

1 胡政之：《憲政風度》，《胡政之文集》，天津人民出版社，2007 年版，第 1086 頁。
2 胡政之：《自由與正義勝利萬歲——本社對美國廣播致辭》，《胡政之文集》，天津人民出版社，2007 年版，第 1071 頁。
3 成舍我：《〈新聞記者法〉應速設法補救》，《成舍我新聞學術論集》（上），暨南大學出版社，2012 年版，第 137 頁。

國新聞事業，應一面施行有效之統制，一面給予切實之扶助。可見統制扶助，在中央並未偏廢。記者爲新聞事業中最主要因素之一，維護記者即所以扶助新聞事業。「然從記者法全部條文看來，除統制以外，實在找不到有任何切實扶助的跡象。」[1]爲鼓勵記者盡職奉公起見，《新聞記者法》應有扶助款項。第一，應對以下事項進行褒獎或撫恤：由於職務上之非常成就，對國家有重大勳勞者；忠於職務，致被殺害或殘廢者；對新聞事業之發展，新聞學術之研討，在技術上，或學理上，有重大貢獻者；繼續服務新聞事業十五年以上，著有成績者。第二，新聞記者，於執行職務時，得請求有關機關，予以適當之便利。如調查事實，徵集資料時，有關機關予以協助。又如，飛機、舟、車、電報、電話等，或准其優先乘坐，或價格酌予折減。第三，下列事項，由國家予以適當之限制：新聞記者之待遇，應視當地生活程度，由主管機關會同該地記者公會，規定一最低標準。遇重要物價之劇烈變動時，得隨時予以調整；新聞記者之工作時間，通常應以每晚十二時爲止，其擔任十二時以後之深夜工作者，每人所擔任工作時間之總數，應不超過四小時；新聞記者，每星期應休息一日。若把上述三項列入《新聞記者法》內，那麼「《新聞記者法》對於記者『積極維護』之意義，自可爲全國記者所公認，其被全國記者踴躍接受之感情，亦必遠較『保障言論自由』之空洞原則，及若干專事約束之消極條款，增高百倍。」[2]

第四，中國特色的言論自由較之英美「普遍切實」。在抗戰行將結束的時候，成舍我對制度層面保障言論自由問題，進行大膽的理論設想。世界報紙制度概括爲三種：第一種是英美式「言論出版自由」，雖然報紙從國家立法方面得到了言論出版自由，但實際這種自由卻完全被少數資本家操縱；第二種是蘇聯式的「報紙國有制」。在蘇聯「雖每一公民均有其言論出版自由權，但這種自由權，不僅賴以表現的報紙，只共產黨黨部、政府機關及勞工團體有權經營，即連印報的一切工具，個人也不許私有。在理論上，蘇聯式無產階級專政的國家，國內既只有這一個階級，則僅允許代表這一階級的機關團體有權辦報，亦即等於允許每一個蘇聯公民有了自由權。不過這種解釋，無論

1　成舍我：《〈新聞記者法〉應速設法補救》，《成舍我新聞學術論集》（上），暨南大學出版社，2012 年版，第 138 頁。

2　成舍我：《〈新聞記者法〉應速設法補救》，《成舍我新聞學術論集》（上），暨南大學出版社，2012 年版，第 141～142 頁。

其正確度如何，但在不分階級，以爭取全民福利爲目的的中國現有三民主義政制之下，當然是未便採用的」[1]；第三種是以納粹德國爲代表的法西斯式的「報紙統制」，其主要特徵與英美恰成一對照，報紙出版須經特種登記，記者有特定種族與信仰資格，並取得記者登記證後加入記者公會才能執業，宣傳部長有權隨時取消登記證。新聞去取、評論要點均須遵照宣傳部指示來進行，宣傳部派人駐館督導。這樣被嚴厲統制的報紙，當然毫無「言論出版自由」可言。進而，成舍我從制度層面構想中國言論自由的保障問題。第一，資本家出錢。中國報紙如果允許私人經營，必定會一天一天「走向大規模資本化」。其結果就是小資本的報館無法存在，大資本連鎖制的報業托拉斯應運而生。二十年前，文人辦報憑藉幾篇動人的文章，幾條出奇的特訊，便可獲得良好的發展。但在抗戰前的二、三年，沒有輪轉機等先進設備支撐的全國各大都市報紙差不多都已被打倒。文人辦報的時代已經過去，「未來的中國報紙，將走向大規模資本化，則新聞事業，自然不能不歡迎『有錢出錢』。換句話說，爲求未來中國新聞事業有快速偉大的發達，我們第一個原則，應該不拒絕資本家向新聞事業投資。」[2]第二，專家辦報。新聞事業的成功與否，一部分因素要靠資本與設備，「另一部分，也就是最重要部分，還在報館的言論記載，如何眞能把握重心，爭取時間。至於報館本身的管理，對事、對物、對人，均較其他事業，倍多困難，尤其印刷、運輸及傳達消息之各種工具，日新月異，技術關係，亦特感繁複。如果一個報館，不能得到最優秀的工作人員，儘管資本雄厚，也是絕無把握可以保障成功的。」[3]。因此，新聞事業，需要專門人才主持，「只有研習新聞或新聞事業中之某一技術部門，並以辦報工作爲終身職業的人」，才有資格參加新聞工作。「在未來新聞事業益趨專門化時代，當然更非專家不能辦報。」[4]第三，「老百姓說話」。這是「問題核心之核心」。「資本家出錢」、「專家辦報」，英美式「言論出版自由制」下的國家已經實行，「只有眞正做到『老百姓說話』，才是我們中國新聞事業制度的特色。」

1 成舍我：《報紙必如何始「眞」能代表「民意」——「言論」與「資本」分立的一個創議》，《中國新聞學會年刊》第 2 期，1944 年 11 月 20 日。

2 成舍我：《報紙必如何始「眞」能代表「民意」——「言論」與「資本」分立的一個創議》，《中國新聞學會年刊》第 2 期，1944 年 11 月 20 日。

3 成舍我：《報紙必如何始「眞」能代表「民意」——「言論」與「資本」分立的一個創議》，《中國新聞學會年刊》第 2 期，1944 年 11 月 20 日。

4 成舍我：《報紙必如何始「眞」能代表「民意」——「言論」與「資本」分立的一個創議》，《中國新聞學會年刊》第 2 期，1944 年 11 月 20 日。

成舍我的辦法是，「要將資本家投資所得的利益和報紙所代表的人民言論出版自由權，完全分開」。新聞事業當然允許資本家投資，但和投資其他公共福利一樣，「仍須聽從國家或社會有關公團之控制。」成舍我建議，國家立法，報紙雖准許私營，亦准許與其他任何大規模企業，在同一原則或限度內，獲取利潤。但每一報館，必須組織一編輯委員會。不管是人員的任用或是罷免，還是報館政策的制定，都由編輯委員會決定，資本家無權干涉。「此委員會既有三分二之多數，出自人民選派，則報館言論記載，亦即自可眞正與老百姓意旨相配合。」此種做法「與我國現所遵行三民主義之原則，及國民黨『人民有完全言論出版自由權』之政綱相吻合。」[1]第四，政府認眞扶助，依法管制。成舍我建議政府對於戰後新聞事業，能夠「扶助」與「管制」雙管齊下。若要扶助，則一定「認眞扶助」，不能敷衍了事。若要管制，一定要「依法管制」。「這個制度，每個報館言論權，既都爲純正人民公意的表現，報館編輯權操於人民代表之手，英美資本家操縱報館的流弊，都可免除。」[2]總之，「戰後報紙新制度」假使眞能做到，「則資本家、專家、老百姓和政府精誠合作的一幅遠景，轉瞬不難實現。而報紙言論，既眞由人民主持，我們所爭取憲法上人民有言論出版自由的權利，即人人均可平等享受，較之英美，亦遠爲普遍切實。」[3]

二、關於戰時宣傳理論的研究

　　國難當頭，中國的新聞人做出了新聞抗戰的抉擇。新聞抗戰不是指新聞工作者隻身投入抗日洪流，而是指通過新聞宣傳構築國民的心理國防。民營報人的關注點是一致的，即紙彈亦能殲敵，新聞工作者必須勇挑新聞抗戰的大任。現代戰爭絕非軍事上的單純動作，而是所有軍事、政治、經濟、外交、新聞等綜合力量的抗衡，而金錢、鋼鐵、報紙就是三大要件。「宣傳武器如能使用得宜，則可遠勝百萬堅甲利兵的大軍」。「金錢和鋼鐵，雖是戰爭中制勝的因素，但是其最後的決勝工具，則有賴於報紙的宣傳。」[4]杜紹文把報紙等

1　成舍我：《報紙必如何始「眞」能代表「民意」——「言論」與「資本」分立的一個創議》，《中國新聞學會年刊》第 2 期，1944 年 11 月 20 日。
2　成舍我：《報紙必如何始「眞」能代表「民意」——「言論」與「資本」分立的一個創議》，《中國新聞學會年刊》第期，1944 年 11 月 20 日。
3　成舍我：《報紙必如何始「眞」能代表「民意」——「言論」與「資本」分立的一個創議》，《中國新聞學會年刊》第 2 期，1944 年 11 月 20 日。
4　杜紹文：《論金鐵與紙》，《戰時記者》第 1 卷第 3 期，1938 年 11 月 1 日。

同於武器，把報紙稱作「紙彈」。「我國此次的神聖抗戰，充分使用『紙彈』的威力。我們深知物質之準備不如人，軍事之裝備更不如人，故以攻心的紙彈，俾濟戰場上子彈之窮。我們這種紙彈的成分，不是火藥和鉛頭，而是正義和事實；以正義制裁侵略，以事實揭破陰謀，使敵人雖在子彈上稍佔便宜，可是紙彈方面則大敗特敗，全球愛好和平崇尚正義的人們，都站在我們這一邊，援華反日的運動，更如火如荼普遍於世界的任何角落，我們的紙彈已攻陷敵人的心房了。」[1] 要取得抗戰的勝利，軍事鬥爭只是一方面，另一面一定要加強戰時新聞宣傳的力量，使宣傳與軍事相配合，從而使新聞宣傳更好地服務於這場民族解放鬥爭。成舍我指出，「宣傳和軍事，看來是兩樣東西，實際只是一個。飛機大炮，固是制敵的武器，精神的宣傳戰爭，根本上，卻是更足制敵人的死命。」[2] 宣傳對象，實際上包括對敵、對友邦、對自己民眾三種。現在，宣傳是什麼樣呢？不但對敵人和對友邦的部分，沒有看見什麼成績，僅就對自己的民眾部分說，大家痛切感到的不良現象——漢奸多、徵兵困難、內地的民氣消沉——又哪一件不是宣傳失敗的表現？我們抵抗到底，軍事之外，還必須從宣傳方面盡最大的努力。成舍我強調，中華民國立國的基礎，也就是這次抗戰最可靠的本錢：第一，我們擁有巨額的人口；第二，我們還擁有無限資源。拿中國與歐洲任何強國比，人口土地，相差十倍，何以中國的國勢，卻不如人？這是因為，不但天然資源迄今還多半埋藏在幾千萬年的地層下面，沒有開發，而且最大多數的人力，也是同樣被埋藏著。人家每一個國民，幾乎都能瞭解本身和國家的關係，國家的榮辱存亡就是自己的榮辱存亡。所以一千萬人口的國家，就有一千萬人去以身家財產擁護國家的生存。我們呢？除國防軍隊和極少數所謂知識階層外，其餘幾乎將國家和自己看作是風馬牛不相及。數字雖然極大，實際擁護國家生存的是極少數——連國防軍隊也不過幾百萬人。明白了這個道理，我們的弱小不如人自然理有必至，事所固然。「造成這種畸形的現象，一方面是教育沒有普及，另一方面就是宣傳的不足和過去宣傳方法的錯誤。宣傳工具中最主要的一種——報紙，沒有深入民間，尤其是造成這種畸形現象的主要原因。」[3]

1　杜紹文：《論金鐵與紙》，《戰時記者》第 1 卷第 3 期，1938 年 11 月 1 日。

2　成舍我：《「紙彈」亦可殲敵——抗戰宣傳應與軍事並重動員民眾應先使報紙到鄉村去》，《成舍我新聞學術論集》，暨南大學出版社，2012 年版，第 116 頁。

3　成舍我：《「紙彈」亦可殲敵——抗戰宣傳應與軍事並重動員民眾應先使報紙到鄉村去》，《成舍我新聞學術論集》，暨南大學出版社，2012 年版，第 117 頁。

　　杜紹文提出了「單純」、「統一」、「集中」、「普及」的宣傳方法。杜紹文認為「紙彈」具有巨大的威力，但不要誇大其作用，而是冷靜審視這一特殊的武器。檢點這類紙彈的內部成分，以及它所可及的射程，又發現若干缺點：在國內方面，漢奸敵探，多如牛毛；徵兵募款，到處困難；腹地人民，對於抗倭戰爭，尚多漠然視之。前線軍隊與抗戰民眾逃亡與後方人民醉生夢死的麻木狀態，令人大為焦慮。這種狀況的產生，一半是由於教育不普及，一半是由於宣傳不深入。報紙不能使人人買得起看得懂，報紙不能散佈民間，是「構成這種畸形狀態的主因」。杜紹文為此強調，「製造和應用這種紙彈，不重在消極的事後的檢查，而重在積極的事前的推動。宣傳的原則要單純，宣傳的方法則要集中與普及」[1]，具體如下：單純：我們只有一個敵人——日本帝國主義，一個意志——把敵騎趕出去，建立獨立自由幸福解放的新中國，一個信心——抗戰必勝建國必成；為達到上列目的，我們又須信仰一個主義——三民主義，擁護一個政府——國民政府，服從一個領袖——蔣委員長。我們宣傳的原則，只有這麼簡單純粹的「一個」。統一：宣傳機關得根據歷史的背景和事實的需要而「分立」，但絕不能陷於「對立」，宣傳的最高決策及宣傳的主要資料，必須絕對統一。集中：宣傳目標，應該集中一點，在最重要最明白最簡單上用工夫，使人人應知道怎樣去做，必做哪幾件事，務須避免瑣碎、複雜、艱深的「大塊文章」。普及：將集中的宣傳目標，普及到全國大眾，使全國的每一寸地，每一國民，不論他識字與否，都受到宣傳的影響，都有敵愾同仇的心理，與禦侮復興的精神。總之，「單純」、「統一」、「集中」、「普及」，是戰時「紙彈」的必要原料；缺乏這種原料，就減少了「紙彈」的爆炸力和破壞力。

1　杜紹文：《論金鐵與紙》，《戰時記者》第 1 卷第 3 期，1938 年 11 月 1 日。

圖 4-3 《戰時記者》創刊號（資料來源：大成老舊刊資料庫）

三、報紙的大眾化

如何完成新聞抗戰的時代重任？報紙大眾化就是民營報人的一種理論設想。

第一，報紙的大眾化意味著內容大眾化。「從抗戰到現在，還沒有一張大

眾可看的通俗報紙，實在是個欠缺」[1]。中國的報紙，一向是供給都市中的中上層人士閱讀，而都市中的下層人和鄉村的農民往往與報紙絕緣。在平時，報紙脫離大眾，本是「無可厚非的」，但在抗戰期間，報紙必須走向大眾，因為抗戰要「取得最後的勝利，便不能不發動全民族的抗戰」。為此，民營報人發出呼籲：「為什麼新聞紙要保留那高貴的身份？為什麼新聞紙與大眾中間卻要隔一座橋……快來做拆橋填河運動，使新聞紙能普遍各個階級之前，不要專為張三先生一味的燒甜肉。」[2]大眾化報紙要「少登阿貓阿狗所謂各級要人的起居注，多載有關大眾生活的事實和動向。」[3]第二，報紙的大眾化意味著語言通俗化。若想使新聞宣傳產生宏大的力量，我們應該使每條新聞都能生動活潑，人人都看得懂，人人看了之後都留下一個深刻的印象。然而事實不盡如人意：「隨軍記者以及其他的外埠記者，為了節省字數，拍發電報，力求字句簡單，簡單到像左傳春秋一樣，編輯人一字不易地刊出，還加些典雅的題目，這是知識階級的文藝消遣品，哪能伸張宣傳的力量到大眾業中？用白話寫的訪問記等等，為了表示記者的學力，便不免力求歐化，用倒裝的文法，用深奇的新字，縱然讀者看懂了，卻很少發生作用，因為他們在文字上已經費了很大的腦力，再不能想到其他了。」[4]在這種情況下，編輯必須下一番工夫，必須「將所有新聞原稿，一律加以改作，使之成為通俗的」[5]。大眾化報紙「文字淺顯而意識正確」[6]。第三，報紙的大眾化意味著不要過分講究編輯藝術。大眾所需的報紙，「議論愈少愈好，新聞愈短愈好，文藝作品愈駁雜愈好」[7]。第四，報紙大眾化意味著報型愈來愈小。大眾化報紙的定價必便宜至最低限度，「這種報紙，篇幅要異常節省，最好小型」[8]。「小型報需紙無多，本錢廉省，批賣的價格自然可以降低，使其能夠適合士兵農工大眾的購買力。」小型報自然「能夠深入各階層，並在社會的各階層發生廣播抗戰理念的作用，

1　張友鸞：《戰時新聞紙》，中山文化教育館，1938 年版，第 15 頁。
2　張友鸞：《戰時新聞紙》，中山文化教育館，1938 年版，第 16 頁。
3　成舍我：《上海〈立報〉奮鬥的經過——貫徹我們「報紙大眾化」的主張使〈立報〉走進上海社會的第現代戰爭角落》，《香港立報》，1938 年 11 月 24 日。
4　張友鸞：《戰時新聞紙》，中山文化教育館，1938 年版，第 15 頁。
5　張友鸞：《戰時新聞紙》，中山文化教育館，1938 年版，第 16 頁。
6　成舍我：《上海〈立報〉奮鬥的經過——貫徹我們「報紙大眾化」的主張使〈立報〉走進上海社會的第現代戰爭角落》，《香港立報》，1938 年 11 月 24 日。
7　王新常：《抗戰與新聞事業》，長沙商務印書館，1938 年版，第 41 頁。
8　成舍我：《上海〈立報〉奮鬥的經過——貫徹我們「報紙大眾化」的主張使〈立報〉走進上海社會的第現代戰爭角落》，《香港立報》，1938 年 11 月 24 日。

然後能夠達成全民族總動員的目的」[1]。

四、戰時報業要營業與事業並重

民營報人主張，戰時報業經營要事業與營業並重。張友鸞指出，「新聞紙原是一種企業，新聞社的生命是應以其營業收入來維持」[2]，在平時如此，在戰時也是如此。然而，戰時的情況畢竟有所不同，經營方略也要加以改變。平時，讀者的生活是安定的，但在戰時，人們的購買力比平時減弱了，人們獲取新聞的需要卻比平時更迫切。如何減輕讀者的負擔而又滿足他們的需要呢？要求廣告方面，要有所限制。「廣告原是新聞紙的生命線」，可是在抗戰的情況下，花柳藥品的廣告與尋人訪友謀事覓物的廣告收取一樣的價錢，實在是不應當。新聞社應當限制荒唐的與娛樂的廣告，最好是拒絕刊登。假如拒絕不了，那麼就收取較高的廣告費。對於人事廣告，卻應給刊登者以最大的方便。在抗戰的特殊情況下，「新聞紙的經營者不能只講賺錢，在商言商，不該賺錢的時候，還須放鬆一手」[3]。

俞頌華在大都市商業報紙與內地報紙的對比中，倡導一種國家民族利益至上的精神。大都市的商業報紙，有許多不良的廣告，還有些廣告「假裝了新聞或短文的形式，混入新聞版中」，這是不對的。至於淪陷區傀儡組織的報紙，淆亂是非，顛倒黑白。他們之所以這麼做，一個重要的原因就是爲了營利。內地報紙，尤其是在戰區以及接近前線各地的辦報紙的人，卻有著相反的價值取向。在那些地方，因交通不便，紙張及印刷材料缺乏，加之工商凋敝，廣告極少。在這樣困難的條件下，他們卻胸懷「國家至上、民族至上」的崇高理想，在「技術」方面力求「精編」，以最經濟的方法，取得比較好的效果。爲此，俞頌華倡導，「辦新聞事業，須以貫徹道德的理想爲最高鵠的，而以營利爲達其目的的手段，爲次要的企圖。倘爲了營利而不惜犧牲其最高鵠的，則新聞事業神聖的任務，將逐漸損傷，新聞帶來神聖的意義，將漸漸消失，這是各地，尤其是各大都市，商辦的報館的經理人所當深戒的⋯⋯大都市的大報，倘使專以營利爲唯一目的，不惜爲營利而犧牲其新聞事業道德的精神，神聖的任務，則就倫理的價值而論，倒反不如以道德的理想爲前提的簡陋的內地報紙了。所以主持大都市大報經理部的負責人，於此實有注意

---

1 王新常：《抗戰與新聞事業》，長沙商務印書館，1938 年版，第 39 頁。
2 張友鸞：《戰時新聞紙》，中山文化教育館，1938 年版，第 29 頁。
3 張友鸞：《戰時新聞紙》，中山文化教育館，1938 年版，第 33 頁。

猛省的必要。要曉得這次抗戰是各種事業的試金石。一切善的，自然爲全國所歡迎；一切不善的，將來總難免不爲國人所唾棄。[1]俞頌華反對新聞事業以營利爲目的。

民營報人強調，戰時報業印刷紙張，要改用土紙。張友鸞指出，在抗戰期間，人們的購買力降低，報紙的售價卻在上漲，許多人推測，這是紙商的囤積居奇，或者是某一種人的乘機操縱。這種情形不能說沒有，但基本上還是因爲戰時交通不便，以及新聞紙是進口貨。紙價上漲，新聞社又不能認著賠本，只有取償於讀者。讀者的購買力本來已經降低，還要增加他們的負擔，「非但對宣傳工作加了阻礙，而且於新聞紙的本身業務又何常有利」[2]。爲此，新聞紙要改用土紙印刷。「提倡土產，減輕成本，增加銷路，有百利而無一弊之事，新聞界全是明達之士，何以誰都不肯實行呢？是爲的存紙太多嗎？是爲的輪轉機不能用土紙嗎？都不是的……所以不改土紙，一則因爲面子關係，誰先用土紙彷彿誰就丟人；一則因爲營業關係，大家懷著鬼胎，我改土紙而他人不改，則發行廣告兩俱受其影響，我們試看成都新聞紙，大家都是用土紙，銷路廣告，完全不遜於前時。如若重慶所有新聞紙一齊改用土紙，豈不甚妙？不但重慶，其他各處，因地制宜，有土紙可用的一律改用，戰時幫助國家減少漏卮，戰後也可幫助國家興盛工業，至於用土紙以後，減低售價，銷路更能普遍，對於新聞紙目前的本身，也是大大有利的。」[3]

民營報人提出，戰時報業要下大力氣做好社會服務。「社會服務版」在抗戰前已見諸中國報端，不料在抗戰以後，各報紙爲了節省篇幅，多半把這一類版面取消了。爲此，張友鸞痛陳利害。平時新聞紙的社會活動，其目的不僅是服務，還附帶著宣傳，換句話說，藉此推廣報紙，讓他深入大眾業中。這本是新聞紙經營方法之一，因此甲新聞社做了一件事，乙新聞社決不幫忙。戰時不能和平時一般看法，戰時需要甲新聞社發動一件事，乙新聞社丙新聞社全來協作。發動者既不以推銷爲目的，亦不以領導地位自居，則協作者自然不以追蹤而來爲可恥爲被利用了。可惜，「賢明的新聞界未能盡去此種藩籬，於是誰發動誰居其功。其無自信力者，只是袖手作壁上觀，除了本身工作而外便什麼都不管了。這個現象很不好，希望將來各新聞社能夠如手

1　俞頌華：《論報業道德》，《新聞學季刊》創刊號，1939 年 11 月 20 日。
2　張友鸞：《戰時新聞紙》，中山文化教育館，1938 年版，第 31 頁。
3　張友鸞：《戰時新聞紙》，中山文化教育館，1938 年版，第 31～32 頁。

如足地合爲一體爲國家服務，要造成『不服務可恥』的信念」[1]。退一步而言，大規模的社會服務工作即使開展不了，最低限度在廣告方面也應做出努力。生意經雖則要談，生意眼卻當放高。一個失業的難民想覓取十元一月的工作，新聞社先收取他一兩元廣告費。平時也許在社會服務版用三五行地位刊出了，戰時反要啜飲他們的血滴，這太難了。社會服務版暫時不能恢復，新聞社對於此一類人事的廣告，總應想個辦法。這種設身處地爲讀者著想的做法，具有重要而又崇高的意義：「戰時的新聞紙，爲社會服務就是爲國家服務，不論服務的當時有關戰事或無關戰事，其服務的結果於國家有利，卻是必然的。」[2]

第四節　左翼報人的新聞學研究

在民國南京政府中期，以中國青年新聞記者學會爲代表的左翼報人，成爲新聞學術研究的一支重要力量，他們創辦了新聞業務期刊《新聞記者》，並以此期刊作爲學術交流與自我教育的園地，自發地開展業務技術與經驗的交流、學習、研究，提倡改革戰時新聞檢查制度，探索戰時新聞宣傳的作用與規律，加強記者的角色意識與職業修養，探尋戰時報業經營管理方略。

一、改革戰時新聞檢查制度

抗戰以來，國民黨的戰時新聞政策，將「貢獻能力」和「犧牲自由」視作國民精神總動員工作的兩個要點，強調新聞界的宣傳目標是統一的，要一致合作貢獻能力，就必須犧牲個人的自由。左翼報人提出了改革國民黨新聞政策的建議與主張。

第一，新聞檢查要合理合法。在抗戰階段，「各地報紙與新聞檢查機關，已不像戰前那樣磨擦之深」[3]。面對敵僞報刊的興風作浪以及少數報人品格的墮落，左翼報人支持國民黨清理、整飭那些投機營利、造謠誣衊或挑撥國共兩黨合作關係的書報，並強調檢查工作的重要性：「檢查工作，在戰時宣傳上負有警戒和發揮抗戰力量兩種效能，責任的重大，不在執行宣傳工作者之下，

1　張友鸞：《戰時新聞紙》，中山文化教育館，1938 年版，第 34 頁。
2　張友鸞：《戰時新聞紙》，中山文化教育館，1938 年版，第 36 頁。
3　舒宗僑：《一年來戰時宣傳政策與工作的檢討》，《新聞記者》第 1 卷第 5 期，1938 年 8 月 1 日。

要擔當這個工作一定要有充分的學識，修養，判斷力，愛國心。」[1]左翼報人
對戰時書報查禁制度並非一概否定，而是主張改革新聞檢查制度和方法。「地
方政府對於戰地報紙的態度，應該是一種休戚相關，共存共榮的態度，不是
一種互相妒嫉，互相挑撥的態度。」[2]戰時各地的新聞檢查標準不一致，檢查
人員不盡職，地方政府在對報紙出版進行監督管理時「斷然不能先有成見，
帶上了有色眼鏡去看一個報，和以吹毛求疵，斷章取義的態度來審察其言論」
[3]。新聞檢查若想順利進行，首先要「統一全國新聞檢查標準」。其次要「嚴格
新聞檢查人員任用」，「當局必須積極訓練檢查人員的素質，使養成切實執行
戰時新聞政策的幹部」。另外，地方政府應該頒布「適用於戰地的特殊出版
法」，「頒發戰地報紙登記證」[4]。

　　第二，新聞檢查應由消極檢扣變爲積極指導。抗戰建國綱領規定，在不
違反三民主義最高原則和法令的範圍內，人民享有言論出版自由。但國民黨
頒布的《國家總動員法》，對新聞事業只有消極的限制條文，沒有積極動員的
相關規定。這一點引起左翼報人的注意：「政府所持的新聞政策，只是消極的
限制，以爲嚴格的檢查制度，就能統治宣傳工具，其實這是錯誤的。眞正要
動員全國的輿論界加入抗戰，必須積極地扶助新聞事業的發展，有系統地把
全國所有的宣傳工具組織起來，分配到全國各地方去。」[5]戰時新聞檢查，應
不限於消極的檢扣，而要幫助報紙「證實消息的眞僞」，對社評、論著、廣告
加以監督，「對於似是而非，足以引起不良影響和副作用的新聞，也加以檢
查」。新聞檢查工作者要「認清自己不是『官』，而是民族抗戰中的一員鬥士」
[6]。「檢查新聞和指導新聞實在是一件事情的兩面」[7]，一條新聞既要說明其被

1　舒宗僑：《一年來戰時宣傳政策與工作的檢討》，《新聞記者》第 1 卷第 5 期，1938
　　年 8 月 1 日。
2　馮英子：《保障戰地報紙》，《新聞記者》第 2 卷第 3-5 期合刊，1939 年 10 月 1 日。
3　老百姓：《開展戰地報紙與扶植戰地報紙》，《新聞記者》第 2 卷第 3-5 期合刊，1939
　　年 10 月 1 日。
4　田玉振：《怎樣實施戰時新聞政策》，《新聞記者》第 2 卷第 3-5 期合刊，1939 年 10
　　月 1 日。
5　陳子玉：《戰時新聞紙的幾個重要問題》，《新聞記者》第 1 卷第 3 期，1938 年 6 月
　　1 日。
6　舒宗僑：《一年來戰時宣傳政策與工作的檢討》，《新聞記者》第 1 卷第 5 期，1938
　　年 8 月 1 日。
7　田玉振：《怎樣實施戰時新聞政策》，《新聞記者》第 2 卷第 3-5 期合刊，1939 年 10
　　月 1 日。

檢扣的原因，還要指示出它該如何發表才有利於抗戰宣傳，從而增進新聞工作人員之學識與工作效能。馮英子建議，宣傳當局應該「建立一個合理的、積極的戰地報紙管理與指導的單行法規」，並「訂定戰地報紙工作人員獎勵與撫恤辦法」[1]，使每一個戰地報紙的工作者能夠在政府的督促與指導下毫無顧慮地工作、戰鬥。

二、探索戰時新聞宣傳規律

對於宣傳的巨大作用與功能，左翼報人有著充分的認識。關於國內宣傳方法與國際宣傳策略，左翼報人也進行了探討。

第一，戰時宣傳可以鼓舞民氣。中國青年新聞記者學會成立宣言指出：「新聞宣傳工作的影響，對於抗戰有非常重大的作用，新聞輿論可以堅定抗戰勝利的信心，可以鼓舞抗戰的勇氣，可以打擊敗北主義的傾向，可以激勵英勇的士氣。」[2]左翼報人反覆強調宣傳的作用：「一，在使大眾暢曉事實的真相。二，使大眾明辨是非與得失。三，使大眾能夠一致走上大公至正的道路。所以宣傳為一切事業運動的先鋒。凡百事業，必經宣傳而後能迅速開展。」[3]「宣傳在戰爭時，乃是作戰工具之一」，「民氣是作戰的原動力」，戰時新聞宣傳不僅要「培養人民自信力」，「發動民氣」，還要「實行宣傳的警戒」[4]，避免淪為敵人的傳聲筒，謹防敵人的「迂迴戰」或「包抄」。敵人善用「間諜手段」，「即是他要攻擊你，有時他自己不出面，而假借第三者」。敵人散佈的消息多半是杜撰的，目的在於轉移他國國民的目光，掩飾對華的失敗。新聞界一方面要警戒並擊碎敵人的謠言攻勢，另一方面要建立民族抗戰勝利的自信，注重民氣的養成和鼓勵。

第二，戰時宣傳應具備地方性。編輯地方性刊物最中心的原則是反映全國現實，發揮地方特點。戰時宣傳須結合地方實際，多做解釋工作，有針對性開展動員工作，使宣傳具備地方性。「在宣傳戰中，如果說都市的報紙是一支正規軍，則今天各戰區所發行的無數戰地報，正等於無數的游擊隊。」[5]。

1　馮英子：《保障戰地報紙》，《新聞記者》第 2 卷第 3-5 期合刊，1939 年 10 月 1 日。

2　《中國青年新聞記者學會成立大會宣言》，《新聞記者》第 1 卷第 2 期，1938 年 5 月 1 日。

3　吳涵真：《小心宣傳》，《新聞記者》第 1 卷第 5 期，1938 年 8 月 1 日。

4　舒宗僑：《一年來戰時宣傳政策與工作的檢討》，《新聞記者》第 1 卷第 5 期，1938 年 8 月 1 日。

5　馮英子：《保障戰地報紙》，《新聞記者》第 2 卷第 3-5 期合刊，1939 年 10 月 1 日。

各大都市出版的報紙雖然是國內新聞紙中的權威，但若要直接激發戰區內軍民的參戰情緒，「只有『前方的後方』的報紙，才是最理想的工具。」[1]

對於抗戰建國綱領的宣傳，大報通常採用原文照登的方法，而地方報紙則需運用通俗淺近的語言進行解釋。地方報紙，「切記死的模仿某些全國有名日報」的派頭和作風，「要本自己樸素的姿態，創造新的作風」[2]。讀者的文化程度參差不齊，接受性有別，宣傳應講究一定的宣傳技巧。除了內容通俗曉暢外，在版面編排時，不宜使用橫排和分排，以防平日缺少讀報經驗的人找不到如何連接。文字要夾敘夾議，適當配以插畫，使版面儘量活潑生動。

第三，對外宣傳與對內宣傳要並重。戰時宣傳除了具有動員、教育本國民眾的作用之外，還具備打擊敵偽勢力，爭取國際反法西斯同盟支持的作用，因此要格外重視國際宣傳工作。「新聞紙是教育民眾的工具，也是推動政治的先鋒與溝通國際友誼的媒介」[3]。首先，「需要在國內建立總的國際宣傳機關來領導國外宣傳工作」。其次，「派代表團到國外去，只有在使節的互派中，才能使國際清楚正確的瞭解我們。」[4]雖然「確實」「迅速」是建立信用的兩大條件，但對外宣傳，要因時制宜，「把握住宣傳機會」，「要顧及到被宣傳者特殊的立場」[5]。在新聞報導方法上，必須適應對內、對敵、對外三種宣傳所收的效果，每一個新聞工作人員必須認清新聞報導對於對內宣傳、對敵宣傳以及對外宣傳的個別作用和相互作用，從而靈活運用報導方法，獲得不同的效果。

三、加強戰時記者的角色意識與修養

中國青年記者學會長沙分會成立時，對新聞記者提出兩點要求：第一，「為正義公理而抗戰的民族，必須是人格上把握禮義廉恥的民族，我們宣傳與教育民眾的新聞記者，更應該充分地具有這一個人格的基礎。」第二，「必須在理論上、方法上、技術上具有充分的修養和準備」，「不但要忠實地把握一切

1　汪止豪：《動員日報之現實與將來》，《新聞記者》第 1 卷第 2 期，1938 年 5 月 1 日。

2　柳湜：《地方日報期刊編輯要點商榷》，《新聞記者》第 1 卷第 2 期，1938 年 5 月 1 日。

3　田玉振：《抗戰建國現階段中談談報紙的編輯方針》，《新聞記者》第 1 卷第 5 期，1938 年 8 月 1 日。

4　楊慧琳：《法名記者國際反侵略運動大會代表色斯先生歡迎大會》，《新聞記者》第 1 卷第 2 期，1938 年 5 月 1 日。

5　舒宗僑：《一年來戰時宣傳政策與工作的檢討》，《新聞記者》第 1 卷第 5 期，1938 年 8 月 1 日。

真理，堅決地在三民主義之下為抗戰建國而奮鬥，而且要還有傳達真理，實現三民主義抗戰建國的決心與能力」[1]。新聞記者必須具有充分的角色意識，加強自我教育，才能完成新聞抗戰這一時代使命。

第一，新聞記者是文化戰士。「戰前的記者是新聞從業員，戰後的記者是文化戰士。」[2]新聞記者的理想應該是做一名「伏在壕溝裏的記者，而不是拜訪軍事長官的記者」[3]。新聞記者只有深入戰場，才能以真實的描寫暴露敵人的殘酷，鼓勵作戰的將士，避免隔靴搔癢的寫景。在軍事報導中，要著眼全局，對各條戰線的報導無所偏重，作一番精密的估量，因為過分誇張地估量某一戰局的勝敗，容易「影響我們整個軍略的措置，而便利了敵人戰略的運用，使自己處於不利地位」[4]。就整個抗戰建國的前途而言，記者身負「宣傳國策，教育民眾，反映民意，督促並幫助政府對於國策的實施」[5]的重任。在抗戰建國的任務上，青年記者是「極廣泛的抗日民族統一戰線中的一支宣傳、組織與教育的戰鬥力量」[6]，記者只有徹底認識責任的重大和工作的艱苦，才能「時時振作，時時警覺，時時求進步」[7]。新聞記者要站在民族國家的立場上，發揮不偏不倚的國論，樹立輿論之權威。

第二，新聞記者是時代先驅。新聞記者不是技術工人，而是改造世界的時代先驅。「新聞記者拿著工作的對象和處理材料的時候，就好像健康熟練的勞動者開動機器，製造上等生產品一樣，出品一定是精確，合乎時代需要的。」[8]在抗戰階段，新聞記者每日所面對的消息包羅萬象，一不小心就會顛倒是非，淆亂真偽，曲解時事，歪曲真理，一方面「迎合著並助長著速勝論者的錯誤」，另一方面「就是造成苟且的情緒，以動搖一般人堅持持久抗戰的信心」，這不僅有分化團結的危險，還會遺禍於歷史。新聞記者惟有把握問題的實質，理解問題的變動和發展，認清楚它內在的對立的統一及對外聯繫性，看清楚事

1 《長沙分會成立大會宣言》，《新聞記者》第 1 卷第 5 期，1938 年 8 月 1 日。
2 王少桐：《北戰場的新聞動態》，《新聞記者》第 2 卷第 9 期，1940 年 12 月 1 日。
3 《我想：》，《新聞記者》第 1 卷第 3 期，1938 年 6 月 1 日。
4 田玉振：《抗戰建國現階段中談談報紙的編輯方針》，《新聞記者》第 1 卷第 5 期，1938 年 8 月 1 日。
5 韜奮：《抗戰建國時期中新聞記者的任務》，《新聞記者》第 1 卷第 2 期，1938 年 5 月 1 日。
6 傅於琛：《青年記者奮鬥之路》，《新聞記者》第 1 卷第 2 期，1938 年 5 月 1 日。
7 韜奮：《抗戰建國時期中新聞記者的任務》，《新聞記者》第 1 卷第 2 期，1938 年 5 月 1 日。
8 傅於琛：《怎樣處理新聞？》，《新聞記者》第 2 卷第 3-5 期合刊，1939 年 10 月 1 日。

變的突變轉化之原因及其前途，堅持歷史能動力的革命性，克服黑暗方面，爭取光明前途，才是能夠站在時代前面的新聞記者。左翼報人號召青年記者普遍迅速地記述新歷史的流變，把時代的鑰匙，交給廣大的同胞。新聞記者要堅定集體主義、大眾化的工作立場，深入到社會、民族、國家的每一血脈和細胞。

第三，新聞記者是社會事業家。戰時的報紙不僅是讀者的導師，亦是國家人民的智囊，「記者不單是一種本分的職業者，而且是有著高度政治意識的社會事業家」[1]。新聞記者在完成採訪任務之外，還應該分赴各戰區，從事廣大戰區實地情況的調查和報導。戰區實際情況的調查工作同樣是「一種抗敵救亡的、神聖的、偉大的工作」[2]，以記者們的調查、報導為參證，可使後方瞭解前方將士所需，儘量提供幫助，加強抗戰的力量。在抗戰階段，新聞紙不但是對民族敵人進行不可摧折的鬥爭的武器，而且是「溝通前方與後方、人民與政府的一道橋樑，一具喉舌」[3]。因此，新聞界要「加強宣傳效能」，多方徵集新軍建立和軍隊政治工作方面的資料以供當局參考，還要注意動員後方民眾貢獻人力、物力，使國人明瞭「抗日戰爭是中華民族為求獨立生存所必需而艱巨的工作」[4]。凡有關政府政令的推行，社會事業的興革，應該由記者進行普遍調查，作出公正批判，喚起民眾熱情，發掘庶政積弊。

左翼報人認為，戰時記者若想履行時代使命，必須具有良好的修養：

第一，深入研究的優良作風。新聞記者要自覺履行學習和研究的義務，「對一個問題的認識要超越常識的皮相的看法，而進入專門的深刻的瞭解」[5]。在戰時，調查各地新聞界的實際動態是一件困難而龐雜的工作，記者要廣泛地收集新聞界動態材料，進行集體的研究。研究工作首先要從具體事實著手，「事實必須是充分的正確的，還要注明時間」[6]，內容包括新聞界的歷史沿革、特殊情形、今後的發展前途。研究工作不僅侷限於新聞理論和新聞業務領域，還包括軍事知識。「一個善於採訪新聞的記者，還應該是一個善於研究問題的學者」，「以公正誠懇熱烈的態度，直接舉出現實的問題，作友誼的建議」，並

1　《祝中國青年記者學會長沙分會》，《新聞記者》第 1 卷第 5 期，1938 年 8 月 1 日。
2　鄧名方：《記者動員》，《新聞記者》第 1 卷第 2 期，1938 年 5 月 1 日。
3　《祝中國青年記者學會長沙分會》，《新聞記者》第 1 卷第 5 期，1938 年 8 月 1 日。
4　田玉振：《抗戰建國現階段中談談報紙的編輯方針》，《新聞記者》第 1 卷第 5 期，1938 年 8 月 1 日。
5　王少桐：《北戰場的新聞動態》，《新聞記者》第 2 卷第 9 期，1940 年 12 月 1 日。
6　《各地新聞界的動態》，《新聞記者》第 1 卷第 5 期，1938 年 8 月 1 日。

「作善意的介紹和研究」[1]。

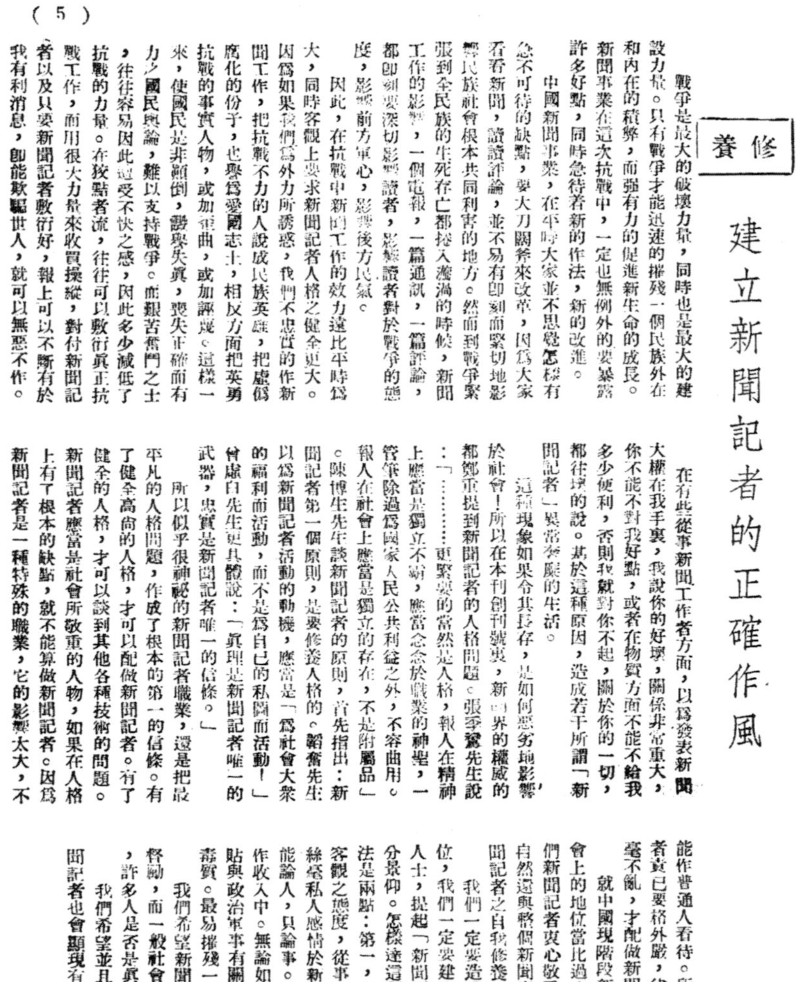

（　5　）

養修

建立新聞記者的正確作風

長　江

戰爭是最大的破壞力量，同時也是最大的建設力量。只有戰爭才能迅速的摧殘一個民族外在和內在的積弊，而強有力的促進新生命的成長。新聞事業在這次抗戰中，一定也無例外的要暴露許多好點，同時急待著新的作法，新的改進。

中國新聞事業，在平時大家並不思發生什麼急不可待的缺點，因為大家看看新聞，讀讀評論，並不易即刻而緊切地影響到全民族的生死存亡。然而遇到戰爭的時候，新聞工作的影響，一個電報，一篇通訊，一篇評論，都即刻要深切影響讀者，影響讀者對於戰爭的態度，影響前方軍心，影響後方民氣。

因此，在抗戰中新聞工作的效力比平時為更大，同時客觀上受大刀闊斧的促令更大。因為如果我們寫為力所誘惑，我們的不忠實的作新聞工作，把抗戰不力的人說成民族英雄，把虛偽腐化的份子，也標榜愛國志士，相反方面把英勇抗戰的事實人物，或加歪曲，或加誣衊，婴失正確。這樣一來，使國民是非顛倒，誇獎失貞，難以支持戰爭。甚或苟舊鬥志之士，往往容易因此減低了抗戰的力量。在疚點者流，往往可以敷衍新聞記者以叉蔑新聞記者操縱，對付新聞記者以及只要新聞記者敷衍好，報上可以不齒於抗戰工作，而用大力量來收買操縱，即能欺騙世人，就可以無惡不作。

我有利消息，

在有些從事新聞工作者方面，以為發表新聞，大概在我手裡，我說你的好壞，關係非常重大，你不能不對我好點，或者在物質方面不能不給我多少便利，否則我就對你不起，關於你的一切，都往往的說。其於這種原因，造成若干所謂「新聞記者」是常普遍的生活。

這種現象如果令其存、是如何惡劣而影響於社會！所以在本刊創刊號發，新聞界的權威的張季鸞先生說：「更緊要的當然志人格，報人在精神上應當提自己靈的人格問題。張季鸞先生說：「……應當念念於戲業的神聖，一管筆除過國家人民的公共利益之外，不容曲用。報人在社會上應當志為獨立的存在，不是附屬品」。陳博生先生讚新聞記者活動的軌機，應當是「為自己的私圖而活動」！曾虛白先生更私體說：「真理是新聞記者唯一的信條」。

聞記者第一個原則，是要修發人格的。張季鸞先生並且提到新聞記者的人格問題，首先指出：新聞記者活動的原則，是把自己正當工作報酬的津貼與政治軍事有關的新聞記者帶有濃厚的毒質。最易接受這兩點來分別容觀之態度，從事於新聞工作中，是非善惡，我們絕對不能挾絲毫私人感情於新聞工作中，尤本質上帶有濃厚的津貼。無論如何個人不能變非工作報酬的津貼與政治軍事有關的新聞記者帶有濃厚的

能作普通人看待。所以陳博生先生說：「新聞記者實已要格外嚴，律已要格外密。絲毫不苟，絲毫不亂，才配做新聞記者。」

就中國現階段新聞事業而言，新聞記者在社會上的地位當比過去為高，然而能令社會對於我們新聞記者衷心敬重還不是一個很普遍的現象。自然這與整個新聞事業之資歷有關係，而我們新聞記者之自身修養上的缺點，仍為一重大因素。

我們一定要建立中國新聞記者神聖崇高的地位，我們一定要建立新聞記者的正氣，要使社會人士，一提起「新聞記者」，就覺得其真誠可敬，萬人在社會現給我們最低限度的丑體的辦分景仰。怎樣達遭個目的？最對忠實。法是兩個：第一，必須絕對忠實。第二，必須生活於自己當工作人士，提起「新聞記者」，就覺得其

我們希望新聞記者中，大家拿遭兩點來互相督勵，而一般社會人士，亦可以用遭兩點來分別，許多人是否真正新聞記者！我們希望並且相信在抗戰勝利之後，中國新聞記者也會顯現有一個嶄新的陣容。

（四十·徐州）

圖4-4　（范）長江：《建立新聞記者的正確作風》（資料來源：大成老舊刊資料庫）

1　秋江：《新聞記者態度》，《新聞記者》第 1 卷第 5 期，1938 年 8 月 1 日。

　　第二，剛正不阿的健全人格。「在抗戰中新聞工作的效力遠比平時為大，同時客觀上要求新聞記者人格之健全更大。」[1]記者要保持高尚的道德：其一，「必須絕對忠實。我們必須以最客觀之態度，從事於新聞工作，我們絕對不能挾私人的感情於新聞工作中，是非善惡，我們不能論人，只論事」。其二，「必須生活於自己正當工作收入中。無論如何個人不能變非工作報酬的津貼與政治軍事有關之津貼，尤本質上帶有濃厚的毒質。最易摧殘一個有希望的新聞記者的前途。」[2]記者「不能任意攻擊人，也不能隨便獎譽人」，如果新聞記者被收買操縱，為外力所誘惑，容易喪失職業道德，造成是非顛倒，毀譽失真，輕則喪失正確而有力的國民輿論，重則威脅到國家民族的生死存亡。記者的責任「不僅僅是對報館或通訊社負責，同時要對社會與讀者負責」[3]。

　　第三，團結合作的民族精神。「七七事變以後，中國青年新聞記者學會在新聞從業員間所號召的團結運動，使集體主義的意識，逐漸培植於散在各地之進步新聞記者頭腦中。」[4]全國新聞記者要發揚團結合作的精神，「消除各種傳統上或人事上不必要的隔閡和孤立，實行團結起來分工合作，以形成執行黨國新聞政策的大力量，使其與軍事，政治，經濟，文化等國策，一同向前發展，爭取最後勝利。」[5]新聞記者在「積極方面，應根據抗戰建國綱領以宣傳國策，建議具體方案；在消極方面也應根據抗戰建國綱領以糾正並掃除那些破壞團結為虎作倀的言論與行為。」[6]為了有效地執行任務，新聞從業者的組織工作是十分必要的，組織化的管理可使他們密切團結，開誠接納，互求進益。組織的過程要大公無私，「不能犯單單『外勤大團結』的錯誤」[7]，還應該吸收發行、校對、廣告等部門的從業人員。另外，要用團體的力量指導和糾正一般散漫、徘徊的文化人，使其「與新聞記者一致團結起來，走入正常的軌道，共同來將文化界、新聞界的基礎，奠定在一個龐大的磐石上」[8]。

1　長江：《建立新聞記者的正確作風》，《新聞記者》第 1 卷第 2 期，1938 年 5 月 1 日。
2　長江：《建立新聞記者的正確作風》，《新聞記者》第 1 卷第 2 期，1938 年 5 月 1 日。
3　王少桐：《北戰場的新聞動態》，《新聞記者》第 2 卷第 9 期，1940 年 12 月 1 日。
4　長江：《「國新」兩年》，《新聞記者》第 2 卷第 9 期，1940 年 12 月 1 日。
5　臺川：《建立全國新聞記者抗敵組織》，《新聞記者》第 1 卷第 2 期，1938 年 5 月 1 日。
6　韜奮：《抗戰建國時期中新聞記者的任務》，《新聞記者》第 1 卷第 2 期，1938 年 5 月 1 日。
7　《重慶分會籌備處諸會友》，《新聞記者》第 1 卷第 5 期，1938 年 8 月 1 日。
8　逸林：《由五戰區分會成立談到今後之展望》，《新聞記者》第 1 卷第 3 期，1938 年 6 月 1 日。

新聞記者的工作不僅是一種職業，還是一種事業，因為「事業是公共的、服務的、比較永久的，職業是個人的、一時的生活問題」[1]。新聞事業的進步，不能依靠個別地區、個別報紙的進步，「只有在具體的合作之下，積極地執行自我教育，執行自我批判，才能前進。因此我們迫切地要求：我們青年記者要團結起來」[2]。新聞記者「在偉大的民族抗戰烽火中，空前的團結起來，掮著戰鬥的筆桿，向『增強抗戰新聞工作』『推進中國新聞事業加速進展』之鵠的邁步前進！在未來的中國新聞史上，這一天將是值得大書特書的輝煌一頁！」[3]

四、探尋戰時報業經營管理方略

全面抗戰爆發後，新聞事業面臨著巨大的困難。左翼報人認為，新聞事業應該像教育事業一樣的神聖。每一個服務於抗戰建國綱領的戰地報社，都是一座用偉大的民族精神構築的抗戰堡壘。

第一，要統籌分配新聞紙資源。戰時新聞紙在地理分布上呈現「一種集結的形態」[4]，全國的幾家大報主要集中於大都市，呈現出「無政府的自由競爭狀態」，在內地戰區和敵後方的新聞事業則表現出「無計劃的散漫發展現象」[5]。輿論的力量集中在武漢等大城市，且報紙質量低劣，以重慶十三家報館為例，報紙內容雷同者達百分之八十四，油墨、新聞紙、郵電費、伙食費等相加，每家每年消耗了幾萬甚至幾十萬經費，造成物力財力的極度浪費。隨著軍事的演進，「以都市為中心的集中發行不僅在客觀形勢上受了限制而一般需要也深覺其並不合理」[6]。因此，要借助政府的行政力量統籌分配，「限制都市報紙的集中發行，獎勵地方報紙的普遍建立，並扶助戰區敵後方報紙的成長」[7]。左翼報人主張「文化下鄉」，建議將報紙疏散到內地各小都市去，「最適當

1　長江：《「國新」兩年》，《新聞記者》第 2 卷第 9 期，1940 年 12 月 1 日。

2　《長沙分會成立大會宣言》，《新聞記者》第 1 卷第 5 期，1938 年 8 月 1 日。

3　陸詒：《記中國青年記者學會的成立大會》，《新聞記者》第 1 卷第 2 期，1938 年 5 月 1 日。

4　陳子玉：《戰時新聞紙的幾個重要問題》，《新聞記者》第 1 卷第 3 期，1938 年 6 月 1 日。

5　田玉振：《怎樣實施戰時新聞政策》，《新聞記者》第 2 卷第 3-5 期合刊，1939 年 10 月 1 日。

6　馮英子：《保障戰地報紙》，《新聞記者》第 2 卷第 3-5 期合刊，1939 年 10 月 1 日。

7　田玉振：《怎樣實施戰時新聞政策》，《新聞記者》第 2 卷第 3-5 期合刊，1939 年 10 月 1 日。

的辦法應該依人口的疏密注意於報紙出版地的平均分配」[1]。根據平均分配的原則，可以合辦造紙廠或機器廠，統籌資本與技術，使各地文化水準漸漸趨於平均發展，讓新聞紙發揮更大的效力，扭轉畸形發展的態勢。

　　第二，要游擊式辦報。在敵佔區，敵寇以陰險的政治手段加緊其「宣撫」工作，利用卑鄙的手段收買漢奸報人，因此，戰地報紙的扶植與其出版地點的開拓已是急不待緩的任務。「戰地的報紙依分布地域上說來是分散的而不是集中的，依報社組織來講是小規模的而不是大規模的，依出版方式來講是移動的富有游擊性的，而不是固定的比較安靜的。」[2]戰地報紙的從業員和戰壕裏的士兵一樣，每一秒鐘都過著戰鬥的生活，他們篳路藍縷地經營著戰地報紙，「一方面要構思和觀察怎樣足以教育並指示戰區民眾正確的認識，怎樣把報紙的影響配合了軍事行動擴大到偽政權和敵寇漢奸的隊伍裏去。另一方面，又要隨時準備移動和隨時準備應付當時當地環境的突變。」[3]為了適應戰地游擊式辦報的特殊需要，油印成為使用最廣的印刷方式。油印具有便於攜帶，謄寫容易，編排自由活潑，印刷迅速的優點，是「理想中的唯一戰地印刷器具」[4]。油印報「正像短小精幹的尖兵一樣」[5]，它的出版方式分為「地點固定的」和「流動的巡迴性質的」，後者主要是隨軍出版，打文化游擊，隨時向民眾提供宣傳的資料。

　　第三，要消除階級差異。左翼報人對報館經營管理存在的問題進行了剖析：「印刷工人和『館方』之間的關係還是建築在絕對雇傭關係上」，「往往只在契約規定下做他應做的工作」，「報館雖有分工的形式，但沒有合作的精神，沒有集體的檢討和批評，失去了活的聯繫，報館變成了死板的手藝式的組織，而不是一個有機的組織。」[6]報館的印刷部好像一個總的大機器（總的組織）中一個重要的輪盤，每一個印刷工人（排字工人，機印工人），便是這個輪盤

1　老百姓：《開展戰地報紙與扶植戰地報紙》，《新聞記者》第 2 卷第 3-5 期合刊，1939年 10 月 1 日。

2　老百姓：《開展戰地報紙與扶植戰地報紙》，《新聞記者》第 2 卷第 3-5 期合刊，1939年 10 月 1 日。

3　老百姓：《開展戰地報紙與扶植戰地報紙》，《新聞記者》第 2 卷第 3-5 期合刊，1939年 10 月 1 日。

4　老百姓：《戰地報紙的印刷與油印報的編輯》，《新聞記者》第 2 卷第 3-5 期合刊，1939 年 10 月 1 日。

5　趣濤：《西康的新聞事業》，《新聞記者》第 2 卷第 6 期，1939 年 12 月 25 日。

6　羅高：《新聞紙與印刷工人》，《新聞記者》第 2 卷第 6 期，1939 年 12 月 25 日。

的齒輪。如果這個輪盤上的每個齒輪不健全，這總的大機器便會受到阻礙，而不能發揮它最大的動力。各報館應該幫助印刷工人組織學習，用坦白的、公開的態度舉行各種會議，「用民主的會議形式來消滅印刷工人那種封建的行會制度的保守心理，進而幫助他們成立新的進步的印刷公會」[1]。報館與印刷工人之間雖然是雇傭關係，但必須消除階級的成見，實現管理方面的組織化，用組織的生活代替過去私人享樂的遊俠生活，借助集體力量幫助個別印刷工人解決生活困難。

第五節　日僞報人的新聞學研究

日本侵華期間，創辦報刊是其進行文化侵略的重要形式。據統計[2]，1937年到 1940 年，日僞在我國 19 個省的大中城市約有報紙 139 種，出版最多的時候達六七百種（東北地區尚未統計在內），其中稍具規模的大約有 200 多種，較大的雜誌有 100 多種，各種漢奸組織辦的主要報刊也有 200 種左右。這些日僞及漢奸報紙的存在，「培養」了一批漢奸報人。漢奸報人新聞理論的核心正是法西斯主義新聞思想，其中管翼賢的新聞思想最具代表性。

管翼賢早年留學日本，畢業於東京法政大學政治經濟科。20 年代，管翼賢曾任天津《益世報》駐京記者以及神州通訊社記者。1928 年，他創辦的小型報《實報》曾聞名一時。「九一八」事變後，他也曾發表過抗日言論，並舉辦過爲抗日戰士募捐藥品等活動。北平淪陷後，管翼賢擔任過日僞政權新聞部門負責人，並任日本華北軍報導部「中華新聞學院」的教務主任兼新聞學總論教授。1943 年，管翼賢纂輯的《新聞學集成》由僞「中華新聞學院」印行，該書全面反映了管翼賢的新聞理論「在理論層面是照搬法西斯新聞學說的」[3]。

一、新聞是「魔術杖」

法西斯主義新聞觀是指以墨索里尼、希特勒、戈培爾等人爲代表的法西斯主義者從其政治需要出發，對新聞事業的性質、功能、作用等提出的一系

---

1 羅高：《新聞紙與印刷工人》，《新聞記者》第 2 卷第 6 期，1939 年 12 月 25 日。
2 劉家林：《中國新聞通史》（下），武漢大學出版社，1995 年版，第 325 頁。
3 單波：《20 世紀中國新聞學與傳播學・應用新聞學卷》，復旦大學出版社，2001 年版，第 135 頁。

列理論觀點和理論體系。其理論基礎是「新聞即政治性本身」。法西斯主義新聞思想主要包括以下幾方面內容[1]：主張報紙是國家事務的一部分，應嚴格由政府控制，不允許私人自由辦報；報紙應絕對服從政府指揮，凡對法西斯主義不忠者，不得從事新聞工作；報紙言論應趨於一致，新聞工作者不應被言論出版自由的謬論所迷惑；報紙應是對群眾進行通俗政治教育和思想宣傳的重要工具，應盡力向群眾提供保持本民族健康的內容；群眾極易相信報紙宣傳，因而報紙宣傳對群眾具有極大的影響力；報紙宣傳的根本目的在於使群眾思想進一步簡單化，使他們將政治、經濟生活的複雜過程理解為最簡單的信條，以便更忠誠地為國家和民族服務；謠言重複千遍即可變為真理，報紙可以通過重複宣傳爭取群眾相信；大謊話比小謊話更易使人相信，報紙宣傳可以據此使群眾將謊言信以為真理，等等。法西斯主義新聞思想在 20 世紀三四十年代的中國，產生了一定的影響。

　　管翼賢看到了新聞在「現代」的重要性。他認為「現代」是新聞的時代，「我們關於『現代』的感覺和知識的唯一源泉，是現代特有的觀念形態及社會意識的表現手段之一的新聞紙」，「新聞首先是克服知識上時間空間限制的一種手段」[2]。他認為「現代」是一個所謂「新聞化的世界」，「新聞是一種日刊的年代記，把世界上各時代的現象，連續的直接的表現出來記錄出來。全世界的各種事件，都由新聞來搜集、整理、解釋、單純化、圖式化……新聞（注意其表現形態）是『現代』的事物化、相貌或徵候，我們的社會知識，不外是由新聞所圖式化了的社會形態」[3]。把新聞看作各種事件的「解釋、單純化、圖式化」，本來可以得出唯物的科學的新聞觀，但管翼賢卻走向反面，得出了所謂的新聞魔術論，走上了對新聞力量的空前崇拜之路。他說：「一方面新聞是虛偽的貯藏，是浸入人們知識之中的一種謬誤。有人主張新聞只不過為特定的利益關係者而製造的宣傳物。雖然如此，而一般人在直觀的形式上，仍然相信新聞所報導的事實是真實的。即使相信新聞是製造虛偽，然而因為缺乏能夠判斷真偽的正確標準，所以一般人的印象也就認為它是真實了。」[4]可見，在管翼賢看來，新聞又是「虛偽的貯藏」，這是新聞的

1　參見甘惜分主編：《新聞學大辭典》，河南人民出版社，1993 年版，第 87 頁。
2　管翼賢纂輯：《新聞學輯成》第 1 輯，中華新聞學院，1943 年版，第 1 頁。
3　管翼賢纂輯：《新聞學輯成》第 1 輯，中華新聞學院，1943 年版，第 2 頁。
4　管翼賢纂輯：《新聞學輯成》第 1 輯，中華新聞學院，1943 年版，第 2～3 頁。

另一本質屬性。對此，由於一般人缺乏判斷能力，認識不到，人們反而認為「凡是一度經由新聞濾過的世界，都相信它是客觀的真實的。新聞是一種終局現象。真正發生的事件，在新聞上作為記錄而表現出來，漸漸固定化、整理化」[1]。

　　由於人們缺乏分析判斷能力，結果徹底地顛倒了兩個世界的關係：「『新聞化的世界』，對於一般社會人，是『真實的世界』，『真實的世界』變成了『虛偽的世界』。因為『新聞化的世界』被用作『真實世界』的判斷規準了。在這種意義之下，占支配地位的，乃是判斷的倒錯。原來，作為人們意識事實的，是基於人們聯合表象的意味的意識，是一種解釋，是根據現在經驗和過去經驗以選擇對自己有興味的東西的關係意識，是一種假構。作為我們認識對象的現象世界，也是經驗的內容，意識的內容，不外是人們所解釋的世界。假如新聞所解釋的記事，是傳達實在之再現的觀念，一切事象不由直接經驗而存在於意識以內，那就是虛偽，是假構。」[2]管翼賢認為，人們在認識上產生一種倒錯，即常常把「新聞化的世界」當作「真實的世界」，而把「真實的世界」當作「虛偽的世界」。也就是說，「存在於我們意識之外的實在是虛偽，存在於我們意識之內的假構是真實。社會的事實，經過新聞而凝固於我們意識之中，因而，對於我們，在新聞上所顯示的世界是真實，不在新聞上所顯示的實在毋寧是虛偽。所謂真實不過是虛偽之一種，這句話最適合於新聞」[3]。假如管翼賢從這種認識「倒錯」出發進一步分析其危害，並探討設法防止這種「倒錯」發生的途徑，則完全可以從哲學認識論角度肯定「倒錯」的合理性，或許也「可以引發對新聞傳播的文化批判」[4]。但管翼賢的目的不在於此，他明知這是一種認識上的「倒錯」，卻認為這正是新聞的神秘力所在，從而主張「有意識」地「利用這種錯覺」，大力宣揚對新聞的過度崇拜：「新聞是『由偽作真』。縱然是完全虛偽的事實，只要新聞把它作為事實報告出來，在社會上就有實在性。新聞具有『由無生有』的神秘力。新聞好像是一根魔術杖，一切東西，甚至空虛的東西，只要經新聞的魔術杖一接觸，就獲得客觀性和具體性。因為新聞有一種特殊的力量，超越單純報導（社會事實的反映）的

1 管翼賢纂輯：《新聞學輯成》第 1 輯，中華新聞學院，1943 年版，第 2 頁。
2 管翼賢纂輯：《新聞學輯成》第 1 輯，中華新聞學院，1943 年版，第 3 頁。
3 管翼賢纂輯：《新聞學輯成》第 1 輯，中華新聞學院，1943 年版，第 3 頁。
4 單波：《20 世紀中國新聞學與傳播學‧應用新聞學卷》，復旦大學出版社，2001 年版，第 135 頁。

機能以上。」[1]

　　應當強調，管翼賢對於認識上的這種「倒錯」之危害是有意爲之的：「近代，批判精神之所以集中於新聞，在於防止人們因新聞作用而屈服於新聞權威之下，使生活導入迷誤，固執著原因與結果的倒逆，將爲社會生活的新聞反而規定社會生活的那種謬誤視爲眞實，而引起錯誤的社會行動。」[2]他更清楚有意識地利用這種「倒錯」的目的——同化征服：「至如有意識的想來利用這種錯覺，無非是要使新聞變爲形成『同化征服』的銳利武器，變爲『主觀』的『客觀化』或宣傳的現實化的手段。於是，新聞遂成爲支配多數個人的意識內容，以支配統一多數力量，而展開新的創造或高貴的社會目的的一種方法。」[3]由此可見，管翼賢神化新聞自有其目的。他稱新聞是「魔術杖」，一根能使「空虛的東西」獲得客觀性與具體性的「魔術杖」，實際上是說，新聞具有巨大的宣傳威力，而這種力量用於「同化征服」，即用於「同化征服」受侵略者，會起到「由僞作眞」的「魔術」般的效果。如若管翼賢是在沒有認清「同化征服」的銳利武器這一點的情況下，大談新聞的所謂「魔術」功能，或許還可原諒。但他是在自覺地宣揚這種新聞魔術論，自覺地大談特談新聞「同化征服的魔力」，充分顯示了其自覺認同法西斯主義新聞思想的漢奸本質。

二、美化侵略者的「東亞新秩序」

　　管翼賢從其新聞魔術論出發，對於日本的侵華戰爭給予多方美化和辯護，這主要體現在他對所謂「東亞新秩序」的論證中。管翼賢認爲，新聞這根魔術杖，是「展開新的創造或高貴的社會目的的一種方法」。他所說的高貴的社會目的，就是所謂「東亞新秩序」。他指出，世界秩序正在發生變化。包括英、美、西歐各國在內的世界秩序是建立在「自由主義」基礎上的，如今「自由主義」已經崩潰：「作爲今日世界秩序的西歐舊秩序，在近世初期，發祥於英國，其次發展至西歐大陸，波及於美國大陸，最後延長到東亞各國，終至成爲世界秩序。然而，這種資本主義的世界秩序，經過了長期的發展歷史，到現在已經變成了舊秩序，再不能用它來維持世界的和平了，第二次世

1　管翼賢纂輯：《新聞學輯成》第 1 輯，中華新聞學院，1943 年版，第 3～4 頁。
2　管翼賢纂輯：《新聞學輯成》第 1 輯，中華新聞學院，1943 年版，第 4 頁。
3　管翼賢纂輯：《新聞學輯成》第 1 輯，中華新聞學院，1943 年版，第 4 頁。

界大戰的勃發，乃是必然的運動。」[1]爲此，管翼賢提出要建立世界新秩序，
這種世界新秩序的雛形就是日本倡導的所謂「東亞新秩序」。

　　基於世界新秩序轉換的構想，管翼賢站在侵略者的立場審視日本侵華戰
爭。他說：「中日事變的勃發，在日本，一方面引起許多的犧牲與破壞，同時
隨著時間的經過，而發生一種反省與自覺，因而獲得了更高的新理念。爲了
實現這種新理念，促進東亞諸民族及世界人類歷史的發展，不能不由從來的
模仿西歐的那種追隨主義，轉換爲東亞的獨創的建設主義，這是今後全東亞
民族應負的歷史的使命。」[2]這樣，他將日本的侵略行爲美化爲促進東亞民族
與世界人類歷史發展的「義舉」。管翼賢認爲，「東亞新秩序」是世界歷史的
必然。「東亞新秩序，乃是世界新秩序的先驅，這不僅限於東亞各國，要廣泛
的發展爲世界的問題。這樣一來，由西方東來的近世文化的歷史，才能相反
的、實現出『光由東方來』的理念。無論說是東亞新秩序也好，東亞建設也
好，總之都不外是世界歷史轉換的意義，世界人類的歷史，由西方轉向東方
來。」[3]這樣，他又將日本的侵略行爲美化爲東方文明的復興，侈談所謂「世
界歷史的轉換」。

　　管翼賢還進一步從文化上美化日本的侵略行爲。他認爲，要建立「東亞
新秩序」，「首先在日本建設革新的新秩序爲前提條件」，「在西歐主義沒落的
刺激下，最近看到日本主義的興隆，這是當然的，也是歷史的必然命運」[4]，
如果把日本主義徒視爲偏狹的排他的國粹主義，那就不是眞正意義的日本主
義。他強調，所謂東亞新秩序的原理，就是眞正意義的日本主義，它「不僅
是日本的原理，不僅是日本民族的東西，同時還要是東亞的原理，值得東亞
民族的理解與信賴，並且因爲它本身具有將來可以發展爲世界新秩序的那種
必然性，所以又可以推而廣之，作爲世界的原理，得到世界人類理解與依賴」，
「這種意義的日本主義，在內基於國體本義，可以攝取並醇化外來文化，對
外可以具有廣大無邊的包攝性，這就是所謂八紘一宇的精神」[5]。這樣，他又
將日本的侵略行爲美化爲文化的包容性。作爲一個文化人，管翼賢如此這般地
爲日本軍國主義的侵略行徑美化和辯護，充分暴露其法西斯主義新聞觀本質。

1　管翼賢纂輯：《新聞學輯成》第 6 輯，中華新聞學院，1943 年版，第 74 頁。
2　管翼賢纂輯：《新聞學輯成》第 6 輯，中華新聞學院，1943 年版，第 74 頁。
3　管翼賢纂輯：《新聞學輯成》第 6 輯，中華新聞學院，1943 年版，第 74 頁。
4　管翼賢纂輯：《新聞學輯成》第 6 輯，中華新聞學院，1943 年版，第 75 頁。
5　管翼賢纂輯：《新聞學輯成》第 1 輯，中華新聞學院，1943 年版，第 75 頁。

三、爲「同化」教育塗脂抹粉

　　法西斯主義新聞思想的一個重要內容，就是如何看待民眾。對此問題的回答體現在管翼賢的「新聞權威論」中。管翼賢認爲：「報紙的權威，可使讀者把它看做一種神聖的報導，在原始社會，維持秩序和權威的，是民眾迷信的表徵，在現代社會的勢力，便要算報紙了。因爲根據人人心中皆有一種迷信的依賴新聞權威的心理。一般人在理性方面雖然知道新聞的報導，誤傳失眞的記事，常占大部分，可是人們依然是很信賴，假令捏造一件虛僞的事，一經新聞登載，世人便都信以爲眞，新聞的權威常因登載怪奇的事而增大。新聞是一種權威，權威是『指導』，所以能成立心理的基礎。美國伊查說：『在近代生活不斷前進中的民眾，因被指導而前進的程度，過於急速，遂無餘暇可以準備找尋進出目的地確實進路，所以沒有正確理解新聞的完全資格與素養』。他們既無理解新聞的能力，他們的意見批評都是無條件贊成新聞，新聞本有選擇內容的自由，選擇新聞內容的自由權，完全操諸民眾手中，新聞在道德上，有與社會相反的影響，其根源即在乎此。新聞既用新聞關係者的主觀與傾向做基調來發生集團作用，自然要使集團內部具有同質批評力與向同質作用進展的同質反應力，新聞的影響如何，應受大眾批評而不能反抗，故由大眾批評力而言，新聞具有不獨立性和依存性。社會群眾中無知識失教養的人常占最多數，新聞都用這種的讀者做目標，所以新聞不得不帶有淺薄性和低劣性。」[1]管翼賢同樣認識到，新聞報導有「誤傳失眞」的情況，而且「常占大部分」；管翼賢也看到，民眾的媒介素養水平不是很高。如果由此分析下去，本可以對新聞報導失實問題作一正確的理論探討，也可以研究民眾媒介批評能力的培養問題，但他走向反面，主張將錯就錯，對捏造的虛僞的事進行新聞報導，並讓世人信以爲眞，認爲這就是所謂的「新聞權威」。

　　管翼賢蔑視民眾，認爲群眾是無知識的失教養的，因此「新聞不得不帶有淺薄性和低劣性」，「現代新聞既是以大眾作基礎，所以，讀者層越擴大，越容易暴露出新聞的淺薄性和低劣性，因爲一般大眾是以無知識的、教養很低的人占多數的。而且這種讀者的僕從性，常常會在『爲了輿論』或『爲了民眾』等等美名之下，形成了民眾的俗惡的理論，而置正確的輿論於不顧」[2]。民眾不僅是無知識的，教養低的，而且具有「僕從性」。他宣揚民眾的「僕從

1　管翼賢纂輯：《新聞學輯成》第 1 輯，中華新聞學院，1943 年版，第 139～140 頁。
2　管翼賢纂輯：《新聞學輯成》第 6 輯，中華新聞學院，1943 年版，第 35 頁。

性」，認爲可以通過「由僞作眞」的新聞報導與宣傳來奴化民眾。

如何對待「無知」而具有僕從性的民眾？管翼賢全盤接納了德國法西斯主義。他借用 1934 年 5 月 8 日希特勒在納粹黨新聞會議上所說的話，來表達其立場：「新聞是使七千萬國民歸於統一的世界觀的一種教育手段……關於國民政治教育的最大任務，是在於新聞的計算書中。換句話說，也可以用宣傳二字來表示，要之，在這種意義之下，新聞是一種公民學校」。[1]管翼賢認爲，希特勒的這句話極簡明地指明了新聞與國民教育的關係，同時又極力提高了新聞在國民教育上所負的使命。

管翼賢還引用德國宣傳部顧問貝德的觀點進一步論證新聞在法西斯主義文化政策中的地位和作用：「現在，納粹黨可以給與國民以不動的理念，指示國民應走的途徑，因而使國民取得確實的地位。我們國民的教育，已經前進了，並且能徹底的實行納粹黨的各種原理，因而，新聞也必然的承認並尊敬這些指導原理，遵守這些原理去活動。然而，根據我們的見解，於實施國民的政治教育以外，還須要實施國民的文化再教育。如果新國家不能創造新的德意志國民，那麼，這個國家仍然是個空架子，是個獅頭羊身的怪物，爲什麼呢？因爲納粹黨革命的本質，並不僅是機械的繼承權力就算完了。」[2]若想取得所謂的「必然的成功」，必須創造出「理想中的新人類」。而這種新人類的創造，不是政治問題，也不是經濟問題，「乃是文化政策所負課題」。「新德意志的納粹國民，只有由於一個有目的的有意識的納粹文化政策才能形成，這樣才能保證維持納粹國家於久遠」[3]。可見，國民教育及新聞就是讓民眾全盤接受納粹主義，爲此應實行所謂的文化政策，培育「新人類」，以維持納粹國家於長久。

管翼賢不僅全身心接受德國法西斯主義新聞觀，還引申給日本侵略者獻計獻策：「在日本，以前國家或新聞積極的提出文化政策問題的例子還沒有，對於這個問題，多半是漠不關心的。現在，政府確立文化政策，新聞積極的協助政策的推行，這是新時代的緊要課題。如果不能樹立文化政策，則東亞新秩序的建設是不能期待。」[4]管翼賢充分表現出其新聞觀的法西斯主義本質。

---

1 管翼賢纂輯：《新聞學輯成》第 6 輯，中華新聞學院，1943 年版，第 48 頁。
2 管翼賢纂輯：《新聞學輯成》第 6 輯，中華新聞學院，1943 年版，第 49～50 頁。
3 管翼賢纂輯：《新聞學輯成》第 6 輯，中華新聞學院，1943 年版，第 50 頁。
4 管翼賢纂輯：《新聞學輯成》第 6 輯，中華新聞學院，1943 年版，第 50 頁。

　　綜上所述，民國南京政府中期，國難日深。國民黨報人、共產黨報人、民營報人、左翼報人，具有一致的新聞抗戰立場，即以國家民族大義為重，犧牲新聞人的「小我」利益，維護國家民族的「大我」利益。為了實現新聞抗戰的共同目標，他們不約而同探討報紙的平民化或大眾化問題。國民黨報人、共產黨報人、民營報人、左翼報人的新聞理論探討，又各有偏重。國民黨報人作為執政黨，擁有較為充分的話語權，有關國民精神總動員、戰時宣傳、戰時新聞自由的理論探討，重在報人的自我約束、奉獻與犧牲；共產黨報人在研究無產階級黨報理論的同時，對新聞的政治性給予充分強調；民營報人為了民族大義，表現出主動的自我犧牲精神，強調言論自由的有限性，提出「單純」、「統一」、「集中」、「普及」的戰時宣傳原則，充分認同國民黨中央的號召。左翼報人注重新聞從業者的自我修養與批判。從理論淵源上講，國民黨報人與共產黨報人都不同程度以蘇聯為鑒。國民黨報人以蘇聯的新聞制度為借鑒，論證戰時言論自由理論。共產黨報人則借鑒列寧的黨報理論，結合中國的無產階級黨報實踐，形成中國無產階級黨報理論。各報人群體的理論重心，又多有重合。民營報人與左翼報人都以職業新聞人的視角，對戰時經營管理進行探。國民黨報人與共產黨報人都關注報紙的政治功能。國民黨報人與民營報人都主張新聞自由是有限制的。國民黨報人、民營報人、左翼報人都探討戰時宣傳的原則與方法。日偽報人的新聞理論探討，往往成為其他群體的批判對象，共產黨報人關於新聞定義的分析，就是在批判法西斯主義新聞觀的過程中形成的，新聞的政治屬性因此得到突出強調。

第五章　民國南京政府後期的新聞學研究（1945～1949）

　　民國南京政府後期，國共兩黨的「最後決戰」中，新聞學研究沒有中斷，並呈現出鮮明特點。國民黨報人在剖析中國新聞事業發展現狀的同時展望中國新聞事業發展未來，對世界範圍內存在的紙荒問題與新聞自由問題給予充分關注，並提出了如何面對困難和追求自由的對策。在特殊的時代條件下，新聞記者的責任和使命是什麼，國民黨報人進行了回答。共產黨報人在新環境下對無產階級新聞實踐進行理論總結，繼承和發揚延安時期的黨報思想，開啟了新聞學研究的新階段。民營報人則關注新聞本體，對新聞事業的性質，新聞學理論體系的建構做出理論思索。

第一節　國民黨報人的新聞學研究

　　南京國民政府後期，時局動盪，國民黨報人對新聞事業發展現狀及前景、新聞記者的責任與使命進行理論探討。新聞紙紙荒問題的出現、聯合國世界新聞自由大會的召開，引起了國民黨報人的理論思索。

一、中國新聞事業發展現狀及展望

　　對於中國新聞事業發展現狀，國民黨報人有諸多批評。南京中央日報社長馬星野認為，中國新聞事業存在三大缺點。「從辛亥到了現在，新聞事業雖然有點進步，但是離中國需要的標準還是很遠。」[1]中國報紙的缺點是不

---

1 馬星野：《中國新聞事業展望》，《中央日報》，1948 年 1 月 13 日第 4 版。

夠、不均、不健全。按官方的登記，中國有 684 家報紙，大約銷售 200 萬份報紙。200 萬份報紙至少有 140 萬份集中到幾個大都市，所以在廣大的農村區域便看不到報紙。尤其是邊疆一帶，新聞紙眞如稀世之寶。中國的報紙能夠自給自足的爲數很少，經濟基礎都很不健全。因此報紙的內容不免空虛。一個健全的報紙，先決的條件是夠支付紙價的發行收入，夠支付其他一切開支的廣告收入，夠維持相當水平的編輯人才。「發行的數量增加則廣告的效力加大，廣告訂價提高，報社財源充裕，然後可以羅致優良的編輯人才，改進新聞言論的內容。凡是不能靠發行廣告收入來應付開支的報館，都不是健全的報館。」[1]

馬星野進而對中國新聞事業發展狀況痛下針砭。「我相信一個報紙配做『報紙』，首先要經濟獨立，自足自給，而經濟獨立的唯一途徑，是藉報紙內容之改進，以增加讀者，以發行數量之增加使廣告效力提高，因而使營業收入足以應付做報支出而有餘。我認此爲做報的常經，沒有任何理由可以越出這常經的。」[2]但是，中國現階段的辦報方法，除了極其少數的幾家報館外，差不多全是反常的變態的。有的經濟根本不獨立，靠津貼，靠補助。有的不但經濟獨立，而且有可觀的盈餘，但是盈餘不是由於正常的發行廣告，而由於出賣官價紙，低利借款，虛報人數領取平價米煤，做投機買賣，用報紙做護符，發著國難財或勝利財等等。在這個風氣裏面，若想誓守辦報的「常經」，立志不同流合污，是很艱辛的，很孤單的而會被淘汰的。許多同業面紅耳赤地去爭配紙的份額，越凶越狠則爭到的份額越多。許多同業低首下心向銀行家叩頭，而越「下作」越不顧地位的人越可以得到「放款」。有的報館爲了領取煤米而虛造記者名單，爲了爭取配額而與同業互相攻訐。有的報館只印出三數張報紙作爲門面，而每月以出賣白紙來發財。也有些發行人根本不到報館，反而在上海做投機買賣，腰纏百萬。在這種環境中，辦報是令人灰心的。直正辦報的，得不到任何鼓勵，只有以辦報做生意，以辦報爲幌子來騙錢的人，才是名利雙收，成爲這個沒有是非的社會所敬佩的人。「社會鼓勵那窮兇極惡，那買空賣空，那棄廉鮮恥的作風，你不迎合這個時代你便是『傻子』，是『迂闊』。」[3]

---

1 馬星野：《中國新聞事業展望》，《中央日報》，1948 年 1 月 13 日第 4 版。
2 馬星野：《其可告人無二三》，《報學雜誌》試刊號，1948 年 8 月 16 日。
3 馬星野：《其可告人無二三》，《報學雜誌》試刊號，1948 年 8 月 16 日。

　　發行、廣告方面，也存在種種亂相。很少的都市，報紙的發行不是被報販子把持著。究其原因，「報販子勢力的根深蒂固，固然是一個因素，然最主要的，還是由於同業間的不正常的競爭方式。」有些報紙對於報販的折扣，兩折三折不算稀奇，而報販子可以一月兩月不交回報費。有的報紙，根本不是爲發行爲銷數，僅僅爲爭取白報紙的配額而多銷幾份報，所以報販子是以廢報紙的價格來購買，購買後再送到廢紙店或造紙廠。分銷處也往往如此，能銷五份的分銷處，報社可以寄給五十份，銷售不了也不相干。有的報紙，由縣政府或當地駐軍或當地警察來強迫代訂購。至於廣告，情形更爲特別。一家公司行號，在甲報刊登一條廣告，同城的十幾家報紙，就可以向這家公司行號交涉，一定也要照樣送刊，或者不問青紅皂白，剪下甲報的廣告依樣刊出，再到該公司行號去坐索廣告費。如果不敷衍一下，或許明天報上「要刺你一下」。這種坐索所得不見得有幾涓幾滴能歸到報社。因此，許多商家或機關不敢登廣告。因爲登了廣告是自找苦吃。廣告的折扣，許多是賤得不可再賤。在那些有廣告公司的都市，「報社財源往往被廣告公司一手扼住。這種情形之下，勉力維繫著商業道德，擺脫報販及廣告掮客的把持，是一件艱辛的事」[1]。

　　賬務方面，也是一片混亂。任何企業總要有點預算，有點計劃。而在這特別時代，辦報的便無法有預算有計劃。這是理想與現實最矛盾的一點。報社最大的兩筆開支，是紙張與員工生活費。對於出賣官價紙的報社，紙價黑市越漲得利害，就越有利可圖。對於紙張不足的報社，紙的漲價則是致命打擊。因爲紙的成本激增，一份報紙的發行價目不足以購回同樣大小的白紙，於是只有考慮自動減少發行。自動減少發行，就是慢性自殺，今天割掉一個臂膀，明天挖了一塊胸脯肉，到了沒皮骨一把的時候，紙的供應是夠了，報社死亡期限也快到了。紙價的漲幅，操縱在紙商手上，同時，美金的黑市，也是決定紙價的最大因素。辦報的人，只有聽從白紙美鈔的主宰們賜給的命運，談不到任何預算與計劃。其實，員工生活費，在任何報社，都是白紙以外的最大支出。「我們沒有理由要員工們餓著肚子工作，我們認爲依生活指數發薪，是天公地道的事。但是就全報社的經濟來說，生活指數的直線上升，終會衝破了任何健全報社的經濟的自衛線，而迫使報社破產。」[2]。

1　馬星野：《其可告人無二三》，《報學雜誌》試刊號，1948 年 8 月 16 日。
2　馬星野：《其可告人無二三》，《報學雜誌》試刊號，1948 年 8 月 16 日。

圖 5-1　《報學雜誌》第 1 卷第 7 期（資料來源：大成老舊刊資料庫）

　　關於新聞事業的未來發展，國民黨報人有諸多思考。中央日報社社長劉覺民從新聞事業的性質切入，提出新聞事業發展要國家化、社會化。劉覺民

指出，「新聞事業，從他的效用和目的來說，絕不是一種個人的企業，而是社會的事業。如果從他對於政治經濟及各方面的影響來說，不僅是一種社會事業而確乎可說是一種國家的事業。」新聞事業是國家的事業，也是中國與歐美相區別之處。在歐美型的自由主義個人主義的民主政治之下，新聞紙雖被看作推動民主政治的力量之一，但只把它看作個人企業之一種卻不曾把它當作社會的事業國家的事業。「在中國未來發展的理想的新聞事業，絕不僅是一種個人企業而必然要把他視爲社會的事業國家的事業。我認爲這就是中國新聞事業和歐美新聞事業發展不同的特質，同時亦是中國新聞事業未來發展更偉大的處所。」「今後必須是社會事業化的新聞事業，國家事業化的新聞事業，而不應是個人主義化自由主義化的新聞事業。」[1] 中國新聞事業未來的發展，絕不是由政府包辦而不讓私人去發展，而是說中國未來的新聞事業，應當要以社會人士的力量和政府的力量盡力去支持他發展他，不要再走歐美新聞事業發展的舊路，全憑個人以自由主義的商業經營方式去經營報紙。新聞事業的社會事業化與國家事業化，可以取得事半功倍的效果。以中國新聞事業目前所具的優點以及正在開展的情況而論，如果採歐美的途徑所需十年努力的工夫，假使採社會事業化國家事業化的手段，那麼需五年的工夫就夠了。中國新聞事業的未來發展在政策上精神上必須如此，才有出路。

如何實現新聞事業的社會事業化？第一，要社會人士提高看報的興趣；第二，要社會人士擴大讀報的階層；第三，要社會人士尊重新聞記者的地位；第四，要社會人士抉擇正確的輿論，並有擁護此種輿論的精神與勇氣；第五，要社會人士嚴厲監督並拒絕低級趣味和「黃色新聞」的新聞紙的存在；第六，要社會人士對於無偏私的新聞紙，有如自己財產一般的愛護，並給予精神的協助；第七，要社會人士多能參加新聞事業的投資，而使新聞紙成爲大眾化社會化的企業。「這幾種最基本最低限的要求，是新聞業社會事業化必具的條件。」[2]

如何實現新聞事業的國家事業化？第一，在政策上，應以國家辦教育的精神，來看待新聞事業，而扶持其發展；第二，新聞出版法，不要專注於消極的限制與制裁，而要有更積極的出版自由的保障與獎勵的規定；第三，國

1　劉覺民：《中國新聞事業未來的特質》，《報學雜誌》第 1 卷第 7 期，1948 年 12 月 1日。
2　劉覺民：《中國新聞事業未來的特質》，《報學雜誌》第 1 卷第 7 期，1948 年 12 月 1日。

家必須設立多數新聞教育機關，完全公費培植新聞人才；第四，以國家經費補助擴充並充實已有基礎的一切新聞通訊社，使新聞的供給更迅速，豐富而便利。第五，用國家資本建立大規模新聞用紙製造廠，以僅敷成本的價格，供應新聞社之需；第六，由國家制訂獎勵印刷機器，通訊電訊器材等之改良與發明的辦法；第七，由國家規定，凡屬新聞業所需的人口機器、油墨、紙張之類的東西，應當列爲免稅品或無稅品。「這幾種最基本最低限的要求，是新聞業國家事業化的必要條件。」[1]

馬星野認爲，中國新聞事業的發展趨向是大眾化、科學化、企業化。第一，大眾化。報紙本來是爲最大多數人民的最高利益而存在的，民主政治的原則是根據最大多數人民的意志來決定國家的政策，離開大眾，報紙沒有存在的理由。所以今後報紙一定要做到文字通俗化，題材民間化，深入廣大農村，爲最大多數痛苦的民眾說話。第二，科學化。不僅是印刷的方法，新聞傳遞的技術採用最新科學的發明。尤其重要的是言論編輯的方針，表現科學的精神。科學的精神是實事求是，沒有主觀，沒有感情，尊重事實，愛護眞理，只有公是公非，沒有利害派別。在新聞方面報導純粹的正確事實；在言論方面，以理智的態度，解釋及發揚眞理，只有這種的報紙才能受到廣大讀者的愛護。第三，企業化。世界報紙的經營方式，一種是國家經營，像蘇聯；一種是企業化經營，像英美。英美報業雖然也有缺點，但卻是比較合理的方式。「以經濟之獨立保證眞理之獨立，以財政之自由保證新聞之自由，不受津貼，也不受支配。自由獨立的新聞事業，乃是民主政治的最好保障。」[2]

當然，新聞事業的發展，有賴於國家社會條件的發展。「新聞事業是領導國家社會的事業，但是他不能超脫了國家社會一切條件的限制，若國家建設同社會進步沒有辦法，新聞事業也是無法發展。」[3]爲此，必須發展如下事業：第一，教育。如果人人不識字，只有報紙，給誰看呢？英、美、日本等國近五十年來，新聞事業之突飛猛進，同普及教育事業是完全一致的。第二，交通。新聞要爭取時間，在航空網不能到達的地方，新聞紙的發行是十分困難的。第三，工商業。近代新聞紙是產業革命的產品，它本身是一種機械化的產業，同時它又依賴其他工業而存在。沒有造紙工業、電器工業，新聞紙就

1　劉覺民：《中國新聞事業未來的特質》，《報學雜誌》第 1 卷第 7 期，1948 年 12 月 1 日。
2　馬星野：《中國新聞事業展望》，《中央日報》，1948 年 1 月 13 日第 4 版。
3　馬星野：《中國新聞事業展望》，《中央日報》，1948 年 1 月 13 日第 4 版。

沒有來源；沒有百貨商店，出版事業等就沒有來源。所以把新聞紙當作一個
生產事業來看，其依賴於工商業者甚大，物資建設工作沒有保證，報紙是無
根的花，沙中之塔，不能健康存在的，因此要新聞事業發達也不是單靠新聞
記者努力可以達到的。

　　劉覺民也主張「把握大眾化報紙的精神」。歐美報業發達的國家，從它的
發展過程來看，都是經過了三個階段。最初是極少數的個人艱苦創立報業雛
形，以後才引起了有興趣的社會人士相繼投身報業，而成為自由經營的職業，
最後才走到一種近代商品化托拉斯化的企業。「歐美的新聞事業基礎建立在自
由主義個人主義之上，就是今天歐美新聞事業集團化托拉斯化的原因，再加
以資本主義化的經營方式，於是就形成了今天的特種姿態。」中國需要新聞
的集團化嗎？需要托拉斯化嗎？「絕不需要，絕對不需走英美走過的路線。
他們報紙的集團化托拉斯化的原因，一個是少數人政治的作用，就是在把握
輿論的領導權；一個是少數企業家經濟的作用，就是在把握營業收入的增加。
這不是中國的未來新聞事業的主題，我們從中國新聞事業未來之必須社會事
業化和國家事業化的要求看了來，我們固然也需要建立輿論的領導和增加報
業合法利潤的收入，而我們需要的是大眾化的報紙，而不需要在托拉斯式組
織下少數私人獨佔企業。」[1]大眾化報紙，必須避免報紙的托拉斯化。

　　國民黨報人關注地方報紙的發展問題。中央日報總主筆陶希聖認為，都
市報紙高於地方報紙的現象是不正常的。在當下的報業組織中，往往是寫社
論的比地方版編輯的地位好，錢拿得多。實際上，社論所能影響的範圍有限，
而地方版的編輯卻能透過地方版的新聞在讀者中發揮力量。同樣地新聞本身
也有這種屬性。我們曾看到報紙的頭條新聞攻擊某要人，但沒有見過這樣的
大新聞曾將誰攻擊倒；相反，在地方版上的一則小新聞，卻能使一個人身敗
名裂，傾家蕩產。「都市的報紙還沒有地方報紙給予讀者的印象深刻，也沒有
地方報紙發揮的力量大。」「希望成立全國性的記者公會時，要革除過去的成
見，不要把都市的報紙看得高於地方的報紙，都市報紙的記者與地方報紙的
記者一視同仁。」「我們要有一種觀念，就是越是小的地方越難，越重要，往
往在社會中真真能發生力量的，是報紙上不相干的消息，不相干的地方的小報
紙。因之，我希望大都市的記者能負起責任，希望政府能瞭解這一事實。」[2]國

1　劉覺民：《為中國新聞事業呼籲》，《中央日報》，1946 年 9 月 1 日第 7 版。
2　陶希聖：《都市地方一視同仁》，《報學雜誌》創刊號，1948 年 9 月 1 日。

民黨報人對地方報紙的發展充滿憧憬，認為地方報紙的時代即將來臨。劉覺民指出，在倫敦出版的幾家大報紙，差不多在英國是有全國的銷場的；反之如美國的大報紙就遠不及英國報紙的具有全國性的特點，而大多是一種地方性報紙，這自然是由於英國本土幅員較美國甚小，報紙的運輸傳遞均較便利的緣故。因此，報紙發行區域的廣狹，不一定是一個報紙優劣的評價。在中國未來的情勢和需要而言，是不需要有少數幾家全國性報紙，而急迫需要的是像美國普遍的各地方有各地方的報紙。中國現有的報社已經為數有限，而且出版地域分配不勻。為了實現新聞事業的社會事業化和國家事業化的主張，更有積極提倡鼓勵地方報紙創立的必要。在事實上因為通訊技術和印刷技術的改良進步，促進地方報紙發展之後，今天比較銷路廣的報紙，一定就不會像現在那樣的重要；而且在地方也不會像過去那樣去重視他的。所以，將來中國新聞事業發展的「第一個趨勢是地方新聞事業逐漸興起的時代，所謂全國性的報紙是不會再站得住的」[1]。

二、如何面對報業紙荒的困難

　　二戰以後，世界各國出現了新聞紙紙荒問題，中國也不例外。當時政府採取進口紙張，配給用紙等做法，試圖解決這一問題。對於這一直接關係到新聞事業發展的問題，國民黨報人給予充分關注。

　　陳博生從政府實行的新聞紙配給制度切入，探尋新聞紙紙荒的原因。「紙荒的原因，是現行配給制度不完善的結果……配給制度是政府對報界的一種幫助，以官價外匯結匯購得的紙，照平價售予報界。有人別具用心的說：紙的管制，等於控制新聞新聞自由，但說這話的人，也三番五次的要求配給大量的紙，難道他們請求政府予以控制嗎？現在配給的標準，的確欠公平，有些地方所得太多，有些地方太少；同一地方，各報因人事關係，多少也不平衡，也許甲報比乙報銷路大，得到反而比乙報還少的配給……紙的不合理配給，間接造成紙荒，因為有些報社的紙不夠，有些報紙用不完以黑市出售，不夠用的又買不起。」[2]近來有人主張報紙的出版以一張為限，這實在不必。固然有的城市工商業不發達，廣告刊戶少，可以不必打腫臉充胖子，把廣告

1　劉覺民：《為中國新聞事業呼籲》，《中央日報》，1946 年 9 月 1 日第 7 版。
2　陳博生：《當前的報業的幾個實際問題》，《新聞學季刊》第 3 卷第 2 期，1947 年 12 月 25 日。

放大充塞篇幅；但像上海《新聞報》的廣告的確多，一張的篇幅實在不能把新聞及廣告全部刊登在內，這樣就不得不增加篇幅。報紙多刊載廣告，在辦報者的立場看，等於藉資本家的力量維持報紙，沒有什麼不合理。「研究新聞事業的人，都知道報紙專靠發行，如果不以廣告挹注，高價發行將窒息報紙的生命。我雖覺得目前報紙篇幅還嫌浪費，應該節約，但並不以全國各報都以一張爲限爲然。」[1]

　　馬星野也對配給用紙制度提出質疑。若問現在配給用紙制度是否合理，我的答覆是否定的。英國也在實行配給制度，報紙的篇幅限制很嚴，但是，英國各報配紙的比例是合理的，《每日快報》日銷三百萬份，政府就配給他夠三百萬份的紙量。在過去一個時期，中國政府對於配紙，根本沒有依照各報實在的需要量去分配，配紙的人像分贓一樣分掉了紙的份額。「希望有一個合理公正的配給制度，免得引起新聞界到處不平的呼聲。」調查銷數，並不是不可能的事，在美國有一個組織，稱爲 A.B.C（銷數稽核局），調查各報的實際銷數，逐日發表，沒有多一份，也沒有少一份。凡是報紙的批價在對折以下都不能夠稱爲銷數，謊報銷數或把義務報以及賣不掉的算進銷數，都要受開除 A.B.C 會員資格的處分，表示這個報紙信用掃地。美國並沒有配給制度，各報都可自由買紙，尚且做到如此嚴格合理，我們中國以有限的外匯換來的白報紙來供應各報，對於銷數應該做更精密嚴格的調查，以免投機取巧的報紙拿配給紙做黑市買賣。目前，不依照實際銷數而分配白紙的流弊，是非常可怕的，其結果只有鼓勵大家撒謊，謊扯得愈大，拿到的白紙愈多。他們拿到紙後不是去印報，而是形式上出幾份報紙來裝點門面，實際上卻官價進紙，黑價出賣做生意。最倒楣的是銷數大配紙不夠的報紙，黑市紙價，「多銷一份就是多賠一點錢，所以這種配給制度只有鼓勵作僞。因之，在各報實際銷數沒有調配清楚以前，配給制是有害於中國新聞事業的」[2]。

　　馬星野進而提出合理配紙必須面臨的系列問題。全世界都在鬧紙荒，中國鬧得更凶。各報本著自己的利害說話，沒有一致的結論，下面幾點應該作

1　陳博生：《當前的報業的幾個實際問題》，《新聞學季刊》第 3 卷第 2 期，1947 年 12 月 25 日。

2　馬星野：《當前的報業的幾個實際問題》，《新聞學季刊》第 3 卷第 2 期，1947 年 12 月 25 日。

爲研究這個問題的基本信念：第一，國家既然負責管理進出口，對於精神食糧的原料——白紙，應該負起合理供應的責任，進口的數額，應在經濟要求與文化要求二者之間折衷定一標準，不能因噎廢食，也不能因施行統治而斷絕精神食糧原料的來源。第二，所謂合理分配應該是配額和報章書刊的銷數完全符合，對於銷數大的報紙，不能以減少白紙配給爲懲罰，對於銷數很小的報紙，也不能利用分配白紙做補貼。銷售調查並不像一般人所想像的困難，各報每天印了多少，本埠發了多少，火車輪船運出去多少，郵局收發多少，都是可調查的。爲使新聞界本身純潔，政府應該毫無顧忌地進行調查工作。第三，拿配給的紙出去賣黑市，應該認爲是一種罪惡，這是文化界的羞恥。如果任何同業對於某報出賣黑市紙提供具體的證據，證明有此行爲，應由同業公會開除其會籍，由政府停止其配置。第四，這個問題不是互相攻擊可以解決的，有些報紙把配給的紙弄光，以致供應不足，這不算可憐。有的報紙因爲有合理的準備，紙源不斷也不算可恨。「事實就是事實，沒有動感情的必要。希望全國同業正視這個問題，使配紙絕對合理化，以免貽笑國際，有損新聞界的名譽。」[1]

中央日報總經理黎世芬提出，「不讓外紙阻礙國紙」。也就是說，「如何使紙張進口合理化」與「如何增加紙張生產應該合在一起討論」。我國的進口限制非常不合理，尤其不合理的是煙草等一類物品進口。文化事業消費最多的是新聞紙，可是新聞紙的進口限制極嚴，而進口的紙張中，用以印訃文，做報表一類的高貴紙張所佔的比例卻不少，只因爲這些紙張能賺錢，有利可圖，所以進口也較多。同時在國內，紙張的生產方面也是以製造道林紙一類高貴紙張爲多，這並非是生產的不合理，是市場造成這種不合理現象。另一方面，我們的文化政策和經濟政策也互相矛盾。站在文化立場上來說，進口的紙張愈低廉愈好；而站在生產的立場來說，進口的紙張愈少，價錢愈貴，本國生產的紙張也愈有辦法。「總之，財政政策、文化政策和生產政策都彼此矛盾。所以我們希望政府求合理的解決。要在扶助教育文化的發展下，不妨礙增加本國紙張的生產，同時，徹底解決紙張生產問題，以供應文化界低廉的國產紙張，使文化事業在最短的將來更有光明的前途。」[2]

黎世芬強調，配紙對象應當是國民。「如何使紙張之分配合理化」與「如

1　星：《新聞界二三事》，《中央日報》，1947 年 10 月 18 日第 7 版。
2　黎世芬：《如何解決紙荒問題》，《報學雜誌》第 1 卷第 3 期，1948 年 10 月 1 日。

何使紙張之消費合理化」也可以合起來討論。分配和消費本來同爲一個問題，分配是消費的過程，要消費合理必須分配合理，現在紙張的問題，因爲沒有一個主管機構專司其事，所以成了一種無政府狀態。對於紙張的分配，弄得內地和都市爭奪，報紙與報紙間又互相爭奪，這就是分配不合理的結果。所以我們應該確定一個原則，即確定分配的對象。現在我們分配的對象是書商、報館、出版商，這種分配方法有利於不正當的出版商、紙商的存在。「政府應該將分配對象轉移，應該直接分配於國民，分配予讀者、學生。中間剝削的過程愈少，便愈合理。」[1]當時政府的配售辦法，有一種是相當合理而且比較有成效的，就是美國米糧的分配，已經做到大多數人民得到實惠的地步。如果紙張的分配也能夠如此，也可以達到合理化的理想，不必經過出版商、紙商、報紙批銷處、報販等從中剝削而讀者可以得到直接的利益。

黎世芬認爲，紙張分配不合理與黑市的存在互爲因果。「當前的紙荒問題可以說是人爲的，其所以有紙荒的問題，就是紙張分配的不合理，因爲紙張分配的不合理，才會產生黑市。又如果黑市不消滅，繼續存在的話，分配也難做到合理化的理想，因爲黑市的存在，經營黑市的紙商，和不正當的出版商，爲了本身的利益，一定要爭取分配，結果黑市仍不能消滅。所以紙張的分配不合理與黑市存在是互有因果關係的。」[2]如果不剷除中間剝削者，建立合理的制度，則文化事業一定很黑暗。對於黑市的消滅，要注意人爲的與自然的兩個方面。對於人爲的，得仰賴政府，對於紙張的分配要合理化，現在有很多反動的書籍，黃色的書籍，都用極好的紙張印刷，這是極無價值的浪費，希望政府要做到，限制白報紙僅有應用於報紙和書籍，尤其是小學生的教科書。對於自然的要注意到，黑市紙張問題的存在，當然有經濟的條件，如果捲筒紙除配給報館外不許買賣，紙張賣不出去，紙商當然不再囤積紙張，黑市自然消滅。同時因爲紙張限製買賣，紙張應用自可歸於正途，進一步便可以限製紙張的應用，好的紙張不能用去做普通文件、無聊的報表，於是黑市賴以爲生的利源堵塞，黑市紙張自然消滅，紙張的分配即可趨於合理化。「目前我們還談不上治本的方法，所以只能從治標的方面下手，即節約消費。」[3]

1　黎世芬：《如何解決紙荒問題》，《報學雜誌》第 1 卷第 3 期，1948 年 10 月 1 日。
2　黎世芬：《如何解決紙荒問題》，《報學雜誌》第 1 卷第 3 期，1948 年 10 月 1 日。
3　黎世芬：《如何解決紙荒問題》，《報學雜誌》第 1 卷第 3 期，1948 年 10 月 1 日。

三、對新聞自由的認識

二戰以後，隨著反對新聞檢查的呼聲越來越高，人們對新聞自由的關注程度也越來越高。聯合國世界新聞自由大會的召開，更引起國民黨報人對新聞自由問題的討論。

馬星野按照新聞學家的界定，指出新聞自由有四義：「採訪之自由，即新聞記者有自由的平等的向新聞來源採取新聞不受限制。」「權利之自由，即新聞記者使用電信及其他交通工具的自由平等之機會。」「刊載之自由，即報紙刊載新聞不受官方之直接間接檢查及扣留。」「發布之自由，即通訊社發布新聞，各報社均得自由採用，不受任何通訊社或政府之阻斷或限制。」馬星野進而強調：「新聞自由，可以保證國內政治民主，可以保證國際和平之持久，可以增加人民對政治之興趣，可以增高人類間相互之瞭解。潮流是走向自由之大路，我們中國新聞界自然願意向著這個目標努力，取得新聞自由，並以極負責任的態度善用這個自由。」[1]

1948 年聯合國新聞自由會議的召開，引起國民黨報人對新聞自由的充分關切。馬星野重申新聞自由的基本原則：「國際新聞自由會議，最重要的目的，便是替全人類爭取新聞自由，由全世界各國，共同來宣布及確定新聞自由之神聖領域。所以，當聯合國人權委員會起草人權宣言及憲章時，便特別鄭重的組織一個新聞自由小組委員會，起草了關於新聞自由的條文，送到聯合國新聞自由會議來討論。這個條文，第一段是宣布人類應享有新聞自由（思想之自由與發表之自由），第二段是確定了新聞自由之領域，第三段是宣布一切新聞檢查的廢除，第四段是鼓勵新聞自由流通及一切障礙之掃除。這四段，概括了新聞自由的基本原則，即人權憲章的第十七條。」[2]

新聞自由是關係世界和平的大事。對此，國民黨報人深表認同。國際關係的失去正常，有時候是起於誤會，由誤會而生嫌隙，由嫌隙而生防範，由防範而生爭鬥，結成陣線，於是雙方對壘，國際間和平秩序就被破壞無餘。「所以要避免嫌隙，是求取國際和平的主要方法之一，而避免嫌隙的重要方法，莫過於新聞的採訪自由與報導自由。唯有在採訪自由的環境之下，才可以明白一切事件的真相，才可以避免誤會的滋生；也惟有在報導自由的條件之下，

1　馬星野：《世界新聞自由現狀之研究》，《中央日報》，1946 年 6 月 24 日第 5 版。
2　馬星野：《新聞自由劃界記——人權憲章第十七章談論經過》，《中央日報》，1948 年 4 月 30 日第 3 版。

才可以把事實的眞相完全暴露出來，才可以使全世界的人士瞭解一個問題的本來面目，這樣才可以根本防止誤會的發生，所以新聞自由是有助於國際和平的。世界任何愛好和平的國家，應該力行這個政策，如果一個國家沒有不可告人的目的，而不願意執行新聞自由的政策，是一件難於索解的事，也可以說是最愚蠢的事。」[1]

對於新聞自由的內涵，國民黨報人進行思索：「新聞自由，除了採訪自由與報導自由之外，還應當包括經營的自由。」世界報紙的經營，可以分為兩類。一類是國營的性質，一類是民營的性質。這兩種性質的經營，對於新聞自由的作用，常常被人誤解，通常以為國營的新聞是不能自由，而惟有民營的新聞，才有自由可言。這種誤解，必須予以糾正。第一，我們認為自由的意義，絕不容許作為有目的的利用，如果利用新聞自由的意義，作為其本身利益的宣傳工具，藉以抹殺或侵害他人的利益，那便失去了意義。第二，國營的新聞事業，如果發生了新聞統制的作用，以統一其報導，造成新聞的鐵幕。甚至新聞事業，只許國營，不准民營，自然是妨礙了自由，應該予以唾棄；但是如果國營的新聞事業，不過是許多新聞事業中的一份子，既不發生統制的作用，自然無由造成新聞的鐵幕，有何妨礙自由之可言？所以一個進步的民主國家的國營新聞事業，其本身就是新聞自由的一員，絕對不會違反新聞自由的原則的。第三，民營的新聞事業，如果為資本家所操縱，形成一個大規模的托辣斯，處處為了少數富豪的利益來說話，此呼彼應，似乎是廣泛的輿論，而實際上卻是少數的意見。像這樣的新聞自由，還有什麼意義可言？所以民營的新聞事業，有時候也要失去新聞自由的意義。世界國家對於新聞事業的經營，有的是採取絕對的國營，有的是絕對的民營，有的是國營和民營同時並行。新聞絕對國營的制度，有沒有新聞自由？絕對民營的制度是不是能夠充分發揮新聞自由的意義？都是值得我們注意的問題。「但是我們敢斷言國營民營兩種制度並存的國家，國營新聞事業既不控制新聞，事實上也無法控制新聞，其無妨於新聞的自由，是毋庸懷疑的。」[2]新聞自由與否，與國營新聞事業、民營新聞事業之間不存在必然的關係。

國民黨報人還從法律角度關注新聞自由問題。「自由絕對不是放任，尤其新聞自由，絕對不是新聞放任，世界任何重視新聞自由的國家，總不能不有

1　社論：《論新聞自由》，《中央日報》，1948 年 3 月 24 日第 2 版。
2　社論：《論新聞自由》，《中央日報》，1948 年 3 月 24 日第 2 版。

一套出版法來對新聞自由課以責任，以免因新聞的過於自由而使個人團體或
社會國家遭受損害。今天有一個嚴重的問題，在世界各國似乎都已發生⋯⋯
那就是自由的美名被憑藉了作爲放任的掩護，種種違法違紀的事件，都在自
由的名義之下發生出來。」[1]抗戰勝利以後，新聞與言論確實自由得多了，在
政府方面的負責人們，對於新聞記者比較知道尊重，對於那些敲詐誹謗造謠
的新聞記者也只有敢怒而不敢言，他們被言論自由與新聞自由的大帽子壓
住，許多事也只有忍氣吞聲。在新聞記者方面，涇渭不分，眞正做報的人，
倒受了許多不必要的限制與干涉，所謂自由，被黃色新聞同黑色新聞糟蹋淨
盡。「要糾正這種現象，政府應該給純粹的新聞事業以充分的自由，對於濫用
新聞自由的人毫不客氣的予以法律制裁。如果，讓目前的情形繼續下去，中
國新聞事業的前途是悲哀的。」[2]國民黨報人主張，新聞立法，是新聞自由的
有力保障。「在西歐，『法律』與『權利』是一個名詞，『權利』的內容，就是
『自由』，某甲有自由，某乙也有自由，但甲的自由侵害了乙的自由，乙就要
爭，甲乙自由界限的分割，就是法律。如英國，並沒有成言的誹謗律。自己
的自由權被他人誹謗而受侵害者即向法庭起訴，如此之類許多訴訟的判決，
積累爲誹謗律多條。誹謗律是爲自由而爭的產物。中國刑法雖明定誹謗罪，
但中國人爲自由而爭的習慣尚不普遍。被他人誹謗者每不起訴，而誹謗他人
者遂有無限的自由⋯⋯所以我國不能不訂定出版法。我以爲出版法關於新聞
自由限制大可以聯合國新聞自由會議的八條爲範本，不必有什麼改動。」[3]

四、新聞記者的職責與使命

在時局動盪的情況下，新聞記者擔任什麼樣的職責與使命？國民黨報人
做出了理論思考。1946年，《中央日報》創刊《報學》雙週刊，馬星野在發刊
詞中宣稱：「我們這一類人，被稱爲新聞記者。我們的任務，報導時事，領導
公意和傳播知識，我們一生便是爲這三件事盡力。我們應該犧牲一切達到社
會指給我們的使命。」[4]馬星野在1946年「九一」記者節致辭中，提出三個問
題：我們共同努力的目標是什麼？我們努力的方法是怎樣？我們要如何準備

---

1 社論：《論新聞自由》，《中央日報》，1948年3月24日第2版。
2 馬星野：《當前的報業的幾個實際問題》，《新聞學季刊》第3卷第2期，1947年12
  月25日。
3 陶希聖：《出版法與出版自由》，《報學雜誌》試刊號，1948年8月16日。
4 馬星野：《我們的信念——代發刊詞》，《中央日報》，1946年6月10日第7版。

自己，方可以達成這種目標，完成時代賦予我們的使命？

馬星野認為，中國新聞記者努力的目標有三個：[1]第一，我們新時代的記者是為著民族的獨立，世界的和平而努力，絕不許為著個人的利益，派別的利益或階級的利益，而自己來做工具。第二，為著貫徹民主政治來增進民智，發揚民氣而努力。報紙是民主政治的基石，民主政治的基本意義是由大眾來管理大眾的事。要大眾能夠管理他們自己的事，首先要他們很明白地知道大眾知識，這叫做民智。其次要他們很自由地表示出來他們自己對於這些事的意見，這叫做民意。民意又是根據民智而來的，對於某一個問題，如果根本不知道又何從來發表意見呢？新聞記者的責任是使大多數人民知道，並且讓他們的意見有表示出來的機會。凡是民智最發達的國家，民意最發揚的國家，就是最進步最民主的國家。在政府與人民之間，報紙是一道橋樑，政府由於報紙得以知道人民的意見，以為決定政策之根據。人民由於報紙得知道政府政策之方針，因而擁護國策，使其實現，政府如果違背民願，報紙有批評與糾正之責任。人民對政府有誤解，報紙也有解釋說明之責任。第三，為爭取民生利益而來報導民間疾苦及促進生產建設而努力。報紙離不開民眾，新聞記者尤其不許與大眾隔離，所以民生的疾苦是我們報導的最重要部分。同時，為解除民生之疾苦，根本的方法是完成生產的建設。蘇聯革命以後，全國輿論一致為五年經濟建設計劃做宣傳，替勞動英雄鼓吹，這種方針是正確的。我們這個經濟落伍的國家，如果報紙只做聲色歌舞之報導，實是忘記了一件最基本的大事。八年抗戰，爭取到一個經濟建設的機會，這個黃金機會是稍縱即逝的，我們新聞界要一致起來，喚起政府與人民的注意，珍重這個機會，完成已定的經濟建設計劃。

用什麼方法來實現三個目標完成時代的使命呢？馬星野指出，記者離不開報紙，報紙上面最重要的是四種材料：新聞、社論、副刊圖畫、廣告。「這四種出品如果合於標準，我們可造福於國家，有益於人類。如果不合標準，我們將貽國家社會永遠的禍害，可以給人類帶來最大的苦痛。」[2]顧名思義，新聞記者最重要工作是報導新聞，也就是說，「把讀者所在的大社會中每天所發生的大事，很正確，很充實，很迅速的告訴讀者，沒有半點虛偽，也沒有半點遺

1　馬星野：《新聞記者的共信與共勉──九一節午後八時向全國廣播辭》，《中央日報》，1946 年 9 月 2 日第 3 版。

2　馬星野：《新聞記者的共信與共勉──九一節午後八時向全國廣播辭》，《中央日報》，1946 年 9 月 2 日第 3 版。

漏。讀者是靠新聞記者做他們的耳目的，如果新聞記者報導得不忠實，報導的不完備或報導的不客觀，那讀者便受了欺騙，讀者的耳目便失去了聰明，讀者的判斷，便因之不能正確。忠實正確的報導是我們做新聞記者第一天職，一字不眞，一語失實，不論是有意的造謠或者是無意的錯誤，我們都不能求讀者的原諒。清清楚楚的寫出，明明白白的說出，眞眞實實赤裸裸的，將事實眞相和盤托出，這是我們服務讀者的最基本條件。」關於社論，「不但說出事實並且要把事實的意義告訴讀者，把解決問題的方法指示給讀者，這種解釋與指示的工作，便是社論記者的工作」。報紙之有社論像一個人之有頭腦，頭腦清楚行動才正確。成千成萬的大眾，都是以報紙之心爲心，以報紙之意爲意的，所以寫評論的時候，公正是最重要的標準，是的就說是的，不是便說不是，善惡的判定，忠奸的分辨，要像最嚴正的法官判獄一樣的，不可存半點私心，或帶著絲毫的好惡，我們常常看到有些社論，全篇是歪曲事實的謾罵，是有惡意的誹謗，鼓動仇恨的心理，破壞國家的統一，這些言論是害國的言論。讀者還需要有興趣的消遣和有用的日常生活知識，所以每一家報總有副刊文藝及圖畫照片，這些都可以說是精神的食糧，是每日思想的營養品。不過有些報紙，利用讀者消遣的要求，滿足其低級之興趣，多誨淫誨盜，驚世駭俗，淫蕩頹廢，殘暴的文字圖畫，來毒害讀者之心靈。報紙是社會教育的工具，我們要有教育家的態度，顧到讀者的心理之健康，心靈之清潔，把有美術價值及對日常生活有用有意義的內容供給他們，這不僅是社會風化問題，而且是大眾教育的問題。廣告是報紙的副產品，在現代的報紙上已占很重要的地位，它不但是報社經費之來源，而且是生產貨品的人與消耗貨品的人的媒介體，有的報紙往往利用廣告來替有害的物品找主顧，尤其是藥品及星象卜筮之類廣告，往往是欺騙讀者的。廣告是眞是僞，是否誇大欺騙，一個報社是要負責的，因爲讀者相信你的報，才相信你報上所登之廣告，新聞記者絕不可因爲金錢之收入而出賣了讀者之利益，因而出賣了報紙之信用。綜上所述，「新聞記者努力的方法是以眞理以正義來替讀者服務，做讀者的喉舌，做讀者的耳目，也做讀者的頭腦，我們要報導正確的新聞，發表公正的意見，供應有益的消遣，有用的知識，並以正確的負責的廣告，來幫助所在社會的經濟生活的正常流通，做到了以上四點新聞記者才可以說已達成使命。」[1]

1　馬星野：《新聞記者的共信與共勉——九一節午後八時向全國廣播辭》，《中央日報》，1946 年 9 月 2 日第 3 版。

　　爲了完成時代賦予的使命，記者要如何準備自己？馬星野認爲，「記者面對的是崇高的使命與艱難的工作。復興民族保障民權不是一句空話，解除人民痛苦建設富強國家，更不是空想而要踐行。記者要用全副的精力，做自強不息的努力」[1]：第一，「要注意我們自己的品格，社會信託我們，我們首先要做一個值得信託的人。」[2]馬星野指出，「爲要求更多之自由，我們對自己要有更嚴格的自制，爲發揮我們更大之使命，我們對自己要有更高度之自治！我們這個事業是靠著民眾的信任而存在的。民眾信我們之報導爲眞實，信我們的言論爲公正，信我們的服務不是自私，我們理應無愧於這些民眾。」我們的永久信念是眞理、正義、服務。我們任務非常簡單，對時事做忠實之報導，使字字不違於眞理，對問題作公正之主張，使句句不違於正義，爲最大多數最痛苦的廣大群眾服務，使一事一情，一時一刻，無愧於天人，無愧於清白。「眞正的民主政治，需要眞正的新聞記者，爲民族之生存爲政治之清明爲社會之合理，我們需要新作風新道德。」[3]第二，要注意到自己的學識。[4]我們負責替大眾報導新聞，解釋新聞，我們便是大眾的教師，如果對於所報導的問題所解釋的時事沒有基本的知識，那麼必致於誤導民眾。第三，要注意到自己的身體與心理之健康。[5]新聞界有不少的天才，被不紀律的生活斷送了，新時代的記者要有獅子一樣的強健身體，才能馳騁於新聞戰場。更要有駱駝一樣的能負重忍辱吃苦耐勞之精神，才能支撐到最後之成功。我們新時代的記者，要永久樂觀，要永久積極，向上，奮鬥，不因失敗而氣餒。總之，「今天也是國家十分瀕危，社會十分黑暗，時代趨向十分可憂的日子，我們新聞記者荷負的責任太大，太重了，我們站在時代的尖端，我們握著時代的鎖鏈，我們要看得遠，看的眞，把自己的利害關係拋開，立志爲最大多數的痛苦民眾服務，這是我們應有之共信。」[6]

1　馬星野：《新聞記者的共信與共勉——九一節午後八時向全國廣播辭》，《中央日報》，1946 年 9 月 2 日第 3 版。

2　馬星野：《新聞記者的共信與共勉——九一節午後八時向全國廣播辭》，《中央日報》，1946 年 9 月 2 日第 3 版。

3　馬星野：《我們的信念——代發刊詞》，《中央日報》，1946 年 6 月 10 日第 7 版。

4　馬星野：《新聞記者的共信與共勉——九一節午後八時向全國廣播辭》，《中央日報》，1946 年 9 月 2 日第 3 版。

5　馬星野：《新聞記者的共信與共勉——九一節午後八時向全國廣播辭》，《中央日報》，1946 年 9 月 2 日第 3 版。

6　馬星野：《新聞記者的共信與共勉——九一節午後八時向全國廣播辭》，《中央日報》，1946 年 9 月 2 日第 3 版。

第二節　共產黨人的新聞學研究

　　共產黨人在這一階段的新聞學研究，主要是針對當時黨的媒體在報導國共兩黨「大決戰」和解放區土地改革運動中所取得的經驗和存在的問題，就黨報工作如何加強與群眾的聯繫，進一步追求新聞真實、學會用事實說話、積極開展批評與自我批評、抓好典型報導和加強黨報工作者自身修養等問題進行了認真的思考與探索，繼承和發展了延安時期形成的黨報思想，為無產階級新聞學增添了新的理論資源。

一、黨報是黨聯繫群眾的橋樑

　　黨報工作的群眾路線是中國共產黨新聞事業的優良傳統之一。從 1925 年 1 月《中國共產黨第四次全國大會決議案》提出黨的宣傳鼓動工作要深入群眾、要切合群眾本身實際要求，到 1932 年瞿秋白在《談談工廠小報和群眾報紙》中提出「黨的宣傳，首先是要臉向著群眾」，再到 1942 年毛澤東為《解放日報》題詞「深入群眾，不尚空談」，密切聯繫群眾猶如一根紅線貫穿在中國共產黨的黨報事業之中。解放戰爭時期，毛澤東、劉少奇等領導人對這一理論又進行了新的強調與闡釋。

　　1948 年 4 月 2 日，毛澤東在《對晉綏日報編輯人員的談話》中重點闡述了黨報與人民群眾的關係。他首先肯定了報紙的重要作用，指出「報紙的作用和力量，就在它能使黨的綱領路線，方針政策，工作任務和工作方法，最迅速最廣泛地同群眾見面。」[1]其次，提出黨報工作者要學會走群眾路線，把報紙辦得引人入勝。他說：「你們的工作，就是教育群眾，讓群眾知道自己的利益，自己的任務，和黨的方針政策。辦報和辦別的事一樣，都要認真地辦，才能辦好，才能有生氣。」毛澤東認為，要想把報紙辦得有生氣，辦得引人入勝，就要深入群眾。他說：「我們的報上天天講群眾路線，可是報社自己的工作卻往往沒有實行群眾路線。」因此，「報紙要靠全體人民群眾來辦，靠全黨來辦」。

　　再次是新聞人員「為了教育群眾，首先要向群眾學習」。報紙是由知識分子具體辦的，但知識分子「對於實際事物往往沒有經歷，或者經歷很少」，而「要使不懂得變成懂得，就要去做去看，這就是學習」。只有「使自己成為有

1　毛澤東：《對晉綏日報編輯人員的談話》，載《毛澤東新聞工作文選》，新華出版社，2014 年版，第 188 頁。

經驗的人」,「才能擔負起教育群眾的任務」。[1]毛澤東的講話爲黨報和黨報工作者如何走群眾路線指明了方向。

1948 年 10 月 2 日,劉少奇在《對華北記者團的談話》[2]中,對黨報工作的群眾路線做了更進一步的論述,提出了「報紙是黨聯繫人民群眾的重要橋樑」的觀點。他說:「我們黨必須和廣大群眾保持密切的聯繫,如果和群眾聯繫不好,就要產生危險性,就會像安泰一樣被人扼死。」「我們沒有什麼可怕的,這是從總的方面來說的,但是,我們就怕脫離群眾。」而聯繫群眾最重要的辦法,就是報紙和新華社。他說:在黨聯繫群眾的「千座橋,萬條線」中,「主要的一個就是報紙」。報紙「每天和群眾見面,每天把黨的政策告給群眾」,因此,必須重視重視和發揮報紙的橋樑作用。

如何才能充分發揮報紙在聯繫群眾方面的作用呢?劉少奇認爲,第一,要向群眾傳播正確的東西,「引導人民向好的方向走,引導人民前進,引導人民團結,引導人民走向眞理。」「如果給群眾以錯誤的東西,散佈壞影響,散佈錯誤的思想、錯誤的理論,錯誤的政策,把群眾中的消極因素、落後因素、破壞因素鼓動起來,就要犯大的錯誤。因此,報紙工作如果做不好,就是最屬害的脫離群眾,就要發生很危險的情況。」在這裡,劉少奇特別強調了報導內容的重要性,作爲報紙,無論是新聞還是評論,其引導作用的發揮,決定於內容的好壞。

第二,要全面反映群眾的情況,反映群眾的要求與呼籲。他說:「人民有各種要求與情緒,要採取忠實的態度,把眞實情況反映出來。吹是不好的,應該吹的才吹,要把人民的要求、困難、呼聲、趨勢、動態,眞實地、全面地、不是拉雜地而是精彩地反映出來」。黨的各項工作都是爲人民服務的,不瞭解群眾的要求與呼聲,就不能制訂正確的方針和政策,爲人民服務也就成了一句空話。

第三,報導要眞實全面。劉少奇說:「報導一定要眞實,不要添油加醋,不要帶有色眼鏡」,「要從各方面去考察,用各方面的材料證明自己的判斷。」「如果能夠眞實地全面地深刻地把群眾情緒反映出來,作用就很大,這是人民的呼聲,人民不敢說的,不能說的,你們說出來了。如果能夠經常作這樣

---

1 同上書,第 190 頁。
2 劉少奇:《對華北記者團的談話》(1948 年 10 月 2 日),轉引自《劉少奇選集》上冊,人民出版社,1981 年版,第 396～407 頁。

的反映，馬克思主義的記者就眞正上路了。」

第四要善於調查研究。劉少奇說：「要反映眞實情況，就需要作很多深刻的調查。如果只搞表面的現象，那就不必要了。要把群眾眞正的思想搞清楚，把人民不敢說的，不肯說的，不想說的，想說又說不出來的話反映出來。要考察各種人、各個階層，不要只考察一種人、一個人。這個眞實，不是簡單地能夠做到的。」劉少奇希望黨報記者在瞭解群眾眞實的情況方面，要學會「獨立地做相當艱苦的工作」。

第五，記者必須提高理論修養和知識積累。劉少奇指出，記者「要提高理論水平，要熟悉馬列主義，特別要學習唯物史觀、認識論，學習階級分析方法」，因爲「缺乏經驗，特別是缺乏馬列主義觀點，看問題不是馬列主義觀點」，「寫東西的盲目性就很大」。「爲了及時正確地宣傳黨的路線和政策，就要經常學習、研究，時刻注意黨的各項方針政策的執行情況」，「堅定地執行黨的正確路線，既批評左的傾向，又批評右的傾向，這是基本的方法，馬列主義的方法」。

1948 年 9 月，中共中央東北局在《關於開展〈東北日報〉通訊工作的通知》中對毛澤東的黨報群眾路線思想做了具體的部署，通知中說：「黨報是黨的喉舌，黨的每一個政策、運動和鬥爭，都必須依靠和通過它來反覆地多方面地進行宣傳，藉以達到交流經驗、改進工作、教育幹部和群眾的目的。」[1]解放戰爭時期，中共中央宣傳部和新華總社在發布的有關新聞宣傳工作的文件中，不僅就黨報工作群眾路線提出了總體要求，而且就新聞報導中存在的脫離群眾的具體問題及時提出了批評及糾正措施，爲黨報工作密切聯繫群眾起到了引路導航的作用。

二、反對「客裏空」，維護「新聞眞實」

1946 年 5 月解放區展開全面土改。在土改報導中，由於一些新聞工作者個人主義、主觀主義思想作怪，新聞報導中出現了一些憑空製造的「英雄」與「模範」，不僅妨害了土改運動的展開，還損害了黨的新聞事業的形象，廣大農民對報紙產生了不信任的情緒。[2]1947 年 6 月，《晉綏日報》發起了一場在報紙上公開進行批評與自我批評，發動群眾揭露虛假報導，維護新聞眞實

1　《中國共產黨新聞工作文件彙編》（上卷），新華出版社，1980 年版，第 221 頁。
2　丁淦林等著：《中國新聞事業新編》，四川人民出版社，1998 年版，第 379 頁。

的「反『客裏空』運動」。

「客裏空」是蘇聯劇本《前線》中一個戰地特派記者，他雖是「戰地特派記者」，但卻從不到前線採訪，而是「呆在指揮部」，根據聽到的一星半點材料胡編亂造新聞報導，因此，「客裏空」就成了講假話、吹牛皮、無是非、無原則的代名詞。由《晉綏日報》發起的反「客裏空」運動，既是一次解決當時報紙對土改運動報導內容「是否真實」和新聞導向「是否正確」的糾錯運動，也是黨報開展批評與自我批評的教育學習運動。

《晉綏日報》在「編者按」中指出：「我們的編者作者應該更加警惕，並勇敢地嚴格地檢討與揭露自己不正確的採訪編寫的思想作風，更希望我們每一個讀者都起來認真、負責、大膽地揭露客裏空和比客裏空更壞的新聞通訊及其作者，在我們的新聞陣營中肅清客裏空」。爾後，《晉綏日報》又單獨或與新華社晉綏總分社一起發表了《不真實新聞與客裏空之揭露》[1]《關於「客裏空」的檢查》[2]等文章。1947 年 8 月 28 日，新華社發表「總社編輯部」專論《鍛鍊我們的立場與作風——學習〈晉綏日報〉檢查工作》，要求「各解放區的新聞工作單位部門及個人，軍營普遍在公開的群眾性的方式下，徹底檢查自己的立場和作風，由此開展一個普遍的學習運動」。同年 9 月 1 日，新華社又發表社論《學習〈晉綏日報〉的自我批評》，進一步提出「不僅解放區的新聞工作者要學習，而且一切工作部門都應當向它學習，以便更加改進自己的工作。」從 1946 年到 1948 年開展的「反客裏空」運動是中國共產黨新聞史上一件意義深遠的大事。

1948 年，周揚在《反對「客裏空」作風，建立革命的實事求是的新聞作風》一文中，對「客裏空」的本質、危害及防範措施進行了全面深入的論述。周揚指出：「客裏空」的特點「不是依照群眾中的實際情況來報導，而是專看某些領導者要什麼就給什麼，他們不是有一分講一分，而是有一分講十分；沒有的也可以講成有。他也可以把十分講成一分，或者講得沒有。他們的天性是善於迎合；扯謊是他們的本領。……這是一種毫無黨性，毫無階級立場也沒有人民立場的人，是一種品質很壞的人。」[3] 在這裡，周揚對「客裏空」本質的揭露可謂入木三分。他說，「客裏空」最大的危害是：「它欺騙黨，欺

1　《晉綏日報》社：《不真實的新聞與「客裏空」之揭露》，載《晉綏日報》，1947 年
　　6 月 25～27 日。
2　《晉綏日報》社：《關於「客裏空」的檢查》，載《晉綏日報》，1947 年 9 月 18 日。
3　《中國共產黨新聞工作文件彙編》（下卷），新華出版社，1980 年版，第 286 頁。

騙人民，使領導和群眾脫離，阻塞批評和自我批評，助長領導上的主觀主義、官僚主義、萬事大吉的自滿情緒，減低黨報在人民眼中的威信，減低人民對黨的信任。」[1]爲了防範和克服這種惡劣的作風，周揚提出：「新聞工作者都必須嚴格地檢查自己的理想、立場、作風。必須認識自己作爲黨的喉舌、人民的喉舌的責任之重大」，「必須在新聞工作者中間開展批評和自我批評」，「加強報紙與工農群眾和幹部的經常聯繫」，「依靠群眾來揭發客裏空」，還要「建立通訊網多多登載工農的稿件。」[2]周揚的文章對當時新聞界反「客裏空」運動具有重要的認識和指導作用。

由《晉綏日報》發起的反「客裏空」運動並不侷限在新聞界，而是在共產黨領導的解放區全面展開。1947 年 11 月 9 日，中共中央宣傳部在《中宣部對反客裏空運動的指示》中說：「由晉綏發動的反客裏空運動，是土改中的一個重要收穫。中央已號召應將此種自我批評的精神應用到各種工作中去，使我們的各種工作，都能有帶有根本性質的某種改變，以適合於改變了的土地政策，徹底消滅封建與半封建制度。」[3]這說明，當時的反「客裏空」運動對全黨的思想作風建設產生了重大的影響，對全黨樹立實事求是、不尚空談和積極開展批評與自我批評的優良作風起到了積極的促進作用。1949 年 6 月 8 日，中共中央山東分局宣傳部及山東總社《關於加強新聞報導中批評與自我批評的決定》中說：「在黨報上公開揭發和批評自己的錯誤，是考驗我們對人民負責的態度，有沒有勇氣和決心改正錯誤的標尺。」[4]9 月 19 日，新華社華東總分社《關於加強農村報導的指示》中說：「新聞報導中，要有批評和自我批評。不應該片面誇大，說好不說壞，報喜不報憂。」[5]毫無疑問，這些認識都是解放區各地積極開展「反客裏空」運動產生的重要的理論成果。

三、新聞報導要學會用事實說話

在新聞業務方面，從 1945 年到 1949 年期間，中宣部和新華社給各級黨報及宣傳部門下發了很多文件和通知，對當時新聞工作存在的問題和如何提高報導的質量進行了具體的指導。其中最爲重要的理論成果就是黨報工作者

1　《中國共產黨新聞工作文件彙編》（下卷），新華出版社，1980 年版，第 287 頁。
2　《中國共產黨新聞工作文件彙編》（下卷），新華出版社，1980 年版，第 288 頁。
3　《中國共產黨新聞工作文件彙編》（上卷），新華出版社，1980 年版，第 180 頁。
4　《中國共產黨新聞工作文件彙編》（上卷），新華出版社，1980 年版，第 343 頁。
5　《中國共產黨新聞工作文件彙編》（上卷），新華出版社，1980 年版，第 402 頁。

要學會用事實說話。

什麼是「用事實說話」？1946 年 9 月 1 日，胡喬木在《解放日報》上發表的論文《人人要學會寫新聞》對此作了清晰而透徹的闡述。胡喬木說：

> 學寫新聞還叫我們會用敘述事實來發表意見。我們往常都會發表有形的意見，新聞卻是一種無形的意見。從文字上看去，說話的人，只要客觀地、忠實地、樸素地敘述他所見所聞的事實。但是因為每個敘述總是根據著一定的觀點，接受事實的讀者也就會接受事實中的觀點。資產階級的新聞記者們從來不說我以為如何如何，他們是利用他們的描寫方法、排列方法、甚至特殊的（表面上卻不一定是激烈的）章法、句法和字法來作戰的。他們的狡猾，就是當他們偏袒一方面，攻擊另外一方面的時候，他們的面貌卻是又「公正」又「冷靜」。我們不要假裝，因為我們所要宣傳的只是真實的事實，但是既然如此，我們就更加沒有在敘述中畫蛇添足的必要了。[1]

在這裡，胡喬木對新聞「用事實說話」的含義與做法以及我們與資產階級記者在運用上的區別解釋得非常清楚，對黨報記者如何掌握用事實說話的技巧具有很大的幫助。在解放戰爭時期，中宣部和新華總社在下發的指示和文件中也一再強調用事實說話的必要性和重要性。1949 年 2 月 22 日，《新華總社轉發中原總分社關於新聞寫作的指示》中說：「新聞學『ABC』上雖一再教導我們『讓事實講話』，而我們一提起筆，就往往把它忘記。新華總社在一個指示電中說：『在新聞通訊中，不但必須有思想、政策作骨幹，而且必須有實際的社會生活和生動的典型例子作血肉。』」[2]

1949 年 6 月，新華總社《關於揭破國民黨造謠計劃加強城市政策口播的指示》明確要求，針對國民黨在共產黨入城後關於私人工商業及偽法幣偽金元券的處理等方面有計劃的造謠，一定要用事實進行揭露與反駁，「所有這些稿件都要合乎實際，不能誇大，應多講詳細事實，少講大道理。」[3]

從中國共產黨新聞工作文件和有關論文中可知，中國共產黨主張的「用事實講話」，其理論核心是：第一，報導事實要準確，準確才有說服力。任何誇大吹牛、信口開河的所謂「事實」，不但不能起到正面宣傳的積極作用，反

---

1 《中國共產黨新聞工作文件彙編》（下卷），新華出版社，1980 年版，第 226 頁。
2 《中國共產黨新聞工作文件彙編》（上卷），新華出版社，1980 年版，第 375～376 頁。
3 《中國共產黨新聞工作文件彙編》（上卷），新華出版社，1980 年版，第 391 頁。

而會造成惡劣的影響。1948 年 9 月，習仲勛在《關於〈群眾日報〉的幾個問題》中對報紙浮誇虛假的報導提出了嚴肅的批評，他說：「近來報上或稿子上常用什麼『惡劣』『傑出』『嚴重』，或『天下無敵』等一類不太實際的用語，這都是不好的。」他舉例說：《群眾日報》8 月 31 日 4 版的一篇通訊寫一個戰士頭部受了傷仍繼續殺敵，他用手巾往頭上傷口裏填塞止血，「寫成了『好像填塞一個水渠似的』，你們大家想想，世上還有人比水渠更大的頭嗎？頭上受傷流血像水渠一樣還能活嗎？」[1]1949 年 2 月，新華社批評淮海戰役報導中的一些來稿說：「排副頭上中了榴彈片，幾小時後他又帶領突擊班作戰。戰鬥組長頭上被手榴彈打傷彈殼未取出，便回到班上。」「敷料員徐育英七晝夜廢寢忘食，坐在池塘洗滌大小敷料。」[2]這樣違背常理又不加說明的報導，事實不真實，新聞的力量也會喪失。新華總社指出，這「不但不能達到宣傳我軍英勇作戰各種人員艱苦努力的效果，而且往往會造成惡劣的反作用，使讀者懷疑我們新聞的真實性。」[3]

第二，新聞中只敘述事實，少發或不發空洞的議論。1948 年 10 月 22 日，新華總社《關於改進軍事報導與加強對敵鬥爭的指示》中要求：「一切軍事宣傳文字中必須禁絕一切不能確切說明事實的浮詞濫調，例如『千軍萬馬』，『神兵天將』，『虛晃三槍』，『棄甲曳兵』等等。我們的文字應該是生動的，同時又是簡潔與確切的。浮詞濫調不能增加只能減少宣傳的力量。」[4]用事實說話的真諦是將自己的意見和觀點蘊含於事實的報導之中，而不是站出來直接地表達意見和大發議論。在報導中對事實不能誇大或縮小。這一報導思想是中國共產黨人一貫強調和遵循的。從 1925 年毛澤東在《〈政治週報〉發刊理由》中提出「我們反攻敵人的方法，並不多用辯論，只是忠實地報告我們革命工作的事實」，到現在中央電視臺《焦點訪談》的口號「用事實說話，《焦點訪談》」，中國共產黨領導的新聞事業一直在遵循和落實「用事實說話」這一報導思想。

1　《中國共產黨新聞工作文件彙編》（下卷），新華出版社，1980 年版，第 242～243 頁。

2　《中國共產黨新聞工作文件彙編》（上卷），新華出版社，1980 年版，第 368～369 頁。

3　《中國共產黨新聞工作文件彙編》（上卷），新華出版社，1980 年版，第 254～255 頁。

4　《中國共產黨新聞工作文件彙編》（上卷），新華出版社，1980 年版，第 369 頁。

四、典型報導是新聞宣傳的重要方法

　　學術界普遍認為，我國的典型報導產生於 1942 年延安整風時期，首篇報導是 1942 年 4 月 30 日《解放日報》頭版刊登的《模範農村勞動英雄吳滿有》及配發的社論《邊區農民向吳滿有看齊》。此後，典型報導就成了報紙上經常性的內容，並逐步成為中國共產黨黨報黨刊的一大特色和優良傳統。早在 1938 年 10 月，毛澤東在中國共產黨第六屆中央委員會第六次全體會議上作的政治報告《論新階段》中就提出：「一切宣傳鼓動應顧到下述各方面：一方面利用已經產生並正在繼續產生的民族革命典型（英勇抗戰、為國捐軀、平型關、臺兒莊、八百壯士、游擊戰爭的前進、慷慨捐輸、華僑愛國等等），向前線後方國內國外廣為傳播；又一方面揭發、清洗、淘汰民族陣線中存在著與增長著的消極性（妥協傾向、悲觀情緒、腐敗現象等等）。再一方面，將敵人一切殘暴獸行的具體事例，向全國公布，向全世界控訴，用以達到提高民族覺悟、發揚民族自尊心與自信心之目的。」[1]在這裡，毛澤東把向國內外傳播民族革命典型作為抗日宣傳的重要內容，以提高民族自尊心與自信心。此後，典型宣傳便開始受到人們的重視。

　　1944 年 3 月 1 日，總政宣傳部在《蘇聯的軍事宣傳與我們的軍事宣傳》文件中要求宣傳戰線的同志在軍事宣傳中，「第一就是從描寫典型著手」，認為「為了能夠很好地進行軍事宣傳，就要面向群眾，描寫群眾，在群眾中選擇典型，只有典型才能代表群眾，才能寫得生動活潑。」1944 年 3 月 4 日，新華總社《關於通訊社工作致各地分社與黨委電》中說：「典型介紹（無論人和事）要選擇真正特出的典型，對整個解放區有意義的典型。」[2]同年 4 月 28 日，鄧拓在晉察冀邊區宣傳工作會議上的發言中特別提出：「各種工作、各種鬥爭要報導得好，必須抓住典型。典型最富有代表性，因此報導典型就是對現實做了最好的反映，同時典型又最富有指導性，因此報導典型又是對群眾進行了最好的教育。這種代表性和指導性，恰恰是黨報最迫切需要加強的。」[3]這充分說明，中國共產黨黨報的典型報導是延安時期由毛澤東提倡，黨報黨刊和新華社具體落實的一種新的報導思想，也是黨報貫徹落實群眾路線和提高報導質量的重要方法。

1　《毛澤東新聞工作文選》，新華出版社，2014 年版，第 47～48 頁。
2　《中國共產黨新聞工作文件彙編》（上卷），新華出版社，1980 年版，第 154 頁。
3　《中國共產黨新聞工作文件彙編》（下卷），新華出版社，1980 年版，第 219 頁。

解放戰爭時期，中國共產黨的黨報黨刊繼承和發揚了延安時期提倡的典型報導思想與經驗。中宣部和新華社多次發文，要求並指導各新聞機構進一步抓好典型報導。例如，1946 年 1 月 1 日，新華總社元旦給各地總分社及分社的指示信《把我們的新聞事業更提高一步》中說：「往往一個典型的創造可以成為全盤運動萌芽，而某一忽然小事很可演變成為轟動世界的大問題，如張瑞合作社、吳滿有運動等是，記者的責任就在於發現這種看來很小而實際意義很大的事件和典型，加以介紹推廣。」[1]顯然，新華社把當年報導張瑞合作社和吳滿有等典型的經驗，作為提高新聞事業的有力措施，要求各分社記者繼續抓好典型報導。

又如，1948 年 8 月，《新華總社關於嚴守軍事與生產秘密防止單純新聞觀點的指示》中要求各分社：「工商業政策的報導，及在公私兼顧勞資兩利下，民主政府扶助，工人熱烈提高生產，以及資本家獲得發展情況，應加強報導，從多方面組織稿件，且多作典型報導。」[2]1948 年 9 月 8 日，山東兵團政治部宣教部發布的《攻濟戰役報導工作意見》中提出：「我們通常應當學會採用兩種報導方法，一種是綜合報導。這是對許多事物經調查瞭解之後，加以研究分析的結果，是為了反映一個事物運動的全貌。……另一種方法是報導典型。這是從許多事物的瞭解中，找出最成熟的、最豐富的、并最能代表一般的事物（即選擇典型），加以深入的調查研究的結晶。這種報導是為了使讀者瞭解一個深入的細緻的典型狀況。綜合報導與典型報導的結合，便可以使我們的新聞報導，比較全面而又深入，報導了事實又提出了問題或解決了問題；這就是比較良好的報導。」[3]1949 年 9 月 19 日新中國成立前夕，新華社華東總分社《關於加強農村報導的指示》中說：「黨對農村工作的領導方法是：突破中心，推動全盤，抓住典型，指導一般。」[4]

以上材料說明，新聞工作中的報導典型思想在解放戰爭時期得到了進一步強化，從典型報導的意義到典型報導的方法，從軍事報導到農村報導，中宣部和新華社都作出了新的闡釋，為進一步強化典型報導方法和豐富典型報導思想做出了新的貢獻。

1　《中國共產黨新聞工作文件彙編》（上卷），新華出版社，1980 年版，第 176 頁。
2　《中國共產黨新聞工作文件彙編》（上卷），新華出版社，1980 年版，第 251 頁。
3　《中國共產黨新聞工作文件彙編》（上卷），新華出版社，1980 年版，第 227 頁。
4　《中國共產黨新聞工作文件彙編》（上卷），新華出版社，1980 年版，第 401 頁。

五、黨報工作者應有的品質與修養

1946 年 1 月 1 日，新華總社元旦給各地總分社及分社的指示信《把我們的新聞事業更提高一步》中說：「在八年抗戰中，我們沒有培養出足夠的得力的職業記者，這是工作上的很大缺陷。現在大多數分社記者人數都尚感不足，可與當地黨委商議，酌量選拔增設，對於現有記者，要使之相當固定化、職業化，減少調動，努力培養其事業心，不怕困難地追求新聞精神、活動能力、寫作技能和業務知識。」[1]這裡所說的事業心和不怕困難地追求新聞精神就是記者應有品質。

為了更好地培養合格的黨報記者，黨的領導人和新聞宣傳部門的負責人在有關新聞宣傳的談話和文章中，就黨報工作者應有的品質與修養提出了許多見解，為黨報工作者提供了思想理論指導。從相關的文獻中可知，這一時期所強調的新聞工作者的品質與修養主要有如下內容。

第一，樹立全心全意為人民服務的思想。

1945 年 10 月 11 日，共產黨的機關報《新華日報》在社論《人民的報紙》中說：「共產黨所要求於他的全黨黨員的，不是別的，就是：忠實的為人民服務，虛心的做人民的勤務員。因此，作為共產黨機關報的新華日報，為了執行黨的主張政策，也就是要使他自己真正成為人民的報紙。」「我們深知，在和平建國時期開始的時候，報紙的責任倍加重大，人民有許多痛苦要求革除，人民有許多希望要求實現，人民的民主權利要發揚，人民的民生狀況要改善。人民的報紙必須以人民的利益為依歸。」[2]這裡十分清楚地表示，共產黨的報紙就是人民的報紙，因為黨報就是在落實共產黨所提出的忠實的為人民服務的要求。

1947 年 11 月 17 日，彭真在《改造我們的黨報》中說：「必須使一切從事新聞工作的人員，全心全意為人民服務，為人民當孝順兒女，誠誠懇懇地體貼和領會人民的要求、思想、感情和語言，這樣才有可能為黨和人民辦一個好的報紙。」[3]為人民服是中國共產黨人一貫奉行的原則與宗旨，體現在黨報事業上，就是黨報工作者要密切聯繫群眾，及時瞭解人民群眾的生活、情緒與要求，及時反映人民的願望和呼聲，做人民的代言人。在中國新聞史上，最早提出記者對待人民要像兒女對待父母一樣這一觀點的是梁啟超。1902 年

1　《中國共產黨新聞工作文件彙編》（上卷），新華出版社，1980 年版，第 174 頁。
2　《中國共產黨新聞工作文件彙編》（下卷），新華出版社，1980 年版，第 75、76 頁。
3　《中國共產黨新聞工作文件彙編》（下卷），新華出版社，1980 年版，第 230 頁。

他在《敬告我同業諸君》中說：「其對國民當如孝子之事兩親，不忘幾諫。」[1]彭眞也說「爲人民當孝順兒女」。在語言表達上，兩者並無太大的區別，但在思想內涵上卻完全不同。梁啓超說的是記者在嚮導國民時要像兒女一樣孝順眞誠耐心，彭眞說的是記者要像兒女一樣「誠誠懇懇地體貼和領會人民的要求、思想、感情和語言」。「嚮導」的內容和姿態與「服務」的內容和姿態，有天壤之別。

1942 年，毛澤東在延安文藝座談會上就說過，文藝工作要更好地爲人民服務就是要走「大眾化」道路，要站在人民大眾的立場上，用大眾化的語言來反映人民大眾的生活、思想與情感，新聞工作也應如此。毛澤東提倡的文藝「大眾化」思想也是新聞工作爲人民服務的行動指南。此後，中共中央宣傳部發布的文件以及許多人發表的講話與文章都貫徹了這一精神。劉少奇在《對華北記者團的談話中》中指出：「是人民的通訊員、人民的記者要全心全意爲人民服務。任務是發現人民運動中間的各種情況：運動形態、運動形式、動態、趨向、方針，注意其中有好的、有壞的。人民包括各階層，要加以區別，不要簡單地說『人民』『群眾』，要具體地講。要善於分析具體情況，看人民在運動中有什麼困難和要求，趨向哪方面。人民有各種要求與情緒，要採取忠實的態度，把眞實情況反映出來。吹是不好的，應該吹的才吹，要把人民的要求、困難、呼聲、趨勢、動態，認眞地、全面地，不是拉雜地而是精彩地反映出來。」[2]劉少奇的講話深刻闡明了黨報記者如何爲人民服務的問題。時至今日，依然具有重要的指導意義。

第二，繼續發揚批評和自我批評的作風。

從井岡山時期到延安時期，中國共產黨一直強調報紙要成爲批評與自我批評的武器，主張黨報工作者要「善於使用批評的武器，表揚各種工作中的成績，揭發其錯誤，」[3]以促進黨的各方面的工作。這一思想在解放戰爭時期得到了進一步發揚。如《晉綏日報》發起的著名的反「客裏空」運動，就是一次維護新聞眞實和開展批評與自我批評作風建設的運動。這一時期黨報上發表的很多文章都論述了如何進行批評與自我批評的問題。例如，彭眞在《改造我們的黨報》中說：「爲了改造我們的作風，改造一切工作，就必須開展批

---

1 梁啓超：《敬告我同業諸君》，《梁啓超全集》，北京出版社，1999 年版，第 971 頁。
2 《中國共產黨新聞工作文件彙編》（下卷），新華出版社，1980 年版，第 255 頁。
3 《中國共產黨新聞工作文件彙編》（上卷），新華出版社，1980 年版，第 117 頁。

評與自我批評，要表揚好的，批評壞的。」「我們對於工作中的錯誤和缺點，必須採取認真的態度，加以揭發、批評和改正。但批評和自我批評不是叫人喪氣，而是爲了提高士氣，提高信心，把工作搞好。」[1]習仲勳在《關於〈群眾日報〉的幾個問題》中指出：「批評與自我批評是我黨工作中的有力武器，離開這一武器，就不能發現錯誤，改正錯誤，推進工作。」[2]這些文章對批評與自我批評的意義、動機和目的闡釋得十分明瞭。

1949 年 6 月，中共中央山東分局宣傳部及山東總分社還專門下發了《關於加強新聞報導中批評與自我批評的決定》，要求黨報努力克服「報喜不報憂」的惡劣作風，「以治病救人爲目的，很好地運用表揚與批評的武器。」[3]同年 7 月 31 日，范長江在華東新聞學院講習班開學典禮上的講話《人民新聞工作者四個信條》中，提出的四個信條之一就是「建立自我批評」，其他三條分別是消息絕對眞實，思想要正確，群眾觀點的建立。毫無疑問，積極運用批評與自我批評的武器已成爲中國共產黨黨報的優良傳統和重要的職業道德信條。

第三，向群眾學習，積極改造自己。

毛澤東在 1942 年 2 月發表的《整頓黨的作風》中就說過：「我們尊重知識分子是完全應該的，沒有革命知識分子，革命就不會勝利。但是我們曉得，有許多知識分子，他們自以爲很有知識，大擺其知識架子，而不知道這種架子是不好的，是有害的，是阻礙他們前進的。他們應該知道一個眞理，就是許多所謂知識分子，其實是比較地最無知識的，工農分子的知識有時倒比他們多一點。」[4]這是他較早評價知識分子的一段講話。1948 年 4 月 2 日，他在《對晉綏日報編輯人員的談話》中又說：

> 報紙工作人員爲了教育群眾，首先要向群眾學習。同志們都是知識分子。知識分子往往不懂事，對於實際事物往往沒有經歷，或者經歷很少。你們對於一九三三年制訂的《怎樣分析農村階級》的小冊子，就看不大懂；這一點，農民比你們強，只要給他們一說就都懂了。[5]

1　《中國共產黨新聞工作文件彙編》（下卷），新華出版社，1980 年版，第 231 頁。
2　《中國共產黨新聞工作文件彙編》（下卷），新華出版社，1980 年版，第 243 頁。
3　《中國共產黨新聞工作文件彙編》（上卷），新華出版社，1980 年版，第 347 頁。
4　《毛澤東著作選讀》下冊，人民出版社，1986 年版，第 491～492 頁。
5　《毛澤東新聞工作文選》，新華出版社，1983 年版，第 151 頁。

　　由此可見，毛澤東對包括黨報記者在內的知識分子的看法是，知識分子的作用必須重視，但知識分子缺乏實際知識、「不懂事」，因此必須接受教育和改造，改掉身上的資產階級思想與習氣。他認為，知識分子改造的途徑就是以工農為師，向群眾學習。彭真也認為：「現在的新聞工作同志，應該深入群眾，參加土地改革，向工人農民群眾學習，以堅定自己的階級立場和觀點，徹底改造自己，只有這樣，才能把報紙辦好。」[1]這一時期提倡的知識分子向工農學習是延安時期關於利用、教育和改造知識分子思想的延伸。客觀地看，要求知識分子多接觸實際、向工農學習的觀點是正確的，不深入群眾和實際，報紙自然也難以辦好，但是，說知識分子「其實是比較地最無知識」以及「知識分子往往不懂事」，就明顯帶有輕視知識分子的傾向，與客觀事實也不相符。這種說法對於知識分子的自尊心無疑造成了傷害，對調動知識分子的工作主動性與積極性是不利的。

　　第四，黨報工作者應有戰鬥風格。

　　1948 年 4 月，毛澤東在《對〈晉綏日報〉編輯人員的談話》中說：「應當保持你們報紙過去的優點，要尖銳、潑辣、鮮明，要認真地辦。我們必須堅持真理，而真理必須旗幟鮮明。我們共產黨人從來認為隱瞞自己的觀點是可恥的。我們黨所辦的報紙，我們黨所進行的一切宣傳工作，都應當是生動的，鮮明的，尖銳的，毫不吞吞吐吐。這是我們革命無產階級應有的戰鬥風格。」[2]同年 10 月 2 日，劉少奇在《對華北記者團的談話》中提出：「你們的工作只要建立在黨的路線、方向上，即使一時不得彩，不要怕，要能堅持，要有點硬勁，要有戰鬥性，或者像魯迅所說的，要有骨頭。為了人民的事業，沒有骨頭，是硬不起來的。你們要經得起風霜，要經得起風浪，而且必須經得起。」[3]毛澤東和劉少奇的談話都鼓勵黨報記者要培養敢於鬥爭的品格，認為這種戰鬥的品格是必須的，是為人民服務不可缺少的。

　　其實，關於黨報和黨報記者的戰鬥性品格並不是這個時候提出的。1942 年 4 月 1 日，博古在《解放日報》社論《致讀者》中，就提出了「黨報所必需的品質」的命題。博古認為，黨報所必需的品質是「黨性、群眾性、戰鬥性和組織性。」這篇社論是經過毛澤東修改的，因此黨報「四性」品質也可以看成是延安時期共產黨人的共同思想。但是，延安時期關於黨報和黨報工

1　《中國共產黨新聞工作文件彙編》（下卷），新華出版社，1980 年版，第 231 頁。
2　《毛澤東新聞工作文選》，新華出版社，2014 年版，第 191 頁。
3　《中國共產黨新聞工作文件彙編》（下卷），新華出版社，1980 年版，第 253 頁。

作者的戰鬥性品質論述得並不太充分。毛澤東和劉少奇的論述既是對「四性」品格思想的繼承，也有新的發展。主要表現在：一是明確了戰鬥性品質要體現在為眞理而奮鬥，為人民的利益而奮鬥，目的要純正崇高；二是戰鬥性品質體現在旗幟鮮明，毫不吞吞吐吐，立場態度要十分明朗；三是戰鬥性品質體現在為了眞理和正義要經得起風浪，堅忍不拔。要像魯迅那樣既有硬勁，又有韌勁。

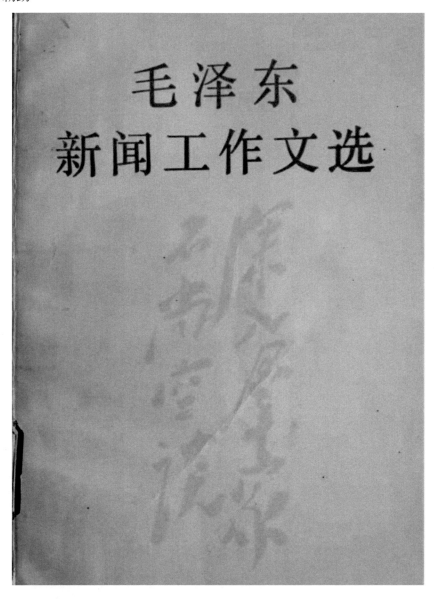

圖 5-2　《毛澤東新聞工作文選》

第五，黨報工作者要努力學習，具備豐富的知識。

毛澤東在《對〈晉綏日報〉編輯人員的談話》中提出，報社工作的同志要自覺向群眾學習，也要經常向下邊反映上來的材料學習，「慢慢地使自己的實際知識豐富起來，使自己成為有經驗的人。」[1]毛澤東一貫強調理論聯繫實際的重要性，認為只有將馬克思主義的普遍真理與中國革命的具體實踐相結合，才是唯一正確的學習方法。劉少奇提出，黨報工作者「要有獨立的學習精神，主動地學習」，「自己做這種工作需要些什麼條件，需要些什麼知識，自己努力去學習。這樣，你們就有了主動性了。要主動學習，你們在學習上如果沒有主動性，靠取經是靠不住的，必須獨立學習。」[2]劉少奇說的主動和獨立地學習，就是指根據自己的情況與工作需要，不斷增添新的知識，包括資產階級的東西也可以學。

如果說毛澤東和劉少奇講的主要是指聯繫實際學習和根據需要學習的話，那麼，胡喬木在1948年撰寫的《記者的工作方法》中提出了更為全面具體的學習內容與方法。他說：「要使工作前進，不斷進步，現在是樣樣都需要學習的。記者應該精通馬列主義，至少要熟悉，相當熟悉，現在的情況是非常不熟悉。要讀書把它讀熟。……我們應該懂得政治經濟學，什麼叫封建主義，什麼叫資本主義，什麼叫新民主主義到社會主義的過渡……不懂這些，怎能講全面，怎能講分析？不懂這些就不能解決最重要的問題。還要懂得哲學，怎樣區別形式論理學與辯證法？應該弄得清楚。應該懂得中國的史地——馬克思說：『世界的事情我們都要知道。』至於能夠知道多少，量力而為，慢慢的來，一步步的來。」[3]這裡論述的是黨報記者的知識結構問題，知識結構不合理，在採訪報導工作中就不可能全面深刻地認識問題和分析問題。因此，胡喬木希望黨的新聞工作者要認真學習馬列，學習政治經濟學，學習哲學和中國的史地知識，並且要有耐心和恒心，慢慢來，一步步提高。

從上述關於黨報工作者加強學習的論述中可以看出，這一時期最重要的理論成果是，不僅深刻闡明了黨報工作者努力學習的重要性，而且提出了向群眾學習、向實踐學習、向書本學習的路徑與方法，為黨報工作者提高知識

---

1 《中國共產黨新聞工作文件彙編》（下卷），新華出版社，1980年版，第235頁。
2 《中國共產黨新聞工作文件彙編》（下卷），新華出版社，1980年版，第254頁。
3 《中國共產黨新聞工作文件彙編》（下卷），新華出版社，1980年版，第284頁。

水平指明了方向。這些觀點並沒有因為時間的久遠而過時，對當代記者依然具有重要的參考價值。

第三節　民營報人的新聞學研究

民國南京政府後期，民營報人更關注新聞本體。有關新聞事業性質的分析，重在剖析新聞事業的「事業」屬性；對於直接關係報業生存的紙荒問題，努力尋求解決問題的途徑。有關新聞學理論體系的建構，則具有鮮明的本體研究傾向。

一、新聞事業的性質

民營報人強調新聞事業的「事業」屬性。胡政之反對把報業當作「生意」來經營，他認為，報紙大致可以分為兩派：一派專為表達所屬政黨的政治主張；一派則完全著眼於生意。「我對以上兩派都覺得無聊，都不以為然。我認為一份理想的報紙，要兼顧營業與事業。營業能獨立，始能站在超然的地位，不為他人所左右。本報自民國十五年接辦以來，即未曾與任何黨派或個人發生金錢上的關係，本報的精神也就在這一點。至於以報紙為一事業，在新聞界中還是一種革命運動，不偏不倚，包羅萬象，完全取客觀的態度，對任何黨派都是一樣。」[1]胡政之進而指出，「在全國的民營報紙中，真正為國人所創辦，事業維持最久，社會基礎最穩固，銷路普遍到全國，在任何角落都會得到反應的，我報要占第一位。」[2]他堅定地相信，對「事業」屬性的堅持，是新聞業長久發展的關鍵。

新聞事業的「事業」屬性，決定了員工之間的關係。胡政之說：「我們的事業，是個團體的事業，每個人有不同的崗位，決不是一個人所能辦的事，正好像一座大機器一樣，每個小螺絲釘，都有她的用途，小螺釘發生了障礙，大機器照樣的受影響，所以小釘的重要，並不亞於大機器。」「報館好像一個家庭，大家一團和氣，像是兄弟一樣，同時也就有了毛病。低級同人依賴高級，高級同人依賴更高級，養成了一種依賴性，因此辦事精神顯得太差。現在報館事業

1　胡政之：《對天津館編輯部同人的講話》，《大公園地》復刊第 7 期，1947 年 7 月 21
　　日。
2　胡政之：《對天津館編輯部同人的講話》，《大公園地》復刊第 7 期，1947 年 7 月 21
　　日。

一天天擴張，同人也漸漸多起來，於是發現了人和地位不相當的現象。」[1]理想的報館成員的關係是家庭成員般的關係，但家庭是現代家庭，而不是封建舊家庭。胡政之在強調報業的「事業」屬性的同時，也在批評「家族制度」：

> 《大公報》實如一家庭，然而必須是新家庭，舊家庭有五世同堂，常會鬧出太多笑話。新家庭有它的優點：第一要行小家庭制，自己的事能自了，不依賴人，而一家事能共同負責。中國的政治離不開裙帶關係，這是家天下的家族制度影響的劣習。正如國民黨今天有如舊家庭那麼複雜龐大，而一切歸之蔣先生一人負責，下面的人們只知辦黨做官，彷彿一切都是爲姓蔣的工作，而他們大家都利害無關似的，這可見是以往大家庭的作風，去現代化的組織還遠得很，這是中國政治不能進步的病根。再看中國的民間大事業，也很少能超數十年而不墜，也是這類舊家庭制度作祟。舊式商店，規模狹小，創出老招牌，盡可用家族制度維持，新聞事業則不然，必須天天進步，專靠老牌可不行。新家庭每一分子都有責任，不應該倚賴在上的一個人而專心在下面任意批評。在我們的團體事業中，只要你認眞努力，是一個人才，斷不會被埋沒的。[2]

胡政之強調，「我不是資本家，尤其不願做資本家。我們從事新聞事業必須有抱負，有遠大理想。《大公報》創辦時雖是三人，如今擴大了，高級幹部都有了股權，連服務多年而有勞績的工廠同人也不例外，這事業非少數人的。關於這一點，英美的報館多在資本家控制之下，我們《大公報》卻反是。自創辦以來，無人懷有別的企圖，參加的同事非雇傭可比，大家應當把《大公報》作自己的事業看，然後才有長足發展。」[3]在此，胡政之倡導用現代企業制度來經營報業。胡政之進而強調，這一現代企業制度是反對資本家剝削的。「本報是民間組織，營業性質……一共雖有五個單位，事業卻是整體的。」「新家庭是整體的，事業也是整體的，經編兩部絕不容對立，要息息相處，處在今日營業競爭之下，非打成一片共同努力不可。我是從四十元薪額幹起來的，其中酸甜苦辣可謂嘗遍。過去《大公報》有一優良傳統，經理人才多由編輯部訓練

---

1 胡政之：《對津館經理部同人的講話》，《大公園地》復刊第 7 期，1947 年 7 月 18 日。
2 胡政之：《認清時代維護事業對渝館編輯部同人的講話》，《大公園地》復刊第 16 期，1947 年 11 月 27 日。
3 胡政之：《認清時代維護事業對渝館編輯部同人的講話》，《大公園地》復刊第 16 期，1947 年 11 月 27 日。

出來。李子寬先生至今尚能熟記電碼。曹谷冰、金誠夫、王文彬諸先生都有編輯經驗，他們瞭解經編現部工作聯繫的重要。我們的工作如一部機器，大輪固有力量，螺絲釘也有它配合的力量，我反對虐待學徒，同時也反對編輯自視高人一等驕傲態度。不要以優越感使人難堪，使工作受到妨礙。做人做事應以人格學養取得別人尊敬。團體事業中不容許有小組織把自己看成特殊的現象」[1]胡政之主張，新聞事業是「團體事業」，團體中的員工是平等的，不存在雇傭關係。大公報人李子寬也提出，「一切文化事業照例缺少雄厚的資本，雖然近年報業已漸漸脫離文人辦報的階段，改變了純粹文人辦報的方式，可是畢竟不是資本家的企業，況且做報並不以盈利為目的。」[2]新聞事業是「事業」，而不是「企業」，不能以純粹的盈利為目的，這是《大公報》人的共同認識。

二、報業紙荒問題及其解決途徑

在報紙印刷方面，紙張匱乏成為妨礙報業發展的一個重要問題。當時政府對進口紙張實行配給制度，以試圖解決紙荒問題。這一制度受到了民營報人的諸多批評。

張友鸞對「紙張進口限額」做法提出質疑：今日政府對於購買紙張的外匯，限額如此之小，根本不合理。一個國家文化的高低，與用紙多少成正比；我們要想提高文化，就不應該對用紙有所限制。倘若說外匯數目不夠，為什麼允許一九四九式的漂亮小汽車大量進口？為什麼聽憑洋酒洋香水香粉潮湧而來？這些浪費不去限制，卻要限製紙張，就不合理。若說這是財政政策，為了稅收，難道我們只要錢就不要文化了嗎？其實，現在各國，都在鬧著紙荒；我們所買的紙，只是外國剩餘的。我們放寬購紙的外匯，也未必就能買到更多的紙。紙張進口不合理限制，還會引起分配問題的發生。張友鸞強調：「談到分配，原是難得求其合理的；而我們既缺乏統計資料，又難免面子人情，於是自從這個辦法施行以後，在『極度不合理』情況之下，度了一年有餘。」又因為「分配的不合理，自然容易造成消耗的不合理。這是互為因果的。有人以為，配售報紙可以消滅黑市，卻不知道，今日報紙所以有黑市，其弊正在於配紙上面。」[3]紙張進口限額引發了分配、消耗等一系列問題。

1　胡政之：《認清時代維護事業對渝館編輯部同人的講話》，《大公園地》復刊第 16 期，1947 年 11 月 27 日。
2　李子寬：《罪過！罪過！》，《報學雜誌》試刊號，1948 年 8 月 16 日。
3　張友鸞：《如何解決紙荒問題》，《報學雜誌》第 1 卷第 3 期，1948 年 10 月 1 日。

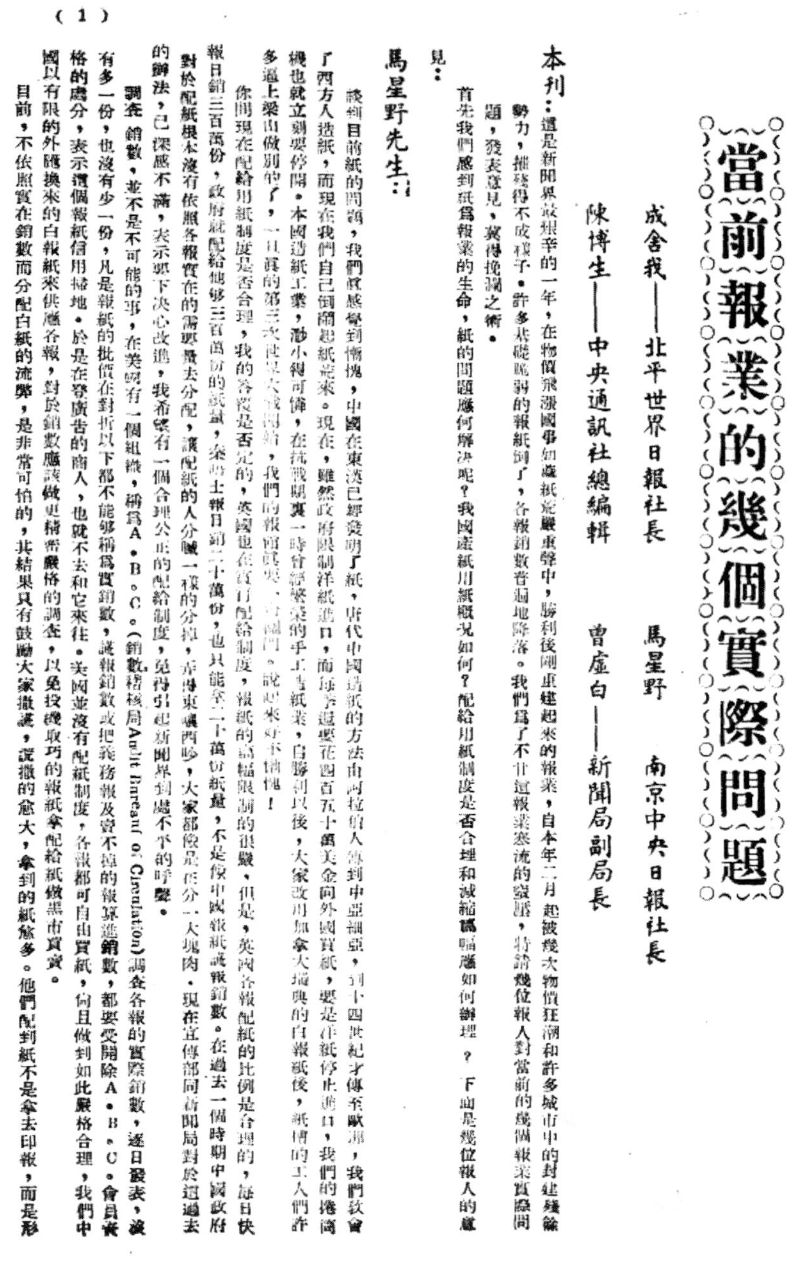

當前報業的幾個實際問題

成舍我——北平世界日報社長　馬星野　南京中央日報社長
陳博生——中央通訊社總編輯　曾虛白——新聞局副局長

本刊：這是新聞界最艱辛的一年，在物價飛漲國事如麻紙荒嚴重聲中，勝利後剛重建起來的報業，自本年二月起被幾次物價狂潮和許多城市中的封建殘餘勢力，摧殘得不成樣子。許多基礎脆弱的報紙倒了，各報銷數普遍地降落。我們爲了不甘這報業寒流的發展，特請幾位報人對當前的幾個報業實際問題，發表意見，冀得挽瀾之術。

首先我們感到紙爲報業的生命，紙的問題應何解決呢？我國產紙用紙概況如何？配給用紙制度是否合理和減縮篇幅應如何辦理？下面是幾位報人的意見：

馬星野先生：

談到目前紙的問題，我們就感覺到慚愧，中國在東漢已經發明了紙，唐代中國造紙的方法由阿拉伯人傳到中亞細亞，到十四世紀才傳至歐洲，我們教會了西方人造紙，而現在我們自己倒鬧起紙荒來。現在，雖然政府限制洋紙進口，而每年還要花四百五十萬美金向外國買紙，要是洋紙停止進口，我們的捲筒機也就立刻要停開。本國造紙工業，渺小得可憐，在抗戰期裏一時曾經繁榮的手工造紙業，自勝利以後，大家改用加拿大瑞典的白報紙後，紙槽的工人們許多逼上梁山做別的了，一旦真的第三次世界大戰開始，我們的報館就要關門。說起來好不慚愧！

你問現在配給用紙制度是否合理，我的答覆是否定的，英國也在實行配給制度，報紙的篇幅限制的很嚴，但是，英國各報配紙的比例是合理的，每日快報日銷三百萬份，政府就配給他够三百萬份的紙量，桑哈士報日銷二十萬份，也只能拿二十萬份紙量，不是像中國報紙謊報銷數。在過去一個時期中國政府對於配紙根本沒有依照各報實在的需要量去分配，讓配紙的人分贓一樣的分掉，弄得東嚷西吵，大家都像是在分一大塊肉。現在宣傳部同新聞局對於這過去的辦法，已深感不滿，表示要下決心改進，我希望有一個合理公正的配給制度，免得引起新聞界到處不平的呼聲。

調查銷數，並不是不可能的事，在美國有一個組織，稱爲A．B．C．(銷數稽核局Audit Bureau of Circulation)調查各報的實際銷數，逐日發表，沒有多一份，也沒有少一份，凡是報紙的批價在對折以下都不能够稱爲實銷數，謊報銷數或把義務報及賣不掉的報算進銷數，都要受開除A．B．C．會員資格的處分，表示這個報紙信用掃地。於是登廣告的商人，也就不去和它來往。美國並沒有配紙制度，各報都可自由買紙，尚且做到如此嚴格合理，我們中國以有限的外匯換來的白報紙來供應各報，對於銷數應該做更精密嚴格的調查，以免投機取巧的報紙拿配給紙做黑市買賣。

目前，不依照實在銷數而分配白紙的流弊，是非常可怕的，其結果只有鼓勵大家撒謊，謊撒的愈大，拿到的紙愈多。他們配到紙不是拿去印報，而是形

（1）

圖 5-3　成舍我等《當前報業的幾個實際問題》（資料來源：大成老舊刊資料庫）

成舍我則認爲，進口紙的數量不是問題，問題在於分配環節，而民營報紙得到了不公平的待遇。「白報紙在今日政府的管制下，整個數量可以說已經夠了，問題的癥結在於分配的合理與否和是否公平，過去幾個月來，

政府以全部配紙的二分之一供給上海報界，所餘的二分之一中的二分之一
又拿去供全國黨報用，黨報和上海以外的全國報紙只得到二分之一之二分
之一，上海報界不過十多家，全國黨報亦僅二十多個，就分去了四分之三，
試想全國民營報紙，僅有全部配紙的四分之一，當然不夠用。」[1]「紙的配
給制度，本質上不如自由採購，我想各報自己採購應該比配給制度好些。
如果維持配給制度，也要由民營報業參加核配，不然像上海有些小報紙早
要倒閉了，多量的配給使這些報領進賣出，反而救活了這些小報。另一方
面，各地的民營報紙，都在過少的配給下鬧紙荒，陷於風雨飄搖之中，這
是不很適當的。」[2]

　　如何解決紙荒問題？民營報人主張，增加民族造紙工業的產量。成舍我
指出，「紙的根本解救辦法，當然是自造，以達自給自足。戰時敵人在天津營
口臺灣都有大規模的造紙工業，因為日本的紙本國也不敷用。如果將天津和
營口的紙廠全部開工，大量生產，產量足夠華北之用，就以臺灣說，也差足
供給華南。勝利後，百廢待舉，政府似無暇貫注於此，而致造紙工業在不生
不滅的狀度中，產量微薄得可憐，我國每年報紙需用量不過五萬噸，竟然無
法解決。」[3]對於紙荒問題，成舍我還提出「節約」用紙的主張。紙的節約是
當前最重要的問題，戰時歐洲各國報業每天篇幅都限於一張，今天我國的局
勢還沒有脫離戰時狀態，應該仍以一大張為限。「報紙的任務，是發表重要的
言論和刊登重要的新聞，報紙並不一定要以篇幅作競賽。日本戰前的報紙，
每天不過二大張或二張半，歐陸德國法國也是一樣，我們不能因此說日本及
德法的新聞事業不發達。我國報紙自始即走上英美的路線，儘量擴充篇幅，
戰前新申報等報多在七八張，殊不知英美因為工商業發達，廣告多，非增加
篇幅不可。但在工商業並不發達的我國，徒效法英美的皮相，實在不需如此。
「我國的報業，今後應走大陸國家的路線，縮減篇幅，以寶貴的篇幅，刊載
重要的言論和新聞。」[4]縮減篇幅，是一個重要的途徑。

1　成舍我：《當前報業的幾個實際問題》，《新聞學季刊》第 3 卷第 2 期，1947 年 12
　月 25 日。
2　成舍我：《當前報業的幾個實際問題》，《新聞學季刊》第 3 卷第 2 期，1947 年 12
　月 25 日。
3　成舍我：《當前報業的幾個實際問題》，《新聞學季刊》第 3 卷第 2 期，1947 年 12
　月 25 日。
4　成舍我：《當前報業的幾個實際問題》，《新聞學季刊》第 3 卷第 2 期，1947 年 12
　月 25 日。

張友鸞反思民族造紙存在的問題。「（一）同量紙漿，造出的紙，是否能與外國造的同量？（二）現有造紙機器，適不適用？夠不夠用？（三）造紙時間，是否迅速？是否濟用？（四）輸入紙漿造成紙後，是否能比直接輸入的紙張便宜？這些問題，必須先解決；否則，自己造紙，只是一句空話。」[1]張友鸞曾經在他經營的《南京人報》試驗過土紙印報的方法，結果是失敗的：「最初，因為報價一天一天的增高，有些讀者，購買力不夠，卻又非讀報不可。我們就想到，抗戰時期，有人專門為銀行家印白報紙；這個苦難的時期，我們應該為大眾印土報紙。前後一共印了兩三個月，用的是俗名『招貼紙』，就是用來包茶葉包百貨的紙。終於困難逐漸發生：（一）最初發行數目不多，購紙還容易，後來一天土紙要用一兩萬張，就供不應求，無處可買了。這個困難，是主要的致命傷，其他問題都在其次了。（二）只能印平版機，沒有捲筒紙。而且因為毛衣太多，即便印平版機，也比白報紙難印，消耗的時間長。報數一多，要印到下午。（三）土紙印報，售價低於白報紙報一半，這在讀者方面，認為是當然如此。不知土紙的紙價，約占白報紙五分之三強。與白紙一比，顯然的不合算。（四）土紙破爛太多，所以紙價還不能照白報紙五分之三比，這不定要占四分之三；因為多破爛，在印機上，也多費時間多費手腳。（五）土紙消耗油墨多，印一令白報，有一磅又四分之一的油墨差不多了，印土紙就要一磅又四分之三的油墨。又因為紙紋太粗，不能印寫真版，印上去便是一塊黑塊。不用說，土紙印報是太困難了。如果在產量上無法增產，質料上不加改良，簡直我們不必作此遠想。」[2]土紙印報和進口紙印報一樣，無法解決紙荒問題。

三、中國新聞學理論體系建構

新聞學研究如何體系化？這是民營報人積極思考的一個理論話題。杜紹文認為，任何一種學問，有其理論體系，亦有其應用價值，理念的探究是「學之體」，應用的改進則為「學之用」。理論部分，隨思潮而共進，一天比一天推陳出新；應用部分，又是跟工具而演變，一天比一天吻合實際。治學的目標在實用，實用的方法不得不先瞭解原理與法則，理論與應用不可分。[3]新聞

1　張友鸞：《如何解決紙荒問題》，《報學雜誌》第 1 卷第 3 期，1948 年 10 月 1 日。
2　張友鸞：《如何解決紙荒問題》，《報學雜誌》第 1 卷第 3 期，1948 年 10 月 1 日。
3　杜紹文：《理論新聞學的輪廓觀》，《前線日報・新聞戰線》週刊第 212 期，1948 年
　　7 月 12 日。

學就是理論與應用並重的學問。

第一，理論新聞學是骨幹。杜紹文指出，「今天研究新聞學的人，致力於『實用新聞學』者多，而貢獻於『理論新聞學』者寡。殊不知理論新聞學卻是新聞學的骨幹，倘理論上不能自圓其說，未獲健全發展，那麼，新聞學的份量，自一般人估計起來，仍然是無足重輕的」[1]。把「應用新聞學」誤作「新聞學」是新聞學研究的「時弊」[2]，新聞學術研究必須對「理論新聞學」給予高度重視。杜紹文勾勒理論新聞學的輪廓，研究內容大致有三：新聞觀念學、新聞形態學、新聞情調學。新聞觀念學包括新聞學的體系構成、進化歷程、研究方法、發展階段等。新聞形態學包括新聞工具的演進、新聞對象的形成、新聞類型的特性、新聞擴展的對象等。新聞觀念學側重內容，是靜的一面，新聞形態學側重外表，是動的一面，新聞情調學則側重人性，是動靜摻雜的一面。全部新聞學理，不外乎人性的寫真，無論內涵或形式，一切都以「人間的情趣」爲主，如主觀條件的作用，客觀環境的影響，各種因素的配合等。換言之，新聞情調學，包括了從極靜到極動的人性點滴。[3]

第二，新聞寫作定律是理論新聞學的組成部分。杜紹文高度重視理論新聞學，甚至主張，把新聞寫作規律納入「理論新聞學」範疇：「我們應該承認新聞寫作技術，佔有了新聞學的大部分，如果新聞寫作能夠求得幾個定律來，不管這些定律是否幼稚或有待補正，無論如何顯屬當前一件饒有價值的亟務。新聞寫作的定律，可以構成『理論新聞學』重要的一章。」他提出「新聞寫作定律」的新「三字經」[4]：其一，基本之「質」。基本之「質」係寫作之「體」，與哲學、科學的本體論、原質論相似。新聞寫作的本質，概括爲三個方面：才——是先天稟賦而得的；學——是不斷習作而成的；識——是博覽體驗而來的。其二，輔助之「力」。輔助之力包括三個方面：知——知爲認識論，一物不知儒者之恥，起碼的常識，均應該完備；情——情爲觀念論，有喜、怒、哀、樂、愛、惡、欲等七情，生存、求知、佔有、優越、享受、進

1　杜紹文：《新「三字經」——泛論新聞寫作的幾個定律》，《報學雜誌》創刊號，1948年9月1日。

2　杜紹文：《理論新聞學的輪廓觀》，《前線日報‧新聞戰線》週刊第212期，1948年7月12日。

3　杜紹文：《理論新聞學的輪廓觀》，《前線日報‧新聞戰線》週刊第212期，1948年7月12日。

4　杜紹文：《新「三字經」——泛論新聞寫作的幾個定律》，《報學雜誌》創刊號，1948年9月1日。

取等六欲；意——意為行為論，本諸「知」與發乎「情」，而見於言動的各種行為。其三，運用之「妙」。運用之妙可分偶然的意觸與科學的方法。具體還是分為三類：信——人格的表彰，文字適如其分，吻合原意之謂；雅——風範的提示，詞能達意，淋漓盡致之謂；達——技術的使用，寫作動機能收到預期效果之謂。第四，工作之「的」。這是新聞工作與新聞工作者的最終目標，包括三類：確——屬於新聞學的原理方面，正確的報導事實；速——屬於新聞紙的製造方面，一字之發，快如置郵傳電；博——屬於新聞人的修養方面，能博能精，從博中求精，自精中取博。

圖 5-4 《大眾新聞》創刊號（資料來源：全國報刊索引資料庫）

　　第三，應用新聞學立足當下。杜紹文不僅主張新聞學術研究要有學理，同時強調「學以致用」。如果認為理論新聞學的重點是一個「學」字，那麼應用新聞學的重點則為不折不扣的一個「術」字。「形而上」的東西謂之學，「形而下」的東西謂之器。應用新聞學的對象是器材，其任務為技術，差不多都是摸得到的實物，大有別於理論新聞學的抽象意識。應用新聞學的範圍，依其發生發展的歷程，約可分為採訪、編輯、印刷、發行、廣告、出版、服務、管理八個步驟。從採訪到管理，需要嚴密的分工、熟練的技術和科學的精神，要為了「應用」而努力。如果說理論新聞學可以放諸四方而皆準，而「應用新聞學則大大的受了空間時間的限制，故空間上的中外，時間上的今昔，皆可其表現形態」[1]。研究應用新聞學的途徑，必須切實把捏住「此時此地」的需求。而在這需求之下，去改進並增強其應用的技術。

　　第四，中國本位新聞學之建構，要適合國情。杜紹文認為，中國新聞學理論體系的建構，仍在幼稚時期，既有的研究成果，不是稗販歐美，就是抄襲東洋，拾人牙慧的結果，與中國國情格格不入。從事新聞理論研究的人，或削足適履，或隔靴搔癢，這是新聞學術研究的一大憾事。為此，他號召建構「適合我國國情之新聞學的新理論」，也就是「中國本位新聞學」[2]。「中國本位新聞學」有三要素」：其一，「實用價值」。新聞理論必須能夠切合實際需求；其二，「綜合學術」。新聞學不僅為一種「技術」，而且是較技術更進一步的「綜合學術」；其三，「遠大性能」。「可由不斷的觀摩與發掘，而呈現更光輝更偉大的造就」。三要素缺一不可：「不能應用就喪失學的價值；新聞學是一門新科學，已非單純的技術所能概括；而光明的遠景，給予人們的新的活力和新希望，又為完成此一理論體系的心理基礎」。「中國本位新聞學」的建構，應注意：一個中心——反差不多主義；兩種方法——學的與做的打成一片；四條途徑——使報學夠得上「學」的資格，使報業漸做到「業」的程度，使報人可享受「人」的權利，使報史能樹立「史」的聲價。新聞學的理論，要實踐「學」的資格，應當留心兩個主要條件：一是科學，一是實學。何謂科學？科學是一種有法則、有系統、有步驟的學問，不尚玄虛，不可附會。「中國本位新聞學」「應為一種有原理（法則）、有條理（系統）、及有層次（步驟）

1　杜紹文：《應用新聞學的內涵觀》，《前線日報・新聞戰線》週刊第214期，1948年7月26日。
2　杜紹文：《新聞學之新理論的新體系》，《大眾新聞》創刊號，1948年6月1日。

之獨立的與完整的學問。」何謂實學？「新聞基於事實，新聞業則由於需要，同理，新聞學則爲滿足事實需要而誕生的學科。故檢討其組成的因素，是一個不折不扣的一『實』字，實事求是，不容牽強，新聞學的新理論，是一種切實的工具，眞實的事理，和篤實的教程，一點不能稍涉浮泛，一點不能無的放矢。」[1]杜紹文建構的「新聞學之新理論的新體系」，如圖1：

圖1：新聞學之新理論的新體系

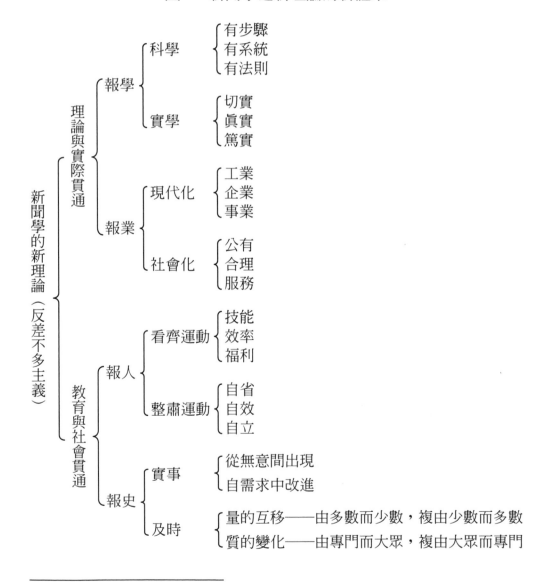

---

1 杜紹文：《新聞學之新理論的新體系》，《大眾新聞》創刊號，1948年6月1日。

　　杜紹文不僅傾心於新聞學術研究，更具有學者的冷靜。他檢閱坊間全部新聞學書籍，表示大大失望：「一般人對於新聞學的全貌，還沒有正確明白的認識。因此，任何冠以『新聞學』的書籍，不管皇皇巨帙也好，薄薄的小冊子也好，一樣的只是講些新聞學的應用部門，例如採訪、編輯、發行、廣告之類，復多互相抄襲，少見出類拔萃的『一家之言』。」[1]「新聞學所以迄今尚少堅實的基礎，主要的弱點，便是缺乏像社會科學或自然那樣的原理、原則和公式，於是威脅到其獨立存在的價值。」[2]可見，杜紹文反對新聞學術研究的經驗化，而主張研究新聞學的一般原理與方法，主張提高新聞學術研究的理論思辨層次。這種反思，是理論自覺的表現。任何一門學科的發展，不僅要有相對完整的知識體系，更要有相對成熟的理論形態。難能可貴的是，在中國新聞學科創立之初，杜紹文就開始了新聞學理論體系建構的嘗試，並且強調建構適合國情的新聞學之新理論。在當時新聞學研究亦步亦趨學習歐美的情況下，杜紹文的「中國本位新聞學」觀念無疑具有前瞻性。

　　馮列山是致力於新聞學理論體系建構的又一學者。馮列山明確指出，以報紙為研究對象的科學，應當稱作「報學」，而以新聞事業為研究對象的科學，才可以稱作新聞學。這是因為，最近十餘年來，與報紙相近的姊妹事業——廣播與電影相繼出現，這兩種事業不但進步甚速，而且先後侵入報紙的活動範圍，並且為求新聞報導的迅速，時常與報紙進行劇烈的競爭。現在報業不能代表新聞事業，因為新聞事業必須包括廣播與電影在內，所以新聞學的研究對象是新聞事業。

　　馮列山進而明確新聞學的任務，即將新聞事業每一部門分別加以檢討，從縱的方面，探求其歷史上演進的歷程，及在每一時代中對於社會的貢獻及影響；從橫的方面，檢討其現行的機構與組織管理各方法，由比較利弊得失中，設法歸納出一個定律，作為改進新聞事業的法則。新聞學除研究「新聞事業本身」外，尚有一個更積極的課題，就是「闡明新聞事業與社會政治、文化各方面的互相關係，再從這種關係中，加以指出新聞事業的理想境界所在」。新聞事業能否獲得健全的發展，前提在於新聞記者本身是否具有這種理想。而一個記者能否盡職，又視其個人對新聞事業的神聖任務是否有深刻的

1　杜紹文：《理論新聞學的輪廓觀》，《前線日報・新聞戰線》週刊第 212 期，1948 年
　　7 月 12 日。
2　杜紹文：《新「三字經」——泛論新聞寫作的幾個定律》，《報學雜誌》創刊號，1948
　　年 9 月 1 日。

認識。對新聞事業及新聞記者職業兩方面的最高境界加以闡述，使成為一個有系統的理論，「新聞學才不愧稱為一門獨立的科學」。關於解釋新聞事業理念的部分，是新聞哲學，解釋新聞記者職業的部分，是新聞倫理，從學術的立場言，二者在新聞學中應占最重要的地位。遺憾的是，歷來有關新聞學的著作，對於上述兩部分多半不加以重視，尤其是新聞事業與社會、政治、文化各方面的關係，幾乎始終未被正式討論過。至於一般學者，不是偏重報紙技術的研究，便是提供新聞記者所需要的知識，或是追述個人以往的經驗。馮列山強調，新聞學的主要任務，「既不是單獨研究報紙，更不該限於報紙技術問題上面」，而應當研究「新聞事業本質與性能及新聞記者職業的任務」（理論新聞學），應當研究「一般技術的原理及方法，絕不能傳授技巧，至於此項技巧的完成，只有經過職業生活不斷的鍛鍊與體驗，然後方能隨機應變」[1]，只有這樣進行研究，新聞學才是一門科學。

馮列山認為，新聞學的「輪廓與內容」可以「描畫」為「理論新聞學」與「實用新聞學」兩部分。理論新聞學包括新聞哲學、新聞倫理、比較新聞學、新聞法、輿論研究、言論原理、新聞原理、報業史、雜誌史、廣播史、電影史、宣傳學、新聞政策、出版業史、時事分析。實用新聞學包括採訪、新聞寫作、編輯、社論、報業管理、廣告、印刷、電訊、雜誌業、電影業、廣播業。馮列山主張在廣闊的社會政治、經濟、文化背景下研究新聞事業，而新聞事業的外延也由作為新聞載體的報紙擴展為作為輿論載體的報紙、廣播、電影等。

胡博明主張，新聞學是研究新聞的學問。胡博明提出了「純粹新聞學」的理論構想。所謂「純粹新聞學」，包括兩層意義：「第一，純粹新聞學是以研究有關新聞本身的理論和工作技術為限，凡與新聞無直接關係的如發行、廣告、印刷等，均不包括在新聞學的範圍之內。第二，純粹新聞學是一種社會科學，它和其他的社會科學一樣，不僅是有原理、原則和方法，且有其可資深入研究的哲學境界。所謂新聞學的『哲學境界』，決不是標新立異，故弄玄虛，而是一切社會科學所共同具有的綜合性，深入性的理論研究。」[2]他一再強調，新聞學術研究，不能侷限於新聞的採編技術，否則會降低新聞學的學術價值。

---

1 馮列山：《什麼是新聞學？》，《報學雜誌》第 1 卷第 5 期，1948 年 11 月 1 日。
2 胡博明：《「純粹新聞學」的任務》，《大眾新聞》第 1 卷第 2 期，1948 年 6 月 16 日。

在學術園地中，新聞學的地位與歷史學的地位最爲相似，「新聞是歷史的片斷和過程，故新聞學的研究，必須從此時此地的動態，擴展到整個世界，整個人類社會的全面動態；從而尋求出每一個片斷時間，整個世界，整個人類社會的共通現象，以及現階段時代潮流的主潮。新聞學的研究，必須達到這樣的目標，才可說是達成了應有的任務」。胡博明進一步提出新聞學的三個「定律」：第一，「共通律」：世界是整個的，全面性的，人類雖有地理、民族、國家、宗教、黨派、階級等種種自然的與人爲的畛域，但文化的演進，卻有其共通的力量，形成共通的現象。第二，「關聯律」：由於世界是整個的，不可分的，故人類的休戚禍福，無不息息相關，絕不因地理的間隔與民族國家的畛域，而有所影響。第三，「明暗律」：黑格爾所說的「正」「反」「合」定律與馬克思、恩格斯提倡的辯證法的「矛盾律」都在說明，人類歷史的發展，常有兩種趨勢，相互消長，相互否定。新聞的發生，也不能例外。

胡博明提出三個「定律」的目的在於爲新聞學開闢一條新的途徑，說明新聞學的研究，不能侷限於編輯、採訪的方法技術，更不能牽涉到發行、廣告一類的生意經。「純粹新聞學」必須從事新聞本身的探究，進而尋求時代的主潮，和世界的共通態勢，以與歷史學並駕齊驅。他強調，「純粹新聞學的任務，在於啓導人們從各種重大的新聞中，體驗現實，認識時代，從而展望將來，把握自己努力的方向」[1]。胡博明有關新聞學應當研究新聞本身的主張，至今仍是新聞學研究的薄弱環節。新聞學是在新聞事業得到相當程度發展以後才產生的，新聞事業的日益發展使人們更多的關注新聞事業，而不是關注「新聞」自身，總的來說，新聞學就是「新聞事業」之學，「新聞事業」之學是「顯學」。早在 20 世紀四十年代，胡博明已在「新聞學」本體研究及其理論體系建構方面做出了有益嘗試。

綜上所述，民國南京政府後期，物價飛漲，兩黨激戰，社會動盪。這一時期的新聞學研究對現實的困難給予理論回應。國民黨報人與民營報人都對紙荒問題進行探討。國民黨報人主要從新聞紙配給制度入手，對配給制度的種種不合理進行批判，同時吸納國際上有關配給制度的經驗，提出解決問題的建議；民營報人則從「進口紙張」切入，更關注報業如何生存下去，從而提出了民族造紙的主張。國民黨報人與民營報人同樣關注新聞事業的性質。國民黨報人重點分析新聞事業的國家性與社會性；民營報人則研究新聞事業

1　胡博明：《「純粹新聞學」的任務》，《大眾新聞》第 1 卷第 2 期，1948 年 6 月 16 日。

的事業性。國民黨報人與共產黨報人都反對新聞事業的「資本主義化」。共產黨報人有關無產階級新聞學理論的研究，獨具特色。民營報人有關新聞學理論體系的探討，呈現出鮮明的學術化特徵。

引用文獻

一、資料性著作文獻（以文獻標題首字漢語拼音爲序）

1. 《陳獨秀文章選編》，三聯書店，1984 年版。
2. 《陳獨秀文集》（1～4 卷），人民出版社，2013 年版。
3. 《蔡和森的十二篇文章》，人民出版社，1983 年版。
4. 《蔡和森文集》（上冊），湖南人民出版社，1980 年版。
5. 《成舍我新聞學術論集》（劉家林等編），暨南大學出版社，2012 年版。
6. 《戴季陶集 1909～1920》（唐文權、桑兵編），華中師範大學出版社，1990 年版。
7. 《胡政之文集》（王瑾、胡玫編），天津人民出版社，2007 年版。
8. 《黃遠生遺著》（沈雲龍），臺北文海出版社，1986 版。
9. 《黃遠生遺著》（王有力編），臺灣中華書局，1938 年版。
10. 《康有爲政論集》（湯志鈞編），中華書局，1981 年版。
11. 《梁啓超全集》（張品興主編），北京出版社，1999 年版。
12. 《李大釗生平紀年》（韓一德、姚維斗），黑龍江人民出版社，1987 年版。
13. 《李大釗選集》，人民出版社，1978 年版。
14. 《列寧全集》（第 5 卷），人民出版社，1986 年第 2 版。
15. 《劉少奇選集》，北京人民出版社，1981 年版。
16. 《毛澤東年譜》（中共中央文獻研究室編），人民出版社、中央文獻出版社，1993 年版。
17. 《毛澤東新聞工作文選》，新華出版社，2014 年版。
18. 《孫中山全集》（中國社會科學院近代史研究所等合編），中華書局，1986 年版。

19. 《孫中山文萃》（廣東中華民族促進會等合編），廣州人民出版社，1996年版。

20. 《邵力子文集》（傅學文編），中華書局，1985年版。

21. 《邵飄萍新聞學論集》，北京大學出版社，2008年版。

22. 《弢園文新編》，三聯書店，1998年版。

23. 《弢園文錄外編》，上海書店出版社，2002年版。

24. 《汪穰卿先生筆記》（汪康年），中華書局，2007年版。

25. 《新聞學刊全集》（《民國叢書》第二編），上海書店，1990年版。

26. 《新聞學名論集》（黃天鵬編），上海聯合書店，1930年版。

27. 《新聞學論文集》（黃天鵬編），上海光華書局，1930年版。

28. 《新聞學演講集》（黃天鵬編），上海現代書局，1931年版。

29. 《新聞學論集》（管照微編），上海復旦新聞學會，1933年版。

30. 《新聞言論集》（李錦華、李仲誠編），新啓明印務公司，1932年版。

31. 《新聞文存》，中國新聞出版社，1987年版。

32. 《徐寶璜新聞學論集》，北京大學出版社，2008年版。

33. 《惲代英文集》，人民出版社，1984年版。

34. 《英斂之文集》廣西師範大學出版社，2013年版。

35. 《鴉片戰爭》（中國史學會主編），上海人民出版社，1955年版。

36. 《章太炎政論選集》（湯志鈞編），中華書局，1977年版。

37. 《中國共產黨新聞工作文件彙編》（中國社會科學院新聞研究所編），新華出版社，1980年版。

38. 《中國憲法文獻通編》（修訂版）（王培英編），中國民主法制出版社，2007年版。

39. 《中國新聞事業史文選》（張之華主編），中國人民大學出版社，1999年版。

40. 《鄭觀應集》（夏東元編），上海人民出版社，1982年版。

二、學術專著、教材（以責任者首字漢語拼音爲序，漢字前有符號者在先）

1. 陳玉申：《晚清報業史》，山東畫報出版社，2003年版。

2. 蔡銘澤：《中國國民黨黨報歷史研究》，團結出版社，1998年版。

3. 陳力丹：《馬克思主義新聞思想概論》，復旦大學出版社，2003年版。

4. 方漢奇等：《大公報百年史》，中國人民大學出版社，2004年版。

5. 方漢奇主編：《中國新聞事業簡史》，中國人民大學出版社，1995年版。

6. 方漢奇：《中國新聞事業通史》，中國人民大學出版社，2000年版。

7. 郭步陶：《編輯與評論》，上海商務印書館，1933 年版。

8. 郭步陶：《本國新聞事業》，申報新聞函授學校，1935 年版。

9. 戈公振：《中國報學史》，湖南大學出版社，2014 年版。

10. 管翼賢纂輯：《新聞學輯成》，中華新聞學院，1943 年版。

11. 胡太春：《中國近代新聞思想史》，山西人民出版社，1987 年版。

12. 李建新：《中國新聞教育史論》，新華出版社，2003 年版。

13. 倪延年：《中國新聞法制通史》，南京師範大學出版社，2015 年版。

14. 李秀雲：《中國新聞學術史》，新華出版社，2004 年版。

15. 劉家林：《中國新聞通史》，武漢大學出版社，1995 年版。

16. 錢伯涵、孫恩霖：《報館管理與組織》，申報新聞函授學校講義，1935 年版。

17. 任畢明：《戰時新聞學》，漢口光明書局，1938 年版。

18. 任白濤：《應用新聞學》，東亞圖書館，1937 年版。

19. 單波：《20 世紀中國新聞學與傳播學·應用新聞學卷》，復旦大學出版社，2001 年版。

20. 薩空了：《科學的新聞學概論》，香港文化供應社，1946 年版。

21. 孫義慈：《戰時新聞檢查之理論與實際》，重慶軍事委員會戰時新聞檢查局，1941 年版。

22. 童兵、林涵：《20 世紀中國新聞學院傳播學·理論新聞學卷》，復旦大學出版社，2001 年版。

23. 吳廷俊：《中國新聞史新修》，復旦大學出版社，2010 年版。

24. 王新常：《抗戰與新聞事業》，長沙商務印書館，1938 年版。

25. 謝六逸：《國外新聞事業》，申報新聞函授學校講義，1935 年版。

26. 徐新平：《維新派新聞思想研究》，湖南人民出版社，2010 年版。

27. 徐新平：《中國新聞倫理思想的演進》，北京大學出版社，2019 年版。

28. 徐百柯：《民國那些人》，中央編譯出版社，2007 年版。

29. 徐雨編：《大公報人憶舊》，中國文史出版社，1991 年版。

30. 徐培汀：《中國新聞傳播學說史》，重慶出版社，1994 年版。

31. 蕭永宏：《王韜與循環日報》，學習出版社，2015 年版。

32. 袁殊：《記者道》，上海群力書店，1931 年版。

33. 惲逸群：《新聞學講話》，華中新華書店，1948 年版。

34. 張友鸞：《戰時新聞紙》，中山文化教育館，1938 年版。

35. 張友漁：《新聞之理論與現象》，太原中外語文學會，1936 年版。

36. 章丹楓：《近百年來中國報紙之發展及其趨勢》，上海開明書店，1942 年版。

37. 鄭保衛：《中國共產黨新聞思想史》，福建人民出版社，2004 年版。

38. 周孝庵：《最新實驗新聞學》，上海時事新報館，1928 年版。

39. 趙建國：《分解與重構：清季民初的報界團體》，三聯書店，2008 年版。

40. 曾憲明：《中國百年報人之路》，遠方出版社，2003 年版。

41. 卓南生：《中國近代報業發展史 1815～1874》增訂版，中國社會科學出版社，2002 年版。

三、報刊資料（以報刊題名首字的漢語拼音為序，1949 年前的報刊表明出版地）

1. 《安徽俗話報》（安徽安慶）。

2. 《報學季刊》（上海）。

3. 《報學月刊》（北京）。

4. 《報學雜誌》（南京）。

5. 《晨報》（北京）。

6. 《大公園地》（上海）。

7. 《大公報》（上海）。

8. 《大共和日報》（上海）。

9. 《大眾新聞》（南京）。

10. 《復旦大學新聞學系紀念刊》（上海）。

11. 《共產黨》月刊（上海）。

12. 《國聞週報》（上海）。

13. 《紅旗日報》（上海）。

14. 《紅旗》（上海）。

15. 《紅色中華》（瑞金）。

16. 《解放日報》（延安）。

17. 《晉綏日報》（山西興縣）。

18. 《民報》（日本東京）。

19. 《青年中國季刊》（重慶）。

20. 《前線日報》（上海）。

21. 《時代公論》（南京）。

22. 《申報》（上海）。

23. 《順天時報》（北京）。

24. 《少年》（上海）。

25. 《時代精神》（重慶）。

26. 《述報》（廣州）。

27. 《文藝新聞》（上海）。

28. 《文風雜誌》（重慶）。

29. 《文化先鋒》（重慶）。

30. 《循環日報》（香港）。

31. 《新青年》（上海）。

32. 《新聞學研究》（北京）。

33. 《新中國》（重慶）。

34. 《新聞雜誌》（南京）。

35. 《新華日報》（南京）。

36. 《新聞記者》（「青記」會刊）（漢口）。

37. 《燕京校刊》（北京）。

38. 《政治週報》（上海）。

39. 《中央日報》（南京）。

40. 《中央週報》（南京）。

41. 《中央週刊》（重慶）。

42. 《中國新聞學會年刊》（重慶）。

43. 《戰時記者》（浙江金華）。

44. 《戰鬥》（河北邯鄲）。

後　記

　　《民國時期的新聞學研究》是南京師範大學新聞與傳播學院倪延年教授
爲首席專家的國家社會科學基金 2013 年度（第二批）重大項目「中華民國新
聞史」的子課題之一。設置和研究該課題是爲了全面梳理和總結這一時期中
國新聞學研究的成果，探析其理論內涵、產生的內外在緣由及其歷史影響和
當代價值，爲讀者進一步瞭解和學習具有中國傳統與特色的新聞學理論提供
方便與幫助。

　　在中國新聞事業發展史上，民國時期是中國新聞業承前啓後、繼往開來
的特殊時期。在這一特殊的歷史時期裏，由於內憂外患的形勢和黨派紛爭的
影響，出現了民營新聞業、共產黨新聞業和國民黨新聞業沉浮起伏、此消彼
長、變換多姿的局面。共產黨新聞業經歷了由地下到公開、由小到大、由弱
變強的發展歷程；國民黨新聞業則由強變弱、由盛轉衰，最終隨著國民黨政
權在大陸消亡而退守臺灣；民營新聞業在戰亂頻生的現實和黨派紛爭的夾縫
中艱難生存。但無論哪種性質的新聞業在其演變的途程中都十分注重理論的
總結與探討，從而形成了豐富而獨特的理論內涵與理論體系，爲中國新聞學
理論寶庫提供了各自的思想資源。探討和總結這個時期的新聞學理論，無論
對於進一步瞭解和認識中國新聞理論的發展歷史，還是更好地實現中國新聞
學的繼承與創新，都有重要的理論價值和現實意義。

　　在研究的過程中，我們按照歷史分期和不同的理論派別，從縱向與橫向
相結合的維度，聯繫特定的時代背景對不同歷史時期的理論精華進行了梳
理、總結與闡釋，盡可能地全面呈現民國時期中國新聞學研究的理論風貌。
我們按照分工與合作的原則共同完成了這一課題。徐新平負責全書的體例設

計、章節安排、統稿定稿，並撰寫第一章、第二章和第五章的第二節（共產黨人的新聞學研究）。李秀雲撰寫第三章、第四章和第五章的一三節。在研究過程中，湖南師範大學博士生劉炎飛在資料收集上做了一些工作，並撰寫了第一二章中的部分初稿，特致謝意。

　　我們從事中國新聞思想史和新聞學術史研究雖然已有多年，但由於學識與水平的侷限，書中難免存在這樣或那樣的不足和錯誤，我們誠懇地歡迎碩儒宏彥和讀者諸君不吝批評指正，以利於這一領域的研究更加深入與完善。

徐新平　李秀雲

二〇一八年十二月